Amor entre las sombras

(La Saga del Club del crimen: Libro III)

B. Amann

Portada: I. Amann

Contraportada: I. Amann

1ª edición, noviembre de 2014.

ISBN: 978-84-617-2453-6

Amor entre las sombras

Iña, gracias por dar vida e imagen a mis personajes de una manera que jamás imaginé posible, por aguantar mis manías, mis rarezas y responder sencillamente con amor.

Para mi Mikel, por ser tan, tan especial que sin ti no creo que esta novela hubiera visto la luz. En cierto modo es tuya, cariño, porque estás ahí, en medio de todo el jaleo. Sin saberlo, le diste vida. Para mi Koldo, por tener un corazón tan inmenso que no le cabe en el pecho, por arrancarnos las carcajadas en los momentos más inesperados y ser sencillamente, único. Os adoro con toda mi alma.

Para mi tío, Muji y Onin, porque sin vosotros esta familia estaría totalmente coja. Y para el pequeñín que acaba de unirse a esta alocada familia y al que el amor nunca le faltará.

Para Guirnal, por cuidar incansable de todos nosotros y mostrarnos que no es necesario compartir la sangre para ser una más de la familia. Te mando todo mi cariño. Y para Daisy, por entrar a formar parte de esta familia y por su inmensa paciencia.

Se os quiere mucho.

ÍNDICE

Capítulo 1 9

Capítulo 2 20

Capítulo 3 36

Capítulo 4 49

Capítulo 5 61

Capítulo 6 71

Capítulo 7 82

Capítulo 8 96

Capítulo 9 107

Capítulo 10 124

Capítulo 11 134

Cápítulo 12 148

Capítulo 13 159

Capítulo 14 172

Capítulo 15 186

Capítulo 16 205

Capítulo 17 224

Capítulo 18 237

Capítulo 19 246

Capítulo 20 259

Capítulo 21 274

Capítulo 22 291

Capítulo 23 310

Capítulo 24 326

Capítulo 25 342

Capítulo 26 360

Capítulo 27 381

Capítulo 28 398

Capítulo 29 412

Capítulo 30 427

Capítulo 31 444

EPÍLOGO 472

Capítulo 1

I

En algún punto de su vida el camino había tomado un rumbo torcido y difícil de enderezar. Con el dedo índice estiró el cuello de la camisa. Le asfixiaba. El ambiente era sofocante en la menuda cocina y la inmóvil posición que mantenía desde hacía un par de horas, comenzaba a hacer mella en él. Notaba adormecidos los músculos del cuerpo. Sentado encorvado de lado, con un codo apoyado en la mesa y reclinado contra el duro respaldo de la silla, el silencio se había adueñado de la estancia desde hacía un buen rato.

¿Para qué repetir lo mismo una y otra vez? Cerró los ojos para ahuyentar una pequeña parte del pánico que lentamente parecía ganarle la batalla.

Se sentía hundido, esperando en silencio noticias. Las mismas que podían arruinar su futuro y su vida en un instante. Tras un par de segundos decidió desviar la mirada hacia la alta y corpulenta figura que acaba de cruzar ante su mirada, optando por callar. Los paseos de Peter alrededor de la mesa de la cocina comenzaban a marearle.

Habían transcurrido poco más de cuatro meses desde su secuestro y el posterior enfrentamiento con Martin Saxton. Demasiados días con sus largas horas, minutos e interminables segundos. Permanecía tanto tiempo en guardia, que las fuerzas disminuían de manera prácticamente inapreciable pero ahí estaban las señales. En el agarrotamiento de los músculos, en las esporádicas jaquecas y en sus discusiones con Peter, cada vez más frecuentes y agrias. Seguía tan terco como el día en que se conocieron y con la edad esa cualidad no hacía sino aumentar y de rebote conseguía desquiciarle los nervios. A la desastrosa situación se había unido la reciente obsesión de Peter por no perderle de vista desde el amanecer al anochecer y su discusión más tensa, hasta el momento, la había originado el esquinazo que había conseguido darle hacía escasamente una semana.

Se sentía apabullado.

Gracias a los cielos había descubierto la forma perfecta de relajarse, dándose gloriosos masajes a sí mismo, con las yemas de los dedos y empleando ambas manos. En el cuero cabelludo, logrando unos efectos inmediatos y variados. Una gloriosa sensación de plenitud y una cabellera completamente enredada, enmarañada e imposible de peinar. Aunque eso era lo de menos.

Lo esencial en esos momentos era relajarse y resistir sin abalanzarse sobre la espalda de Peter para que parara sus endemoniados paseos, hasta que llegaran los demás.

Deslizó los índices hacia la zona de las sienes e inició un suave movimiento en círculo, manteniendo los ojos cerrados y aspirando profundamente. Lo logró durante un rato hasta percibir el calor de unas duras palmas sobre los laterales de su rostro. Si alzaba los párpados en ese momento sabía lo que iba a enfrentar. Un hermoso rostro masculino, de rasgos marcados e insondables ojos negros, surcado por una irregular cicatriz.

El hombre que era su mejor amigo. El hombre que de una extraña manera le había robado el corazón y el mismo con quien últimamente no parecía poder entenderse. Por mucho que lo deseara.

El calor que desprendía el inmenso cuerpo indicaba que Peter se había colocado cerca, muy cerca. En su mente le visionó a la perfección, arrodillado frente a él mientras esperaba con paciencia a que abriera los ojos para decir aquello que pasara por su mente. Por un pequeño instante sopesó la posibilidad de seguir con el suave masaje e ignorar las señales que emanaban del cuerpo ubicado junto a él, pero la presión ejercida por esas cálidas palmas se incrementó, a modo de aviso.

De seguido le siguió el grave y ronco tono de voz.

—No importa lo que ocurra, Rob.

Abrió los ojos para clavarlos en los de Peter. No podía estar hablando en serio.

—Saldremos de ésta. Como siempre.

Las malditas palabras generaron tal presión en su interior. Hacer lo que Peter anunciaba equivalía a seguir buscando. Había transcurrido demasiado tiempo desde que el hombre que casi arruina sus vidas había escapado deslizándose entre sus dedos, a través de un maldito ventanuco de barco. Sin una pista para seguir, sin nada a lo que aferrarse salvo la ponzoña dejada atrás con su tacto y las maniobras que desde las sombras desgranaba contra ellos.

Lentamente le había acorralado. En su propio mundo que consideraba intocable.

No terminaba de comprender cómo había conseguido inculparle.

Dos meses después de su rescate junto con los de Julia Brears y Elora Robbins, sus superiores le habían llamado y había dado inicio una pesadilla que parecía alargarse en el tiempo.

Los hermanos Bray le habían comprado.

Una escueta acusación surgida de la nada que había provocado que todas las acusadoras miradas se lanzaran en su dirección, salvo la de Clive Stevens. El único con arrestos suficientes para hablar en su favor. En privado recibía palmadas de ánimo en la espalda de unos pocos compañeros. En público le daban la espalda.

Sus superiores sostenían que Clive Stevens casi había perdido la vida por sus maniobras al otro lado de la ley. Éste había repetido, gritado y discutido hasta quedar ronco, pero le ignoraban. En la última sesión de declaraciones Clive había alcanzado a llamar patosos imberbes e ignorantes a aquellos que se tragaran la patraña que discurría por los cerrados y estirados pasillos de Scotland Yard. No podían creer semejante mentira.

Robert Norris no era un traidor al cuerpo de policía.

Ese hombre, leal hasta la médula, había jurado, so pena de perder su cargo de superintendente, que el soplo a los hermanos Bray para dar con su hogar y atacarle no lo había orquestado Rob Norris, sino Martin Saxton con la connivencia de los Bray y el que no quisiera verlo era un ciego e idiota sabelotodo, a sabiendas de ello. A quien debían localizar era al hijo menor del duque de Saxton, el cual pese a la creencia de que había fallecido en el asalto a la prisión de Wandsworth, seguía vivo, rondándoles y era extremadamente peligroso. Que el maldito cadáver identificado como el suyo no era tal aunque se asemejara en la forma y en los destrozados rasgos. Stevens repetía hasta la saciedad que dejaran de perder el tiempo con fantasmas, que debían organizar la búsqueda de Martin Saxton pero le ignoraban descaradamente.

Se desgañitaba una y otra vez y a sus espaldas se reían de él.

Optaban por ignorarle y él, como acusado, no podía hacer absolutamente nada, salvo agradecer su ayuda y esperar la decisión que llegaría en cualquier momento.

Sintió como un aleteo el deslizar de la yema de un pulgar por su fruncido entrecejo. Dios, sentía tanta rabia e impotencia en su interior que sabía que lo estaba pagando con los más allegados.

Con su bendito padre.

Con Peter.

Pero no lo entendían.

Peter no terminaba de comprender que si le condenaban como policía corrupto, esa mancha se extendería sobre aquellos que le rodeaban. Era tozudo y se negaba en redondo a recular pero su vida, los negocios que tanto les había costado a él y a Doyle levantar de la nada podrían derrumbarse como un maldito castillo de naipes por un repentino y amargo soplo de brisa.

Puede que el proceso disciplinario no hubiera adquirido una gran trascendencia en los ecos de sociedad pero las filtraciones no faltaban y alguna pequeña reseña había aparecido en prensa.

Los negocios se basaban en muchas razones pero los que merecían la pena, los duraderos, lo hacían en la honradez y el buen hacer, por lo que él no permitiría que todo aquello que Peter había ganado con esfuerzo, lo que los hermanos Brandon habían obtenido a base de sangre, sufrimiento y tenacidad lo perdieran en un condenado segundo. Por su culpa. No lo haría y debía hacérselo entender aunque con ello se arrancara un parte de su maltrecho corazón.

Abrió los ojos.

Dios, era hermoso.

Oscuro y hermoso y ya no recordaba el tiempo en que al mirarle sólo veía a su mejor amigo. Había llegado un momento en que dolía imaginar la vida sin él pero ésta no siempre le ofrecía a uno lo que más deseaba. Para su desgracia rara veces lo hacía en su caso.

Tragó saliva para prepararse. Porque Peter pelearía como en otras ocasiones en que había tratado de hacerle ver, de hacerle comprender.

—No podemos seguir así, Peter.

El frío se incrementó en un segundo al apartarse esas manos de su rostro y erguirse la formidable figura, quedando en pie a su lado, mirándole desde lo alto.

—No.

Una simple palabra que encerraba un mundo de respuestas.

Desvió un segundo la mirada hacía la puerta de entrada a la cocina desde el exterior. La misma puerta en la que la palabra traidor había aparecido pintada en un llamativo color rojo dos días atrás, destrozando una parte del orgullo que siempre había sentido al pertenecer a un cuerpo de policía que adoraba y por el que había dado gran parte de su vida y su sangre.

Traidor. Dolía… tanto.

La misma puerta que no tardaría en cruzar Clive Stevens con Doyle, acompañados de su padre tras conocer el dictamen emitido por la junta disciplinaria formada para estudiar y juzgar su caso.

La premisa era sencilla. Scotland Yard no admitía traición alguna. La traición conllevaba la expulsión del cuerpo. El resto era simple. Y fácil de decidir para unos hombres que nada personal perdían con su decisión.

A él le tenían vedado el acceso a dependencias policiales, dejándole en la oscuridad. Obligándole a esperar.

Respiró hondo para calmarse y bufó suavemente. Como si eso fuera posible, tal y como estaba su ánimo. Acorralado y a un paso de doblegarse como todos esos hijos de mala madre esperaban.

Se sentía tan impotente.

Lo único que tenía claro era que antes de que su padre y amigos traspasaran esa entrada debía dejar las cosas en su sitio con Peter aunque le enfureciera.

—No es decisión tuya, Peter.

—Lo es. En parte lo es.

—¿No lo entiendes? No permitiré que te hundas conmigo. Ni que todo lo que has conseguido desaparezca por mi culpa.

—No será así.

—Eso no lo sabes.

—¡Lo sé!

Condenado tozudo. Apretó los dientes y arremetió de nuevo, clavando la mirada en la inmensa figura que permanecía en pie frente a él.

—Dime que no has recibido preguntas insidiosas acerca de nuestra amistad de un par de clientes y lo dejaré estar.

—No lo he hecho.

—No es cierto. Mírame a los ojos y dime que Merron Davers no ha amenazado con irse a la competencia.

—¿Y qué? Es un joven y pretencioso idiota que no sabe que la competencia le hundirá en la miseria y que debiera hacer más caso a su padre, que es quien realmente sabe de negocios.

—Y, ¿qué me dices de Charles Lincoln?

La manera en que el enorme y musculoso cuerpo se enderezó provocó que todos sus nervios se tensaran. Ahí estaba.

—Nuestras relaciones comerciales con ese hombre están rotas. Y te puedo asegurar que fue decisión mía, canijo. Ese imbécil quiso recular pero ya era tarde.

—¿Qué pasó?

—Nada.

—Peter…

—He dicho que *nada*.

Rob aspiro profundamente.

—De acuerdo —apretó los puños antes de apoyarse sobre el borde de la mesa y ponerse en pie. Necesitaba moverse. Necesitaba…—. No podemos… —Las palabras parecían atragantarse en su garganta—. Quisiera ser tu amigo, Peter.

El silencio se fue haciendo opresivo con el paso de los segundos hasta que la voz de Peter surgió, extremadamente ronca.

—Ya lo eres.

¡Maldita sea! El muy bestia se lo iba a poner más difícil de lo que ya era.

—Sabes lo que quiero decir.

—No, Rob. No lo sé aunque seguro que me lo explicas al detalle.

Comenzaba a enfadarse. No le daba ni un mínimo respiro.

—Está bien, Peter. Si así lo quieres, así será. Hasta que consiga limpiar mi buen nombre no quiero tratos contigo —se mordió el labio inferior hasta casi hacerse sangre—. No quiero contacto alguno con vosotros. Ni contigo, ni con Doyle.

Siguió con la vista el lento deambular de Peter hasta quedar perfilado contra la apagada chimenea y apoyar las manos contra su repisa. Se estaba preparando para algo. La manera en que se posicionaba, dándole la espalda, tensándola, le recordó la rigidez de los soldados previa a la batalla. Dándole aún la espalda, Peter habló. Lentamente, incidiendo con parsimonia en cada palabra.

—¿Qué entiendes por tratos, Rob? —Desde la distancia que los separaba apreciaba la presión que esos largos dedos ejercían sobre los fríos azulejos del hogar—. Quizá te refieres a hablar conmigo a diario o a quedar para desayunar tras el amanecer. A acompañar los dos a tu padre a la librería o a que le eches a Doyle una mano con las cuentas ya que odia hacerlas él solo. A disfrutar de la compañía de Julia y la pequeña Rose, que te adoran. Puede que te refieras a escucharme cuando una idea me surge en la mente y trató de aplicarla a una pieza de maquinaria sin que cuadre o quizá te refieras a cenar en la intimidad, a reír juntos o pasear cerca el uno del otro —una suave pausa llenó el espacio—. Quizá, a besarnos desesperados.

El corazón le golpeó las costillas con tanta fuerza que creyó que las quebraría. No pudo contestar. Simplemente se quedó con la mirada clavada en esa inmensa espalda que conocía como la palma de su mano, tragando saliva angustiado.

No estaba discurriendo como esperaba. El muy testarudo no estaba actuando como imaginaba.

Con extrema lentitud Peter se volvió dando la espalda al hogar, dejando sus rasgos en la penumbra e imposibilitando que apreciara la expresión de su rostro, dejándose guiar únicamente por el tono de su voz y ¡Dios!, éste indicaba que estaba más que enfadado.

—Deliras si crees que vamos a dejarte de lado. Por demasiadas razones como para enumerarlas, canijo, pero lo haré y, ¿sabes por qué? —Quiso responder que no, pero no pudo. No quería saberlo—. Porque eres familia y no sólo me refiero a ti, Rob. También a tu viejo. Él no merece sufrir más.

Tragó saliva. ¿Cómo contestar o negar una verdad que impactaba tan sólo escuchar?

Con cada paso que acercaba al hombre que intentaba alejar con todas sus fuerzas, las palabras siguieron fluyendo. En ocasiones firmes. Otras, temblorosas.

—Porque si te expulsan del cuerpo de policía no permitiremos que te desprecien. Porque si ocurriera lo que más temes, no quedarás en la calle sino que comenzarás a trabajar con nosotros, en una empresa que se ha hecho un nombre lo suficientemente sólido como para que no nos importe lo que un estúpido ignorante pueda atreverse a decir por ahí. Porque la pequeña Rose te sonríe de una manera que ilumina el día y a ti te ocurre lo mismo con ese precioso y diminuto trozo de vida. Porque dudo que puedas pasar sin verla más de ocho horas seguidas o viceversa y... —Casi estaba a su lado— ...y porque nos amamos, Rob. Porque nos hemos querido toda nuestra condenada vida y siempre lo supimos pero sobre todo, porque siempre lo haremos sin importar lo mucho que luches contra ello.

Estaba empleando armas pesadas pero la última... la última...

Le estaba resquebrajando por dentro.

Con ojos alucinados observó a Peter recorrer los últimos cinco pasos en su dirección. Por un instante estuvo a punto de asaltarle la necesidad de escapar lejos de su alcance y mantener su maldita decisión inalterable. Si le permitía acercarse todas sus intenciones flaquearían.

—No te acerques, Peter.

Una suave sonrisa curvó los llenos labios tocados por esa cicatriz que atraía todas las miradas.

Cuatros pasos de distancia. Tres, convertidos en dos.

Odiaba que fuera más alto pero contra la naturaleza poco se podía hacer salvo jurar y que tuviera unos rasgos tan impactantes pero sobre todo, en esos momentos, odiaba saber de primera mano el sabor de esos labios, la profunda manera en que besaba, en que acariciaba y en que amaba de esa forma tan suya.

—No me hagas esto, Peter.

Estaba tan cerca que sentía el calor que desprendía su cuerpo.

—¿Qué? ¿Luchar por lo que quiero?

—No cambiaré de opinión. No puedo.

Notó el roce de los labios sobre la comisura de su boca y el golpeteo del pecho se incrementó descontrolado.

—Eso lo veremos, canijo.

Era tan familiar y al mismo tiempo, tan diferente, que en ocasiones daba miedo. Causaba pavor la mera posibilidad de perder lo que tan duramente habían conseguido tras aparcar el miedo, las precauciones, la burla, el rechazo y reconocer que lo que sentían podía más que su voluntad y que los rancios convencionalismos.

Ojalá fuera menos complicado. O tuvieran menos que perder.

Que aquello que podían libremente mostrar en su hogar, entre los suyos, se pudiera expresar sin disimulo fuera de los círculos más íntimos. Que se considerara algo bueno y no una sucia perversión.

Sucio.

Le dolía tanto esa palabra.

Asociarlo a aquello que sentía por el hombre que le miraba con una inconfundible mezcla de seguridad, picardía e intenso amor.

Un sueño imposible y eso le aterraba. No por sí mismo, sino por el hombre que había sufrido demasiado en su vida como para permitir que lo hiciera aún más por su culpa.

Por todos los...

Esa endemoniada lengua.

Besaba como lo hacía todo. Sin medias tintas. Expresando todo lo que bullía en su interior. Jugando y abrasando.

Amando.

Y él no podía permitir derrumbarse.

Presionó las palmas contra el pecho que parecía moldearse al suyo y el suave impulso separó sus labios pese a la oposición inicial de Peter, que los mantenía contra los suyos, simplemente manteniendo el contacto hasta que otro empujón terminó de alejarle. Dos fuertes manos rodearon su rostro, sujetándolo.

—Te equivocas, Rob.

Apretó los sensibles labios y le miró. A esos negros ojos bordeados de curvadas y espesas pestañas y tragó saliva.

Dolor.

Le estaba causando dolor pero no se arriesgaría de nuevo a que Saxton le arrastrara con ellos. Cuando viniera a por él, porque lo haría, tarde o temprano lo haría, nadie más salvo uno de los dos iría al condenado infierno.

Aunque le matara por dentro, mantendría a Peter a salvo. Lejos. Necesitaba que estuviera a salvo para no perder la razón. Aquellos dos años buscándole, luchando contra la desesperación y el miedo le marcaron a fuego, tanto como marcaron la mente, el corazón y el cuerpo de Peter. Alejarlo del hombre que ya le había torturado, porque lo contrario no era una opción para él. Jamás permitiría que le cercara de nuevo. No más.

Proteger también era amar. Aunque Peter no lo viera así. Separó esas manos de su rostro con sus dedos, alejándolas.

—Ya está hecho, amigo mío.

Avanzó un par de pasos con las piernas flojas y la impresión de esos labios aún marcados a fuego sobre su boca, hasta dejarse caer una vez más en la silla que había dejado hacía unos minutos. Escuchaba con claridad la respiración acelerada de Peter y su impresionante cerebro elucubrar. Sentía sus ojos fijos en él. Confusos. No se daría por vencido. Nunca lo hacía pero esta vez...

Una suave sonrisa curvó su boca. Habían tardado un mundo en reconocer sus sentimientos y aún los percibía tiernos. Apenas desarrollados.

La vorágine en la que se habían visto mezclados les había permitido poco más que intercambiar unos besos robados al tiempo del que disponían. Nada más, pero habían sido hermosos. Sencillamente hermosos.

A partir de ese instante formarían parte de sus más preciados recuerdos porque no podía permitir que ahondaran más de lo que lo habían logrado. Permitirlo supondría una mayor agonía.

Si colocaba un muro frente a esos sentimientos, Peter podría seguir adelante si él faltaba. Nunca debió abrirse a la posibilidad de amarle. Ahora ya era tarde, salvo para protegerle. Se sentía incapaz incluso de mirarle pese a sentir la abrasadora y dolida mirada sobre su rostro.

Una fría corriente se adentró en la habitación al abrirse la puerta, evitándole un nuevo enfrentamiento pero atrayendo la posibilidad de lo que más temía. Su ruina.

Todos los músculos, tendones y nervios de su cuerpo se agarrotaron y con engañosa suavidad apretó las frías y húmedas palmas de sus manos contra la superficie de madera.

Las pecas que cubrían los agradables y aniñados rasgos de Clive destacaban sobre la palidez casi cadavérica de su rostro. La rabia oscurecía los hermosos ojos grises por lo que se preparó para lo que ya imaginaba. Le iban a hundir en la miseria.

Tras Clive surgió la fornida figura de Doyle, quien de inmediato se ubicó junto a su hermano. Por un breve segundo su mente divagó a modo de protección al clavar su mirada en Peter y Doyle. Dudaba que algún día llegara a conocer a unos hermanos tan diferentes y que se complementaran totalmente el uno al otro.

Y que se amaran tanto.

Finalmente su padre.

¡Dios santo!

Ese viejecillo de fino cabello plateado, encogido por los disgustos y el paso inexorable del tiempo no parecía el padre que lo había criado. Estos meses había tocado el inquebrantable espíritu de ese hombre que le había dado todo. Amor, estabilidad, risas.

Por un breve segundo le costó respirar.

No permitiría más dolor hacia un anciano que no lo merecía.

El sonido del arrastrar de una silla atrajo su atención. Clive había tomado asiento frente a él, tras despojarse del oscuro abrigo y la expresión de su rostro no auguraba buenas noticias.

—Suéltalo, amigo.

Esos grises e inquisitivos iris se posaron en los suyos antes de contestar. Otro buen hombre atrapado en la maldita telaraña tejida por Saxton de la que, una vez inmerso, resultaba imposible escapar sin daño.

—No es bueno, Rob pero tampoco lo peor que podría haber ocurrido.

Algo de tensión se aflojó y con ella una pizca de tranquilidad pareció inundar la concurrida habitación.

Clive siguió de inmediato.

—De los cinco miembros de la junta tres han votado a favor de tu permanencia en el cuerpo y dos optaron por la expulsión con retirada de honores y carente de pensión alguna.

Maldita sea.

Tras un mes sin respirar, el aire entró de golpe en sus pulmones casi ahogándole. Pero algo en la expresión del pecoso rostro le hizo recobrar algo de la perdida rigidez.

—¿Pero?

—Exigen un periodo de prueba.

El *serán malnacidos* lanzado por Peter lo sintió como si lo hubiera gritado él.

El significado era un arma de doble filo y todos los presentes lo intuían. Carecían de pruebas para echarle aunque lo hubieran deseado y el periodo probatorio lo atestiguaba. Sus compañeros en el cuerpo le harían el vacío, si no optaban algo peor.

En la comisaría una rata era el enemigo y que sobre un policía sobrevolara, aunque fuera incierta, la mera sospecha de ser un traidor, equivalía a una vida imposible de aguantar entre esas cuatro paredes. Frases dañinas, insultos, zancadillas e incluso palizas tras ser acorralado por los compañeros y ausencia de apoyo en la calle eran situaciones habituales en esos casos que inevitablemente terminaban con el policía en cuestión malherido, muerto o abandonando el cuerpo de policía por su propio pie.

Una condena encubierta.

Una malsana costumbre demasiado arraigada como para luchar contra ella.

Necesitaba un buen trago de algo que le quemara por dentro para acallar los gritos de rabia.

—He solicitado el traslado definitivo a tu comisaría. Con efecto inmediato.

El juramento que se le escapó al escuchar la frase de Clive rebotó en las paredes.

—¡Has perdido la cabeza!

Las fuertes manos de Clive trataron de peinar el indomable y llamativo cabello rojizo, en un gesto tan propio de él, en situaciones tensas, que casi le arrancó una sonrisa involuntaria.

Incansable protector de las causas perdidas. No tenía remedio.

—Venga, Rob. Tú harías lo mismo.

—Eso nada tiene que ver con esto.

—Lo tiene. Los amigos lo están para lo bueno y lo malo y diablos, amigo, ahora estás de agua hasta el cuello.

El ronco bufido atragantado de Peter y la bronca carcajada de Doyle sonaron nítidas al igual que el lamento de su padre, sentado a su vera.

—Gracias, hombre.

La mueca en el rostro de Clive le hizo parecerse a un muchacho no mayor de veinte años.

—No te voy a engañar, Rob. Nadie querrá ser tu compañero y en la calle necesitas alguien que te guarde las espaldas. Yo lo haré.

—No lo permitirán. Eres superintendente y no te emparejarán con un simple inspector.

—Me degradarán. Ya lo solicité.

No podía haber escuchado bien. Lo que acababa de escuchar era sencillamente impensable.

—Repite eso.

—Era eso o que quedaras desprotegido, amigo —la inteligente mirada no se apartaba de la suya—. Nadie aguantaría más de un mes sin apoyo. Maldita sea, Rob, es una encerrona y lo sabes. Y lo que te planteo es la única opción para salir de ésta, enteros. Y vivos.

No pudo sostener esa gris mirada por más tiempo.

—Lo arriesgas todo, Clive.

Éste se encogió de hombros y su aniñado rostro de rasgos clásicos y firmes sonrió repentinamente y se transformó. Completamente.

—No tengo familia cercana. Sólo amigos por los que merece la pena arriesgarlo todo… —un suave carraspeo asentó la emoción que llenaba esa clara voz— …aunque últimamente rondo a una hermosa damisela que me ignora totalmente, para variar y para mí honda desdicha. Así que, amigo Norris, está todo dicho.

El peso del mundo pareció caer sobre sus hombros. En ese mismo momento rodeado de familia y amigos le entraron tales ganas de llorar que el esfuerzo por retener las lágrimas le supuso un soberano triunfo. Él no lloraba, ni en los peores momentos ni en situaciones extremas. Nunca.

Jamás se rendía pero el grupo de hombres que le rodeaban eran su maldita debilidad. Lo daban todo por él y su respuesta a ello eran más y más problemas.

La palabra se le formó en el fondo de la garganta y surgió, estrangulada de la emoción.

—Gracias.

La sorpresa en los grises iris de Clive le impactó.

—No se dan las gracias a un buen amigo, idiota. Claro que no has escuchado la segunda parte.

¿Había más?

—Ross Torchwell también ha solicitado el traslado de Bow Street. Ha interesado el cargo vacante de superintendente en nuestra comisaría y como se lo den estamos apañados, amigo mío —el gesto de impotencia de Clive era casi cómico en un hombre adulto—. Manda más que nuestra reina. Mucho, mucho más. Es gruñón, exigente y ya puedes ir acostumbrándote a sus órdenes que por regla general, tienen sentido, todo hay que reconocerlo, pero... —El suspiro que emanó de Clive fue casi risible—. Diablos, se cree mi niñera desde que me atacaron por orden de los Bray. Y está furioso. Conmigo y con el mundo entero. Quizá algo de esa obsesión se diluya si eres mi compañero, aunque lo dudo con esa terca mula.

—¿Furioso?

—No pasa nada. Es su estado natural.

La siguiente pregunta surgió de Peter.

—¿Por qué?

—Según sus airadas palabras, le ignoré de nuevo al presentar la solicitud de traslado.

—Pero si él ha hecho igual.

—Ya, pero a él no le han degradado. Creí que me atizaba al enterarse. Yo qué sé. Lleva unos meses la mar de raro. No habla. Sólo ruge. Sobre todo a mí.

Rob sonrió al evocar la enorme y altísima figura. Le gustaba Ross Torchwell aunque por alguna extraña razón éste pareciera tenerle algo de inquina. Le recordaba a Peter. Un hombre de armas tomar y extremadamente inteligente. Convertido en su jefe en cuanto tomara posesión de su nuevo cargo.

—Nuestro superior.

—Eso mismo.

—Está bien.

—No, no. No lo entiendes, manda más que... la... reina. Y eso es mucho decir.

—Vale.

—¿Vale? ¿Cómo que vale? En calidad de compañero de fatigas tu deber será, entre otros, protegerme.

—De los delincuentes.

—¡Y de Ross!

Poco a poco el resto se habían ido sentando alrededor de la mesa.

Clive emanaba algo indefinible que atraía a las personas. Quizá fuera su vitalidad, su humor, que pocas veces se enfadaba o sencillamente que entre lo bueno o lo malo siempre se decantaba por lo primero.

Un alma optimista.

Un gran amigo.

Algo de calor fue llenando la frialdad que no había conseguido alejar de su vida los últimos tiempos. Lo que podía haber sido y lo que era.

Sobre la mesa de madera, rodeado de conversaciones mezcladas con risas ahogadas y bromas a costa de Clive, su mirada se cruzó con la de Peter y ésta estaba invadida por una llana advertencia.

Su conversación estaba muy lejos de haber finalizado. Las cosas eran diferentes a como las imaginaron, no peores pero tampoco habían salido de la maldita oscuridad. No lo harían mientras Martin Saxton siguiera ahí fuera, escondido y al acecho. A la espera de un momento de distracción o debilidad para atacar.

Hasta que uno de los dos estuviera muerto y el otro libre, no se permitiría respirar.

No se permitiría amar a Peter.

******

Capítulo 2

I

Una suave lumbre atravesaba el cristal exterior de la cocina que la figura oculta al otro lado de la calle, a escasos cincuenta pasos, recorría con la mirada. Cada movimiento que surgía del interior se controlaba y apuntaba al detalle.

Solía dejar esa tarea en manos de sus hombres pero el ansia ocasionalmente superaba la precaución que su meticuloso plan requería.

Él estaba ahí dentro. A unos pocos pasos de distancia y la puerta que les separaba era frágil. Tan cerca que casi creía olerle en cada corriente que cruzaba la entrada del callejón, cuyas sombras le servirían de camuflaje y de distracción, de resultar necesario. Aunque no sería así.

El pozo en que había conseguido hundir a Robert Norris y aquellos que le rodeaban e intentaban proteger era demasiado denso como para apreciar la madeja que lentamente seguía envolviéndoles. Sin que se dieran cuenta. Tan entretenido. Controló la sonrisa de satisfacción.

Si no fuera por ella ya habría atacado, pero la brecha en las defensas del grupo que su socia había logrado abrir, no debía desaprovecharse. Despreciaba los refranes. Eran ridículos, del populacho pero por algún motivo, uno se sucedía una y otra vez en su mente. A la tercera va la vencida. Y en esta ocasión destrozaría todo obstáculo colocado en su camino hasta obtener aquello que quería.

Esa necesidad que crecía. Hora tras hora. Ardía.

Una parte de él gozaba de la caza. No se permitía saborear con antelación el momento que llegaría, tarde o temprano. El escenario no estaba decidido entre los variados a seleccionar, salvo la presencia de los tres participantes que permanecían inalterables en todos y cada uno de ellos. Su juguete, la sombra y por último, él.

Las reglas del juego se estaban desarrollando a la perfección. Las fases se sucedían tal y como las había planeado y las torpes marionetas actuaban guiadas por los hilos que manejaba con destreza.

Se tensó al cruzar una silueta delante de la ventana empañada pero era demasiado corpulenta. Sus puños se cerraron instintivamente por lo que se obligó a relajarlos. El ansia de atacar duró dos segundos. Aplacar la necesidad formaba parte de su grandeza, del dominio que le caracterizaba.

La silueta desapareció de la vista y con ella la posibilidad de que apareciera él, en su lugar. La sombra. Siempre cerca. Siempre alerta. No importaba. Llegaría el momento en que Peter Brandon no pudiera proteger a Robert Norris de su destino y él estaría ahí, aguardándolo. El instante de supremo gozo. Aquel que sólo disfrutaban los vencedores.

Ahora no era el momento. Demasiados en el interior de la casa Norris. Con un sencillo gesto un par de hombres ocuparon su lugar. El resto permanecía oculto en sus posiciones. Sus miradas le rehuyeron. Eso le agradaba.

Tras un último vistazo atrás, se hundió en la oscuridad.

II

Era un olor único. A bebé. A inocencia. A… pureza.

Pensar que hacía seis meses habría roto la cara a quien hubiera siquiera insinuado que una cosita más pequeña que su brazo le iba a noquear completamente. A él, que había peleado media vida sin que lograran vencerle.

Estaba envejeciendo.

La suave y tranquila respiración junto con las babas que manaban de esa boquita desdentada le estaban humedeciendo la camisa pero le daba exactamente igual. La sensación de estar en paz consigo mismo mientras era incapaz de apartar la mirada de su hermosa mujer le descolocaba y asentaba a partes iguales.

La misma que le había enamorado hasta las trancas antes de que el cielo les regalara a su pequeña Rose. Su Julia. Esa contradictoria sensación carecía del más mínimo sentido aunque con el brusco giro dado a su vida en los últimos meses nada era ya de extrañar. Su vida se había vuelto patas arriba y le encantaba.

Inclinó ligeramente la cabeza procurando no despertar a su pequeña. Al otro lado de la puerta se escuchaban los paseos de sus hombres.

No había forma humana o divina de que dejarán de lado la vigilancia organizada que había mantenido y aumentado con el paso del tiempo para cuidar tanto de Julia como de la pequeña. Marsden era el cabecilla e imponía los turnos como un sargento de caballería en pleno auge de su carrera militar, pero lo incomprensible de la situación era que el personal se peleaba por doblar sus turnos.

Dos días atrás la pequeña Rose casi había caído de cabeza de la improvisada cama colocada a escasa distancia del suelo de la habitación, donde Julia le estaba cambiando los empapados pañales de tela y la inmediata consecuencia había sido ser salvada de un pequeño coscorrón por la rápida manaza de Marsden. Lo siguiente, según palabras de su mujer, había resultado una tragicomedia o mejor dicho, una escena dantesca e incomprensible. El gigantesco golpe se lo había llevado el propio Marsden al caer desmayado como un saco de patatas al suelo al comenzar a imaginar las horripilantes y múltiples consecuencias de no haber estado él ahí para salvar a su pequeña e inquieta niña jefa.

¿Ve, jefe? No se le puede quitar el ojo de encima.

¿Ve, jefe? Las rondas son necesarias.

¿Jefe, podríamos duplicar las rondas por el bien de las jefas y de paso su propio bien?

¡Sí, hombre! Y si queréis, ¡podéis echarme de mi cuarto y acomodaros vosotros para quedar tranquilos vigilando a mi mujer y a mi hija!

Si no había estrangulado a Marsden las horas posteriores al incidente, ya era capaz de aguantar lo indecible de sus hombres.

—No hacen daño, marido.

Demonios.

No lo entendía. Ni aunque viviera mil años alcanzaría a comprender cómo su hermosa pelirroja le leía la mente.

—Sólo quieren protegernos. Porque te quieren.

Por su mente desfiló fugaz la mirada repleta de lealtad y orgullo de su gente y sonrió desfondado, devolviéndole su esposa una de esas sonrisa que le encendían las entrañas.

Había terminado de cepillarse esa roja cabellera que traía por la calle de la amargura a su libido y tras, levantarse del mullido asiento frente al espejo de medio cuerpo, se acercó a él. Sin prisa.

Diablos.

Le amaba con locura.

Unos suaves y cálidos labios recalaron en los suyos al tiempo que sentía el diminuto peso desprenderse de su pecho, provocándole cierta sensación de vacío hasta que les contempló a las dos juntas.

Eran su vida.

Un suave gemido de su pequeña desapareció en cuanto se acomodó sobre el pecho de su madre y ambas se encaminaron hacia el lecho, ubicándose en el mismo centro. Con esa torpeza única y maravillosa tan propia de su mujer.

—En cuanto Rose termine de conciliar el sueño, le acomodaré en su camita y esperaré a que vuelvas, despierta. El tiempo que sea necesario.

Su pecho se constriñó totalmente y se sintió casi imposibilitado para hablar. Depositó un suave beso sobre la pelona cabecita de su hija y otro, algo más largo, sobre ese punto bajo y sensible bajo la mandíbula de su mujer.

—No sé lo que tardaré, amor y quizá necesitemos paños y agua caliente cuando regrese.

Un velo de oscuridad cubrió los ojos de Julia.

—¿Peleará?

—Espero que no pero esta vez no saldrá del maldito refugio sin hablar conmigo aunque tenga que sacarle lo que siente a golpes.

—No le hagas mucho daño, ¿verdad? Sólo un poquito. Lo suficiente para que salga del infierno en el que se está metiendo sin darse cuenta… y…

—¿Y?

—Chilla si necesitas ayuda.

Una suave carcajada le retumbó por dentro. Podía imaginarlo a la perfección. Un grito y sus dos mujeres, despeinadas e incontenibles como la fuerza de la naturaleza que eran, acudirían en su ayuda. Sin dudar un segundo.

Sus labios golpearon los de su mujer antes de erguirse y abrir la puerta que daba al pasillo para topar con Mason. El menudo y escurridizo ratero, ya entrado en años, que desde hacía demasiado tiempo como para rememorar había entrado a formar parte de la familia se cuadró. Guardando la puerta.

—¿Pasa algo, jefe?

—Nada que un buen golpe y un bufido no puedan arreglar, Mason.

La aguda mirada de su hombre se desvió hacia las escaleras que dirigían al piso inferior.

—El jefe Peter está en su despacho, jefe —el enclenque hombrecillo encogió los hombros—. Chille si necesita…

—¡Lo sé! Lo sé, diablos. Si necesito ayuda, berrearé a los cuatro vientos.

Dejó atrás a Mason farfullando un *desde que se había casado el jefe Doyle, se le estaba agriando el carácter* y comenzó a descender la escalinata que daba a la planta principal.

El despacho que utilizaban ambos se había convertido en el escondite de Peter. Pasaba interminables horas encerrado desde que la primera nota que había enviado a Rob, hacía varios días, le había sido devuelta sin contestación y sin abrir. A ésta le habían seguido innumerables cartas y por lo menos cuatro visitas por parte de Peter a la casa Norris, sin resultado satisfactorio atendiendo al enrabietado aspecto que mostraba su hermano al volver de ellas. Lo único que recibía eran notas del viejo Norris, poniéndoles al día, las cuales parecían aplacarle algo.

Con el paso de los días había dejado de hablar para gruñir a todos salvo a Julia y a la pequeña. Con ellas empleaba toda la dulzura que guardaba en ese inmenso corpachón y por conocimiento de primera mano, era mucha la que almacenaba en él.

Un leve empujón fue suficiente para abrir la pesada puerta de par en par y su preocupación ascendió un par de grados al darse cuenta que su llegada había pasado inadvertida a Peter. Permanecía inclinado sobre la amplia mesa cubierta de libros y pedazos de papel, preparada para acomodar sus ingeniosos diseños. Dios, su hermano tenía una mente única. Para diseñar, fabricar e inventar... y auto flagelarse.

Tan complicado, a veces.

Sus inventos se patentaban y aplicaban a la naciente industria como pocos lo hacían, generando una inmensa fortuna para su familia. Había perdido la capacidad de calcular los ingresos que les reportaban sus creaciones.

Unido a su innata capacidad para los negocios, no era de extrañar que los inversores ofrecieran verdaderas fortunas para comerciar con ellos.

Si tan sólo su corazón estuviera asentado y dejara de dar vueltas a esa inquisitiva mente para afrontar de una maldita vez lo que sentía.

Doyle cuadró los hombros y se adentró en la guarida.

—No puedes seguir así, hermano.

La única contestación fue el silencio que últimamente acompañaba al hombre que se guardaba todo en su interior. Incluso de él, de su propio hermano.

—Háblame, Peter.

El carboncillo rasgaba el papel debido a la fuerza con que los dedos trazaban el dibujo. El sonido era tan desgarrador como presenciar el dolor que llenaba al hombre que dibujaba, ajeno a todo, incluyendo la súplica en su voz.

Estaba perdiendo a su hermano. Lentamente y se sentía incapaz de impedirlo.

Se acercó dos pasos hasta quedar a su altura.

Que lo maldijeran si lo permitía.

Con fuerza agarró el puño que seguía deslizándose por la arrugada hoja de inservible papel, paralizando su avance.

Peter estaba agarrotado. Dolido. Y se negaba a hablar. Igual que el día en que lo recobraron de aquel condenado infierno en el que permaneció dos años.

—Te juro por mi mujer y mi niña que si no me hablas de una puñetera vez, que si no me miras y…

Sintió su propia voz romperse, negándose a fluir. Quebrada.

¿Puede el pecho doler tanto que parece partirse en dos viendo sufrir a quien amas?

Puede.

Vaya si puede…y duele.

Duele no poder ocupar el lugar de quien sufre. De quien se niega a hablar.

De un hermano.

Los dedos se le cerraron instintivamente, curvándose sobre la mano que seguía aferrando el áspero carbón. Con un impulso se agachó colocándose a la altura de Peter.

—Mírame.

Por un segundo creyó que una vez más Peter se cerraría en banda hasta que sintió el afloje del puño bajo la palma de su mano.

—Le estoy perdiendo, Doyle.

Gracias.

Se sintió incapaz de mover el más mínimo músculo, por miedo a que Peter callara de nuevo y se cerrada una vez más a aquellos que le querían.

—Está logrando lo que más temo. Perderle.

—¡Pues lucha!

La leve tensión en esos amplios hombros indicaba el camino a seguir.

—Me cierra todas las puertas.

—Ábrelas.

—¿¡Cómo!?

—Desde luego, encerrándote aquí, poco vas a hacer, hermano.

Si le picaba lo suficiente quizá saltara el endiablado mal genio que caracterizaba a su hermano menor.

—Está todo el día con Clive Stevens, Peter.

Celos.

Diablos.

Peter estaba cegado por los tontos celos. Aspiró profundamente para evitar darle un buen mamporro en la cabeza.

—Es su compañero en la policía, hermano. Es lo normal. Y son buenos amigos.

—No hace falta que lo recalques así, Doyle.

La chispa estaba ahí. Faltaba la llama y por Dios que se la iba a dar.

—*Muy buenos* amigos.

Peter casi le hizo caer de culo al suelo al deslizar de un empujón la silla en la que estaba sentado para erguirse y mirarle como una completa fiera.

—¿Qué diablos insinúas?

Diablos. A veces su hermano impresionaba y estaba ante una de esas ocasiones. Como ese dicho popular lleno de sensatez.

Líbrate de las aguas mansas que de las bravas ya lo haré yo.

Ninguno se aproximaba tanto al hombre que tenso como una cuerda a punto de estallar le observaba con esos negros ojos inflamados. A veces Peter le recordaba a uno de esos volcanes cuyos dibujos gustaba de mirar en sus libros. Latentes y quietos. Inmóviles, hasta que llegaba ese punto de ebullición en el que estallaban y todo, absolutamente todo a su alrededor ardía con la fuerza que imprimía su interior al surgir descontrolado. Su hermano había aprendido a base de dolor, golpes y maltrato a esconder todo lo que guardaba en su interior.

Únicamente una cosa se escapaba de ese férreo control. Doyle intuía que Peter odiaba darse cuenta de esa debilidad. De lo que él consideraba una debilidad sin entender que en realidad era aquello que le mantenía vivo, lo que le hacía sentir y gozar y disfrutar. Y amar. Lo que le daba fortaleza.

Rob.

Su punto débil. Su fuerza.

Lo mismo que era Julia para él. Su ancla.

—Insinúo, hermano, que Rob es un buen hombre y si no peleas por él otra persona lo hará.

Se preparó para la embestida tensando toda la musculatura de su cuerpo. Para un golpe que estaba seguro que le iba a dejar inconsciente o como poco algo atontado. Cerró los ojos y quedó a la espera.

No llegó.

—¡Quieres abrir los ojos de una maldita vez, Doyle!

Sopesó el gruñido lanzado en su dirección y el bufido subsiguiente hasta que la grave voz de su hermano llegó desde el otro lado de la habitación seguido de ruido de ropas al ser manejadas. Abrió los ojos de golpe.

Oh, oh.

Se había pasado con sus buenas intenciones. Maldición, el volcán había entrado en erupción.

—¿Qué haces?

La oscura mirada de su hermano indicó que la pregunta era rematadamente idiota ya que la respuesta era más que evidente.

—Sigo tu consejo.

—¿Ahora?

—Sí.

—¡Son las once de la noche!

Una traviesa y aviesa mirada fue la única contestación que recibió a su histérico chillido.

—Haber esperado a mañana para esta impactante charla fraternal.

Con toda la parsimonia del mundo unida a una seguridad aplastante Peter se mudó de camisa tras limpiarse las manos con un paño húmedo. Todavía se le hacía un nudo en la garganta cada vez que veía las cicatrices surcar el torso de su hermano y esas malditas palabras grabadas a fuego en su espalda.

—¿Qué demonios vas a hacer?

La sonrisa que lentamente cubrió los labios de su hermano le hizo tragar saliva.

Dios santo.

La había armado parda.

Una vez decidido ya nada haría cambiar de opinión a Peter por lo que la mejor opción era intentar limitar al máximo los daños colaterales.

—No puedes secuestrarle, hermano. Es un agente de la ley.

A grandes zancadas Peter se le acercó y posó una de sus manazas sobre su mejilla. Y sonrió.

Sencillamente sonrió con esa pícara sonrisa que recordaba de cuando era críos y acababa de planear la forma de que su anciana vecina les hiciera ese pastel de moras que adoraba. La misma sonrisa que hacía semanas que no veía en los marcados rasgos de su hermano y que lo transformaba en un impactante rostro.

La misma que anunciaba un maravilloso logro.

La fuerte palma presionó contra su mejilla.

—Hazme un favor, hermano. Da orden que preparen dos habitaciones en la primera planta y una de ellas que quede contigua a la mía.

Sin pronunciar otra palabra se giró sobre sus pasos, agarró el abrigo tendido sobre el sillón ubicado cerca de la caldeada chimenea y desapareció de su vista. En un abrir y cerrar de ojos.

Al cuerno.

Necesitaba refugiarse en su mujer antes de que se armara el escándalo. Un escándalo que había iniciado él, por hablar de más.

Adiós a sus gloriosos planes para la noche entre los cálidos brazos de su señora esposa.

Peter iba a raptar al canijo.

III

La expresión de sorpresa en el rostro del viejo Norris no presagiaba nada bueno. Y el hecho de que permaneciera despierto pasadas las once y pico de la noche, tampoco.

Se mordió el labio inferior. Le había costado algo más de media hora decidirse a parar su montura ante la verja blanca que delimitaba el hogar de Rob y su padre en el barrio de Clerkenwell, al Norte de la ciudad. Los gigantescos cascos del caballo habían dejado un surco alrededor de la casa de los Norris imposible de disimular. Enderezó la espalda y sorteó la descascarillada verja. Los restos de pintura roja que impregnaban la puerta de entrada de color aún lograban desquiciarle los nervios, como si el desprecio hubiera estado dirigido hacia él y no hacia el hombre que moraba en el interior de la casa y que no se lo merecía. Como un negro recordatorio de la noche en que su mundo se vino abajo definitivamente.

Apenas tardaron unos pocos segundos en abrir la puerta de entrada, perfilándose una enjuta figura que le recibió con una suave sonrisa. Se sentía ante el viejo Norris como un crío haciendo novillos, con la endiablada lengua trabada al paladar como un seco pedazo de madera, imposible de dar forma.

—¿Está en casa?

La mueca de incomodidad en los arrugados rasgos no le pasó desapercibida, logrando alzar todas sus defensas en un segundo. Algo estaba torcido.

—Está acompañado, muchacho, pero le avisaré —Las cansadas piernas dieron un paso atrás dándole acceso al interior de su casa—. Pasa dentro que la noche es fría —Receloso cruzó el umbral—. Ya sabes en dónde está la salita.

Se encaminó a grandes pasos preparándose para una buena pelea. Como el invitado fuera quien imaginaba le iba a dar un ataque de ira de campeonato y se sentía incapaz de prevenirlo. No esta noche.

¿Desde cuándo gozaba de tanta confianza el aniñado superintendente como para que Rob le diera acceso a su hogar a altas horas de la noche?

La sangre le estaba subiendo a la cabeza de forma cada vez más acelerada y con ella los pensamientos se iban agolpando como una maldita obra de teatro con un final desastroso. El villano aparecía como figura central del espectáculo en lugar del héroe y en su imaginación el aspecto de éste se asemejaba mucho al propio.

Se contentó con plantarse ante el ventanal que daba al oscuro y enlodado patio principal mientras trazaba en su mente las palabras. Cuidadosamente. La forma de hacer entender a Rob que no podían seguir así.

—¿No recibiste devueltas las cartas?

¡Diablos!

Tranquilízate, Peter. Por mucho que te provoque no entres al trapo. El cristal se empañó al exhalar con lentitud. Respira profundamente. Y no le sigas el juego.

—¿O acaso no captas una indirecta, Peter?

Al cuerno con la calma. Todavía sin girarse, contestó a la condenada provocación.

—¿Te refieres a las cartas que no te atreviste a entregar en mano, *amigo*?

Pudo imaginar a la perfección los labios de Rob oprimiéndose con firmeza. En ese gesto tan suyo. Tan… familiar.

En el exterior una suave llovizna comenzaba a mojarlo todo.

Al diablo con las restricciones. Si el muy lerdo no se daba cuenta de que la situación creada entre ellos les estaba ahogando poco a poco ya estaba él para explicárselo con pelos y señales. Ya se desfogaría más tarde con una sesión de entrenamiento con Guang. Unos cuantos golpes y conseguiría mantener la calma. Diez minutos al menos.

¡Eso si no se la hacía perder Rob esa misma noche!

—Si has venido a pelear, ya puedes irte, Peter. Tengo visita y estamos tratando de asuntos importantes.

Lo hacía adrede. Otra explicación no cabía. Le desechaba como si el hecho de aparecer en su casa a horas intempestivas no fuera importante. Como si él fuera insignificante.

Con extrema lentitud se giró dando la cara a Rob.

Maldita la hora.

Siete días sin verle y el impacto de esos azulones ojos le constriñó las entrañas, arrancándole las palabras de golpe. Diablos.

Le había echado en falta.

Su humor, su risa, esos labios incapaces de callar incluso en los peores momentos, las arrugas que iban apareciendo en la comisura de los ojos por la preocupación o sencillamente por el paso del tiempo. La tozuda expresión. Ese rostro que no conseguía arrancar de sus sueños. De esos sueños que le despertaban de golpe en mitad de la noche extendiendo los brazos hacia el lugar donde la figura del hombre que ahora le observaba con enfado se difuminaba poco a poco al despertar.

Estaba completamente hundido y enamorado de un hombre que peleaba cada paso que él daba en su dirección a modo de acercamiento. Y todo porque se le había metido en esa dura mollera que quien estuviera a su lado quedaba en peligro y desprotegido ante las torcidas artimañas de Martin Saxton.

Sin darse cuenta de que con ello el único que, en realidad, quedaba sin protección era él.

Reteniendo las ganas de aproximarse a Rob, preguntó con ligereza.

—¿Qué asuntos?

—No importa.

—Acabas de decir que eran importantes y ahora, ¿ya no importan, en cuanto me intereso?

—No, Peter, sencillamente no son asunto tuyo.

—Eso no lo sabes.

—¡Sí lo sé!

Las mejillas se le estaban coloreando a Rob.

—¿Estás congestionado, canijo?

La estática figura situada al otro lado del cuarto podía tanto estallar como rendirse. Cualquiera de las dos opciones sería bienvenida en estos momentos. Todo menos el maldito silencio.

Todo menos eso.

—¿No contestas?

Rob separó las piernas. El estallido se acercaba a pasos agigantados. ¡Dios! y sería más que bien recibido si conseguía alejar esa artificial frialdad que se había posicionado entre ambos.

Centró la mirada en esos labios esperando lo que fuera. Necesitaba que estallara, que hablara, que gritara, que dijera lo que tenía encerrado en su pecho. Necesitaba…

Necesitaba a Rob como el ansiado respirar. Y no podía decírselo sin que se alejara de él.

El ruido de unos firmes pasos rompió el mutismo que les rodeaba.

—¿Ocurre algo, Norris?

El calor ascendió a oleadas por su cuerpo al escuchar la inoportuna pregunta. Centrándose primero en su vientre, su agitado pecho y en sus palpitantes sienes.

El prepotente listillo.

Por supuesto, ¿quién sino?

Cerró los puños dentro de los bolsillos del abrigo que aún le cubría. Clive Stevens en el lugar y momento más inoportuno. Para variar.

Sintió su boca abrirse, las palabras comenzar a fluir y a sí mismo incapaz de retenerlas, como una marioneta guiada por los rabiosos sentimientos que le colmaban.

—*Ahora* lo entiendo.

Rob se aproximó dos pasos en su dirección, dejando plantado en el quicio de la puerta al hombre que acababa de interrumpirles.

—No, Peter. No entiendes nada, ¿me oyes? ¡Nada!

De nuevo el calor en su pecho. Abrasador.

—*Explícamelo*, entonces.

Notaba en su cuerpo la asombrada mirada del superintendente Stevens y le daba exactamente igual. Que intuyera o entreviera lo que le viniera en gana. Él no saldría de esa casa de vacío. No de nuevo.

Lo claros ojos se clavaron en los suyos y lo supo.

Supo en ese mismo instante que la frase que llegaría a continuación iba a doler. La ronca voz de Rob brotó estrangulada.

—Necesito que te vayas, ¿entiendes? Necesito... —Rob aspiró con brusquedad y continuó—. No quiero verte más. No quiero cruzarme en tu camino ni que me busques.

Dolía más de lo imaginable pero no podía pararle. Por mucho que deseara que callara, gritarle que le estaba rompiendo por dentro, le dejó hablar sin apartar ni un segundo la mirada, muriendo poco a poco en su interior.

—No me busques porque no me encontrarás, Peter. No te quiero cerca hasta...

En algún lugar recóndito de su cerebro se dio cuenta que Stevens les escuchaba enmudecido. Y lo agradeció. Habló con lentitud en dirección a Rob.

—Hasta que Saxton o tú hayáis muerto —El silencio se alargó, denso—. Me pides aquello que no puedo dar, canijo.

La ahogada aspiración de Rob le llegó nítida.

—No me llames eso.

Sus ojos se clavaron en el movimiento de la garganta de Rob al tragar convulsivamente.

—Maldita sea, Peter, déjame hacer, sin intervenir.

—No. Lo que pides es que te deje sacrificarte.

—¡Te pido que *me dejes* salvarte por una vez en tu maldita vida!

Si gritaba estaba logrando resquebrajar sus defensas.

—¿Para qué, canijo?

El asombro llenó la mirada de Rob. Hasta que una extraña claridad la inundó.

—Para poder vivir en paz de una vez por todas.

Increíble. No terminaba de entenderlo. El canijo no alcanzaba a comprender.

—¿No lo entiendes, verdad? Vivir sin ti, no es vivir.

La crispación cubrió los rasgos de Rob.

—No... te... arrastraré conmigo y nada de lo que digas me hará cambiar de opinión, Peter. Nada — el pecho cubierto por una clara camisa se expandió al respirar profundamente—. Ahora, quiero que salgas de esta casa de una vez y que no vuelvas.

El corazón le golpeaba tan fuerte en el pecho que dolía.

Conocía esa mirada tenaz. No lograría nada apelando a los endiablados sentimientos porque ya había decidido. Rob había optado y sólo había una manera de abrir una brecha en el plan que estaba forjando y por su vida que iba a emplearla. Al máximo.

—De acuerdo. Lo haré por mi cuenta. Con o sin tu ayuda, Rob.

La figura ubicada frente a él quedó congelada. Sin fuerza.

—¿*Qué* harás por tu cuenta?

No necesitaba contestar.

—Peter, contéstame.

No lo hizo.

Estaba cansado de hablar.

Despacio se separó del lugar que ocupaba, sacó las rígidas manos de los bolsillos y se dirigió hacia la puerta bloqueada parcialmente por el rígido cuerpo de Rob. Al llegar a su altura ralentizó el paso y alzó una mano de manera involuntaria, casi como si ésta necesitara el tacto del hombre que seguía sin mover un músculo de su cuerpo. Con esfuerzo se obligó a alejarla de ese conocido calor.

—Cuídate, Rob.

Retomó el paso para verse de repente bloqueado por un brazo alzado frente a él.

—Espera.

Con la mirada al frente preguntó sin esperar una respuesta.

—¿Para qué?

—No fastidies, Peter. No puedes hacerme esto.

¡Qué no…!

—Haré lo que me venga en gana. ¿Acaso tú no haces igual, sin importarte lo que otros sientan?

Notaba la tensión en los dedos extendidos de la mano que se mantenía en el mismo lugar. Cortándole el paso.

—Lo hago por…

Giró el rostro a su izquierda, inclinándolo hacia el hombre más bajo que él, acercando la cara hasta casi rozar ese espeso cabello rubio y susurrar al oído. Con suavidad.

—Por ti, amigo. Lo haces por ti, sin pensar en nada más.

El brusco giro del rostro colocó los rasgos de Rob a centímetros de distancia, incitando al roce, a la caricia.

Se mordió el labio inferior para resistir porque en caso contrario aferraría con sus manos ese rostro y no lo soltaría hasta que entrara en razón.

Sencillamente no lo dejaría ir.

—Juntos somos más fuertes, Rob. Eso es lo que no entiendes y Saxton está logrando lo que siempre quiso. Separarnos para hacernos vulnerables.

El suave suspiro resultó claro.

—Puede pero esta vez lograré que estés lejos y a salvo. Lejos de ese enfermo.

La forma en que había hablado alertó algo en su interior. Algo latente.

—Me ocultas algo.

En la penumbra del cuarto casi le pasó desapercibido el gesto de impotencia de Rob.

La voz de Stevens manó agotada.

—Tenemos un rastro.

¡Maldita sea!

Lo intuía.

Se mantuvo en silencio. Retador. Esperando a que alguno de los dos continuara. Rob lo hizo con el inclinado rostro oculto por el rubio cabello.

—Lo vieron en el hospital de San Bartolomé hace quince días, Peter. Hace un par de malditas semanas y estoy cansado de perseguir a un fantasma. A veces lo siento cerca, vigilándome y espero que aparezca en cualquier esquina y…

Rob se distanció de él, dejándose caer en unos de los desgastados sillones que ocupaban parte de la habitación. Sin alzar la vista se mesó el enmarañado cabello.

—No puedo distraerme, Peter. Tú presencia me desborda y ahora no puedo centrarme en otra cosa que no sea atrapar a Saxton.

—No te pido que lo hagas. Sólo que me dejes ayudar.

Desde el otro extremo de la habitación surgió una controlada y firme voz.

—Brandon tiene razón, Rob. Nos vendría bien su ayuda y lo sabes. Cualquier ayuda.

Peter se volvió sorprendido por la interrupción de Clive Stevens quien continuó hablando en su dirección.

—Hace dos días nos asignaron un caso caliente.

De reojo fijó la mirada en la silenciosa figura de Rob, atento a la conversación que mantenía con Stevens.

—¿Caliente?

—Difícil. Sin pistas que seguir y en un punto muerto. Un maldito engendro de caso y…

—¿Y?

—Nos lo han asignado saltándose todas las reglas.

Con la mirada Peter exigió más datos.

—Antes de que transfirieran a Ross Torchwell y asumiera el cargo de superintendente en la comisaría, con una rapidez pasmosa nos asignaron un caso de desaparición. Se trata de una joven enfermera que trabaja en el hospital. Se llama Barbara Gates. Desde hace un par de días nadie parece haberla visto y no ha vuelto a casa. Lo extraño…

—Sigue.

—Lo curioso es que se saltaron los protocolos fijados en los casos de desapariciones. Esperar como mínimo veinticuatro horas desde que se vio a la supuesta víctima por última vez, antes de que salten las alarmas. Con algo de torpeza, pregunté por la razón de tanta premura y bueno, me guardo la reprimenda y los comentarios que me lanzaron nuestros estimados compañeros.

Por la expresión de Stevens y la forma en que había cerrado los puños no le extrañaría que se hubiera visto envuelto en una buena trifulca. Todo lo indicaba, sobre todo la secuela de un buen moratón que mostraba en la mandíbula y el rasponazo cerca de la cicatriz que marcaba su sien.

—Me dijeron no muy amablemente que no olvidara que ya no era superintendente y que más me valía seguir órdenes. Como soy muy complaciente, tras un breve intercambio de opiniones con otro inspector opté por seguir las recalcadas instrucciones. El caso es que algo huele mal. Nos dan un caso en el mismo hospital en el que un hombre cuyos rasgos encajan con Martin Saxton ha sido visto en dos ocasiones, como mínimo.

—¿Qué opina Torchwell?

El silencio repentino en el hombre que hasta ese momento no había callado, resultó cómico. Peter presionó algo más.

—No lo sabe, ¿verdad?

Una mueca acompasó la respuesta de Clive.

—No.

—¿Lo de la pelea tampoco?

—No fue una pelea sino un intercambio fogoso de opiniones, Brandon. Ni más ni menos.

—Ya. Por eso tu mandíbula muestra un colorido tan interesante y variado.

—Si me provocan, salto.

La madre…

Se habían juntado el hambre con las ganas de comer. Un insensato y un aventado en potencia como pareja policial. Un potencial desastre a la vuelta de la esquina y ¡los interesados no se daban cuenta de ello!

Estaban apañados.

—Está bien, pero algo me dice que cuando Torchwell vea tu curioso colorido no vas a salir tan fácil de su interrogatorio.

—Eso ya se verá.

Casi estuvo a punto de sonreír imaginando la bronca que le iba a caer al aniñado policía. Apartó el tema para indagar más.

—¿Cómo sabéis lo de Saxton?

—Es un poco complicado.

Ya empezábamos.

Se cruzó de brazos al mismo tiempo en que a su izquierda Rob se levantaba y acercaba a ellos, algo apresurado, para meter baza en la irreal conversación.

—Lo comentó un paciente del hospital… —la voz disminuyó paulatina y repentinamente hasta resultar casi un susurro— …del ala este destinada a… los…

No podía haber escuchado lo que creía haber oído.

—Repite eso.

Rob gruñó un breve juramento.

—Del ala este en donde se recluye a los algo… perjudicados.

La floja y semi histérica risa que acababa de soltar Stevens atrajo la mirada enfurruñada de Rob.

—¡Clive! ¡Así no me ayudas!

Eso únicamente provocó otro gemido ahogado en Stevens mientras farfullaba un *y tanto que perjudicados. Nunca mejor dicho, amigo Norris. Como vamos a estarlo nosotros de seguir así. Altamente perjudicados, si señor y más cuando se lo relatemos a Ross. La guerra de Crimea va a ser pecata minuta en comparación con su rapapolvos. Seguro que me estallan los tímpanos.*

Se giró como una tromba para quedar frente al canijo. Con los brazos cruzados.

—Define perjudicados.

A su derecha brotó otro quejido hasta que el codazo lanzado por Rob le dio de lleno en el costillar al pecoso policía cortando de golpe sus bufidos. Con lentitud Rob se volvió hacia él.

—El ala de los… algo dementes.

Estupendo.

—Así que vuestro fiable chivato es un perjudicado.

—¡Si, Peter! Lo que has oído. Un par de perturbados del ala de los dementes del Hospital de San Bartolomé, al parecer, han visto a Martin Saxton cruzar por delante de su celda, en plena noche. En varias ocasiones y estaba…

—¿Si?

La mirada que cruzaron los dos alelados le puso el vello en punta.

—¿Y bien?

—Estaba algo disfrazado.

—¿Cómo?

—Dis… fra… za…

—¡Ya lo he entendido!

—Vale, hombre —Antes de seguir Rob apretó los labios—. Creen haberle visto vestido de enfermera, con falda, tacones y andando algo inestable —Tras un breve silencio el gesto de Rob fue inconfundible—. Ni se te ocurra hacer gestos, Peter.

La expresión de pura desesperación de Stevens brotó de repente.

—¡Eso díselo a él!

—La de Clive es una mueca nerviosa, Peter.

—¡No me extraña!

—¡No me grites!

—¡Es que es ridículo! ¿Acaso no te escuchas?

—Lo hago. Y no… me… gruñas.

Con ojos alucinados presenció como Rob se cruzaba de brazos asumiendo una postura defensiva. Peter aspiró profundamente. Un par de veces antes de continuar.

—Está bien. Por ahora. Dime una cosa, Rob, si iba disfrazado de mujer, ¿cómo saben que era Saxton?

—Comenzaron a circular rumores de los internos sobre un asesino patrullando los pasillos de uno de los pabellones. Alguien hacía desaparecer a los reclusos. Hablaban de una mujer que era hombre. Nadie hizo caso. Tampoco extrañó demasiado teniendo en cuenta el lugar por el que circulaban semejantes rumores. No trascendió lo que ocurría en el hospital hasta hace aproximadamente diez días en que una enfermera denunció el caso en comisaría y facilitó la descripción física del presunto culpable de forma bastante detallada.

—¿Ella le vio?

—No. Repitió lo que le comentaron los internos. Lo único que ella escuchó fueron un par de conversaciones en las que le describieron y se refirieron a ese hombre como el hijo del duque, Peter. Así que dos más dos, ya sabes…

—No. No sé, Rob.

—Pues que son cuatro.

—En tu mente, no lo dudo. En la de los demás, es otro cantar.

—Ya estamos —tras un leve suspiro Rob añadió más datos—. Mañana tenemos concertada una visita en el hospital con uno de los pacientes. A primera hora. Cuando está más tranquilo, según el médico que le trata.

—¿Es peligroso?

—No lo creo si está al cuidado de sus pacientes.

—¡El médico no, Rob! ¡El paciente!

—¡Y yo qué sé! Mañana nos lo dirán.

Ni queriendo pudo contestar. La impresión le había dejado mudo. Del todo.

—¿Peter?

Mu… do.

—¡Peter!

Esto no iba bien. Para nada. Rayaba en un tosco equilibrio entre irreal y tétrico. Sin olvidar estrafalario.

—¿Sinceramente creéis que un hombre como Saxton se rebajaría a salir de su escondite para matar a unos hombres sin nombre ni futuro?

El ceño fruncido de Rob acompañó su escueta contestación.

—¿Puede? Es una mente perturbada, Peter

—¡¿Disfrazado de mujer?!

Rob calló como un muerto. Completamente enrojecido.

Era ridículo. Toda la situación lo era.

—¿Y bien?

—Nada perdemos con intentarlo. Por primera vez en meses tenemos una pista, Peter, aunque la parte del disfraz mane de la imaginativa mente de un perjudicado. Además, ese paciente es el mismo que presuntamente vio por última vez a la enfermera Gates, antes de su supuesta desaparición. Y otra cosa más…

Pasaron unos segundos en completo silencio.

—¡Sigue!

—Tres más tres son…

—Maldita sea, canijo, esto no es una condenada broma.

El bufido de Rob resonó con fuerza.

—No creas que no lo sé, Peter y no necesito más sermones. He recibido suficientes para toda una vida y de las largas— tras pasarse la mano por el revuelto cabello claro, Rob continuó—. La cosa no queda ahí.

Transcurrieron un par de segundos en completo silencio antes de que Peter gruñera la siguiente frase.

—Lo haces a propósito, ¿verdad?

—¿El qué?

— De manera innata es imposible que logres enfadarme tanto en diez segundos, Rob.

—Es un don.

Le estrangulaba. Por Dios que le agarraba, ataba de pies y manos y…

—Centrémonos, Peter.

—¡Yo!

—Yo, desde luego, lo estoy. Y Clive también —Tras un leve gesto continuó—. Creemos que fue la enfermera desaparecida quién denunció que algo irregular ocurría en esa maldita prisión. Demasiada coincidencia, ¿no crees? De este modo, cazamos varios pájaros de un tiro.

—O el tiro os sale por la culata, estallándoos en plena cara.

—Dios, Peter, tú siempre tan optimista.

—Di mejor realista.

—No me digas lo que tengo que…

A dos metros a la izquierda del lugar que ocupaban ambos una asombrada voz cortó su creciente discusión.

—¿Siempre sois así?

El berrido fue mutuo.

—¡Sí!

******

Capítulo 3

I

—El maldito pabellón da grima.

La frase de Clive resumía a la perfección el sentir de ambos. La manera en que trataban a los hombres recluidos o, mejor dicho, hacinados en las frías celdas les ponía la carne de gallina. Los rostros asomados entre los barrotes que los alejaban del mundo exterior lucían demacrados. Desnutridos. Y el personal que debiera cuidarles, les desatendía sin pudor alguno.

Rayaba el maltrato, ¡por Dios!

Esos ojos de variados colores fijos en ellos al dirigirse con rapidez hacia la celda del interno que mantenía haber hablado con la enfermera Gates hacía un par de días, justo antes de su desaparición, les erizaba la piel. Literalmente hablando.

Merecían ser tratados con un mínimo de humanidad y cuidados. No abandonados a su suerte en ese lúgubre lugar.

El costado de Clive casi rebotó contra el suyo al apartarse de un escuálido brazo que se había colado entre dos finos barrotes al tiempo que una cavernosa voz elogiaba su cabello.

Color sangre repetía la voz en forma de letanía, perdido el control. *Cabello sangre, ¿me lo dejas probar?*

Lo dejaron atrás a paso veloz, deteniéndose al fondo del pasillo. La llave se introdujo en la cerradura y giró con esfuerzo pero antes de abrirla el celador volvió la cabeza en su dirección con precisión.

—No se acerquen. No le miren directamente y bajo ningún concepto digan sus nombres u otros datos personales.

Clive y él cruzaron miradas mientras el celador continuaba enumerando las inacabables advertencias.

Repartan las preguntas para evitar que se centre en uno de ustedes.

Si se acerca, retírense.

Si ríe, salgan de inmediato de la celda.

No le permitan controlar la conversación y a ser posible oculten sus rasgos.

¡Diablos!

Con aprensión toqueteó la culata del arma que llevaba al cinto y de reojo observó el mismo gesto tranquilizador en Clive.

—¿No esperamos a que llegue el médico?

—¿Qué médico?

¿Acaso además de incompetente estaba atontado el hombre?

—Con el que habíamos concertado la cita.

—¿Quieren esperar?

—No he dicho eso.

Un rictus desagradable desfiguró el rostro del celador antes de hacer un ademán con la mano invitándoles a entrar en la celda. Menudo idiota integral.

—¿Usted no nos acompaña?

La estruendosa risa acompañó el final de la pregunta formulada por Clive.

—Ni aunque me pagaran una fortuna entro yo en la celda de ése. Me quedaré aquí fuera por si la arma.

—¿Armarla?

—Sí, ya saben.

—No. No lo sabemos.

—Por si intenta morderles un pedazo.

¡¿Qué?!

La rasposa voz de Clive manó tras un leve carraspeo.

—¿Un pedazo de qué?

—De carne. Siente debilidad por los traseros y por los dedos. Por eso no tiene asignado compañero de celda.

La madre de...

Se prepararon para cualquier cosa.

Lo que jamás imaginaron fue lo que les recibió en el interior de esa mugrienta celda.

II

Permaneció parado un buen rato al otro lado de la calle contemplando la comisaria que se convertiría en su nuevo lugar de trabajo en el futuro inmediato. Había habido momentos en los que realmente creyó que rechazarían su petición de traslado pero un apellido aristocrático, un par de acertadas y oportunas reuniones a puerta cerrada unidas a una descomunal fortuna a sus espaldas ostentaban mucho poder. Incluso hoy en día en que las costumbres parecían estar dejando paso a lo funcional, el apellido Torchwell acallaba todo tipo de protestas.

Notaba las miradas de los transeúntes sobre su persona y un par de agentes de uniforme salían cada pocos minutos al exterior del edificio de líneas clásicas ubicado al otro lado de la calle para vigilarle. Una irónica sonrisa se hizo hueco en su cara.

No era de extrañar.

A él también le hubiera llamado la atención un hombre de más de metro noventa, que llevara quieto con la mirada fija en un punto determinado durante un buen rato, sin mover un músculo de su cuerpo. Los viandantes cruzaban la carretera para evitarle y tampoco le extrañó. Desde joven había provocado esa misma reacción en la gente.

Quizá fueran esos malditos ojos que le habían hecho destacar toda su vida y que odiaba.

Quizá el aire de frialdad que desprendía.

Le importaba poco.

Rompió su quietud avanzando a grandes pasos hacia los escalones de entrada a la comisaría y desde los escasos metros de distancia que debía recorrer apreció la alarma que causó su repentino movimiento en el único agente que había quedado en el exterior, vigilante.

Le ignoró cruzando con rapidez la puerta de entrada a la comisaria y casi pudo notar el malestar que causó al policía de mediana edad.

Ahora no disponía de tiempo para recepciones pomposas o suaves palabras. Un día de retraso en tomar posesión de su nuevo cargo era más que suficiente como para perder el tiempo en idioteces.

En dos pasos estaba en pie frente al mostrador de recepción y para variar el agente entrado en años se le quedó mirando fijamente, sin disimulo alguno y sin reaccionar.

Otra vez.

Carraspeó lleno de incomodidad. Toda una condenada vida y no terminaba de comprender la razón por la que su rostro dejaba a la gente atontada, con las miradas fijas en él.

—El superintendente Torchwell.

Un leve parpadeo retornó al agente al mundo de los lúcidos.

—No ha llegado aún, señor.

Pues empezaban bien.

—*Yo soy* el superintendente Ross Torchwell.

Exhibió con rapidez la orden de traslado y amablemente pidió al buen hombre que le indicara el camino a su despacho. A su alrededor apreciaba el silencio que se había originado con su llegada y las miradas clavadas con curiosidad en su persona. Los suaves y persistentes cuchicheos. La intriga.

No era bien recibido aunque tampoco le suponía una sorpresa. Todos creían que el traslado tenía su origen en una necesaria limpieza organizada por el propio ministerio y no erraban demasiado. Simplemente desconocían lo esencial.

El escándalo generado con los robos en los hogares de las familias adineradas de la ciudad, el chantaje a sus mujeres y la corrupción desvelada en el mismo centro de la comisaría en la que iba a trabajar no era aceptable. Esa había sido la palabra empleada por un alto cargo del ministerio. Un lerdo sin más experiencia que la adquirida en su seguro despacho. El hecho de que el maldito caso de las peleas clandestinas no estuviera aún cerrado y la escapada de Saxton como uno de los máximos responsables de que numerosos policías se vendieran a cambio de pequeñas fortunas, era una espina clavada en el mismo centro de la supuesta honestidad de cuerpo de la policía metropolitana londinense.

Sus superiores habían sido claros.

Si debía cortar cabezas, que así fuera. Querían cerrar el caso de las peleas clandestinas, localizar el destino de las parejas secuestradas y el tiempo se les echaba encima. Los cuerpos no desaparecían como por arte de magia. Si los tiraban al Támesis, tarde o temprano salían a flote con la marea, como había ocurrido en algunos casos. Si los tiraban a la calle no tardaban en ser descubiertos.

Las denuncias de las familias se iban acumulando y ellos seguían sin respuestas, salvo las pocas que habían llegado a descubrir al capturar a los hermanos Bray. La punta del iceberg. Sólo eso habían logrado arañar. Pero incluso encarcelado Roland Bray seguía sin soltar prenda y algo se les escapaba. Y a él le había tocado el premio gordo. Destapar lo que fuera que tantos pretendían ocultar por encima de todo. Eso y vigilar al pecoso con el que aún no había tenido ocasión de hablar como dos personas racionales y adultas. Y enfadadas.

Diablos.

Se estaba tensando tan sólo de pensarlo.

Degradado de superintendente a inspector y todo por Robert Norris. El maldito Norris, por el que al parecer el pecoso sentía cierta debilidad. Una punzada demasiado familiar en medio del pecho le enfureció aún más.

Tan distraído estaba con sus enredados pensamientos que apenas apreció que habían alcanzado la entrada a su nuevo despacho. De un suave empujón el veterano agente que le precedía abrió la puerta dándole acceso a una estancia espartana pero en cierto modo cómoda. Amplia e iluminada, le agradó. Una hermosa mesa de nogal y dos sillas colocadas al otro lado. Prácticas baldas ancladas a las paredes, un perchero de tres brazos y un armario de dos puertas completaban el mobiliario. No esperaba más.

—¿Necesita algo más, señor?

Tocaba trabajar.

—¿Su nombre?

—Agente Strandler, señor.

Le agradaba la limpia mirada de ese hombre entrado en años y con arrugas de experiencia alrededor de los ojos.

—Localicen al inspector Clive Stevens y reúna a los mandos intermedios. En diez minutos les quiero en la sala de reuniones de la planta baja.

Eso llamó la atención del agente.

—¿Conoce usted nuestra comisaría, señor?

—Sí.

La curiosidad asomó a los ojos castaños del agente pero no se atrevió a ahondar más. Antes de salir por la puerta se dirigió de nuevo a él.

—Señor, el inspector Stevens no está localizable en estos momentos.

Se tensó sin poder evitarlo y su mirada comenzó a poner nervioso al agente.

—Verá señor, han acudido a investigar el nuevo caso que les ha sido asignado a él y a su nuevo compañero, el inspector Norris.

¡Maldita sea!

—¿*Qué* caso y cómo es que no he sido informado de inmediato?

Strandler tragó saliva varias veces antes de responder.

—Acaba de serles asignado, señor. Creo que fue la última orden dada por el anterior superintendente antes de que…

—Antes de que lo cesaran.

Esa oscura mirada no se apartó de la suya mostrando confianza y ausencia completa de vergüenza.

—Sí, señor. Encontrará los papeles encima de su mesa. En diez minutos tendré a los inspectores reunidos en la sala, salvo aquellos que no estén en dependencias policiales.

—Gracias, agente.

—De nada, señor y…

Sorprendido alzó la mirada en dirección al agente que por primera vez pareció dudar a la hora de hablar.

—Bienvenido.

El chasquido de la puerta al cerrarse dio fin a la conversación.

Respiró lentamente.

Quizá no todos estaban en su contra.

II

Era… enorme.

Un bulto gigantesco rellenando el reducido y húmedo espacio que parecía no respirar. No se escuchaba ni un ligero movimiento, ni un rozar de ropa. Nada.

Les sacaba a ambos como poco una cabeza de altura, sus brazos bien podían medir la circunferencia de los muslos de Clive y éste no era un hombre menudo. Su preocupación ascendió un par de peldaños al adentrarse un paso en la oscura y maloliente celda, seguido de su compañero.

Y su cara, ¡Dios!, su cara mostraba unos rasgos infantiles, poco desarrollados para una persona de su envergadura. Unos diminutos ojos en una cara ovalada los miraban fijamente como si sintieran su entrada en la celda una invasión de su territorio y en parte no le extrañaba. Dudaba que el hombre que no les quitaba el ojo de encima hubiera salido de ese maldito lugar en meses. Desprendía un olor punzante que dañaba las fosas nasales, agrio. A desatención y suciedad a partes igual. Y a profundo miedo.

Era difícil de describir.

Algo en esos rasgos redondeados y poco marcados le recordaban a los de Bobby MacLane. Nunca entendió ni compartió la contestación de su padre al porqué los padres de Bobby no le dejaban jugar como a los demás niños, porqué no le dejaban corretear y reír, ensuciarse, caer y llorar como al resto de críos del barrio.

¿Acaso no se daban cuenta de que quería salir a jugar en la nieve con ellos, que les solía observar durante horas, con ojos llorosos, desde el interior de su casa hasta que le apartaban de un empujón para que nadie se diera cuenta de que existía? A él no le importaba que fuera distinto.

Nunca le importó, de crío.

La respuesta se le quedó clavada en el alma.

Porque le esconden, hijo.

De los demás y de su propia vergüenza.

Nunca alcanzó a entenderlo siendo niño, hasta que dejaron de hablar de él, de saludarle al pasar y dejaron de verle asomado con su viejo jersey lleno de remendones a la sucia ventana.

Desaparecido en el olvido por la sencilla razón de no ser como los demás.

Le recordaba tanto que algo se le retorció por dentro. Con dureza.

A poca distancia la enorme figura se balanceaba posando su peso sobre un descalzo pie y después sobre el otro. Una, otra y otra vez hasta que paró un breve instante.

—¿Puedo irme ya? Llevo esperando mucho aquí yo solito y tengo mucho frío. Y está muy oscuro —apenas se le entendía—. ¿Puedo irme ya a mi casa?

Dios santo. Se le encogió el endemoniado pecho al escuchar la desolada, asustada y diminuta voz surgir de un cuerpo tan inmenso. Temblaba entero, incluso esa fina voz suplicante.

Parecía un niño aterrado por ser castigado de nuevo. Y esos ojos de color oscuro en ese rostro repleto de reseca suciedad no paraban de alejarse de ellos para centrarse en el celador ubicado a sus espaldas. Invadidos por el miedo. Un miedo que casi podía mascarse en medio de esa frialdad.

Al dar otro paso hacia el interior el gigante reculó bruscamente quedando arrinconado en la esquina más alejada de la puerta, con la cara en dirección a la pared y la inmensa espalda hacia ellos. Como si por el hecho de no verles fueran a desaparecer y con ellos, el terror que le invadía.

Clive y él se miraron sin saber muy bien cómo reaccionar.

Jamás hubieran esperado encontrar un niño en el cuerpo de un hombre y una mente infantil en un lugar como ese. Un lugar al que no pertenecía.

Rabioso se volvió hacia el maldito celador.

—Este hombre no es una maldita amenaza.

Una desagradable sonrisa curvó el rostro del celador.

—No dije que lo fuera.

—¿Por qué mintió?

—No lo hice.

Rob se acercó dos pasos, con cara de pocos amigos.

—¿Por qué… nos… mintió?

Silencio. Hijo de mala madre.

—Ese hombre de ahí dentro no le haría daño a una mosca.

El hombre se encogió de hombros quitando importancia a lo ocurrido.

—Eso dígaselo al último enfermero al que arrancó medio dedo de un mordisco.

Un angustioso sonido comenzó a llenar el pequeño espacio. Un llanto ahogado mezclado con un melódico tarareo. Una nana para bebés.

Canturrear parecía reconfortarle apagando poco a poco el angustioso gemido.

Clive recorrió los pasos en dirección al celador y completamente enfurecido le aferró de la pechera de la camisa, golpeando su espalda contra la pared del pasillo exterior a la celda.

—Traiga de inmediato al maldito doctor o por todos los infiernos que en media hora estarán en comisaría detenidos por maltrato, vejaciones y más cosas que se me ocurran por el camino y créame, amigo, tengo mucha imaginación.

El balbuceo del celador apuntando que el paciente era pura escoria que nadie quería mantener le sacó de sus casillas. Por la manera en que Clive apretó los puños, le ocurrió igual. El ahogado sollozo que provenía del fondo de la celda al escuchar las palabras del celador le rompió algo por dentro.

Entendía y… sufría.

No podían dejarlo en ese pozo inmundo. No podían.

—No podemos abandonarlo en este lugar.

—Lo sé.

La rotundidad en la voz de Clive le calmó ligeramente, decidiéndose a dar un paso en dirección a Titus Caan.

Desconocía cómo había recalado en el maldito pabellón ese inofensivo gigante pero dudaba que la información que les habían facilitado en administración antes de adentrarse en esa maldita ala de hospital fuera veraz. Ese hombre estaba encerrado por alguna razón y no era por estar demente. No lo era.

Sabía algo o había presenciado algo y le habían metido en ese infierno para morir y llevarse a la tumba aquello que fuera que le hacía tan peligroso.

—Clive, ve a por Peter Brandon y cuéntale lo ocurrido. Estoy convencido de que este hombre está encerrado por error o por haber presenciado algo. Necesitamos sacarlo de aquí pero habrá que mover unos cuantos hilos. Después ve a comisaría para poner sobre aviso a Torchwell. Convendría que se acercara por aquí.

El *estoy apañado* de Clive casi le hizo sonreír si no hubiera sido por el suave e tembloroso tarareo que seguía llenando la oscura celda. Cantaba… hermoso.

Y triste.

Con tanta suavidad como pudo reunir, tras ver alejarse a Clive con premura por el angosto pasillo, se acercó con lentitud a la figura que se había girado levemente y le observaba de reojo, como esperando un golpe en cualquier momento.

—Me llamo Rob Norris, amigo y voy a sacarte de aquí.

El suave balanceo paró de golpe. La redonda y sucia cara se ladeó, tratando de asegurarse de que lo que acababa de escuchar no era algo que simplemente acabara de oír dentro de su mente.

—¿Quién te metió aquí, Titus?

—Ellos.

—¿Cuándo?

Silencio.

—¿Conocías a la enfermera Gates?

Por primera ocasión una cálida sonrisa bañó ese rostro lleno de tristeza.

—Ella era buena… y no le tenía miedo.

Tenía que preguntar. Aunque no quisiera.

—¿Era? ¿Qué has visto, Titus?

Ninguna contestación.

—¿Quiénes son *ellos*, Titus?

El movimiento en vaivén retorno, rápido. Aislándose del mundo. El descomunal hombre y todo su cuerpo se encogió instintivamente cuando posó la palma de su mano sobre él. Estaba helado y pese a su volumen, los huesos resaltaban con claridad.

No sobreviviría demasiado en semejantes condiciones.

Sin dudar se despojó de su abrigo, de los guantes y su gruesa bufanda y se sentó con suavidad junto a Titus, en el suelo con la espalda contra la helada pared. Sin asustarle. Cuidando que sus movimientos carecieran de brusquedad.

—Estás helado, amigo.

Un suave estremecimiento fue la única reacción al hecho de colocarle el abrigo sobre los amplios hombros. Sus dedos estaban agarrotados. Tanto que tratar de estirarlos para colocar los guantes hubo de dolerle pero ningún sonido surgió de labios del gigante. Sólo esa mirada que no se apartaba, cautelosa, de su rostro. Colocarle la bufanda alrededor del cuello fue sencillo.

Pasaron unos veinte minutos, quizá media hora, rodeados de silencio salvo los esporádicos golpes y gritos de las celdas contiguas.

—Gracias, Rob Norris. ¿Nos vamos ya?

Un nudo inmenso le atenazó la garganta.

—En seguida, amigo. En cuanto vengan a buscarnos.

—Vale, Rob Norris.

Desde el interior de la mugrienta celda ambos escucharon los firmes pasos de más de una persona acercándose con rapidez.

III

El último toque en el costado había dolido pero agudizó sus sentidos.

Izquierda, flexión, movimiento circular y la mente en otra parte logrando con ello el suspiro de paciencia agotada de Guang. Y el consiguiente bufido de exasperación.

—No concentrado, Peter. Leñazo en la frente.

El pequeño gran hombre tenía más razón que un santo. Eso y que el golpetazo ya se lo había llevado por delante. Pese a hablar a la perfección su idioma, Guang siempre se relajaba con él y tendía a comerse las palabras. Un hombres de pocas y selectas palabras. Sonrió con la mirada centrada en su amigo.

Llevaba veinte minutos tratando de tranquilizar la mente y lo conseguía a ratos hasta el momento en que se colaban en su pensamiento unos redondos y empecinados ojos azulones. Un huesudo dedo índice le golpeó en el centro del pecho.

—Arreglar cosas con Robert y entonces poder practicar. Tu mente está en él y no aquí, en esta sala. Está lejos.

—Ya lo intento, Guang pero es tenaz.

—Tú más.

—Eso díselo a él.

—Muy bien. Yo decir, en cuanto ver al hombre.

Eso mismo. Guang de mediador. Lo que le faltaba para ahuyentar del todo al canijo por el respeto, curiosidad e intriga que le generaba Guang.

—Tú corazón querer, entonces decir a Robert.

Diablos.

Le flaquearon las piernas al escuchar las tranquilas palabras de uno de los hombres más pacientes, complicados, inteligentes y espirituales que había conocido en su vida. Un hombre que había dejado su vida atrás para acompañarle por razones que sólo él parecía entender. Por la sencilla razón de haber evitado el desahucio de una familia de inmigrantes comprando el local que alquilaban a un condenado usurero. Nunca hablaba de su tierra al otro lado del mundo. Un mundo todavía por descubrir y tan desconocido como inquietante.

Si tan sólo consiguiera hacerle entender que escupir constantemente no era una costumbre para trasladar a la verde Inglaterra o que nada ocurriría si tocaba o rozaba a un desconocido, que no se iban a ofender.

Peter, tu corazón joven. Mío, viejo y escupir es bueno. Echar malos espíritus de dentro.

Por lo menos había conseguido que lo hiciera con disimulo.

—Sigamos, viejo.

Dios, le encantaba la expresión en esos pícaros ojos rasgados cada vez que le llamaba viejillo. La primera vez que lo hizo Guang le frunció el ceño y le dejó inconsciente de una patada. La segunda a punto estuvo de lanzar otro golpe pero por alguna razón se contuvo. Sencillamente le dijo que no era viejo sino que había vivido una larga vida que iba llegando a su fin.

Se negaba en rotundidad a decirle su edad y por ello, él seguiría llamándole viejo cascarrabias con cariño. Jamás olvidaría la casi imperceptible sonrisa en esos finos labios al escuchar lo del cariño.

Era un hombre especial. Muy especial.

—Continuemos con el entrenamiento.

El golpetazo de la fina vara que empuñaba Guang en el suelo respondió a la petición.

—No, Peter. Tu cabeza, hueca y enfadado. Así no poder entrenar porque dejarte morado para tu Rob.

Y otra vez.

Últimamente el muy testarudo no hacía más que mencionar a Rob y con ello sólo lograba distraerle más de lo que ya lo estaba.

—No… es… mi Rob.

—En tu cabeza, serlo, amigo mío. En su cabeza también. En la realidad no hacer caso a vuestras cabezas. Ser mentecatos.

Le agotaba las fuerzas e iba a responder con contundencia, bueno, con algo de contundencia a la vista de cómo aferraban esos alargados y finos dedos la vara de lucha cuando por la abierta puerta a la sala de entrenamiento asomó el rostro afilado de Mason.

—Jefe Peter, un hombre vino a buscarle y creo que lleva prisa.

—¿Quién es?

—Marsden se ha santiguado al menos ocho veces ya, jefe, y creo que la visita se está enfadando.

Un pelirrojo.

Por mucho que se le dijera a Marsden que los pelirrojos no llamaban a la mala suerte y que dejara de santiguarse cada vez que oteaba a alguno, la información sólo había obtenido resultado con Julia, la mujer de su hermano y eso porque le adoraba.

Debía ser Clive Stevens.

—¿Viene acompañado por el inspector Norris?

—No, jefe. Viene solo y le pasa algo raro. Está sudoroso, pálido y resaltan a la legua sus pecas. Lleva rezongando desde que ha llegado y se pasea para adelante y para atrás sin control. Ya ha volcado una silla en la salita y…

Su pecho pegó un maldito bote y sintió a su lado de inmediato a Guang.

No prestó atención a si su viejo amigo le seguía aunque por la forma en que los redondos y grises ojos de su visita se agrandaron al llegar al lugar donde les esperaba, estaba claro que lo tenía tras él.

—¡Ya era hora, Brandon!

Se tensó irremediablemente al escuchar el nerviosismo en la voz de Stevens.

—Tenemos un ligero problemilla en el hospital.

¡Si llevaban menos de una hora en el condenado lugar!

Clive no tardó en continuar atragantándose con las palabras, como si llevara prisa o planeara hacer algo más después de hablar con él.

—Hemos descubierto a un hombre encerrad…, mejor dicho, encarcelado en ese infierno de piedra y no debiera estar ahí. Es grande e infantil y está…

—Clive.

—…malnutrido, asustado y golpeado…

—Stevens.

—Demonios, Brandon, si le vieras. Le han machacado y…

—¡Clive!, respira, hombre.

Así lo hizo rellenando con el aire algo de color en su pálido rostro. Apenas perdió tiempo en farfullar con la misma urgencia.

—Rob se quedó atrás para evitar que le trasladen o hagan más daño y me dijo que viniera a buscarte. Alguien ha de sacarle de ese maldito pozo.

La respiración se le cortó de golpe al escuchar la última frase.

Le iba a estrangular.

Quedarse sin apoyo en el mismo lugar en el que decían haber avistado a Saxton. A propósito. Voluntariamente.

Rob no aprendía. El cerebro comenzó a planear de inmediato.

—Nombre.

—Clive Stevens.

—¡No, hombre! El del hombre que queréis liberar.

—Claro, perdona. Titus… Titus Caan. Encerrado en el Ala este. Celda 223. Es…

El repentino silencio de Stevens le incomodó.

—Sigue.

—Es infantil, Peter, no un demente. Sólo la mente de un niño en el gigantesco cuerpo de un hombre y está tan asustado. Nos preguntó si habíamos ido para llevarle a casa, Brandon. A casa…

Antes de que Stevens prosiguiera se volvió como una exhalación hacia Mason y Guang.

—Guang, ordena que preparen los caballos. Mason, quiero que lleves la carta que voy a darte a comisaría para ser entregada al Superintendente Ross Torchwell y...

Clive cortó la frase a medias.

—No hace falta, Brandon. Yo me encargo. En cuanto salga voy en su busca para ponerle al día y acudir con agentes al hospital. Si me he adelantado es para evitar que Rob quede demasiado tiempo allí a solas.

Sin perder un solo segundo y abrigándose por el camino salieron con

Guang pegado a sus talones, entre el revuelo formado por la aparición de varios de los hombres de su hermano y Mason dirigiéndose presuroso a dar el parte a Doyle. No le extrañaría en absoluto que a la vuelta de lo que fuera que se iba a organizar en el hospital de San Bartolomé, el Club del Crimen al completo hubiera sido convocado por su hermano mayor.

Comenzaba el jaleo.

IV

Rob se posicionó entre el gentil gigante y la puerta de acceso. No permitiría este abuso. No hacia quien no podía defenderse a sí mismo.

Con un gesto indicó al gigante que se quedara atrás, callado y así lo hizo, temblando al completo. Sus inmensas manos cubrían sus orejas tratando de distanciarse de lo que fuera a ocurrir a su alrededor.

Él no podía.

No si quería sacarlo de ahí.

Se asomó al pasillo. A contraluz se perfilaron tres siluetas que se acercaban con rapidez. La conocida del celador, la de un hombre de mediana estatura, nada reseñable y la de una espigada y esbelta mujer que en poco se asemejaba a una enfermera. Se situó bajo el quicio de la puerta protegiendo lo que guardaba su interior. El segundo hombre se acercó a él tras echar una rápida mirada al interior de la celda.

—Soy el subdirector médico del hospital. ¿Qué ocurre aquí, inspector?

Menuda desfachatez.

—Dígamelo usted, señor —No le iban a amilanar—. ¿Qué diablos hace un hombre como Titus Caan en este lugar?

La directa pregunta pilló desprevenido al hombre. Casi tartamudeó al contestar.

—Es… peligroso.

—¿Para quién, salvo para sí mismo?

—Su ficha claramente lo indica. Y así me lo ha hecho saber la enfermera Mayers, aquí presente.

Su mano se adelantó exhibiendo un par de papeles arrugados.

—¿Es esa su ficha?

—Así es.

—¿Quién es su médico?

—¿Cómo dice?

—Digo que quiero conocer el nombre del doctor que atiende a este enfermo, si se le puede llamar así.

El rostro del médico mostraba altivez, desconcierto y cierta intriga hasta exudar sorpresa tras leer unos segundos. Lentamente giró en sus manos las páginas que acarreaba.

—No puede ser.

Lo que expresaban esos ojos era genuino asombro. Para sorpresa de Rob se dirigió hacia la silenciosa mujer ubicada unos pasos más atrás.

—Enfermera, ¿de dónde ha sacado este historial?

Un ligero titubeo antes de contestar acompañó una mueca de desagrado en el rostro femenino.

—Del archivo, doctor.

—No está rubricado y es incompleto.

La cascada voz femenina no se alteraba pese al matiz de acusación que desprendía la firme voz del médico.

—Se le olvidaría al Doctor Piaret.

El silencio posterior llamó la atención de Rob.

—¿Me lo van a decir o esperamos a que llegue el superintendente con más agentes y el asunto termine, para su vergüenza, en comisaría?

La mirada de veneno puro que le lanzó la mujer le impactó. Esa era una mujer inquietante y fría. ¿Qué demonios? El subdirector reaccionó de inmediato a la velada amenaza.

—¡No! Podremos arreglarlo. Hablaré con el director del hospital porque resulta evidente que algo no va bien.

—Muy bien. Dígale que estoy dispuesto a asumir el cuidado de este paciente desde este mismo momento. Arreglen los malditos papeles porque el hombre que está dentro de esa celda se viene conmigo.

—¡No puede hacer eso!

La protesta femenina les sobresaltó a todos, provocando una suave ristra de sollozos emanar del interior de la celda y gritos de las colindantes.

—Vaya si puedo.

—Pero…

—Antes mencionó usted a un tal Doctor Piaret, si no me equivoco.

La boca apretada de la enfermera permaneció cerrada, implacable por lo que le ignoró dirigiéndose al buen subdirector, quien apenas tardó en contestar.

Malditos burócratas. Todo era permisible menos un escándalo.

—El Doctor Piaret está en una reunión en Aberdeen, inspector y su regreso está previsto dentro de diez días pero es imposible que...

—Siga.

—No lo entiende. El doctor es una eminencia dentro de este hospital y en el país e incluso a nivel mundial. Sus investigaciones acerca de las enfermedades primarias del hueso son impactantes e innovadoras.

—¿Los huesos?

—Sí. Sus avances e investigación en el conocimiento de la descomposición anormal del tejido óseo y la consiguiente formación ósea anormal, son únicos en nuestro tiempo —el ceño del médico se arrugó—. No tiene sentido que asista a este paciente porque Piaret se dedica a la investigación. Hace años que dejó de asistir a pacientes vivos.

—¿Vivos?

—Se centra en cadáveres.

Demonios. Comenzaban a revolvérsele las tripas.

—Ya tendremos tiempo de hablar con el buen Doctor Piaret.

La mujer dio un firme paso adelante.

—No sabe usted con quién está tratando, inspector.

No sería la primera vez. Se aproximó a esa mujer hasta quedar frente a ella. Retadores. No iba a callar. No esta vez.

—Por el momento con unas personas a quienes les importa bien poco la vida de un hombre cuando debieran cuidar de él y no permitir semejante trato.

La mujer casi temblaba de la rabia.

Volviéndose se dirigió al subdirector del hospital.

—Le agradecería que pusiera en conocimiento del Director la precaria situación del señor Caan, descubierta por agentes de la ley. Transmítale que he mandado aviso urgente a la comisaría del distrito por lo que conviene arreglar el estropicio antes de que lleguen. ¿Me ha comprendido, señor?

Sin abrir la boca el subdirector se encaminó hacia el fondo del pasillo seguido por la enfermera. Pero no sin que ésta le lanzara una de las miradas más ponzoñosas recibidas en su vida.

Bruja.

Sin importarle un ápice la presencia del celador se adentró en la oscura celda y se acercó a la encogida figura. Colocó una mano sobre la fría nuca del gigante y apretó suavemente.

—Ya falta poco para ir a casa, amigo. Salgamos de este agujero.

Extendió la mano con la palma hacia arriba, en dirección a Titus.

Por primera vez el brillo cubrió esos ojillos desamparados.

******

Capítulo 4

I

Pese a la llegada de la primavera, el viento era fresco.

Sorteaban carruajes, otros jinetes y a los pocos transeúntes que optaban por cruzar la calle, arriesgándose a ser arrollados por las ruedas de un carro o las robustas patas de los rocines. Y la distancia hasta el hospital parecía alargarse en lugar de disminuir con cada paso que avanzaban.

Le sudaban las manos pese a agarrar con fuerza las riendas y su mente no podía apartar esa imagen. La misma que le despertaba de sus pesadillas con el corazón completamente desbocado, sudoroso y angustiado. Por las noches no escuchaba sus propios gritos llamando a Rob pero sí Doyle o Julia quienes acudían pálidos a su cuarto en plena oscuridad para intentar tranquilizarle.

Como si eso fuera posible. Demasiadas veces como para llevar la cuenta o para esperar que no se repitiera en cuanto cerrara los ojos.

Doyle insistía en que debía contárselo a Rob, que esconderlo le estaba carcomiendo por dentro pero, ¿cómo hacerlo, si apenas se hablaban? ¿Cómo hacerlo si hasta a él le costaba aceptar que ese temor se estaba convirtiendo en una obsesión?

Esa maldita imagen que se repetía en su mente una y otra vez.

Él a un lado del pasillo. Rob y Martin Saxton al otro. Una odiada verja de hierro separándoles.

Y no cedía.

Nunca cedía, impidiendo que le alcanzara, que le aferrara con todas sus fuerzas para que no se lo llevaran. Después el golpe y presenciar, sin poder evitarlo, cómo le alejaban de él, arrastrándole por el polvoriento suelo.

Siempre lo mismo.

Ese terror y la desmadejada figura de la persona que se ama, haciéndose cada vez más pequeña, alejándose entre sus roncos gritos y la risa enfermiza de Saxton. Dios, estaba aterrado. Le palpitaban las sienes tan sólo de pensar que al llegar, Rob pudiera haber desaparecido otra vez.

Su pesadilla convertida en realidad. Una vez más.

Hincó los talones de sus botas con suavidad en los flancos de su caballo y como si éste sintiera su ansiedad, parecía volar sobre el empedrado.

El edificio era práctico y se distinguía en la distancia, con esa entrada de dos pisos, algo más pronunciada que el resto de las edificaciones que la rodeaban. Sobria. Las puertas del hospital de San Bartolomé estaban abiertas de par en par tras el arco de entrada y accedió con rapidez al interior dejando atrás por unos instantes a Guang acomodando las monturas.

Hacía frío en el interior, casi tanto como en el exterior.

Un rostro femenino e inaccesible le observó desde el otro lado de una ventanilla que apenas dejaba otear lo que ocurría en esa habitación.

No le dio tiempo a indagar antes de que le indicara su nombre, apellido y la razón de su llegada.

La inquietud pareció filtrarse en esos ojos acuosos al contestarle que no había sido avisada de su llegada y que tendría que esperar a que llegara el responsable del ala en la que solicitaban acceder.

Esperar.

La mujer chocheaba.

A su izquierda sintió la presencia de Guang y frente a él, el asombro de la mujer que tenía dificultad en apartar la vista de su menudo amigo.

—Señora, hemos sido llamados por el inspector Norris de Scotland Yard y nos espera en el ala este. Usted decide. Nos facilita el camino a seguir o despierto de un descomunal grito a todos los pacientes que tratan en este agujero. Tiene tres… cortos… segundos.

La mujer boqueaba tratando de aspirar algo de aire.

—Uno…

Muy bien.

—Dos…

Tocaba escandalizar al personal.

—¡Peter!

La sensación fue la de un peso asentarse en su estómago al escuchar esa voz medio enfadada a poca distancia y no perder los nervios resultó un completo logro. Más aún teniendo en cuenta que en pocos segundos comenzaron a agolparse a su alrededor numerosas personas. Algunos vestidos de calle, preparados para irse o recién llegados. Curioseando sin pudor alguno. A otros les cubrían ropas sencillas, de color crema y ajadas, que les identificaba como pacientes del lugar. Iban y venían sin control alguno.

Increíble.

Una dama menuda y regordeta con el cabello corto y desaliñado que le tapaba media cara se acercó a grandes pasos a Rob y le rodeó con sus brazos causando que éste detuviera su caminar de golpe, sin llegar hasta ellos. Su redondo rostro parecía estar cubierto de polvo y mugre. La coronilla de la mujer apenas llegaba al hombro masculino pero se alzó de puntillas para susurrar algo antes de que un par de enfermeros le separaran sin miramientos y le alejaran de Rob, quien le siguió con la mirada sorprendida.

Por todos los…

Sano y salvo. Y sin rasguños apreciables a simple vista.

Le iba a estrangular con sus propias manos.

No había terminado Rob de alcanzar el lugar donde le esperaban cuando no aguantó más.

—¿¡Acaso no tienes sesera bajo toda esa pelambrera!?

—Muy gracioso, Peter. Mira cómo me rio.

—Hablo en serio, Rob.

Éste apretó los labios en una fina línea y ¿acababa de rezongar el canijo?

—Luego hablamos, Peter.

Y tanto.

—Puedes jurarlo, amigo.

El leve carraspeo precedió a un torrente de palabras apenas comprensible por la rapidez con la que hablaba Rob. Y eso nunca, jamás era buena señal. Dios, si hasta se comía las palabras.

—Me he agenciado un tutelado. No sé muy bien cómo pero lo hecho, hecho está. Es Titus y… Bueno, ha quedado meridianamente claro que nadie sabe la razón por la que está aquí encerrado. Su ficha no existe salvo para señalar su nombre y fecha de nacimiento y ni siquiera eso es de fiar. Ocultan algo, Peter y no… pienso… dejarlo en sus manos. Y para colmo han tratado de ahuyentarnos.

Respiró profundamente antes de mantener una conversación medianamente sosegada con Rob. De intentarlo, al menos.

—¿De dónde?

— De la celda.

—Me refiero a que de dónde os han intentado alejar.

¿Le miraba el canijo con ojos extraviados?

—Te lo acabo de decir, Peter. No me escuchas. De la celda de Titus.

—¿El interno de la celda 223 al que se refería Clive?

—Ese mismo —otro carraspeo—. He solicitado quedar a su cargo.

—¿Cómo dices?

—Lo que acabas de oír, Brandon.

Sosiego. Un cuerno.

—Ya, pero puede que tus labios hayan querido decir una cosa y tu cerebro se haya ido por otros derroteros. No sería la primera vez.

—¿Me estás provocando, Peter?

—¿Yo? ¿A alguien tan cabal como tú? Que adopta a un perturbado sin pensarlo dos veces y pretende llevarlo a su casa donde carece de espacio y gente para atender adecuadamente a… a…

—A Titus.

—¡Ya lo sé!

—No hace falta ponerse gruñón, Peter. Tú hubieras hecho lo mismo en mi lugar.

—No, Rob.

—Sí.

—No.

—Sí.

—¡No! Y como digas sí de nuevo, ¡no respondo! —apretó los puños dos segundos, los suficientes como para recobrar la calma al creer escuchar de entre los labios del canijo algo semejante a un *que poca contención*—. Diablos, canijo, me falta nada para estallar y te aseguro que no quieres dar semejante espectáculo a los buenos ciudadanos londinenses que nos están mirando con los ojos fuera de sus cuencas.

Rob abrió los azulones ojos y ojeó los alrededores.

Los curiosos se agolpaban por momentos, provocando que se sintieran observados como peludos monos de feria. Con cajas destempladas Rob les mandó seguir su camino por orden de la sacrosanta policía, sus numerosos y estirados superiores, su grandiosa majestad la reina Victoria entremezclando las frases con un estrambótico sonido que sonaba a un chop—chop, hasta que sólo quedaron ellos. Al fin. Y Guang, claro. Rob optó por hablar pero Peter se le adelantó.

—Os venís a mi casa.

Eso le dejó seco.

—¡Qué!

—He dado orden de que os preparen estancias al viejo y a ti en la mansión. Hay espacio más que suficiente y muchas manos para ayudar. Claro que ahora tendremos que preparar otra para tu protegido y contratar personal especializado.

Las palabras se le atascaron en la garganta a Rob.

—No pienso instalarme en tu casa.

—Lo harás.

—Y un cuerno, Peter. No necesito limosna.

La vena de la sien le iba a estallar. Palpitaba demasiado.

—No, amigo. Lo que necesitas es un buen mamporro y al paso que vas, todo llegará.

—¿Es *eso* una amenaza?

—No. Una… promesa.

Y, ¿por qué demonios no podía dejar de mirarle esos malditos labios? ¡Si dejara de humedecérselos con la lengua quizá dejara de distraerse con una mosca!

—Así vas por mal camino, Peter.

Está bien, está bien.

No le mires.

Eres un hombre adulto, con raciocinio. Con éxito. Has pasado por mucho y has salido entero. Algo tocado pero entero. Un canijo desastroso con ideas de perogrullo no podría con él, ni con su paciencia.

Esos labios, ¡diablos!

¡No… le… mires! Mira al frío y duro suelo. ¡Maldita sea! Duro, no. Frío. Eso, muy, muy frío y desagradable al tacto. Eso y…

—¡Peter!

—¿¡Qué!?

—¡Estás en las nubes, otra vez! Empiezas a preocuparme.

—¡Es tu culpa!

El gesto de exasperación de Rob fue acompasado por una descarada mueca de hilaridad de Guang que llamó la atención del primero.

—Tu hombre se ríe de nosotros, Peter.

Se inclinó hacia su menudo amigo.

—Así no me ayudas, Guang.

El peculiar brillo en esos ojillos rasgados debió ponerle sobre aviso.

—Vosotros ser raros. Tú besar ahora al canijo y arreglar problema. Yo daros mi bendición, Peter.

Rob casi se ahogó con su propia saliva. Y él… Él se puso rojo como la grana pese al tono de su piel. Gracias a los cielos los curiosos hacía rato que se habían dispersado. Una auténtica pesadilla en pleno estado de consciencia.

La guasona vocecilla de Guang se lanzó de nuevo a la carga.

—Vamos, Peter. No tener todo el día. Ale, ale.

Instintivamente dio un paso adelante, reaccionando Rob alejándose la misma distancia.

—¡Ni se te ocurra!

Dios, le chiflaba cuando se ponía todo pudoroso.

—¿Te da vergüenza, Rob?

—¡No!, ¡sí! Esto es ridículo y no te acerques, Peter.

Alzó las manos en señal de rendición, logrando con ello que Rob no cayera de culo al suelo por su ansia en alejarse. Ni que lo fuera a morder.

Morder…

Las imágenes comenzaron a sucederse en su mente a una velocidad vertiginosa hasta que recibió un suave codazo en el costado. La perspicaz sonrisa de su menudo amigo consiguió devolverle al mundo real, lejos de sus fantasías.

De acuerdo. Sin posar la mirada en Rob decidió que era el momento de lanzar el contraataque.

—Y si aceptan tu petición de llevarlo contigo a casa, ¿quién cuidará a Titus mientras estés trabajando? ¿Tú padre? ¿Y si fuera peligroso, Rob? Piénsalo bien.

La mirada ligeramente desorientada de Rob de inmediato se aclaró, frunciendo los labios.

—No lo es, Peter. Debieras verlo.

—No lo sabes con seguridad. En la mansión se le puede vigilar.

Tocaba utilizar con total desvergüenza el peso pesado del razonamiento.

—No puedes arriesgarte a que quede a solas con tu padre y vayan a por él y lo sabes. Si como dices, le tienen aquí encerrado para ocultar algo siniestro, tratarán de callarle y aprovecharán cualquier resquicio para eliminarle.

La duda comenzaba a resquebrajar la seguridad del canijo y se podía percibir a la legua. Le conocía demasiado como para no darse cuenta. Dios, ese enorme corazón que tapaba todo lo demás. Ese afán por proteger.

—Está bien, Peter pero será temporal. Hasta que organice algo por mi cuenta.

Pues se iba a helar el infierno para entonces, si él podía evitarlo. De ésta no escapaba.

Esos azules ojos se clavaron en los suyos. Suspicaces.

—Prométeme que no…

Intuía lo que se acercaba y tenía tan clara la contestación que la barbotó antes de dejarle terminar.

—No dejaré de intentarlo, canijo. Nunca. No me rindo.

—¿Cómo puede alguien ser tan terco e insensato?

Le guió el ojo, provocando a su espalda la risilla descarada de Guang.

—Es un don.

Una sonrisa incontrolable asomó a la boca de Rob.

Por primera vez en días notó algo de calor en su interior alejando esa maldita frialdad de sus huesos. La situación se había vuelto caótica pero no era nada nuevo en sus vidas. Al menos le tendría cerca de él. A una fina puerta de separación de distancia. Y los días y las noches daban para mucho.

Para hablar, para rozarse… Para besarse.

No pudo evitar sonreír con picardía. Sin darse cuenta de que la clara mirada no se apartaba de él, con completo recelo. Al fin las aguas parecían estar volviendo a su cauce aunque fuera contracorriente.

—Peter, me estás desquiciando con esa sonrisa.

—No me extraña.

—¡Peter! ¿Qué diablos planeas?

—¿Yo?

—Sí, tú.

—Naaada. Actuar como un gran anfitrión y hacerte sentir a gusto.

Cómodo. Como en casa. Calentito. Poca cosa.

Al canijo le iba a dar un sincope y él lo iba a disfrutar. Segundo a segundo, saboreándolo.

Se giró para hablar con Guang cuando escuchó fluir la suave voz del canijo.

—Ella me dijo que le sacáramos de aquí, Peter.

—¿De qué hablas?

—La mujer que se me abrazó. La del cabello corto. Apenas le pude ver pero me dijo que si queríamos salvar a Titus que nos lo lleváramos con nosotros. Hoy.

Ahora entendía la expresión sorprendida de Rob al soltarse la mujer de él. Con la oscura mirada recorrió los alargados y tétricos pasillos, las paredes, el brillante suelo y una sensación de pura maldad lo golpeó de lleno.

¿Qué diablos estaba ocurriendo en ese maldito hospital?

II

Faltaban cinco minutos para que diera inicio la reunión con los hombres que desde esa mañana estaban bajo sus órdenes. Sus pocas pertenencias ya estaban colocadas en el despacho. Le había dado tiempo a leer y repasar con detenimiento los informes o casos asignados a los agentes. Nada fuera de lo normal.

Hurtos, peleas, chantajes de poca monta y la extraña y singular desaparición de la enfermera Barbara Gates.

La piel se le erizó al comenzar con la lectura del caso asignado a Clive y a Norris y eso nunca era buena señal. Sus instintos despertaron de golpe.

La hermana mayor de la enfermera había informado que ésta no había vuelto a casa como hacía todos los días desde que había comenzado a trabajar en el Hospital de San Bartolomé. Seis meses dedicada al cuidado de los enfermos del pabellón dos del ala este. No era un lugar agradable para una mujer pero le habían asignado la tarea debido a la escasez de personal y a su buena mano con los pacientes.

Era demasiado joven.

Veinticuatro años y una vida desperdiciada o al menos eso era lo que parecía o lo que todos creían. Por su parte, hasta que no localizaran el cuerpo, no le daría por perdida e imaginaba que Clive haría exactamente lo mismo.

Se preguntó qué demonios estaría haciendo en esos momentos el pecoso pero lo apartó de su mente. Más tarde tendría ocasión. Ahora, tocaba conocer a sus hombres. Una primera impresión y después ahondar en sus peculiaridades, sus manías, sus formas de trabajar, sus vidas.

Su integridad.

Ordenó los papeles que había desperdigado por la superficie de la amplia mesa, introduciendo en una carpeta de piel los que le interesaban y se levantó de la silla para salir de su despacho. A medio camino un corto golpe en la entrada sonó con claridad por lo que en un segundo alcanzó el pomo abriendo la cerrada puerta.

Al otro lado, un joven agente.

Más que joven parecía recién reclutado. Una incipiente y rala barba asomaba a su puntiaguda barbilla y estaba pálido, con ostentosas ojeras bajo los claros ojos. Unos ojos vivos aunque cansados. Casi agotados.

—Disculpe la interrupción, señor pero me dijeron que ya estaba instalado y…

—¿Sí?

Le observaba casi con miedo.

—Y necesito hablar con usted. Bueno, mi compañero y yo esperábamos que nos diera unos minutos para hablar con usted en privado, señor. Soy el agente Roberts y mi compañero es el agente James. Llevamos esperando su llegada unos días.

Curioso.

—¿Cuánto tiempo hace que pertenecen al cuerpo?

—El suficiente, señor.

Extraña contestación como si insinuara que ya había visto más que suficiente a su edad. Su intriga se disparó al instante pero le aguardaban abajo y no tenía por costumbre hacer esperar a sus hombres.

Fijó su vista en el desgarbado joven.

El uniforme estaba bien cuidado pero le quedaba ancho, como si hubiera perdido algo de peso recientemente y miraba a espalda constantemente. Daba la sensación de que esperara una emboscada en cualquier momento. Su actitud era vigilante.

—Está bien, agente pero tendrá que ser más tarde. En unos minutos tengo una reunión inaplazable.

La postura del joven agente se relajó al momento como si un inmenso peso hubiera desaparecido de sus caídos hombros.

—Nos ha tocado vigilancia de calabozos, señor pero si es posible preferiríamos no dejarlo para otro día. Es urgente.

—¿A qué hora terminan el turno?

—De madrugada, señor.

—Les esperaré en mi despacho a primera hora de la mañana. No se retrasen. Ambos.

Una sonrisa cubrió el rostro del joven.

—No lo haremos señor. Puede jurarlo y gracias, señor. Sé que es su primer día pero… —el agente tragó saliva— …gracias.

Demonios. El joven farfullaba del alivio.

Tras un breve saludo el muchacho se lanzó escaleras abajo, dando la impresión de haber renacido tras la curiosa conversación, sin darse cuenta de que varios ojos seguían su veloz descenso.

A punto estuvo de llamarle en voz alta para continuar con la charla. Le picaba la curiosidad y esa sensación que le recorría en ocasiones, ahí estaba.

En pleno apogeo.

Peligro.

Desde lo alto de la escalera recorrió con la mirada el piso inferior captando el indiscreto examen de no pocos hombres uniformados. De reojo atisbó el pasillo que daba a la sala de reuniones, repleta de nerviosos agentes.

Apartó de su mente la angustiada mirada del agente Roberts.

Tocaba presentarse a su gente.

Después, esperar a Clive.

III

Se daba cuenta de que estaba ralentizando el paso según enfilaba la calle que ubicaba la comisaria pero sus cortas piernas no parecían querer responder al impulso ordenado por su cerebro. Le pesaban una tonelada.

Ross ya estaría instalado y casi podía jurar que le habría disgustado no haber dado con él para mangonearle. Tendría que soportarlo, al igual que él aguantaba sus bruscos cambios de humor, creciente mal genio, impaciencia y órdenes. El muy empecinado no quería decirle qué demonios le ocurría. Ni una ligera idea y no terminaba de entenderlo.

Siempre habían hablado de todo, como amigos íntimos que eran pero algo había cambiado con su ataque. Algo difícil de explicar con palabras.

Le tenía totalmente descolocado. Y no conseguía salir de su estupor.

Aborrecía esa sensación de desorden.

La abuela de Ross, en una de sus habituales visitas a la mansión Torchwell, había insinuado, entre susurros, que la causa del creciente mal genio del gruñón era un inesperado y aterrador mal de amores. Le encantaba esa anciana y jugaba a los naipes como un verdadero tahúr. No había forma de vencerle. Había perdido la cuenta de las veces en que le había suplicado la revancha para enfrentar otra aplastante derrota minutos después.

Y trampear a una anciana era inviable. Su código de conducta le impedía hacerlo. Bueno, hacérselo a cualquiera y punto. Eso no significaba que en sueños no hubiera logrado una apabullante y merecida victoria. Propia de un campeón. Dios mío, que sensación más acongojante. Casi se echó a llorar en sueños de la emoción.

De vuelta a la triste y humillante realidad la anciana se reía con esa contagiosa risa tan semejante a la de su nieto y anunciaba que él no tenía una pizca de maldad en todo su cuerpo por lo que jamás ganaría a los naipes pero que le gustaba su honestidad. Le gustaba mucho.

¡Ja!

Su gruñón amigo enamorado de una dulce damisela y por el mal genio que gastaba últimamente, quizá ésta le había rechazado. Algo incomprensible para el imán femenino en que se había convertido Ross desde su último estirón juvenil. Ya podría él medir unos cuantos centímetros más y borrar de su rostro esas condenadas pecas. Quizá así dispusiera de algo de ventaja con las señoras.

No, si al final iban a ir a la par en eso de los amores no correspondidos.

Él le había echado el ojo a la señorita Melody Maple. La dispuesta, diligente y tranquila señorita Maple. Un cielo de institutriz con una maravillosa mano para los niños que educaba y por qué no decirlo, estaba de muy, pero que muy buen ver. Dos años más joven que él, trataba de enamorarla con sutileza pero por el momento, no había dado frutos su insistente cortejo. Vale, su torpe cortejo.

Quién se iba a imaginar que a una dama le podía sentar mal el exceso de dulces. Una urticaria en el sentido más amplio de la palabra había sido su último tropiezo. Rascarse manos y antebrazos hasta la extenuación, al parecer, no era algo que debiera provocar un pretendiente. Desde entonces se negaba a recibirle. La última le dio con la puerta en las narices pero él no se amilanaba. Ni que hubiera intentado matarle a dulces.

El podía engullir una tonelada y el cuerpo le pedía más, nunca menos.

Le tendría que pedir ayuda al gruñón dado su éxito con las mujeres de todo tipo y edad. Necesitaba descubrir cómo diablos conseguía que babearan por él y que le mandaran notas invitándole a sus dormitorios.

El cortejo era un arte en sí mismo, ¿no? Eso comentaban las mujeres o puede que lo hubiera soñado en algún momento de su vida.

Se estaba haciendo mayor y un hombre necesitaba una mujer a su vera. Una dulce y tranquila mujer que le recibiera en casa con los brazos abiertos y a la que no le importara que fuera pelirrojo y pecoso, paticorto, algo cegato y efusivo con las expresiones cariñosas.

Todo lo contrario a la abuela Clotilde. Aspera y gruñona se había jurado desde niño ser lo opuesto a ella en todos los aspectos. Y lo había conseguido.

Sonrió con benevolencia.

A las mujeres les agradaban los hombres cariñosos, ¿verdad?

El lo era.

Sin darse cuenta se encontró de sopetón con la fachada principal de la comisaria y con el único agente con el que hubiera deseado no encontrarse. El inspector Glenn. Scott Glenn. Menudo hijo de mala madre.

—¿No tendrías que estar con tu amiguito, Stevens?

Canalla persistente.

Por alguna razón que se le escapaba el único grupo de compañeros que le hostigaban continuamente estaba encabezado por el hombre con el que acababa de cruzarse al ascender los escalones de entrada a comisaría. La mano derecha del anterior superintendente. Un maldito agente retorcido y mal avenido cuyo mayor entretenimiento, por lo visto, era incordiarle a él cuando le pillaba desprevenido.

—Te perdiste la reunión con el nuevo jefe. Aunque te dará igual, ¿verdad? Para lo poco que pintas en esta comisaría. ¿Por qué no lo dejas, chico? Nos harías a todos un favor. La comisaría dejaría de apestar a rata.

La burda insinuación le puso de los nervios pero no iba a estallar. Esa mañana, no.

Dos encontronazos y una pelea a puñetazos en diez días habían cubierto el cupo del mes. Tenía demasiados problemas entre manos como para desviar su intención con estúpidas malas lenguas.

—¿No contestas, niño bonito?

Le ignoró sin una mirada atrás pero el malestar no se lo quitó de encima hasta encarar su mirada la del veterano agente Strandler que tras el mostrador de recepción parecía esperarle con impaciencia.

—El nuevo superintendente le espera en su despacho, inspector. Ahora mismo.

Los escalones le recordaron a los del cadalso. Una pesadilla en toda regla. El movimiento a su alrededor era incesante. Agentes uniformados con detenidos, gritos, empujones, carreras y miradas subrepticias. Odiaba que todos supieran que había instado el traslado so pena de perder su rango de superintendente disparando los chismorreos, pero lo que más le fastidiaba eran las risas de soslayo y las muecas de burla al pasar cerca de cualquier grupo de agentes.

Le había dejado bien claro que no pertenecía a esa comisaría, que no le consideraban uno más y que no por haber sido superintendente le iban a tratar con deferencia, sino todo lo contrario.

Apestado.

Eso le habían llamado en su última riña con los compañeros.

Si una rata era mal vista, quien las protegía era peor desde el punto de vista de los policías. Flexionó el brazo contra el costado. Todavía lo sentía magullado pero no podía dar muestras de flaqueza porque le destrozarían. Al menos el resto de los morados, salvo los del rostro, los ocultaban las ropas.

Conocía de sobra lo que estaba iniciando al emparejarse con Rob pero lo cierto es que no imaginó el alcance de la malicia de varios de los agentes con los que debiera trabajar codo con codo. Ni que como una jauría le fueran a atacar en grupo. De no haber sido por la interrupción del mismo agente que acababa de decirle que Ross le esperaba, el enfrentamiento habría acabado mal, para él.

Posó la palma sobre la madera de la puerta. Sin llamar. No estaba de humor para broncas ni con tiempo que perder.

—¡Pasa!

¿Cómo diablos sabía que estaba al otro lado?

A veces le desesperaba esa innata intuición. Atravesó el dintel tras empujar la puerta y decidió que era mejor un buen ataque a una floja defensa. Sin centrar la mirada en la imponente y algo borrosa figura sentada tras el escritorio, barbotó como una criatura las palabras. Menuda chapuza.

—No tenemos tiempo de discutir, Ross. Imagino que estarás al tanto que nos han asignado un caso —se arriesgó a asentar la mirada en el rostro de su mejor amigo. Mala idea. Rezumaba seriedad y algo más que prefería no indagar—. Norris nos espera en el hospital de San Bartolomé. El paciente que supuestamente vio por última vez a la enfermera Gates, nuestra desaparecida, es el mismo que dice haber visto a un hombre con los rasgos de Martin Saxton... —tosió incomodo ante el silencio de Ross— ...pero ese hombre no debiera estar ahí. En el hospital, quiero decir. Me refiero al paciente no a Saxton, claro— qué horror, parecía un novato dando el parte diario—. Así que vine en tu busca para acudir al hospital y tratar de enderezar la situación. No quisiera dejar demasiado tiempo a Rob a solas aunque Peter Brandon ya está avisado y ha acudido en su ayuda.

De acuerdo.

Todo dicho, más o menos.

Entonces, ¿por qué parecía que Ross no había atendido a una sola palabra? ¿Estaría en trance? Decidió resumir en esta segunda ocasión.

—Tenemos que sacar a ese hombre de allí dentro, Ross. Ya.

Quemaba la mirada de esos desiguales ojos pero no iba a farfullar por mucho que le estuviera poniendo de los nervios con su mutismo.

—O sea, cuanto antes. ¿Nos vamos?

El sonido de la silla al deslizarse por el piso le llenó de alivio.

—¿Y tus gafas, Clive?

Odiaba que hiciera eso. Le enfurecía que Ross nunca respondiera como esperaba de él.

—Me las dejé en casa. Olvidadas.

Maldición, estaba enrojeciendo y eso, en él, era señal de que estaba mintiendo descaradamente o se sentía avergonzado. Ross le conocía como la palma de su mano para darse cuenta pero no podía decirle que se le habían resquebrajado al recibir un puñetazo de un compañero que las hizo saltar por los aires y caer con un golpe seco. Supondría destapar la caja de los truenos y no era el mejor momento.

No lo era.

No podía reemplazarlas.

Costaba demasiado dinero hacerse con un nuevo par por lo que tendría que aguantar con el remiendo hecho a base de cordel aunque el aspecto con ellas colocadas fuera soberanamente ridículo. Durante un tiempo se contentaría una vez más con apreciar el mundo que le rodeaba algo borroso en la distancia.

Ross se acercó lentamente con ese endiablado aire que provocaba que la gente le dejara pasar sin planteárselo dos veces.

—Ya tengo preparado un carruaje listo para partir hacia el hospital —anunció Ross.

—Ah, ¿sí?

—Ajá.

—¿Cómo…?

—¿He intuido que algo saldría mal? Una corazonada.

—Tú no crees en esas cosas, Ross.

—De acuerdo. Pura lógica. Os asignó el caso el anterior superintendente y con vosotros dos trabajando codo con codo, lo extraño es que todo hubiera ido como la seda.

—¡Eso no es cierto! Formamos un gran equipo. Capacitado, unido en la adversidad, intuitivo y…

—Más que gafe.

Fue a protestar pero optó por callar.

No había quien refutara eso.

Eso no significaba que fuera a admitirlo por lo que quedó de brazos cruzados, estirándose en toda su extensión vertical. Desafiante. Portentoso. Algo intimidante. Casi se puso de puntillas pero hubiera sido excesivo.

Estaban de pie junto a la puerta como dos luchadores encarándose antes de comenzar la pelea. A unos pasos de distancia el uno del otro.

Ross impertérrito.

Él completamente colorado.

Odiaba a muerte sus pecas.

En ese mismo momento se dio cuenta de que los ojos de Ross se deslizaban con parsimonia sobre su amoratado rostro, sobre las malditas marcas que no habría podido ocultar ni queriendo.

Sintió sobre su barbilla la sujeción de unos firmes dedos y el ladear de su rostro al ser guiados por éstos, hasta que apartó el rostro enfadado. No era un chiquillo, incapaz de defenderse, ¡diablos!

—Por supuesto.

Su mejor amigo no dijo nada salvo esas dos palabras que rezumaban sarcasmo además de enfado a partes iguales y eso era más preocupante que si hubiera lanzado un grito descomunal a los cuatro vientos.

Pues sí que estaba raro Ross. Y misterioso. Cada día más, hasta que recordó la insinuación de la astuta abuela de su mejor amigo.

Pobre hombre.

Sufrir mal de amores era un asco. Un verdadero y rotundo asco. Y si no, que se lo dijeran a él que no conseguía ser el receptor de la atención de su linda señorita Maple. Bueno, siempre podrían reconfortarse mutuamente con sus malogradas historias de amor.

Bien pensado, mejor no, que seguro que en el caso de Ross era él quien había roto o rechazado la relación sentimental en ciernes, mientras que en su caso, le habían mandado a hacer gárgaras por unos pocos dulces de nada. Lo cual, sonaba penoso. Incluso para él.

Tras unos segundos inquietantes en los que Ross permaneció como una estatua mirándole fijamente, sencillamente éste se inclinó para asir el pomo de la puerta apartándole con la otra mano de un ligero empujón acompañado de un gruñido de exasperación y salió del despacho sin una mirada atrás esperando que él le siguiera.

Así lo hizo ya que no tenía otra opción.

Empezaba mal el día.

Pues sí que estaba tocado el hombre.

******

Capítulo 5

I

La situación era extremadamente incómoda por razones imposibles de enumerar.

Esperar la llegada de Torchwell acompañado de Clive había resultado más breve de lo imaginado y la coyuntura planteada se había arreglado con facilidad. El adulador director del hospital no había querido escuchar la palabra escándalo por nada del mundo e incluso hubiera estado dispuesto a dejar en la calle a Titus Caan de un plumazo. Abandonado a su suerte.

El muy pomposo le estaba poniendo furioso.

Según su propia interpretación, el señor Caan, en términos estrictos no era un paciente del hospital al carecer su historial de firma y refrendo médico. Esas eran las llamativas palabras surgidas de la boca de semejante cínico. La manera en que ese hombre, por llamarlo de alguna forma, había recalado de director de un hospital de tales dimensiones se le antojaba una burla.

El control de las autoridades sobre los centros hospitalarios dejaba mucho que desear y desde el interior del carruaje facilitado por el superintendente Torchwell se preguntaba hasta qué punto otras personas en la misma situación de Caan se encontraban enclaustradas entre esas mismas paredes de fría piedra.

Puede que demasiados.

Respiró con alivio. El subdirector y la avinagrada enfermera Mayers que tantos problemas planteaba al principio habían desaparecido con la llegada de Peter por lo que al fin se llevaban consigo a Titus. La ansiedad con que esos ojillos contemplaban todo a su alrededor casi dolía e impactaba. Apenas los abría manteniéndolos semi cerrados. Peter enseguida imaginó que su causa se debía a permanecer tanto tiempo encerrado en la oscuridad y alejado de la luz. Lo mismo le ocurrió a él.

No lo dijo pero no hacía falta hacerlo.

Los tres ocupaban el interior del cómodo carruaje mientras que Clive y Torchwell hacían uso de sus monturas. Y por los retazos de conversación que llegaba del exterior, la discusión entre esos dos parecía escalar por momentos. Estaban tensos y se miraban de reojo cuando el otro creía que no era observado. Como niños enrabietados.

La discusión sobre el primer lugar al que dirigirse se había alargado un tanto hasta que finalmente optaron por acudir a la mansión Brandon. Allí Doyle ya les estaría esperando y parte de la casa ya se habría organizado para acoger a los nuevos huéspedes.

—¿Vamos a casa, Ro… Robert?

La profunda voz de Titus sonaba diferente. Amansada.

—Sí. A casa.

—¿Puedo dormir en mi cama?

—Ya veremos, Titus.

—Vale. ¿Estará allí mi Claire?

¿Quién?

Era la primera vez que conseguían sacar unas palabras de ese corpachón.

—¿Quién es Claire, Titus?

—Mi amiga. Me… me cuida.

Con la mirada pidió socorro a Peter, quien permanecía sentado y callado frente a ellos en el interior del carruaje, dejando en sus manos el hilo del intrigante interrogatorio. Éste se inclinó hacia adelante hasta colocar la palma de su mano sobre la rodilla de Titus, apretando suavemente.

—No lo sé, muchacho. Quizá haya tenido que salir a la calle, a hacer compras o esté ocupada cuando lleguemos pero no pasa nada.

El efusivo gesto de Titus negando con la cabeza, les sorprendió.

—¿Qué pasa, Titus?

—Ella noooo puede salir. No le dejan.

—¿Porqué?

—Se escaparía. Casi se fue una vez y le pegaron. Le hicieron daño y no me gustó. Después se escapó otra vez y le buscan pero yo le guardo el secreto. Ella es buena y me cuida cuando ellos no le ven.

¿Qué diablos? Cruzó miradas con Peter quien mostraba tanto asombro como él.

—¿Quiénes le pegaron, muchacho?

—Eso no se dice.

—No pasa nada, Titus. A nosotros puedes contárnoslo.

Dudó aferrando una de sus inmensas manos con la otra, retorciéndolas. Rob presentía que temía decirlo pero a su vez deseaba compartir lo que sabía.

—Ellos.

—*¿Quiénes* son ellos?

La transformación fue veloz. Como hacía unas horas en la negra celda, el inofensivo gigante se encogió sobre sí mismo, haciéndose un ovillo tembloroso.

—¿Titus?

Habían cruzado el límite con sus preguntas.

No parecía escucharles.

Ellos.

Lo único que les quedó claro es que *ellos*, quienesquiera que fueran, le causaban verdadero terror al hombre que había comenzado una vez más a tararear bajito, para sí mismo.

Cantando hermosas nanas con esa profunda y dulce voz.

II

El Club de Crimen al completo reunido, una vez más.

Como incrementaran más sus miembros tendrían que arrendar con urgencia un lugar en el que celebrar sus reuniones ya que las leyes de la naturaleza no alcanzaban a expandir el salón que ocupaban al gusto y necesidades de sus dueños. Por el momento al menos, porque tal y como avanzaban la ciencia, la industria y los descubrimientos, cada cual más incendiario, imaginar lo que estaba por llegar era un sueño para una mente curiosa.

Con una mezcla de cariño y exasperación recorrió con la mirada a todas y cada una de las personas que parecían entenderse, compartir y departir en el caos formado en el salón principal de su hogar. Todas salvo una.

Aquella que dañaba mirar.

No había errado en sus suposiciones.

Nada más cruzar la puerta de entrada a la mansión Brandon la rechoncha figura de Burrowers, el mayordomo, tras hacerse cargo de sus abrigos y mientras les conducía al hogareño salón, les había informado que su incomparable señora se había hecho cargo de todo. Las habitaciones estaban preparadas y se habían organizados turnos paralelos para la vigilancia del señor Titus Caan. Por supuesto, sin mermar en un ápice la protección de las dos señoras de la casa.

Y luego Doyle le decía a él que se obsesionaba con ciertas cosas.

Apoyó la espalda contra la pared más cercana a la puerta de entrada a la habitación, acogiendo en su campo de visión los tres grupos formados que charlaban entre sí, sin dejar de interactuar con los restantes. Una costumbre imposible de erradicar desde que escapó de su cautiverio. Nunca dar la espalda a los accesos, huecos o puntos muertos de visión. Permanecer en guardia.

Expectante.

La habitación calmaba su nerviosismo. Los cómodos y acogedores muebles, los amplios ventanales, los cálidos tonos de las paredes y alfombras relajaban. No era una estancia cargante sino con una decoración contraria a los cánones de supuesta elegancia de la época. Espaciosa y sencilla iba con su carácter. Con la forma de ser y pensar de los habitantes de la casa y de sus visitantes. Escasos cuadros cubrían sus paredes dando una sensación de frescura y olía en consonancia. A refrescante eucalipto.

Los Evers eran divertidos. Peculiares. Y a la cabeza, sin duda, estaba la diminuta e incontrolable Meredith Evers. En su último mes de embarazo les tenía a todos completamente trastornados. Su marido mostraba síntomas de desquiciamiento y angustia, con la simple mención de la llegada del temible momento. Las ojeras le llegaban a la barbilla. Seguro que pasaba las noches despierto observando a Mere, para que el terrorífico momento no le pillara desprevenido.

El parto.

La palidez que cubría el rostro de John, cada vez que una nimia mueca cruzaba el ovalado rostro femenino, adquiría tonos verduzcos y ésta era seguida por un ahogado gemido masculino, preguntando *¿viene el bebé, cielo? No olvides que debes avisarme con tiempo. Para prepararme.*

Pobre hombre.

Con la suerte que tenía seguro que le tocaba atender al parto de su pequeña y aguerrida mujer.

La apuesta entre los hombres de la familia y amigos sobre los minutos en que el gigantesco hombre iba a tardar en desmayarse desde el momento en que su tierna mujercilla rompiera aguas, iban desde los cinco segundos hasta los diez minutos. El último envite pertenecía a la propia Meredith aunque lo daba por perdido a la luz de los recientes acontecimientos.

Nadie apostaba más allá de ese reducido tiempo, teniendo en cuenta que en la primera ocasión en que creyeron que el parto se avecinaba, el desmayo de John había sido fulminante para regocijo y risillas no disimuladas de toda la familia, aunque algo atemperadas por el simultáneo vahído y mareos del padre de Mere y dos de sus hermanos.

El único que permaneció lúcido y en posición vertical resultó ser Jared Evers. Claro que las súplicas ahogadas a su hermana de que no podía parir con él de comadrona, que nunca lo superaría, que ella no era un vaca y con eso no quería insinuar nada salvo que en su vida únicamente había presenciado el sangriento parto de una vaca, al parecer pusieron fin de cuajo a las ganas de nacer de la criatura. Lo cual demostraba a todas luces que los bebés eran intuitivos a la hora de elegir el instante de su nacimiento.

En resumidas cuentas, los varones presentes de la familia habían resultado inservibles al completo. En lugar de atender habían tenido que ser atendidos. El relato en boca de la propia Mere no había tenido desperdicio.

Me abandonaron en un estado agónico, casi de parto, con una contracción en el futuro inmediato y mi marido, padre y hermanos roncando. Y Jared balbuceando, extremadamente pálido, no sé qué sobre vacas parturientas y que se le podía escurrir su sobrino sin darse cuenta.
Un espantajo de ayuda.

Centró su mirada en la voluminosa y preciosa figura, sentada junto a su marido, mientras engullía como una posesa unas pastas preparadas por la Señora Pitt. John mantenía su manaza sobre su vientre, cubriéndolo casi al completo. Protegiéndolo o quizá a la espera de una pequeña y viva patada de la personilla que se estaba formando en su interior.

Nadie lo comentaba en voz alta pero a él le parecía que estaba demasiado redonda para un solo bebé pero no se atrevía a hablar. Igual a John le daba un síncope de la impresión.

Su hermano y Julia, su esposa, charlaban a su lado. Se alegraba tanto de la felicidad de Doyle que a veces temía la posibilidad de que perdiera lo que tanto le había costado obtener. Dios, el cortejo de su cuñada había sido risible, por no decir otra cosa. Divertido pero también doloroso.

Julia había perdido a su padre y había sufrido tanto que un velo triste se adueñaba en ocasiones de esa tierna mirada. Doyle en seguida se daba cuenta de ello y se acercaba a su mujer con su pequeña Rose en brazos. Toda tristeza desaparecía entonces y la mirada castaña se inundaba de amor. De un amor profundo y hermoso que se reflejaba en los transparentes ojos de su hermano mayor. Merecían compartir ese amor y regalarlo a la diminuta y maravillosa criatura que el azar les había colocado en su camino.

Daría lo que fuera, incluso su vida por ellos.

Dios. Sin dudarlo un segundo.

Por unos instantes un nudo se le formó en la garganta mientras contemplaba a su hermano mayor. El único, junto con Rob, que jamás le dio por perdido, que derramó sangre y lágrimas hasta encontrarle y que a base de tesón, insistencia y amor consiguió sacarle del infierno del que creyó que jamás escaparía. Nunca conseguiría enumerar las noches en que Doyle le despertaba de una maldita pesadilla y se quedaba junto a él, sentado en la oscuridad de su cuarto leyendo capítulo tras capítulo de un libro cualquiera para él pero que su hermano atesoraba. Hasta que el sueño le reclamaba para envolverle una vez más en pesadillas.

Durante meses y años vivieron en un negro abismo.

El mundo es inmenso, hermano y el futuro no está escrito. No permitiré que el pasado te engulla. No lo permitiré.

Y lo consiguió.

El muy testarudo lo logró. Con paciencia y amor le arrancó de ese terror helado que le invadía al anochecer.

Un alma sabia y sensible con un corazón tan inmenso que apenas cabía en ese amplio pecho.

Sonrió con calidez.

Amaba a su hermano. Adoraba a su familia aunque le costara un mundo expresarlo en ocasiones. Lo intentaba. De verdad que lo intentaba. A veces casi lo conseguía pero las frases se le trababan en la boca por la emoción, incapaz de pronunciarlas como hubiera querido para que ellos supieran todo lo que guardaba dentro. Muy dentro.

Aunque lo sabían. Ellos lo sabían. De eso estaba seguro.

La mirada de su hermano se lo decía, su contagiosa sonrisa, una suave palmada en el hombro o una caricia cruzando ese lugar en su espalda que él odiaba.

Paseó su mirada por el resto de la sala, saltándose el lugar que ocupaba Rob quien por el momento le esquivaba con la mirada.

El resto de los miembros del club seguían tan ruidosos y expresivos como siempre. Los hermanos de Mere provocaban un auténtico tumulto sólo con su presencia. Dejando aparte que ocupaban gran parte de la estancia por su corpulencia, Jared parecía estar dando instrucciones severas a su hermana. Aspavientos incluidos.

Mejor dicho, parecía estar intentando, con el rostro desencajado y el cabello enmarañado, que ella le hiciera algo de caso, sin resultado alguno mientras Dean y Thomas se carcajeaban descaradamente de él a su espalda. John no se quedaba atrás con una sonrisa repleta de sorna plantada en su rostro al tiempo que intentaba sacar del alcance de su pequeña mujer un plato de panecillos recién horneados.

Calculaba que les quedaba como mucho media hora antes de que la reunión se descontrolara por completo.

La abuela de Mere y el viejo Norris observaban la escena que se desarrollaba a un par de metros con paciencia, sentados junto a la tímida Jules. Todos permanecían expectantes con los dos ancianos, deseando escuchar de sus labios que había llegado, al fin, la hora de contraer matrimonio. El sospechaba que estaban dando largas para ponerles de los nervios a todos.

En segundo plano y sin apenas abrir la boca para opinar, comentar o incluso bostezar, Jules Sullivan era la tercera pata de una mesa robusta e irrompible formada por ella, su cuñada Julia y la pequeña Mere. Cómo tres mujeres tan dispares podían comunicarse sin necesidad de palabras y ser tan afines le resultaba un completo misterio. Claro que, quién era él para discutir un hecho tan evidente de la vida como que las tres damas eran inseparables, con el riesgo, peligro y terror que ello conllevaba para aquellos que les querían.

Casi soltó la carcajada.

Los redondos ojos de la recatada señorita Jules Sullivan se habían clavado por un breve e intenso segundo en el trasero de unos de los hermanos de Mere. Más concretamente en el de Jared, para separarlos de inmediato tras sonrojarse sus mejillas de golpe.

Ahí bullía una buena historia para relatar, sobre todo teniendo en cuenta que algo debía haber notado el hombre al girarse como una furia hacia la púdica dama para espetarle algo que ella contestó rauda, callando la boca al hombretón de golpe y provocando que los verdes ojos masculinos se desorbitaran. Increíble. Le acababa de dejar con la palabra atascada en la boca debido al muro en que se había transformado al instante su suelta lengua.

Lo gracioso era que esa timidez casi enfermiza en Jules desaparecía en proporción a la proximidad de Jared Evers. Cuanto más cerca, más descarada se volvía la joven provocando que el grupo al completo instigara encontronazos entre esos dos. Ahí había pasión en toda la extensión de la palabra.

Le hubiera encantado escuchar la sabrosa frase de la joven. Sí, señor.

Destensó los músculos de la espalda.

El rincón ubicado cerca de la chimenea le llamaba pese a su resistencia en dejarse llevar por esa necesidad de observarle.

Se rindió.

Rob se había incorporado algo más tarde a la reunión tras dejar acomodado a Titus en su nuevo hogar. Les había costado que el aniñado gigante se relajara lo suficiente pero con la ayuda de Julia lo habían conseguido. A ello había contribuido la inestimable colaboración de los dulces de la Señora Pitt. El embriagador olor del sabroso pastel de manzana de la cocinera había derrumbado todas las defensas del gigante. La calidez que desprendía la cocina de la mansión, con el ir y venir del personal, las risas, la diversión, las sosegadas órdenes lanzadas por Burrowers y la hermosa porción de pastel junto con un vaso de templada leche habían obrado el milagro.

El miedo con que Titus les miró al principio les quebró algo por dentro.

A todos.

Dios santo.

Temor a que lo que se le ofrecía en un sencillo plato fuera una trampa.

La Señora Pitt rompió el silencio y con la voz completamente quebrada se sentó con extrema suavidad junto al gigante que seguía paralizado ante su plato, sin atreverse a tocarlo. Sentado a la mesa de la cocina. Temblando como una criatura indefensa.

Come, hijo. Te prometo que nadie te hará daño en esta casa. No lo permitiría y tampoco mis señores.

La arrugada y regordeta mano de la mujer se colocó sobre la magullada del hombre, apretando tan suave que un gemido angustioso brotó de esa callada garganta. Como si no entendiera la ternura que le mostraba otro ser humano.

Aquí estás a salvo.

Come tranquilo, que yo cuido de ti.

Jamás imaginó presenciar una escena tan dura y enternecedora en la cocina de su hogar.

Tras unos minutos todos respiraron hondo.

El gigante devoraba el pastel y los temblores habían desaparecido de su enorme cuerpo.

Y sonreía.

III

Dicen que los ojos de quien amas se te clavan en el alma y en la memoria, que su olor te acompaña toda tu vida y que su presencia la sientes aunque te falte. Que tus manos hormiguean con su cercanía y las aletas de la nariz se dilatan ante su proximidad, tratando de captar ese aroma único que asocias a querer. A amar.

Desearía tanto que fuera falso.

Desearía… poder distanciarse.

Que su presencia no tapara todo lo que ocurría a su alrededor, centrando sus malditos y despiertos sentidos en la imponente figura que relajada y con una sonrisa en esos labios, observaba con disfrute a todos y cada uno de sus amigos.

Percibir esa intensa mirada en uno, anudaba las entrañas.

Se le había complicado la existencia en unas condenadas horas, al dejarse enredar por esa labia que ocasionalmente fluía de Peter. Una cosa era no verle para alejar la maldita tentación, ya que olvidar resultaba imposible a esas alturas. Horas y horas de insomnio dando vueltas en el lecho, recordando cada una de sus peleas, conversaciones, ocurrencias y besos, le habían abierto los ojos y el maldito corazón.

Estaba tan atrapado como el hombre que no tenía intención de ofrecerle una salida.

Le había costado un triunfo mantenerse alejado de Peter desde que la junta disciplinaria había dado su veredicto. Devolver esas cartas y soportar los austeros y enfadados silencios de su bendito padre, tampoco había sido un plato de buen gusto.

La frase más repetida de la semana.

Eres idiota de solemnidad, hijo.

La segunda más reiterada.

El amor no suele llamar dos veces a una misma puerta, hijo.

La tercera.

¡Espabila, Rob, que no te va a esperar eternamente!

Puede, pero, ¿cómo explicar que por mucho que amara a ese complicado hombre le aterraba conducirlo hacía su peor enemigo, hacía su muerte?

Eso le destrozaría por dentro.

Le asustaba lo que sentía aunque hubiera momentos en que se dejaba llevar, porque no le quedaba otra opción por lo que bullía en su interior. ¿Cómo decir que una parte de él no podía evitar pensar en las consecuencias si eran descubiertos? Las miradas se tornarían diferentes, el respeto desaparecería y surgiría el rechazo. Sus compañeros en el cuerpo de policía le darían la espalda por razones que nada tenían que ver con el trabajo sino con sus elecciones personales.

Pero sobre todo, ¿cómo explicar al hombre que quería ese miedo que crecía en su interior, casi como si se avergonzara de lo que sentía cuando lo que en realidad temía era…?

Ni siquiera podía ordenar sus pensamientos, ni poner palabras a ese maldito pavor que provocaba que una parte de él se alejara de Peter para evitar que les hicieran daño.

Sabía la respuesta que Peter le daría a su primer temor pero a él no le valía.

Ya no.

Nunca le arrastraría a un nuevo infierno aunque le costara su corazón apartarlo de él.

En cuanto al resto, más allá de todo el tumulto descontrolado de sentimientos que tarde o temprano tendría que afrontar, le aterraba causarle dolor. Que sus dudas o inseguridades dañaran a un hombre que no lo merecía.

Tan complicado.

De reojo se dio cuenta de que Peter, lentamente, con esos condenados y armoniosos movimientos, acortaba la distancia que le mantenía alejado de él. Ya no atendía a lo que hablaban Clive y Torchwell a su lado. Algo de unas gafas, amores rotos y el superintendente mascullando que Clive no se enteraba de absolutamente nada. Torchwell sonaba encolerizado y… todo se difuminaba con la figura de Peter dirigiéndose hacia él.

La piel se le comenzaba a erizar mientras maldecía las reacciones incontrolables de su cuerpo.

Diablos, no se iría a sentar a su lado.

IV

Rígido como la varita de un efusivo director de orquesta en plena función. Ese era el aspecto actual de Rob. Juraría que incluso se le estaba encrespando el rubio cabello.

Diablos.

A él se le estaba erizando la piel con cada paso que le aproximaba al canijo. La condenada cercanía le ahogaba.

Que así fuera.

La tensión entre ellos casi se podía palpar y les estaba descolocando a ambos. Distrayéndoles.

De pasada captó la conversación de Clive y Ross pero carecía de sentido alguno, sobre todo por parte del pelirrojo si se atenía a la mirada de estupor del superintendente. Optó por almacenar la información en un lugar inservible de su cerebro y se dejó caer sin pudor alguno junto al petrificado cuerpo de Rob. Pegado como una lapa. Completamente. Desde el hombro, la firme cadera, el lateral del muslo, la rodilla y por sus benditos antepasados que el canijo no iba a lograr escurrirse en esta ocasión.

Desprendía tanto calor. O quizá fuera él.

Tarde o temprano tendrían que acostumbrar a tocarse en presencia de la familia o amigos sin apurarse como vírgenes vestales, diablos.

La barrera de los besos estaba superada.

Bueno, en proceso. En fase de inicio, mejor dicho, si se centraba en el calor que le subía por el cuerpo al rememorar los pocos besos compartidos, que a propósito, no habían vuelto a darse en un par de semanas.

Por un alocado segundo estuvo tentado de plantarle un buen beso en los morros al canijo, quien había comenzado a deslizarse subrepticiamente hacia el lateral que sillón de dos plazas que ocupaban.

Iluso.

De un fluido movimiento se levantó ligeramente y se aposentó con un sopesado y retador movimiento sobre el faldón de la chaqueta que llevaba puesta Rob. No se libraría sin rasgarla, atrapando las curiosas miradas sobre ellos. Que protestara lo que le diera la gana.

Mentalmente.

En el lateral de su rostro notaba posada la incrédula y enfurruñada mirada de Rob. No pudo evitar que una sonrisilla maquiavélica asomara a sus labios, llamando la atención de Rob hacía sus labios.

—Lo estás haciendo a propósito, Peter.

—¿No me digas?

Rob abrió la boca para contestar pero el estupor lo detuvo. Con un ligero tirón consiguió liberar dos centímetros de tejido y apretó los labios como un crío al que no regalan lo que quiere en el exacto instante en que lo exige. Esos azulones ojos se clavaron en su rostro y con toda la dignidad que podía reunir un hombre completamente atrapado, se dirigió a él.

—Actuemos como adultos, por una vez en la vida.

—Por supuesto.

—Mientras nos cobijemos aquí no quiero emboscadas, ni sorpresas, ni otras cosas que puedas estar ideando, Peter.

Le sonrió beatíficamente.

—Me debes un beso.

¡Dios!

Impresionante el brusco cambio en el color de la tez del canijo de blanco ruboroso a grana subido.

Le chiflaba.

Sabía que estaba rozando la provocación, la incitación y el desafío pero alguien le daba un empujón al alelado sentado a su lado o se veía dentro de año y medio todavía persiguiéndole rebosando desesperación y deseo contenido a punto de estallar, a partes iguales. La paciencia no era su fuerte. Ni mucho menos. Y la notaba erosionarse poco a poco, con cada acercamiento, cada mirada, cada conversación.

—¡No te debo nada!

—Te olvidas, amigo mío, de aquella ocasión en que te facilité gran parte de mi arsenal de armas en la prisión de Wandsworth. Cuando, una vez más, olvidaste ir armado.

¿Estaba farfullando el canijo? Sin duda. Le ignoró y continuó con la tararira.

—Recapitulando. Te salvé la vida por lo que espero a cambio algo de igual o superior valor. Tú decides, pero quiero algo jugoso.

Rob se había quedado con la boca y los ojos abiertos de par en par. De acuerdo, le ofrecería algo de ayuda.

—Un beso, como poco.

Seguían sin surgir sonidos apreciables y el tono colorado persistía.

—Muy bien. Si te parece poco, lo dejamos en unos cuantos besos y un largo y profundo masaje.

Oh,oh.

Que se le ahogaba el canijo.

******

Capítulo 6

I

—No tienes por qué avergonzarte, Ross. A todo el mundo le han rechazado en alguna ocasión. He de confesar, con la única intención de levantarte el ánimo, que a mí se me han resistido las damas en diecisiete ocasiones desde mi precoz juventud. Y no me rindo. Tampoco es que lleve la cuenta, vaya. Bueno, a cinco de ellas les espantó la abuela Clotilde con sus bruscas maneras por lo que casi no cuentan. Yo les agradaba. Mucho.

De algo estaba seguro.

Su punto fuerte no era aliviar al personal.

Por el contrario, por la expresión en el rostro de Ross, le estaba enfureciendo a pasos agigantados.

—Te podría ayudar, si quieres. A no deprimirte, me refiero.

En un minúsculo segundo le tuvo plantado a escasa distancia de él, obligándole a alzar la mirada. Vaya. El gruñón parecía a punto de estallar.

Reculó un par de pasos.

—¿No sufres de mal de amores?

—¿Tú qué crees?

—¿Que puede que no?

—De puede, nada.

—Que no, entonces.

Ross apretó aún más los labios.

—Está bien. Ya lo he captado, hombre y ¡no te enfades conmigo! Es tu abuela la que cree que sufres de mal de amores, no yo. Tú no amas con pasión sino que…

Las cejas alzadas de su mejor amigo hicieron que reconsiderara la última frase antes de empeorar la situación. Había sonado un tanto raro.

—No quise decir eso.

—Entonces, ¿*qué* quisiste decir, Clive?

Maldición.

—¿Que te auto controlas? ¿Que lo controlas todo? ¿Que eres Don control?

Eso le gustaría. El control era el segundo mejor amigo de Ross y su mejor amante. Sonrió, sabedor de que había acertado de pleno. En la diana. O, ¿no? Los espasmos en la mandíbula de Ross no indicaban que hubiera atinado con su opinión.

Diablos. Esto iba de mal en peor.

No daba una.

Actuaría como un caballero inglés en toda la extensión de la palabra, en una situación comprometida. Esquivaría el tema con suprema elegancia y se chivaría más tarde a la abuela de Ross.

Ella sabría qué hacer. Eso mismo.

—Mira, sólo te digo que soy experto en esos temas y tu abuela siempre tiene razón. Es sabia, amigo mío y tiene ojos en la nuca. Y si ella está convencida de que sufres de mal de amores, algo te ocurre aunque tú no te enteres o no quieras aceptarlo. Más sabe el anciano por experimentado que el engreído joven por…—demonios, otro pálpito en la mandíbula—. No quiero decir que seas engreído aunque motivos tienes para serlo. Lo que quería explicarte es…

Calló y apretó los labios antes de hundirse más en el lodazal verbal en el que se estaba enredando sin ayuda. Necesitaba una vía de escape pero ya, antes de que en un arranque de ira exacerbada, Ross le atizara un golpe sin previo aviso.

—¿Y, si dejamos esta torpe conversación para otro día y momentito más apropiado? O mejor pensado, lo hablas con tu abuela.

—No te vas a librar tan fácilmente, Clive.

—Y ¿por qué no?

—Porque tú empezaste el tema.

—Y ahora lo acabo. ¿Ves qué fácil?

—Y un cuerno, Clive.

—¿Ves?

—¡El qué!

—Algo te pasa, Ross. Tú nunca juras, salvo en situaciones incómodas.

—Es que *tú* me incomodas con tu insistencia.

—¡¿Me llamas pesado?!

—¡No!

Increíble. Además de que se preocupaba por él.

—Acabas de hacerlo.

—Maldita sea, pecoso.

¡Otro juramento! Impactante.

—Será el mal de amores.

—¡No tengo un jodido mal de amores!

Torpedeó con los labios, indicando que el gallo que acababa de emerger de la garganta de Ross, atrayendo todas las miradas presentes en su dirección, era la clara señal de que algo le pasaba. Y la explicación lógica era… la de la abuela.

¿Acababa de cerrar su mejor amigo las manos en forma de puño y rechinaba esos blancos y alineados dientes?

Curioso.

Ross nunca se exaltaba. Ni aunque estallara el infierno se despeinaría. Era un hombre templado. Esa era la palabra idónea para describirlo. Tem… pla… do. Tranquilo, capaz, sosegado y sin una pizca de pasión en ese impactante cuerpo.

Se le ocurrió de sopetón. Abrió los ojos enormes, atrayendo la mirada dispar del grandullón.

¿Sería virgen?

Quizá por eso sufría de mal de amores. Porque no se atrevía a plantarse ante su elegida y decirle que la quería para él. Que desearía yacer con ella.

¡Era tímido en cuestión de amores!

Lanzó una risilla sin poder evitarlo.

¡Virgen!

Eso no podía preguntárselo. No. No podía hacerlo. Era un tanto ridículo y ligeramente imposible. Las mujeres se lanzaban a los brazos de Ross en parejas de a dos y si te apuras, algún triplete también.

¡Quién tuviera esa suerte!

Todo lo contrario a él, que se agobiaba con todo y su éxito con las damas era nulo. Mejor pensado, casi nulo.

Decidido. El le ayudaría a conseguir a su media naranja. ¿Para qué estaban los amigos, sino para esos menesteres escabrosos?

Completamente satisfecho, le dio una piadosa palmadita a Ross en el brazo.

—Tú tranquilo, amigo y cuenta conmigo. El secano no durará mucho. Confía en mí.

¿Era angustia lo que relucía en el fondo del ojo de Ross? ¿En el de color ámbar? Le miraba como si fuera de otro mundo.

Comenzaba a enfadarse con el hermetismo de Ross. No entendía el motivo por el que se enfadaba con él cuando sólo pretendía ayudar para que no sufriera más de lo necesario con el dichoso mal de amores que se negaba a admitir.

Había millones de peces en el ancho mar. Si uno escapa del anzuelo, colocas otro gusanillo y listo. Al agua a probar suerte y a empezar de nuevo.

Quizá el siguiente en picar fuera un hermoso y sabroso besugo en lugar de una escuálida y triste sardinilla.

Dios, le estaba entrando hambre. Y las pastas esas de mermelada se habían agotado. Como le empezaran a hacer ruidos las tripas le daba algo. Además, todavía no había conseguido descubrir quién era la dulce dama en cuestión.

Quizá si él soltaba primero la identidad de su reticente pretendida consiguiera aflojar algo el muro de ausencia de información que Ross había izado a su alrededor. Abrió los labios para soltar el dato pero se detuvo al escuchar el firme retumbar de la aldaba de la puerta principal. Gracias a la divina intervención o al recién llegado podría respirar un buen rato. Le daba igual.

—Pues mira, Ross. En este caso va a ser que sí.

—¡¡El qué!?

Menudo berrido acababa de lanzar el hombre tranquilo.

—Que me voy a librar de dar más explicaciones.

El rugido agolpado en la garganta de Ross llegó a sus oídos.

El mayordomo acababa de anunciar la llegada de Marcus Sorenson.

Le agradeció la interrupción mentalmente. Justo a tiempo.

Aún no sabía muy bien cómo encarar la cada vez más estrecha relación entre ese Sorenson y los hermanos Brandon. Lo que ninguno podría olvidar en lo que quedara de vida, era la inestimable ayuda prestada por ese hombre con el caso de los hermanos Bray, en lograr su captura y el hecho de que gracias a su intuición e inteligencia habían conseguido dar con Julia, tras su secuestro. Eso equivalía a una deuda impagable por su parte.

Era curiosa la vida.

De enemigos irreconciliables a amigos. Mala sangre nunca muere o al menos eso decían, salvo en este único y notable caso. Rob le había relatado en alguna ocasión el origen de la enemistad entre Doyle Brandon y Marcus Sorenson a grandes rasgos, sin ahondar demasiado, ya que tampoco conocía de primera mano la historia pero resultaba increíble como la vida se revuelve contra todo lo vivido y creído en un minúsculo instante en el que se torna del revés.

Le complacía y tranquilizaba que un hombre como Marcus Sorenson estuviera de su parte, ya que no era hombre para desear de enemigo.

La inmensa y musculosa figura entró como una imparable tromba en el salón saludando a los presentes, pausando ligeramente al inclinarse ante Jules y lanzar en su dirección una incitante sonrisa.

Interesante.

Todavía más llamativa resultó la reacción de Jared, cuadrándose como un poste y fulminando con la mirada a la recatada figura de la sonrosada dama que había devuelto sin pensarlo dos veces la seductora sonrisa. Algo se estaba cociendo y para variar él no se enteraba de nada.

—Toma asiento, Marcus.

La mirada verdeazulada de éste se deslizó con rapidez sobre los presentes para pasar a Ross y quedar fija finalmente sobre él.

—Apenas dispongo de tiempo pero venía a avisaros. Algo se está cociendo en los bajos fondos y por la información que nos llega, los Thompson quieren hacerse con el desperdigado clan de los Bray.

Un suave murmullo de inquietud invadió el silencio que siguió a sus palabras.

—Lo que nos faltaba.

Pegado a él, Ross parecía contrariado. Notaba la tensión de sus músculos. Marcus siguió hablando con rapidez.

—Los Bray tienen demasiado poder incluso tras las rejas y no permitirán que otro clan se haga con sus negocios. Tendréis que poner sobre aviso a la policía para parar la matanza que se avecina —Con agilidad Sorenson se dirigió hacia Torchwell—. ¿Habéis conseguido sacar algo de Roland Bray?

—Poca cosa. No conseguirán que hable. No sin ofrecer algo a cambio y el tiempo se nos acaba. El juicio está señalado dentro de un mes y si les condenan a él y a su padre, será a muerte. Se llevarán al infierno la información del lugar donde tienen a aquellos que no conseguimos rescatar.

Sorenson frunció el entrecejo.

—Siguen desapareciendo parejas, Torchwell. Al sur de Londres y en las últimas tres semanas mi gente ha localizado tres, como poco. Al Norte otra y estamos a la espera de más información. La gente teme hablar, incluso prometiéndoles nuestra protección.

—¿Recién casados?

—No todos. Dos de las parejas llevaban casados cierto tiempo y han dejado a un par de críos atrás, uno de ellos enfermo.

Por segunda ocasión Jules intervino en la conversación desde que se habían reunido.

—¿Están…?

Los claros ojos de Sorenson se clavaron en ella con intensidad.

—Bien protegidos y en buenas manos— por un segundo el musculoso cuerpo se tensó—. Al cuidado de Elora y de mi gente.

La clara voz de Rob se elevó entre el suave murmullo ocasionado por los nuevos datos.

—Creímos que los secuestros pararían con la captura de los Bray pero no ha sido así y nadie habla. Absolutamente nadie. ¿Qué diablos está pasando?

—No lo sé pero este maldito asunto va más allá de la venta de recién nacidos o las peleas clandestinas. Y los que saben algo están demasiado asustados como para abrir la boca.

—No me extraña después de lo que ocurrió con el último.

Con sólo anunciar su intención de hablar uno de los hombres que habían comprado una criatura para criarla como propia, había dictado su sentencia de muerte. Ni siquiera el hecho de estar protegido y custodiado por tres agentes le había salvado de una muerte sangrienta. Ni a él ni a los policías que se habían ofrecido para protegerlo

¿Qué diablos estaba ocurriendo en la ciudad? La grave voz de Marcus Sorenson se hizo hueco entre el ruido.

—Los rumores son más intensos y aumentan al Noroeste de la ciudad.

No hizo falta que Sorenson se explayara. Al Noroeste se ubicaba el hospital de San Bartolomé.

Les estaba pidiendo que, aprovechando el caso que les habían asignado a Rob y a él, indagaran en la zona. Con cuidado y sin llamar demasiado la atención.

—¿Qué sabes?

Sorenson no dudó al contestar.

—Aparte de que el caso que os han asignado es un misterio y que la enfermera desaparecida es o ha sido un fantasma porque nadie dice conocerla, poco más. Mi olfato me dice que nos estamos metiendo en algo feo y complicado.

—Pero no podemos dejar de intentarlo.

—No. No podemos.

La extraña mirada de Sorenson se alejó un segundo hasta un lugar que sólo él conocía pero todos los presentes imaginaron por dónde vagaba. Su rostro se relajó y por un segundo una hermosa sonrisa se dibujó en su apuesto rostro.

Elora Robbins.

Le agradaría conocer la historia entre esos dos. Una mujer que se había convertido en la mano derecha de uno de los hombres más temidos y poderosos de la ciudad. Una mujer pequeña, regordeta y curvilínea que no callaba ni se arredraba con nada, que había perdido a su marido en las malditas peleas clandestinas en las que se habían tenido que infiltrar para localizar a los Bray y que cuidaba de dos criaturas propias y, al parecer, de otras que no eran de su sangre sin pensárselo dos veces. Una mujer que se había lanzado en busca de su hermana gemela sin dudar y que se había encontrado por el camino con el hombre que tenían ante ellos. Una mujer que amaba a su familia con pasión y que lo había arriesgado todo, absolutamente todo, por encontrarla. Incluso su propia vida.

Menuda mujer.

Un certero codazo en el costado le devolvió de golpe a la realidad desde su mundo de fantasía. No pudo evitar encogerse levemente captando la atención de Ross. Había dolido el golpe, al alcanzarle en el mismo centro del lugar que ocupaban todos los llamativos moratones tras la pelea con sus *estimados* compañeros del cuerpo de policía. El siseo que exhaló, acompañando al codazo no sólo atrajo la inquisitiva mirada de Ross sino también la de Rob.

¡Maldita sea! Mira que era bestia el hombre y ahora querría enterarse de la razón de su quejido al recibir un apenas apreciable golpecillo.

Al cuerno.

No iba a soltar prenda.

Al fin y al cabo era un hombre adulto, con sus derechos y decisiones inalterables y sensatas. Sobre todo eso último. Y consistentes.

Sintió el leve toque de la punta de un dedo sobre la misma zona en la que le acababan de golpear, tanteando de nuevo.

—¡Quieres dejar de toquetearme, Ross!

Gritar susurrando lo único que lograba es que le saliera voz de pato. Un espanto total.

—Me ocultas algo.

La ronca voz de Ross sonó amenazadora y protectora a un mismo tiempo, lo cual era incomprensible. No alcanzaba a asimilar cómo lograba el muy condenado semejante efecto.

Hoy era el peor día de su vida.

Bueno, no.

El segundo más desastroso. El premio se lo llevó el aciago día que casi lo matan.

La bronca y seca voz de Sorenson desvió su atención.

—La zona del hospital de San Bartolomé pertenece al clan Bray, Norris. Saxton no estará lejos así que os aconsejo que extreméis las precauciones.

Los azulones iris de Rob se cruzaron con los suyos. Aprensivos.

—Así lo haremos.

II

Se les habían adelantado y los muchachos habían conseguido hablar con el nuevo e inquietante superintendente. La inteligente y calculadora mirada de Torchwell le ponía en guardia.

No podían permitirlo de nuevo.

Tenían demasiado que perder.

Era noche cerrada y fría para estar en plena estación primaveral. Se encogió dentro del fino abrigo que apenas resguardaba de las corrientes que barrían el patio de caballos situado en la parte trasera de la comisaría de policía. Ni un alma rondaba la lóbrega zona. El único sonido que se percibía era el de las respiraciones de los caballos que descansaban y de tanto en tanto, el de los inquietos cascos al rozar el duro sueño. Las pocas patrullas de guardia acababan de comenzar los turnos en los diferentes barrios que aglutinaban su distrito por lo que los estúpidos novatos no tardarían en finalizar su turno. Era cuestión de tener algo más de paciencia.

Había sido pura mala suerte que les escucharan hablar hacía unos días y que fueran lo suficientemente espabilados como para asociar la escueta charla con el caso que esos dos novatos investigaban, pero ésta se había vuelto en contra de esos insensatos. Habían acudido a hablar con el viejo superintendente, desconocedores de que el hombre estaba corrompido hasta la entretela.

Idiotas.

Tenían los minutos contados.

Ojeó el estrecho callejón por el que los novatos aparecerían en cualquier momento y se giró hacia sus cuatro cómplices.

—Lo quiero limpio y rápido. Ni testigos ni preguntas. Si los hubiera, los elimináis.

Supo que a su compañero no le iba a gustar en cuanto dio la orden pero no era momento de disfrutar ni de ensañarse, sino de obedecer. No le permitió protestar más allá de una pequeña mueca de disconformidad.

—Si consiguen escapar buscarán la forma de hablar con el nuevo superintendente y eso ya sabéis lo que significa. No deben escapar.

Todos conocían el maldito significado.

Ese jodido inspector Norris les había causado demasiados problemas desde el mismo momento en que metió su linda nariz en asuntos que no le concernían. Le fastidiaba sobremanera la advertencia de que no le tocaran un pelo. Ni un mínimo roce, había sido la maldita y clara orden.

Alguien le quería para él.

Sonrió con algo de desgana. Eso no significaba que el otro policía quedara bajo la misma protección, ¿verdad? Nadie había hablado del bienestar del pelirrojo. Le tenía ganas a Stevens. Verdaderas ganas y se las iba a cobrar. Tarde o temprano.

Ese aspecto de niño bonito, honrado a carta cabal y que no rompía un plato le desquiciaba completamente como jamás otro lo había logrado. Disfrutaba acorralándole. Incomodándole.

A su oído le llegó el audible sonido de la puerta de acceso lateral a la comisaría al cerrarse de golpe.

—Son ellos, Glenn.

No era necesario recalcar aquello que era obvio. Estaba rodeado de inútiles.

Los dos muchachos se acercaban a ellos. Sin hablar. A la defensiva y sin saber que era inútil todo aquello que intentaran. No les serviría de nada porque ya estaban muertos. Desde el mismo instante en que hablaron de más, el novato agente Roberts y su desgraciado compañero habían ganado un viaje de ida al cielo o al infierno.

Caminaban a la par hacia ellos pese a que ya debieran haberles visto.

Con un sencillo gesto de su mano comenzó el ataque.

Los muy cabrones les esperaban pero carecían de experiencia y ellos les superaban en número. El tiempo corría a su favor. El primero en caer fue James pero en ese momento hicieron algo inesperado, como si hubieran planeado cómo actuar en caso de una emboscada. Casi como si la esperaran.

Hijos de la gran puta.

El muchacho James peleaba bien mientras hacía de barrera para que el otro se lanzara a la carrera, por el callejón, de vuelta en dirección al edificio del que acababan de salir.

No tenía sentido.

Volvía hacia el interior de la comisaria donde quedaría atrapado y sin salida. Se habían asegurado de que únicamente su gente cubriera los puestos de guardia esa noche. Claro que el chico lo ignoraba.

Se enfureció.

No tenía ganas de perseguirle. Lo quería limpio, rápido y sencillo.

No le agradaba que sus planes se torcieran.

De reojo observó la honda cuchillada que terminaba con la vida del joven James. Directa al corazón. Destrozándolo. El brillo de incomprensión en esos redondos e inocentes ojos por un segundo le molestó. Mucho. Esa mirada acusadora y confusa clavada en sus ojos, cuando el culpable era él. Por negarse a arrodillarse ante el poder. Estaba muerto y no quería darse cuenta, aferrándole a la vida. Su mente se resistía a aceptarlo pero su cuerpo no podía evitarlo. Tras un par de estertores el joven cuerpo quedó inmóvil. La sangre comenzaba a extenderse bajo su cuerpo.

Estúpido muchacho. Debió aceptar su generosa oferta.

Ahora era tarde para echarse atrás.

Dio la orden. Uno de sus hombres ya sabía lo que hacer.

Lo de siempre.

Aquello que trataban de ocultar.

Rabiosos por verse obligados a una persecución cuyo final ya estaba escrito, los demás siguieron las huellas del otro agente. Él quedó atrás, a la espera. Le desagradaba ensuciarse las manos, salvo en momentos muy concretos y exquisitamente seleccionados. El resto los dejaba para el disfrute de sus hombres.

Sonrió aspirando la mezcla de humedad, frialdad y dulzura que asociaba a la muerte. A sus pies la sangre comenzaba a extenderse bajo el cuerpo inerme.

El muchacho Roberts no tardaría en caer. Él mismo se había acorralado al volver al único lugar que creyó seguro y que en realidad era una ratonera.

No había prisa.

III

Paulatinamente sus amigos se habían dirigido a sus hogares. Las horas pasaban con rapidez. El reloj había anunciado hacía tiempo las once de la noche y se avecinaba una dura pelea. Sentados alrededor de la cálida chimenea, le acompañaban Doyle y Julia, su agotado padre si sus constantes bostezos eran una clara señal de cansancio y Peter. La situación que llevaba inquietándole desde el mismo momento en que el muy terco le convenció para instalarse en la mansión, había llegado. Y debía afrontarla.

Con decisión varonil. Eso mismo.

En cierto modo se sentía reconfortado tras trasladarse a la casa Brandon. Su barrio rebosaba de familias de policías y a esas alturas todos estaban al tanto de lo ocurrido en el cuerpo. La pintada en su puerta lo atestiguaba y no deseaba que su padre sufriera más. No podía soportar un segundo más de tristeza en esa clara y profunda mirada al darse cuenta que el barrio al completo les había vuelto la espalda juzgándoles y condenándoles sin una segunda mirada atrás. Sus vecinos les esquivaban. Les señalaban. Como apestados.

Estaba acostumbrado a las situaciones incómodas. También podría con ésta.

Alzó la mirada y tragó saliva.

Demonios.

Peter iba a por todas.

Con la negra mirada clavada en él se había desabrochado el lazo que anudaba el cuello de su camisa liberando un par de botones. En su vida había apreciado la apostura masculina y lo había visto como algo sin interés que ahí estaba.

Esos ojos negros no se apartaban de él.

Jamás fue el aspecto de Peter, ni su endemoniado mal genio, ni su inteligencia, ni su piedad, ni su escasa paciencia, ni esa mente curiosa e inquieta. Fue la maldita manera en que le miraba, como si lo fuera todo para él. Cómo si le conociera mejor que él mismo. Dios, a veces asustaba esa intensidad.

La misma endiablada mirada que le estaba calentando por dentro en esos momentos, que le provocaba sudores, temblores, nervios y que le trastornaba al completo.

Por todos los….

No tenía ni idea de lo que acababa de preguntarle su padre. Se sentía incapaz de apartar la mirada de esos llenos labios curvados en una juguetona sonrisa. Provocando que se sintiera como un crío en su primer enamoramiento. Justo antes de su primer y húmedo beso.

—¡Hijo!

—¿Hum?

—¿Te lo presta Peter o no te hace falta?

—No.

El silencio se volvió pesado. Las miradas de su padre, Julia, Doyle y el gruñón le recorrían el rostro, expectantes e interesadas. Había espetado lo primero que le vino a la mente porque se negaba a reconocer que el bruto le desconcentraba y en cuanto percibía su miraba dejaba de atender y escuchar lo que ocurría a su alrededor.

—¿Desnudo, entonces?

¿Qué?

La risa inundaba la voz de Peter.

—Por mí no hay problema, canijo. Lo que tú prefieras estará más que bien.

Ese ronco sonido le ponía la carne de gallina.

—Quería decir, sí.

—Estamos veleta hoy, ¿no, canijo?

—Pensaba para mis adentros y me despisté un segundo. Le puede pasar a cualquiera.

—Ya, pero últimamente te despistas mucho, sobre todo si yo estoy cerca.

—Eso no es cierto y no seas engreído.

—Lo es y no lo soy.

—No lo es y vaya si lo eres.

—Lo que tú digas —esa sonrisilla en el rostro de Peter mientras hablaba, nada bueno vaticinaba—. Yo también prefiero desnudo.

La jocosa risa que acababa de escapar de la garganta de Julia le hizo serenarse.

No podía estar hablando de lo que imaginaba. No delante de la familia. Diablos, le ardía la cara. Le bombeaban cara, manos y Peter se lo estaba pasando de miedo con su maldito apuro.

Sintió sobre su hombro la cálida palma de la mano de su padre.

—Es tarde, hijo y ya es hora.

Un ataque. Eso le estaba dando. Un ataque de nervios fulminante.

¿Hora de qué? ¡No podía acostarse con Peter!

No podía.

No estaba preparado. ¡Hacía dos semanas, un día y cinco horas que no se besaban!

Dios, qué penoso. Llevaba la cuenta.

¿Por qué le recorría con la mirada Peter como si fuera un jugoso lechón? ¡No iban a hacer nada! Nada de... nada.

Sobre la coronilla de su cabeza sintió el suave beso de su padre, despidiéndose de él. Parecía estar dándole su bendición.

No, no, no, no. No podían dejarle a solas con él. En cuanto quedaban a solas su fuerza de voluntad escapaba por la ventana como por arte de magia. Peter siempre terminaba por enredarle con su labia, con sus palabras y esos ojos.

Necesitaba un buen muro de contención y lo tenía a su vera.

Su padre.

Con ojos suplicantes, susurró.

—Compartiremos habitación, ¿verdad?

El bufido de su amoroso padre le desencajó la mandíbula. Las palmaditas piadosas en el omóplato le indicaron que ¡no le iba a echar una mano!

—Hijo, tienes veintinueve años.

¿¡Y, qué!?

—Ya es hora de independizarse, ¿no crees? Y de afrontar tus miedos infundados.

—¡No temo a nada!

—Claro, hijo. No lo dudo pero esta noche, habrás de arreglártelas solo.

Inconcebible. Increíble. Impactante. Demonios, ya estaba con esa manía de nuevo. Eran los nervios.

—¿Me has escuchado, hijo o te has convertido en piedra de repente?

Ni se dignó a contestar. Se volvió raudo a su segundo comodín. Su matrimonio preferido. Fue a hablar pero Doyle se le adelantó para decirle que ¡actuara como un adulto maduro!

Se giró como una fiera hacia el otro lado al percibir un más que identificable sonido.

¡Qué desfachatez! Peter se estaba carcajeando en silencio e intentaba aguantar la risa.

—¡No te rías, Peter o la tenemos! Mira, que la tenemos y ¡bien gorda!

Éste alzó las manos en forma apaciguadora al tiempo que Doyle y Julia se levantaban del sillón que ocupaban y les daban las buenas noches, abandonándolo a su suerte. La pobre Julia no hacía más que bostezar como consecuencia del inminente resurgir de los dientecillos de su pequeñuela, quien le mantenía despierta dos noches de cada tres, tratando de calmarla con canturreos y caricias y Doyle no se quedaba atrás. Éste se dirigió a Peter y le pidió que les acomodara a su padre y a él con paciencia y diligencia. Sonaba a ligera advertencia, desbocando, al escuchar la frase, los latidos en su torso.

Los astros se aliaban en su contra.

La desafiante mirada de Peter le retó a protestar de nuevo.

Muy bien. ¿Quería guerra? Tendría Guerra.

No pensaba arredrarse y menos ante Peter.

—Adelante, Peter. Te seguimos hasta donde quieras guiarnos, claro.

La manera en que el bruto alzó las cejas y le enseñó los dientes le llenó el estómago de mariposas revoloteando. Juró en voz baja. Eso no ocurría en la realidad, maldición. Sólo en las condenadas novelas de romance esas que estaban tan en boga y deleitaban a las damas.

¡No a los hombres!

Los hombres eran los que se lanzaban y provocaban esa reacción en las señoras. Los que iniciaban la seducción y se camelaban al respetable.

La mente se le quedó en blanco mientras su padre y él seguían a la tensa figura del grandullón que se encaminaba a paso ligero hacia la hermosa escalinata que daba al piso superior donde estaban los dormitorios principales de la casa.

Dios, Dios, Dios, se le acababa de ocurrir.

¿¡Qué se hacía si los dos eran varones!?

******

Capítulo 7

I

Por un segundo casi se apiadó de Rob. Un minúsculo segundo en que dudó. Hasta que esa hermosa voz le retó a seguir adelante. Mentalmente se frotó las manos. El canijo no debió echarse un farol ya que él se inclinaba por igualar el envite y superarlo.

Lo que no estaba dispuesto era a perder la partida.

No tenía prisa.

La noche era joven.

Llegaron al final de la escalinata al tiempo que la puerta del dormitorio de su hermano y cuñada se cerraba, guardando en su interior la cantarina risa de Julia y la susurrada contestación de su hermano seguido de esa hermosa y varonil carcajada que cada vez se escuchaba con más frecuencia en los diferentes rincones de la casa.

Dios, esa mujer era intuitiva y única. Y el guiño en su dirección que se había perdido el canijo antes de bostezar una vez más, había valido su peso en oro.

Había vivido mucho y le importaban poco las apariencias pero una parte de su corazón se hubiera roto si Julia le hubiera rechazado al conocer lo que sentía por otro hombre. Sonrió enternecido. Debió intuir que no sería así. Sus palabras, por otro lado, le llenaron de calidez y asombro. Era una mujer perspicaz.

El amor no se busca, cuñado. Ni el paquete en el que viene envuelto. Sencillamente se le da la bienvenida porque siempre vale la pena.

Siempre.

Agárralo y no lo dejes escapar.

Lo cual sería mucho más sencillo si el dichoso paquete no fuera tan esquivo y resbaladizo.

La distribución de las habitaciones en el primer piso era sencilla, con cuatro dormitorios a ambos lados de un amplio pasillo y otro al final que apenas se utilizaba, tras retirar el mobiliario que otrora lo ocupó. El mismo en el que murió una de las hermanastras de Julia meses atrás. El mismo que su cuñada evitaba a toda costa.

Doyle planeaba trasladar su hogar para alejar esos malditos recuerdos pero hasta que todo estuviera cerrado y firmado no tenía más opción que conformarse con respetar los sentimientos de su esposa y hacer lo imposible por facilitarlos. Porque el fondo de ese pasillo no transformara su precioso rostro en otro que no reflejaba el alma de esa mujer.

Era tierna la forma velada en que todos cuidaban de que Julia jamás subiera sola al piso, en que parloteaban sin descanso para distraerle o la manera en que trataban de interponerse en su línea de visión al encaminarse hacia su propio dormitorio.

Le adoraban.

Y sólo por eso harían lo indecible por evitarle cualquier dolor.

Él incluido.

Habían decidido acomodar al viejo Norris en la habitación que daba al cuarto de la pequeña Rose. El anciano lo pidió. *La risa de una criatura es hermosa y despertar con ese sonido lo es aún más para un oído anciano, hijo.* El viejo a veces lograba que el pecho se te encogiera con sus palabras.

Condenado y dulce anciano.

Asió el pomo de la puerta y la abrió con decisión para que el viejo Norris entrara.

—Duerme tranquilo, viejo amigo. Mañana hablamos.

Y sus tiernos gestos te comprimían el corazón en un puño.

Sintió las yemas de sus marchitos dedos sobre su mejilla en una suave caricia, provocando que su respiración se parara. Si hubiera conocido a un padre, habría dado lo que fuera porque se asemejara al anciano que le observaba con ojos insondables. Tan sólo un poco le parecía más que suficiente.

Norris mantuvo la mano sobre su marcada cicatriz otro poco más hasta que la retiró con cuidado y la encorvada figura se encaminó hacia el interior del cuarto bostezando, mientras hablaba bajito. Muy bajito.

—Felices sueños, hijos.

Había llegado la hora.

Con extrema suavidad cerró la puerta y aguantó unos minutos hasta que se dejaron de escuchar ruidos del interior. Separó la palma de la mano que por alguna razón había quedado contra la puerta, sintiendo las vibraciones que había dejado de recibir del cuarto ahora silencioso y se giró con suavidad hacía Rob, quien permanecía sin moverse a un paso de distancia.

Se lo jugaba todo a una maldita carta con sus palabras.

—Tú decides.

II

El aire salió de su cuerpo de golpe.

Como un fuelle.

En medio del pasillo, rozando la puerta por la que acababa de desaparecer su adormilado padre, Peter le había espetado lo que acababa de escuchar. El acabose.

Y, ¿¡por qué diablos su mente no hacía más que repetir como un loro la palabra acabar!?

El engañoso subconsciente que le tenía atontado, asfixiado y alelado, angustiado y… ansioso.

Anhelando acabar de una maldita vez con esa presión en medio de su pecho que aumentaba cada vez que se encontraba a menos de un paso de distancia de Peter. Su aroma se pegaba a su piel, a su alrededor, a la ropa que vestía… A sus labios.

¿Le temblaba el párpado del pánico?

Era el susto. No, no lo era. Era el desconcertante e incontrolable nerviosismo que le subía por el cuerpo en cuanto Peter se le aproximaba más de lo deseable. Era el… Lo que fuera.

Ni que se fuera a terminar el mundo porque respondiera que no. Que con claridad anunciara que no podían hacer lo que los dos temían y ansiaban al mismo tiempo, lo que los dos esperaban, lo que los dos desconocían, lo que ambos intuían que llegaría antes o después. Que debía ser sensato, paciente y no dar un paso del que no estaba seguro de dar hasta que Saxton estuviera tras unas rejas imposibles de romper. Que su vida era demasiado compleja como para enredarla más, que… Diablos, que…

Que estaba asustado.

Que estaba aterrado.

Que no tenía la más remota idea de cómo obrar.

Que porqué le tocaba decidir a él. Que lo hiciera Peter. Que no estaba ni por asomo listo para dar ese paso que lo cambiaría todo, sin posibilidad alguna de vuelta atrás.

Que qué diablos estaba haciendo al acercarse lentamente a ese hermoso rostro hasta quedar a centímetros y susurrar que sí, que estaba cansado de luchar, de pelear contra lo que quería. Que no resistía más. Que al demonio con su plan de esperar.

Se iba a desmayar.

En cuanto su abotargada mente se diera cuenta de lo que estaba iniciando su incontrolable cuerpo, iba a caer redondo. Como una roca. Pero no ahora.

Respiró hondo porque lo necesitaba para continuar. El ahora estaba escrito desde el momento en que su cuerpo decidió por sí mismo.

Se acercó otro poco y rozó esos labios inmóviles pero cálidos, sin presionar. Un incitante roce. Suave. Sabía lo que pasaba por la mente del hombre que se había tornado rígido, en cuanto sus labios tocaron los suyos, más carnosos.

Esta vez ninguno de los dos se echaría atrás. Si Peter respondía a su actuar, ya no habría marcha atrás.

Su cuerpo se relajó y su mente se sintió en paz, por primera vez en tanto tiempo.

Sonrió. Al carajo lo de desmayarse.

—Cumplida.

La cara de Peter se alejó lo suficiente como para que pudiera observar su rostro alumbrado por los candelabros. Esa mirada preguntaba en silencio. Temeroso de la respuesta y dispuesto a aceptarla. Fuera lo que fuera.

—La deuda, Peter. Está cumplida.

Dios santo.

Contemplar esa transformación era un regalo para los sentidos. Los resguardados y defensivos ojos negros se abrieron completamente a él, sin ocultar nada. La incertidumbre se evaporó y los tensos rasgos se relajaron regalándole una de las sonrisas más hermosas e impactantes de su vida. A un suspiro de sus labios, sintió el aliento de Peter al hablar bajito y despacio. Pronunciando cada palabra como si ni él mismo terminara de creer lo que estaba ocurriendo.

—Un beso era la mitad de la apuesta, canijo. Queda el masaje.

Dios, era hermoso y contra el corazón se podía luchar pero hasta determinado punto. Más allá te arriesgabas a perderlo todo y eso, entre ellos, no era posible. Lo supo. Siempre lo supo.

—Se acabaron los juegos, canijo.

—Nunca fue un juego, Peter. Sólo…

—Lo sé.

—Si algo te pasara…

—Lo sé.

Sus labios chocaron hasta el punto de doler. No eran los besos cuidadosos que habían compartido hasta ese momento. Dios… Eran…

Le quitaban la respiración. Se devoraban. Sin tocarse.

Sólo sus bocas. Recordándose, conociéndose, familiarizándose.

Amándose.

III

Casi cayeron al suelo en tres ocasiones enredados con sus torpes pasos y sus flojas piernas chocando entrelazadas, al negarse a separar los labios. No podían. Era tan sencillo como que la necesidad de asegurarse que no era un maldito sueño, superaba con creces la posibilidad de que cualquiera se presentara en ese pasillo y le diera un maldito desmayo de la impresión al verles. Le importaba poco.

Rob.

El canijo le había mirado con esos ojos y no le había rechazado. No se había alejado.

Al principio no creyó lo que se leía en esos iris. Un error. Eso imaginó ver con enfermiza incertidumbre en lugar de lo que deseaba con desespero interpretar en ellos. Quizá una broma cruel. El miedo al repudio le impedía lanzarse. Le costó un triunfo separarse del roce de esos labios moldeados a la perfección para los suyos. Eran suaves. Húmedos.

Su mente le pedía distanciarse un poco, lo suficiente para asegurarse. Para tener la certeza… de que no vivía un sueño.

Le iba a dar un condenado ataque al corazón de la velocidad con que éste latía. Con agarrotadas manos aferraba desesperado la camisa de Rob, arrancada fuera del pantalón pero aún oculta bajo la oscura chaqueta.

Temía que si le soltaba, le diera la espalda una vez más.

Necesitaba respirar.

Por alguna extraña razón le desquiciaba saber que podía tocar, besar, mordisquear y que era el causante de los gemidos que partían de esa boca que estaba devorando. Tenía que marcarlo a fuego en su memoria. Estaba hambriento de ese sabor.

Desorientado dudó.

¿Cómo se puede perder la cabeza hasta el punto de descarriar incluso la orientación?

Habían recorrido una considerable distancia, sin separarse salvo para respirar, cuando se dio cuenta que iban en sentido contrario a su dormitorio.

Al cuerno.

De golpe separó los labios, giró bruscamente con un juramento y arrastró de un brutal tirón tras de sí a un hombre completamente desconcertado que abría y cerraba la boca sin saber qué decir.

Gracias a los dioses se atontaban mutuamente.

Sentía que todo rastro de civismo comenzaba a evaporarse. Las imágenes se agolpaban una tras otra. En su mente. La mayoría claras. Las más explícitas algo borrosas. Todas las posibilidades. ¡Dios santo!

Todo aquello en lo que se había recreado en la oscuridad había dejado de ser un sueño para convertirse en una posibilidad y eso le estaba mareando.

El tacto. El olfato. El sabor.

Saturados.

—¿Qué... hacemos?

La respuesta al susurro de Rob era fácil. Perder la razón.

Apretó la camisa que sujetaba con desesperación en un puño al escuchar la frase en forma de caliente runruneo y el cálido aliento chocar contra sus labios. Hasta su voz parecía clavarse directamente en su miembro. Estaba tan excitado que iba a perderse en las sensaciones en cualquier momento. La necesidad de apretar su dureza contra Rob, contra su muslo, contra su cadera le superó. Sencillamente su cuerpo empotró el más menudo contra la pared, separando ligeramente las piernas para quedar a la misma altura pero no era suficiente. Necesitaba sentir toda la extensión de su cuerpo contra el suyo. El impacto arrancó un quejido de entre los labios de Rob, siguiendo a éste un gemido al introducir con fuerza su muslo entre los suyos. Tenía que separarlos. Tenía que apretar su carne contra el bulto que notaba bajo en pantalón. Tenía que...

Le quería desnudo bajo él.

Sabía lo que haría si una pequeña parte de su cerebro no detuviera ese impulso que crecía con cada paso que daban pegados el uno al otro, con cada caliente beso. Recorrer su cuerpo con sus manos, conocer cada marca, cada curva, la textura de la piel salpicada de rubio vello. Suave. Era... suave. Cubriendo un cuerpo firme. Lamerle entero y descubrir que le hacía perder la noción de lo que le rodeaba. Memorizar esas zonas que sólo con rozar lo excitaran.

O simplemente saber si el roce de sus yemas le provocaría cosquilleos.

Tantas cosas que si el canijo pudiera leer su mente se desmayaría de la impresión.

Debía aflojar pero le resultaba imposible.

Iba a desgarrar la ropa si mantenía el agarre pero sus dedos no le respondían salvo para aferrar al hombre que quería. Su imaginación corría desbocada.

Separó sus labios presionando el cuerpo de Rob contra la pared con sus manos, de manera casi salvaje. El canijo estaba completamente desmelenado, con la camisa abierta por el cuello, la ropa completamente arrugada y desordenada, los labios enrojecidos e irritados y los ojos completamente velados. Por su culpa.

Un sudor frío le cubrió el cuerpo al completo y gran parte de la sangre que lo recorría se concentró de golpe en su entrepierna. Una vez más, provocando que su gemido se perdiera en el interior de esa boca que a ratos se dejaba besar y otros parecía decir *aquí estoy, esperándote*. Provocando.

Retando. Peleando por la posición superior.

¡Maldita se! Le enardecía.

Le sudaban las malditas manos como un alelado adolescente en su primera vez.

Si no conseguía encerrarse con él en los próximos segundos en un lugar cerrado y fuera del alcance de indiscretas miradas, le iba a agarrar, girar y empotrar de nuevo contra la maldita pared del pasillo, sólo que en esta ocasión de cara a ella y al infierno con todo lo demás.

Tanteó desesperado la fresca pared hasta que su palma rodeó un frío pomo. Estaba helado. O era él quien ardía.

Le costaba pensar con un mínimo de claridad.

En su fuero interno rezó para que fuera su dormitorio y no el de Doyle o cualquier otro pero estaba fuera de control. Totalmente.

Abrió la puerta sin soltar su sujeción del canijo y a empellones consiguió entrar en la oscura habitación. Ni chillidos de sorpresa ni de pasmo. Alzó la vista al techo y se lo agradeció a quien fuera que había tenido piedad de él.

Había acertado con la estancia correcta.

IV

No podía pensar, no podía regir ni detener la locura que lo arrastraba. Sólo escuchaba en sus tímpanos el retumbar de su sangre recorriendo sus venas.

Si la situación fuera diferente o la pareja que se besaba descontrolada en la penumbra fuera otra ya se habría carcajeado con sus continuos tropiezos, pensando que estaban realmente necesitados de cariño y de otras cosas más apremiantes.

Pero no eran otros.

Sino ellos.

Peter era una fuerza difícil o imposible de controlar llegados a ese punto y él tampoco quería hacerlo. Había perdido la cabeza pero se sentía libre. Por primera vez en meses dejó de pensar para comenzar a sentir. Con el corazón, con la piel y con su mente.

Quemaban.

Esas enormes manos abrasaban sobre su torso. Ardían tanto como su carne. No recordaba haber recorrido la distancia hasta quedar completamente a oscuras en el interior del dormitorio de Peter. Lo reconocería donde fuera. Olía a él.

Al olor que eran tan suyo como del hombre que lentamente comenzaba a desabotonarle la camisa. Con una confianza imparable. Sus propias manos volaron a la prenda que cubría el torso de Peter pero se detuvo de improviso, apoyando las palmas sobre ese duro pecho.

Intuía que Peter había dejado de reprimirse por la manera en que le miraba, besaba. Tocaba.

Pero a él aún le costaba dejarse llevar totalmente. Temía hacer algo que recordara a Peter el pasado. Una caricia brusca, un movimiento inesperado. Temor a que Peter se cerrara de nuevo y retrocedieran lo avanzado con lentitud. Fijó la mirada en sus manos, en contraste con la blanca tela. Completamente quieto.

—Mírame.

La voz de Peter surgió tan bronca que no parecía la suya. ¿Y, si veía dolor?

—Rob, mírame.

Lo hizo. Ya no había a dónde ir salvo al lugar al que ambos pertenecían.

—No ocurrirá de nuevo.

—Eso no lo sabes.

Todavía se le encogía un poco el alma al recordar la tensión y la frialdad que se adueñó de Peter la última ocasión en que quedaron solos y se dejaron arrastrar por lo que sentían. Un desastre abrumador fue con lo que se toparon.

Los labios de Peter rozaron los suyos, antes de hablar.

—Sí lo sé.

Su camisa quedó completamente abierta tras unos segundos y el calor de la yema de un dedo, a veces de dos, le recorrió su esternón y despés el firme vientre. Una lenta caricia que le encogió por dentro.

—Has adelgazado, canijo.

—Los disgustos que me das.

Ese maldito dedo dejaba un reguero de fuego.

No vio pero sí que sintió la risilla de Peter bajo sus manos, retumbando en ese inmenso pecho. No iba a poder hablar si Peter seguía por ese camino. Si el curioso dedo índice de Peter seguía el camino trazado, enredándose con el suave vello que desaparecía bajo la oscura tela, deslizándose hasta topar con la cinturilla del pantalón, curvándose sin una mínima vacilación y deslizando la punta por dentro. Con una sola mano esos dedos soltaron el botón que lo cerraba.

Con un sencillo giro.

La habitación era un horno. No asfixiante. Sólo cálida. Tremendamente cálida aunque eso no tuviera sentido al permanecer apagada la chimenea.

No.

El horno era Peter. El calor emanaba de él.

Su torso no tardó en quedar desnudo. Dioses.

Un impulso le llevó a sujetar la mano que seguía desabrochando con lentitud los botones de su pantalón. Le estaba desnudando.

Era evidente que Peter le estaba desnudando y él se estaba acobardando como una plumosa gallina.

Nunca le había visto totalmente desnudo. Bueno, sí, pero era diferente. Condenadamente diferente.

—Iremos despacio.

El muy condenado le leía la mente.

—No es que tenga miedo, Peter.

Otro roce en el labio inferior.

—Ajá.

¿Le acababa de olisquear el gruñón?

—Ni vergüenza.

—Hum.

Otro condenado beso que fundía su cerebro y le impedía filtrar la información.

—Vale, tengo de todo un poco aunque sólo una pizca de todo eso que has dicho.

Era extraño y familiar sentir contra su carne esa profunda risa.

Sin aviso la otra manaza de Peter apareció de la nada, posándose sobre el lateral de su cuello y el pulgar comenzó a dibujar un relajante movimiento bajo el lóbulo de su oreja. Su pecho casi reventó al notar que le lamía el labio inferior, incitándole, diablos... Excitándole. Seguía con el pantalón a medio abrir pero esos labios lo estaban volviendo todo del revés. Mordisqueando hasta llegar a su oído y runruneando con esa voz que le llegaba a la entrañas, enardeciéndole por dentro.

—Despacio, canijo.

Eso le gustaba. Sí. Tranquilos.

Lento. Sin prisa.

El aliento se le trabó contra esa enloquecedora boca.

Una de esas inmensas y ásperas manos se estaba introduciendo bajo los ceñidos calzones tras romper del todo la barrera del cierre del pantalón. Dios... santo.

Su vientre se tensó al percibir el frescor de la desnudez al ser retirado hacia abajo el borde de la ropa interior. Por todos los...

Peter le lamía los labios pero parte de su cerebro seguía la sensación del roce de esos endiablados dedos cada vez más cerca de su entrepierna, barriendo con su calor el camino que recorrían. Cada vez más abajo.

Cerró los puños contra ese pecho inmenso arrugando con desesperación la tela que lo cubría al notar la dureza de esa mano envolviendo su miembro y apretar ligeramente. No conseguía formar palabras. No lograba hilar frases coherentes en su mente. No podia respirar. Sólo emitía sonidos y no pasaban más allá de esa lengua que recorría el interior de su boca, lamiendo. Peleando con su propia lengua, tanteando para retirarse y comenzar de nuevo.

Tensó los muslos porque le iba a dar algo. Algo se iba a romper de la presión que notaba. La palma de esa mano resbalaba por toda la extensión de su erecto miembro como si supiera o intuyera a la perfección lo que debía hacer para volverle completamente loco. Al sentir la leve tensión en sus músculos, Peter empujó la ropa hasta que el pantalón quedó trabado en sus caderas. Maldita sea.

Peter le soltó sin previo aviso para mover esa mano en dirección a la cadera, acariciando la parte superior del muslo en su recorrido. El mismo se dio cuenta del movimiento de la mitad inferior de su cuerpo siguiendo esa condenada mano. Sin parar, salvo un breve segundo en la parte baja de la cintura, esos dedos se fueron deslizando hasta cubrir la parte superior de su nalga, descubierta y accesible.

Y quedaron quietos cubriéndola al completo.

Sentía las puntas de los dedos de Peter flexionar como si resistieran con esfuerzo la necesidad de avanzar. Clavándose en la nalga. Como si el ahínco en permanecer sobre la curva que formaba la carne necesitara de ayuda.

Con un brusco movimiento se descalzó, separándose lo suficiente de Peter y de esa mano que permanecía quieta. Le daba igual ese miedo del pasado a dejar volar su imaginación, fantaseando sobre qué harían y qué sentirían al llegar al mismo momento que estaban viviendo aquí y ahora. Ese temor se había esfumado con la sensación de estar donde la vida y lo que sentían les había llevado. Porque no les quedaba otra opción. Porque se amaban.

Paró un segundo, no más, al darse cuenta.

Peter se había tornado completamente rígido, con los brazos tensos a ambos lados de cuerpo.

¿Qué…?

Alzó la mirada al mismo tiempo en que quedaba únicamente vestido con los pudorosos calzones que se negaba a retirar por mucho que su padre le repitiera que eran horribles y estaban pasados de moda y se quedó parado con los ojos clavados en los del hombre que no apartaba la mirada de él. Recorriéndole con ella. Lentamente. Maldita… sea. Como si fuera un regalo para los ojos. Devorándole mientras se relamía los labios. Un regalo. El. Los malditos colores comenzaron a pasearse por todo su cuerpo al compás de esa mirada que le hacía temblar en todos los sentidos. Siempre bromeó sobre la gente que enrojecía entera para descubrir en ese mismo instante que pasaba a formar parte del selecto grupo. La sonrisa más erótica del universo apareció en esos mojados labios y con ella la presión en su bajo vientre creció como si hubiera recibido un topetazo. En su mismo centro.

—Entero.

Ni idea de lo que susurraba Peter pero su cerebro seguía sin poder filtrar correctamente.

—Enrojeces entero, canijo.

Dios, otra sonrisa que ardía sobre su piel y de nuevo esa ronca voz que le erizaba de pies a cabeza.

—Maldita sea… Me enloqueces.

Tragó como pudo saliva o aire al escuchar contra sus labios las roncas palabras. No sabía muy bien cuál de los dos necesitaba más y se movió. Con un impulso se deshizo del calzado, alejó el pantalón que había quedado tirado a sus pies y dirigió ambas manos hacia la cinturilla del calzón.

No tuvo ocasión de ir más lejos al sentir las manos de Peter sobre las suyas, retirándolas y deslizando por sus caderas, muslos y piernas la prenda. Sus manos seguían tan calientes y ásperas sobre su piel.

Desnudo.

Totalmente.

Y Peter completamente vestido.

Y para su sorpresa le importaba un carajo. A él que siempre había sido don vergüenzas.

Aspiró con fuerza al sentirse empujado hacia el centro de la habitación al ritmo de las zancadas de Peter. Con brusquedad. Sus cuerpos sólo permanecían unidos por las manos de Peter en su cadera, guiando hacia el lecho situado en medio de la amplia habitación. El mullido colchón en el que terminó sentado al borde, como Dios lo trajo al mundo, con los muslos abiertos para ubicar entre ellos el enorme cuerpo de Peter que parecía receloso de realizar cualquier movimiento que lo pudiera asustar, se hundió bajo su peso.

A punto estuvo de lanzar una risa descontrolada. A estas alturas y en su posición el apuro había quedado aparcado el último de la maldita fila.

Notaba las tensas manos de Peter en sus hombros. Suaves pese a su dureza. Temblaban.

Fue extraño y repentino.

La sensación de saberse en el lugar en el que deseaba estar. En el que pertenecía y con quien pertenecía.

Con tranquilidad apartó las manos de Peter hasta que quedaron colgando a ambos lados de su rígido cuerpo. Esta vez fueron sus dedos los que aferraron la cintura del pantalón de Peter y el aliento de éste el que se trabó en su propia boca. La tirantez que presionaba desde el interior de la tela anunciaba que estaba excitado, completamente excitado. Los dos los estaban y cada vez le costaba más mantener la calma. Dios, le temblaban las manos. Tanto o más que a Peter.

Le costó tres intentonas soltar el ajustado pantalón y el blanco calzón. Su corazón se tranquilizó tras botar alocado por un tonto momento al pensar que Peter no vestía ropa interior. Qué estupidez, pero su mente le estaba jugando malas pasadas y su cuerpo, también. Peter emitía suaves gemidos, suspiros y quejidos cada vez que sus nudillos rozaban la carne y se estremecía. Demonios… temblaba con su contacto.

Era… proporcionado. Completamente proporcionado con el resto del cuerpo. Por un segundo rememoró la primera vez que su mano entró en contacto con el miembro de Peter. En un carruaje a oscuras tras un bache que le lanzó contra él. Sintió una oleada de calor ascender y descender descontrolada por su cuerpo. Su maldita imaginación se quedó corta. Muy corta y estrecha. Era grande. Y aún estaba semi erecto.

Dios.

Apartó hacia abajo el calzón liberando el miembro de Peter. No se le ocurrió otra cosa que deslizar la yema del dedo por esa larga extensión hasta alcanzar la húmeda punta. La brusca exhalación hablaba de anhelo. Puro y simple anhelo.

Los dos parecían a punto de estallar y apenas se habían tocado, besado o acariciado.

El rudo juramento fue el único aviso antes de terminar tumbados en medio de la cama, devorándose porque no se le podía llamar de otra forma. La capa de civismo desaparecida y con ella, toda inhibición. Se besaban casi con furia. Sus labios chocaban contra sus dientes, labio contra labio. Se mordían y lamían. Casi haciéndose sangre. Casi… El cuerpo de Peter lo mantenía contra el colchón, sus desnudas y duras caderas contra su vientre y le iba a dar algo como no parara con sus bruscos movimientos para deshacerse del maldito pantalón y calzón que se le habían quedado trabados en los tobillos.

Se apretaba contra él. Esos duros y largos muslos zigzagueando para soltarse golpeaban la cara interna de los suyos, desplazándolos con cada movimiento un poco más hacía los lados, abriéndole en cuña con ese demoledor cuerpo apostado en medio. Y no cejaba con esos enloquecedores besos. Debía parar antes de…

Debía pedirle que parara.

Sí.

Que se dejara de mover. Llegaba al punto de doler. Sus caderas golpeaban las suyas. Su ansia por deshacerse de la ropa le estaba matando. A los dos.

Un poco.

Que parara un instante. Sólo lo suficiente para recobrar la cordura. Eso.

Lo suficiente para…

¡Diablos! La fricción que estaba causando con su bajo vientre le estaba desquiciando. ¡Dios santo! Como tratara una vez más de deshacerse de la maldita ropa, frotándose contra él, aprisionando su dolorido miembro contra el suyo y contra ese duro abdomen, todo se iba a acabar en un condenado segundo.

Separó los labios con dificultad pero era eso o estallar de puro placer en cualquier momento. Sus manos no conseguían parar los bruscos movimientos como si Peter no las sintiera sobre sus caderas, como si la necesidad de desnudarse obviara todo lo demás.

—Peter.

Diablos. De nuevo esa lengua en su boca, recorriéndola.

Pesaba sobre él, aplastándole contra el colchón pero nada importaba.

—Peter.

Su propia voz sonaba ahogada, rozando los labios de Peter. El muslo de éste chocó con fuerza contra la parte interna del suyo.

—¡¿Te quieres estar jodidamente quieto, canijo?!

¿Él? ¡¿Quieto… *él*?!

Gimió desesperado. Otro suave golpe y de nuevo esa dolorosa fricción.

—¡Peter!

—¿¡Qué!?

—Que te estés… ¡quieto!

—¡Yo!

¡Dioses!

—¡No hagas eso, por Dios!

Respiró fuerte y a bocanadas. Apretando la espalda contra el colchón. Tratando de abrir hueco entre sus cuerpos pero era imposible. Clavando sus dedos en esas robustas caderas para detenerlas. El muy bestia le iba a matar.

Juró en su mente.

No sabía qué era peor, si que siguiera con esos movimientos para zafarse del pantalón o que repentinamente se alzara sobre él tras separar sus labios de golpe, con los antebrazos a ambos lados de su cuerpo, aplastando la parte inferior de éste para separar sus torsos y mirarle a los ojos. Los músculos bajo la camisa completamente tensos. Sus miembros palpitaban el uno contra el otro al igual que lo hacían sus malditos corazones separados por unos pocos centímetros de distancia. Gimió cuando Peter presionó otro poco más, para mirarle de frente. No aguantaba más. Trató de cerrar los muslos pero toparon contra esas caderas.

Entonces lo sintió.

La suave ondulación intencionada de esa endemoniada cadera, en círculo, y la hermosa risa llenando esos increíbles ojos. Dios, tan hermosa y no pudo sino copiarla, completamente perdido en esa negra mirada.

—Eres… un… maldito cabronazo.

Por todos los diablos.

Esa risa parecía ascender por esos muslos que no le daban tregua. El peso del torso de Peter cayó sobre el suyo de golpe y su rostro se ahuecó contra su cuello y lo escuchó resollar, entre risas.

—No tenemos remedio. Nuestra primera vez y yo no consigo deshacerme del pantalón del infierno.

—Y yo voy a durar ni un diminuto suspiro con tus condenados movimientos del demonio.

Las risas rebotaron descontroladas en sus pechos y contra el pecho del otro. Incontrolables. No se había dado cuenta pero a Peter aún le cubría su abierta camisa. Las carcajadas se fueron calmando al unísono hasta que se besaron. Como si en ese mágico momento compartieran su primer beso.

Y esta vez fueron suficientes dos armoniosos movimientos de esos poderosos muslos para desprender la pieza de ropa que no olvidarían en su vida.

La blanca camisa desapareció con una rapidez pasmosa y el peso sobre su cuerpo desapareció con la misma rapidez con que había caído sobre él.

Tragó saliva pero no sintió vergüenza. A pesar de su posición. A pesar de encontrarse tendido sobre el lecho completamente erecto y los muslos abiertos de par en par, con la inmóvil figura de Peter arrodillada entre ellos, las rodillas casi rozando su unión.

Era impactante. Sencillamente impactante.

Las profundas cicatrices no restaban un ápice de masculinidad sino que añadían dureza a ese perfecto cuerpo. Para variar la imaginación una vez más se le había quedado escasa. El torso estaba perfectamente esculpido. Ancho y marcado por músculos delineando ese plano vientre. Las caderas daban paso a unos muslos largos y fuertes pero era ese rostro el que mareaba con su belleza. Una belleza dura, de rasgos acentuados y perfilados por esa maldita e hipnotizante cicatriz que los surcaba hasta deslizarse por el cuello, clavícula y pectoral. Un maldito recordatorio de su sufrimiento pero también de su fortaleza.

—Dios, eres hermoso.

No. Por favor.

Por un segundo creyó haber cometido la mayor estupidez del universo. Peter apretó los labios por lo que instintivamente fue a incorporarse y decir… lo que fuera. Que era idiota por hablar. Que no quiso decir eso, que no había pensado lo que decía, que le perdonara pero la mano de Peter no se lo permitió, al posarse con fuerza sobre su bajo vientre. Se movió de nuevo, apoyando su peso sobre sus codos y antebrazos, haciendo algo de fuerza contra la presión pero se sintió empujado de nuevo contra el colchón por Peter, con firmeza pero algo más de suavidad al tiempo que hablaba con lentitud.

Se miraron a los ojos. Directamente. Sin ocultar nada hasta que la suavidad comenzó a relajar ese rostro increíblemente duro.

—De verdad lo piensas.

El tono de voz empleado por Peter indicaba que era importante para él. Que su respuesta era, por alguna razón, valiosa para el hombre que le miraba con una mezcla de ternura y exasperación.

—No lo diría en caso contrario, memo.

Una suave curva apareció en esos labios. Incitando. Sin pensar las palabras brotaron de su boca.

—Pero no creas que te voy a regalar el oído a diario, grandullón. Tendrás que ganártelo, con esfuerzo

Di... a... blos.

Esa dura palma comenzaba a formar círculos contra su vientre. Sin rozar su miembro. Desviándose de su camino para volverle loco del todo. Instintivamente alzó las caderas para sentir cómo las empujaba Peter hacia abajo.

—Está bien.

¿Está bien?

¿Cómo que está bien?

No... estaba... nada bien.

¡Acababa de rodearle de nuevo, casi sofocándole de maldito deseo porque hiciera algo! Lo que fuera.

—Cierra los ojos, canijo.

¿¡Qué!?

Los abrió como redondas ciruelas por inercia. Aún más al sentir la otra mano de Peter separar otro poco más sus muslos al tiempo que se acercaba un poco más a él y le alzaba el derecho para posarlo sobre el suyo. Si extendiera los brazos podría apoyarlos en ese torso. Por todos los...

Se sentía expuesto y algo nervioso.

El aleteo de una caricia rozó la entrada a su cuerpo. Apenas perceptible si no fuera porque tenía los nervios tan despiertos que cada roce, cada toque, parecía multiplicarse por mil.

—Relájate.

Bufó desesperado y entreabrió el ojo derecho en el mismo momento en que Peter se inclinaba en su dirección y golpeaba sus labios con los suyos. Sintió contra su boca la sonrisa que marcaba esos labios y que le deshacía por completo.

—¿Confías en mí?

Asintió con la cabeza porque hablar era imposible. No con el suave masaje que esa endiablada mano le estaba dando.

—Entonces, cierra ese ojo curioso y déjame hacer.

Le tomaba el pelo.

¿No podía haber dicho otra cosa?

Déjame... hacer.

Otro leve empujón separó su muslo derecho hacia el lateral.

Se estaba abrasando con los toques de esas manos, ascendiendo por sus piernas. Las acariciaba lentamente como si grabara su forma, su tacto en su mente. Las rodillas. La cara interna de la parte inferior de los muslos. Movimientos circulares. Relajantes, en cualquier otro momento.

—Relá... ja... te, canijo.

Se sofocaba y le costaba hablar.

—Eso es... fácil... de decir. Me gustaría verte a ti en mi posición.

Quietud total.

Movió la pierna izquierda para que continuara, hasta que sus palabras se repitieron en su emborronada mente y sus fantasías rompieron todos los muros de contención. Abrió los ojos de golpe y su clara mirada se reflejó en la de Peter. Maldita sea.

Parecía no respirar. Sus manos apretaban la carne que sujetaban y esperaba. Inmóvil. Como una hermosa estatua.

No lo pensó dos veces.

******

Capítulo 8

I

Imaginarse a sí mismo bajo las manos de Rob, dejándole hacer cuanto quisiera. Si él supiera las miles de ocasiones en que había fantaseado con ello. Con que recorriera su cuerpo, sus cicatrices, con suavidad, borrando sus recuerdos. Con ese bien formado cuerpo sentado a horcajadas sobre él, los muslos a cada lado de su cuerpo, encontrándose los dos en medio. Entrando en ese apretado calor con desesperación, arrancándole gemidos de placer entremezclados con doloroso deseo. Hasta caer rendidos.

Tragó como pudo saliva hasta el mismo momento en Rob abrió esos hermosos ojos de golpe al alcanzar a comprender el alcance de sus palabras. Su corazón golpeó enloquecido contra su pecho al apreciar esa caliente mirada recorrer su cuerpo. Su rostro.

Esta vez le dejó incorporarse sobre sus codos y alejar sus muslos de su agarre para encoger las piernas. Por un instante estuvo a punto de impedirlo. Para que no se separara ni rompiera el contacto. La madre de…

Esa mirada le quemaba por dentro.

—Túmbate, Peter. Ahora.

No pudo. Por alguna razón ese tono de voz le dejó atontado. Era pura pasión, travesura y empeño a sus oídos y la primera vez que lo escuchaba en labios del canijo. Directamente dirigido a su libido, excitándole al completo. Demonios, su miembro parecía un mástil a punto de reventar y el muy tozudo no apartaba su acalorada mirada de él.

¡Qué diablos le pasaba!

¡Jamás se había quedado paralizado en su casi treinta años de vida en el lecho!

En un segundo le tuvo de rodillas frente a él, rozándole. Aspiró bruscamente.

Rob era rápido cuando se le antojaba.

Y efectivo el maldito.

Las tornas se habían vuelto. Ahora quien tenía el claro techo frente a sus ojos era él. Un fuerte empellón de Rob le había tendido de espaldas en el lecho.

Dios, Dios…

Iba a explotar y morir de vergüenza por su escasa capacidad de aguante. Le tenía encima. Tal y como lo había soñado en demasiadas ocasiones como para no deleitarse con que esta vez fuera verdad y no una deslucida o borrosa fantasía.

Le iba a dar un ataque al corazón al sentir el peso de ese redondo trasero sobre la parte superior de sus muslos. Los músculos de sus piernas estaban tan tensos que iban a romperse.

Una locura. Iba a hacer una locura en cualquier momento. Sus manos palpitaban por la necesidad de agarrar esas caderas y subirle un poco. Lo suficiente para alinear su miembro contra ese trasero que le aturdía. Y enterrarse en él. Sin avisar, sin pensar, sin preguntar.

—Relájate, Peter.

Sí que era un cabrón…el muy…

A punto estuvo de lanzar una risa ahogada de pura desesperación mezclada con enojo. El canijo no se daba cuenta pero estaba desatando a la aterradora fiera que llevaba dentro y ocultaba a todos. Esa negrura que sólo el hombre que ¡no dejaba de moverse sobre él! conseguía alejar.

—¡Para ya, diablos!

Sus oídos captaron la risilla. El muy condenado lo estaba disfrutando.

—¿Seguro?

Diablos.

—¡No!

—Ya decía yo.

Se las iba a pagar todas juntas.

—Dios, canijo. Te juro que cuando hayas terminado, me las vas a…

La voz se le cortó de golpe con el apretón de esa mano que lo envolvió de repente como un duro guante.

—¿Decías?

Su capacidad de contestar voló para dejarse amar. Para sentir lo suaves movimientos que recorrían toda la extensión de su miembro. Suaves y lentos. Demasiado lentos. Trató de imprimir velocidad pero la mano de Rob impidió los erráticos desplazamientos al sujetar su cadera.

—Más… rápido. Necesito… Por favor…

Por una vez en su vida agradeció que el canijo le hiciera caso. Con un *lo sé* la velocidad se incrementó y con ella su perdición. Sólo sentirle cerca, que quien lo estaba amando era él, podía con todo lo demás. Sin parar las caricias, suaves unas veces, casi dañando otras, en el límite de lo soportable sintió el calor de ese cuerpo masculino inclinarse sobre el suyo y los suaves labios besarle mientras la mano que tenía libre se posaba sobre su cara, encima de su odiada cicatriz.

—Te quiero, Peter.

Estalló dentro de esa enloquecedora mano.

No fue la estimulación, ni la presión que lentamente se había agolpado durante años en su interior cada vez que le miraba, ni los hermosos recuerdos que compartían sino esas tres sencillas palabras.

Tres palabras que le daban todo aquello que había buscado siempre y al hombre que amaba.

Que le ofrecían todo.

Rob se dejó caer sobre su cuerpo mientras su mano permanecía entre los dos. Acariciando suavemente. Notaba la presión del miembro de Rob contra su vientre. Totalmente endurecido. Tan excitado como él había estado hasta hacía unos segundos. Tenía que…

Deslizó su propia mano para darle lo mismo que acababa de recibir pero Rob se le adelantó. Habló quedo. Una palabras solamente.

—No.

Esperó.

—Unos minutos. Dame unos minutos, Peter.

No.

Rob se estaba arrepintiendo.

Tensó el cuerpo completamente. Si era lo que…

—No es eso, memo. Sencillamente quiero sentirte cerca, ¿sabes? Sin discutir. Sin barreras. Sin miedo. Y saber que esto no es una ilusión.

Exhaló aire al escuchar a Rob. Al mismo tiempo en que éste le regalaba una última caricia antes de alzar ambas manos y sujetarle el rostro para clavar esa azul mirada en él. Estaba todo enrojecido y no pudo evitar sonreír, provocando en Rob una sonrisa llena de hoyuelos. Su pecho pareció golpear sus costillas.

—No es… un… sueño, Rob.

—Lo sé pero a veces…

Terminó por él. Porque sabía perfectamente lo que discurría por su mente.

—Crees que es demasiado bueno.

Compartieron la sonrisa.

—Habrá que aprovechar el momento entonces, ¿no crees?

Le encantaba esa abierta sonrisa y esa mirada en ese clásico rostro todo sonrosado.

—Nunca mejor dicho, grandullón.

Deslizó las manos por el costado de su cuerpo hasta aferrar los fuertes muslos que se apoyaban contra los laterales de su cuerpo e hizo lo que su mente parecía incapaz de apartar a un lado. Arrastrarlos hacia arriba.

Escuchaba el retumbar del corazón de Rob. Increíblemente nítido y fuerte pese a la vorágine de ruidos, sensaciones y pensamientos que volaban por su mente. Cada vez más fuerte. Atronaban. Una y otra vez.

Rápidos. Repetitivos.

El rodillazo no le dio en medio de los testículos de puro milagro.

¡Qué diablos!

II

Volver a casa era impensable. No en su estado de ánimo. Rabioso hasta el tuétano.

¡Mal de amores!

No se lo podía creer cuando Clive le espetó, como si le acabara de anunciar el fin del mundo con una piadosa mirada en sus grises ojos, que no se apurara, que él era un experto en esos temas y que los dos saldrían adelante gracias a su recopilada experiencia en el farragoso tema. Bufó en alto y le chirriaron los dientes.

La abuela estaba metiendo en la mente de su amigo ideas sin sentido que iban a amargarle la maldita primavera. Lo veía venir con una claridad portentosa. Porque si algo era Clive, era terco a más no poder. Como un can con un hueso. Incansable. Peleón. Curioso. Insensato y metete. Y más cosas que en ese momento prefería no citar.

Él… no… estaba…. enamorado.

Idioteces. Nunca se había enamorado ni tenía intención de hacerlo. Sólo aquellos que mostraban debilidad o que no les importaba sufrirla estaban dispuestos a enamor…

¡Hasta pronunciar la dichosa palabra le sacaba de quicio en esos momentos!

No recordaba la última ocasión en que estuvo tan furioso. De acuerdo, si la recordaba pero se había jurado no pensar en ello porque la sangre se le agolpaba en la cabeza y la sentía a punto de explotar.

El, que se jactaba de no emocionarse o sulfurarse o excit…desde los trece años de edad.

El no era así. Apretó hasta doblar las compactas riendas de su caballo. Tampoco necesitaba que se lo hicieran ver y menos Clive. Escucharlo de sus labios le repateaba las entrañas por razones que…

¡Maldita sea!

Necesitaba desfogarse entre los torneados muslos de una mujer.

Decidido.

No tenía intención alguna de dirigirse a casa sino al trabajo y aprovecharía para charlar con los jóvenes agentes de esa mañana. James y su compañero Roberts. En su inmenso y solitario hogar nadie le esperaba ya que su abuela había retornado al campo esa misma tarde tras una decisión de última hora. Claro que ahora lo entendía. Escapando de la quema.

En casa nada haría salvo dar vueltas y más vueltas en el lecho, jurando en arameo. Y no tenía ganas de emborracharse hasta caer agotado. Hacía años que no optaba por olvidar en la bruma generada por la ingesta excesiva de alcohol.

Algo estaba tramando su anciana abuela, lo cual le ponía a la defensiva. Y en ese estado era más brusco de lo habitual. Lo presentía en los huesos pero nunca podría enfadarse con ella. Jamás. No con ella.

Otra cosa era que no se enojara con Clive. En su caso la veda estaba más que abierta y por sus inflados huevos que el muy atontado iba a lamentar haber insistido en lo del mal…de…

Descabalgó para que Ogro descansara.

Apretó los labios para acallar las ganas de gritar toda la furia que parecía a punto de reventar en su pecho ¿Acaso todo a su alrededor estaba relacionado con Clive? Incluso el nombre de su caballo lo había elegido su amigo y… ¡él lo había permitido!

El cabeceo del caballo indicaba que percibía su estado de ánimo por lo que palmeó suavemente la espesa crin mientras le susurraba que estuviera tranquilo, que en cualquier momento se le podía cambiar de nombre. Que ya pensarían otro, más cariñoso y que nada tuviera que ver con su mejor amigo, aunque lo cierto es que el nombre le iba como anillo al dedo al pura sangre inglés, con su gran potencia muscular, su ancho dorso y elegantes líneas. No dejaba que nadie salvo su jinete se le acercara y lo había sacado de más de un acuciante apuro. Bueno, su jinete y el alelado que le había apodado siendo un escuálido potro abandonado que había recogido en la carretera. El lo adoptó y por alguna extraña razón, ajena a su entender, el caballo adoraba a Clive. Claro que, con todas las malditas manzanas con que éste le atiborraba, cualquiera se acercaba al enorme y malhumorado animal.

Ató la rienda al poste horizontal ubicado en el patio trasero de la comisaría y se encaminó hacia la entrada en el exacto instante en que su calzado resbaló con algo húmedo que cubría el suelo.

No llovía.

Y el terreno parecía seco a la luz de la luna.

Se agachó tras otear con suspicacia los alrededores y empapó las puntas de sus dedos con la viscosa sustancia que cubría el empedrado.

El tacto y el empalagoso aroma, dulzón y reconocible para quien lo hubiera olido demasiadas veces, provocó que aferrara el cuchillo que siempre llevaba asido al cinto y asumiera una postura defensiva. Ralentizó la respiración y agudizó el oído pero sus tímpanos sólo captaron el ulular del viento.

La mancha en el suelo se extendía un buen trecho, como si hubieran arrastrado lo que fuera que sangraba por el piso hasta un punto en el que desaparecía completamente. La única opción lógica es que lo hubieran subido a algún carro, caballo o coche de caballos. Algo o alguien había salido de ese patio malherido o muerto. Se había derramado demasiada sangre como para suponer lo contrario.

La huella desaparecía en ese punto.

Amarrado a unos pasos de distancia, Ogro se revolvía inquieto. Seguramente el olor de la sangre lo inquietaba tanto como a él.

Alerta se encaminó hacia el edificio que comenzaba a asociar a un maldito lugar de mal agüero.

Calculaba que serían las tres y pico de la madrugada por lo que los turnos de guardia y vigilancia estarían a punto de cambiar con la llegada de las diferentes parejas de agentes que pateaban el distrito.

Cruzó la entrada sin hacer ruido.

El interior apenas alumbrado permanecía desierto y se respiraba intranquilidad. Nadie vigilaba la puerta de entrada y eso era insólito. Ni un sonido fuera de lugar. Ni un movimiento que llamara su atención. Evitando que las suelas de los zapatos rozaran más de lo necesario el suelo, se acercó a la escalinata ubicada tras el mostrador central. Seguía tan silencioso como al entrar. Inició la subida posando el pie en el primer escalón y se percató de que algo brillaba en la combada superficie de madera.

Dos solitarias gotas de color oscuro. Tres más, dos escalones más arriba.

En esta ocasión no necesitó agacharse para saber lo que era.

Unos pasos apresurados se acercaban a su izquierda. Con rapidez ocultó el arma a su espalda, en la funda del cinto y se alejó hasta quedar en pie con la espalda en dirección a una de las paredes laterales. Las pisadas se detuvieron en cuanto el intruso posó la mirada en él.

El inspector Scott Glenn.

La calculadora mirada barrió su rostro y su pecho para desviarse poco a poco hasta el lugar donde descansaba esas malditas gotas incriminadoras para ascender veloces de nuevo. Instintivamente supo que intentaría distraer su atención.

—Señor, no esperaba a alquien a estas horas.

—Ni yo que el mostrador de la entrada se encontrara vacío, inspector.

A Glenn le dio rabia el toque de atención. Rabia en estado puro y si el que se lo había hecho notar no hubiera sido su superior seguramente hubiera contraatacado. Era un hombre peligroso.

Su instinto le aconsejó el empleo del tacto.

—Que no se repita.

Glenn apretó la boca como única respuesta a la crítica, con los labios unidos en una fina línea.

Se miraron abiertamente, calculando cada uno sus opciones.

La puerta de la calle se abrió de golpe dando paso a cuatro agentes que se quedaron tan asombrados como el propio inspector con su presencia y que optaron por desperdigarse al sentir la tensión en el ambiente para rellenar el correspondiente parte de haber acaecido algún incidente digno de reseñar en la ronda nocturna. Tenían aspecto cansado. Un par parecía haber intervenido en alguna pelea por su aspecto desaliñado.

En cuanto los curiosos desaparecieron de la planta baja, con sopesada calma Ross se dirigió a la escalera rozando con su zapato la gota que tan nervioso había puesto al policía. Intencionadamente.

Antes de alcanzar el último escalón se paró para dirigirse a la figura que no apartaba sus ojos de él.

—Mi puerta siempre está abierta para lo que sea, inspector. Mientras tanto… —la palidez comenzaba a cubrir el semblante del inspector—… espero ser informado en menos de un cuarto de hora del motivo por el que el suelo del patio de caballos está cubierto de un rastro de sangre que nadie más, salvo a mí, parece haber llamado la atención. También quiero una relación de los agentes en servicio durante el turno de noche y la organización de las patrullas. Detallada.

Lo único que se le quedó grabado en las retinas fue el duro rostro congelado del policía y el crudo miedo llenándolos mientras terminaba de ascender las escaleras y daba orden de que llamaran a su presencia a los dos jóvenes agentes que hacía poco habrían acabado el turno de calabozos para iniciar la ronda habitual de comisaría y alrededores.

En la privacidad de su despacho extrajo del cajón los expedientes personales de sus hombres, seleccionando de entre ellos el del inspector con el que acababa de cruzarse. Era hora de iniciar su labor.

Media hora más tarde decidió que ya había aguardado lo suficiente por lo que se encaminó a la salida para topar con un joven agente que parecía agitado y que antes de poder emitir un solo sonido, intentó escabullirse por el angosto corredor del primer piso que bordeaba el patio central, al que daba su despacho.

—¿Y esas prisas?

El muchacho se encogió visiblemente antes de volverse.

—No aparecen, señor.

Alzó las cejas clavando la mirada en el chico. Dios, era tan joven que le hizo sentirse casi viejo.

—He recorrido toda la comisaría, señor y no están en sus puestos.

—Agente…

—Pero su ropa de abrigo está en la taquilla y…

—Muchacho, respire.

—…eso no es normal.

—Agente…

—Y hay tanta sangre.

¡Que se le iba a desmayar!

Se adelantó dos pasos por si tenía que agarrarlo al vuelo, dada su cadavérica palidez.

—Son mis amigos, señor.

Diablos.

No fueron necesarias más explicaciones.

Los agente James y Roberts se acababan de unir a la maldita lista de desaparecidos.

El reloj de la entrada marcó las cuatro de la madrugada.

III

Su vida era una broma.

Ni más ni menos y él una marioneta justo en medio.

Le habían arrancado de los brazos de Rob justo cuando habían conseguido quedarse al fin como Dios los trajo al mundo y comenzaban a intimar. Al menos habían echado el cerrojo a la puerta, aunque no lo recordara del todo, obligando a Doyle a aporrear su puerta tras intentarlo durante un cuarto de hora en la de Rob. Sin resultado alguno, hasta que según palabras de su hermano mayor, una lucecilla se le había encendido en el cerebro tras elucubrar dónde estaría él, en caso de ser Peter y ante todo, si hubieran acomodado a la fuerza a su Julia en la habitación contigua antes de casarse.

El resto había sido coser y cantar.

Había berreado a través de la cerrada puerta del dormitorio, en gangosos susurros, que había llegado una nota urgente del superintendente Torchwell para ellos. Y si por culpa de los dos su Rosie se les despertaba, desatarían las iras del infierno en forma de hermano mayor. Y a diferencia de su pequeña, él sí tenía dientes.

Ahora no sólo Stevens se inmiscuía en su vida amorosa sino también el tal Torchwell.

Mandaba huevos.

Bien pensado, para huevos los suyos.

Morados, doloridos y desatendidos tras el empujón de Rob lanzándose fuera de la cama al escuchar el golpetazo de Doyle en la puerta y saltar de ésta como un poseso o peor, un amante pillado in fraganti por el marido, escurrirse bajo el borde del lecho y quedar plantado boca abajo sobre el suelo, escondiéndose de vete tú a saber quién.

Tras hacer caso omiso a sus irónicas palabras de que *ninguno de los dos estamos casados, Rob, no hay razón para esconderse* y sin saber reaccionar por primera vez en su vida, el canijo se le escurrió de entre los dedos y ello era básicamente porque seguían desnudos. Los dos. Lo que equivalía a decir escurridizos al tacto por culpa del sudor, calor u otros fluidos en los que ¡prefería no pensar para no enfadarse por haberles torpedeado Doyle o Torchwell o sus condenados pantalones su primera...!

No tenía palabras comprensibles para calificar su encuentro salvo incalificable. Eso mismo ¡Maldición! El canijo le estaba pegando sus manías. Menos mal que nadie había presenciado la escena ya que jamás les hubieran permitido olvidarla en este siglo y el venidero.

No sabía bien si reír como un aventado o llorar con lo ocurrido.

Arrodillarse había sido fácil. Mirar bajo la cama, también. Tratar de aguantar la paciencia, en cambio, un verdadero sufrimiento. Al igual que la histérica risa que parecía subir a oleadas por su condenada garganta al ver a

Rob tirado en el suelo con el trasero al aire. Casi fuera de su alcance.

Frotándose el golpetazo recibido en la cadera con el pie de Rob, no se le ocurrió otra cosa que tratar de pillar al canijo y arrastrarle hacia fuera pero noooo, con ese hombre nada era fácil.

No pienso salir hasta que Doyle vuelva a su dormitorio.

Su cara debió de expresar sus pensamientos porque el muy terco ¡le lanzó otra patada! pese a su incómoda posición. La conversación subsiguiente había sido propia de ellos.

Recordó con claridad haber suspirado sin atreverse a acercarse más allá del radio de alcance de Rob y lo demás era difícil de relatar aunque en su mente revivía, vívido a más no poder. Una y otra vez, pese a que la escena se había desarrollado hacía un par de horas.

La sangre se le agolpaba en la cabeza con la postura que se veía obligado a sostener para mantener una mínima y semi lógica conversación con el canijo.

—Rob —Dios, parecía estar hablando con un crío—, Doyle ya sabe que estás aquí conmigo.

—Eso lo imaginas.

—Eso... lo sé.

Un suave gruñido surgió por el lateral de la cama junto a cuyo borde Peter seguía arrodillado.

—Y cómo diablos puede saberlo, ¿eh, Peter? Dime.

—¡Porque llevaba aporreando tu puerta una hora, sin que le abrieras!

—¡Duermo profundo!

—Y que lo digas, pero ¡no como si estuvieras muerto!

¡Queréis dejar de parlotear de una puta vez y salir de la cama!

Lo que faltaba, Doyle tan sutil como siempre.

—¿*No ves* como lo sabe?

Si no fuera porque con sus propios ojos había visto deslizarse ese redondo trasero y esa espalda bajo la armazón del lecho, hubiera pensado que nadie se ocultaba bajo la cama. No se escuchaba ni una respiración.

—Dame mi ropa.

—¿Qué?

Un sonido de impaciencia surgió del suelo.

—Mi ropa. Alcánzamela.

—Vale pero antes sal de ahí.

—No.

—¡No puedes vestirte bajo la cama!

—Puedo intentarlo.

—Rob...

—No pienso salir y que me vean el trasero.

—¡Pero si ya te lo han visto!

—¡Y un cuerno!

—Además, estamos solos, canijo. Sólo yo te voy a ver esas redondeces.

La respuesta a la sorna que no pudo evitar en esas dos últimas palabras fueron cuatro dedos surgiendo por debajo del borde, haciendo claros gestos de reclamo.

¡Dios! Estaba acabando con su paciencia y le faltaba nada para meterse con él ahí debajo, callarle la boca con un beso, sus miedos con una buena palmada en ese culo que tanto cuidaba para la intimidad y tirar de él aprovechando su mayor fuerza corporal. Claro que entonces igual se le enfurruñaba y no volvía a disfrutar de ese trasero que había comenzado a conocer muy por encima esa misma noche, ¡antes de que Doyle les hubiera interrumpido a voces!

Además, había otro pequeño problema u obstáculo de nada.

¡Con su tamaño no entraba bien por el hueco! Y se negaba a quedar ahí atascado.

Diablos, no era su día o su noche o lo que fuera.

Cortarles a medias, en plenas caricias, besos, magreos y demás le había hecho polvo la libido. Había dolido y mucho.

—¿Cuándo me lo han visto?

—¿¡El qué!?

Demonios, mira que era difícil seguirle el hilo de las conversaciones a Rob. Oteó por debajo del borde con suma precaución ¿Se acababa de tocar la nalga derecha el canijo?

—Ya sabes.

—¿El trasero?

—No, Peter, las amígdalas, no te fastidia.

—No… digas… esa palabra estando ¡desnudos!

—¿Amígdalas?

Dios, esto no podía ser.

Mentalmente se vio a sí mismo arrodillado, helado de frío y completamente excitado porque el canijo le provocaba y liaba de una forma que sólo él podía lograr en el mundo entero. Recapacitar. Eso mismo. Necesitar maquinar. No, lo que quería decir era… recapacitar. Nunca mejor pensado. Para que Don modesto saliera de su improvisado escondite.

—Haré lo que quieras si sales de ahí abajo en cinco segundos.

El silencio que siguió a la pacífica oferta fue absoluto.

—¿No entras por el hueco, verdad?

Sería cabronazo.

El canijo se estaba regodeando con la situación. Y a él se le había agotado la calma.

—Uno…

Se escuchó un bufido beligerante y algo parecido a *en cuanto Doyle se vaya, salgo. Puede tirar la puerta abajo y vete tú a saber si está acompañado. Y yo, aquí desnudo. Es muy capaz.*

—Dos…

Los murmujeos que surgían bajo el lecho desaparecieron.

—¿Por qué diablos estás contando, Peter?

—Tres…

—¿Qué planeas?

—Cuatro…

—¡Peter!

—Volcar el lecho.

¡Vaya! Qué velocidad en emerger del subsuelo.

Ahora tenía ese redondo, blanco y perfecto trasero ante sus desorbitados ojos y las manos con espasmos por la necesidad de agarrarlo.

Su vida era un perfecto desorden desde que el canijo se había apoderado de ella. Muy digno, el muy condenado se irguió al otro lado de la cama, tal y como le trajeron al mundo.

—Que conste, Peter, que no he salido por tu insulsa amenaza.

—¿Ah, no?

Era perfecto para él. En todos los aspectos.

—No. He optado por reconsiderar mi algo incómoda situación.

—¿Ah, sí?

—De horizontal a vertical. El cerebro piensa mejor en pie.

—Lo que tú digas, canijo

—Es una constatación, Peter —Rob estrechó suspicaz los ojos—. ¿Por qué estás tan complaciente de repente?

—¿Yo?

—Hace un minuto querías arrastrarme fuera de la cama.

—Dirás de debajo de la cama.

—¿Tramas algo?

Se cruzó de brazos y quedó en pie, estático y sin contestar mientras observaba a Rob aferrar su desperdigada ropa, vestirse a velocidad de vértigo y dirigirse descalzo a la habitación contigua como si le persiguieran mil pares de demonios. Un completo sin sentido, a su entender.

—¿A dónde demonios vas ahora?

Rob se giró con una mueca de extrañeza en ese sonrosado rostro. Dios, le había dejado completamente roja la piel con sus besos, con sus caricias y le encantaba verlo. Anda', ahora pensaba como un energúmeno.

—A mi cuarto, Peter.

—¿Por qué?

—Porque… es… mí… cuarto.

—Ya pero es un tanto ridículo. Ya saben que has dormido conmigo.

—¡No lo saben!

—Lo saben de sobra.

El ceño fruncido de Rob no era buena señal. Para nada.

—Será es tus sueños, Peter y ¡no hemos dormido!

—Porque preferías hacer otras cosas más agradables.

El rojo subido le favorecía al canijo.

—¡Me pones frito!, ¿lo sabías?

No pudo evitar sonreír de oreja a oreja logrando uno más de esos colores grana subidos en Rob.

—Y te encanta.

Nunca, ni en un millón de años olvidaría la mirada entre desesperada, asombrada y tierna, totalmente tierna que cubrió esos azulones y redondos ojos. Imaginaba que no podía diferir mucho de la que en ese mismo momento Rob vería reflejada en sus negros ojos.

Sonrió sin poder evitarlo mirando al infinito. Deleitándose en sus próximos encuentros. Hasta que sintió una curiosa mirada clavada en él.

Diablos.

Los ojos dispares de Torchwell permanecían fijos en él, especulativos, mientras soñaba despierto tras haber perdido, para su bochorno, el hilo de la conversación que mantenían Torchwell y Rob. Y babeaba con la boca abierta sonriente y la mirada ida, fija en el infinito. Como la pequeña Rose pero con dientes.

Demencial. Y ridículo.

La información que les acababa de facilitar Torchwell sentados en el coche de caballos en dirección al domicilio de Clive no le tranquilizaba lo más mínimo. Habían sopesado la posibilidad de mantener una reunión en comisaría pero Torchwell prefería mantenerle alejado de dependencias policiales para evitar que lo relacionaran con él y Doyle. La precaución que había adoptado tenía sentido.

La policía ignoraba la estrecha relación que unía a Clive y a Torchwell más allá de que habían servido juntos en la academia. Los humildes orígenes de Clive en contraposición con la riqueza y títulos que rodeaban a Ross parecían alejar la mera posibilidad de una amistad entre ellos y así debía mantenerse. Es más, si daban la imagen de aborrecerse en público tanto mejor aunque a Clive no le hiciera gracia la idea de servir de conejillo de indias para el mal humor de Torchwell

Tendría que tragárselo como un hombre hecho y derecho.

Y por la forma en que Torchwell torcía el labio cada vez que el nombre del listillo era pronunciado, las escenas entre esos dos iban a ser de recordar durante años.

Lo poco que había alcanzado a captar en medio de su pequeño lapsus le había valido para pensar que como desapareciera más gente las calles de Londres iban a verse mermadas y vacías en un futuro no muy lejano.

******

Capítulo 9

I

No había amanecido todavía porque el gallo del vecino, cuyo pescuezo iba a retorcer cualquier día no muy lejano, no le había despertado en medio de lo mejorcito del sueño. Los que sí le habían sacado del cálido mundo onírico mientras disfrutaba en compañía de una, por primera vez, receptiva Señorita Maple, eran los mamporros que llegaban del piso inferior.

Sacó a desgana el pie de entre el revoltijo de mantas para introducirlo nuevamente y evitar que se le desprendiera algún dedo por congelación instantánea.

La Señora Mellis no habría llegado a esas horas y la doncella que acababa de contratar unas pocas horas a la semana mucho menos. En consecuencia la sencilla casa de dos pisos estaría helada hasta el último rincón. Al cuerno. Necesitaba con urgencia arreglos pero gran parte de sus ingresos se los comía la hermosa residencia a orilla del mar donde vivía entre geranios, rosas y crisantemos la abuela Clotilde. La anciana era feliz allí.

—¡Ya voy, diantre!

Ni que le fueran a escuchar desde el exterior.

Alcanzó el gastado batín y se lo colocó sobre el pijama para volver sobre sus pasos tras haber alcanzado la puerta. Tras dudar levemente se abrigó con el remendado jersey de lana y la bufanda que cada día picaba más. Envolvió sus helados pies con otros dos pares de calcetines por lo que éstos no terminaban de entrar del todo en las zapatillas, dando la impresión de tener unos pies gigantescos e hinchados. Menuda pinta.

Dudó un largo segundo en quitarse algo de ropa pero los endemoniados golpes no cejaban generándole una mezcla incontrolable de impaciencia y rabieta. Si hasta le dolía el cuero cabelludo del frío.

¡Y los golpes iban a derribar la puerta!

Sólo una persona era tan terca e insistente. Una entre un millón. Ninguna otra. No señor. Otro golpetazo le obligó a arrancar antes de que se le quejaran los vecinos. No eran horas de acicalarse y ¡no eran horas para recibir visitas!

Se le iba a congelar el trasero en el camino a la puerta de entrada. Y se resfriaría. Y la pulmonía llamaría a su puerta. Y moquearía sin control, se le hincharían los ojos y abotargaría la nariz, espantando definitivamente a su casi encandilada y semi enamorada elegida. Y todo por culpa del ogro.

Cerró la puerta de su cuarto para mantener algo de la calidez que había desprendido su cuerpo las pocas horas que había conseguido conciliar el sueño y descendió con rapidez. Por todos los….

Qué frío.

De un brusco tirón abrió la puerta para vociferar a Ross que no eran horas de visitas nocturnas, pero frente a él se topó con la negra mirada de Peter Brandon quien permanecía con el puño en alto preparado para otro golpe. Junto a él, Rob y detrás, Ross. Con una resabiada sonrisa en los labios. Su mejor amigo era un hijo de mala madre, lanzando a otros por delante.

—Tienes un aspecto ridículo, Clive.

La tararira de exabruptos se le quedó atascada en la garganta mientras las miradas de los tres hombres le recorrían desde sus embutidos pies hasta el gorro de lana que le quedaba grande.

—Gracias, Rob. Muy amable.

—De nada pero es que estás…

—¡Lo sé! No hace falta decirlo en voz alt…

—Grotesco.

El gesto para acallar a Rob, sirvió de nada. Se deslizó a un lado para dejarles paso.

—¿Has dormido mal, acaso, en este cálido y acogedor hogar?

Ahí estaba.

Provocación en estado puro de boca del hombre que en estos momentos pagaría un chelín por no ver en una semana.

—Estaba durmiendo muy bien, gracias por el interés, Torchwell. Y para que sepas soñaba con…

Información de más, ¡maldición! pero cuando se calentaba su boca llevaba la delantera.

—¿Con?

—Con nada.

—No ibas a decir eso así que, ¿con quién?

Repentinamente los entrecerrados ojos de Ross se desviaron hacia el interior de la casa tratando de vislumbrar el interior.

—¿Nos dejas pasar o ¿quizá estás acompañado?

¡Ja! No caería esa breva. Quizá en compañía evitara congelarse.

—Pasad a la cocina y prepararé un té. Hace frío.

—Sin duda. Más frío dentro que fuera, en la helada calle lo cual daría que pensar a alguien más sensato, ¿no crees?

Dioses, de la casa no salían esa noche sin tener él y Ross una buena pelea. Puños incluidos. La mirada repleta de avisos que lanzó a Ross provocó la reacción habitual en él.

Ignorar la velada amenaza.

Diablos. Tenía razón. El aliento se apreciaba con claridad al surgir del cuerpo en contraste con el frío ambiente.

—Poneos cómodos.

Mientras lo hacían, sin desprenderse de la ropa que los abrigaba, él se acercó a recoger los leños apilados a un lado del hogar, olvidando la sorda molestia en el torso que todavía le causaba latigazos de dolor al coger pesos o hacer bruscos movimientos. El quejido no surgió fuerte, pero sí lo suficiente para que sonara con claridad en el cómodo silencio que se había adueñado de la estancia. La ronca voz de Ross no tardó en husmear.

—¿Clive?

El disimulo era el recurso de los astutos. Tosió quejosamente. Varias veces.

—¿Qué?

—No lo lograrás.

—No sé de qué hablas, Ross.

—Lo sabes perfectamente.

—No.

—Te acabas de quejar.

—¿Cuándo?

—Al levantar los leños.

—Es que pesan.

Las miradas alucinadas de los tres hombres se centraron en él por lo que decidió que la distracción era el segundo mejor recurso de los seres inteligentes. Se le había olvidado el primero.

—¿Qué demonios hacéis aquí a estas horas?

Brandon intervino.

—Tenemos más desapariciones entre manos.

Le tomaban el pelo.

Ross se levantó en un fluido movimiento y le arrebató los pesados troncos de las manos tras susurrarle en bajito que más tarde hablarían del misterioso quejido.

En cinco minutos el muy condenado tenía el horno de leña desprendiendo un delicioso calor. No terminaba de entender que alguien a quien toda la vida se le había entregado absolutamente todo en bandeja de plata, se arreglara mejor que él con su propia supervivencia. ¿Todo lo tenía que hacer bien, el condenado?

—¿Conoces al agente James y a su compañero?

—Claro. James y Roberts. Son buenos hombres. ¿Por qué?

—Nadie les ha visto desde que cambiaron el turno.

Frunció el ceño ya que le agradaban esos chicos al ser de los pocos que le recibieron sin abierta hostilidad. Intuía lo que estaba por llegar.

De espaldas a ellos y esperando a que el agua terminara de calentar, Ross comenzó a hablar en un tono de voz sosegado que dejaba entrever la rabia que sentía bajo la superficie.

—Por la tarde, antes de la reunión con el resto de inspectores, acudió a mi despacho uno de ellos y solicitó hablar conmigo. Se le notaba preocupado y tenso. Extremadamente tenso. En cuanto le dice que les escucharía se relajó. A punto estuve de retrasar la reunión y oír lo que quería decir pero no lo hice.

Los amplios hombros de Ross se tensaron levemente. De manera casi imperceptible, salvo para quien conociera a la perfección sus gestos y expresiones.

Se culpaba.

Le conocía lo suficiente para saber que lo que pasaba por ese alucinante cerebro y en esos momentos era culpabilidad.

—No podías saberlo, Ross. Así que déjalo, amigo.

La bronca voz siguió.

—Ayer de madrugada en lugar de ir a casa, me dirigí a comisaría. Sabía que tenían turno de noche así que mi intención era hablar con ellos sin esperar a la mañana. Al llegar, en el patio trasero descubrí un charco, un rastro de sangre y esos muchachos no aparecen por ningún lado. Desaparecidos sin que ningún compañero haya visto algo fuera de lugar. Curioso, ¿verdad? Y oportuno. Demasiado oportuno.

—Puede que la sangre no sea de ellos.

Ross se giró con un rápido movimiento en su dirección, salpicando algo de agua caliente fuera del cazo.

—Claro, pecoso y puede que las vacas vuelen o el sentido común llame a tu puerta.

Vaya. El ogro estaba más agrio que de costumbre hasta el punto que Rob se interpuso entre los dos, alzando las manos en dirección a cada uno como si tratara de impedir una embestida por ambos lados.

Peter intervino con rapidez.

—¿Qué querían contarte?

Ross suspiró y bufó.

—No lo sé. Poco más llegaron a decir, salvo que querían hablar conmigo.

No tenía sentido. Él los conocía y lo que investigaban no parecía excesivamente complicado o peligroso.

—El caso que tenían asignado era sencillo. No hay razón para que hayan desaparecido.

Tres pares de ojos, uno oscuro, otro azul y el tercero dispar centraron de nuevo en él las miradas. Se acomodó en la silla.

—Hace tres semanas le dieron una paliza de muerte a un carnicero en el barrio de Smithfield, en el Noroeste de la ciudad. Les asignaron la investigación del caso a esos muchachos. Por lo que sé intentaron hablar con el hombre en varias ocasiones pero estaba moribundo. Le rompieron costillas, clavícula, un brazo... Bueno, podéis imaginarlo. Por lo que sé decidieron esperar un tiempo hasta que se recuperara.

—¿Negocios o personal?

—No lo sé. Lo único que noté fue que hace un par de semanas, aproximadamente, debieron descubrir algo porque se les notaba preocupados. Casi asustados.

—¿Hablaste con ellos?

—Una vez.

—¿Y?

—Tenían planeado salir de la cuidad para hablar con el hombre cuanto antes.

—Sigue.

—Dijeron algo extraño y que no encajaba con aquello que investigaban pero nos interrumpieron antes de que se explayaran.

—¿¡Qué dijeron!?

—¿¡Y bien!?

Pues sí que eran impacientes los tres hombres sentados a la mesa. A punto estuvo de arengarles con una lección sobre las virtudes de la sana paciencia pero se vio a sí mismo en medio de una buena trifulca. Se aguantó las ganas, a duras penas.

—Recuerdo que James dijo algo semejante a que tendrían que clausurarlo en cuanto todo saliera a la luz y que sólo habían llegado a descubrir una milésima parte de lo que ocurría y eso gracias al carnicero y el inicio de su campaña.

—¿Seguro que dijeron eso?

—No, Ross, ¡acabo de inventarlo para liarte la mente porque me aburro!

Una sonrisilla resabiada curvó los labios de su amigo.

—Qué gruñón estás últimamente, Clive. ¿No será mal de amores, verdad?

Increíble. Sería canalla el muy...

Se puso rojo como un tomate provocando la hilaridad de los otros dos hombres. Y la gota que colmó el vaso fue el gesto de asentimiento de Rob. ¡Se aliaban contra él!

—Hoy estás realmente gracioso, Ross.

—¿A que sí?

—¿Volvemos al tema en cuestión o prefieres reír un poco más a mi costa?

—¿Puedo elegir?

Le enseñó los dientes, provocando una mueca maquiavélica en el hombre que nunca perdía la compostura. El mundo se estaba volviendo del revés.

—¿Qué hacemos ahora?

Rob contestó de inmediato.

—Con la investigación de la enfermera Gates entre manos, mañana comenzaremos con los interrogatorios del personal del hospital. Tendremos la agenda apretada pero convendría que nos asignaras la desaparición de James y Roberts, Torchwell. Si querían decirte algo, debemos descubrirlo y no llamará la atención que indaguemos si oficialmente se nos ha asignado el caso. Tú decides.

Los inquietantes ojos de Ross se posaron un instante en Clive.

—Está bien. Así lo haré y cuanto antes.

—¿No llamará la atención tanta rapidez?

—No. Ya es conocido en comisaría que esos muchachos no han vuelto a sus hogares. También lo del rastro de sangre en el patio de caballos, ya que ordené al inspector Glenn que me informara al ser él quien custodiaba el mostrador de entrada... —por un segundo la frase vaciló al fijar Ross la mirada en la repentinamente rígida figura de Clive, frente a él— ...y que en sus armarios dejaron la ropa de calle por tanto no llegaron a cambiarse en ningún momento al terminar la ronda. Antes de venir para aquí ya comenzaban a circular los rumores de secuestro por lo que no hemos de esperar el plazo de veinticuatro horas para los casos de desapariciones.

Ross dejó de hablar para dirigirse a él directamente.

—¿Qué pasa con Scott Glenn, Clive?

No se le pasaba una al condenado.

—¿Por qué lo dices?

—Te tensaste al mencionarle.

—No lo hice. Ves donde no hay.

Rob se volvió hacia él, a su lado para intervenir.

—Lo hiciste, amigo.

—No.

—Sí. Estoy sentado a tu lado y lo noté.

—No me tensé.

—¿Entonces?

—Me estiré. La espalda. Y las piernas. Las tengo algo agarrotadas.

Ross apoyó los antebrazos en la mesa frente a él, acercándose peligrosamente.

—No vas a crecer más por mucho que te estires, Clive. Lo sabes, ¿verdad?

La madre....

Le ahogaría a veces y también a los otros dos lerdos que intentaban ahogar la risa sin disimulo alguno. ¿Y qué, si era un pelín paticorto? Lo compensaba con otras cosas. Aunque bien pensado, al menos con las risas se habían descentrado del tema del idiota de Glenn así que por esta vez lo dejaría pasar de forma magnánima.

Aspiró para sosegarse y centró la vista en Rob y Peter porque Ross le estaba poniendo de los nervios.

Le dio un codazo a Rob para que dejara de reír de una condenada vez.

—¿Creéis que…?

Ross contestó exponiendo lo que todos temían.

—Había demasiada sangre como para que la persona que resultara herida haya sobrevivido. Imposible. Y si les atacaron por lo que iban a decirme, lo hicieron porque sabían que iban a hablar.

Brandon intervino.

—Lo que significa que te vigilan de cerca, Torchwell.

—Sí.

—Quien os vigile no debe averiguar que sois amigos.

No le gustaba nada, pero nada la mirada entrecruzada entre Ross y Peter, como si estuvieran planeando algo que por alguna razón intuía que les iba a afectar a Rob y a él. Y no para bien.

—No.

Como Ross contestara con más monosílabos iba a estallar de ira.

—No le va a gustar.

—Para nada.

Se acabó. Se referían a él y no se enteraba de lo que hablaban. Antes de berrear desvió la mirada hacia Rob y no parecía demasiado sorprendido como si intuyera lo que daban a entender los otros dos. Estalló.

—¡En cristiano, diablos!

Ross de giró de sopetón en su dirección.

—Te voy a hacer la vida imposible durante una temporadita, pecoso.

Alucinante.

Se dio cuenta que se le había quedado la boca abierta de par en par, con la lengua al aire. A su lado Rob, extendió el índice de su mano derecha para cerrársela pero siguió sin poder reaccionar.

Con esfuerzo recobró el uso de sus sentidos.

—Será broma.

II

Planear requería meticulosidad y localizar una brecha por la que adentrarse en territorio enemigo era esencial para lograr sus fines.

No se le escaparían de nuevo.

Para ello debía acechar a los hombres que pretendía utilizar de eslabón. Descubrir sus debilidades, necesidades y deseos. La investigación había revelado que no conseguirían sobornarle con dinero ni ofreciendo una holgada posición social. Restaba únicamente aquello que rompía a un hombre por dentro. Emplearlo en su contra. Aquello que amaba.

Debía calmar el ansia y la rabia que le inundaba cada vez que rememoraba la imprevista manera en que sus planes se vieron truncados. Por el mero hecho de que Roland Bray se encaprichara con esa mujer, él había perdido lo que era suyo.

Débil y estúpido hombre. No equivocaría de nuevo la elección de las piezas del juego.

Tener a su juguete tan cerca, poder rozarlo y no conseguir retenerlo le ponía a prueba.

No era momento de que antepusiera la rabia a la astucia. Necesitaba equilibrarse. No importaba ya que los causantes de su error no llegaran vivos a celebrar el juicio. Al fin y al cabo él había cumplido su parte al facilitar la información comprada por los hermanos y proteger al Albus Drake en prisión. Todos le creían muerto en la revuelta y los que dudaban no osaban susurrarlo por temor a que encontraran sus cuerpos en el río o peor, donde nadie imaginaba y sólo unos elegidos sabían encontrar.

Sintió la mueca curvar sus labios. Si la burda población supiera...

La sonrisa desapareció de sus finos labios.

Todos callaban salvo ese torpe policía. El mismo que ahora acompañaba a su juguete a todas partes y que se estaba convirtiendo en un verdadero estorbo. El mismo que había gritado a los cuatro vientos que creía que Martin Saxton seguía vivo. Cierto, ya que él ya no era ese hombre. Era otro pero no menos influyente que el hijo del duque.

Los negocios de los Bray, su territorio, eran suyos ahora. Un sonido de pura apreciación calentó su garganta. Le había sorprendido el poder que habían conseguido reunir los hermanos Bray. Unos dominios ahora suyos. Un poder ahora en sus manos. Lo emplearía en obtener lo que se le había escapado en demasiadas ocasiones. Su hermoso juguete. Se recreaba una y otra vez en la manera en que hubiera discurrido la escena en el burdel. Estaba hermoso atado. Atrapado.

Exquisito.

La sombra era otra cuestión que debía resolver. Pero eso sería en el momento oportuno. A su manera y a su elección. Ni antes ni después.

Su mirada recorrió, contándolos, los desgastados libros que llenaban las numerosas baldas que cubrían casi al completo las paredes de la suntuosa biblioteca. La vieja no tardaría en aparecer dando comienzo al teatro al que se había visto forzado a recurrir las últimas semanas.

Escuchó los pasos dándole tiempo a recomponer su seria expresión. El lacayo le informó que la vieja rancia le estaba esperando en sus aposentos. Que los últimos días se sentía fatigada y que llevaba esperando su llegada hacía un par de horas. Palmeó el frasco que mantenía fuera del maletín que portaba con él. A buen recaudo.

La decrépita mujer hablaba demasiado. De todo y de nada, sin contención apenas, salvo de aquello que de verdad le interesaba. La mezcla de hierbas que le suministraba en cada visita le atontaba y le soltaba la lengua con una facilidad pasmosa.

Lentamente iba recabando información y ella apenas lo recordaba. Lo único que se quedaba en su memoria era que el dolor disminuía con cada ingesta de cuchara sopera de remedio que le había recetado su medico particular.

Una tarde el impulso de destrozarle el cráneo casi superó su necesidad de engañar, adular y ganarse su confianza. A veces, esos ojos de un peculiar tono parecían leerle la mente. Otras la confiada mirada no reflejaba desconfianza alguna.

Era bueno engañando. Engatusando.

Nadie sospechaba. Ni la vieja, ni los policías que trabajaban con su juguete.

Sólo él decidiría el momento de desvelar el engaño.

Pronto.

III

Serían alrededor de las doce del mediodía y desde el interior de la habitación se escuchaba el jolgorio formado dos estancias más allá. La reunión semanal de las mujeres del Club del Crimen tocaba esa semana en el hogar de Julia.

Rob disfrutaba con el sonido de la risa despreocupada de ésta enlazada con la de Mere e interrumpidas por las incomprensibles palabras de la abuela Allison, debido a los muros que les separaban del alegre grupo.

Claro que también daban miedo. No ellas, sino lo que pudieran estar planeando en esas secretas reuniones que únicamente permitían que presenciara su padre. Pobrecillo. Tener que controlar a tanta mujer agotaba las fuerzas de cualquier hombre en su sano juicio, por muy habituado que estuviera a convivir con ellas.

Se acomodó en uno de los sillones ubicados junto al empañado ventanal que daba al cuidado jardín trasero de la mansión. Al nivel del suelo el jardín se asemejaba a una tupida manta de descoloridos tonos verdes en algunas zonas. Otras aparecían cubiertas por diminutas y delicadas flores amontonadas entre sí. La primavera asomaba con cuidado casi como si temiera hacerlo de golpe.

Tras una rápida ojeada a la cerrada puerta por la que en cualquier momento accedería el último de los imprevistos huéspedes de los Brandon, se lanzó en picado. Tozudo e insistente, se inclinó levemente en dirección a Peter, ignorando el ceño fruncido del gruñón.

—Recuerda que me lo has prometido.

—¿El qué?

—Ser delicado.

El resuello resonó en la habitación.

—Siempre soy suave, canijo.

—No, Peter. No siempre.

—Lo soy.

—No lo eres, amigo mío. La sana virtud de la paciencia y suavidad recae exclusivamente en este lado de nuestra relación.

Al ceño le acompañaba ahora el fruncimiento de labios.

—No cuando tienes hambre.

—Ese es mi estómago, Peter. No cuenta.

—Por supuesto. ¿Cómo olvidar que vais por separado?

—¿Te ríes de mí?

—De tu estómago y sus protestas, sin dudarlo. Además y no es por llevarte la contraria pero mi paciencia ha mejorado notablemente con la edad.

—De eso, nada.

—Ejemplos.

—¿Cómo?

—Señor, dame paciencia. Quiero ejemplos.

—¿¡De qué!?

—De qué va a ser, canijo. De mí supuesta falta de delicadeza.

De acuerdo. ¿Quería honestidad? Tendría franqueza en estado puro. Y esta vez, no se iba a dejar liar.

—Tú lo has querido. Ayer, sin ir más lejos, en la fiesta en casa de los Evers, le dijiste a la Srta. Breeches que tenía bigote.

—No… dije… eso.

—¡Le dijiste que tenía pelusa supra labial!

—¿Es o no cierto que tiene pelusilla?

—Eso no viene al caso, Peter.

—O sea, que sí.

—Le tenías que haber dicho que su pelusa era suave y delicada. Cuasi esponjosa o plumosa. Para no ofenderla, quiero decir.

Esos profundos y oscuros ojos le miraron como si no creyera lo que había escuchado hasta el punto que le hizo reconsiderar lo que acababa de espetar. Mira por dónde, no iba a ser el caso. Algo de pelusa tenía la joven, pero no como para espantar al respetable. A él le agradaba la muchacha.

Lo dicho, dicho estaba.

—Me miraba hambrienta. Ya sabes.

—Tendría hambre, Peter. Haberle llevado un bollo. O pastas, que estaban sabrosas.

El gesto de exasperación no le pasó desapercibido a Rob.

—No, canijo. Me refiero a que me miraba como te miro yo a ti. Ávida de contacto carnal.

¡Menuda buscona!

—¡Hiciste bien!

La pícara mirada de Peter le puso los pelos como escarpias.

—¿Tenemos celos, canijo?

—Nop.

—¿Seguro?

—Del todo. Además, yo le gano.

El ansia por preguntar relucía en los negros iris de Peter, por lo que se decidió a contestar, mostrando una sonrisa de oreja a oreja, antes de que le estallara una vena en la sien.

—Mi bigote es… más grande.

Le encantaba pillarle desprevenido. Cada día que pasaba, lo disfrutaba más.

Inmensamente.

No tenía la más mínima intención de reconocerlo y mucho menos a Peter, sentado frente a él, completamente enfurruñado porque le había dicho que era un cuasi búfalo en sus formas de tratar a las damas. A las muchas damas que se derretían por su persona sin que él se diera cuenta.

Lo cual en sí mismo era inconcebible. No que le persiguieran como pegajosas y persistente abejillas revoloteando a su alrededor como si de un tarro bien surtido de miel se tratara, sino que Peter no se apercibiera de ello en lo más mínimo.

Lo dicho. Inaudito en un hombre sagaz.

Desvió una vez más la mirada a la puerta, para retornarla segundos después hacia el hombre que se mostraba la mar de cómodo, repantingado frente a él con las piernas descuidadamente abiertas y cruzado de brazos.

Calores.

Eso le estaban entrando al sentir esos negros ojos recorrerle entero con una mirada posesiva y blandengue transformando ese duro y enfurruñado rostro en hermoso. No había otra forma de definirlo. Fue a sonreír pero calló al ver la expresión que cruzó esa cara tras unos segundos en los que permaneció pensativo. Casi dubitativo.

—No lo hice a propósito, canijo. Es sólo que... —esos ojos oscuros se oscurecieron más de lo que creía posible— ...no me agrada que otras personas me miren así. Me recuerda al infierno. Un pequeña parte de la mirada de esa mujer fue suficiente para recordármelo. La necesidad de alejarle de mí pudo con mi sentido común y con mis modales. No quise dañarle u ofenderle. Nunca haría eso a una mujer.

Las palabras que Rob tenía en la punta de la lengua se le trabaron, quedando olvidadas al completo. Los músculos de su cuerpo quedaron paralizados.

El infierno. Ni el lugar donde le retuvieron dos largos años, ni su prisión, ni siquiera el maldito pozo que se llevó parte de su juventud y de su inocencia.

Era... *el infierno* para Peter.

No solía hablar de lo que le ocurrió mientras estuvo en las garras de la enloquecida mujer que se obsesionó con él hasta tal punto que le marcó para siempre y no sólo físicamente. Peter necesitaba sacar ese dolor para que no les devorara a ambos lentamente y poco a poco lo estaban consiguiendo. Entre los dos.

Cada noche, con cada conversación, lograban avanzar un paso más. Lentamente y con paciencia. Con amor.

Pero era duro, muy duro escucharlo. Conocer de primera mano por lo que había pasado. Que ya no se encogiera o apartara al sentir las yemas de sus dedos sobre las letras que se leían en esa inmensa espalda ya era un logro.

Peter no separada su mirada de él. La voz apenas temblaba pero bajo la superficie, ahí estaba. Inmenso dolor.

—Las drogas me impedían resistirme. Eso y las malditas cadenas pero les veía, Rob. Veía la forma enfermiza en que me recorrían el cuerpo con esa mirada inconfundible. La capucha que me colocaban tenía rendijas para los ojos y les veía relamerse, elegir con parsimonia los látigos, las barras, los juguetes. Me miraban con depravación. Sabían que podían hacer cuanto desearan sin que pudiera defenderme. Saberlo les daba poder, excitándoles. Si hubiera podido... Dios, les habría destripado, Rob. A todos. Mujeres y hombres, porque no merecían otra cosa. No soporto...

—¿Qué?

La oscura mirada no se separaba del suelo.

—Aborrezco las malditas fiestas. Me siento expuesto.

No terminaba de entender lo que quería decir.

—Peter…

—¿Y si alguna de las personas que se cruza conmigo, que me roza al pasar fuera uno de ellos, fuera…?

Comenzaba a intuir aquello que de manera entrecortada no conseguía dar a entender.

—Peter…

—La mente se me ofusca, Rob. Me obsesiono tratando de captar algún olor que les identifique pero lo peor es el miedo.

—¿A qué?

—A perder la cabeza y a destrozar a esa persona cuyo aroma me lleve de vuelta al infierno. A perderte a ti por no ser capaz de controlar el odio que a veces me carcome por dentro. A no importar lo que me rodee o dónde esté si identifico a uno de aquellos depravados. Me aterra perderme de nuevo.

—¿Dónde?

—En el maldito infierno, de nuevo.

—No lo permitiría, Peter.

La tristeza inundó esa oscura mirada, tras elevarla.

—No podrías evitarlo, canijo. No podrías y si lo intentaras, podría arrastrarte conmigo. No estoy dispuesto a que eso ocurra.

Había opciones. Siempre las había.

—¡No iremos a más fiestas!

Un dulce sonrisa curvó los labios de Peter.

—No podemos enclaustrarnos, canijo.

—Y, ¿por qué no?

—Te morirías del sopor en una semana.

—Subestimas mi portentosa capacidad para auto entretenerme con una mosca —Una risilla escapó de la garganta de Peter—. Además, te tendría a ti.

La risa de Peter se cortó de cuajo al tiempo que ladeaba esa regia cabeza, observándole atentamente. Su boca continuó moviéndose por inercia ante el silencio de Peter.

—Lo cierto es que las fiestas me aburren. Soberanamente y bailo fatal.

—Doy fe de ello, canijo.

Alzó las cejas en dirección a Peter, airado.

—¡No es mi culpa haber nacido con dos pies izquierdos! ¿Acaso no has visto bailar a padre? Es hereditario. No mi culpa. Además, como vea a otra mujer babear por tus huesos igual estallo en un arranque de ira y eso, sería desastroso.

—No.

¿Cómo que no?

—¿No sería desastroso?

—No, canijo. Desastroso es verte bailar y pisotear a tus sufridas parejas de danza.

La postura de Peter silenció la respuesta que tenía en la punta de la lengua. Desvió los ojos hacia el exterior, alejándose de él y de las miles de preguntas que si se atreviera, no dudaría en emitir.

Con voz queda, apenas un susurro, Peter comenzó a hablar.

—No podrán conmigo, Rob. No dejaré de vivir mi vida por lo que hicieron. Ya me robaron demasiado.

La firmeza llenaba esa mirada. La ronca voz se sucedía como si un chasquido hubiera roto el precinto de su silencio. Y ese sonido había resultado ser la lasciva mirada de una joven deseosa de algo que desconocía.

—Todavía sueño que oigo el arrastrar de su falda al otro lado de la puerta. El sonido metálico de la llave pero sobre todo…

Esperó a que surgiera de Peter. Sin presiones.

—No consigo olvidar las palabras de Saxton, Rob. Cierro los ojos y las escucho. Sus planes para ti. Para los dos. No puedo arrinconarlas.

—Lo sé.

—Debo estar alerta.

—Lo estaremos. Esta vez no nos cogerá desprevenidos.

—Hablas como si lo esperaras, canijo.

¿Cómo decirle que así era? ¿Que si había algo tan seguro como que a las mareas las guiaba la luna, era que Saxton no se rendiría? Antes de escapar por aquel tambucho se lo dejó tan claro que sus palabras aún retumbaban ocasionalmente en su memoria.

Eres mío. No de la sombra.

Y yo siempre consigo lo que es mío. No lo olvides, mi juguete.

Pronto.

Pese a los meses transcurridos aún le enfermaba el recuerdo. La forma en que le había acariciado el contorno del labio. El cabello. Una caricia que para ese monstruo hubo de ser íntima e inusual y que a él le provocó repugnancia. Saber que estaba ahí fuera, en algún lugar. Intuirlo cerca. Y sentir que eso enloquecía a Peter. La mera posibilidad de que él desapareciera de repente y conocer de primera mano lo que estaría pasando mientras le buscaban angustiados.

—Saxton lo intentará, Peter, pero eso no significa que lo consiga.

El gesto de asentimiento de Peter fue suficiente.

Habían transcurrido dos días desde el último asalto a sus sentidos cuando el muy insensato le había acorralado en su cuarto, sin que hubieran pasado más de cinco minutos desde que había vuelto de comisaría, a altas horas de la noche.

Si no hubiera estado tan agotado…

Lo había gozado.

Compartir con naturalidad lo que habían hecho durante el día, sin necesidad de ocultar información o lo que sentían mutuamente. Compartir besos y caricias. A punto estuvo de mandar al diablo el maldito cansancio que le consumía esa noche tras catorce horas ininterrumpidas de recorrer las calles buscando información. Les faltó tan poco para dejarse arrastrar pero necesitaban reposar. Y el mero hecho de descansar sabiendo que a su lado estaba Peter era un alivio. Un pequeño resquicio de seguridad en medio del caos.

La situación era una verdadera locura.

Como decidieron de común acuerdo entre los cuatro, Torchwell les había asignado la investigación del caso del secuestro de los agentes James y Roberts. Así se había calificado para dar inicio a la investigación policial. No como un homicidio que era justamente lo que ellos temían que fuera. Los murmullos habían resonado entre las cuatro paredes de la sala de reuniones pero la helada mirada de Torchwell había acallado cualquier posible protesta.

Ello no significaba que los compañeros fueran a facilitarles el trabajo pero los obstáculos no eran una novedad.

Se habían dividido para abarcar las tareas pendientes con más efectividad. Peter y él asumirían la compleja conversación que estaba por llegar con Titus, mientras que Clive y Ross tratarían de localizar al hombre que los agentes desaparecidos no llegaron a interrogar. El carnicero al que habían agredido y casi matado de una paliza. El problema contra el que habían chocado de frente eran los reducidos datos de los que disponían ya que las libretas de apuntes de la investigación de los agentes James y Roberts se habían esfumado junto con sus dueños.

En la cerrada oscuridad de un patio de caballos.

Parecían dar un paso adelante, tres hacia atrás.

El pomo de la puerta giró con suavidad, entreabriéndose ésta y dando paso al gigante que en unos pocos días parecía haber renacido. Mostraba un aspecto tan diferente a aquel en el que lo hallaron.

—Pasa, Titus y tranquilo, amigo.

Un coro de suaves y femeninas risas les alcanzó arrancando una preciosa sonrisa en ese inocente rostro, relajándolo al completo.

—Son bonitas.

Lo eran. Sin duda, era hermoso el sonido.

Rob esperó un poco, lo suficiente para que Titus se acercara a ellos voluntariamente pero no se movía por lo que optó por levantarse, dejando libre el lugar que ocupaba. Obedeciendo a un leve gesto el inmenso y acobardado hombre se ubicó frente a Peter, al que se negaba a mirar, salvo de soslayo.

—No te haremos daño, Titus.

Un rápido parpadeo en esos pequeños ojos fue la única señal de que había atendido a las palabras de Peter. Éste se inclinó en su asiento acercándose sin movimientos bruscos, relajado.

—¿Va a venir la Sra. Julia? Es… buena.

—Quizá más tarde, ¿te parece bien?

La cabeza del hombre que ya aparentaba más tranquilidad asintió.

—No sé mucho. Ellos me dejaban con los pequeños.

Vaya. Y pensaron que le iban a tener que sacar la información con verdadero esfuerzo.

Titus pareció intuir su sorpresa.

—La Sra. Julia me dijo ayer que me puedo quedar a vivir aquí. Con su niña. Yo sé cuidar bebés pero hay que tener muuuucho cuidado con ellos —se inclinó hacia Peter y comenzó a susurrar tan bajito que Rob hubo de aproximarse para tratar de captar lo que decía— Son muy pequeñitos y les gustan las nanas.

—¿Has cuidado de muchos bebés, Titus?

—Sí, les gusta que les cante.

Una sombra de intranquilidad cruzó repentinamente esos dulces ojillos.

—Se los llevaron a todos. A la otra casa grande y fría. Al sitio oscuro.

Con la mujer mala.

—¿Dónde los cuidabas, amigo?

Se encogió de hombros en cuanto escuchó la pregunta.

—Tenían daño.

Peter y él cruzaron miradas, completamente desconcertados.

—¿Qué quieres decir con daño?

—Daño.

—Ya pero…

—Todos tenían daño.

Diablos. Necesitaban a Clive para que con su sonrisa y sus pacientes formas sonsacara al gigantón que les observaba como si le resultara incomprensible que dos supuestamente inteligentes adultos no le entendieran. Ese hombre conseguía que hasta el mayor sinvergüenza hablara. Por el contrario él era algo torpe con los interrogatorios y Peter… Peter únicamente lograba que se desmayaran antes de abrir la boca.

—¿Recuerdas la casa, Titus?

Un suave gesto afirmativo les respondió.

—Era grande y siempre de noche.

—¿Y?

—Muy grande y tenía escaleras pero no luz. Y había animales muertos abajo. Y fríos.

Titus sonrió completamente satisfecho como si la información facilitada y el mero hecho de darla fuera un logro.

Por un segundo Rob quedó pensativo.

Lo era. Para un hombre con una mente inocente y atrapada en un mundo aterrador debía parecerle una liberación el simple hecho de poder hablar de ello. Libremente y sin miedo. Sintió la mirada de Peter sobre su persona y no necesitó mirarle para darse cuenta de lo que pensaba. Si insistían o presionaban demasiado romperían al gentil gigante y no estaban dispuestos a hacerlo. El fin no justificaba los medios. No en este caso.

Si Titus estaba dispuesto a hablar escucharían. Preguntarían pero no le empujarían más allá del lugar en que se sentía seguro por primera vez en su vida.

Con suavidad se sentó junto al gigante, quien se volvió en su dirección para regalarle una de las miradas más confiadas que había recibido en su maldita vida. Dios. La pregunta que tenía a punto de lanzar se le atascó en la garganta. No pudo.

En su lugar apoyó con gentileza la mano en la dura rodilla del gigante y apretó con suavidad.

—Todo está bien, grandullón. Ahora estás a salvo.

Tenía una sonrisa hermosa. Como la de una criatura que nada tiene que ocultar porque nada malo ha hecho. Un hombre en paz consigo mismo y con el mundo. Se levantó tras dar un último apretón a la pierna que permanecía a su alcance y habló.

—¿Qué te parece si vamos a la cocina y preguntamos a la Sra. Pitt si nos hace una de esas tartas que tanto nos gustan?

Resultó casi cómica la velocidad con que Titus se alzó y palmeó con esas enormes manos que Rob no podía dejar de imaginar cuidando a bebés.

Bebés dañados.

¿Qué diablos habían obligado a hacer a ese hombre?

Un escalofrío le recorrió el cuerpo al observar esas fuertes manos. Brutales y suaves al mismo tiempo. Se estaban adentrando en algo contra lo que su instinto avisaba con fuerza que debían ser precavidos y a Peter le ocurría lo mismo. Le conocía demasiado como para no leer en esa negra mirada su malestar.

Una suave palmada fue suficiente para que Titus se encaminara con ellos hacía la cerrada puerta.

Al mismo tiempo en que avanzaban escucharon otra puerta cercana abrirse. Una mezcla de frases femeninas y risas mezcladas con la ronca voz de su padre, sonaba cada vez más próxima a ellos.

La reunión semanal de la parte femenina del club parecía haber llegado a su fin.

Les presentarían a Titus.

Las mujeres ya estaban al tanto de lo ocurrido tras explicarles Julia que tenían un tímido y temeroso invitado en la mansión. Mere le había ofrecido su hogar sin dudarlo y la cohibida mirada de Jules había brillado con fiereza tras escuchar el relato del hombre encerrado contra su voluntad en el agujero del que le habían sacado. Esas mujeres eran de armas tomar.

Se inclinó para asir el pomo pero la mano de Peter se posó sobre la suya, sin permitirle girarlo. Un suave *espera, canijo* le detuvo de inmediato y presenció cómo el hombre que quería se tornaba fieramente protector. Como si adivinara que la rigidez que acababa de adueñarse del inmenso cuerpo de Titus, en pie junto a ellos, hablara de miedo.

La otra mano de Peter se posó en el hombro del gigante, apretándolo.

—Ellas son maravillosas, Titus. Nunca, nunca te harían daño, amigo. Recuerda eso cuando abramos la puerta, ¿de acuerdo? —una pícara sonrisa cubrió el hermoso rostro de Peter— También son un poco ruidosas, cariñosas y puede que alguna intente darte un beso o abrazo. No te harán daño, amigo. Jamás. Déjales hacer.

La tensión fue desapareciendo paulatinamente con cada palabra que brotaba de los labios de Peter.

Madre mía. Amaba a ese hombre duro y sensible. Terco y amoroso.

—Ellas te gustarán, Titus.

La manaza que cubría la suya sobre el pomo se relajó y le dio un suave toque indicando que adelante, que la abriera. Lo hizo y se toparon con el ruidoso y maravillosos mundo de las mujeres y de su padre. Lleno de colorido, de sonrisas y de calidez.

Sus miradas recalaron en la redonda figura de Mere. Titus inhaló fuerte al recaer su mirada en ella.

Rob sintió la presión de unos fuertes dedos en su brazo.

—La señora va a tener bebés.

Se giró hacia Titus quien no apartada la mirada de la tela que tapaba el abultado vientre de Mere.

—Ajá.

El gigantón sonrió provocando que el grupo de mujeres suspirara como si todas ellas fueran a ser madres primerizas y acabaran de decirles que su criatura iba a nacer rolliza, con un portentoso apetito y que dormiría de un tirón durante la noche.

La diminuta mujer cuyo carácter se asemejaba al de un torbellino incluso en sus días más bajos, se acercó a Titus y quedó a su altura. Su coronilla le llegaba a medio pecho pero nada parecía arredrar a esa mujer. Extendió su mano hasta que Titus la envolvió con la suya y tiró de él hasta que éste se vio obligado a inclinarse lo suficiente como para que su mejilla quedara al alcance de los rosados labios.

Lo dicho. Ya estaban besuqueándolo. Una tras otra, lo besaron de una forma tan suya, tan semejante a la manera de ser de cada una que un maldito nudo se le formó en la garganta. Con cada caricia en el redondo rostro de Titus, la espalda del gigante se iba relajando y sus labios se curvaban un poco más, cada vez.

Pobrecillo.

Sintió la tensión en el cuerpo de Peter situado a su lado en reacción a la inmovilidad de Titus. Tan repentino que le pilló de sorpresa.

Maldita sea.

Algo iba mal.

Titus acababa de soltar la mano de Mere y enderezarse en toda su impresionante altura, de golpe. Su mirada quedó clavada en la figura femenina que había quedado detrás de las demás, parcialmente oculta a las miradas de ellos pero que con un paso lateral de la abuela Allison, había quedado al descubierto.

El sonido que emanó de Titus fue gutural, desgarrador y ansioso.

Le provocó algo en su pecho que hacía tiempo que no sentía. Le recordó al gemido de un cachorro perdido al ver la figura de su madre. Dios santo, sonó a pura desesperación, congoja y felicidad. Pura y llana felicidad.

—Claire.

Únicamente Peter, al escuchar el susurro, reaccionó a tiempo para aferrar la chaqueta que cubría la inmensa mole que se acababa de lanzar desesperado en dirección a Elora Robbins. Pero no fue suficiente.

En un segundo el gigante había envuelto entre sus impresionantes brazos a la pequeña figura que parecía haber quedado congelada de la impresión. En el desconcierto causado por la velocidad con que Titus se acercó a la mujer, el resto del grupo de mujeres se colocó en medio impidiendo el avance de Peter.

Fue sencillamente impactante.

Las rodillas del gigante se doblaron al tener abrazada a Elora y cayó al suelo. Lloraba con un niño pequeño. Con sollozos que surgían del mismo centro del pecho. Desgarradores.

Lastimaba escucharlos.

Hasta que la mujer que permanecía parada tan desconcertada como los demás, aún en pie, con los inmensos brazos del gigante rodeándole y su cara apretada contra su pecho, habló con dulzura, como si surgiera natural en ella la reacción que el gigante que no la soltaba necesitara para tranquilizarse. Rodeó con sus regordetes brazos los hombros de Titus y le abrazó. Fuerte.

Un gesto tan sencillo como único. Le hablaba con calidez al oído. Le decía que estuviera tranquilo, que ya estaba en casa, que ella iba a cuidar de él.

Hasta que algo le respondió Titus que provocó que esa mirada se oscureciera. Las pupilas de Elora se dilataron hasta tal punto que el iris que las rodeaba desapareció al completo. Elevó la mirada y Dios santo. Puro dolor y tristeza. Y angustia. Honda y sin ocultar.

No olvidaría esa mirada en años. No la olvidarían todos aquellos que les rodeaban.

—Maldita sea, Peter, ¿qué diablos? Hay que avisar a Marcus Sorenson.

Sólo alcanzaron a escuchar con dificultad la frase que pronunció Elora mientras apretaba con fuerza el cuerpo que apenas conseguía abarcar con sus brazos, ya sentada en el suelo de la entrada de la mansión, con el inmenso y tembloroso hombre recostado contra ella. Rodeados de gente. Ellos y el personal de la casa que había acudido al escuchar la tremenda algarabía. Los hombres de Doyle. Incluso Guang se había unido al escuchar el tumulto generado.

Por alguna extraña razón Elora y Titus parecían vivir su propio drama, sin darse cuenta de que eran observados de cerca. En su mundo.

La resquebrajada voz femenina surgió ronca pero nítida.

—Ella era mi hermana. Claire era mi gemela. ¿Le conociste?

La pequeña mujer tembló antes de alzar gentilmente con su mano la cara de Titus en su dirección y susurrar una pregunta, tan bajo, que apenas alcanzaron a escuchar.

Con miedo a escuchar la respuesta.

—¿Está viva mi hermana?

******

Capítulo 10

I

—No permitiré que esos hombres destrocen su trabajo. Es demasiado importante.

La aterciopelada voz enmascaraba una velada amenaza. No le agradaban las advertencias y menos aún, de la mujer de la que partían. Nadie osaba decirle cómo llevar sus asuntos. Jamás.

—Eso debiste pensarlo antes de evitar que mis hombres lo eliminaran, querida mía. Sopesar la posibilidad de que el idiota escapara o se asustara y hablara. Aunque no le entendieran, que quedara libre suponía un riesgo.

Los finos labios femeninos se apretaron, rabiosos.

—Tú tampoco debiste matarla, Martin.

—Hubiera hablado.

—¿Y qué? Apenas tenía información. Sólo lo que el idiota le contó.

—Más que suficiente —se acercó hasta rozar la espigada figura que no apartaba esos calculadores ojos de él—. Esas dos desgraciadas estaban recabando y enlazando demasiados datos. No correremos riesgos innecesarios. No esta vez.

—No los quiero cerca de él. Necesita tiempo y espacio para trabajar. Está muy cerca de lograrlo, Martin —los labios femeninos se apretaron en una fina línea—. Lograrán que ese idiota hable, que diga algo que les acerque a aquello que protejo. No lo permitiré, Martin. Debes pararles.

—Haber degollado a ese inútil gigante.

—¡Le necesitaba! Sólo él era capaz de calmarlos.

Desde su altura le observó.

Era curioso. Y en cierto modo, atrayente.

Le recordaba a Celeste. Fría. Mordaz. Calculadora. Ya no tenía con quién jugar ni compartir la excitación que sentía durante sus sesiones. No era lo mismo y algo en la mujer que no apartaba la mirada de él, retadora, le entretenía. Esa nube de locura que en ocasiones se reflejaba en esos ojos y esa innata capacidad para causar dolor.

La mujer que tenía frente a él hubiera sido perfecta para lo que tenía en mente pero ella ya tenía su propia obsesión. Era un peón más en su plan para atraparlos.

La única que había logrado acercarse lo suficiente a uno de ellos. Un lobo disfrazado de cordero en medio del rebaño. Tan engañosa en su aspecto exterior como en sus modales. Tan desequilibrada y obsesiva en el interior que le divertía. Hasta cierto punto. El mismo que habían alcanzado hacía unos minutos.

Podría romperle el cuello y nadie osaría intervenir. Degollarle ensuciaría su ropa y eso le desagradaba. Lástima que fuera una pieza importante del juego ya que disfrutaría al escuchar sus gritos de agonía.

¿Serían roncos o rasgados?

Estúpida mujer. No apreciaba las posibilidades.

La visita a la anciana había sido rápida y había obtenido la información que le interesaba. Disponía de un mes como máximo para finiquitar su plan y enredar en una bien tejida red al hombre que le daría lo que ansiaba desde hacía demasiado tiempo como para poder esperar más. Si se apoderaban de las dos cosas que más atesoraba, se rendiría a sus pies. Entonces llegaría el intercambio. Perder lo que amas o conservar el honor. Deseaba que llegara el momento para ver la derrota en la mirada de uno de sus enemigos. En uno de los que impidieron que lo tuviera al fin en sus manos cuatro meses atrás.

El resto era cuestión de dinero. Ingentes cantidades de dinero pero no era lo primordial para él.

Lo esencial era sacar a Robert de la mansión y de su círculo. Separarle de aquellos que le protegían. Enseñarle de quién era. A quién pertenecía y sobre todo, hacérselo entender a la sombra.

Lo iba a disfrutar.

Recrearlo le suponía una excitación sin freno que cada vez le costaba más ahogar.

—Estás enfermo.

La brusca carcajada en respuesta a esas dos palabras que acababa de espetarle su fría socia le sorprendió incluso a él, pese a emanar de su propia garganta.

—Ya somos dos, querida mía.

II

Con cada atisbo de mirada se enfadaba más y más, como una caldera de esas de carbón a punto de estallar. Juraría que el color rojo del rostro seguía estampado ahí en toda su gloria. Sin desvanecerse una pizca.

Te voy a hacer la vida imposible durante una temporadita, pecoso

El empuje y derribo habían comenzado antes de lo esperado. Sin ir más lejos, esa misma mañana en la asignación diaria de tareas había dado inicio en toda su gloria. La reunión habitual de inspectores había resultado un maldito y horripilante fiasco. Para empezar, el impresentable de Scott Glenn se había sentado tras él y no había parado de lanzar pullas a todo tema que se tocaba pero sobre todo, enfiladas en su dirección.

En cortas y certeras palabras Ross había venido a insinuar que él y Rob necesitaban supervisión en la investigación del caso de los compañeros desaparecidos. Que el personal era escaso por lo que Ross actuaría de apoyo de forma excepcional ya que consideraba que el inspector Stevens necesitaba que alguien con experiencia le cubriera las espaldas.

El colmo había sido escuchar la babosa frase del hijo de mala madre sentado a su espalda, recalcando que además de su espalda también necesitaba que le cubrieran ese redondo trasero.

Mal bicho. Se había quedado completamente paralizado al escuchar la frase, rabioso y notando, entre las risas de sus malditos compañeros, cómo el color iba ascendiendo por su cuello hasta llegar a lo alto de su cabeza. Estaba seguro de que el insidioso comentario había alcanzado los oídos de Ross al sentir esa intensa mirada en él.

¿Lo peor? Que le había costado un verdadero triunfo no volverse como una fiera, abalanzarse sobre el impresentable que no paraba de lanzar insinuaciones enfermizas al aire y partirle los dientes hasta dejarle desdentado.

¡Maldición!

Había tenido que recurrir a toda su fuerza de voluntad que últimamente sentía diezmada.

—Sigo esperando.

No se lo podía creer.

Estaban en pie esperando al posadero para que les diera una habitación en la que pasar la noche y se sentía agotado de galopar sin cesar durante horas. Agarrotado y dolorido. Los morados estaban en su fase azulada y molestaban a rabiar. Las caras internas de sus muslos y su trasero estaban literalmente adormecidos, era prácticamente medianoche y Ross seguía dándole guerra con su más que evidente enemistad con Scott Glenn. Si antes intuía algo, tras la maldita reunión matutina las sospechas se habían transformado en más que meras conjeturas.

Llevaban un par de días pateando el barrio de Smithfield, buscando alguna pista sobre el caso que investigaban los agentes James y Roberts sin lograr fruto alguno. Nadie hablaba. Peor. Les rehuían como a la peste. La única información obtenida era que el carnicero había vendido su negocio tras recibir la brutal paliza y había salido de la ciudad, sin dejar otra señal que su caso a medio investigar.

Una posible dirección era lo único de lo que disponían y se la había facilitado la pareja que había adquirido su local. Una pequeña propiedad en Canterbury, al norte de la población. A escasos kilómetros del lugar en el que se encontraban en esos momentos Ross y él.

Rob y Peter se habían quedado en Londres y a ellos les había tocado la verde campiña de compañera de viaje. La cual, sin duda, era mucho más llevadera que el ogro que le acompañaba.

Estaba demasiado cansado y la tensión invadía todo su cuerpo. No tenía la más mínima intención de contestar y en cuanto le dieran a cada uno su habitación para pasar la noche, iba a esconderse del mundo y lamer sus heridas al rebujo de las cálidas mantas.

—¿No me digas que ahora tienes taponados los oídos con la lluvia?

Dios, es que no le podía haber tocado de mejor amigo alguien menos obstinado.

—No, Ross. Lo que estoy es calado hasta el tuétano. Los calzones me gotean de la lluvia que se me ha colado por todas partes porque te has negado a coger un carruaje para llegar antes a caballo, lo cual de poco ha servido ya que es casi medianoche y a estas horas nada podemos adelantar. Estoy tieso, helado, enfadado y quiero perderte de vista un buen rato.

—Pues va a ser que no, señores.

Y ahora, ¿de qué demonios hablaba el hombre que acababa de aparecer ante ellos tras diez minutos haciendo vete tú a saber qué?

Con la mirada fija en él a modo de disculpa el posadero extendió el brazo sujetando una enorme y pesada llave. Y ¿por qué diablos le mirada con expresión lastimera?

Casi se mordió la lengua de la necesidad de que se explicara para terminar y poder ir a su cuarto, desnudarse, secarse él y sus ropajes y dormir en paz sin la gigantesca y malhumorada figura a su lado.

—¿De qué diablos habla usted?

El rollizo posadero apretó los labios antes de contestar.

—Tendrán que compartir habitación. Es la única que tenemos libre y mi señora acaba de adecentarla para ustedes.

No pudo refrenar el gemido de agonía. No. No. No... ¡No!

No iba a aguantar ocho horas metido en una habitación con Ross y sus habituales broncas.

—¡Ni hablar!

—¡Muy bien!

¿Cómo que muy bien?

Y, ¿¡por qué estaba sonriendo beatíficamente el muy idiota!?

Le miró de reojillo mientras Ross aferraba la llave que le alcanzaba el posadero, con firmeza. Dios, la sonrisa no era de satisfacción. Era maquiavélica. Un incómodo nudo se hizo un hueco considerable en sus tripas. Se giró raudo hacia el hombre que le acababa de dar un soberano disgusto.

—Busque... otra... habitación, buen hombre.

El posadero se encogió de hombros.

—No la hay, señor. Con el aguacero que está cayendo nadie se arriesga a quedar en el camino por lo que la posada está a rebosar. Lo que les ofrezco es lo único que queda y lamento decirles que no es una maravilla. Es la habitación del ático y sólo tiene una...

La voz de Ross cortó la explicación del posadero.

—Nos es suficiente y gracias.

—¡No lo es!

—Lo es, Clive.

Era ridículo. El rostro del mesonero iba de uno al otro al ritmo en que hablaban, como si presenciara una divertida contienda. Y la paciencia de Ross se estaba agotando. Se notaba por la manera en que se había estirado hasta sacarle más de media cabeza. Odiaba cuando hacía eso. Se sentía enano.

Se estiró cuanto pudo y literalmente gruñó al posadero, quien dio un paso atrás.

Ross apretó la llave entre sus dedos y casi pareció que la acariciaba.

—Te diviertes, ¿verdad?

—No sé de qué hablas, Clive.

—Que sepas que pienso dormir a pierna suelta y mi disposición a hablar es nula.

—¿Acaso tienes otras cosa en mente, pecoso?

¿Qué demonios? Estaba demasiado espeso como para pensar.

—¡No me llames pecoso, Ross! ¡No soy un crío!

Con la última palabra en la boca se giró como una tromba y encaminó escaleras arriba mientras escuchaba la endemoniada frase de Ross fluir a su espalda.

El tercer piso, Clive. Al fondo. No vayas a perderte y entrar en otra habitación para escapar de la quema.

Subo en un segundo tras pagar al amable posadero.

Espérame... despierto.

Definitivamente le odiaba a muerte esa condenada noche.

Al llegar frente a la enclenque puertecilla se dio cuenta que la llave la tenía su amigo.

¿Es que nada le salía bien desde hacía unos meses?

III

¡Que se le estaba agriando el carácter!

Su mente llevaba obsesionada con la maldita frase una semana al completo.

Condenada situación en la que esa mujer endemoniada, incontrolable y completamente imprevisible le había colocado. Era su mano derecha, cuernos y eso suponía que Elora debía... No, ella tenía que hacer todo, absolutamente todo lo que él le ordenara. Con pelos y señales. Sin rebatirle. Sin fruncirle ese pequeño ceño y ¡sin decirle que se le estaba agriando el carácter y que así no habría mujer que lo aguantara!

¡Las mujeres le adoraban! Más aún, ¡se le derretían!

Además, para eso estaba ella, ¡¿no?! Para aguantar su mal genio. Para eso le pagaba generosamente.

Se pasó las manos por la rapada cabeza antes de exhalar el aire que parecía a punto de reventar su pecho.

Odiaba dar su brazo a torcer y más con ella pero quizá no debió gritarle y tampoco debió decirle eso. No conseguía apartar de su mente la mirada de esos redondos y oscuros ojos tras decirle que le pagaba para que hiciera cuanto le ordenara. Joder. Claro que ella no se achantaba. Nooo, no esa endemoniada mujer.

Con tremendo descaro le había hecho una reverencia, que había dejado sus piernas al descubierto y le había espetado un *por supuesto, mi amo y señor* que rebosaba sarcasmo en estado puro.

A punto estuvo de gruñirle que las damas no enseñaban las piernas a los hombres si no querían verse metidas de lleno en problemas, pero le despistó la llama de desafío que relució en esos enormes ojos.

Y ahora la mitad de sus hombres le miraban con el ceño fruncido por haber ofendido la sensibilidad de la mujer que le traía por la calle de la amargura. Y lo peor era que el maldito malestar que sentía en las endemoniadas entrañas no desaparecía desde que esa mirada dolida se había clavado en la suya.

Demonio de mujer.

¡Agriando!

¿Acababa de darle una patada a un leño prendido en la chimenea?

Por todos los infiernos.

No, si al final su negocio ardería en pompa porque esa mujer le desquiciaba los nervios. Aspiró intentando recuperar la serenidad.

Un fuerte repiqueteo en la puerta le sacó de sus pensamientos. La puerta al abrirse dejó pasar una corriente de aire que hizo saltar pequeños rescoldos del fuego.

—Jefe, acaba de llegar una misiva urgente de la casa Brandon.

El viejo Lucas se apresuró a dársela y quedó a unos pasos de distancia. Sampson no estaría lejos. Esos dos viejos marineros parecían un jodido matrimonio y por su actitud protectora, se creían los progenitores de Elora. Los dos viejos encorvados y enfurruñados con los que trataba a diario tampoco le dejaban olvidar lo que había hecho. Es más, ¡los ofendidos parecían ellos!

Se negaban a dirigirle la palabra salvo ¡en casos de extrema necesidad! ¡A él, Marcus Sorenson! El mundo se había vuelto loco y toda la culpa era de ella.

No lo terminaba de entender. El era un buen jefe. Comprensivo. No castigaba sin tener una buena razón y pagaba bien. Muy bien. Los hombres le eran extremadamente leales.

Al fin y al cabo no estranguló a sus hombres cuando no impidieron a la pequeña fiera acudir a los muelles hacía unos meses. No les arrancó el pellejo cuando no protegieron a Elora como debían o no le hicieron desistir de esa locura de plan que por puro milagro salió bien. No les dejó sin los pocos dientes que les quedaban cuando se enteró que no habían impedido que esos hijos de puta le arredraran y le pusieran las manos encima.

Que Albus Drake posara sus malditos ojos en ella.

Demonios. Se estaba enfadando por momentos sólo de pensarlo. Y en lugar de estarle agradecidos, se enfurruñaban porque había herido los sentimientos de la endemoniada mujer que…

El contenido de la carta cortó su tararira mental de golpe y porrazo.

¡Otra vez se había metido en líos!

Su rugido se hubo de escuchar en todas las plantas de la casa por el bote que pegó el viejo Lucas.

Por los clavos de…

Le iba a encerrar amordazada en el armario de su despacho y se iba a colgar la condenada llave al cuello.

IV

—Hubiera preferido que no dierais aviso a Marcus.

Llevaban escasos veinte minutos todos apelotonados en el salón principal de la casa porque no habían conseguido que Titus se zafara de la pequeña mujer que acariciaba el ralo pelo del gigante como si se tratara de su hijo. Pese a emplear todo tipo de distracciones, incluyendo esa tarta de fresas que se había convertido en su debilidad. Por la forma en que los párpados de Titus parecían pesarle cada vez más se estaba adormilando y en consecuencia el resto hablaba en susurros.

—¿Por qué?

—Porque se presentará todo airado. La sangre le subirá a la cabeza y arremeterá sin pensar.

—¿Por qué?

Ojalá tuviera una respuesta racional a la pregunta de Julia pero en los últimos tiempos cada vez que quedaba plantada ante Marcus el raciocinio desaparecía como por ensalmo. Puf. De golpe.

Miraba esos ojos verde azulados y se encrespaba completamente. Como el aceite y el agua. A eso se asemejaban.

Alzó la vista y no pudo dejar de admirar la esbelta silueta de Jules Sullivan.

Le gustaba mucho esa mujer. Muchísimo pero se sentía como un pato mareado a su lado. Torpe, con los pies enormes y gordita.

En resumen, un botijo andante.

Claro que ella había tenido gemelos y para su desgracia los pechos no habían disminuido de tamaño tras dejar de amamantarles, como le había adelantado la comadrona. Ni sus anchas caderas. Odiaba estar tan redonda, por no decir otra cosa. Le deprimía tener que alzar la vista ante todo aquel, hombre o mujer, que se le pusiera por delante salvo en el caso de Meredith Evers.

Sonrió levemente. Eran de la misma altura.

Dios mío, ¿se estaba convirtiendo en una vetusta y amargada uva pasa? ¡Se estaba alegrando de que otra mujer fuera tan enana como ella!

Debía controlarse y lo consiguió tras deslizar una mirada por todos y cada uno de los ocupantes de la sala.

Le agradaban todas. Mere, Jules, la abuela Allison. Edmund Norris era un hombre especial y en cierto modo su dulzura le recordaba al viejo Lucas. Algo en esa mirada llena de ternura, como si leyera el pensamiento le hacía sentirse a gusto y protegida.

Y Julia. La mujer que sin dudarlo le había abierto las puertas de su hogar.

Estaba nerviosa y se le notaba. Lo sentía en las miradas de soslayo que recibía de todas ellas, sin disimulo alguno.

El bruto ya se habría dado cuenta de que algo no iba bien al no aparecer ella a la hora convenida de siempre para repasar los libros de inventarios, de cuentas, y resolver con Marcus los problemas que les planteaba su gente. El hombre llevaba insistiendo tres meses en que debía trasladar su hogar a otro barrio, a ser posible cercano al suyo. Incluso le había ofrecido la planta alta de su enorme casona. Que el barrio en el que residía no era seguro. Que ella y los niños apenas cabían en la diminuta casa pero él no entendía que ese inmueble no era sólo cuatro paredes y un tejado, sino también lloros, risas y recuerdos. Tantos recuerdos.

Claro que como el muy bruto no entendía de ternura, ni de amor, ni de caricias, ni de otras muchas cosas que un hombre de su edad ya debiera reconocer por experiencia, se enfadaba cuando le recordaba que no era quien para meterse en sus asuntos privados.

Que al fin y a la postre Marcus le pagaba para ser su mano derecha en los negocios. Sólo eso. No para que se dejara mangonear en todos los aspectos de su vida.

La última vez que le espetó a la cara lo que él mismo unas horas antes le había recalcado, creyó que le estallaría una palpitante vena de la ira y rabieta que le estaba dando. Le recordó tremendamente a Evan, su pequeño. En plena pataleta infantil, a excepción de los lloros y berridos.

Eso había ocurrido hacía una semana y aún le miraba con encendidos ojos. El resultado era que no paraban de discutir. Bueno, él discutía y ella se defendía.

También odiaba tener el oído tan fino pese a que el ruido quedara ligeramente amortiguado por la respiración del muchacho que le rodeaba con sus inmensos brazos. Porque eso era. Una criatura desvalida en un cuerpo de hombre. Dios mío, esa mirada le había aflojado completamente el corazón.

Titus Caan había conocido a su hermana.

No había otra explicación para la forma en que había reaccionado al verle, por la manera en que había susurrado el nombre de Claire al apretarle fuerte entre sus brazos como si hubiera sentido tal alivio al verle que temiera soltarle de nuevo.

Un mundo de esperanza se había abierto ante ella. Uno que no creyó que le golpearía de lleno con las sencillas palabras de un desconocido, susurradas contra su pecho.

Te he echado mucho de menos, Claire.

Otra tanda de brutales golpetazos llegó a su oído. No le valía a Marcus con llamar insistentemente a la puerta de entrada. Noooo, era incapaz de hacer las cosas a medias. Tenía que gritar a pleno pulmón que le abrieran la puta puerta de inmediato, que venía a buscarla.

¿Acaba de gritar el muy bruto a los cuatro vientos una palabra malsonante?

Un sudor acalorado le cubrió el cuerpo. Quién tuviera el don de la invisibilidad. Marcus estaba en el escalón superior a furioso. Así retumbaba su voz, al menos.

Sonaba colérico.

<h1 style="text-align:center">V</h1>

No era posible que tardaran un cuarto de hora en abrir el engendro de puerta de entrada a la mansión de los hermanos Brandon. Se le hizo eterno. Hasta tal punto que sopesó acceder por una de las ventanas de la casa, mientras sus hombres quedaban vigilando el perímetro.

Ella estaba en algún lugar dentro de esa casa y ¡había faltado a su reunión!

Indisciplinada.

¡Maldición!

Eso era. Una pequeña mujer salvaje e indisciplinada y él estaba furioso con ella. Cada día más. Le desquiciaba que no le hiciera caso.

A mala hora le contó que planeaba cenar con Jules Sullivan a solas. Y a mala hora se le ocurrió pedir consejo sobre cómo tratar a una dama ya que no estaba acostumbrado a estar rodeado de éstas. Es más, nunca había tratado con alguna. Por algún motivo su segunda al mando se había sentido ofendida con sus palabras. Tras darle vueltas una semana, se había rendido. Ni idea de lo que había podido ofender tanto a Elora. Tampoco sabía bailar a la moda y sus modales eran… algo bruscos. Su lenguaje no era mejor. Con otra mujer sencillamente se la tiraría hasta quedar ambos satisfechos y saciados pero no creía que ello fuera a resultar con Jules Sullivan. Necesitaba saber cómo obrar para no espantarla con sus maneras y su forma directa de hablar.

¡¿Sin carabina?!

Eso le había gritado Elora tras escuchar sus planes. Se había colocado en jarras, separado los pies como si de un gladiador se tratara y le había lanzado una mirada acusadora y retadora, apretando esos labios sin soltar prenda salvo esas dos curiosas palabras.

No sabía muy bien qué era lo que le había enfurecido tanto, de nuevo. Ni había mentido ni gruñido. No había Dios que entendiera a esa mujer.

Y, ¿para qué demonios iba a llevar un arma a una condenada cita? De escoger, optaría por algo más sencillo para ocultar o sus cuchillos, en última instancia. Nunca una ostentosa carabina.

Esa mujer carecía del mínimo sentido común exigible en el más normal de los humanos.

¡Al fin! El repiqueteo de veloces pasos acercándose al otro lado del portón ralentizó algo el pulso de la sangre corriendo por sus venas. Era imposible imaginar su negocio y si se apuraba, su vida, sin esa diminuta mujer que lo organizaba todo como un verdadero miembro del ejército.

El pequeño mayordomo al servicio de los Brandon le dio paso y sin darle tiempo a decir dónde estaba el torbellino, se encaminó a grandes pasos hacia el salón del que emanaba un ligero murmullo. Por lo menos no se escuchaban sollozos o griterío descontrolado.

Accedió sin llamar y con una ligera muestra de desesperación recorrió en un segundo con la mirada la disposición de los presentes. No estaba. Maldita sea, ella no estaba.

—¿Dónde…?

Peter Brandon se desplazó a un lado, dejando a la vista una descomunal espalda que parecía envolver algo.

Diablos.

Ese algo, esa castaña cabellera y esos bracitos llenos eran inconfundibles. Se encendió como una mecha y por un segundo lo vio todo rojo. No lo pensó. Dio dos pasos en dirección al sillón donde un hombre que no conocía parecía abrazar a Elora, al tiempo que sin saber muy bien cómo, su mano empuñaba el puñal.

Le cerraron el paso y a punto estuvo de perder los nervios.

—Está bien, Sorenson. Es Titus y es… inofensivo.

Entre la bruma le llegó la grave voz de Peter Brandon pero eso no hizo que dejara de verlo todo teñido de rojo.

Una firme voz femenina que reconocería entre miles, se alzó entre el jolgorio que había generado su brusca entrada.

—Estoy perfectamente, Marcus. Puedes irte por donde has venido.

¡Perfectamente! ¡Que se fuera!

¡Y un cuerno!

No se volvería con las manos vacías. Y una vez en casa, esa mujercilla escucharía con atención lo que tenía que decirle.

De cabo a rabo. Sin interrupciones, ni muecas desafiantes.

Después de disculparse con él, claro.

******

Capítulo 11

I

Peter nunca cambiaría. Ni aunque viviera cien años. Esa tendencia a proteger a niños, ancianos, indefensos y mujeres pese a lo que había sufrido a manos de una de ellas.

A veces le faltaba la respiración. Cuando se daba cuenta de lo que tenía. Un hombre bueno al que amaba con todas sus fuerzas y que le correspondía. No se trataba que fuera apuesto aunque lo era. Sencillamente era hermoso por dentro. Leal, honrado a carta cabal y generoso. Lo sufrido no le había convertido en el animal que buscaban crear sino en todo lo contrario. En un hombre que se sacrificaría por los que amaba.

Ese era el hombre que quería.

Peter no se había alejado más que unos pasos de la puerta que daba al salón donde permanecían encerrados Elora y Sorenson junto con Titus. Por si la conversación que se escuchaba al otro lado escalaba y se convertía en una discusión. Entonces no dudaría en intervenir para proteger a la pequeña mujer que tanto había arriesgado por ellos.

El resto se había acomodado en la habitación adyacente. Mere se cansaba con facilidad por lo que Norris no les dio opción. O bien se sentaban relajados a la espera de que Elora resolviera sus diferencias con Sorenson o bien llamaba a John para chivarse que su testaruda esposa se estaba amotinando y no seguía los certeros consejos del Dr. Brewer. Fue escuchar la frase y Merer echó a volar, pese a su volumen, en dirección a la habitación contigua.

Con una pícara sonrisa su padre le guiñó un ojo.

Inconcebible.

Su padre, practicando de casamentera. Dejando a Elora y a Sorenson a su aire y a solas, a propósito.

Se giró hacia la tensa figura ubicada a su costado.

—El jamás le haría daño, Peter. Se parece demasiado a ti.

Los carnosos labios se alzaron en las comisuras.

—Es demasiado bajita.

—¡Me refiero a Marcus, Peter!

La suave risa evidenció que le tomaba el pelo.

—No tienes una vena sana en el cuerpo, ¿sabías?

—No lo niego, canijo.

Un ronco gruñido traspasó la puerta contra la que se apoyaba Peter. La mano se dirigió hacia el pomo pero no llegó a girarlo al sentir presión sobre el hombro.

—Necesitan estar a solas.

—¿Para qué? —Peter inclinó la cabeza rozando su cabello la madera, tratando de percibir lo que ocurría en el interior—. Creo que están discutiendo. Bueno, puede que la pequeña mujer esté regañando a alguien.

Dubitativos, esos ojos negros se dirigieron a él.

—Nos van a pillar espiando, Peter.

—¿Y, qué?

—No hablas en serio.

La respuesta de Peter fue apretarse aún más contra la madera. Casi se notaba las ganas que tenía de entreabrir el obstáculo que impedía escuchar la sabrosa conversación a su entero gusto.

—No somos críos, Peter.

—Y eso, ¿qué tiene que ver con esto?

—Que sólo los críos espían tras las puertas.

—Tú lo haces, canijo.

—¡De eso nada!

—Ayer. Por la tarde. A las cinco y catorce minutos, te pillé —Iba a protestar pero el bruto siguió hablando—. Eres desastroso espiando. Haces ruido y se te escuchar respirar nervioso.

—¡No es cierto! Soy silencioso.

—Así que eras tú.

—¿Puede? Odio que tú y Doyle me dejéis de lado.

—Hablamos de negocios, canijo. Ni más ni menos.

—¿Nada más?

—Nada.

—¿No mencionasteis a Saxton?

—Saxton no es nuestro cliente, Rob.

—No has contestado.

—Ni lo haré.

—¡Lo ves! Por este camino vamos mal, Peter. Es ilógico, insensato y además he de…

Un beso intempestivo le calló de sopetón.

—Ya estás con tus manías, canijo. La de los adjetivos.

—¿Eh?

Otro suave beso, en la ceja. Diablos, Peter olía tan bien. E inclinado sobre él, tan cerca, sus ojos dejaban entrever esa vulnerabilidad que sólo a él mostraba. Y también esa picardía de crío travieso inmerso en una travesura que le derretía las entrañas.

—Ahora no piensas en que nos puedan pillar, ¿eh canijo? Te has quedado todo flojo y mimoso.

Diablos.

Sería cabronazo.

Trataba de distraerle de lo que fuera que estaban hablando. Lo cual había quedado borrado de su memoria de un maldito plumazo. Con un simplón besuqueo.

Otro beso, o más bien un suave golpetazo con los labios le hizo retornar al presente. Al momento espionaje.

—¿Entramos?

Dios, Peter era insistente y terco a más no poder.

—No.

—¿Seguro?

—Del todo.

—Y, ¿si Sorenson se encabrita?

—Diablos, Peter, no es un rocín.

—Pues muerde a veces.

—¡Tú también!

—Sólo si me provocan. Claro que yo me asemejo a un estupendo semental.

Lo dijo con tal tono de satisfacción que Rob no pudo contener la risilla de mofa.

—Un tanto asilvestrado, ¿no crees?

—Sin duda, canijo.

Algo parecido a un estruendo retumbó, provocando que la puerta vibrara.

—Ya está. A la siguiente entro.

—No puedes, Peter. Las parejas han de hablar.

—Esos dos no son pareja.

El suspiró de incredulidad llamó la atención de Peter.

—¿Por qué suspiras?

El bufido exhalado a continuación terminó por alucinar a Peter.

—¡No bufes!

—Es que estás en las nubes en cuestión de amores, Peter.

—¿De qué diablos hablas? Titus no está enamorado de Elora. Cree que es, ¿su madre?

—No hablo de Titus, grandullón sino del potro desbocado.

—¿Cuál?

—¡Sorenson!

—¿Eh?

—Dioses, a veces me agotas.

—Claro, con mis habilidades amatorias te noqueo.

Le volvía loco tarumba la sonrisa de extremo placer en el duro rostro. Un merengue. En eso se convertía con cada sonrisa que rompía la dureza de esos rasgos.

Decidió emplear su misma frase.

—No lo niego, grandullón. No lo niego.

II

Tres cuartos de hora más tarde, la situación seguía siendo insostenible, con Elora abrazando de forma obsesiva al hombre que permanecía acurrucado contra ella con la cara aplastada contra sus pechos. Acomodado como si estuviera en la gloria. Mandaba huevos, ni que faltaran otras zonas mullidas en las que apoyarse.

En la lejanía su mente había escuchado la explicación dada a medias por Peter Brandon y complementada con breves intervenciones por Robert Norris.

Dioses, el proceder de esos dos le recordaba un viejo matrimonio terminándose las frases, entre discusiones y miradas de compenetración. Mientras tanto la gigantesca figura parecía dormir cobijado entre los suaves brazos de Elora.

Y suspiraba del gustillo.

Su famoso mal genio se estaba encendiendo por momentos, una vez más, y escalaba a pasos agigantados.

A petición suya, le habían dejado a solas con Elora para tratar de que entrara en razón. Por las buenas si fuera posible pero ello no excluía que al final fuera por las malas. Con esa mujer, todo era posible. Bueno, y con la presencia de su pegote de acompañante.

Lo esencial se resumía en lo siguiente. El gigante se llamaba Titus Caan. Le habían sacado de un jodido hospital para dementes. Su mente se asemejaba a la de un niño de corta edad. Estaba de alguna forma relacionado con el último caso investigado por Norris y por lo que habían conseguido captar, había confundido a Elora con su desaparecida gemela, Claire. Y permanecía pegado a ella como una posesiva lapa de río.

Un endiablado laberinto.

Sentía los redondos y oscuros ojos de su segunda al mando sobre él, mientras una de sus manos formaba perfectos círculos sobre la extensa espalda del grandullón.

—Y, ¿si siguiera viva, Marcus?

La pregunta del millón de libras. La misma que cada vez que escuchaba de esos llenos labios le encogía el estómago.

Los últimos años pasaron veloces por su memoria. Su primer encontronazo con ella disfrazada de hombre. Tan pequeña que le confundió con un crío callejero y trató de espantar para después dar una buena lección que le alejara de las calles para siempre. Ya en ese primer encuentro surgió clara esa terquedad que acompañaba ese impredecible carácter, dirigida a la obsesiva búsqueda de su hermana gemela. Y el inicio de esa inquebrantable amistad forjada a base de problemas, de risas y de constante roce. Y respeto. Inmenso respeto mutuo

¿Cómo contestar a su pregunta, sin dañarle, salvo mintiéndole?

—Buscamos a tu hermana por todas partes, mujer. Si siguiera viva le habríamos encontrado y lo sabes.

La femenina mirada se desvió hacia el hombre que dormía protegido, ajeno a todo.

—Pero él me miró y creyó que era ella, Marcus. En algún momento le hubo de tratar. Habla de Claire con cariño y…

—Elora.

—…como si hubiera sido hace poco.

—Mujer…

—Si mi hermana está ahí fuera necesito… He de encontrarla. Tengo que buscarla. Tengo que hacer lo que sea necesario para…

—No.

Esa mirada enfadada se clavó en él. Dolida.

—No digas eso.

—Alguien ha de hacerlo, mujer.

—¡No seas tú, entonces!

El desgarro en la última frase le impulsó a acercarse dos pasos hasta quedar sobre las dos figuras abrazadas, agachándose a continuación. Sus ojos quedaron a la altura de los de Elora.

—Sólo sufrirás, mujer.

—¿Crees que no lo hago desconociendo si mi gemela está o no viva? Una parte de mí no puede olvidar, Marcus. No puede y muero un poco cada día por dentro.

—Y, ¿si lo que averiguamos no fuera aquello que deseas?

—No me importa.

—A mi sí.

—No te pido permiso, Marcus. ¿Acaso no lo entiendes? Es mi hermana.

A punto estuvo de recordarle los malos ratos, la angustia, los lloros cuando creía que nadie le observaba sin saber que siempre tenía alguien cerca protegiéndole que más tarde le daba cuenta a él. Demasiados años juntos como para enterrar esa necesidad de protegerle, pero le conocía demasiado como para no saber que si él decía A, ella contestaría B.

Posó la mirada en ese redondo y suave rostro, tomándose unos segundos en memorizarlo.

No era hermosa como las mujeres con las que se había relacionado toda su vida. Sus rasgos se parecían a los de cualquier mujer de la calle que nunca haría que te volvieras para echar un segundo vistazo, salvo esos llenos labios y esos ojos con forma de almendra. Y ese endiablado carácter que espantaría a cualquier hombre con un poco de sesera dentro del cráneo.

Tenía que buscarle un marido. Con urgencia. Que le controlara por él. Era joven, agradable a la vista y con esas generosas curvas seguro que seguía siendo más que fértil. Claro que tendría que escoger un hombre agradable, honrado, trabajador, al que agradaran los críos, que no le gritara ni perdiera la paciencia con ella pero ante todo que no se dejara manejar ni enredar con sus ideas. Porque cuando algo se le metía en la cabeza, como ahora, ¡era un peligro en potencia!

Una mujer de su edad y con críos pequeños a su cargo no podía permanecer viuda. No en su mundo. Si no estuviera bajo su protección se la habrían comido los lobos hacía siglos. Es más, si no le hubiera marcado en los bajos fondos de la ciudad como intocable, hacía tiempo que hubiera desaparecido con esa llena figura y esa retadora mirada.

Condenada mujer que le había quitado días de vida con sus ideas. No, meses de vida, con los sobresaltos que le daba de continuo. A él y al conjunto de hombres que trabajaban para él y que para su desconcierto le adoraban sin doblez alguna.

La frase que tenía en la punta de la lengua se le atoró en el cuello.

¿Qué? ¿Qué diablos acababan de susurrar esos labios?

Casi estuvo a punto de sacudir la cabeza para despejarla porque, ¡no había podido escuchar lo que creía haber oído! Acababa de perder otro medio día de vida por su culpa.

—No he oído eso, ¿verdad, Elora? Dime que ha sido mi imaginación.

¿Le acababa de chistar, con ese dedito en alto?

Se alzó de golpe cruzándose de brazos. Se avecinaba una endemoniada tormenta y necesitaba…

Demonios, necesitaba prepararse si se atenía al fuego que comenzaba a llenar esa castaña mirada. Conocía esa manera de mirar. Demasiado bien.

—Oíste a la perfección, Marcus. Me lo voy a llevar a casa y ¡no grites! Le vas a despertar.

—¡Me importa un huevo! y ¡no te lo vas a llevar a casa! ¿Has perdido la razón, mujer?

No se lo podía creer. Todo se iba al garete, para no variar.

Su mirada se desvió hacia el hombre que se removía pegado a Elora.

El gigantón se había despertado y, ¿eran gemidos lloriqueantes los que surgían contra el pecho de Elora?

—¿Ves? ¡Le has asustado!

Sabía que estaba con la boca semi abierta pero es que la situación lo merecía. Entre las insistentes llamadas en la puerta preguntando varias voces al unísono, femeninas y masculinas, si todo iba bien o si el mobiliario seguía en su sitio, el gigantón que como se apretara más contra los femeninos pechos iba a aplastarlos y la mirada llena de veneno dulzón que le lanzaba intencionadamente Elora, había perdido el control de la situación. Completamente. Y el aniñado hombretón cada vez lloraba más. Por Dios, ¡si no le iba a hacer nada!

Él jamás heriría a alguien indefenso. Antes muerto.

—Dile que pare de llorar, Elora, que no le voy a hacer daño. Como mucho amordazar, si sigue así de llorón.

—De eso nada. Díselo tú. Tú le hiciste llorar, tú lo arreglas.

Ya estaba otra vez. Desobedeciendo. La aspereza contra sus manos le hizo darse cuenta de que se había llevado las manos a la cabeza de pura desesperación.

—Debes obedecerme, mujer.

—Y un cuerno, Marcus.

—¡No digas palabrotas!

—Tú lo haces.

Increíble. Le estaba provocando. Ahí mismo. Sin pudor alguno.

Diablos.

Si no tuviera a toda la pandilla de locos desquiciados al otro lado de la puerta y al gigante aferrado a Elora, habría agarrado a su segunda al mando, subido las faldas y dejado ese lleno trasero como un puñetero tomate. Diablos, las manos le ardían.

—Ni se te ocurra, Marcus.

No te fastidia.

¡Si ahora ella le daba órdenes!

¡A él!, cuyo solo nombre provocaba pavor en la capital. Una mujercilla bajita, regordeta y mandona. Le iba a dar un vahído y todo por su culpa.

—Yo puedo decir palabrotas, mujer. Tú, no.

—Y, eso, ¿quién lo dice?

—Yo.

El resoplido de esos labios le llegó al alma. Y enrabietó. A punto estuvo de contestar cuando se dio cuenta de que el tal Titus había silenciado sus sollozos y les escuchaba muy atento. Alucinante.

—Ya no llora.

—Lógico. Está alucinado con tus berrinches.

—¡A mí no me dan berrinches, Elora!

—Pues tienes todo el aspecto de estar en medio de uno y bien fuerte.

En su borrosa mente se dibujaron varias posibilidades pero la más insistente se centraba en separar a Titus de su mujer, plantarla tiesa ante él y recitarle una a una todas las cosas que una mujer debía entender que jamás debía hacer a un hombre si no quería que éste explotara y…

Del sofoco se estaba liando. ¿Su mente acababa de pensar en Elora como su mujer?

Si a él no le gustaban las mujeres como ella. Para nada. A él le descontrolaban la libido las mujeres esbeltas y calladas. De rasgos preciosos, clásicos y altas. Elora le llegaba a medio pecho, por Dios y era, casi fea.

¡Esa mujer le estaba trastornando!

—¡Marcus!

Y, ¡ahora le gritaba a pleno pulmón!

Tenía que alejarse unos pasos antes de dejarse llevar por lo que su cuerpo le pedía hacer. Sobre todo por el ansia que le generaba el ardor de sus manos. Se encaminó a la salida.

Una risilla medio asombrada, medio incrédula que emanó a su espalda, de la mujer que no le quitaba la vista de encima provocó que detuviera sus pasos en dirección a la puerta de golpe y se girara de sopetón.

Sentía sobre su figura la curiosa e insistente mirada del gigante. Parecía querer proteger a Elora resguardándole en el círculo de sus brazos. Una ligera sensación de calor le llenó por dentro, antes de indagar.

—¿Y ahora, de que qué diablos te ríes?

—De nada.

—Acabo de escucharte, Elora.

—Mira por donde, cuando te digo cosas de importancia no escuchas, como cuando lo del muelle y lo de ahora que es una bobada, ¿quieres enterarte?

—Elora…

—¿Sí?

—Yo decidiré si es una bobada.

—Es que lo es, ¿verdad Titus? —Reclinado contra ella, los pequeños ojillos del hombre pestañearon al asentir. Tras darse cuenta de que no iba a dejar el tema, Elora habló—. Una completa tontería.

—Que quiero saber.

Los labios de la mujer se apretaron, enfurruñados.

—¿No puedes dejarlo pasar?

—No.

El suave suspiró anunció la derrota pero antes la mano femenina acarició el casi inexistente cabello del gigante. Decidió mentalmente que también tendría que explicarle con pelos y señales que nunca debía acariciar a un hombre así. Sólo a un marido. O amante. Bueno, amante no. Elora no tenía amantes. Otro suave bufido femenino anunció la esperada respuesta.

—Sencillamente me preguntó por qué mi marido gruñía tanto y hacía pucheros.

—¡Yo… no… hago pucheros!

III

La paciencia no era una de sus virtudes más destacadas y dudaba que fuera a surgir de la nada, esa mañana.

—Como tarden en llegar vas a desgastar el suelo, Peter.

En el hospital de San Bartolomé les había recibido la misma mujer que conocieron el día que sacaron a Titus de ese infierno. La enfermera Angelique Mayers. Tras una mirada de desprecio esa mujer había desaparecido en busca del doctor Colin Piaret.

Llevaban confinados y esperando en el despacho del buen médico, investigador o catedrático o lo que diablos fuera, más de cinco minutos. Tiempo más que suficiente como para que ya hubiera preparado una buena historia que explicara el internamiento forzoso de Titus en ese agujero y la extraña desaparición de la joven enfermera Gates.

La ansiedad por moverse comenzaba a hacerse notar pese al agradable entorno. Permanecer sentado y a la espera podía con su paciencia.

El lugar era más que espacioso. Una pieza dividida en tres zonas bien definidas. La del despacho en sí, presidida por una amplia biblioteca. Otra de descanso con bajos y mullidos sillones desgastados que parecían relatar numerosas reuniones de colegas hasta altas horas de la noche. La tercera se hallaba repleta de revistas, periódicos, algún que otro panfleto, que parecía contrastar con el resto, sobre el mercado de ganado de la zona y su suciedad así como libros a doquier de temática médica en su gran mayoría aunque no todos. Si éstos reflejaban los intereses del hombre que iban a interrogar, eran sin duda variados.

—Es o bien pasearme o bien salir por esa puerta a curiosear los alrededores, Rob.

—¿No hay término medio?

Sus alzadas cejas acompañaron la pícara respuesta.

—Puedo dejarme convencer y hacer algo más que distraiga mi atención.

Los ojos abiertos y redondos como ciruelas de Rob casi le hicieron lanzar la carcajada. Era tan vergonzoso.

Lo contrario a él.

Quién lo hubiera dicho.

En la intimidad las tornas giraban ciento ochenta grados. Quizá fuera que al estar con Rob, el pasado desaparecía y se transformaba en su compañía en el jovenzuelo que de no haber desaparecido y sufrido, habría crecido para convertirse en el hombre que únicamente con él, actuaba y se comportaba tal y como era. Sin ocultar nada, ni tan siquiera a sí mismo. Ese hombre, un extraño a veces, que sólo con Rob asomaba en cuerpo, corazón y alma.

La expresión de Rob, sentado en la silla colocada frente al escritorio, era impagable.

—No te me desmayes, canijo.

—¡Yo no me desmayo!

—Pues no lo parece. Te tiembla el párpado derecho. Si me lo pides bien, resistiré las ganas de acercarme y hacer ese algo.

—Peter…

Hizo caso omiso a la advertencia en la voz de Rob, dando un paso en su dirección.

—Quieto ahí.

—Si me lo pides por favor, lo pensaré.

—¡Y un cuerno!

Otra zancada.

—¿Y bien?

—¿Bien qué?

—Pídemelo, canijo.

Otro paso.

—¡Está bien!

Se paró a una distancia mínima, de brazos cruzados. Rob siempre se colocaba uno de esos mechones rubios tras la oreja en ese gesto tan suyo cuando lo acorralaban. Su mirada iba de la puerta a él, una y otra vez, sin descanso. Si se aproximaba otro poco más seguro que hiperventilaba. Le resultó imposible retener la sonrisa, provocando el fastidio del canijo.

—Muy bien. Tú ganas. Esta vez, pero tarde o temprano, me las pagarás, Peter. Como que me llamo Robert Norris. No olvido fácilmente, ¿sabes? Tengo memoria elefante.

—No me digas. Sigo esperando, canijo.

—Dios, eres increíble.

—Gracias, canijo.

—¡No lo he dicho como un cumplido, Peter!

—Lástima.

—Dios, me pones frito. Muy bien, compórtate, por favor y deja de actuar como…

—¿Por qué susurras ahora?

—¡Porque nos van a oír!

—No grites, entonces.

—¡No lo hago! —le encantaba que se trabara del apuro— Bueno, lo hago. Algo. Pero es culpa tuya, maldición.

Se inclinó, un poco. Lo suficiente para rozar con su brazo el costado del canijo.

—¿Quieres que te avise antes de intentar seducirte? Perdería la gracia.

Sonrió. Esos azulones ojos pestañeaban descontrolados.

—¿O acaso te entran ideas desvergonzadas al escucharme?

Esta vez una risilla se le escapó. Dios, qué colorado se estaba poniendo.

—No me importaría compartir información, canijo o llevarla a la práctica.

—¡No podemos!

—¿Quién lo dice?

Ahora farfullaba. Tocaba ir por el peso pesado.

—Un beso de nada.

Rob saltó de su asiento como si un muelle le hubiera lanzado al aire. No había otra forma de explicarlo. Hasta quedar plantado a una buena distancia de él, con el brazo extendido a modo de aviso para que no se acercara.

Se aproximó lentamente, con algo de agresividad imposible de ocultar y con la mirada clavada en Rob.

—Ya debieras saber que lo que acabas de hacer, ocasiona la reacción contraria a la deseada, canijo. Ese ha sido, sin duda, un…

No tuvieron ocasión de continuar con la suculenta conversación al escuchar varios pasos acercarse apresurados.

La imagen que se había formado de la supuesta eminencia médica que les iba a recibir en nada cuadraba con el hombre de generosa envergadura y sonrosada tez en la que destacaban unos rellenos mofletes y que se acercaba a ellos con torpes e inseguros pasos. Una redonda cabeza que mostraba una brillante calvicie oculta en su parte superior por unos ralos mechones y una mirada ligeramente extraviada completaba el cuadro. Un par de anteojos empequeñecían el tamaño de los ojos tras los cristales.

Tras una leve indecisión el doctor Piaret estrechó sus manos y tomó asiento tras la mesa de su despacho. No tardaron en colocarse al otro lado en el par de sillas que habían ocupado con anterioridad, sintiendo a sus espaldas la fría presencia de la ayudante del médico.

—Le agradecemos que nos haya recibido, Doctor.

—No hay de qué, señores.

El rosado y relleno rostro del médico no apartaba la mirada de Rob. Con curiosidad clínica.

—¿Está usted bien? Parece un tanto… sofocado.

La estrangulada respuesta de Rob no tuvo precio.

—Hace algo de calor. Aquí, quiero decir. Hace un rato. Calor, vaya. Ahora, algo menos.

Rob carraspeó apurado y la mirada asesina que le lanzó hablaba de represalias. De un tortuoso desquite que él estaría más que deseoso de afrontar. Le faltó relamerse los labios del gusto.

Un breve silencio tensó la atmósfera ya cargada, hasta que la voz de Rob brotó, algo más clara.

—¿Conocía usted a la enfermera Barabara Gates, Doctor Piaret?

Antes de contestar, el hombre desvió brevemente la mirada hacia la figura femenina que permanecía tras ellos.

—No. Mi trato con las enfermeras es inexistente.

—Pero sin duda, sabrá que ha desaparecido.

—Eso dicen.

—¿No lo cree, acaso?

—Lo ignoro, señores, pero en plena juventud se cometen locuras.

—¿Y?

—Que puede que se cansara de atender enfermos y decidiera marchar lejos.

—Así, sin más.

Por el tono de voz de Rob, estaba enfadándose con las altivas respuestas. La forma en que enderezó la espalda en la silla ubicada a su lado, casi le hizo regodearse. Ahora iba a comenzar el interrogatorio en toda regla.

—¿Por qué consta su nombre en la ficha de Titus Caan?

Apenas lo percibieron. La casi inapreciable tensión en el redondo rostro pero ahí estaba.

El hombre se encogió de hombros.

—¿Cree que la desaparición de la joven guarda relación con su estrecho trato con Titus Caan? Era la encargada de su sección.

Otro encogimiento.

—¿Le falta la lengua, señor?

Una de las cejas del buen doctor se elevó despreciativamente.

—No, agente.

—Le agradecería que la empleara para contestarme. Si no le supone demasiada molestia aunque comprendo que para un hombre con sus muchas ocupaciones, una desaparición y una detención ilegal serán pecata minuta.

—Joven….

—Inspector, doctor. Puede dirigirse a mí como Inspector Norris.

El médico cuadró ligeramente los hombros, al mismo tiempo que su ayudante abandonaba el despacho, pasando casi desapercibida. No lo suficiente, pero casi.

Iba en busca de ayuda.

—Como no, inspector, pero me temo que va a tener que ser en otra ocasión. Como comprenderá, estoy realmente ocupado. La enfermera Mayers volverá en un segundo y les acompañará a la salida.

Qué diablos...

El médico hizo un ademán extraño y se levantó. Por segunda ocasión se escucharon unos pasos presurosos aproximándose al cuarto que ocupaban los tres. Se acercaban con rapidez. Era veloz la mujer o alguién estaba preparado para interrumpirles.

Rob y él cruzaron miradas. Lo preguntaban ahora o nunca. Aprovechando que estaba solo. Y le iba a tocar a él ya que Rob estaba demasiado enfadado para formar frases coherentes en ese instante.

—¿Por qué mataron a la enfermera? ¿Se enteró de lo de los niños?

El tono sonrosado dejó paso inmediato a una palidez casi cadavérica y una evidente capa de sudor cubrió la frente y sienes del médico.

—No podrán ocultarlo, doctor. Tiene dos opciones. Hablar en este momento o caer cuando se descubra lo de los niños.

El hombre parecía a punto de echarse a temblar. Cayó sentado en la silla como si fuera incapaz de sostener su propio peso. De un hombre altivo se había convertido, con un par de certeras frases, en un envoltorio trémulo y que daba incluso lástima.

—Nunca lo permitirían.

—¿Quiénes?

—Yo no lo sabía. No lo sabía, ¿entienden? Creí que era legal, que eran muertes naturales.

—¿Las de los niños?

—¡No! Las de ellas.

Quedaba poco para que entraran. Maldita sea. Sonaban a poca distancia.

Venga.

Necesitaba un empujón.

—Necesitamos más, doctor. Y lo necesitamos, ya. Si no nos ayuda, le juro que le detendremos y lo perderá todo. Todo aquello por lo que ha luchado toda su vida.

La palidez se incrementó, perfilando las redondas facciones. Los labios le temblaban y su mirada se dirigió a la puerta antes de volverse hacia ellos.

—No puedo.

—Usted decide, doctor.

Los hombros bajo la chaqueta se hundieron. Repentinamente.

—Hablen con su compañera.

—¿De qué demonios habla?

—Trabajan en parejas.

—¿Quiénes?

El médico respiraba trabajosamente y su mirada se dirigía constantemente a la puerta. Lo que no sabía Peter era si a la espera de que llegara ayuda o temeroso de que ésta apareciera.

—Las enfermeras. Al empezar a trabajar, a las que carecen de experiencia, les asignan otra con conocimientos suficientes como para guiarlas durante su primer año. No me pregunten más porque no puedo... —el hombre se pasó desesperado la mano por la sudorosa frente—. Me han amenazado. No sabía nada, ¿entienden? No puedo hacer más. Tengo fam...

El médico se encogió en su asiento al tiempo que se llevaba desesperado una de sus manos al pecho, apretándolo , mientras con la otra intentaba soltarse el lazo que anudaba su camisa al cuello, con desesperación.

¿Qué diablos?

La brusca exclamación de Rob, a su derecha, se unió en ese mismo instante a la llegada de un grupo de personas entre las que estaba el subdirector del hospital, un par de celadores de aspecto brutal, dos desconocidos y esa mujer, la enfermera Mayers. Él era el más cercano al médico. Mientras los angustiados ojos del hombre se clavaban en los suyos al tratar de apartar sus manos para soltarle él mismo el cuello de la cerrada camisa y entrara más aire por su garganta, esa mirada...

Dios mío.

Esos ojos reflejaban lamento. Y arrepentimiento. Algo más difícil de definir, quizá vergüenza y algo de satisfacción, tras romper la barrera del silencio.

Con dificultad despejó el cuello del galeno al tiempo que alguien delgado pero recio se abalanzaba contra su espalda y se aferraba a ella como si le fuera la vida en ello. Una voz estridente comenzó a chillar junto a su oído hasta destrozarle los tímpanos que no le tocara, que él no había hecho nada, que apartara sus sucias manos de Colin. Le estiraron del cabello y de una de sus orejas por lo que hubo de revolverse hasta toparse con la loca de turno que creía que estaba ahogando al médico en lugar de ayudándole. Alguien apartó a la mujer con brusquedad, tras un par de bruscos tirones al tiempo que una fuerte discusión comenzaba a su espalda al gritar Rob a pleno pulmón *¡Señora!, ¿está usted atontada? ¿No ve que se nos asfixia el hombre?*

Nada.

La fiera se lanzó de nuevo con los brazos hacia adelante y las manos en forma de garra, enfilados hacia su rostro, tras desasirse de Rob, por lo que no le dejó más opción que detenerla. Con contundencia.

Disparó una de sus manos y cubrió con la palma abierta la cara de la mujer parándole en el lugar, logrando que sus movimientos se limitaran a espasmódicas sacudidas de sus flacos brazos intentando golpearle. Con la otra mano seguía dando pequeños tirones al endemoniado lazo que el médico había anudado incontables veces al vestirse esa mañana. Costaba aflojarlos. Y el redondo rostro del médico comenzaba a tornarse escarlara y a mostrar ronchones cada vez más apelotonados por su superficie.

Calculó distancia, fuerza y maña para empujar a la mujer en dirección contraria a él sin espachurrarla, e imprimió un ligero empellón, cayendo ésta como una rígida plancha en brazos del subdirector, quien mostraba verdaderas dificultades en comprender lo que ocurría a su alrededor. También en atender al mismo tiempo las órdenes que él le gruñía para que mantuviera quieta de una condenada vez a la loca desquiciada si no quería que ¡el buen doctor la espichara por falta de aire!

Lo suficiente para alejarle pero sin dañarle aunque las ganas de ahogar a esa mujer no le faltaban.

Dudó un segundo hasta que Rob se posicionó entre la descontrolada y desmelenada ayudante, los restantes recién llegados y ellos.

El doctor respiraba con algo más de facilidad y el color parecía volver lentamente al sudoroso rostro. Dos de los hombres que acababan de llegar les rodearon y uno tomó su posición tras informarle que era enfermero.

Hablar de alivio al escuchar la palabra enfermero fue quedarse corto tras pensar realmente que el hombre se iba a asfixiar delante de sus narices.

A la discusión cuyo tono se elevaba por momentos entre Rob y los celadores se incorporó la femenina, aunada a la estridente del subdirector del hospital. Si no lo estuviera viviendo en primera persona, habría jurado que se trataba de una obra de teatro. Les acusaban de haber provocado con su interrogatorio un ataque al corazón al buen doctor y que darían cuenta de su poco profesional forma de proceder a las autoridades. La contestación de Rob de que ellos eran las citadas autoridades pareció encrespar a la mujer cuyo moño se estaba deshaciendo por momentos. Era más joven de lo que parecía a primera vista y sin duda, estaba más avinagrada.

¡Endiablada mujer!

Observaba a Rob como si apenas pudiera aguantar las ganas de morderle o de matarle ahí mismo.

No hablaba, ni farfullaba. Gritaba como una verdulera en las calles hasta el punto que Rob cerró las manos en forma de puño, lo cual era una nefasta señal. El pequeño empujón de él no era nada en comparación con lo que se le podía ocurrir al canijo. Tan y como discurría la mañana, igual le plantaba un cabezazo a alguien.

Se hizo a un lado dejando espacio a los hombres que atendían con presteza al galeno para que hicieran su trabajo, sin incordiar de por medio. El doctor Piaret respiraba más acompasado y recuperaba su color habitual con dificultad.

La mujer seguía berreando y amenazando. Reiteraba incansable que si Colin moría, ella se encargaría de destrozarlos, de humillarlos, de machacarlos, de triturarlos y de pulverizarlos.

Ya conocían de primera mano el nombre de pila del famoso doctor y el interesante léxico de la señora. Sobre todo sus dolidos tímpanos.

—Ha sido un ataque de pánico, no al corazón.

La clara voz masculina que surgió del grupo que atendía al doctor arrancó de su largo exabrupto a la histérica mujer, la cual se lanzó como una flecha hacia el grupo que formaban los sanitarios y el paciente.

La escena era irreal. Habían conseguido tender de costado al doctor en el suelo, desapareciendo de su vista tras la mesa del despacho en la que apenas disponían de espacio. Los sanitarios parecían dar saltitos extraños al pasar de uno a otro lado del paciente y comenzaba a escucharse la voz algo rasposa de éste anunciando que no había sido nada. Que el trabajo añadido a la preocupación de saber de la llegada de la policía, le había desequilibrado un poco provocándole una ligera angustia. Que le ayudaran a incorporarse. Hubo de repetir hasta tres veces que le ayudaran a erguirse hasta que lo hicieron.

A medias.

La cabeza de éste quedó a la altura del borde de la mesa. Y ahí se quedó, con la mirada fija en él. Estudiándole.

La voz surgió tan temblorosa como el constante aleteo de sus cortas y espesas pestañas.

—Gracias, joven.

Peter asintió en dirección al hombre, antes de que éste continuara hablando, aún sentado en el suelo. Demonios, podrían levantarlo del todo. Parecía un muñeco de cera.

—Poco más puedo decirles en este momento, agentes, aunque lo desearía, créanme.

Si le pinchaban en ese momento, seguro que no sangraba. Con el trasero aposentado en el suelo el hombre no dejaba de desprender una extraña dignidad, pese a su revuelto y escaso cabello, el hecho de que la punta de su barbilla reposaba en el borde de la madera de la mesa y que las puntitas de sus rechonchos dedos parecían guardar su rostro a ambos lados como diminutos soldados. Tampoco ayudaba el hecho de que los hombres que le sujetaban parecían tener verdaderas dificultades en alzar su peso muerto del suelo.

Con la mirada el doctor les insinuaba que sabía más pero no podía hablar. No en ese instante al menos y que siguieran la pista ofrecida. Su tono hablaba de miedo y pese a ello no había callado completamente.

Lo harían.

—Pero, Colin…

—No. Ellos nada hicieron, enfermera Mayers, salvo auxiliarme. Lo ocurrido ha sido un pequeño percance sin importancia pero que me ha abierto los ojos. Lo cual debiera haber ocurrido en cuanto lo supe.

Era curioso. E inquietante. Hablaba pero no se dirigía a ellos aunque se refiriera a lo ocurrido mientras estaban los tres a solas. Con una mirada llena de dureza siguió hablando sin apartar la mirada del hombre que dirigía de hecho el condenado hospital.

—Ahora si me disculpan, querría recuperarme y acudir a mi hogar a descansar lo que queda de día. Ha sido un día pesado y duro. Mis quehaceres en el hospital están terminados por lo que nada me retiene aquí hoy. ¿Me ayudaría a incorporarme, por favor?

Peter no lo dudó. Apartó a los hombres sin miramientos, se acercó al hombre y le alzó con algo de esfuerzo hasta dejarle cómodamente sentado en su amplia silla. Fue a alejarse pero una pálida mano se colocó sobre su antebrazo a modo de sujeción. El doctor susurró, emitiendo un sonido prácticamente inaudible.

En mi casa. Esta noche.

******

Cápitulo 12

I

—El lado de la puerta o el de la pared. Tú eliges.

—¿Qué?

—Venga Ross, que estoy empapado. Te dejo elegir.

—De eso nada.

—¡No entramos los dos en esa cosa!

Por esa cosa, se refería al minúsculo catre que ocupaba dos terceras partes del raquítico ático. Otra parte la ocupaba una cuerda cuyos extremos iban de pared a pared y que imaginaba serviría para tender sus mojados ropajes. La restante zona habitable no podía decirse que sirviera de mucho, debido al abuhardillado tejado que imposibilitaba que dos hombres de cierto tamaño pudieran desplazarse sin encorvarse, salvo en los aledaños de la minúscula cama.

Lo único decente en su situación era el calorcillo que desprendía la pequeña chimenea y que no captaba el definido repiqueteo de goteras para fastidiarle la noche.

—Yo no pienso dormir en el suelo, Clive.

—Pero yo odio las arañas… —tras un rápido repaso al cuarto, volvió a la carga— … y este lugar tiene aspecto de cobijar a más de una.

—Solucionado, entonces. Me pido el lado de la cama que da a la puerta.

No se lo podía creer.

—¿¡Qué haces!?

Con brusquedad Ross se giró hacia él. Ya se había adueñado de la zona que había reclamado para sí, desprendido del abrigo, de la oscura chaqueta y se estaba soltando los puños de la camisa con una sonrisa de vencedor en pleno rostro que le estaba poniendo de mal humor. De muy mal humor.

—Desnudarme.

—Pero no tienes muda de ropa.

—¿Y?

—¿Con qué vas a dormir?

—Como Dios me trajo al mundo, pecoso y tú también.

—De eso nada —carraspeó antes de puntualizar—. No es correcto.

—Pues no vas a meterte en la cama mojado así que tú decides. Calado hasta los huesos y vestido en el duro y polvoriento piso o desnudo y caliente en el diminuto y mullido colchón, pegadito a mí.

Esto… es… increíble.

—¿Murmurabas algo, Clive?

Fue a callar pero no le dio la gana de dar su brazo a torcer.

—Ya lo que lo mencionas, sí, Ross. Sí que murmuraba.

El muy condenado ya estaba medio desnudo.

—Habla.

—Digo que no podemos dormir desnudos en la cama.

—¿Por qué?

—Me tomas el pelo, ¿verdad?

—Deja que lo piense. Hum… no.

Sería memo. Se estaba riendo de él. Y le estaba provocando por algo. Algo que se le escapaba.

Al abrirles el posadero la puerta del desván Ross había empalidecido al apreciar el aspecto que ofrecía el lugar y había tragado saliva al recaer su mirada en el lecho. Su reacción había resultado inconfundible aunque tratara de ocultarla.

Se le ocurrió de sopetón.

¡Sería bribón el muy…!

Lo estaba haciendo a propósito para quedarse con la estrecha cama para él solo. Y él, con su pudor idiota que le acompañaba desde niño, ¿se iba a dejar manejar como una marioneta y terminar tirado en el suelo para amanecer al día siguiente como un artrítico anciano, con las extremidades adormecidas, doloridas y telarañas en el pelo?

No… en… esta vida.

Ya tenía demasiados moratones y cierta edad como para esperar un mínimo de comodidad.

De un brusco tirón se arrancó el lazo del cuello y casi, casi se carcajeó para sus adentros. La expresión de Ross nada había reflejado pero los dedos de ambas manos se le habían tensado instintivamente con el movimiento que había hecho al desprenderse del lazo. El muy bestia odiaba perder y más que descubrieran sus planes. Y ya no digamos que le salieran del condenado revés a como los había planeado.

Dios, qué listo era a veces.

Sintió ganas de restregarse las puntas de los dedos contra la helada solapa de la chaqueta en señal de extrema victoria, pero hubiera sido demasiado provocar. Incluso para él.

Optó por informar de la situación a Ross. Con suprema calma.

—Ahora que lo pienso, amigo mío, tienes más razón que un santo. Te prefiero a ti antes que a la compañía de las peludas arañas.

Ahora sí que se entrecerraron esos ojos dispares y el inmenso cuerpo pareció crisparse pero permaneció callado y quieto como una estatua. Parecía una roca.

—Ala, que te vas a enfriar, Ross. Ya sabes, desnudo como el señor te trajo al mundo. ¡Ah! y quien avisa no es traidor, así que, que sepas que hablo en sueños, me muevo sin parar, doy patadas incontroladas que parecen coces y tiendo a abrazarme a todo aquello que me da calorcito. Ya se sabe que un soltero siempre está falto de cariño e igual te confundo por la noche con una hermosa y curvilínea dama.

Ross se estaba poniendo verde y él iba a soltar la carcajada en cualquier momento. Y bien merecido lo tendría el muy cafre por jugar con el lecho de un hombre, que es sagrado.

—Enseguida vuelvo. Tú sigue con lo tuyo.

Del pasmo no le dio tiempo a su mejor amigo ni de contestar.

Qué bueno.

Una situación incómoda que se había tornado en una pura broma. Diantre, se sentía tan satisfecho con su pronta y espabilada reacción a la jugarreta de Ross, que iba a dormir a pierna suelta. Más teniendo a su lado al horno andante que era el ogro. Sí señor. Al final el día se estaba enderezando.

Salió del cuarto como una exhalación en busca del posadero y en pocos minutos se encontró de vuelta frente a la endeble puerta sin que se escuchara un solo sonido en el interior. En su mano llevaba un par de paños para secarse y otros de mediano tamaño para asirse a la cintura y evitar dormir completamente desnudos. Seguro que Ross lo agradecería. Aunque para el caso, jamás hubiera imaginado que el hombre careciera totalmente de vergüenza. Claro que Ross podía, con la facha que tenía. El por el contrario con su lechosa piel, además de sus cortas y robustas piernas…

Empujó con suavidad la puerta y descubrió que Ross ya estaba acomodado en la cama.

Vaya. Ocupaba dos terceras partes del jergón. Uno de los dos iba a terminar tirado en el suelo durante la noche y siempre, siempre le pasaba al más menudo. O sea, a él y de verdad que le daban repelús los arácnidos.

Recorrió el cuarto con la mirada y sí. El ogro estaba desnudo. Su ropa estaba ubicada en fila sobre la cuerda y no parecía haberse dejado nada encima.

—Veo que te has acomodado. Sí que eres rápido.

Un brusco movimiento provino del lecho al alzar Ross la cabeza de la plana almohada, antes de contestar.

—¿Vas a estar toda la noche hablando, pecoso? Si no recuerdo mal, antes dijiste que tu predisposición a hablar era nula.

—Eso era antes y ahora es ahora. Las cosas cambian. La marea fluye. La vida…

Un gruñido de protesta que surgió de la corpulenta figura le silenció y éste fue seguido por los crujidos del soporte de la cama al enderezarse en ella Ross, quedar incorporado contra el respaldo de madera y cruzarse de brazos con la mirada clavada en él. Lo retaba a seguir, si se atrevía. Estuvo a punto pero decidió no arriegar el pellejo.

La sábana que cubría a Ross dejó su torso al descubierto tapándole únicamente de cintura para abajo.

Clive frunció el ceño, descorazonado. Qué mal repartido estaba el mundo y vaya por Dios, no le extrañaba que las mujeres se pirraran por su mejor amigo. Corría el rumor de que en un par de ocasiones las damas se habían peleado, con tirones de cabello incluidos, por sus favores o al menos esos eran los maliciosos rumores que recorrían la ciudad. No es que él atendiera demasiado a semejantes bobadas pero por alguna tonta razón el recuerdo afloró en su mente.

Contemplando a Ross en semejante postura estaba por creérselo. Era condenadamente guapo y bien formado el hombre. No tenía una onza de grasa en el cuerpo. En la parte visible por lo menos. Tenía que preguntarle cómo hacía para estar tan en forma.

Boxeo.

Tenía que ser eso.

Él se sentía algo desproporcionado y bajo en comparación. Si Ross se le quedaba mirando así se iba a poner nervioso, demonios. Más de lo normal en situaciones raritas. No podría desnudarse. No. No podría.

A su avanzada edad de treinta años se había acostado con dos mujeres. Era su mayor secreto. La primera había resultado un completo desastre. Para los dos. Evitaba rememorarlo como si de la peste se tratara para no sufrir pesadillas. La segunda fue hace tres años y la mujer se obsesionó más con su piel que con él. No hacía más que toquetearle por todo el cuerpo, menos donde le interesaba y más tenso estaba. Era lo que se dice táctil, la mujer, sobre todo con su trasero. Tenía fijación por éste. Le llegó a decir que era más bonito y redondo ¡que el de cualquier mujer!

Eso no se le dice a un hombre. Jamás.

Se desinfló totalmente y no hubo casi acople con la dama. Con lo necesitado que estaba. Lo malo fue que quedó traumatizado tras exigirle la mujer que se desnudara lenta y sinuosamente delante de ella. Que horror. Se sintió como un buey torpe y colorado al que exhiben para sacrificar minutos más tarde porque no da la talla para la labor encomendada.

Desde aquella aciaga noche le resultaba impensable desnudarse delante de alguien, ni siquiera aunque se tratara de Ross, que era un hombre. Los hombres eran seguros ya que no se le iban a quedar mirando el trasero. Los hombres tenían lo mismo que él, por lo que no se iban a relamer como aquella mujer ni emitir extraños ruiditos, ni palmearle los glúteos un millón de veces hasta dejárselos escocidos, sobre todo el derecho.

Ross era eso mismo. Como un eunuco. Grande, paciente y seguro. El mal genio que gastaba era un pequeño defectillo sin más que se le podía dejar pasar ya que nadie era perfecto por mucho que su mejor amigo lo pareciera. Sólo había un ligerísimo inconveniente en su bien mascada teoría.

El muy terco seguía con esos ojos clavados en él.

Si le observaban… no… podía… desnudarse. No. Imposible del todo. La cuestión era plantearlo sin que Ross se mofara de él y de sus pudores semi virginales. Diablos, que mal sonaba eso.

—Pillarás una pulmonía ahí quieto como un poste, pecoso. Ya te he calentado el lecho.

—No puedo.

Las definidas cejas se alzaron y un brillo sospechoso inundó esos ojos.

—¿No puedes moverte, no puedes pillar una pulmonía o no puedes…?

—¡No puedo desnudarse con gente delante!

—Sólo estoy yo.

—Y tú, ¿qué eres? ¿Un espectro?

—Me has llamado cosas peores.

¡Maldición!

—Lo que quiero decir es que me pongo nervioso si me miran.

—¿Al desnudarte?

—¡No, Ross, al estar como un pasmarote, chorreando agua!

Una amplia sonrisa comenzó a curvar los labios de su amigo.

—No te… rías, Ross. Esto es un, ejem, pequeño problema que tengo. Incontrolable. Me pongo rojo y se me notan más las pecas. Obsesionan a las mujeres… —¿se estaba riendo Ross por los bajines?— …y me piden que haga cosas incómodas. Y algo raras, ya sabes.

—No, Clive, no sé. Lo raro para ti puede ser lo más aburrido del mundo para mí.

Demonios, si Ross apenas podía pronunciar las palabras tratando de aguantar la risa.

—¿Qué te pasó, pecoso?

—¡No es asunto tuyo!

Sin dejar de sonreír, Ross alzó las manos en señal de paz.

—Está bien, está bien. Ya está. No me río. Yo no te voy a pedir… —ahora le temblaba el labio intentando detener una vez más esa risa endiablada—…que me hagas cosas raras. Te lo juro, salvo que me lo supliques, claro está.

—Muy gracioso, Ross.

Se escuchaba tan raramente esa profunda carcajada que no pudo evitar corresponderle con una sonrisa.

—Las mujeres son caprichosas. Seres extraños.

—O tú eres tímido, amigo mío o poco aventurero en las artes amatorias.

No iba a negarlo.

Se llevó las manos a las solapas de la chaqueta y se desprendió de ella con urgencia. Estaba empapada. La volteó sobre la cuerda tras sacudirla y comenzó a desabotonarse la camisa pero sentía en la nuca la mirada del ogro. Su giró y cruzó de brazos empecinado. Ross seguía en la misma postura que antes. Ni un pelo se le había movido de lugar. Diablos, esta noche estaba obtuso el hombre.

—Ross.

—¿Hum?

—Que no me mires.

—¿Por qué?

—Me pongo rojo.

—¿Por qué?

Increíble. Parecía un crío insistente con preguntas embarazosas.

—¡Porque sí!

—Esa contestación es de crío, pecoso.

—¡Y la pregunta también!

—Y, ¿qué quieres que haga?

—¡Que te duermas!

—No puedo. Haces ruido.

Muy bien. No podía seguir haciendo el tonto si no quería coger un catarro de mil pares de demonios. Haría como si no estuviera, como si no sintiera esa empecatada mirada sobre él. Sonrió en cuanto la idea le vino a la cabeza. Se lo imaginaría como la abuela Clotilde. Con canas, moño y haciendo ganchillo en la cama. Y sin dientes. Bueno, en su gran mayoría desdentado. Suspiró aliviado. La imaginación y sensatez finalmente se imponían a la voluntad y al ofuscado además de tonto decoro en un hombre de su avanzada edad.

—¿En qué piensas, Clive?

—En moños.

—Dios, a veces das miedo. Prefiero no saber.

—¿Dejaste de mirar?

—Nop.

Diablos.

Respiró profundamente con la espalda en dirección a Ross y lo pensó con cierta sensatez. La situación nada tenía que ver con sus otros tropiezos.

Estaba exagerando. Ross era su mejor amigo. Un hombre racional. Un hombre hecho y derecho al que le daban igual sus pecas, su piel o que se quedara desnudo como lo trajeron al mundo delante suyo. Bien pensado, nada tenía que no tuviera él.

Torpedeó con los labios tras deshacerse con rapidez de la húmeda camisa y emplear uno de los paños para secarse el pecho. Acomodó la camisa junto a la chaqueta y se dispuso a desprenderse de los pegados pantalones. Casi le temblequeaban las piernas del frío. A una, deslizó los calzones y el pantalón hasta que quedaron en el suelo con las tontas vergüenzas dejadas atrás. Le pareció escuchar un quejido estrangulado a su espalda y pensó que Ross se estaba acomodando al fin en el lecho, cansado de jorobarle y haciendo crujir la madera de su armazón. Con lo que debía pesar si no acababan en el suelo esa noche, se daría por satisfecho.

Se secó con rapidez caderas, muslos, piernas y entrepierna ya que el agua de lluvia se había colado por todos lados. Se estiró tras coger del suelo las ropas y se detuvo brevemente pero sin volverse. Por lo ruidos que le llegaban de la cama Ross no parecía coger postura. Si se quejaba ahora, por la mañana no serían sólo gemidos estrangulados sino protestas a todo volumen, las que harían eco por toda la habitación. El catre tenía toda la pinta de sentirse como un potro de tortura.

Al menos los moratones que aún se apreciaban en su costado izquierdo, desde el costillar a la parte superior del muslo, quedaban ocultos el contraste con la lumbre del fuego.

Se envolvió las estrechas caderas con el único paño que le quedaba seco y lo ató tan seguro como pudo. Tendría que valer. La ropa colgada comenzaba a gotear pero poco podía hacer para evitarlo, salvo rezar para que estuviera seca por la mañana. Incorporó un par de leños secos al fuego que comenzaba a apagarse y se giró un poco. Lo suficiente para asegurarse que al andar en dirección al lecho Ross no le estuviera mirando. Si lo hacía querría saber la causa de los golpes en su cuerpo y tendrían una nueva discusión y los cierto es que no estaba para demasiados trotes. El agotamiento parecía haberle consumido las fuerzas la última hora transcurrida. Le apetecía tumbarse, acurrucarse y caer en brazos de Morfeo. Sin preocupaciones, sin miedo, sin sentir la necesidad de tener que estar alerta en todo momento. Sentir algo de paz. Sólo eso.

La forma tendida de costado permanecía quieta como una estatua y al principio creyó que habría caído rendido, como le iba a ocurrir a él pero por el movimiento de la sábana que le cubría parecía respirar trabajosamente. ¿Se habría acatarrado?

No le extrañaba. Desde el costado del lecho sopesó la mejor manera de deslizarse para no quedar al borde pero tampoco pegarse demasiado al ogro, no fuera a contagiarle el inicio de trancazo que parecía estar incubando o pegarle una patada que diera con sus huesos en el duro piso. Sobre todo lo primero.

Esa inmensa espalda pareció estremecerse.

—Te enfriaste, Ross.

Nada.

—Tu abuela me echará la culpa... —se volteó uno de los extremos del paño que envolvía su cintura en la zona del vientre para fijarla bien tensa— ...cuando en realidad es que eres simplemente terco.

Se sentó en el escuchimizado borde y planeó la mejor manera de tumbarse.

—Como cojas fiebres reumáticas o alguna de esas enfermedades raras… —se izó y dejó caer para sopesar la blandura del fino colchón. Un par de veces y era dura a rabiar— …seguro que me la pegas y…

—¡Te quieres estar quieto y meterte dentro!

No le dio un soponcio del susto, debido al berrido, de chiripa. Aún sentado en la cama se volvió para darse cuenta en ese mismo instante que había metido el zanco hasta el mismísimo fondo.

Había dejado los morados al descubierto. Y el endemoniado paño cubría lo mínimo imprescindible para que su pudor resistiera, por el momento. Nada más.

—Qué… demonios… es eso.

La había armado. Distracción. Recuerda, Clive, eres el rey de la distracción.

—Un paño.

—Quítatelo. Ahora.

El nerviosismo le afectaba al oído. Se sacudió la cabeza hacia un lado. Había jarreado tanto que igual su cuerpo estaba inundado de agua por dentro y le obstruía las vías auditivas.

Una manaza salió disparada como un cañón en dirección al nudo sobre su vientre. La palmeó con fuerza para desviar su trayectoria y se irguió, alucinado, dando un paso atrás.

—¿¡Qué haces!?

¡Ross se disponía a levantarse como Dios lo trajo al mundo y dejaría expuestas sus zonas pudendas y él las vería!

Sus enormes zonas pudendas.

¡No podía ser!

Se volvió en dirección a la puerta para no verle y evitar que el hombre se ruborizara al darse cuenta de lo que hacía, pero los crujidos de la cama anunciaban que al idiota ¡le daba igual exhibirse desnudo!

Se mantuvo en el sitio por la simple y tonta razón de que no sabía cómo reaccionar. Si se volvía le vería desnudo y eso, como que no. Escapar era de cobardes y resultaría ridículo danzar por la posada en un reducido paño mostrando demasiada piel lechosa para su gusto.

El grito que le brotó de la garganta al notar unos largos y cálidos dedos escurrirse por su baja espalda para tirar del endemoniado paño con fuerza casi lo dejó sordo y eso que el berrido lo había lanzado él.

Como una desequilibrada peonza se giró una vez más hacia el origen de su desdicha.

Diablos.

Ross estaba desnudo. Del todo.

Enorme y enfadado. Y sin ropas. Ni una. Las sábanas olvidadas descuidadamente sobre la cama. No… mires… abajo, Clive.

No… mires.

No se le ocurrió otra cosa. Se tapó los ojos con una de sus manos precipitadamente.

—¡¿Pero qué diablos haces?!

¡¿Cómo que qué diablos hacía?!

¡Preservar la dignidad masculina de ambos!

II

¡Y ahora se tapaba los puñeteros ojos!

Pues así no iba a escapar de su descomunal furia. Por lo menos ésta había aparcado el opresivo calor que sentía en el bajo vientre. No sabía qué le había inducido a mirar a Clive mientras se desnudaba. Quizá saber que le daba apuro y así importunarle pero no esperaba sentir...

No debió hacerlo.

Segundos más tarde el muy lerdo había comenzado a rezongar y a dar saltitos en la cama y su aguante se había resquebrajado con el ¡quinto endiablado rebote de ese trasero sobre el esmirriado colchón!

Sin retirar la mano e inmóvil como un poste, Clive parecía no respirar a un paso de él. Su mente le conminaba a no recorrer ese cuerpo y esa piel que el pecoso parecía odiar. Lechosa.

Demonios, no se extrañaba que las mujeres se obsesionaran con él.

—El hecho de que te tapes los ojos no significa que no te vea, Clive. Te veo entero y estás todo morado.

—De eso nada.

—¡¿Nada?!

Paró el gesto furioso de la mano dirigido a los moratones al darse cuenta que el pecoso seguía con los ojos tapados. Le sacaba de quicio.

—Vale. Un pelín. Consecuencia de un pequeño encontronazo. Apenas apreciable.

—¡Apenas!

—¡Deja de repetir mis palabras, Ross!

—¡Es que carecen de sentido! —Diablos, estaba a un suspiro de arrancarle él mismo la mano que permanecía sobre los grises ojos, de manera casi obsesiva. Aspiró profundamente—. Baja esa condenada mano.

—¿Para qué?

—¡Para mirarme mientras hablamos! Como hombres adultos.

—¡Ja! Será como hombres adultos vestidos, ¡no desnudos!

—¡No estás desnudo, Clive!

Un sonido ahogado surgió de la boca del pecoso. Le estaba aturullando aún más de lo esperado. Había dicho algo pero el hombre se había atorado a mitad de frase. Se acercó un corto paso.

—¿Cómo dices?

Clive carraspeo levemente.

—Que tú sí.

—¿Sí, qué?

—¡Que estás al aire! Bueno, ya sabes, tus zonas.

Apretó los puños. No había Dios que le entendiera.

—¡¿Qué zonas?!

Clive movió casi con desesperación la mano que tenía libre casi chocando contra su bajo vientre.

Las siguientes palabras fueron dichas tan bajo que apenas las entendió.

—Las pudendas, diablos.

Increible pero cierto. Clive se había cubierto los ojos por apuro. Debió darse cuenta ya que estaba todo sonrosado y las pecas que le cubrían la piel resaltaban dándole un tono casi dorado.

Se enderezó completamente sabiendo que cuando Clive retirara esa mano tendría que alzar la cabeza para mirarle a los ojos. Eso le descolocaría algo más. Y no es que a él le gustara descolocarle. Es que merecía un buen susto para quitar esas infundadas vergüenzas.

—Deja de actuar como una criatura de pecho, pecoso.

Se aproximó otro paso hasta casi rozar ese alzado antebrazo. Si Clive retiraba la mano en ese momento se iba a llevar la sorpresa de su vida. Tan cerca.

Demasiado, para un hombre desnudo y otro semidesnudo. El aire a su alrededor se estaba caldeando y temía hacer algo indebido. Los latidos en su pecho se aceleraron repentinamente al imaginar, lo que nunca debió imaginar. Algo que su mente reconocía como prohibido. Apretó los labios y le recorrió con la mirada. Cada curva, cada duro plano, la suavidad de esa clara piel, mientras Clive permanecía ignorante de la lucha que mantenía contra sí mismo. Se estaba acalorando y el maldito cuarto estaba helado.

Por mucho que se riera de él y de su estatura, el pecoso no era un hombre bajo. Sólo lo era en comparación con él y esa piel… Esa…

Pensaba locuras.

Ya se estaba tensando otra vez.

¿Qué diablos le estaba pasando?

No supo que le llevo a hacerlo. Su mente no pudo detener el avance de uno de sus dedos al dirigirse hacia las huellas amoratadas en el costado izquierdo de Clive. Coloridos, con los bordes menos definidos, ya menguado el tono que mostraron días atrás. Había peleado lo suficiente en su vida como para saber que los golpes eran de días atrás y habían sido lanzados con verdadera saña. Buscando puntos flacos y desprotegidos. La punta del dedo se posó en lo alto, justo bajo el pectoral y se deslizó con suavidad, para no dañar. Tan sinuoso que la punta casi no rozaba la piel. Casi.

La reacción de Clive no se hizo esperar. Un maldito respingo y la mano que ocultaba esos ojos grises salió disparada hasta chocar contra su esternón, tratando de alejarle.

Miedo.

Esos ojos grises que conocía como si fueran los suyos reflejaban incertidumbre, inseguridad y perplejidad. Le miraba como si no le reconociera del todo y eso dolió. Los desbocados latidos de su corazón debían oírse a una milla y la boca…

Reseca era decir poco. En cuanto la dura palma cayó en el centro de su pecho, sintió ese tirón que comenzaba a reconocer en su bajo vientre. Maldita sea. Debió atarse un condenado paño a la cintura. Rogó porque el pecoso no mirara abajo.

Los dedos de Clive contra su pecho se flexionaron y enredaron con el vello que lo cubría tirando levemente de él.

Tenía que romper el silencio. Tenía que destrozar la tensión que como una losa les cubría. O haría una maldita locura que destrozaría la única amistad por la que valía la pena luchar y morir. Fue a decir algo, lo que fuera pero Clive se le adelantó.

—Estás caliente.

Sus músculos bajo esa dura mano se tornaron más rígidos de lo que ya estaban.

Dioses. Si el pecoso supiera. Tenía que hablar, tenía que romper esa tension pero la voz sencillamente no manaba.

—¿No ves? Te acatarraste y cogiste fiebre. Y seguro que ahora me lo pegas.

Su cuerpo se relajó. De golpe. Clive no se había dado cuenta.

¡Dios!

En ese instante le vino a la mente plantarle un fraternal beso al pecoso donde cayera, menos en la boca. Ahí, no.

Estupideces. Últimamente pensaba estupideces.

—Tú no eres normal, Ross.

Un suave empujón seguido de una palmada le alejó lo suficiente para poder respirar de nuevo, desapareciendo esa endemoniada tensión de su cuerpo.

De un plumazo, todo había vuelto a su ser y ese instante de locura, esa enloquecedora sensación de descontrol y desbordante demencia por su parte, quedaba en el pasado. Enterrado. Y ahí permanecería si no quería perder al hombre cuyos ojos aún desprendían cierta desorientada perplejidad.

Tragó saliva y humedeció los labios para que las palabras brotaran de una maldita vez. Surgió, más ronca de lo esperado.

—¿Con quién peleaste?

—Venga, Ross. Fue una bobada.

Señaló las marcas que permanecían claras en ese cuerpo.

—Eso no parece una bobada. ¿Fue Glenn?

—Pero, ¿qué manía te ha entrado con ese hombre?

—Escuché el comentario, pecoso. En la reunión con los hombres.

El rostro de Clive se contrajo mientras se dirigía de nuevo a la cama dejando su espalda expuesta a su mirada. Sin contestar. Pues no iba a quedar la cosa así.

De un salto, Clive se tumbó en el quebradizo catre y se tapó rápidamente, negándose a mirar en su dirección. Claro que no le extrañaba, si seguía tan desnudo como cuando le parieron. Demonios, la situación era irreal. A pasos agigantados se encaminó al otro lado del jergón y se deslizó en la cama. Quedaron casi rozándose al posicionarse él tendido boca arriba y Clive de costado, dándole la espalda. Al menos los golpes quedaban ocultos a la vista pero el tema no estaba ni de lejos, cerrado.

No señor, no iba a quedar así.

—Claro que, razón no le falta.

El brusco giro del pecoso hizo que su costado chocara contra él. La mirada que le lanzó casi le hizo sonreír. Estaba rojo como un tomate de la indignación.

—¡¿Para golpearme?!

Hum. Así que tenía razón y había sido ese maldito cabrón.

—No. Al decir que tienes un blanco y redondo trasero.

Los grises ojos parecieron salirse de sus cuencas hasta que él no pudo retener la risa que parecía ahogarle.

—Tú eres idiota, ¿lo sabías?

—Me han dicho cosas peores. Bueno, tú me has dicho cosas peores.

—Merecidas.

—Sin duda, pecoso, sin duda.

Con el dorso de la mano dio un palmetazo sobre la sábana que cubría ese redondo y bonito trasero que tanto llamaba la atención para recibir en represalia un meritorio gruñido acompañada de una suave patada a modo de advertencia del hombre que se volvió una vez más de costado.

En unos minutos la suave respiración se ralentizó indicando que Clive había entrado en un profundo sueño, pero él... El no podía apartar de su mente la sensación de esa mano, de esos dedos sobre el mismo centro de su pecho.

******

Capítulo 13

I

Lo primero que llamaba la atención al entrar en la habitación era el asfixiante calor entremezclado con la humedad y ese olor, tan peculiar. Lo segundo era esa cabellera. Rojiza. Hermosa y espesa a pesar del sudor que la cubría. El esfuerzo había sido considerable pero había dado sus frutos.

Su llegada movilizó a las tres personas que le habían atendido. En diez segundos las cortinas de la ventana que daban a la calle estaban corridas. Sólo un candelabro quedó encendido, regalando algo de lumbre en plena noche y la puerta se cerró dejándole a solas con ella.

Estaba pálida y un rastro de sangre le cubría la mejilla.

Durante dos minutos se quedó observando a la joven que permanecía tendida en el lecho. Era delicada y frágil. No le supondría mayor esfuerzo. Ni reto alguno. Extendió la mano.

Los pálidos ojos azules se abrieron de golpe. En cuanto el cerebro se dio cuenta de que no le llegaba el oxígeno.

Sintió el placer recorrer su cuerpo. Lo echaba en falta. La sensación de completo poder atravesándole. Demasiado tiempo sin matar, sin destrozar. Oculto en las sombras y a la espera.

Su socia le había ofrecido ese regalo en cuanto comenzaron las contracciones. El regalo de decidir cómo y cuándo. Lo primero había sido sencillo. A solas. El cuándo, lo estaba viviendo en ese momento. En la clara mirada desorbitada de la mujer.

Apretó más la palma sobre esa boca que trataba de hablar, de morder salvo que le faltaban las fuerzas necesarias. Presionó otro poco más hasta que los párpados comenzaron a temblar. La mirada de la mujer se apagaba poco a poco gracias a él. Tan sencillo.

Lo sintió entonces. En los sollozos que agitaban el pecho cubierto por las sábanas y mantas que la mujer debía sentir como una mortaja en vida. En la enloquecida mirada que intentaba recorrer todos los recovecos de la habitación, buscándolo.

La excitación recorrió su cuerpo.

El cuándo había llegado.

Saboreando cada movimiento acercó su rostro al de ella. En penumbra. Se regodeó. Ella apenas apreciaría su rostro, su forma. Quizá lo identificará con el diablo. Quizá no errara en demasía. Era lo que era. Poderoso. Especial. Quien tenía en sus manos su vida. Su esperanza.

Inútil mujer.

Sus labios rozaron la mejilla femenina y sonrío, antes de susurrarle al oído, con dulzura.

—No luches.

Un gemido, suave, pareció contestarle pero en realidad era una pregunta llena de angustia. Atormentada.

—Ha sido una niña y ahora es mía.

Encontró lo que buscaba. Aquello que alimentaba su alma.

Dolor extremo y tormento. Exquisito tormento.

Las patadas y movimientos bajo las sábanas murieron al tiempo que la vida de la joven desaparecía bajo la presión de su mano sobre boca y nariz. Pese a la falta de fuerzas había luchado. Valerosa. Una joven a la que la naturaleza condenó al nacer de una madre deforme. Casi le provocó compasión. Casi.

La muerte olía de una manera especial. Dulce.

Un toque en la puerta le despertó de su ensimismamiento. Ella era impaciente y atrevida para osar molestarle en ese momento placentero. Llegaría el momento de explicarle las normas. Siempre llegaba. Ahora le necesitaba para atraer a sus redes al agente de policía. Al que había escapado de la muerte en una ocasión.

No hubo un tercer toque. La figura femenina accedió al cuarto con su pequeña carga en brazos. Con su deforme carga. La naturaleza no siempre era sabia. Ocasionalmente erraba y por ello era necesario enderezarla. Sacar ingentes beneficios de ello, era algo colateral. Mundano.

A veces, cuando su mirada se cruzaba con la de ella se preguntaba si no habría dado con la persona que le superaba en crueldad, en vicio y frialdad. Nunca lo sopesó en el caso de Celeste. Roland Bray llegó a intrigarle pero al final resultó un mero instrumento hundido por su propia debilidad. Una debilidad centrada en una mujer. En la mujer de uno de los hermanos Brandon. El hermano mayor de *la sombra*.

Recorrió la figura de la mujer que sinuosamente se acercaba hasta el lugar que él ocupaba junto al lecho de la joven que acababa de parir y había eliminado dejándole un regusto en la boca que conocía de primera mano.

Angelique Mayers impresionaba. Su mirar. Su manera de moverse.

Era todo lo contrario a lo que su nombre de pila indicaba.

Era depravada. Y letal.

II

Comenzaba a fastidiarle la razón por la que se negaba a hablarle. O mirarle, para el caso. Y eso que él se consideraba un hombre paciente. Y bonachón. Casi siempre.

El desayuno había transcurrido en medio de un desacostumbrado monólogo sin las puntuales observaciones de Ross. El posadero tras la contestación entre rugido y bufido de éste a su pregunta de qué tal habían pasado la noche, les confirmó que una familia se había acomodado recientemente no lejos de allí. A unas pocas millas. No pudo asegurarles que fuera el hombre que buscaban pero tampoco lo negó de plano dando espacio a una pequeña posibilidad de averiguar qué diablos estaba ocurriendo. El canoso posadero estaba deseando perderles de vista. Y no le extrañaba en absoluto con el aura tormentosa que rodeaba de Ross.

—¿Crees que tendremos problemas?

—No.

—¿Has traído armas?

—Sí.

—Venga, Ross. No seas inmaduro.

No soltaba prenda el muy lerdo y desde luego tampoco era necesario que le mirara con cara de funerario.

De acuerdo. La situación había sido incómoda y rara a más no poder pero no podía decirse que le hubiera violentado sin posibilidad de recuperación. Si el muy terco se lo hubiera tomado a risa como él, nada habría pasado. Pero como el hombre estaba más raro que las moscas verdes, tras amanecer, la situación había degenerado en una tonta discusión para escalar hasta el punto en que ni le hablaba, ni le miraba y se empeñaba en mantener una distancia de dos pasos como poco, entre ambos.

Y todo por una nimiedad.

Había despertado con la mano sobre el trasero de Ross. Y lo había palmeado. Un poquito de nada. En sueños. Nada que un buen amigo no pasara por alto. Además, ni que hubiera sido a propósito.

¡Creyó que era el de su señorita Maple!

¡Y estaba necesitado de cariño!

Se lo intentó explicar, varias veces, pero la mirada llameante se había convertido en un ceño fruncido y después en una discusión a voz en grito. Y todo porque no le había contado antes que tenía una pretendida en ciernes. Lo de las palmaditas amorosas en el trasero parecía haber quedado en el olvido, tras recibir la nueva información.

¡Ni que tuviera que conocer cada íntimo detalle de su aburrida vida!

Chasqueó los labios, jurando entre dientes y atrayendo esa mirada que insistentemente le esquivaba. Tendrían que haber permanecido en el salón de la posada y no en el cuchitril diminuto en el que habían pasado la noche. Se hubieran evitado el insustancial disgusto de Ross y el ligero apuro de la pasada noche.

Se arrebujó en el abrigo. Pese al fuego de la chimenea sus ropajes permanecían algo húmedos. Con un ligero toque en el flanco de su montura trató de acercarse a Ogro, pero Ross se alejó manteniendo la distancia entre los caballos.

Pues sí que estaba enfadado. Se planteó por un segundo tocar el segundo tema prohibido.

El sacrosanto trasero de Ross Torchwell.

Entonces lo sintió. En la nuca. Ross se asemejaba a la calma personificada pese a los labios apretados en una fina línea. Optó por hablar.

—Nos observan.

—Desde hace un buen rato.

Se inclinó para susurrar a su mejor amigo, algo sorprendido.

—Pudiste decírmelo, ¿no crees?

—Te hubieras girado.

—¡No lo hubiera hecho!

La mueca escéptica de Ross sobraba por lo que optó por ignorarla y seguir a la carga.

—¿Dónde están?

—Cerca.

—¿¡Cómo de cerca!?

—Más de lo que crees.

Dios, esa mañana el hombre que tenía a su lado desprendía genuina amabilidad.

Se vio forzado a acicatear su montura para que siguiera el ritmo de

Ogro, lo cual no era sencillo y el corazón le dio un vuelco al escuchar la siguiente frase de Ross.

Prepara el arma.

Odiaba las confrontaciones prefiriendo siempre un contundente diálogo. Era un pacifista por naturaleza, lo cual de poco le servía en los tiempos que corrían. Poco a poco había conseguido relajar el ambiente entre ambos camino al lugar que supuestamente habitaba el hombre que venían buscando. Le había resultado un soberano esfuerzo y se había mordido un par de veces la lengua pero valía la pena. Siempre lo hacía con Ross.

Blair Burgi.

Así se llamaba el hombre que intentaban localizar. Un profesional del gremio de los carniceros que a priori era tan peligroso como un mar en plena calma. Se preguntó con ligero desánimo si a Rob y a Peter les estaría yendo tan rematadamente mal como a ellos.

Ojeó los alrededores achicando los ojos y deseando tener sus anteojos para que lo borroso se tornara definido y calló el comentario que tenía pegado al paladar.

Ni muerto le recordaría a Ross que más allá de unos veinte metros las formas perdían algo de borde para camuflarse con el entorno.

Llevaban un buen rato recorriendo un monótono y estrecho camino empedrado con muros de irregulares rocas izados a los lados, delimitándolo. Tres casas desparramadas a ambos lados daban la bienvenida a los viajeros sin demasiado esmero ya que se encontraban desvencijadas y los hermosos jardines que las rodeaban, desarreglados. Imaginaba que sus moradores no dedicarían demasiadas horas al día para su cuidado. O simplemente puede que estuvieran abandonadas.

La casa que buscaban se encontraba al final del camino, unos pasos antes de llegar a la encrucijada que desviaba al caminante en direcciones contrarias. Pese a su deficiente visión era apreciable el destrozado tejado, curvado y totalmente hundido.

Dudaba que allí se cobijara alguien en su sano juicio, sobre todo por las lluvias sufridas los últimos días. Había sido un viaje en balde.

Por lo menos en esos instantes no llovía.

Le pareció escuchar un crujido, pero no provenía del camino sino del frondoso bosquecillo repleto de sombras situado a su derecha.

El grito de Ross para que se resguardara no hubiera encabritado por sí solo al caballo, pero el fogonazo y detonación del arma terminaron por hacerlo. Era buen jinete pero el brusco movimiento le lanzó al suelo, cayendo sobre su maltrecho costado, cortándole la respiración.

El revuelo armado a continuación no se hizo esperar. Discurrió increíblemente rápido. Los caballos salieron despedidos y sintió como le aferraban de la chaqueta para arrastrarle tras el pequeño muro que deslindaba la vieja casona de los terrenos que la rodeaban.

Una ronca voz masculina sonó con claridad, exigiéndoles que se dejaran ver si no querían terminar enterrados en la zona para el anochecer. Que si se entregaban nada malo les ocurriría.

Por supuesto. Qué alma tan caritativa. Y rebosaba sinceridad.

El juramente de Ross le sonó a gloria en verso. Estaba enfurecido y en ese estado el hombre era una fuerza incontenible y letal.

—Quédate aquí.

¡Qué!

Que un hombre tan enorme se pudiera mover con semejante rapidez era incomprensible pero en esta ocasión, no tenía la más mínima intención de permitírselo. Ross se había medio incorporado, pero con fuerza le agarró del faldón de la chaqueta y tiró hacia atrás causando que la pesada espalda de su mejor amigo chocara contra su costado derecho.

—De eso nada. Si te matan, a ver qué hago.

A unos escasos centímetros de distancia esos increíbles ojos le miraron detenidamente hasta ponerle de los nervios. Entrecerró los párpados.

—No ves bien.

Fue a abrir la boca pero no pudo mentir.

—Si veo. Más o menos.

Se aproximaban unos pasos. Quizá tres hombres.

—Maldita sea, Clive, ¿¡y las gafas!?

—En… casa.

—Descansando, ¿no?, no se vayan a desgastar. ¡Dios, me enfureces!

¡Él!

Con asombrosa agilidad, Ross sacó dos afilados cuchillos de algún lugar entre la ropa que anoche evidentemente no portaba encima. ¿Cómo demonios…? Empuñando el arma en su dirección y con cara de pocos amigos, Ross le repitió con verdadera mala baba un *quieto aquí*. Y desapareció. Puf. Como por ensalmo. Dejándole con el trasero en el barro, la espalda contra la fría piedra y sin saber muy bien cómo obrar.

Transcurrieron diez segundos y tan sólo se escuchaba el viento deslizarse sobre la hierba. Una gota de cierta consideración le rebotó en la punta de la nariz anunciando lo que faltaba para irse todo al cuerno. Se ponía a llover y él odiaba la fina lluvia inglesa. Ahora que lo pensaba, las gafas eran inservibles con lluvia.

Se emborronaba todo.

Azuzó el oído al creer escuchar un grito ahogado no muy lejos.

Con el arma bien amartillada en la mano se enderezó lentamente, encontrándose de sopetón con un hombre tan sorprendido como él. Iba mal vestido y le faltaban un par de dientes. No le dio tiempo suficiente como para apuntar con precisión antes de que se lanzara contra él a buena velocidad. Del impulso cayeron sobre el embarrado jardín, su enemigo encima, aprisionándole contra el suelo. Maldita sea, pesaba bastante más que él y desprendía una mezcla de olor a sudor, suciedad y algo más que no supo definir. Algo peculiar pero por algún motivo extrañamente familiar. Le tenía bien agarrado del cuello y apretaba. Cada vez más. Se… estaba… ahogando. Tanteó desesperado el suelo buscando algo, lo que fuera hasta que dio con ello. Aferró la piedra con fuerza formando su mano un puño a su alrededor y lo lanzó contra la quijada del animal. La inercia les tiró quedando en esta ocasión él sobre el hijo de mala madre.

Se acababan de volver las tornas.

La lluvia caía con fuerza empapando su espalda, su cabello, colándose por el cuello de la chaqueta pero toda su atención y fuerza se centraba en sus manos. En apretar. Un dolor agudo en el costado casi le hizo soltar a su presa. Casi.

Bajo su cuerpo el hombre trataba de tomar bocanadas de aire pero la constante presión de sus dedos le cerraban el paso. Su atacante perdía las fuerzas. Los espasmódicos movimientos de sus piernas bajo el peso de su cuerpo se debilitaban. Apretó más pese a lo ateridos que sentía los dedos contra el húmedo y áspero cuello.

Lo estaba consiguiendo hasta que por detrás alguien le golpeó con fuerza en el lateral del rostro, atontándole ligeramente.

Se escuchaba una pelea cerca, muy cerca. Varios hombres luchando. Reconocería ese sonido en cualquier lugar. Ross.

Y le gritaba.

¿Por qué diablos le gritaba? Le dolía la cara. La sien. Igual que cuando le hirió aquella mujer meses atrás. ¡Maldición! Su sien estaba gafada. Como le quedara otra fea cicatriz, su preciosa Señorita Maple iba a huir espantada.

Otro brutal golpe contra su espalda le lanzó de bruces al suelo, alejándole del hombre que le había atacado primero y enterrando su cara en el lodoso fango. Le habían golpeado a traición por detrás y hasta sus oídos llegó el sonido del choque de algo metálico contra otro objeto indefinible. No necesitó mirar para intuir que le apuntaban con una maldita escopeta de perdigones. Reconocería el sonido entre miles. Y el destrozo que podía causar.

Permaneció inmóvil hasta que la puntera de un zapato le dio una patada en el muslo y una voz masculina con cerrado acento le ordenó que se levantara si no quería terminar agujereado del todo. Lo hizo sin dudar pese a lo resbaladizo del suelo, preguntándose dónde estaría Ross.

—Baja el arma, imbécil o el que terminará con un agujero del tamaño de Londres en la cabeza serás tú.

Detrás del tipo. Ahí estaba Ross.

—Apártate, Clive.

Inició el movimiento ordenado por su mejor amigo pero el cañón del arma presionó contra el mismo centro de su espalda, deteniéndole de golpe. Dios.

A esa distancia el idiota que le apuntaba le iba a volatilizar y todo se iría al demonio. Ni noviazgo, ni boda en ciernes, ni riñas con el ogro, ni aventuras, ni risas, ni…

El imbécil que le apuntaba habló, pero se dirigía a Ross.

—Si se mueve, aprieto el jodido gatillo, compadre.

La madre de… El muy idiota parecía dispuesto a cumplir lo que anunciaba. Y por el tono de Ross, al responder, también.

—Si tú te mueves, respiras o disparas, también caerás.

¿Acaso él nada tenía que decir?

—¿No podríamos negociar?

—¡No!

El grito mutuo de los dos hombres colocados a su espalda le enfadó.

Sopesó seriamente protestar y gritar o lanzarse al suelo en picado pero la puerta de la destrozada casa ubicada frente a él que habían ido a visitor se abrió de golpe y el amenazador cañón de otra arma asomando por la rendija en dirección al grupo que formaban los tres, le quitó las ganas de protestar. Lanzó un *diablos,* seguido de *una condenada arma* como si otra no le apuntara en esos momentos a la espalda, antes de que el condenado estruendo al ser disparada sonara apabullante a sus oídos.

El dispuso de tiempo para desviarse de su punto de mira al apreciar la amenaza. Ross percibió la amenaza en su grito y reaccionó. El hombre situado tras él, no.

Del impacto recibido cayó contra el muro que minutos antes había traspasado para atacarle, quedando inmóvil.

Totalmente seco.

Los hechos se precipitaron. Ross corrió hacia la casa lanzando todo su peso contra la roída puerta y contra la persona que se ocultaba tras ella, preparando el arma para un segundo ataque. Alcanzó a escuchar un chillido pero la mole que era el cuerpo de su amigo le impedía ver más allá. Cruzó la entrada.

Rígido, Ross empuñaba su arma en dirección al bulto tendido en el suelo tras recibir éste un tremendo impacto y que tenía todo el aspecto de ser…

Una mujer.

Vaya.

Una descolorida y flaca mujer casi les acababa de defenestrar con un arma más grande que su escuálido antebrazo.

Explotó sin querer contenerse ni un segundo más. Ni su enfado ni su rara vez expuesto mal genio. Estaba saturado para lo que quedaba de día. No, para lo que quedaba de mes. Su alarido sonó grandioso.

—¡Señora, casi nos mata con ese arma infernal!

Un rostro sucio y rodeado por una mata enredada de canoso cabello le miró con brillantes ojos para asir de seguido, mientras permanecía con las posaderas en el suelo justo ante ellos, una especie de desvencijado delantal que le cubría la rasgada falda color marrón y taparse con él su cara y cabeza al completo, dejando fluir tras la ropa una ristra descontrolada de jipíos y sollozos.

Lloraba.

No.

¡Sollozaba como una posesa!

¡Se iba a deshidratar a semejante ritmo de llanto!

Sintió sobre su rostro la furiosa mirada de Ross y de refilón alcanzó a captar el gesto en dirección a la buena mujer que venía a decir *pero qué bestia eres, Clive, le hiciste llorar.*

No, si ahora el malo de la historia iba a ser él.

Inconcebible.

III

—Lo lamento, señores pero el Doctor Piaret ha salido de viaje hace un par de horas a lo sumo.

—No puede ser.

—Lo es, señor. Yo mismo le vi marchar.

—¿A dónde?

—No lo dijo, señor.

—¿Sabe usted algo más que no sea que su señor ha salido de viaje? ¿Se entera usted de algo en este mundo que no sea…?

La tensión en los rasgos de hombrecillo que había aparecido tras la puerta de acceso al hogar del médico al ser avisado por una asustadiza criada denotaba que su dignidad estaba viéndose afectada por las ansiosas y ásperas preguntas de Peter. Y el sarcasmo que obviamente encerraban.

Le pegó un ligero golpecito en la espalda al grandullón quién, tras un gesto de supremo hastío, se apartó dejándole adelantarse hasta quedar a la altura del supuesto mayordomo de la casa Piaret.

—Verá usted. Soy el inspector Robert Norris. El doctor nos citó aquí y…

—No me dijo nada, señor.

—Eso no significa que no nos citara.

—Ni que lo hiciera, señor.

—¡Se lo digo yo!

—Pero usted, no es mi señor.

Vaya. Apretó los dientes. Para no morder al hombre.

—Buen hombre, está comenzando a enfadarme.

Le pareció escuchar una seca risilla de Peter tras él.

—Les repito señores, que no les permitiré la entrada en esta casa sin el permiso de mi señor.

—Le digo por enésima vez que soy inspector de la policía metropolitana de Londres.

Una fría mirada de desdén le recorrió de la cabeza a los pies. El pomposo e inflado hombrecillo trataba de estirarse cuan largo era.

—Y yo le repito, señor inspector, que me muestre alguna credencial.

—¡Voy de incógnito!

—También los ladrones.

Mal… di… ción.

¡Que le mataba y terminaba encarcelado! Le temblequeaban los brazos de las ganas de agarrarle, alzarle y lanzarle sobre su hombro dejando expedita la entrada a la puñetera casa para comprobar que el único hombre que había mostrado un mínimo de intención de hablar, no se les acababa de escurrir de entre los dedos. Casi salivó disfrutando de la imagen en su mente.

Un suave toque aunado a un susurro de *es mi turno*, dio paso a Peter, de nuevo.

Parecían David y Goliath pero algo intangible en la empecinada expresión del mayordomo le decía que David iba a poder con ellos.

Peter se inclinó ligeramente antes de hablar.

—¿Y si le dijera que creemos que el doctor puede estar siendo amenazado o chantajeado?

El cambio en la terca expresión del hombre evidenciaba una total sorpresa. Si así era, no estaba al corriente. El balbuceo que siguió a la información no era fingido. Pero algo en su mirada acicateó cierta alarma en ellos. Preguntó antes de que lo hiciera Peter.

—¿Qué ocurre?

Por unos segundos el hombrecillo dudó, repasándoles de arriba abajo con la astuta mirada. No supo qué fue pero la decisión de hablar apareció repentinamente en el fondo de esos ojos.

—Ha sido raro.

Pues sí que era críptico el mayordomo. Y a él se le había agotado la paciencia por lo que lo dejaría en manos del grandullón. Con un gesto le dio paso.

—¿A qué se refiere?

Un atisbo de duda se reflejó en los claros ojos del hombre sumados a un gesto de fiera testarudez.

—No les dejaré pasar… —Peter se estiró de golpe sacándole más de dos cabezas—…pero eso no significa que no pueda expresar mi preocupación por mi señor.

¡Al fin!

Dio un paso colocándose a la altura de Peter.

—Hable.

—Verán, el doctor únicamente se desplaza por razones laborales y tiene costumbre de organizarlo con antelación.

—¿Y?

— Con meses de antelación. Le desagrada lo sorpresivo.

—¡¿Y?!

Dios, Peter también estaba perdiendo la calma con la excesiva flema del hombre. Éste dio un paso alejándose del interior de la casa y redujo el tono de voz.

—Hoy llegó agitado del trabajo y el doctor nunca se inquieta. Su vida se rige por una serie de reglas inquebrantables y entre ellas está la…

—Organización. Sí, ya lo ha apuntado antes, buen hombre.

¿Por qué le miraba todo ofendido? Sólo trataba de aligerar la endemoniada conversación. Se giró al notar la llameante mirada de Peter. Vaya. Hoy estaba logrando enfadar a todo el personal.

Se encogió de hombros a modo de disculpa y el mayordomo se volvió una vez más hacia Peter.

—Nunca hubiera marchado de semejante manera de no haber sido por ese hombre. Llegó pocos minutos después del doctor y cuando le vio…

—¿Qué?

—Empalideció y…

—Siga.

—Se asustó. Ese hombre le daba miedo. Verdadero miedo. Llevo al servicio de mi señor media vida y jamás presencié semejante expresión en él.

Un nudo comenzaba a formársele en la boca del estómago y la inmensa figura de Peter a su lado se tornaba cada vez más rígida.

La ronca voz de Peter no se hizo esperar.

—Descríbamelo.

—Alto. Mucho. Casi tanto como usted. De porte gallardo y facciones muy apuestas aunque duras. Cabello oscuro y ojos claros. Pero…

Dios, con cada palabra que pronunciaba el hombre su corazón se aceleraba. Las siguientes palabras de Peter terminaron de hundirle.

—Sus ojos azules parecían helados, calculadores y una pequeña cicatriz irregular marcaba la parte inferior de su barbilla.

—¿Cómo lo…?

—Porque se la hice yo. ¿Dijo algo?

—No, señor pero el doctor…

Peter se tensó al completo.

—Es importante. Cualquier cosa que recuerde nos ayudará a encontrarle.

—Mi señor no ha partido de viaje, ¿verdad?

—No.

—¿Qué debemos hacer?

—Nada por el momento. Seguramente estén vigilados por lo que habrán de seguir con su rutina diaria. Dudo que se pongan en contacto con ustedes ya que han organizado todo para que parezca que el doctor Piaret ha partido por motivos de trabajo pero si lo hicieran, sabe dónde localizarnos. No hagan algo que llame la atención.

El hombre asintió completamente pálido.

—Ahora recuerde al detalle lo ocurrido. Algo que llamara su atención. Cualquier palabra o frase que dijeran, por nimio que le parezca. Es esencial. Antes iba a decir algo.

—Al colocar el abrigo al señor y mientras ese hombre le esperaba junto a la puerta me dijo una frase sin sentido. Fue muy rápido y me dio la impresión de que trataba de evitar que ese hombre le escuchara. Creo que intentó que pasara desapercibido porque no llego a comprender a lo que se refería. Me dijo *Malcolm, comenta a mis dos invitados que he de acudir a realizar una visita médica urgente de una de mis pacientes cuyos achaques de edad han empeorado. Al campo, aunque no excesivamente lejos de la ciudad. Con la torre, las águilas y las cuevas. Es cuestión de vida o muerte, ¿me entiende? Es importante que lo recuerde. Dígales que….* — al mayordomo le temblaba la voz—. No tuvo ocasión de decir más al reclamarle ese hombre. Se le notaba enfadado por hacerle esperar. Entraron en el carruaje y desaparecieron. Me quedé un largo rato en la entrada porque sentía desazón. Por alguna extraña razón me sentía inquieto.

Los claros ojos ya no eran de rechazo sino que estaban cubiertos de preocupación.

—El doctor es un buen hombre y no merece que le ocurra algo malo. Es un buen patrón. ¿Le traerán de vuelta a casa?

Los negros ojos de Peter se clavaron en los del hombre con intensidad.

—Lo intentaremos. ¿Sabe a qué se refería?

El gesto mezcla de impotencia y de agradecimiento del mayordomo lo dirigió en esta ocasión a los dos.

—Ahora actúe como le hemos indicado y si surgiera cualquier contratiempo, sabe lo que debe hacer.

Segundos más tarde el grueso portón se cerró de golpe, provocando un silencio abrumador y opresivo.

No quería mirar a Peter. No quería porque si lo hacía se convertiría en demasiado real. No lo esperaba tan pronto. En absoluto.

La pesadilla comenzaba de nuevo. Demasiado pronto.

Saxton.

IV

—¿Vas a seguir mudo lo que queda de día, canijo? Me gustaría saberlo para evitar malgastar más saliva de la estrictamente necesaria.

No estaba para ironías y el muy bruto lo sabía pero no parecía importarle lo más mínimo así que optó por emplear su recurso favorito. La sutil ironía.

—Verás, Peter, es un día tan maravilloso que da pie a parlotear sin fin. No nos hemos topado con la sombra del canalla que nos persigue ni ha desaparecido como la maldita bruma de esta mañana un posible testigo o confidente o lo que diablos fuera el buen doctor y lo único que estoy logrando al hablar en alto ¡es enfadarme! Así que, sí, voy a estar mudo un buen rato. Y te aconsejo lo mismo antes de que terminemos peleados, para variar.

El silencio y la paz duraron ¡cinco segundos!

—Puede que no sea él.

—¡Saxton!, Peter. Decir su puñetero nombre no lo hace menos real, ni menos odioso.

—¿Qué te dijo?

—¿Quién?

—Él. En el barco, hace cuatro meses. Sé que no me lo has contado todo, canijo.

—No tienes por qué saber cada pequeña conversación de mi vida, Peter.

—Esa sí.

—Esa no.

—¿Por qué no?

Se quedó un buen rato observando ese hermoso rostro. Eres posesivo y terco. No iba a dejar el tema hasta que supiera aquello que quería conocer.

—Dame una razón lógica y la respetaré.

—¡No todo es lógica, Peter!

—Casi todo.

Se le estaba encrespando el cabello. Notaba las raíces en punta y eso denotaba que echaba chispas y de las malas. Aspiró profundamente mientras desviaba la mirada del hombre que cabalgaba camino a la mansión a su lado. Los costados de las monturas se rozaban. Había intentado mantener cierto margen de separación pero era imposible. Habían terminado al borde del camino en su afán por distanciarse algo y el de Peter por impedirlo a toda costa.

Si no terminaban arrollando a algún peatón podían darse por satisfechos. Por el momento decidió obviar el hecho de que le estaba acorralando, centrándose en el tema entre manos.

—¿Qué vamos a hacer?

Esos negros ojos se tornaron serios al instante al escuchar su pregunta. Incluso a sus propios oídos le sonó ansiosa.

—Seguir la pista del médico. Es la única forma de dar con él y con… Saxton.

Las tripas se le hicieron un maldito nudo.

—Disponemos de muy poco.

—Lo suficiente para indagar.

—Tendrá muchos pacientes, Peter. Es un médico de renombre.

—Ya, pero tenemos algo por lo que empezar. Ancianas residentes en el campo con achaques a causa de la edad.

—Esperemos que no se especializara en viejecillas porque estaríamos apañados. Abundan en el campo, aunque ahora que lo pienso, ¿no estaba estudiando no sé qué enfermedad de los huesos?

—Deformidades óseas.

—Eso mismo. Quizá ese dato reduzca la búsqueda. ¿Qué crees que significa lo de la torre, las águilas y las cuevas?

La mirada de ligero desconcierto de Peter debía ser un exacto reflejo de la suya. Éste se volvió en su montura hacia él.

—¿Algún lugar en concreto?

—Por lo que sé y no es demasiado, las águilas habitan los páramos abiertos y las montañas, no la ciudad o el centro y sur del país, Peter. ¡Te quieres estar quieto!

—¡No he hecho nada!

—Acabas de taconear al caballo con el talón para pegarte a mí.

—¿Y?

Una de sus manos soltó las riendas para enfatizar su siguiente frase sin apartar la mirada de esos iris oscuros que se habían tornado de nuevo juguetones. Ese hombre le desquiciaba los nervios.

Le enseñó un poco los dientes. A modo de ligera advertencia.

—En este mundo, amigo mío, hay o debiera haber un globo invisible alrededor de cada persona...—¿Se estaba mofando la mole? Más le valía que no, porque como una ligera sonrisilla apareciera en esos carnosos labios, estallaba, la armaba en plena vía y al cuerno con el decoro público—...para delimitar su espacio privado. Físico y mental. Como mi globo físico desapareció por tu condenada culpa hace tiempo, más bien años atrás, estoy dispuesto a proteger mi globo mental con uñas y dientes, Peter. Así que ya lo sabes. A alejarte unos pasos y a callar que sigo enfadado.

Exhaló el aire fresco tras hablar sin perder comba y sin aspirar aire. Faltaba que surtiera efecto en Peter.

—Tu teoría tiene un leve fallo, Rob.

Paciencia. Sólo un poco más de paciencia, hasta llegar a casa.

—Y un cuerno.

—La tiene.

—¡¿Cual?!

Por la maliciosa sonrisa supo que no le iba a gustar lo que estaba por decir la mole.

—Bien pensado, esa información forma parte de mi globo mental personal, Rob.

Increíble. Le acicateaba a posta.

—¡Haces trampa!

—¿Quién lo dice, canijo?

—Yo.

—¿También existen reglas para los globos esos? Interesante.

Explícamelas.

—Si me dices antes lo del fallo.

—No vas a poder dormir si no lo sabes, ¿verdad?

Apretó los labios negándose a contestar y con el costado de la bota lanzó un puntapié a la que cubría la musculosa pierna de Peter.

—¿Ahora recurrimos a la violencia? —el sonido del chasquido de la lengua de Peter le llegó claro y le enrabietó completamente— Rob, estamos perdiendo las formas últimamente.

Por los santísimos mártires. Le llevaba por la calle de la locura.

—Dime… el… condenado fallo.

—¿Qué me das a cambio?

—¡Nada!

Otro chasquido de esa endemoniada lengua.

—Peter…

—Muy bien, lo hago por tu salud mental, canijo pero que te quede bien claro que no hemos terminado con el tema de Saxton.

Eso lo veríamos.

Paró su montura sin dudarlo tras asegurarse que ningún carromato, jinete u otro objeto móvil los seguía pero el muy bestia siguió adelante sin una sola vacilación. Una sonrisa de oreja a oreja recorría su rostro. El inmenso cuerpo se ladeó ligeramente en su dirección y sonrió, antes de echar a galopar.

Dios, con esa sonrisa que le derretía por dentro. La ronca voz le llegó con nitidez pese a la distancia que se incrementaba por momentos entre ambos.

Hablas mientras duermes.

—¡De eso nada!

Le estaba provocando. Ni más ni menos.

Sin parar, canijo y compartes las cosas más interesantes del mundo.

—¡Y un cuerno!

******

Capítulo 14

I

La frágil anciana esperó a que los hombres abandonaran el cuarto antes de pronunciar palabra alguna y mencionar al odiado hombre que con sus mentiras, zalamerías y adulación le había engañado con tanta facilidad. Siempre se había tenido por una mujer inteligente y con un cierto sexto sentido para apreciar el engaño pero esta vez...

Su contrincante había resultado más astuto que ella y sus seres queridos corrían peligro por su causa. Todavía no sabía la razón y eso la descorazonaba.

Su atención se centró de nuevo en el hombre al que habían conducido a la fuerza al mismo lugar en el que le retenían a ella.

—¿Qué está ocurriendo, Colin?

El hombre que conocía de hacía años, que le había ayudado a soportar los dolores cada vez más agudos que sentía en las articulaciones, con el que había departido con humor en las visitas semanales que le realizaba pese a no asistir a pacientes, le miró con angustia.

—Hice algo imperdonable, señora. Y lo estoy pagando.

La redonda cara del médico reflejaba temor, indecisión y culpa. Inmensa culpa.

—¿Qué hizo?

—Les permití utilizarme. A mí y al hospital. Me avergüenzo tanto —el amplio cuerpo del médico se estremeció de forma incontrolada— Y ahora ha muerto gente. No sabía que me utilizaban a mí o a mí investigación para hacerles desaparecer.

No podía acercarse al hombre que parecía sufrir.

—Colin...

—Pero conseguí darles una pista para que nos encontraran y no creo que él se diera cuenta.

—¿A quién?

—A los policías que vinieron al hospital preguntando por la joven enfermera Gates.

—¡No entiendo lo que habla, Colin!

—Y dé gracias por ello, señora —Por un momento la sorpresa llenó los ojos del médico, como si acabara de darse cuenta de algo importante—. ¿Qué diablos? ¿Por qué le retienen aquí?

Por primera vez desde que les reunieron, las huesudas manos de la mujer se retorcieron con ansiedad.

—Creo que por mi nieto.

II

Escuchó la puerta que separaba ambas estancias abrirse sin apenas hacer ruido. No apartó la mirada del espejo que reflejaba su imagen mientras se desanudaba el arrugado lazo del cuello.

Se sentía ligeramente desanimado.

No habían tardado en compartir las noticias de la desaparición del médico con los demás, optando por esperar la vuelta de Clive y Ross de su corto viaje para decidir cómo obrar. Habían aprovechado la tarde para retornar al hospital de San Bartolomé y recabar más información acerca de la identidad de las enfermeras que cubrían los turnos en el pabellón donde retenían a Titus. La ayudante del Doctor Piaret se había despedido intempestivamente por lo que poco pudieron sonsacar por ese lado. El relamido subdirector nada contestó a sus preguntas acerca de la mujer ni les facilitó un domicilio donde localizarle. Simplemente había desaparecido de la faz de la tierra. La irritada mirada del hombre en reflejo al sarcasmo de Peter al incidir con acidez en lo oportuno del mutis por el foro de la mujer, fue su única reacción a la velada acusación de que ocultaba información a sabiendas de ello.

Les dificultó la tarea hasta que amenazaron con acudir al Director del hospital.

Con la información facilitada a buen recaudo, su descontento incrementó.

La lista de enfermeras era lo suficientemente extensa como para perder un tiempo precioso del que no disponían en interrogar a celadores, médicos, vigilantes de seguridad y personal administrativo que casi seguro obstaculizarían su labor. Pese a ello lo intentaron. Una y otra vez, pero un extraño juramento de silencio parecía adueñarse de todos las personas que rondaban esos lúgubres pasillos. Nadie controlaba quién entraba y quién salía, ni a aquellos que trabajaban codo con codo ni, por lo visto, se interesaban por los asuntos del prójimo.

Desidia en estado puro.

O miedo a hablar más de la cuenta.

F. Dalton, M. Kennedy y C. Farrigan eran las iniciales y apellidos facilitados de las mujeres con más experiencia y tiempo de trabajo asignadas al bloque donde ejercía la enfermera Barbara Gates pero eso no significaba que cualquier de las otras mujeres que integraban el resto de la lista pudiera ser aquella que buscaban.

La tarea se complicaba y no disponían de hombres suficientes para una exhaustiva búsqueda por lo que se habían visto abocados a reducir las candidatas a unos pocos nombres que encajaban con la enfermera que había orientado en sus primeros pasos a la joven desaparecida.

Escuchó el definido sonido del papel al desdoblarse. No necesitó girarse para saber que Peter había agarrado la lista que, en un gesto de desgaste, él había lanzado encima de la cama en la que éste permanecía sentado, al borde. La familiaridad de su olor le relajaba instintivamente.

Pero no en esta ocasión.

Tenían la noche por delante. Y demasiadas posibilidades como para mantener la calma ante el espejo que reflejaba, a su espalda, la figura del hombre que en mangas de camisa centraba su atención en la hoja que sujetaba con dureza entre las manos.

Estaba nervioso.

Le conocía demasiado como para no adivinarlo. Lo veía en la postura erecta de esa espaciosa espalda, en la palidez de los nudillos de ambas manos y en la tensión de la mandíbula que se perfilaba de costado a través del espejo.

Sus veloces latidos se ralentizaron y su respiración se acompasó, mientras mantenía la mirada fija en él. El grandullón estaba nervioso.

Dios.

—No tiene por qué pasar algo esta noche, Peter.

El brusco giro de esa cabeza provocó que sus miradas quedaran trabadas a través del espejo. Sí. Estaba tenso. Impaciente. Y excitado. Esa manera en que le miraba le caldeaba por dentro.

—O sí.

El vuelco en el estómago al apreciar la punta de esa lengua relamer los llenos labios al escuchar esas dos sencillas palabras que sin darse cuenta habían brotado de su boca, le distrajo olvidando que iba a decir algo más. Algo sobre tranquilidad y no sabía qué otra cosa. Diablos, estaba chocheando y todo por la acalorada mirada del hombre que le tenía completamente sorbido el seso.

Peter plegó con sumo cuidado la hoja antes de posarla sobre la mesilla.

Tenía unas manos hermosas. Duras. Propias de alguien que las manejaba a diario y que lo había hecho toda su vida pero bien formadas, con largos dedos y una ancha palma. Robustas. Por un segundo la imagen de esas manos acariciándole casi le mareó. La sangre se le agolpó a un tiempo en las sienes y en su bajo vientre, tensándolo.

Escuchó el crujir del armazón de la cama al ser liberado del peso que sostenía.

Se giró en redondo para enfrentarle. Debía pensar pero era tan difícil con Peter acercándose con movimientos sinuosos. Predadores.

—Sí.

Había dicho algo. Peter había dicho algo pero ni por todo el oro del mundo podía concentrase con esa boca a un palmo de la suya, con ese calor pegado al suyo y ese maldito olor que le envolvía completamente. Ese rostro cada vez más cercano.

—¿Qué… decías?

—Dije que sí, canijo.

Sí.

Sí, ¿a qué?

Estaba torpe pero era comprensible. Inmóvil y tan, tan cerca que su mano obró por sí sola. Necesitaba deslizar la yema del dedo por ese duro rostro. Con tanta suavidad que apenas rozó la mejilla marcada por esa cicatriz. Sintió que otros dedos más fuertes envolvían los suyos y apretaban, retirándolos.

—Sí a todo, canijo.

Calor. Inmenso calor fue lo que sintió en su interior. Cálido.

Sólo sus labios se tocaban. Nada más y era más que suficiente para perder completamente el control. No era Peter quien había dado el primer paso esta vez. No podía pensar, ni tratar de decidir absolutamente nada con su voraz boca moviéndose contra la suya. Había separado sus labios y esa cálida lengua le estaba haciendo perder los nervios. Le recorría cada recoveco, le acariciaba la lengua, lentamente, más rápido para reducir de nuevo esa intensidad. No podía decir quién besaba a quién. Sus lenguas lamían, se familiarizaban, tanteaban.

Sentía contra su cadera el abultado miembro de Peter, empujando contra su pelvis, hasta dar en un par de pasos contra la maldita pared ubicada junto al espejo. Sus gruesos muslos hundiéndose entre los suyos, presionando, apretando contra su igualmente duro miembro. El roce.

Esa maldita fricción.

Dolía de necesidad.

No podía respirar contra esos labios que se habían separado para deslizarse hacia un lado, hacia su cuello, rozándole hasta alcanzar ese punto bajo su lóbulo que latía enloquecido. Se tensó brevemente al sentir una de sus manos introducirse por dentro de la cinturilla del pantalón. De un tirón le había abierto la bragueta y sintió esos largos y endurecidos dedos envolviéndole y apretando. Dolía de lo rígido que estaba.

Apoyados contra la pared. Incapaces de controlarse.

Le costaba respirar.

De otro tirón Peter había conseguido bajarle la cintura del pantalón hasta media cadera arrastrando consigo el fino calzón y su otra mano se había colado por su espalda mientras esa endiablada boca no le dejaba descansar un solo segundo, mordisqueando en ese exacto punto que le provocaba escalofríos por todo el cuerpo. Con un brusco movimiento Peter apoyó la palma de la mano contra la pared haciendo algo de presión para separar sus cuerpos de ella y de seguido la deslizó por la espalda aún cubierta por la tela, hacia abajo, casi marcando el camino, hasta dejarla posada sobre una de sus nalgas y empujó contra él, no permitiendo que el aire circulara entre los dos.

La otra mano…

Tanteaba acariciando. Demasiado suave. Tan suave que casi dolía de necesidad. Le resultó imposible detener el maldito movimiento. Ni aunque le hubieran amenazado que si se dejaba llevar terminaría encarcelado hubiera podido evitar ese ondulante movimiento de sus caderas acercándolas a esa caliente mano.

A esa condenada y dura mano que se deslizaba por su bajo vientre, su cadera y su miembro con una cadencia casi dulce.

—Más rápido.

Se escuchó suplicar y le dio igual. Las sensaciones eran abrumadoras. Notaba los músculos de sus muslos tensarse. Y el muy condenado ralentizó aún más las caricias.

Le iba a matar.

Fue a protestar o quizá a morder, un poco. Un poco de nada. Esos jugosos labios. Lo suficiente para ver la reacción del grandullón a su provocación pero no pudo. Ya no sentía la fría pared a su espalda sino únicamente espacio libre hasta que de nuevo apareció. Comenzó a deslizarse hacia abajo, contra la pulida superficie hasta quedar sentado en el suelo. Lentamente, mientras se besaban. Como si sus cuerpos fueran incapaces de sostenerse. No sabía bien cómo pero Peter se había ubicado entre sus muslos desplegados, arrodillado, y se apretaba contra él en un movimiento que le hacía perder la cabeza. La cara interna de sus muslos se rozaban contra los de Peter. Ardían.

Dios, sólo sentía calor en el frente de su cuerpo y de seguido la inmensa presión del peso de Peter, apretándole sin miramientos, sin retener nada dentro. Como si las inhibiciones hubieran quedado en el pasado. Una completa locura.

—Esto es una locura, Peter.

Le mordió el labio inferior arrancando un gemido de esa boca que no le daba descanso. Que no parecía poder darle un respiro.

Era erótico. Sus torsos cubiertos y las manos acariciando desesperadas bajo esa ropa que no parecían tener tiempo para desprenderla del todo de sus cuerpos. Cubriéndole a Peter entero. A él, algo menos.

—Levanta.

¿Qué?

—Joder, levanta, Rob. Necesito…

Le costaba entender lo que decía con esa mano apretando su cadera de manera casi dolorosa, como si Peter tratara de resistir el impulso de hacer algo. Tan cerca de su inflamada entrepierna.

—El lecho.

El brusco movimiento casi le mareó. La pared raspó su espalda contra la fina tela de la camisa y a trompicones cayeron sobre el colchón. Casi no había dado los pasos por su propio pie. Peter le había arrastrado.

Su garganta se convulsionó intentando tragar saliva. No sabía cómo habían ido a parar encima del colchón con tanta rapidez. Su espalda lo sentía hundirse con el peso de ambos. Dioses, Peter iba en serio. Trataba de posicionarse entre sus muslos y aunque él no quería facilitárselo, no era contrincante para semejante envergadura ni para esa ruda insistencia. Con repetitivos empujones logró desplazar la posición de sus abiertos muslos hacia los lados con sus rodillas hasta quedar plenamente satisfecho y él indefenso. No estaba acostumbrado a esto. No lo estaba y asustaba un poco. Se notaba… vulnerable. El corazón le latía con tanta fuerza que le costaba respirar. Apretó ambas manos contra esos hombros que parecían tapar todo su arco de visión, pidiendo una pausa. Una pequeña pausa. Lo suficiente para que esa pequeña sensación en la boca del estómago no fuera a más, paralizándole.

Iba rápido. Muy rápido.

Demasiado.

Presionó las caras internas de sus muslos contra esas caderas cubiertas de tela al sentir un suave mordisco bajo la mandíbula, al sentir un lametón para suavizar el jodido mordisco y al notar la inmensa palma cubrir su nalga izquierda. Carne desnuda contra su trasero. Las yemas de los dedos de Peter se hundían con fuerza en la redonda nalga. Apretó sus desnudas manos contra los costados de Peter aún cubiertos por los faldones de la blanca camisa. Sentía contra su desnudo vientre la helada hebilla del cinturón de Peter y el duro y grueso bulto contra su propio miembro. Sus caderas golpearon las suyas, carentes de suavidad. Hacía rato que habían dejado de jugar dejando lugar a la necesidad y a la fiereza al chocar sus cuerpos.

Y a él le estaba entrando un ligero ataque de soberano pánico.

III

Lo sintió pese a haber perdido casi el sentido de la orientación. Las sensaciones, el calor, la excitación lo tapaban todo.

Casi todo.

La mano izquierda de Rob empujaba contra su cadera derecha, clavándole los dedos en la carne y la otra presionaba contra su vientre. La había introducido entre sus cuerpos, forzando algo de espacio. No con fuerza pero sí con insistencia. Empujaba y la respiración de Rob era rápida mientras le besaba bajo la mandíbula. Demasiado veloz. Entrecortada.

Alejó la parte superior del torso para detener su mirada en ese rostro completamente enrojecido y lleno de aprensión.

El tiempo se detuvo.

No era el maldito de momento de seguir.

No lo era.

Parar le iba a matar pero ignorar lo que sentía el canijo era sencillamente impensable.

Se mordió el labio con fuerza. Necesitaba centrar sus sentidos en algo que le hiciera recobrar la cordura. Por favor, Rob olía tan bien y se sentía…en casa, entre esos largos y definidos muslos. Inhaló con fuerza una, otra y otra vez tratando de mantener controlado todo lo que le bullía dentro. Sujetó la mano que Rob presionaba contra su vientre y la deslizó junto con la suya hasta que quedaron a un lado de sus cuerpos. Sintió una pizca de resistencia pero Rob se dejó hacer. Su pecho se constriñó al darse cuenta que si decidía seguir, el canijo también lo haría a pesar del intenso temor que le invadía.

Apretó su mejilla contra el lateral de ese rostro que tenía grabado a fuego en su mente. Estiró sus piernas y sus muslos, dejándose caer contra el tenso cuerpo de Rob, de golpe. El jadeo de Rob fue un eco del suyo. Su rostro permaneció a un lado de su mejilla. Sus cuerpos pegados uno al otro, las respiraciones ásperas, sus pechos se movían siguiendo el movimiento de éstas.

Maldita sea, casi temblaba.

—¿Peter?

No podía hablar. Necesitaba unos segundos más para aferrar bien las riendas o se debocaría y su necesidad de amar, de tener, de poseer, de compartir, provocaría al final el rechazo del hombre que amaba.

—Peter.

—Dame unos segundos, canijo. Unos… segundos.

El firme cuerpo bajo su torso se revolvió ligeramente y los muslos se cerraron hasta topar de nuevo con los suyos que le impedían el paso.

—Y no… te… muevas. Por Dios.

Escuchó un suave *vale* seguido de un ahogado carraspeo. Si su control no pendiera de un hilo, se hubiera reído de su condenada mala suerte. De nuevo.

Con las manos posicionadas a ambos lados del cuerpo de Rob se impulsó alejando su cuerpo del más menudo hasta quedar tendido de espaldas sobre el lecho junto a Rob. Le costaba respirar.

—Lo siento.

No pudo impedir dirigir la mirada hacia esos azulones ojos que se negaban a apartar la mirada.

Pese a la tensión que todavía llenaba su cuerpo se posicionó de costado, orientado hacia él. Intentaba respirar acompasadamente pero costaba. Mucho. Ralentizar la respiración parecía imposible.

—No digas eso, Rob.

—No debí empezar algo que no sabía si podría terminar. No sé... lo siento, Peter. Me acobardé. Un poco. Y me quedé paralizado. Diablos, lo siento mucho. Es ridículo. Soy un hombre adulto y sé lo que...—Rob farfullaba. Casi se tropezaba con las palabras, atropellando unas con las otras—. Quiero decir, sé lo que va ocurrir entre los dos. No ocurrirá de nuevo, Peter. Te lo juro —Por un instantes los azules ojos reflejaron pánico—. ¡No me refiero a amarnos, sino a lo de parar! Eso mismo. Parezco idiota, ¿verdad? Es más...

Su mano reaccionó por si sola aferrando la mandíbula de Rob y presionó con suavidad la yema del pulgar sobre sus labios, para acallar el torrente desbordado de palabras. Rob contuvo la respiración.

—No haremos algo mientras no estemos seguros de ello, canijo. Nunca. Jamás te forzaría a algo que no desees.

—Lo sé.

Por la expresión de su rostro supo que iba a hablar de lo que le preocupaba.

—¿Y si nunca lo estoy? Listo, quiero decir.

Estaba dicho. Demonios.

—Hablas de sexo.

Esta vez no hubo palabras sino un diminuto gesto de asentimiento.

—Sexo por detrás.

El ceño fruncido del canijo denotaba un principio de enfado. Especificó otro poco más.

—Yo a ti... por detrás.

—¡O yo a ti, no te fastidia!

En ese punto se encontraban frente a frente y Rob estaba sonrojado. Casi grana. Enfurruñándose por momentos y guapo a rabiar mientras hablaba a trompicones. En su propio código personal para hacerse entender.

—No asumamos lo que no tenemos que asumir, so lerdo. Puede que sea yo quien deba ser quien te haga eso de lo que hablamos la primera vez, ¿no? O sea, lo que hablamos ahora. Soy más pequeño, bueno, una pizca más menudo ahí abajo. Apenas apreciable, claro —los claros ojos se entrecerraron sin separar la vista de su rostro—. Como te rías, Peter, me levanto y me voy a dormir con padre —Pasaron dos segundos de tregua hasta que Rob retomó la palabra—. Está bien. Si yo fuera el activo en la pareja, ejem o como buenamente se diga, dolería menos porque sé que duele y ya sabes que el dolor no es mi amigo, Peter.

—Ni mío.

—Tú eres más resistente.

—Y tú más flexible.

Las cejas rubias se alzaron, incontroladas.

—Ah, ¿eso... influye?

—Digo yo que sí, para relajar ciertas zonas de entrada por las que nunca ha entrado nada hasta que nos decidamos, claro, a meterla hasta el fondo.

Los azulones ojos comenzaban a parecer desorbitados.

—Eres un bestia.

—Seguimos hablando de sexo, ¿no?, ya sabes.

—¿Supongo?

— De la clase penetrante, quiero decir.

—Diablos, Peter. Me pones frenético a veces. Y ésta , sin duda , es una de esas..

—Y caliente, aturullado y refunfuñón.

—De eso nada. Soy un santo varón por aguantarte.

La comisura del labio de Peter se alzó un poco.

—No con ese aspecto, canijo. Más bien otra cosa muy diferente.

Y por lo visto le atraía como la llama a la luz ya que de alguna forma habían terminado con los muslos entrelazados y una de las manos de Rob acariciaba la palma de la suya, inconscientemente, como si se moviera por inercia, provocándole calores por todo el cuerpo.

Sopló con fuerza sobresaltando al canijo.

—¿Qué diablos te pasa ahora, Peter?

Muy bien. Allá iba con todas las de la ley.

—¿Quieres o no que nos amemos esta noche? —La expresión del canijo fue casi cómica—. Vale, pues entonces, amigo mío, las manos, lejos.

Rob las alejó como si se las hubieran escaldado.

Durante unos veinte segundos se limitaron a mirarse hasta que terminaron sonriendo. Como dos atontados.

—No tenemos prisa, canijo.

—Vale.

—Ni presiones.

—Ajá.

—Podemos dormir juntos sin que pase nada.

La azulona mirada comenzaba a tornarse dubitativa por lo que decidió picarle un poco.

—Salvo que te emociones en sueños y además de hablar como una cotorra sobre lo mucho que me amas y deseas probar posturas innombrables en mi perfecto cuerpo, te lances a hacer otras cosas, llevando a la práctica tus gloriosas proposiciones amorosas, claro está.

Una hermosa risa brotó de los labios de Rob.

—Yo no te hago proposiciones en sueños.

—Oh, sí. Muchas y variadas. Si te oyeras entenderías mi estado agónico y falto de caricias.

—Puedo acariciarte cuando quieras.

—De eso nada que se me va la cabeza.

—Y otras cosas, Peter.

—¿Te extraña, canijo? ¿Con esas calenturientas propuestas que prodigas en sueño? Mi aguante es legendario.

—Eres un mal amigo, ¿lo sabías?

—Pero un buen y generoso amante.

—Eso ya lo veremos, listillo.

—Cuando quieras, canijo. Cuando quieras, pero yo… por detrás.

La carcajada de Rob brotó relajada.

No se resistió al impulso.

Con rapidez golpeó con sus labios los abiertos de Rob y le pegó un buen lametón arrancando de esa boca otro *eres un cabronazo*.

El ambiente se había distendido y se sentían extremadamente a gusto. De una curiosa e innata manera parecía como si llevaran juntos una eternidad. Se desnudaron sin sentir un mínimo de vergüenza mientras hablaban de los malditos casos de la joven enfermera y los agentes desaparecidos, de cómo les estaría yendo a Clive y Torchwell, incluso del maldito hijo de puta que les acechaba. Instintivamente cada uno ocupó un lado del amplio lecho, como si lo hubieran hecho durante años. Sus cabezas reposaban sobre la misma almohada a un escaso palmo de distancia, la una frente a la otra.

—Será hermoso.

Las palabras de Rob le sorprendieron lo suficiente como para no saber qué decir. La sonrisa que cubría esos labios era tranquila.

—Cuando nos amemos, será hermoso, Peter.

No dijo más.

Sencillamente Rob se volvió colocándose de costado, dándole la espalda y abandonándose al sueño. Nunca dejaría de sorprenderle. Esa honesta y abierta manera de compartirlo todo. De hablar con la mirada. Con los gestos. Con una hermosa sonrisa.

El silencio se adueñó de la habitación y con él, el cansancio y el relajo posterior. El mismo en el que él poco a poco se adentraba, hasta que pasado un rato, una risilla llamó su atención. Casi juguetona.

—Siempre podríamos sortearlo.

¿De qué diantre estaría hablando ahora el canijo?

—¿Hum?

La rubia cabeza se ladeó en su dirección.

—O mejor no, que con mi suerte seguro que saco el palo corto.

—¿De qué hablas?

—Del tema tabú.

—¿Eh?

—El de antes, ya sabes. Y el de ahora, vaya.

—¿Cuál?

—¡Peter! Espabila, que es importante.

Se incorporó sobre su codo para… no sabía muy bien para qué.

—Olvidas nuestras conversaciones, Peter. Lo que no te interesa.

—De eso nada.

—Muy bien. ¿Cuál es el tema tabú?

—¿Saxton?

El resoplido resonó en toda la habitación.

—No tienes remedio, grandullón.

Con otro suave bufido Rob se arrebujó en el mullido colchón, con la espalda hacia él y se acomodó para dormir pero no antes de aferrar su antebrazo y cruzarlo sobre su cintura. Lentamente amoldó su cuerpo al más pequeño, hundiendo la cara en el claro cabello. Su olor le calmaba. Su calor le envolvía.

A pesar de todo, te quiero.

Su corazón pareció cerrarse en un maldito puño al alcanzar a escuchar el suave susurro y dolió. Por el amor que sentía hacia el hombre que no tenía miedo de hablar de lo que sentía, que lo daba todo y que confiaba plenamente en él. El mismo que era su maldita alma gemela. La de un hombre roto por dentro que poco a poco se recuperaba y salía del infierno en el que había vivido demasiados años de su vida. Y todo gracias a la persona que con un suspiro de contento se pegó a él hasta buscar acomodo.

Alzó sábanas, mantas y las dejó caer sobre ellos, protegiéndoles de la fría noche.

Pegó su cuerpo al de Rob, amoldando su dureza a las líneas de esa espalda, arrancando un complaciente gemido de éste. Pecho contra espalda, vientre contra trasero y los muslos entrelazados. Uno de sus brazos rodeó de nuevo la cintura más menuda, desplegando la palma y los dedos, apoyándolos contra el cálido vientre. Aspiró profundamente antes de cerrar los ojos con el rostro casi enterrado en esa rubia cabellera, dejándose llevar, una vez más, por la somnolencia.

Sintiéndose en el hogar por primera vez en su puñetera vida.

IV

Alrededor de Clive se apelotonaban no menos de seis personas dando indicaciones sobre la mejor manera de colocar la humedecida compresa sobre la enrojecida sien del hombre y tras ellos, con cara de pocos amigos, sobresalía la cabeza de Ross. La turbia expresión en ese rostro provocaba zozobra y ello generaba que al buen doctor Brewer le temblaran las manos más de lo habitual en un hombre de edad más que avanzada. Desde que accedió a la profesión de la medicina se ocupaba de la familia Evers y por asociación de aquellos que éstos decidían incluir en su círculo íntimo de amistades. Pero poco impresionaba tanto como el ceño fruncido del Superintendente Ross Torchwell.

No importaba el hecho de que hacía años que se había retirado del ejercicio activo para dar paso a su hijo o que cuando las heridas se excedían de un pequeño corte acudieran en auxilio de éste. Confiaban en él y era un buen hombre. Sosegado, paciente, calmado y un hombre cuyo pulso jamás había temblado tanto hasta el punto que Clive tenía toda la cara y cabellos empapados además del ojo derecho enrojecido por un leve accidente con el borde del paño.

En esos momentos podría decirse que Ross miraba las arrugadas manos del doctor como si de una potencial arma se trataran y no sin algo de motivo. Estaba dejando a Clive hecho un verdadero cromo.

Y todo por el simple hecho de tener al superintendente sobre su hombro derecho observando sus manejos e impidiendo al hombre concentrarse en la tarea que tenía entre manos.

Desesperado por alejarse de esa mirada, el doctor había optado por atar la maltrecha compresa a la frente de Clive con un lazo rosa de la chaquetita de la pequeña Rose que le había agenciado Julia, a modo de banda. Colgando los deshilachados hilos sobre los grises ojos, la estrambótica imagen ocasionó un par de femeninos suspiros y otro par de risas masculinas ante el estropicio causado. Eso aunado a que Clive se retiraba los hilachos de la frente constantemente como si peleara a muerte con un flequillo mal avenido, iba a ser el tema de conversación o de chanza favorita de la semana.

—Me estoy armando un jaleo mental de caballo.

—Es por el golpetazo en la sien. No debieras pensar en tu estado, Clive..

—Me encuentro bien, Ross.

—Estás mareado.

—De eso nada. Estoy lúcido.

—En tu imaginación. Deja de pensar.

—¿Ahora me llamas ameba?

—No he dicho eso, Clive.

—Pues ya me dirás, Ross.

—Digo que… que…

—¿No ves? Has perdido el Norte. Como en el ataque de hoy por la mañana. Sin apoyo, tú solo contra cuatro hombres. Da que pensar, ¿no crees?

—No pecoso, no lo creo.

—Yo me lo haría mirar, aprovechando que el Doctor está presente.

La horrorizada expresión del galeno sólo pasó desapercibida a los contendientes.

—Estoy como un roble.

—No hablo del cuerpo, Ross sino de la mente. Es un misterio, sobre todo la tuya.

—No por mucho hablar me vas a convencer, Clive.

—Mens insana, in corpore chuchurriau.

—Pero, ¿qué dices?

—Pues eso, ni más ni menos. A mi estilo, claro. Una mente insana provoca acidez de estómago. En otras palabras. Se te fue la cabeza.

—Como vuelvas a decir eso, me vas a enfadar..

—¡Si ya lo estás!

Madre del todopoderoso.

Doyle parecía estar observando antes sus propios ojos a Peter y Rob en plena riña. Su mirada se cruzó con la de su pelirroja y sonrieron sin necesidad de cruzar palabras.

Mientras esos dos seguían cruzando pullas, despidió al pobre doctor tras agradecerle su rápida asistencia y retornó en cuanto pudo por si era necesario separar a los dos policías. La imagen que lo recibió le detuvo sobre sus pasos. Clive daba palmadas sin resultado a las manazas de Torchwell mientras éste, insistente, trataba de recolocar la compresa que se había escurrido hasta tapar al completo uno de los ojos grises de Clive. Los quejidos del pelirrojo de que dejara de meterle los dedazos en sus hasta el momentos sanos globos oculares y las órdenes del otro para que se quedara quieto de una vez si no quería que lo hiciera él en su lugar, estaba provocando la hilaridad de los demás, incluso de la pareja que se asemejaba demasiado a ellos.

Peter había guardado la lista de los nombres que les habían facilitado en el hospital en el bolsillo de su chaleco y sentado junto a Rob, permanecía a la espera de que Clive, Ross o los dos a la vez, a la vista de cómo lo hacían todo, les relataran el resultado de la búsqueda en las afueras de Londres.

En una de las habitaciones para invitados habían acomodado a la mujer que habían traído consigo y estaban todos expectantes, pendientes de escuchar de una vez el relato.

Por un segundo estuvo a punto de acercarse para arreglar el entuerto que había organizado Ross Torchwell al lograr tapar con una torpeza incomprensible en un adulto capaz ambos ojos grises pero se le adelantó su Julia y sus ágiles dedos.

En un segundo el jaleo estaba deshecho y la tela en su lugar. Clive alzó el dedo y con cara de pocos amigos advirtió al superintendente que se quedara al otro lado de la habitación ya que estaba constatado que era un peligro para su salud, logrando un bufido en respuesta y una ausencia total de caso por parte de éste.

Doyle suspiró.

Había llegado la hora de la verdad.

—¿Quién es la mujer que hemos alojado?

Con un provocador gesto acompañado de un siseo, al tiempo que se sujetaba con una mano la compresa humedecida, Clive señaló a Torchwell.

—Fue idea suya.

Si las miradas mataran, Clive habría caído fulminado.

—¡No podíamos dejarla allí abandonada!

—¡Intentó morderme, Ross!

—Porque le gritaste.

—Iba armada hasta los dientes, genio. Y además, sólo le grité un poco.

— No seas crío. Si era un trabuco oxidado.

—¡Que me apuntaba a mí!

Finalmente Doyle se ubicó entre los dos para descentrar la atención que posaban obsesivamente el uno en el otro.

Repitió en un tono calmo la pregunta sobre la mujer que dormía agotada en el piso superior, tras saborear un sabroso caldo de carne y lograr entrar en calor.

—Es la hermana mayor de nuestro hombre.

—¿Del carnicero cuyo caso investigaban los agentes desaparecidos?

—La misma.

—¿Y su hermano?

—Ella comentó que se lo llevaron. Les localizaron antes que nosotros.

—¿Qué más?

—Nada. Consiguió ocultarse en un desvencijado armario y ha permanecido escondida y aterrada desde entonces. Hablamos de tres días, Doyle. Tres malditos días esperando que alguien llegara para rematarle.

—¿Qué os ha dicho?

—Que su hermano descubrió algo ilegal e intentó pararlo.

—¿El qué?

—Lo desconoce ya que él se negaba a contárselo. Ella cree que para protegerle. También balbuceaba algo, una y otra vez. Repitiéndolo como si le obsesionara.

Interrogó con la mirada al superintendente pero quien le contestó en esta ocasión fue Clive.

—Insistía en que todo era culpa de ella. Que debieron callar.

Increíble pero cierto.

Las rarezas parecían ir unidas a su maldito club del Crimen y a los casos con los que se veían relacionados. Doyle se dio cuenta entonces de que desconocía el nombre de la mujer que cobijaban. Fijó la mirada en Ross Torchwell.

—¿Cómo se llama la mujer?

—Kennedy.

Durante unos segundos Doyle quedó quieto, frunciendo el ceño. Parecía intentar reconducir la conversación como si ésta se hubiera desviado repentinamente de su recto camino. La siguiente frase la pronunció con intencionada claridad.

—No hablo de la enfermera que buscamos en el hospital, Torchwell, sino de la mujer que acabáis de traer.

El ceño fruncido del superintendente Torchwell expresaba cierta intriga.

—Yo tampoco, Doyle. Me refiero a la hermana del carnicero. La mujer que hemos ayudado. Así se llama. Maura Kennedy.

—No puede ser. El carnicero se apellida Burgi.

—Ya, pero la mujer es viuda y su marido se apellidaba Kennedy. Eso es lo que nos dijo y dudo que mintiera, Doyle.

Varias miradas se cruzaron, completamente desconcertadas. Los transparentes ojos del mayor de los Brandon se clavaron en los negros del menor y parecieron hablar mentalmente al tiempo que las extrañadas miradas del resto se centraban en ellos.

Con un movimiento ágil Peter sacó del chaleco la lista y la desdobló. Releyó algo con urgencia y alzó los ojos en dirección a Doyle.

—Está entre ellos. El segundo apellido que nos facilitaron y la inicial del nombre de pila, también encaja. Una eme.

—No puede ser. Míralo de nuevo, Peter. Demasiada coincidencia, hermano.

Peter centró su atención en el cada vez más arrugado papel. Una suave sonrisa perfiló sus labios.

—Puede o también puede que al fin la esquiva fortuna se incline un poco de nuestra parte. Aquí lo pone, Doyle. En segundo lugar, la enfermera M. Kennedy.

Varios *¿se puede saber de qué demonios habláis?* en entonaciones, sonidos y maneras dispares cortaron la misteriosa conversación entre los hermanos Brandon. La inquietud en el ambiente escalaba por momentos. Algo ocurría. Algo importante que únicamente Peter y Doyle parecían captar.

El primero se enderezó bruscamente y dio un par de pasos hasta quedar de espaldas a la ventana. Clive y Ross aún desconocían los nombres que engrosaban la lista de enfermeras que les habían facilitado en el hospital de San Bartolomé por lo que era imposible que asociaran ideas.

El resto comenzaba a intuir por dónde se encaminaban. Finalmente Rob contestó a los interrogantes que reflejaban los ojos de los dos hombres que había llegado hacía no más de hora y media, desconocedores del tesoro que traían entre manos, en forma de mujer desamparada y agotada.

—Puede que hayamos dado con ella.

—¿Con quién?

La incertidumbre llenaba la pregunta formulada por Clive.

—Con M. Kennedy o lo que es lo mismo, con la esquiva mujer que el doctor Piaret aconsejó que encontráramos ya que podía saber algo sobre la desaparición de la joven enfermera Barbara Gates. Su compañera en el hospital.

Las sorprendidas miradas de Clive y Ross no se desviaban un ápice de él.

—En San Bartolomé nos facilitaron varios nombres de enfermeras que nosotros redujimos a tres y entre ellos figura el de una mujer llamada M. Kennedy. Maura Kennedy. Demasiada coincidencia como para que no sea ella.

El revuelo generado por la brusca frase envolvió a los presentes.

Y con esa información, demasiados interrogantes a los que dar respuesta.

******

Capítulo 15

I

Con espanto.

A Peter no se le ocurría otro calificativo más apropiado.

Maura Kennedy engullía plato tras plato sin rechistar y comenzaba a mostrar cierto tono verduzco. La pobre mujer recorría a todos los presentes con mirada extraviada y Peter no terminaba de decidir el motivo principal. Si se debía al gentío que le rodeaba, a la insistencia efusiva de la Sra. Pitt en que comiera más rápido para rellenar de carne esos brazos de pajarillo, rodeándole de dos primeros platos, tres segundos y un par de postres de exquisito aspecto o que al fondo del saloncito el par de figuras que más atraían su atención fueran un gigante de rostro aniñado y un diminuto hombre de rasgados ojos que con unos sencillos papeles formaban formas impactantes. O lo que venía a ser lo mismo, Titus y Guang mano a mano. Conversando en su propio y extraño idioma. Resultaba inenarrable pero el gigante había asumido en unos días la costumbre de perseguir al hombrecillo por toda la casa y lo gracioso era que si el primero se quedaba rezagado, Guang le esperaba pacientemente o volvía sobre sus pasos para que no se desorientara más de lo debido.

Se aproximaba el atardecer y la espera para que la mujer despertara de su merecido descanso había hecho mella en todos. El único cuyo humor había mejorado a lo largo de la tarde era el de Marcus Sorenson. Casi había abrazado a Guang hacía un par de horas y plantado en beso en su coronilla de no habérselo impedido Peter bajo peligro de una estrangulante llave por parte del menudo hombre. La estrecha y curiosa relación forjada entre Titus y Guang había provocado que Elora dudara acerca de su decisión de llevarse al gigante a su destartalado hogar.

No había borrado la idea del todo de esa terca cabecita pero como había susurrado con una fogosa mirada Marcus, con esa hembra cualquier mínimo avance era un logro en comparación con su reciente comportamiento. Había sido contundente en compartir su reciente descubrimiento. Pondría su mano en el fuego de que todo era culpa de la *memopausia* esa que les daba a las mujeres de cierta edad. Pero la cerebral, no la de las zonas bajas e íntimas de las hembras y esas cosas. Vamos, que no es que él fuera un experto en esas lides y menos en las de su segunda al mando pero lo evidente era evidente.

Elora estaba *pitipáusica*.

Lo que en su mundo era sinónimo a gruñona y propensa a desobedecerle. Y por ese motivo y no otro, se sentía en la obligación de vigilarle de cerca.

Peter apretó los labios tratando de resistir una malévola risa.

Pobre hombre.

Le había pasado desapercibida la expresión de Elora al escuchar sus palabras. Incluso a él le habían entrado nervios en el estómago hasta que se dio cuenta que la diana de esa mirada de diablillo no era él, sino el hombretón que ubicado a su lado, con una venerable y relamida sonrisa en los labios, no se enteraba de absolutamente nada en cuestión de señoras y sus manías, pese al persistente babeo de un buen número de éstas al tenerle ante sus ojos, incluidas las presentes.

Un suave quejido le puso el vello de la nuca en punta.

Diablos.

Meredith se había redondeado todavía más y por las miradillas de reojo de los hombres, incluido él, temían que les tocara bregar con la posibilidad de acarrear en volandas a una embarazada de parto a donde hubiera de conducirla a toda prisa. Demonios, tendría que preguntar a Doyle lo que había que hacer por si acaso, porque realmente dudaba que Rob estuviera menos en la inopia que él con el temita de marras.

Una parturienta era algo desconocido y temible. Sin olvidar lo de aterrador. Los bebés se podían escurrir al nacer después de escupirles de ahí dentro, donde estaban cómodos y calentitos.

En su ensimismamiento apenas sintió el codazo en el brazo pero las palabras de Rob, disiparon de golpe su neblina mental.

—Va a empacharse o peor, se nos ahogará con un hueso de pollo y otra posibilidad de obtener información que se nos irá al garete. ¡Haz algo!

¿¡Él!?

Un ligero empellón le lanzó en dirección hacia su última invitada y la infatigable cocinera. La frase *sus guisos valen su peso en oro, Sra. Pitt* era infalible y el suspiro de alivio de la señora Kennedy al verse rescatada de su suplicio, perfectamente entendible. La mujer iba a explotar si ingería otra cucharada de comida. Estaba morada.

El *se lo agradezco mucho,* apenas perceptible, de la mujer fue la antesala de un relato que a bocajarro brotó de su boca. Como si, de pararse un momento, sus fuerzas fueran a flaquear. Lo que ninguno previó, fue su completo sinsentido.

—Sé la razón por la que estoy aquí pero yo no los maté, aunque sí ayude un poquito a envenenarlos pero teníamos que sacarles de allí. Verán…

—Sra. Kennedy…

—Barbara conseguía la droga del dispensario y la ocultábamos pulverizada en la comida.

Esto sí que era inesperado. Las frases les había dejado a todos helados e incapaces de reaccionar salvo, por lo visto, a él. A Rob le colgaba la lengua fuera de la boca y ello demostraba que el amor podía con todo. Le parecía enternecedor en lugar de un espantajo a la vista. Tras musitar un cierra la boca, canijo, su atención retornó a la mujer y a sus incoherentes palabras. Se centró en la última frase para empezar con algo de sustento.

—¿Se refiere a la enfermera Barbara Gates, señora?

La mirada sorprendida de la mujer se clavó en él.

—Sí. Se lo conté a mi hermano Blair y no debí hacerlo. Le puse en peligro y…

—Señora…

—Ahora se lo han llevado y no sé por qué.

Se estaba tornando colorada y su respiración sonaba entrecortada. Estaba a un paso diminuto de echarse a llorar y él parecía ponerle más nerviosa con su corpulencia por la forma en que estiraba el cuello, para mirarle y se aplastaba contra el respaldo de la silla. Sospesó darle unas palmaditas en la mano por lo que avanzó un paso para recular de inmediato al aguantar la buena mujer la respiración de golpe. Le miraba como si sujetara un cuchillo entre los dientes y danzara ante ella en taparrabos.

—¡Vas a desmayar a la dama, Peter!

Diablos. El rescate llegó en forma de mujeres. Suaves y delicadas. Y de aspecto no amenazador.

Todo lo contrario a él.

Diablos. Su cicatriz causaba estragos.

Las mujeres se arremolinaron alrededor, intentando sosegar a la histérica mujer, aconsejándole que respirara y lanzándole a él miradas acusadoras por lo que el resto de los varones se agruparon al otro lado del cuarto, alucinados por la poca efectividad en el interrogatorio e intentando protegerlo de las llameantes miradas de las señoras. Incluso Titus y Guang se habían unido al heterogéneo grupo.

—Creo que debiéramos decir a la mujer que su hermano seguramente esté muerto.

Por un segundo Rob le miró para desviar después los azulones ojos hacia la seria expresión de Sorenson. Ni pestañeaba el muy bestia.

Diablos. Lo proponía en serio.

Marcus era más torpe aún que ellos con las mujeres.

Las miradas que le lanzaron todos y el extraño balbuceo del impasible Guang acompañado de un insulto en chino que venía a significar *tosco bárbaro*, provocó que Sorenson se cruzara de brazos y refunfuñara que era tan sólo una idea para sentar las bases de una relación sin dobleces. Que a él le gustaría que se lo dijeran. El berrido de Doyle de que él *no era una mujer y su bruta mente tampoco*, detuvo las conversaciones que provenían del lado de las féminas.

Al menos éstas parecían estar dando frutos ya que le buena señora se había relajado ligeramente y asentía. Eso sí, seguía igual de inflada.

Lentamente y en bloque, se fueron acercando. Paraban si ellas callaban y retomaban el paso con el ruido de voces femeninas. Estando a unos pasos de distancia Peter se decidió a hablar tras recibir un buen par de pisotones tanto de Rob como de Doyle.

—Señora, ejem… —carraspeó tratando de endulzar la voz, aflautándola todo lo humanamente posible— …no pretendía asustarla.

¿Por qué diablos sacudía el canijo los hombros a su lado?

¡Se reía!, y el lelo de Stevens se mordía el labio. Repasó a los demás con mirada homicida y ¡sonrieron!

¡Mandaba huevos!

Achicharró con la mirada a Rob quién, por supuesto, tuvo que decir lo que pensaba.

—Hablas gangoso y fino, Peter.

—No lo hago.

—Pues suenas raro.

—De eso nada. He afinado la voz para no asustar a nuestra invitada..

Rob se giró hacia Clive.

—¿A que suena como una nena que se ha tragado un sapo?

—¿Un poco?

De fondo se escuchó una risilla femenina. Mere o Julia. Traidoras. se cruzó de brazos enderezando la espalda.

—No quería aterrarla de nuevo.

—Ya lo has hecho, Peter.

—Por eso mismo trato de relajar la voz, memo.

—Pues como no te encojas un buen tirón, te salgan cosas femeninas y desaparezcan otras, me da a mí que poco éxito vas a tener.

—Hazlo tú, a ver qué tal, genio.

Una voz bajita y temblorosa preguntó si siempre se comportaban así contestando de inmediato el resto de las mujeres que peor.

Rob se plantó ante Maura Kennedy y le lanzó una reluciente sonrisa.

—Señora, soy pacífico, paciente y bonachón. No como otros —Hizo caso omiso al bufido a su espalda—. No la prejuzgaremos pero tendrá que contarnos la razón por la que se ocultaba y disparó a mis amigos.

La mujer bajó la mirada posándola en sus delgadas manos.

—No pasa nada. No llegó a dar en la diana.

Durante un par de segundos la mirada femenina recorrió con intensidad los rasgos que se enfrentaban a los suyos.

—Creí que venían a por mí. De verdad que lo siento.

—Está bien. Poco a poco.

Antes de comenzar se retorció las manos pero la calidez de un apretón en el hombro por parte de Julia le dio el impulso que necesitaba.

—Trabajo… Bueno, hace medio año comencé a trabajar como enfermera con una nueva compañera recién llegada.

—En el hospital de San Bartolomé,

—Sí. Durante años atendí a una anciana y me gustaba mi trabajo. Me sentía útil y me valoraban pero una pulmonía pudo con ella el invierno pasado. Así que me trasladé a vivir con mi hermano a la ciudad y comencé a buscar trabajo. No me costó demasiado, ¿saben? Tenía experiencia y al principio…

—Siga.

—Me pareció un logro encontrar ocupación tan pronto pero eso cambió al comenzar las sospechas.

—¿A qué se refiere?

En la habitación apenas se escuchaba un sonido, llenando el silencio el suave sonido de la clara voz.

—Me indicaron en el hospital que debía ayudar a que otra enfermera adquiriera experiencia. Nos hicimos amigas. Al parecer la conocen, Barbara Gates. Las horas a veces se hacen eternas y comienzas a hablar, a intimar. Creo que cada una por su cuenta apreciaba que algo no iba bien pero temía hacer el ridículo si abría la boca por lo que tardamos un poco en hablar del tema.

La mujer se estaba inquietando según avanzaba con la explicación. Por un segundo se planteó la posibilidad de detenerle pero un ligero toque en la espalda de Peter le indicó sin palabras que no lo hiciera. Los instintos de Peter eran infalibles así que dejó pasar el impulso y con un tono de voz completamente calmo le pidió que continuara pero no sin reiterar que estuviera tranquila, que entre ellos estaba a salvo.

—Les traían por la noche y por eso nos dimos cuenta. Cambiamos el turno a un par de compañeras por hacerles un favor y nos dimos de frente con algo que nos destrozó la vida.

—¿Qué traían?

—Cuerpos. También prisioneros. Algunas eran mujeres pero nunca llegamos a hablar con alguna. Les vigilaban estrechamente.

Peter intervino en ese momento.

—¿Asociaría a algo el hecho de que le mencionara una torre, unas águilas y cuevas?

La perdida expresión de la mujer contestó sin necesidad de palabras.

A su lado Peter se volvió ligeramente al percibir cierta alarma en la voz de Clive. Preguntaba a Torchwell qué le ocurría, pero se distrajo al lanzar una segunda pregunta.

—¿Qué tiene que ver con todo esto su hermano, señora?

Maura se llevó la mano a la cabeza deslizando los dedos entre el cabello en un gesto de pura angustia.

—La primera noche trajeron a dos hombres y les encerraron en el pabellón dos. Actuaban siempre del mismo modo, aprovechando los cambios de turno —La mujer inclinó la cabeza en un gesto de vergüenza—. Si hubiéramos hecho algo antes o …

—Habrían muerto.

Esos ojos se alzaron de repente pero no reflejon sorpresa sino certeza al escuchar las palabras de Marcus Sorenson. Prosiguió sin más tropiezo que el propio temblor de su voz.

—Contamos trece hombres durante el tiempo que servimos el turno de noche —Una risa amarga surgió del mismo centro del pecho de la desolada mujer y cerró los ojos un segundo mientras susurraba que era el número de la mala suerte—. Lo siento. También confinaron a tres mujeres. Ellas sólo permanecían unas horas en el lugar antes de llevárselas.

—¿A dónde?

—Nunca lo supimos. Intentamos averiguar algo, incluso curioseamos en administración pero no había constancia de los ingresos o traslados en el pabellón dos. Eso confirmó nuestras sospechas. Ellos, se quedaban días. Un par de semanas más tarde nos enteramos que uno había enfermado, que había sido trasladado a otro hospital pero murió poco después. La idea se le ocurrió a Barbara. Si enfermaban quizá les sacaran de allí para atenderles y evitar preguntas incómodas sobre el motivo de su presencia en San Bartolomé, sin registro alguno de entrada. Tendrían una oportunidad, así que surgió la idea de envenenarles. Sé que suena a completa locura y supongo que lo es, pero funcionó con uno de ellos. Sólo con uno. Antes de acabar el turno les pasaban un frugal desayuno y en él, mezclábamos un poco de arsénico. Lo suficiente como para enfermar sin llegar a matar —el delgado cuerpo se tensó repentinamente—. Dios santo, ¿y si le matamos en lugar de salvarle? ¿Y si…?

Se estaba asfixiando. Totalmente, por lo que Rob se agachó quedando a su altura.

—No. Hicieron cuanto pudieron, Maura. Lo que se les ocurrió en tal situación e hicieron bien —Un suave suspiro emanó de la mujer—. ¿Sabe cómo se llamaba ese hombre?

—No estoy segura.

—¿A dónde le trasladaron?

—Intenté averiguarlo pero amenazaron con despedirme. Un celador que se retiraba un par de semanas más tarde me lo dijo.

—¿Qué?

—Le llevaron al hospital de Bethlem.

—¿El de Southwark, a orillas del Támesis?

La mujer asintió con la cabeza. Carecía de sentido. Al completo.

—Pero eso es ilógico. Es un hospital destinado a enfermos mentales ¿Por qué trasladar allí a ese hombre?

Los huesudos hombros se encogieron. Dolía mirar esos ojos desolados pero aguerridos y daba rabia pensar en esas dos mujeres peleando solas por proteger a unos hombres condenados.

—¿Recuerda si les facilitaron algún nombre?

—Siempre era Barbara quien cruzaba unas pocas palabras con ellos mientras yo vigilaba que nadie se acercara pero recuerdo un nombre de pila. Neil. No recuerdo el apellido, lo siento. Fue el hombre que trasladaron y no supimos más de él. Cuatro semanas después de comenzar con nuestro plan, enfermaron tres hombres más por lo que pensamos que estaba dando resultado pero una tarde al llegar al trabajo simplemente habían desaparecido sin dejar rastro. Todos menos uno de ellos y antes de que me pregunten, creo que era una mujer.

—¿Quién?

—No lo sé y Barbara no me lo dijo. Lo único que llegó a decir fue que le había localizado gracias a un nuevo amigo que le ayudaba cuando podía, que esa mujer había logrado escapar y permanecía oculta entre ellos y así debía permanecer. A salvo.

—¿Dónde?

El gesto de puro lamento en Maura provocó unos segundos de silencio. Los suficientes para que se recompusiera.

—No sé más y Barbara no tuvo tiempo de contármelo antes de desaparecer. Nos angustiamos creyendo haber sido descubiertas por lo que decidimos relatar lo que ocurría a mi hermano Blair.

—¿Qué hizo?

—No podría decirle. Lo que sí sé es que cuando le conté lo que sospechábamos su expresión fue llamativa por decirlo de algún modo, como si en un determinado momento encajaran las piezas de un complicado rompecabezas. Comenzó a hacer preguntas. Me acompañaba al trabajo y permanecía en el hospital hasta que terminábamos el turno.

—¿Qué hacía allí?

—No estoy segura. Solo sé que un día apareció muy agitado. Se negó a decirme lo que pasaba. Tres días más tarde le dieron una paliza de muerte que casi le mata. Permaneció inconsciente varios días pero después le costaba recorder —el encogido cuerpo de la mujer comenzaba a temblar suavemente, de nuevo—. Por debajo de la puerta de nuestro hogar deslizaron un par de notas de aviso y…

Doyle la interrumpió.

—¿Las guardó?

—No, lo siento. Acudí a la comisaría con ellas y se las mostré a un policía.

Torchwell se aproximó unos pasos.

—¿Recuerda qué agente le atendió, señora?

Negó con la cabeza.

—Estaba tan asustada…

—¿Cómo era físicamente?

—Me pareció corpulento para ser policía, de rasgos clásicos. No sabría decirle. Pensé que no parecía un agente pero tampoco podría decirle el motivo —parecía a punto de echarse a llorar de impotencia—. Le di las notas y se las quedó.

— ¿Le reconocería si le viera de nuevo?

—No lo sé.

—Podríamos intentarlo.

—Cometí un gran error.

Peter frunció el ceño.

—¿Qué quiere decir, Maura?

—Yo misma condené a Barbara. Hablé cuando no debí hacerlo y por mi culpa le ocurrió algo malo. Estoy segura.

—Eso no lo sabe.

El brusco movimiento de su cabeza para mirar directamente a Peter, hablaba de una mujer destrozada, hundida pero no por ello ignorante. Era inteligente además de luchadora y con su expresión les pedía a todos que no la tomaran por lo que no era.

—No dije demasiado pero aquella pregunta al celador fue suficiente para que creyeran que Barbara era un cabo suelto que necesitaban atar. Empezó a hacer preguntas mientras que yo permanecí callada. Dos días más tarde me despidieron. Desaparecida como la espuma y mi hermano Blair quedó destrozado, por el simple hecho de ser descuidada. Tras la paliza a mi hermano decidí venderlo todo y alejarme de la ciudad con él. Lejos del dolor y del miedo que se había adueñado completamente de mí. Dejamos nuestras vidas atrás. Su tienda, amigos, conocidos y recuerdos. Pero nos siguieron y dieron con Blair —los pequeños hombros se encogieron bajo el vestido—. Están muertos, ¿verdad? Mi hermano y Barbara.

El silencio fue sepulcral, cada vez más denso.

—Sí, señora. Seguramente lo estén.

Sorenson y su franca crudeza.

Maura quedó unos segundos con los brillantes y enrojecidos ojos fijos en los verdeazulados del hombre que ni un segundo apartó la mirada, hasta que le habló directamente.

—Gracias, señor. Gracias por decírmelo.

Ahora sí desvió el rostro quedando la suave mirada perdida unos momentos. Lloraría más tarde. Sola. Y así lo hizo entender a todos los presentes.

Una mujer dura.

Clive y Ross cruzaron miradas al igual que él y Peter. Ya pensarían cómo idear una manera de que la mujer identificara al canalla que le ignoró en comisaría, dejándole expuesta a los lobos. Y por la tensión en el rostro de Clive algo le decía que tenía en mente a un sospechoso en potencia.

—Falta algo más.

La femenina voz apenas se escuchó en el cruce de conversaciones generadas a raíz de la información. Hubo de repetirse hasta que Sorenson ordenó a todo el mundo que callara la boca de una condenada vez, que hablaban demasiado y como cotorras. Sin duda, ese hombre parecía capaz de mandar a la mismísima reina.

—Antes de salir de Londres y estando mi hermano aún enfermo vinieron a casa dos agentes. Los únicos que creí dispuestos a ayudarnos, ¿saben? Pese a ser tan jóvenes desprendían seguridad. Querían hablar con Blair pero éste no se valía por sí mismo y sólo recordaba cosas sueltas de su asalto. Dijeron que se pasarían más adelante cuando estuviera algo recuperado. Que ya disponían de todos sus datos, que la investigación de su ataque iba bien y que poco a poco iban cercando a quienes lo hicieron. Sentí tanto agradecimiento y alivio.

—¿Se identificaron?

En esta ocasión asintió con la cabeza.

—Los agentes James y Roberts, encargados del caso del ataque a Blair. Así se anunciaron y tampoco olvidaré lo que dijeron. Mi cerebro lleva dando vueltas a lo que me preguntaron desde entonces y sé que debiera entender o poder contestar pero no me es posible. Por alguna razón mi mente se cierra impidiéndome responder las preguntas que yo misma me hago una y otra vez. Intuyo que debiera reconocerlo pero…

—¿El qué, Maura?

—El nombre.

—¿Cuál?

—Esos agentes, antes de irse, tan sólo me hicieron una pregunta y sé que era importante y les fallé. Me preguntaron si mi hermano me había hablado en alguna ocasión de Osborne. Solamente eso. Cada vez que pienso en ello tengo en la punta de la lengua algo que he visto o escuchado, pero no va más allá. Como si fuera un modo de protegerme o una forma de cobardía contra la que mi mente no puede luchar.

La suave voz de Julia suavizó la tensión que comenzaba a escalar de nuevo.

—No diga eso, Maura. No es culpa suya.

—Lo es. En parte, lo es. Yo pregunté al celador y cause que Barbara comenzara a indagar. Yo acudí a la policía con las notas. Nada hice cuando se llevaron a Blair salvo esconderme como me pidió.

—No. Hizo lo que pudo, Maura. Puede que no se lo parezca pero usted sólo quería ayudar.

—Y lo único que logré fue que les mataran.

Se derrumbó. Con esas últimas palabras.

Completamente.

Tardaría tiempo en comprender y dejar de culparse pero Julia le haría entender. Nadie mejor que esa mujer que había pasado por algo muy parecido a la mujer cuyos sollozos desgarradores cortaban el vacío de sonido.

Peter apretó un momento el hombro de Rob al seguir con la mirada el movimiento de las dos figuras que habían permanecido al fondo del cuarto, lejanos a la escena que se había desarrollado pero, por lo visto, no ajenos a ella.

Titus se acercaba.

El gigante quedó en pie junto a las dos figuras femeninas que permanecían abrazadas rodeadas por Mere, Jules y Elora. La abuela Allison parecía proteger al grupo como una manta protectora. Guang quedó ubicado a su lado, impertérrito y a la espera de lo que fuera que Titus decidiera hacer.

Al principio las palabras surgieron a trompicones.

—Ella era mi amiga y cuando quisieron llevarme peleó. Les dijo que ella se iría en mi lugar. Me cuidó y me dijo que su amiga me ayudaría, cuando ella ya no estuviera. Que me iba a sacar del lugar feo y lo hizo. Aparecieron los señores —antes de proseguir el gigante miró de reojillo a Guang hasta que éste asintió—. ¿Tú eres su amiga? ¿Eres la amiga de Bar…bara?

Los sollozos habían amainado con cada palabra que en un inmenso esfuerzo iba pronunciando el hombretón que se retorcía las manos como si temiera recibir una reprimenda por hablar.

El rostro húmedo de la mujer se alzó otro poco más hasta recorrer ese rostro suave y aniñado.

—Lo soy.

Y le regaló al gigante una hermosa sonrisa en su húmedo rostro que éste devolvió poco a poco. Sin miedo. Relajado y seguro. Rodeado de amigos. Titus aspiró profundamente y recorrió la estancia con la mirada antes de hablar, descansándola un segundo más de lo necesario en Elora, ubicada en pie tras Julia.

—Los otros también era mis amigos pero él ya no está. Se puso enfermo. Buscaba a mi Claire y quería a los niños pero no los que cuidábamos, sino otros pequeños —la vocecilla de Titus casi se había tornado inapreciable en ese punto—. El que se puso malito tenía muuuucho miedo por los niños y le obligaban a hacer cosas muy malas. Muy, muy malas —el gigante pareció encogerse antes de pronunciar la siguiente palabra, como si le aterrara decirla en alto—. Antes de que se fuera porque estaba enfermo el hombre malo le decía que se llevaría a los niños iguales si no hacía lo que ordenaba y le repetía que ella estaba allí pero que nunca, nunca la encontraría —La inocente mirada se volvió hacia el hombre que no se apartaba de su lado—. ¿Lo he hecho bien, Gan?

El menudo hombre apoyó con increíble ternura la palma de su mano sobre el hombro de Titus.

Por todos… los… infiernos.

El gigantón se había quedado la mar de satisfecho con la perorata que había soltado.

En contraposición, la palidez en el redondo rostro de Elora al escuchar de labios de Titus el nombre de su gemela una vez más, se había multiplicado por diez. El ceño fruncido en Sorenson se había duplicado como poco tras soltar un suave gruñido y el resto estaba más perdido de lo que había creído encontrarse al entrar en el saloncito de marras.

Orientó su mirada hacia la negra del hombre que no se separaba de su lado. Destilaba dureza y eso, nunca era buena señal en Peter. Jamás. Indicaba furia y un Peter enfurecido era una bomba a punto de explotar con un leve roce.

Al final iba a odiar esa condenada sala.

II

Los sonidos de los pasos se acrecentaron al ritmo en que la distancia a la entrada que daba al final del pasillo se estrechaba. Una mujer de mediana edad y andar cansino apareció por una de las puertas que cubrían ambos lados del corredor pero se internó de inmediato en la habitación que acababa de abandonar en cuanto la alta figura pasó junto a ella sin dignarse a parar o inclinar la cabeza a modo de saludo. Ese hombre congelaba las reacciones de las personas que trabajaban en el lugar. Nadie hablaba de él. No le miraban. No le mencionaban y la razón era sencilla.

Hablar equivalía a desaparecer en el olvido.

Les pagaban en abundancia por callar y hacer cuanto se les ordenaba.

Tres meses atrás creyó que lo que le ofrecían era un ascenso, no que se fuera a ver envuelta en una red de corrupción, mentiras, chantajes y absoluto terror.

Terror por el bienestar de sus hijos. De su marido. De sus seres queridos.

Cerró la puerta tras de sí y las inquietas miradas de sus dos compañeras reflejaron su sentir.

No eran luchadoras ni arriesgarían lo que más amaban por una intuición. Tampoco por estar al tanto de la existencia de reuniones clandestinas de hombres demasiado poderosos como para luchar contra ellos. Aunque entre ellos se encontraran varios miembros de la junta metropolitana de obras públicas de la capital del reino y, que ellas hubieran identificado, dos miembros de la comisión recientemente creada para investigar el estado del suministro de agua y alcantarillado de la ciudad.

No era únicamente eso.

Las reuniones eran cada vez más frecuentes, a horas intempestivas y por el tono que ocasionalmente se filtraba por la puerta del fondo, cada vez más tensas. De tanto en tanto se entendía alguna frase y éstas congelaban la sangre. Siempre la misma voz. La de ese hombre. El que daba escalofríos.

No era la primera ocasión que escuchaban planear el mejor modo de acabar con un hombre y tampoco sería la última. El único que las escuchó yacía bajo tierra como consecuencia de un supuesto accidente.

Ellas sabían la verdad.

—¿Quién es ese hombre?

Se encogió de hombros al escuchar la temblorosa voz a su espalda. Dios mío, ni siquiera se había dado cuenta que apoyaba ambas manos contra la fría madera de la puerta. Como si ese sencillo gesto fuera a detener a aquello que estaba al otro lado. Lo que les aterraba hasta el punto de evitar hablar de ello.

No sabría de muchas cosas. Al fin y al caso carecía de estudios y su vida era sencilla. No, ya no lo era. No desde que el último miembro de la junta metropolitana de obras públicas había tomado posesión de su cargo.,

Apretó los labios. Fue sencilla, hasta hacía unos meses en que ese hombre con sus exquisitos modales y elegancia llenó de miedo y temor su mundo, emponzoñándolo todo.

Pese a ello si había algo de lo que estaba tan segura como de que el día seguía a la noche y ésta al día era que ese hombre era alguien realmente peligroso.

Y ellas simplemente tenían demasiado miedo y carecían de la importancia necesaria para ser escuchadas.

III

Rob aborrecía la sensación de no tener la menor idea de por dónde tirar al disponer de demasiados frentes abiertos al mismo tiempo y escasos hombres disponibles. Tampoco de un lugar seguro en el que reunirse debido al malnacido que les acechaba.

La comisaría estaba descartada ya que Peter no era miembro del cuerpo. Podían emplearlo puntualmente pero no era buena idea. Les vigilaban y la mansión Brandon o la de los Evers disponía de limitadas entradas por las que acceder sin ser controlados. Finalmente el hogar de Clive tampoco era idóneo ya que en el barrio residían demasiados policías como para que los chismorreos sobre la visita de numerosos hombres en la zona, no recorrieran al día siguiente los pasillos de la central.

Por ello se encontraban en ese momento en un tugurio inmundo al otro lado del río, tratando de pasar desapercibidos, lo cual parecía imposible dada la insistencia de un trío de prostitutas en que Torchwell se rindiera a su estupenda oferta de hacerle pasar la mejor noche de su vida. Los cuatro juntitos y a ser posible, revueltos.

El local estaba repleto pese a ser las dos de la madrugada y la mayoría de la clientela estaba embriagada o en camino de estarlo. Ocupaban un rincón del local en forma de ele cercano a las sucias ventanas laterales del mismo. Era espacioso pero estaba concurrido. Hacía calor entremezclado con la humedad que provenía del río. Él y Peter se habían ubicado con la espalda contra la pared. Doyle y Liam a ambos lados. Sorenson se había colocado de costado y no dejaba de observar el abarrotado local, al igual que Torchwell y finalmente Clive, quien había tomado asiento junto a Ross, con la espalda de cara al interior de la oscura taberna.

Con una paciencia envidiable Torchwell había declinado el generoso ofrecimiento de las mujeres hasta en cuatro ocasiones y la situación estaba degenerando en un jolgorio en cierto modo risible debido a los comentarios del resto del grupo y de las propias señoras que habían llegado al punto de ofrecerse a pagar al hombre en lugar de cobrar.

El mundo al revés en el caso del superintendente. Menudo efecto demoledor tenía el condenado con las mujeres.

El buen humor continuó un rato hasta que una cuarta mujer se le insinuó a Peter y otra a Doyle. En ese punto la risa, por su parte, había dejado paso a un ligero enfado pero al menos, éstas habían aceptado con dignidad los suaves rechazos. A Sorenson no se le acercaba ni un alma. Sólo se lo zampaban con la mirada los parroquianos del lugar. No se atrevían a dar un paso más y no era por falta de ganas a la vista de las lascivas miradas que recibía. Sencillamente el aspecto del hombre daba miedo. Y si alguna mujer mostraba un mínimo de intención en acercarse por el lado en el que él se ubicaba, la mirada lanzada por Peter les quitaba las ansias de cuajo.

El ambiente era medianamente distendido pese a la oscuridad que reinaba en el tugurio pero que la tranquilidad se mantuviera un buen rato parecía ser pedir demasiado. Excesivo alcohol circulando sin control.

Debieron haber escogido otro lugar para evitar ser detectados. Aunque, bien pensado, como no se escondieran bajo tierra, la atención que generaban era difícil que fuera a borrarse del mapa.

El grandullón le dio un suave codazo en el costillar.

Una figura algo tambaleante y con la mirada extraviada clavada en la nuca de Clive, enfiló en su dirección tras terminar de un trago lo que le quedaba de cerveza. Rob cruzó su mirada con Peter al apreciar que el pelirrojo hablaba sin darse cuenta de lo que se le venía encima y mucho menos de la rigidez que se iba fijando a los músculos de Torchwell con cada paso que daba la insegura forma, cada vez más cercana al grupo.

Ross se giró levemente en su banqueta llamando la atención de Clive.

—¿Qué haces?

—Esperar.

—¿A qué?

—A lo que se acerca a tu espalda.

Problemas.

Para variar.

Se prepararon para una pelea o una confrontación. Al fin y a la postre Stevens llevaba demasiados años trabajando en el cuerpo de policía como para no haberse agenciado unos cuantos enemigos y el beodo enfilado en su dirección permanecía con la mirada fija en él, de forma casi obsesiva.

El hombre quedó plantado a su lado. Quieto.

¿Babeaba?

Lo que ninguno imaginó fue que la siguiente oferta amorosa se la plantaran a Clive en los morros y mucho menos en los términos que el borracho que le repasaba con la mirada de arriba abajo, expuso con total descaro.

Si en ese instante se le hubiera concedido un deseo al pelirrojo, Rob hubiera apostado su brazo derecho a que éste hubiera sido *tierra, trágame*. Por su aspecto tampoco hubiera rechazado un ligero desvanecimiento para evitarse el horroroso aprieto.

La lasciva oferta provenía de un hombre bien vestido y de buen ver que no parecía dedicarse a la profesión más antigua del mundo sino que parecía buscar los servicios de alguien de su gusto. El cual, por alguna razón instalada en su alcoholizada mente, sufría una enfermiza y momentánea fijación con Clive. Aunque estuviera ligeramente bebido las palabras que había susurrado a la espalda del pelirrojo debió habérselas tragado si hubiera prestado atención al enfurecido gesto del mejor amigo de su diana amorosa, cuando se había acercado en exceso a la parte trasera de Clive. Casi rozándola.

Y el apelativo cariñoso, mucho más.

Mermeladita liiiiiinda.

Torchwell estalló sorprendiendo al tambaleante idiota.

Diablos. No le extrañaba la rápida reacción. El hombre se había explayado en sus cariñosos planes, tras soltar una gangosa risilla y algo parecido a un…*estássss ba…bo…so*. Algo le decía a Rob que había querido pronunciar un *estás sabroso* pero la lengua le chocaba de continuo al hombre, resbalando contra sus dientes. Cloqueaba sin parar y se reía solo.

Eso sí, pese a arrastrar las palabras se había hecho entender.

Alto y claro.

¿Podía hacerle eso un hombre a otro intencionadamente? ¿Con la…? Al parecer, sí y otras cuantas cosas innombrables que al espontáneo incorporado por su cuenta y riesgo a la reunión no se le ocurrió dejar calladitas en su tórrida además de pervertida imaginación y sin compartir con los presentes.

Sobre todo con Torchwell.

Por todos los…

¿Es que no podían tener una noche normal?

Sólo una. No pedía más.

El puñetazo en pleno rostro tras la contestación del idiota a la advertencia de Torchwell de que se largara a buscar en otro lado donde fuera bien recibido, se vio venir. El *¿acaaaso le quieres para ti soooolito, grandullón?* del muy insensato sólo lo empeoró. El *podríamos comparrrrtirlo* balbuceante del embriagado hombre, al centrar la nublada mirada en los ojos dispares del hombre que acababa de incorporarse, sacándole una buena cabeza de estatura, fue la gota que colmó el vaso o la paciencia de Ross.

El disparo del puño dio en pleno pómulo y el beodo cayó como un fardo a los pies del grupo sin que un alma acudiera en su ayuda.

El *puedo defenderme yo solo*, *Ross* de Clive enfureció aún más al primero y la discusión entre los dos sobre el cuerpo inerte de quién había comenzado la algarada, parecía a punto de llegar a las manos. Y Clive ya tenía moratones más que suficientes para cubrir el cupo de medio año.

De un tirón él alejó a Clive y le sentó a su lado, mientras Doyle hacía lo propio con Torchwell. Liam planteó la posibilidad de trasladarse a otro lugar pero Clive se negó en rotundo, sólo porque *el otro* no pudiera contener su mal genio. La rabiosa frase de Ross, no tardó en emerger.

—Debiste decirnos entonces que estabas más que dispuesto a irte con ese imbécil inestable y me hubiera evitado la molestia, Clive.

En ese punto Rob no podía decir que estaba más rojo, si la cara o el cabello de Clive. Y tampoco podría asegurar si ganaba la vergüenza o el enfado hacia su mejor amigo.

—Sabes muy bien que no es eso lo que me enfada.

—O sea, que te hubieras ido con el idiota bebido.

—¡No!

—¿Por qué el enfado, entonces?

—Porque yo hablo por mí mismo, Ross. Soy adulto.

—¡Si estabas mudo con lo que te había propuesto ese idiota!

El *no me extraña* jocoso de Doyle recibió un par de miradas de asesino antes de que Ross se volviera de nuevo hacia su mejor amigo.

—Pudo creer que aceptabas al quedar callado, así que decidí rechazarlo por ti. ¿Ves que simple?

Nunca llegarían a saber lo que iba a contestar Clive al comenzar a despertar el angelito que tirado en el suelo había comenzado todo.

Los ruidos que manaron del mismo fueron... indescriptibles.

Repetía con fijeza incansable algo que se asemejaba a *míooooo, sabrooooso o rojo meloooooso*. Cada cual sonaba peor de boca de ese engendro.

No pudo evitarlo pese al fuerte codazo de Peter. De verdad que no pudo tragarse la carcajada pese al empeño que puso. Si había alguien en este mundo que atraía a los raritos, desesperados, hambrientos de sexo y figurines sin cerebro, era Clive Stevens. Y eso enrabietaba a más no poder a su mejor amigo.

Por lo visto a Doyle le ocurrió lo mismo que a él aunque Sorenson mantuvo la calma y el decoro. Con esfuerzo.

La risa surgió descontrolada al escuchar la estrangulada frase del idiota tirado en el suelo que hizo encresparse el cabello rojo de Clive y el entrecerrar de ojos de Ross.

Lo siguiente que brotó entre babas y extraños ronquidos fue una verdadera oda al trasero y labios de Clive y una explícita descripción de lo glorioso que se sentiría dentro de...

No le dio tiempo a más.

Una fuerte patada de Ross mandó de nuevo al balbuceante hombre al mundo de los sueños. Sin cruzar otra palabra y ante la inactividad del resto de los clientes de la taberna arrastró al idiota y le instaló despatarrado junto a la puerta de entrada, en la intemperie. Para que espabilara en el futuro, según sus palabras.

El superintendente retomó su asiento con la furibunda mirada clavada en Clive.

Tocaba entrar en faena pero antes, a punto estuvo de impedir a Clive que se bebiera la cerveza de un sorbo ya que iba a terminar como una cuba para el final de la noche pero optó por no inmiscuirse. Después del horrible apuro pasado delante de amigos, bien se merecía un buen trago. Permanecía todo colorado y sin dirigir la palabra o mirada a Ross.

Vaya.

Esos dos...

La madre del...

No. No podía ser.

Sintió otro codazo que le distrajo de sus locuras mentales.

Lo malo era que Clive llevaba tres pintas y sin comer algo sólido que absorbiera mínimamente el alcohol el efecto iba a ser fulminante. Al paso que iban Torchwell tendría que llevárselo a casa y dudaba que le hiciera demasiada gracia a Clive por la forma en que le miraba de reojo, todo ofendido. La advertencia de Ross de que no sabía beber con moderación había recibido minutos atrás un furioso gruñido en respuesta y otro contundente sorbo de cerveza por parte del pelirrojo, seguido de un exasperado gesto del superintendente acompañado del aviso de que como se emborrachara no pensaba sacarle a rastras de allí. Que la mona la dormiría con la selecta clientela del lugar, incluido su beodo enamorado.

Rob se estiró golpeando su hombro derecho contra el de Peter, tras sacudir con resignación la rubia cabeza. La noche iba a ser larga y dura. Abrió la boca pero la grave voz de Sorenson se adelantó a sus intenciones.

—Resumamos. Tenemos un par de frentes abiertos. En primer lugar el hospital de San Bartolomé y sus jodidas desapariciones. Debemos averiguar qué diablos está pasando ahí y la razón por la que el nombre de Claire Robbins surge constantemente. Otro punto sería intentar averiguar a qué se refería el gigante aniñado con lo del hombre preocupado por los otros críos...

— Titus, Sorenson. Se llama Titus.

—Eso mismo. Qué diablos es lo de las águila, cuevas y lo otro. Tercero, descubrir qué cuernos averiguó el matarife que provocó que le dieran una paliza de muerte y a dónde le llevaron. Cuarto, a quién diablos salvaron las enfermeras al envenenarle y lograr que trasladaran al hospital de Bethlem y si permanece allí recluido pero, ante todo, quién diablos es el tal Osborne. Y por esta vez no presumiremos que se trata de una persona y no de un lugar, objeto, clave, animal o cualquier otra cosa capaz de ser percibida por los sentidos. Una metedura de pata semejante es suficiente a lo largo de una vida —todos suspiraron al recordar la maldita prisión de Wandsworth y el equívoco con el maldito nombre que ralentizó el caso de los Bray—. Sin olvidar la desaparición del buen doctor Piaret, claro, e intentar mantener fuera del jaleo a la panda de alocadas que parecen haberse encariñado tanto con ese dichoso club de investigaciones o del crimen o lo que sea, entre ellas mi segunda al mando.

Tras un carraspeo intervino Clive.

—Se exceden de un par.

—¿El qué?

—Los frentes.

Sorenson le miró de frente hasta el punto de incomodar al pelirrojo. Tenía todo el aspecto de sopesar si Clive le estaba tomando el pelo o era puro despiste por su parte exponer lo obvio y desastroso de la situación. Se inclinó por la segunda opción.

—Ya lo sé, amigo, pero suena bastante mejor a estamos desbordados o esto es un caos y estamos atontados.

—Eso sí.

El gesto de complacencia acompañó la siguiente frase de Sorenson.

—Escojo el hospital de San Bartolomé.

Rob sopesó el protestar pero la tensa mandíbula del hombre denotaba que no habría ser humano capaz de persuadirle de lo contrario.

Vaya, ese hombre estaba obsesionado con su segunda al mando por mucho que tratara de convencerse de lo contrario. Toda la pinta de estar coladito hasta la entretela, sí señor. Completa, desesperadamente y nunca mejor expresado, atontado por los huesecillos de Elora Robbins. ¡Ja! Si hasta había marcado con su cuchillo una E en la superficie de la mesa sobre la que se apoyaban. Como un jovenzuelo enamoradizo, marcando territorio. Y el pobre hombre no se enteraba de nada.

—Está bien —aceptó sin dudar Peter—. Si necesitas ayuda, avísanos y ten cuidado —se dirigió al resto—. Van cuatro personas desaparecidas y no se andan con remilgos. El gremio de los carniceros es duro. Son gente que protegen su espacio y sus negocios. La mujer dijo que su hermano no se sorprendió demasiado cuando le relató sus sospechas por lo que algo se cuece en ese mundillo. Quizá el carnicero se topó con algo que no esperaba o creyeron que se acercaba a algo que no convenía que sacara a la luz. Falta descubrir el lazo que une a esos dos mundos.

—Podríamos infiltrarnos en el gremio e indagar— propuso Clive—. Sé de alguien que podría ayudarnos. Un viejo conocido que se retiró hace unos meses y dejó el negocio de carne en manos del hijo. Fue un caso que llevé hace años. La tienda la mantiene en la calle Percival, en Smithfield, por lo que nos viene como anillo al dedo.

—¿Por qué? —indagó Sorenson.

—Está cerca del hospital de San Bartolomé. La zona pertenece a los carniceros.

—¿A qué te refieres? —insistió Sorenson.

—A que la mayor parte del gremio se asienta en ese barrio. La feria y el Mercado de ganado se ubica en Smithfield. Es la más importante de la zona así que se congregan alrededor.

Torchwell se dirigió a Clive.

—Te podrían reconocer?

—No lo creo. Fue hace tres años y entonces era superintendente. El caso lo llevaron un par de buenos agentes y las reuniones que mantuve con el hombre no fueron en la zona, sino en comisaría.

—¿Estaría dispuesto a ayudar?

—Eso espero. Podría hacerme pasar por aprendiz. Sé algo del tema.

La dubitativa mirada de Doyle se unió a la de Torchwell.

—¡Sé degustar un buen chuletón!

El gemido fue colectivo. Y entre ellos se escuchó claramente un gruñido.

—Maldita sea, Clive. Estarías rodeado de cuchillos, serruchos, objetos puntiagudos y ¡estás topo total!

Todas y cada una de las miradas presentes se volvieron hacia Torchwell observándole con detenimiento como si hubiera perdido la coordinación entre cerebro y lengua.

—No me miréis así. No perdí la cabeza, aún. Preguntadle a él.

El brusco y desesperado gesto señalaba a Clive, por lo que las cabezas, a una, se giraron enfrentándole. Éste se encogió levemente tras lanzar una mirada de reproche a su mejor amigo.

—Exagera.

—¡No lo hago! —gruñó Torchwell, ignorándolo Clive.

—Con la lluvia no sirven.

—Bajo techo… no… llueve, Clive.

—¡En lugares cerrados se me empañan!

Por la expresión del rostro del superintendente Torchwell, estaba perdiendo la poca paciencia que le quedaba esa noche.

Rob parpadeó confundido hasta que su mente lo hiló todo. Los comentarios. Las muecas que ocasionalmente mostraba el rostro de Clive al entrecerrar de los ojos. La duda en esas pupilas cuando apuntaban en la lejanía. La incertidumbre como si no estuvieran seguras de lo que veían.

Ahora lo entendía.

Dios, debió darse cuenta antes. Al fin y al cabo, ahora eran compañeros. Centró la mirada en Clive, antes de preguntar.

—¿Por qué no me lo dijiste?

El resto no lo había captado aún pero permanecían callados esperando que el hombre contestara. Sentía el rostro de Peter vuelto en su dirección, a su lado.

—De cerca no tengo problemas. No me arriesgaría en caso contrario, Rob. No lo haría y lo sabes.

—¿A qué distancia comienzas a ver borroso?

—Unos treinta pasos, más o menos.

—O sea, unos veinte.

—Puede pero no menos.

—¿Dónde las tienes?

El *en casa, durmiendo la siesta* que siseó Torchwell encendió el mal genio de Clive.

—¿Acaso alguien te ha dado vela en este entierro? No, ¿verdad? Pues a callar —Cruzado de brazos Clive se giró hacia él, ignorando una vez más a Ross—. Se me rompieron un poco.

—¿Cómo?

—Un accidente... —antes de seguir, ante el bufido de Torchwell se volvió hacia él y le dijo que como abriera de nuevo la boca, se comía su puño— ...sin importancia.

—¿No tienes otras?

—No.

—No entiendo.

—Joder, Rob. No tengo otras, ni puedo tenerlas. Al menos no en este momento. Déjalo estar.

Estaba avergonzado. Clive estaba apurado y no entendía el porqué. Podía comprarse otras aunque fueran costosas.

Maldita sea.

Eran... caras.

Un par de anteojos costarían demasiado para un hombre que, por lo que sabía, costeaba el bienestar de su anciana abuela y ayudaba a un par de personas a subsistir en la ciudad.

Los colores cubrían completamente las pómulos del hombre. Pese a la penumbra que los rodeaba era evidente que estaba tenso. Y esa grisácea mirada le pedía a gritos que dejara el tema. Que lo olvidara. Que ya lo arreglaría, sin su ayuda. Con enojo, esa penetrante mirada rozaba la súplica, por todos los santos, y nadie más parecía verlo.

¿Cómo no se habían dado cuenta antes? Clive era un hombre orgulloso y jamás permitiría que un amigo le prestara dinero. El salario de inspector era suficiente para que una persona viviera con cierta holgura pero siempre que no soportara otras cargas, como él, y en el caso de Clive, simplemente no era así. Maldita sea.

Debió darse cuenta al visitar su casa. El frío que hacía era helador y las ropas que usaba últimamente estaban algo desgastadas. Vestía el mismo abrigo que cuidaba con esmero y, ahora que lo pensaba, las camisas se veían ajadas como si los repetidos usos y consecuentes lavados las estuvieran dejando en las últimas.

Las ganas de gritar se las tragó.

Era un buen hombre. Demasiado, y ellos no prestaban atención.

El leve temblor en el labio inferior de su amigo al verle asentir dando a entender que al fin alguien le comprendía, le oprimió el pecho. Ya hablarían más tarde. Sin testigos ni interrupciones. Y sin la maldita vergüenza de reconocer que estaba con apuros económicos ante más de una persona.

Le costó retener las ganas de lanzar un buen puntapié a la entrepierna de Torchwell, aún más que dejar suelto el maldito punzante grito trabado en su laringe. La obsesión de Ross por el bienestar de su mejor amigo velaba lo demás y entre ello se contaba su capacidad para empatizar con él. La cual estaba desgastada o completamente mermada. No sabría decirlo. Borrico.

Por sus muertos que el tema anteojos iba a pasar a la historia, comenzando en ese mismo momento.

—Creo que te equivocas, Clive. Me pareció verlos en mi casa así que seguramente los dejaste olvidados.

Diablos. También tendría que enseñar a su nuevo compañero el arte del disimulo, la distracción y el engaño. ¿Cómo era posible que su rostro tuviera el aspecto de un tomate a punto de estallar del sofoco cuando mentía o mejor dicho, soslayaba, con ausencia total de maestría, la verdad?

Eso sólo iba a provocar lo que acababa de causar. Rob suspiró. La mirada llena de sospecha en esos llamativos ojos bicolor unida a una mueca que venía a significar, no me creo ni una palabra.

Torchwell entró al trapo como un búfalo.

—Me dijiste que los tenías en casa.

Clive aspiró hondo antes de hablar.

—¿Eso dije?

—Sí.

—¿Un lapsus?

—Ya.

—A veces me ocurre. No siempre.

—Claro.

El ceño de Clive comenzaba a fruncirse antes de preguntar directamente.

—Y, ahora, ¿qué diablos te pasa?

—Nada.

—Te conozco y has torcido el morro, Ross.

—No.

El superintendente se cruzó de brazos y susurró algo que se asemejaba a un *no es el momento* o a un *estoy la mar de content*o. No. La segunda opción, sin duda, quedaba descartada a la vista de su más que contrariada expresión.

Rob se acomodó en la dura silla. Su mente no estaba para mediar entre esos dos por lo que a punto estuvo de darle un beso a Peter cuando rompió el tenso momento.

—Ya lo arreglaréis más tarde. Nos queda el tema Osborne y tiene que estar relacionado de alguna manera con el carnicero desaparecido, Clive, y éste con lo que ocurría en el hospital. Por lo que relató su hermana sabía algo así que tendréis que hacer preguntas y seguramente llamen la atención.

—Está bien —asintió Clive antes de clavar la vista en él para después posarla en Peter—. Pero nos olvidamos de lo más importante.

Maldita sea. Lo veía venir.

—¿Dónde diablos se esconde Martin Saxton y qué tiene que ver con todo este jaleo?

La maldita pregunta del millón de libras.

Y la que le impediría conciliar el sueño hasta descubrirlo.

******

Capítulo 16

I

El jamás rezongaba.

Se lo habían inculcado desde su más tierna infancia a base de varetazos en las puntas de los dedos pero el alelado semi inconsciente que roncaba y sonreía al mismo tiempo, lo ponía todo patas arriba.

Se preciaba del dominio sobre sus sentimientos, reacciones y habilidades pero en esos momentos se encontraba farfullando entre dientes tras descender del carruaje en el que, con la ayuda de Rob Norris y Brandon, habían introducido a un ligeramente bebido inspector Stevens.

Observó la distancia que discurría hasta la puerta de entrada a la casa de Clive. Tendría que cargarlo. Por unos segundos se quedó completamente inmóvil observando al hombre que apoyaba su mejilla izquierda contra el cristal de la ventanilla lateral del coche, adormilado.

Había resultado una velada endemoniada. No había dado fruto alguno, salvo reorganizar fuerzas y lograr una resaca de caballo para el día siguiente. Sobre todo para quien la última media hora antes de dar por concluida la reunión, no hacía hecho más que repetir y canturrear como un loro una especie de *Dios salve al redondo moño de mi graciosa reina*, gangoso y ahogado.

Lo curioso era que cantaba hermoso, el condenado.

Le había bastado con avisar al pecoso que si bebía la tercera jarra de cerveza iba a empezar a desbarrar, a hacer el ridículo más soberano y que él no iba a cargar con su persona a cuestas cuando no pudiera moverse por sí mismo, para que el muy insensato ordenara dos pintas más. Por lo menos solamente había ingerido una ya que Rob Norris había ocultado con maestría la segunda y como la neblina había embotado en seguida el cerebro del pecoso, se le había olvidado que quedaba intacta la última.

Diablos. Clive no estaba hecho para beber. Nunca lo estuvo.

Introdujo la parte superior de su cuerpo en el interior del carruaje y afianzó con fuerza las solapas del abrigo que vestía su mejor amigo. Demasiado fino para la ola de mal tiempo que sufría la ciudad últimamente.

Con dos escuetas maniobras se lo cargó al hombro tras dar orden al cochero que volviera a la mansión y dejara a Ogro atado a la verja que rodeaba la casa de Clive.

Apretó con fuerza la mandíbula.

Seguía furioso. Por su mente cruzaba una y otra vez la imagen del engendro de la taberna y sus proposiciones indecentes. La patada lanzada al idiota le había sentado a gloria pero para empeorar y redondear una noche para olvidar, el pecoso ¡se había enfadado con él!

¡Ni que la oferta amatoria la hubiera lanzado él! Retiró la mano que acababa de posar en el límite entre la parte trasera del muslo de Clive y la parte baja del glúteo izquierdo. Diablos, ahí las carnes parecían estar bien aposentadas.

La historia de su vida. Cuidar del desastre, de sí mismo y de sus variados acechadores.

Acomodó con un suave movimiento del hombro el cuerpo de Clive.

Costaba cargarle menos de lo que aparentaba. Incluso juraría que había perdido algo de peso. Seguramente para ser el adecuado receptor del cariño de esa mujer a la que pretendía. Tendría que hablar seriamente con él. Si una dama no le aceptaba tal y como era, no valía la pena. No lo valía.

Si la adusta y estirada Señorita Melody Maple no se daba cuenta que tenía un gran hombre delante de sus narices es que era boba de solemnidad.

Demonios.

Hacía meses que no se sentía tan descontrolado. En todos los aspectos.

De un golpe que casi encabritó al tiro de caballos, cerró la puerta del coche que acababan de abandonar. No tardaron en alcanzar la entrada dejando la huella de su paso en el embarrado acceso a la casa. Antes de alcanzar el primer escalón la suela del zapato resbaló ligeramente.

Diablos. Por segunda vez retiró la palma de la mano de las redondeces a su alcance.

No, si al final caerían al suelo, los vecinos asomarían el morro, llamarían a la policía, se armaría el escándalo padre y surgirían millones de preguntas inconvenientes en el estado actual en que se encontraba la investigación. Entre ellas, qué demonios hacía el superintendente Ross Torchwell acarreando e intentando meter en su casa, a escondidas, a un beodo inspector con el que aparentemente no hacía demasiadas migas.

¡Mal…dición!

Se sintió liberado con el juramento lanzado al aire. Fue a lanzar otro pero un suave murmullo le silenció.

¿Acababa de pedirle que le dejara en el suelo, que se estaba mareando y que por qué le mantenía sujeto boca abajo?

No, si al final ¡tendría él la culpa de todo! Incluso de su mareo.

Con cuidado apoyó el peso muerto del pecoso contra la puerta de entrada y le dio una inapreciable palmada en la mejilla. Dos más. Se inclinó ligeramente hasta que su rostro quedó a la altura de Clive y un maldito puño le atenazó el corazón.

Le acababa de sonreír. Como si…

Esa maldita sonrisa transformaba esos rasgos clásicos y ligeramente juveniles. Apretó los labios, con fuerza. Tragó saliva y palpó con cuidado los bolsillos del abrigo. Nada.

La situación era una condenada pesadilla en toda regla. Ni más, ni menos. Tanteó otro poco más.

—¿Las llaves?

No pensaba palpar todos sus bolsillos y mucho menos, meter mano. Maldita sea. No, meter mano. No quería decir o pensar eso, sino buscar. Eso mismo. Rebuscar las condenadas llaves de acceso a la casa. En algún lugar de los ropajes del pecoso. ¿Cuantos bolsillos tenía el alelado?

—Clive, ¡las llaves!

Unos enrojecidos ojos se posaron en los suyos y se entrecerraron.

—¿Qué haces aquí, Moss?

—Soy Ross.

—Claaaro. Moss —Dioses, el pecoso estaba fatal. Una risilla insulsa acompañó la siguiente balbuceante frase—. Mi Mosso preferido. Mo…zo. Eso. Tan guapo— Una fría mano le aferró la barbilla— No está bien ser eso.

Nop. Para nada —Las rojizas cejas se fruncieron sobre los grises ojos—. ¿Lo hubieras hecho?

—¿¡El qué!?

—Eso.

Apenas vocalizaba.

—¿Qué es eso?

Las siguientes palabras las susurró dificultando su comprensión.

—Ya sabes. El... —las cejas de su mejor amigo bailotearon antes de terminar la pregunta— ...acople.

Qué diablos trataba de decir. De nuevo Clive le aferró de la barbilla, con fuerza.

—¿Me enseñarás?

—¡A qué!

—Puf, a acoplarme bien. No me sale y... —El aniñado rostro se acercó al suyo. Demasiado cerca— ...se ríen de mí y eso no está nada bien. Las damas. Bueno, sólo dos. Empiezo a preocuparme. A ver, Moss.

—¡Ross!

La figura que sujetaba se tambaleó un par de pasos hasta que le enderezó de nuevo.

—Vale.

Clive carraspeó. Algo le decía que no iba a estar preparado para lo que llegaba a continuación.

—Tienes que besarme. Ahora. Tú sabes. Pero, no mucho. O sea, sabes mucho de lo horizontal, ¿verdad?, pero tienes que besarme porque creo que lo hago mal. No oigo música menstrual, me pongo nervioso y me trabo con mi propia lengua. Un estroncio. No, espera... un estropicio.

—Será celestial.

—¿Eh?

—¡La música, Clive!

Ahora le miraba todo ofendido.

—Eso he dicho. No atiendes, Ross.

No se lo podía creer. Comenzaban a sudarle las palmas de las manos. Debía parar esto. Antes de que se le escapara la situación del escaso control que mantenía en esos momentos.

¿Le acababa de proponer un beso? ¡¿Porque lo hacía mal?! Fijó la mirada en su propia mano, apoyada contra la solapa de la chaqueta de Clive. Tensa. Demasiado.

—Tú no quieres eso. Créeme, pecoso.

—Oh, sí, sí que quiero. Para cazarle.

—¡A quién!

—A mi pichoncillo.

—¿Yo?

La suave carcajada le desconcertó.

—Tú eres el halcón, no una pamola. Digo, paloma. Venga, empieza ya. Se hace tarde.

—¿¡Para qué!?

¿Le acababa de lanzar un beso el pecoso? Centró la mirada en ese clásico rostro que mantenía los labios fruncidos y preparados para recibir un beso, los ojos cerrados con fuerza y dioses, a punto estuvo de darle el susto de su vida al insensato que reclamaba besos a diestro y siniestro. Casi.

El corazón le latía a tal velocidad que le daba la impresión de estar a puntar de estallarle el pecho.

Se acercó un poco, en el mismo momento en que esos párpados se alzaron dejando a la vista unas pupilas llenas de intriga y curiosidad a partes iguales.

—Estoy esperando, amigo. ¿No querrás que te pague? —Clive abrió los ojos como platos—. Oh, esas mujeres te iban a pagar. Puf, ¿eres muy caro?

Increíble. A toda velocidad palpó abrigo y chaqueta dejando para el final los malditos pantalones mientras el pecoso seguía rumiando algo sobre que su estado financiero no daba para mucho pero que podría ofrecerle un buen trato si le enseñaba eso, a besar bien. Un poco. Lo suficiente para no hacer el ridículo porque estaba a tiempo. Todavía no había besado a su preciosa y quería tener posibilidades. Que le daba un poco apuro pedírselo a Rob y además, tenía demasiado pelo rubio y no estaba muy seguro de cómo reaccionaría Brandon a la idea. Igual cortándole la cabeza de cuajo y le gustaba tal y donde estaba ubicada. Arriba del todo.

Ross estaba por subirse por las paredes.

¿Acababa de confesarle Clive que casi le había pedido un beso al condenado Robert Norris? Con un giro de muñeca terminó de abrir la puerta y de un empellón le metió en la helada entrada al hogar del atontado.

—Antes muerto.

Clive apretó los labios.

—Oh —La neblina que cubría los ojos pareció disiparse por un segundo—. Soy feo ¿Es por mi piel lechosa, verdad? Negarlo no sirve de naaada.

—No es eso.

—Ahhhh.

Le iba a dar algo. En cualquier momento ya que la conversación carecía de pies o cabeza.

—No permitirás que Norris te bese.

—¿Me quiere besarrr?

—¡No, tú a él!

—¿Estás borracho, Ross?

Suficiente.

Sin previo aviso se inclinó, aferró al hombre que cada día le desesperaba más por los muslos, le cargo de nuevo a la espalda y ascendió la escalera que daba al primer piso. Sin más contemplaciones a las cada vez más elevadas protestas de Clive se colocó junto al lecho y le dejo caer. El quejido al rebotar contra el duro colchón lo ignoró porque casi veía rojo de la ira.

¡Besar a Norris! ¡Joder!

Sin consideración alguna casi le arrancó las botas y tras lanzarlas a una esquina, le incorporó con dificultad para librarle del abrigo. Pecho contra pecho, sentía el suave aliento en el lateral del cuello. La cálida frente del pecoso se apoyó contra su hombro. Ahora, ¿qué demonios farfullaba entre dientes? Casi se le paró el maldito corazón.

—Hueles mejor que… ella.

Le soltó de golpe y se levantó como un rayo, quedando de espaldas al lecho, a unos pasos de distancia. Apretó los puños y respiró hondo. Tan profundo como pudo hasta que un suave ronquido sonó a su espalda. Estaba a punto de hacer una locura y lo peor de todo era temer que si lo hacía, Clive lo recordara pero evitara hablar de ello, que lo olvidara creyéndolo un borroso sueño o sencillamente, se distanciara de él para no afrontarlo.

Podría con todo.

Con cualquier cosa, menos con esa.

El sonido del movimiento de un cuerpo le volvió a la realidad. A la maldita y dura realidad, alejada de un mundo de temidas posibilidades que jamás podrían llegar a ser.

A su mundo.

Se enderezó antes de girarse. Recorrió con la mirada el cuerpo tendido que temblaba ligeramente, recorriendo sus rasgos, la postura que había asumido, como protegiéndose a sí mismo. La amplia espalda que terminaba en una estrecha cintura y unos muslos bien definidos. La cara de rasgos suaves y agradables, con unas largas pestañas pelirrojas y espesas que ocultaban a la noche esos impactantes iris.

Un maldito sueño con un final desgraciado.

Lentamente se acercó hasta rozar la parte delantera de su cuerpo el lecho.

No podía desnudarle. No podía.

Si lo intentaba perdería el poco dominio que le quedaba esa condenada noche. Extendió una mano para apartar un mechón de la frente, acariciando con extrema suavidad los restos del golpe recibido, aún apreciables a simple vista.

Casi le había perdido. De nuevo.

En completo silencio alcanzó la gruesa manta ubicada a los pies de la cama y la extendió sobre la figura tendida, arropándole. Preparándose para pasar la noche con el hombre que respiraba acompasadamente a unos palmos de distancia. Con una corta distancia física separándolos pero un abismo entre ellos que cada vez dolía más.

Se acercó otro poco más pero no se atrevió a rozarle.

Tan sólo habló, muy quedo, casi para él.

Duerme tranquilo, pecoso
Yo cuido de ti.

II

—Creo que debemos intentar salir de aquí. Y mejor pronto que tarde, Colin.

Mientras esperaba que el hombre que se frotaba las manos para entrar en calor contestara, recorrió una vez más el lugar que les cobijaba. Había perdido la cuenta de las ocasiones en que sus ojos habían recorrido las desgastadas paredes y el desangelado espacio.

Lo único de lo que estaba segura era de que estaban de vuelta en la cuidad de Londres. En una zona que jamás había visitado y que desconocía por completo. La puerta estaba atrancada por el exterior y paneles estrechos de maderas cubrían los dos ventanales que daban a la fachada del edificio. No estaba segura de si ocupaban un primer piso o era la planta baja. Dios santo, era un vieja boba acomodada que nunca creyó que fuera a ser secuestrada por un hombre al que había abierto las puertas de su hogar. Y lo peor era que en casa no se preocuparían hasta pasados un par de días. Nunca debió decir que iba a pasar una semana en Bath en compañía de unas amigas. Sobre todo, cuando el único que sabía de su aversión a los balnearios era su nieto y éste no tenía previsto dejar la ciudad en un par de semanas. Era una vieja tonta que se las daba de astuta y en el fondo, no era tal.

Desechó de golpe esos pensamientos y enderezó su dolorida espalda.

—¿Sabe dónde estamos, Colin?

—En un mal lugar, señora.

Viva lo obvio.

Para la poca ayuda que prestaba el hombre salvo farfullar de tanto en tanto que estaba helado y escuchar a su estómago retumbar con fuerza, bien podía haber sido un inerme felpudo a sus pies. Observó con creciente mal humor la oronda figura acurrucada en un rincón. Sería estupendo aliviando dolores óseos propios de la avanzada edad, estudiando a sus miles de pacientes y siendo adorado por medio mundo pero a ella se le asemejaba cada vez más a un pelele lloriqueante y quejoso.

—Está bien. No podemos quedarnos parados mirando las telarañas. Me niego a servir de cebo para lo que sea que planea ese hombre horrible.

El doctor se incorporó ligeramente, centrando su atención en ella. Al fin parecía reaccionar a algo. Desde que le habían introducido a rastras en la habitación únicamente se lamentaba. Como un loro repetía hasta la saciedad que de nada había servido la pista.

Hablaba, murmuraba y nada hacía. Únicamente le faltaba lloriquear al muy blandengue merengue.

—¿Me ha escuchado, Colin?

—¡No podemos enfrentarnos a ellos!

—Pues por San Jorge que no pienso quedarme quieta aguardando a que me maten, porque lo van a hacer, Colin y tengo demasiado fuego en este viejo cuerpo como para permitírselo. Lucharemos porque lo llevamos en las venas. ¿Está conmigo?

Por sus antepasados que era estupenda en la oratoria. Siempre lo había sido.

—No.

Vaya. Su labia estaba más atrofiada de lo que creía.

Daba igual. Le chantajearía por el bien de la humanidad. De los enclenques huesos de la humanidad.

Se levantó con algo de dificultad, acortó la distancia que le separaba del hombre que permanecía sentado en un sillón desvencijado y se inclinó hasta estar segura de que le prestaba toda su atención. Incluso chasqueó los dedos bajo su nariz.

—O me ayuda a planear algo o cuando nos liberen, Doctor Piaret, les diré a todos que se comió veinte peludos roedores para subsistir. Que los devoró, degustó y si me apura, re chupeteó. Eso, sin duda, hundiría su buen nombre, señor.

Vaya. Pobrecito. Se le habían puesto los ojos como huevos cocidos. Claro que decir eso de un doctor era como acusar a un ingeniero que soldaba con saliva. Se había sobrepasado. Tampoco le quería desmayado, sólo un poco más activo.

—De acuerdo. Puede que no lo haga pero tiene que reaccionar, Colin, así que ¡mueva ese redondo cuerpo! Y créame, no desea enfadarme y me falta poco. No lo desea.

—Nos matarán.

—¡Lo harán de todos modos, Colin!

—No estamos seguros, señora.

—¡Están cavando dos fosas en el jardín trasero, zote! Realmente no creo que sean ¡para un estanque de pececillos!

—No hace falta gritar, señora.

Un memo.

Le habían encerrado con un memo que sabría mucho de huesos y dolencias pero era un inútil en la vida real. Respiró con calma.

Y ya no digamos en materia de huidas.

Estaba tan irritada que se le iban a saltar los dientes que le quedaban sanos. Una mujer de casi setenta años no debiera tener que arengar a su compañero de secuestro para que escaparan o para que, como mínimo, mostrara intención de hacerlo sino que debieran rescatarle a ella.

—No sirvió de nada.

—¡Ya lo ha dicho cien veces, Colin! Y todavía no sé a qué se refiere.

Los hombros masculinos de hundieron tras suspirar como una mujer.

—Anteayer vinieron al hospital dos hombres haciendo preguntas pero *ella* estaba delante. Apenas pude hablar pero les dije que se pasaran más tarde por casa —Con cada palabra el hombre parecía encorvarse más y más— No llegaron a tiempo pero dejé un par de pistas para que nos localizaran.

—¡Eso es bueno!

—No nos encontrarán, marquesa. Metí la pata.

Dios santo. Parecía tan convencido que una parte de la esperanza creada desapareció de un plumazo.

—Sabía que ese hombre, Saxton, le había secuestrado por lo que intenté indicarles el camino pero erré al hablar del maldito campo, ¿no lo entiende? No nos localizarán porque nos trajeron de vuelta a la ciudad.

—Les diría algo más.

—Heráldica.

—¿Cómo dice?

—No importa ya, señora. No lo entenderán. Esos hombres no hilarán lo que dije con usted, salvo que le conozcan.

—¿Quiénes eran?

—¿Los agentes?

No necesitó responder para que el médico hablara.

—Eran dos. Uno muy alto y moreno. Con un porte impresionante pero un aspecto…

—Siga.

—Despiadado. El otro era de cabello claro, algo más bajo y con ojos de un peculiar tono azul.

—Dios mío.

—¿¡Qué!?

—¡Sé quiénes son, Colin! Les conozco. Son Robert Norris y el otro se apellida Brandon. Mi nieto me habló de ellos y por supuesto Clive.

—¿Quién es Clive, marquesa? Su nieto, ¿no se llamaba…?

—No. Me refiero al mejor amigo de mi nieto, Colin. Un joven al que tengo mucho cariño y no quisiera por nada del mundo poner en riesgo. Clive Stevens. Él y mi nieto son inseparables. Darían la vida el uno por el otro y si esos dos hombres de los que me ha hablado mencionan alguna de las pistas que dejó usted atrás, mi nieto lo sabrá y créame, Colin, nos encontraran. Mi nieto nos encontrará.

—Pero le utilizarán a usted, marquesa. Y a mí. Como moneda de cambio. No podemos permitirlo. No podemos.

—No les servirá de nada. Ross nunca se dejaría coaccionar salvo…

—¿Salvo?

Su mente iba a tal velocidad que los pensamientos se solapaban, entremezclaban y enredaban. Y se encaminaba por una senda inquietante.

No.

No había sido buena idea dejar detrás esas pistas. Si esos indicios les atraían al cubil en el que les mantenían encerrados y capturaban también a Clive, tendrían a Ross en sus manos. No quería pensar de lo que sería capaz su nieto si les tenían cautivos a ella y al muchacho. Su nieto era duro pero ellos eran su talón de Aquiles. Una sensación de ahogo comenzó a llenarle el pecho.

—Debemos salir de aquí, Colin. Cuanto antes —ella misma notaba la urgencia que desprendía su tono de voz— El rastro que usted dejó les atraerá a los dos a la casa de campo y con la pista que yo dejé descubrirán que fui secuestrada. Comenzará la búsqueda y les atraerá al peligro. Si nos capturan a ambos, entonces tendrán a mi nieto en sus manos.

—Habla sin sentido, marquesa.

—No. No lo hago. No pueden capturarnos al muchacho y a mí. Ross haría lo que fuera para salvarnos. No lo entiende.

—¿¡Qué no entiendo!?

En la lejanía se escuchó el retumbar de una puerta. La misma que sonaba cada vez que ese hombre aparecía ante ellos para burlarse, reír y regodearse. El hombre que ella odiaba con toda su alma. Por su avaricia, su dureza pero sobre todo por la pura maldad que destilaba por cada uno de los poros de su piel.

El mismo en el que había confiado sin dudar.

El Doctor Piaret se alzó con gesto tembloroso y se acercó a la puerta.

—Podría tratar de impedir que entraran.

—Son demasiados, Colin y eso únicamente les enfurecería. Le golpearían.

Los pasos se acercaban. Lentamente.

—Entonces sólo queda rezar para que su nieto nos encuentre.

—¡No! Si Ross acude en nuestra ayuda, Clive le acompañará.

—Pero eso es bueno, ¿no?

—¡No!

Se les había acabado el tiempo. No sabía si para escapar, para negarse a hablar si eso era lo que sus captores deseaban o para vivir.

Las manos le temblaban pero no mostraría miedo. Nunca se había encogido antes la adversidad. Ni cuando la guerra se llevó de su lado a su marido, ni durante la larga enfermedad de su hijo. Cuadró los hombros tras volver la cabeza en dirección al doctor para sonreírle con resignación y serenidad.

La vida le arrancó a dos de las personas que más había amado en la vida. Quizá había llegado la hora de reunirse con ellos y poder tocarles, abrazarles o simplemente estar cerca de ellos. Que ya no fueran un atesorado recuerdo. Eso era el cielo, ¿verdad? Volver a reunirte con los seres amados, aquellos que tanto echas en falta a tu lado que duele. Su contacto, sus caricias, su amor. Inmensamente. O al menos, eso era lo que deseaba creer.

Su único dolor, dejar tras de sí a un hombre maravilloso al que adoraba y que sabía que removería tierra y cielo para salvarle. Su nieto. La pena es que seguramente llegara un poco tarde para decirle que le amaba mucho. Muchísimo. Para decirle que no temiera vivir, aunque fuera en contra de lo que dictaba la sociedad. Que valía la pena y que ella, lo entendía. Que ella le quería demasiado. Tanto que no hacerlo no era una opción para una anciana que había vivido una larga vida y sólo hubiera deseado abrazarle una vez más. Sólo una.

La cerradura al abrirse retumbó en la estancia.

Como en otras ocasiones el hijo del duque de Saxton no llegó solo. Le acompañaban cuatro hombres de cierta corpulencia y esa mujer. La misma que hacía unas horas le había abofeteado en un arranque de ira y sin motivo aparente. La misma que miraba con adoración, rozando la obsesión, al hombre que se había colocado a su lado pese al terror que desprendía toda su figura. Casi sonrió. El pobre doctor Piaret no era un hombre creado para luchar, sino para estudiar e investigar.

Le dio un suave apretón en el antebrazo que colgaba a su alcance y su mirada se volvió hacia la entrada, hacia esos claros ojos azules exentos de todo sentimiento, salvo obsesión. Martin Saxton era un hombre apuesto y vacío por dentro.

Desconocía la razón de su secuestro pero intuía que no tardaría en descubrirlo.

Esa dura mirada le recorrió para posarse poco después en el pálido rostro del médico. La sonrisa en esa boca le erizó la piel de todo el cuerpo. Esa mueca provocaba miedo. Puro y simple pánico. Y la necesidad de alejarse de semejante fuente de depravación era tan fuerte que casi podía palparse.

Otra sonrisa en la boca de la mujer le confundió. Parecía… orgullosa.

—¿Lo tienes?

No entendía.

¿Por qué le preguntaba Martin Saxton eso a ella? Ella no sabía nada ni tenía absolutamente.

—Sí.

Su corazón se paró. En un segundo. Y su cuerpo se negó a reaccionar. Sencillamente no podía volverse hacía el hombre que, aún ubicado a su costado, había contestado con una calma y una seguridad que no era normal. Sin un atisbo de temor en la voz.

—¿Colin?

Apenas reconoció su propia voz. Su compañero de celda se alejó unos pasos de ella, sin responder y se acercó lentamente hacia la mujer que se llamaba Mayers. Una de sus manos enlazó su cintura y antes sus desorbitados ojos, le besó en los labios. Con fuerza, para lanzar una victoriosa carcajada a continuación.

No podía ser. Parpadeó pero la figura que creía un amigo se había ubicado al otro lado. En el lugar que ocupaban sus enemigos.

Hundida. La sensación de hundirse lentamente y no poder hablar del asombro, de la rabia y de la incomprensión le paralizó.

—Lo tengo. Hay un modo de controlar al superintendente. Los dos hombres que quieres con tanta desesperación, al parecer, confían plenamente en él y no sospecharán pero... —Saxton entrecerró los ojos— ...antes tendrás que apoderarte de aquello que es valioso para el nieto. Para controlarle —Piaret hizo un leve gesto hacia ella—. Aparte de lo que ya tenemos delante.

—¿Y... es?

Presenció un cruce de miradas y de férreas voluntades entre un asesino y un hombre que creyó honorable hasta hacía unos pocos segundos.

—Dame lo que quiero, lo que es mío y te lo diré. Dame a los tres, madre e hijos y hablaremos, Martin.

Saxton se acercó con movimientos felinos hacia Piaret. Ese hombre generaba tensión en el aire. Era despiadado y odioso. Si pudiera... Sin apenas espacio entre ellos el hijo del viejo duque se inclinó amenazador.

—No te aconsejo jugar conmigo, Piaret. Los que lo intentan, sabes dónde terminan.

—Lo sé y te aseguro que yo no seré uno de ellos pero tampoco facilitaré más información hasta que me entregues el eslabón que necesito para mi obra maestra. Los tres. Y les quiero, vivos.

Saxton dio un paso atrás.

—Les tendrás. Falta atar unos pocos cabos sueltos y va a ser entretenido. En unos días obtendrás una mitad del paquete.

—¡Les necesito a todos, Saxton! Les necesito para ser el primero, para lograr lo que nadie ha hecho, para darle a ella lo que le prometí.

La voz de Piaret desprendía enfermiza obsesión y agitación hasta que la palma de la mano de la mujer ubicada a su lado se posó en su espalda. La ira y la excitación desaparecieron en un instante.

—Les tendrás, doctor. Ya está organizado. Ahora, dime lo que necesito saber.

Era difícil de creer pero esos hombres estaban sellando un acuerdo ante sus propios ojos y nada podía hacer. Ni siquiera conseguía hablar. Y estaba completamente perdida. No entendía a qué se referían. Tan sólo que ella era el cebo para atrapar algo e intuía que ese algo era su nieto Ross. Las ganas de llorar casi pudieron con ella.

Colin Piaret dirigió la mirada hacia ella antes de contestar a Saxton sin un mínimo de arrepentimiento.

—Llevabas razón. Captura a un hombre llamado Clive Stevens y el otro carecerá de salida. Será un cebo perfecto para obtener lo que quieres. A los otros dos.

Una macabra sonrisa se adueñó del rostro de Saxton. Una sonrisa que hablaba de victoria.

Se estremeció, sin poder evitarlo.

Dios santo. Por su culpa iba a ocurrir algo terrible y nada podía hacer para avisarles.

III

Descorrió los cortinajes para atisbar el exterior de la mansión. Se había convertido en una manía imposible de erradicar, acrecentada con el paso de los meses. En ocasiones, despertaba sobresaltado y con rapidez se levantaba del lecho para abrir el ventanal y dejar que una fresca corriente de aire circulara por la habitación. Llegó un momento en que llegó a dormir con los ventanales abiertos, pese al frío o la humedad. Pese a los ruidos de la ciudad que nunca paraba. La simple necesidad de saber que nadie le retenía ni le impediría ir allí donde quisiera. Libertad. Una palabra que llenaba la boca de muchos si llegar jamás a conocer, de primera mano, lo que significaba carecer de ella.

La ciudad seguía en tinieblas en los minutos previos al amanecer. El momento del día en que sentía algo de paz y tranquilidad. Cuando la gente comenzaba a despertar para un duro día de trabajo o permanecía en sus hogares disfrutando de un frugal desayuno. Los que tenían suerte un pedazo de reseco pan dosificado a trozos para aguantar durante la semana reblandecido con un poco de leche templada. Tantos años desayunando eso mismo le impedía olvidar que no todos habían tenido tanta suerte como él. Pese a su propio calvario.

El sonido de las sábanas rozando un cuerpo, le hizo sonreír en completo silencio.

Tan afortunado.

Cuando dormía de lado el canijo apenas emitía sonidos. Boca abajo se abrazaba a la almohada como un poseso. Al contra, roncaba suavemente generando un ruido que a él, de un modo extraño, le calmaba y adormilaba. Pero, ante todo, le encantaba cuando se volvía en su dirección. Como si intuyera su presencia incluso en sueños, se acercaba poco a poco, quizá deseando compartir su calor corporal, quizá para sentirse más seguro, quizá porque no soportaba estar lejos.

Resultaba increíble cómo un cuerpo más menudo que el suyo terminaba por ocupar gran parte del colchón. Daba igual que trasnocharan o decidieran meterse en el lecho como las gallinas, en cuanto el sol se ocultaba en el horizonte. Siempre terminaba amoldado al lateral de su cuerpo, ocupando el centro de la cama y a él, le gustaba que lo hiciera.

También era un dormilón empedernido que siempre pedía un ratito más para remolonear. A veces le sobornaba ofreciéndole una caricia, otras un beso, las más frecuentes, todos los besos que quisiera y últimamente Rob le dejaba escoger el premio por no despertarle a esas horas intempestivas.

Se le escapó una risilla.

No debió prometerle eso la noche pasada cuando al canijo se le entrecerraban los ojos del agotamiento y él estaba decidido a intimar un poco más.

Sin apartar la mirada un segundo se acercó a Rob.

Pese a la temperatura de la habitación solamente llevaba puesto el pantalón del pijama, a diferencia del canijo. Nunca se había definido por ser un seguidor de las modas impuestas en sociedad pero le agradaba la comodidad de la prenda aunque tendía a no vestir la parte superior. Ya no le causaba vergüenza o duda dejar a la vista su torso, lleno de cicatrices y latigazos. La sensación de ser libre de poder mostrarlo le fortalecía en ese diminuto espacio de intimidad que compartía con el hombre que, de tanto en tanto, soltaba alguna palabra inesperada medio adormilado.

Con dos dedos y mucha suavidad.

Diablos. Le encantaría adentrarse en esa mente única y sorprendente. Ya le preguntaría más tarde lo que soñaba.

Sin despertarle, se sentó al borde del colchón y estirándose un poco, agarró el borde de las sábanas que el canijo había arrebujado bajo su barbilla. Tiró con suavidad pero el muy comodón se escurrió ligeramente hacia los pies del lecho para mantener el calor.

En esos momentos estaba sobre el lado izquierdo, con la camisa del pijama enrollada a media espalda y el pantalón algo caído, mostrando el inicio de ese sonrosado trasero.

Los hoyuelos estaban a la vista.

Los mismos que le traían por la calle de la perdición. Cómo era posible que dos sencillas marcas de nacimiento le desquiciaran completamente, era otro de los muchos misterios que rodeaban a sus reacciones frente al canijo.

Al alcance de su mano.

Una tentación imposible de resistir.

Morderlo igual era un tanto excesivo. Pillaría al canijo desprevenido y puede que recibiera una patada a destiempo. No sería la primera vez.

Introdujo las puntas de los dedos índice y medio en la cinturilla del pantalón, deslizándolo hacia abajo para dejar expuestas las únicas curvas en ese cuerpo bien definido.

El grito del canijo en reacción al suave pellizco recibido en medio del glúteo casi le dejó sordo y llenó cada rincón del cuarto.

A trompicones Rob se volvió con los ojos medio hinchados y completamente abiertos. Apartó varios mechones que le tapaban la visión, abrió la boca para hablar y ahí se quedó. Ni un diminuto sonido manó.

—¿Te comió la lengua el gato?

La boca se abrió por segunda vez.

—¿Te he dejado sin palabras, verdad? Quién me iba a decir a mí, que tras demasiados años como para contar te iba a dejar mudo un casi inexistente pellizco en el trasero. Interesante información a tener en cuenta.

—¡Me has pellizcado!

—Obvio. No hay nadie más por aquí.

—¿Por qué me has pellizcado?

—Me lo pediste tú.

—Tú deliras. Además, lo has hecho con ganas. Has agarrado un buen pellizco.

—Es que hay donde agarrar y no es por nada, pero me lo acabas de pedir en sueños y sonreías mientras lo murmurabas.

Le encantaba cuando Rob hacía mohines con los labios.

—Lo has imaginado, Peter. Yo jamás pediría eso.

—Lo que tú digas —se inclinó ligeramente en su dirección—. Podría besarte para curar el daño.

Dios, que se carcajeaba sin remedio con la expresión de horror del canijo.

—¡De eso nada!

Rob se levantó de la cama de un salto y en dos zancadas había alcanzado el batín más grueso y poco favorecedor del universo para envolverse en él a toda velocidad.

—Como te ates otro nudo al cinturón, vas a tener que ir a trabajar en paños menores.

—Es que ¡me has pellizcado el trasero!

—Si quieres, te pellizco otra cosa.

—Tú muy capaz.

—Me conoces demasiado bien. Ya, apenas te sorprendo.

—¡Ja!

Una ingenua sonrisa comenzaba a cubrir el rostro aún sin afeitar. Se levantó de la cama y sintió esa cálida mirada resbalar por su torso. Nunca fallaba. Le recorría lentamente pese a que ya debía tenerlo memorizado. No es que a él le importara pero en quince minutos tenía una reunión con Doyle y un par de clientes.

—Deja de mirarme así si quieres salir de este cuarto, canijo— Diablos. Era un provocador nato ya que sabía lo que esa juguetona carcajada le provocaba en las entrañas—. Tengo una reunión de trabajo en unos minutos.

—Ay, pobrecito. Qué vida más sacrificada.

—Podría aplazarla. Mi cita de negocios y seguir con nuestra sabrosa conversación sobre nudos.

—De eso nada. Tengo planes.

—¿Planes?

—Eso mismo.

Evasivas. Ya estábamos con su manía de guardarse cosas y él con su obsesión por descubrirlas.

—¿Cuáles?

—Investigar.

—¿Me estás esquivando, canijo?

—No. Jamás haría eso.

—Ya ¿Qué planes?

—Con Clive.

—Dudo que Stevens se tenga en pie hoy.

—Muy cierto. De acuerdo, voy a ir en busca del tal Osborne.

Horror.

—¿A dónde?

—¿Cómo que a dónde? —Le miraba como si no le entendiera del todo—. A la calle. Por la calle. A indagar e investigar y revolver la ciudad hasta dar con él.

Casi gimió de pura desesperación.

—Y, ¿no puedes esperar a que te acompañe?

—¿Quién? ¿Clive?

—¡Yo!

Las claras cejas se iban frunciendo poco a poco, denotando un principio de enfado.

—No eres mi niñera, Peter.

Pues debiera serlo.

—¿Qué has murmurado?

—Nada.

—Te prometo que tendré cuidado, como siempre.

Eso es lo que me da pavor.

—¡Peter!

—¡Qué!

—¡Me desesperas!

—¡Yo?

—No, tu tía la de las Américas, no te digo.

Optó por alzar las manos, tratando de aplacar el naciente mal genio del canijo a esas tempranas horas de la mañana.

—Está bien, no digo nada pero como te secuestren o te metas en líos, tendremos problemas. Tú y yo.

La rubia cabeza se ladeó.

—¿Como cuáles?

—Ya lo pensaré. Detenidamente. En la reunión.

Dioses, mientras terminaba de vestirse hubiera jurado que esos ojos azules brillaban disfrutando de la situación El *¿me lo prometes?* de esa voz ronca, se lo confirmó.

Salió del maldito cuarto como una condenada flecha ajustándose los pantalones, tras depositar un suave beso en los labios que se abrieron bajo los suyos.

Ya llegaría el momento.

IV

Había llegado el instante de emplear sus numerosas habilidades. Unidas en la adversidad. Todas contra una y una contra todas. Por siempre jamás. En la salud y en la adversidad. En... No. Así no era el lema de la novela que acababa de dejarle enamorada tras devorarla con fruición. Esos habían sido parte de los votos matrimoniales de Julia y Doyle, ¿no?

Jules se giró rauda hacia Julia y le dio un leve codazo.

—¿Cómo era el lema ese?

—¿Cuál?

—El de Dumas.

—¿Uno para todos y todos para uno?

—Ese mismo. He decidido adoptarlo para nuestro club.

El ceño fruncido de Julia se incrementaba por momentos.

—Jules, ¿qué planeas?

¿Ella?

Nada. Prefería dejarse arrastrar en las desastrosas aventuras en las que le embarcaban sus mejores amigas. Por un segundo su mirada se centró en la figura encogida de la mujer a la que rodeaba un aire de inmensa congoja. Al fin y al cabo, podía decirse que Elora Robbins se había convertido en un miembro añadido del club del Crimen. Era casi un hecho desde que con su inestimable ayuda habían logrado salvar a Julia de ese engendro de delincuente. El muy odioso Roland Bray.

Comenzaba a preocuparle la tendencia de los miembros del club de atraer sin desearlo la atención de dementes y otros elementos desquiciados. Quizá desprendían un olor peculiar. Como las ranas. No. No eran las ranas. Eran las mofetas. Se estaba liando. Como una exhalación se volvió de nuevo hacia Julia.

—¿Olemos a mofeta?

La expresión y el aleteo incontrolado de las pelirrojas pestañas de Julia, provocaron que se girara de nuevo hacia el frente. Decidió ignorar el jocoso *espero que no* de su amiga.

Con plena naturalidad Elora se había incorporado a sus reuniones y encajado con asombrosa facilidad, siempre que su jefe no le reclamara con insustancialidades. No pudo evitar una leve sonrisa. Marcus Sorenson era unos de los hombres más apuestos e intrigantes con los que se había cruzado en su vida. En un par de días tenía previsto acudir a un lujoso restaurante cercano en la zona de Covent Garden para dar cumplida respuesta a la cena que habían acordado en pago por acceder a las peleas pugilísticas.

¿Y por qué cada vez que pensaba en el hombre se lo imaginaba con una larga melena rojiza que en absoluto pegaba con su amenazador aspecto? La culpa la tenía el otro. El engreído. El presumido. El ¡qué había osado llamarle flaca! ¡A ella!

—Jules, por todos los santos ¡reacciona y deja de pensar en ese hombre!

—¡No lo hago!

Las miradas repletas de sorna, provocaron la parrafada subsiguiente.

—¡Me dijo que mis brazos eran raquíticos!

Tras incorporarse una leve pizca con dificultad Mere acercó su rostro.

—¿Cuándo?

—Ayer, cuando interrumpió nuestra reunión y acabó con nuestra merienda.

—¡Si Sorenson no pasó por casa!

Oh.

Nunca mejor dicho. Había metido la pata por descoordinar mente y lengua. Sintió la palma de la mano de Julia sobre la espalda.

—No pasa nada, querida. A mí también me daba rabia que mi Doyle me dejara sin comida. Es el primer paso a un enamoram…

—¡Ni se te ocurra terminar la frase!

—Sólo iba a recalcar que…

—¡Que nada!

Alzando las manos en son de paz Julia optó por sentarse junto a Mere, ayudándole a acomodarse de nuevo. Jules respiró al notar que las rojas mejillas de Mere adoptaban un color más normalizado. Estaba enorme y en previsión a un inesperado adelantamiento de la palabra prohibida, ellas se habían agenciado un libraco pesado y espeso acerca del mundo de las embarazadas. Sobre sus fases, estados anímicos, misterios de la vida y cosas de esas. Julia lo estaba engullendo pero a ella le habían mareado las ilustraciones. Hasta el punto de perder el sentido y caer rodando por la pequeña colina trasera del jardín del hogar de Mere, un día de paseo en que a Julia le dio por leer en voz alta, ofreciendo más datos de los estrictamente necesarios. Todavía le daban escalofríos recordar quién, entre toda la población activa de la ciudad, había detenido su rodar con el pie y levantado de un tirón tras sacudirla como si un buen meneo resucitara hasta los muertos. Y el hombre le había exigido ¡un agradecimiento por sus servicios!

Jared Evers le enervaba.

—Marcus es un buen hombre aunque no lo parezca. También es algo poco delicado. Asusta y gruñe, claro, pero en general es… —Elora pausó su hablar al observar las intrigadas miradas que recibía— …generoso. También presenta un asombroso desconocimiento del mundo femenino para un hombre de su edad. Cree que cortejar a una señora es olerla e informarle que expide el sutil aroma de la rafflesia.

La exclamación de Julia debió preverla.

—¡No puede ser!

—Lo he presenciado. Con mis propios ojos. Claro que parte de la culpa quizá sea mía. Le dije que me intrigaba el aspecto de la flor. Que era precioso. Su colorido. Olvidé decirle que, por su olor, bien podría ser prima hermana de la *flor cadáver*.

—¿Olvidaste?

—Sí. Momentáneamente. Decidí guardar parte de la información. Sobre todo la referente al olor a pescado en no muy buenas condiciones que despide.

—¿Hasta cuándo?

—Hasta que dé con una buena mujer.

—¿No piensas sacarle de su error?

—No —el pícaro rostro de Elora daba miedo—. Que se aguante. Todavía le saca de quicio desconocer la razón del último bofetón recibido por una de sus mujeres.

Jules escuchaba con atención hasta que decidió intervenir.

—¿Mujeres?

—Le acosan y él se deja querer. Lo cual me asombra dado su endemoniado carácter.

—Es que es guapo. Asombrosamente guapo. Además, no hay que ser tan quisquillosa. Todo hombre presenta sus defectillos y además el pescado, en todas sus facetas culinarias, es sabroso por lo que se puede sobrentender que define a la dama como ¿suculenta? —Las miradas alucinadas de las jóvenes se posaron en la de mayor edad—. Bueno, es un decir.

La que faltaba. La abuela Allison y su extraña predilección por ese hombre. Desde el primer instante le había cobijado bajo su ala pese a la inmensa resistencia opuesta por el hombretón.

Jules suspiró. Algo en ese hombre le enternecía. Cierta tristeza muy honda que apenas dejaba traslucir salvo en aquellos pocos y descuidados instantes en que se relajaba. Al conocerle le había enrabietado su descaro pero con el trato y el transcurrir de los días esa sensación se había transformado en curiosidad.

Esos impactantes ojos verde azulados tenía una manera de mirar a la pequeña Rose, tan dulce e ingenua en un hombre tan increíblemente duro que provocaba ternura. Pobrecillo. El club le había adoptado sin su permiso. Tendría que aguantarse. Más teniendo en cuenta que su segunda al mando ya era miembro activo del mismo.

—Estamos divagando de nuevo —Mere y su vena práctica—. Tenemos que infiltrarnos en el hospital de San Bartolomé. Cuanto antes. Algo feo se cuece ahí y los hombres no se enteran de nada. Nos toca mover ficha.

¡Ay, Dios mío! Ya empezaban los líos. Y por la expresión en el redondeado rostro de Elora parecía comenzar a comprender el lunático ambiente al que se había incorporado. Aunque, la menuda mujer sonreía. Lo cual carecía de sentido, si no fuera porque disfrutaba del caos como el resto de las alocadas que le circundaban.

Menos mal que estaba ella y su lógica inquebrantable. También sus miedos y pequeñas manías. Amén de otras cosas que no era necesario enumerar, claro. Si pudiera controlar su mente y divagaciones.
Debía imponerse la sensatez.

—Mere, no estás para moverte. El niño…

—O niña.

—…o niña podría emerger.

—Jules, hija, eso suena fatal —apuntó la abuela Allison.

—Vale, pues asomar el hocico.

La suave carcajada de Mere distendió el ambiente que se tensaba en cuanto alguna de ellas mentaba el futuro parto. Una suave corriente de aire circuló por la habitación.

—Tengo una conocida que trabaja en el hospital. En la sección de administración —lanzó Elora, con una mueca de suprema satisfacción en el suave rostro—. Podría hablar con ella. Me debe un gran favor.

—¿Cómo de grande?

—Enorme.

—¿Tanto como para que nos dé acceso al interior?

—Creo que sí. Es una buena mujer. Podría caer enferma unos días y presentarnos para cubrir su puesto. Los suficientes para indagar y reconocer el lugar. Le vendría bien algo de dinero para sostener a la familia y también un descanso. Quedó viuda hace unos meses y le está costando salir del atolladero.

Jules intervino, sin dudar un instante.

— Lo haremos Elora y yo. Ambas. De ese modo tendremos algo de protección sin que…

La suave corriente se convirtió en un huracán humano y enfurecido.

—¡Será una condenada broma!

Diantre.

El presumido en persona.

¿Les estaba espiando el muy cotilla?

No se lo podía creer ¡Había estado escuchando lo que hablaban, tras la entornada puerta! Inconcebible. Y le miraba a ella como si fuera la culpable de todas las desgracias del universo.

—¡Lo sabía! ¡Intuía que la mosquita muerta era un peligroso abejorro! Algo me decía que eras la cabecilla del corro de insensatas, camuflada en ese aspecto de no haber roto un plato en tu acomodada vida. Tan puesta, tan frágil, tan preciosa, tan…—un carraspeo detuvo la frase de Jared para continuar sin más tropiezos—. O sea, no quería decir eso. Más bien, lo contrario. Bueno, tampoco eso —Jules fue a interrumpir la histérica perorata pero el hombre, ¡se atrevió a chistarle!—. Eres lo contrario de lo que pareces, Jules Sullivan pero yo te vigilo. Como un halcón. De cerca y además…

—Gracias.

El hombretón se quedó paralizado. Al completo. Hasta que apretó los blancos dientes, entrecerró los ojos y se acercó dos pasos a la estilizada figura que le observaba con los ojos llameantes.

—¿Por qué?

—Por admitirlo.

—¡El qué!

—Que soy preciosa.

El gruñido rebotó contra las cuatro paredes de la habitación. Casi hizo eco.

—¡Te prohíbo planear, Jules Sullivan!

Eso sí que era nuevo.

—¡Ja! No eres quién para darme órdenes, fondón.

Casi soltó la risa. El pobre iba a explotar de la impotencia. Seguro que nunca antes una mujer le había puesto en su sitio, haciéndole ver sus múltiples errores. Y ya no digamos lo de llamarle fondón. ¿Se le estaba encrespando la poblada melena?

—Puede que no, niña, pero buscaré la manera.

—¿De qué? ¿De molestarme hasta la extenuación?

—¿Me llamas molesto?

—Entre otras cosas.

El gesto de incredulidad de Jared en dirección a su hermana indagando cómo era posible semejante conducta en una amistad de la familia, le enfureció. El hombre era un osado descarado.

—En presencia de mi hermana y abuela, deberás contener tus necios planes, muchacha.

—¿Me llamas necia?

Debió intuir la respuesta del idiota al ver su expresión.

—Entre otras cosas, querida Jules.

Se irguió, enfurecida. Ese varón era idiota, irreverente, descarado, mandón y otras muchas cosas más. Sentía un calor horroroso y era por culpa del engendro ese. Ella jamás se acaloraba. Y, ¿por qué le estaba mirando el escote? Por un instante dudó si se habría equivocado de vestido. Con un dedo toqueteó la textura de la falda. No, era el de siempre. El que la tapaba hasta la barbilla.

Habló, vocalizando a la perfección. Como una dama llena de compostura. Lo que era, salvo en puntuales momentos. Como éste.

—Haré lo que me venga en gana, fondón.

—Como repitas de nuevo ese epíteto, ¡no respondo, Jules Sullivan!

—No es de extrañar.

—¿¡Por qué!?

—Es evidente, ¿no? Careces del más mínimo gobierno sobre tus impulsos. Lo cual es algo… lamentable. A tu avanzada edad, me refiero.

La figura masculina se tensó al completo, volviéndose hacia la abuela Allison.

—Abuela, que le agarro y…

La frase y el estado anímico del hombre al fin dio sus frutos. Allison trató de mediar, colocándose en pie, cortando la línea de visión entre ambos. Bueno, lo intentó porque el hombre dio un paso lateral para no perderle de vista. Ni que fuera una criminal necesitada de control. A ella nadie la callaba ni le prohibía planear. Necesitaba planear en su vida. De continuo. Para evitar agobiarse.

—Acabo de decidir algo para tu información, Jared Evers.

—¡Ja! Al fin algo de sensatez.

—Te *prohíbo* que me hables —Oh, oh. Igual se había excedido al plantear su futura relación con ese hombre. Optó por explayarse algo más—. Por el bien común.

—¡Y un cuerno! ¡Eres peligrosa! Alguien ha de vigilarte.

Casi soltó la carcajada. ¿Ella? ¿Peligrosa? Pobre hombre. Desvariaba.

—¡Soy una dama!

—Una dama no planea introducirse en un hospital, metiéndose de cabeza en… en…

—¿El peligro?

—¡Eso mismo!

—Reitero lo dicho. Quedas dispensado de hablarme. Te hago un favor, fondón.

El berrido les sobresaltó a todas. La carga del búfalo no demasiado, salvo a la abuela que con un chillido y las manos en alto, hizo de tope al energúmeno. Madre mía, estaba morado de la ira.

Uf, ¡qué poca contención en un hombre de su edad!

—¡Hablaré seriamente con tus padres, niña!

Dolor. Profundo. El mismo del que huía desde niña.

Jules sintió sobre su rostro la mirada llena de congoja y pensar de Mere pero no era culpa suya, sino del energúmeno de su hermano que hablaba sin pensar y… sin saber.

Lentamente, llena de dignidad y acallando un punto de dolor que persistía en el fondo de su corazón cada vez que les mencionaban, se preparó. No necesitó dar más de dos pasos para acercarse a él. A Jared Evers. Al hombre que de alguna manera conseguía convertirle con una sola frase en alguien que no era, en alguien que escondía en un recóndito lugar de su vida.

La voz le surgió temblorosa. Quebradiza.

—Yo no tengo padres.

******

Capítulo 17

I

Rob se retrasaba. Era imposible que indagar acerca de un único hombre llevara tanto tiempo. Agotada la paciencia, decidió bajar a la planta baja a fin de controlar el acceso a la entrada de la mansión. Debió atender a sus instintos. No erraban.

No dejarle a solas. Nunca más.

Pero la mirada de esos ojos tenía la capacidad de derretirle al completo. Era casi mediodía y el insensato seguía ahí fuera. En algún lugar. Intentó decirle que sería arriesgado pero como era terco como una mula y la idea se le había colado entre ceja y ceja, no pudo convencerle para que esperara al término de la reunión que tenía prevista con un par de clientes y de ese modo acudir ambos a recabar información sobre el tal Osborne.

Que podía cuidar de sí mismo. El canijo lo había expresado con toda la seriedad del mundo y de seguido se había sentido ofendido por su mirada de incredulidad.

Y un cuerno.

Se estaba asfixiando en su cuarto. Tras lanzar una última mirada por si Cotton aparecía con su rubio jinete al otro lado de la verja que daba acceso a la entrada, aspiró con fuerza. Aferró la chaqueta abandonada sobre la silla y salió del cuarto a grandes zancadas. Clive se había empeñado en acompañar al canijo al campo de batalla, según sus palabras, pero la palidez que cubrió repentinamente ese pecoso rostro al erguirse le hizo desistir, tras un larga perorata de Torchwell.

Actuaban extraño esos dos, como si uno de ellos hubiera metido la pata hasta el fondo y no encontrara la manera de disculparse o, mejor pensado, desconociera el motivo del enfado contrario mientras que el otro mantenía un terco silencio a propósito para descolocar al primero. Otro misterio sobre el que prefería no indagar.

El golpe recibido en la pelea por parte de Clive no había sido nimio y éste permanecía en observación. El alcohol ingerido en la taberna poco había ayudado a mejorarlo. El buen doctor Brewer les había dado una serie de indicaciones. Si se mareaba, que descansara. Si balbuceaba, que le avisaran. Si regurgitaba, tres cuartos de lo mismo sólo que sin perder más tiempo del necesario. Ante todo, evitar traslados innecesarios. En consecuencia, le habían instalado, entre protestas y gemidos insulsos, en una de las habitaciones del segundo piso. La mirada de revancha de esos ojos grises al escuchar la frase de Torchwell, de que al menos por unos días no se le congelarían los dedos de pies y manos o que dejaría de hacer peticiones estrambóticas en un hombre crecido, tuvo su punto risible.

Pobre hombre.

Tener a Torchwell de enfermera sonaba a suplicio en toda regla.

Descendió las escaleras con premura hasta localizar a su hermano en su despacho. La pelea diaria de Doyle con las cuentas del negocio había comenzado por el aspecto ceñudo que mostraba. Su cuñada no estaba a la vista.

—¿Julia?

Los claros ojos de su hermano se centraron en su rostro.

—En casa de Mere. En la reunión semanal del temido club.

—¿No te inquieta?

—Siempre.

—¿Y?

—¿Y, qué?

—¿No vas a hacer algo?

—¿Como qué?

—Encerrarle, vigilarle, espiarle. Yo que sé.

—¿Te da a ti resultado con el canijo?

Diablos. No lo había apreciado desde ese punto de vista.

—No.

—Pues eso.

Un suave gorjeo llamó su atención y un pequeño puño surcando el aire le impulsó a acercarse a la cuna colocada a la derecha de Doyle. Una sonrisa cubrió sus labios. Su diminuta sobrina. Era tan pequeña y preciosa con esos redondos ojos que le miraban a uno con detenimiento y le hacían sentirse tan especial. Desprendía ternura y calidez. Redonda y repleta de una inocencia que él apenas recordaba, salvo cuando se acercaba a ella.

Su olor le calmaba. Esa mezcla de galleta dulce de nata y pureza.

La primera vez que le cogió en brazos casi se desmaya al echársele la pequeñuela a llorar pero su voz le hizo callar. La primera vez que entonaba una nana en su vida, por pura desesperación y la hubo de inventar. La canción del lobo lelo. Ahora esa sencilla canción era la preferida de Rosie. Hasta el punto en que ocasionalmente sus padres, desesperados y llenos de agotamiento acudían en su auxilio para que le durmiera con sus canturreos. Y sorprendentemente, funcionaba. Tan menuda entre sus manazas, su favorita era una postura un tanto incómoda. Le apoyaba contra su antebrazo boca abajo hasta que los lloros remitían y entonces le giraba para arrullarla, entonando esa tonta canción. Nunca lo admitiría pero le encantaba sentarse en el viejo sillón orejero de su habitación, en la oscuridad, canturreando y acariciando esas regordetas mejillas con las yemas de sus dedos.

En esos instantes se sentía limpio. El pasado desaparecía. De un plumazo, en cuanto rodeaba ese pequeño y frágil cuerpo entre sus brazos.

No pensaba. Nada dolía.

Era su redención. Un pequeño trocito de carne balbuceante e indefenso le atontaba.

Juraría que la pequeña le reconocía en cuanto se plantaba ante ella. Le miraba atentamente y alzaba los puñitos en su dirección como pidiendo que le izara. Y siempre caía. Hacer lo contrario era impensable.

Le destapó, levantando sin esfuerzo el liviano peso.

—Le estás malcriando, hermano.

—Puede pero para eso están los tíos, ¿no?

La satisfecha sonrisa en labios de su hermano fue respuesta suficiente. Se alejó un par de pasos dejándose caer en el sillón colocado al albur del fuego. La pequeña necesitaba calidez.

—¿Qué te pasa?

Su hermano le conocía como si le hubiera parido.

—Rob no ha vuelto aún.

—No tardará.

—Está solo, Doyle. Le dejé ir solo.

—No.

—No, ¿qué?

—Vi salir tras él a Guang.

—¿Enviaste a Guang?

—Ni en un millón de años. El pequeño gran sabio es capaz de atizarme y dejarme inconsciente con un golpe del dedo gordo del pie. Creo que fue una decisión propia y bien meditada. Dudo que sea la primera ocasión en que le protege o quizá deba decir, os protege y mucho menos que Rob se haya dado cuenta de su presencia ya que el hombre iba de camuflaje.

Las enarcadas cejas de Peter instigaron la respuesta.

—Todo de negro. Como un fantasma. Temible. Ese hombre te quiere mucho, hermano —una jocosa sonrisa distendió el rostro de Doyle—. Lo cual es sorprendente con el mal genio que gastas.

—Muy gracioso.

—Nunca llegaste a contarme el origen de vuestra amistad.

La curiosidad llenaba los claros ojos de su hermano.

—Algún día.

Pasaron unos minutos en silencio, roto únicamente por los ruidos que emitía la pequeña. Sonreía sin parar. Era suficiente una nimia carantoña para que mostrara esas suaves encías. Con su pañuelo limpió la diminuta boca llena de babas para acariciar la pelona cabeza a continuación. Tan diminuta.

—Te tiene sorbido el seso.

—Le dijo la sartén al cazo.

Una bronca risa del padre acompañó el suave gorjeo de la hija. Ambos sonidos, unidos, eran hermosos. Para los oídos de un hermano y un tío era… preciosos.

Unos diminutos dedos envolvieron su dedo índice. Su sobrina agarraba fuerte. Sin miedo.

—¿Crees que Titus conoció a Claire Robbins?

Peter no dudó más de un segundo.

—Sí. Su reacción al ver a Elora fue instintiva. Se sintió protegido. La manera en que le abrazaba hablaba de cariño, hermano. Y no conocía a Elora.

—¿Dónde estará esa mujer?

—Ojalá lo supiera pero la investigación de los turbios asuntos de los Bray sigue su curso y nada se ha descubierto sobre Claire Robbins que no supiéramos ya —Peter acarició la rolliza mejilla de la pequeña antes de seguir—. ¿Y, si no le encontramos?

La pregunta iba dirigida a su hermano, a sí mismo, a sus miedos. A sus dudas.

—No lo permitiremos. Elora sufriría un dolor que le seguirá carcomiendo por dentro. Lentamente hasta enloquecer —La voz de Doyle se había tornado extremadamente ronca—. No sufrirá más. Sé lo que es eso, de primera mano y no podemos permitirlo. Esa mujer no lo merece, Peter.

A veces olvidaba el dolor que su desaparición había causado a su hermano y las cicatrices que habían dejado atrás. Doyle le preguntaba en ocasiones la hora en que iba a llegar a casa y todavía, de tanto en tanto, atisbaba su silueta perfilada en la ventana del despacho, esperando su llegada y quizá, temiendo que desapareciera, una vez más. Intentaba disimular pero esos ojos claros siempre habían sido los espejos del alma de su hermano. Límpidos y llanos. Sin dobleces.

—No ocurrirá de nuevo, Doyle.

La brusca manera en que éste alzó la cabeza del libro de cuentas en el que estaba inmerso, habló de entendimiento. Y de una pizca de temor.

—Saxton está ahí fuera, hermano y os quiere a ambos.

Fue a contestar. A tranquilizar el corazón de un hermano que lo había dado todo por él y que aunque no lo demostrara, temía perderle de nuevo pero el sonido de la puerta se lo impidió. Sólo podía ser el canijo por lo que quedó a la espera de que su figura apareciera por la entrada al despacho. Tras el murmullo de una breve conversación, el tontolaba entró como una tromba en la caldeada habitación, cortando de cuajo su avance al recaer su mirada en Rosie. Ya podía relajarse al completo.

—¿Otra vez canturreando, grandullón?

Dios, cómo le quería.

Y cómo le aterraba perderle.

II

—Una vez más.

—Por todos los…

—¿Por favor?

—La última o no volveré a ingerir carne y sus derivados en un año como poco. El solomillo.

—Vale. Dame un segundo, Ross.

—Un cliente no va a esperar a que te decidas a despiezar la carne por donde te da la gana, Clive. Has de ser rápido y eficaz o llamarás la atención y tendré que acudir al rescate, de nuevo.

—No seas presuntuoso. Cara interna del lomo bajo, formado por la cabeza, el centro y la punta además de la oreja, cordón y rosario que son las partes más pequeñas.

Si no fuera por el aspecto dolorido que más que una sonrisa de satisfacción, provocaba una mueca, el rostro de Clive exudaba complacencia.

—Bien. ¿Cómo se despieza?

La mueca de placer desapareció de golpe y porrazo.

—¿Pinchando a la vaca en el moflete del costado? ¿En el derecho? ¿O quizá… en el izquierdo?

Su gemido de desesperación apenas desapareció con el repiqueteo de unos nudillos golpeando la puerta de la habitación que los hermanos Brandon habían puesto a disposición del desastre andante. Las siguientes palabras de Clive, surgieron titubeantes.

—¿En algún lugar cercano al cogote?

No iba a salir bien. En cuanto una clienta asidua a la carnicería en la que se iba a infiltrar reclamara un buen lomo y el pecoso le envolviera el rabo y pezuñas, su tapadera se iba al traste.

—¡Una vaca es enorme, Ross! Hay mucho donde elegir. Dame una pista.

Optó por callar porque en caso contrario iba a lanzar un condenado exabrupto. De los que coloreaban la piel del pecoso hasta límites insospechados.

Otra tanda de golpes hizo temblar la puerta.

Les reclamaban desde el piso bajo.

Con la mirada recorrió la despatarrada figura acomodada en el butacón ubicado junto al ventanal, justo frente al asiento gemelo que él mismo ocupaba en esos momentos. Rodeado de papeles en los que se detallaban las partes de una vaca entre otros animales, sus definiciones y los muchos y variados hábitos en la profesión de carnicero, Clive vestía una camisa suelta, un pantalón que le quedaba holgado y permanecía descalzo.

Transmitía comodidad e informalidad. Plena confianza.

Hogareño.

Cerró un instante los ojos para abrirlos a continuación. ¿Por qué demonios se le ocurrían esas ideas extrañas y a destiempo?

Clive trató de levantarse con rigidez para acudir a la llamada en la entrada mostrando su rostro una mueca de dolor.

—¿Te duele?

—Apenas.

—Dime la verdad.

—No es dolor. Es incomodidad. Me siento limitado y odio sentirme así.

Una nueva secuencia de llamadas les hizo reaccionar por lo que Clive respondió que bajaban en unos minutos.

—Vamos.

Ross extendió la mano con la palma hacia arriba para ayudar a Clive a incorporarse, antes de titubear y retirar la extremidad, en una reacción instintiva. El pecoso frunció el ceño por lo que extendió la mano una vez más.

—¿Qué pasa?

—Nada.

Le aferró con fuerza. Las manos de Clive estaban cálidas. Ligeramente más frescas que las suyas y eran algo más pequeñas. No demasiado, encajando a la perfección. Se sentía…

—Ya puedo yo.

¿Qué?

—Estoy en pie ya, Ross. Puedes soltarme la mano.

Tenía tantas pecas en el rostro.

—¡Ross!

Sintió la frialdad en su mano al retirar Clive, de golpe, la suya y no pudo evitar cerrarla en un puño, como si necesitara mantener esa calidez un poco más. El fantasma de ese roce.

—Pero, ¿qué demonios te pasa, amigo?

Dioses.

¿Qué le pasaba? ¿Qué diablos le pasaba? Que no podía borrar de su mente lo ocurrido hacía un par de noches y Clive no recordaba absolutamente nada aunque, por su expresión, comenzara a sospechar algo.

—Estás enfadado y si no te explicas, no puedo leerte la mente. Si hice algo que no debía, lo hice sin querer, Ross. ¿Te vomité encima, verdad?

Si supiera…

—Te abracé y me negaba a soltarte. ¿Es eso? —un sonido extraño surgió de la garganta de Clive. Se asemejaba a un lamento lleno de bochorno—. Lo siento mucho, Ross. Estoy falto de muestras de cariño, desde niño, y cuando bebo de más, me da por sobar a la gente. Un poquito, nada más.

Ante su silencio, las pecas desaparecieron en medio de una repentina palidez.

—¿Hice algo… peor?

Ross se apartó un paso. Demasiado cerca. Clive estaba demasiado cerca y se encontraban casi en penumbra. Los clásicos rasgos se delineaban a la perfección con la luz que desprendía la chimenea junto con los candelabros y hacía calor. Un maldito calor que no había notado hasta tocarle. Tras esperar a su respuesta unos segundos, el pecoso se agachó repentinamente y su cuerpo instintivamente respondió dando un maldito salto atrás. Como si le quemara la cercanía.

—Las zapatillas.

¿Eh?

—Iba a agarrar las zapatillas, bajo tu butaca. No te voy a morder las pantorrillas, Ross aunque, a veces, ganas no me faltan. Además, siento la cabeza llena de paja— Clive intentó doblarse para alcanzar el calzado pero se enderezó lanzando un gemido de molestia—. Te niegas en rotundo a hablar de mi comportamiento de anoche así que, ¿me ayudas?

Maldita sea.

Ni por todo el oro del mundo iba a arrodillarse a su lado para enfundarle las condenadas zapatillas. No es que no quisiera, es que no… podía.

Tenía que alejarse.

Con la punta de su calzado empujó las endemoniadas zapatillas, posicionándolas de forma que al canijo le resultaran cómodas para calzar.

—Te espero abajo.

A su espalda escuchó la ahogada protesta del pecoso pero hizo caso omiso. Prefería que creyera que estaba inquieto e incluso preocupado o enfadado antes que dar pie a una conversación para la que ni de lejos estaba preparado. Mucho menos, teniendo en cuenta que los favores del hombre que había dejado atrás se decantaban por una joven institutriz que reuniría todo aquello de lo que él carecía.

Una joven a la que no conocía. Aún.

Clive le había anunciado que le presentaría al grupo en cualquier momento, en cuanto ella se prestara a hacerlo una vez quitara el ligero pavor que sentía al mencionar la posibilidad de conocerles. Después de todo *era comprensible*, había lanzado el pecoso. Si las tornas fueran al revés, él ni loco accedería a conocer a las amistades de su futuro prometido. Daban miedo.

Futuro prometido.

Esas dos palabras le sacaban de sus casillas y estaba perdiendo el Norte.

A mitad de la escalinata llenó sus pulmones de aire y se frotó la nuca con fuerza para desprenderse de algo de tensión. No tardó en acceder a la habitación que ocupaban los hermanos Brandon y Norris. Y una personilla diminuta a la que apenas se veía entre los musculosos brazos del menor de los Brandon.

Daba la impresión de que había novedades por el aspecto inquietante que mostraba Rob Norris. Se asemejaba a una caldera en plena ebullición, con el cabello encrespado y paseándose por toda la habitación a un ritmo que impedía que Peter le siguiera con la mirada al salir de su campo de visión. A semejante ritmo al hombre le iba a estallar una vena.

—Muerto, Peter. Es un muerto. Lleva dos meses bajo tierra. Bueno, presunto muerto.

—¿Lo cotejaste?

—Ni una mísera lápida en el cementerio con su nombre. Nada.

—Pero…

La mirada ofendida del rubio se enterneció al fijarse en la diminuta figura que arrullaba Peter, antes de hablar.

—Tápale los oídos.

—¿A quién?

—A la niña.

—Por los dioses, Rob. Rosie no entiende lo que hablas y aunque lo hiciera, estás casi farfullando.

—Y eso, ¿quién lo dice?

—¡Apenas se te entiende!

—Eso, no, hombre. Lo otro.

El suspiro de exasperación de Peter casi despertó a la pequeña.

—Es demasiado pequeña, canijo.

—Y, ¿si se le queda la información almacenada en la mente? En algún lugar recóndito. ¿Y si resurge de sus cenizas en la adolescencia?

—Dudo que la niña nos salga enterrador, Rob.

La flema mostrada en la frase de Peter Brandon no pareció tranquilizar un ápice a Norris. Todo lo contrario. Su piel mostró una tonalidad preocupante y algo translúcida. Tan concentrados estaban en su extraña conversación que Ross dudó que fueran a hacerle caso de decidirse a intervenir.

—No es bueno hablar del tema muertos con ella delante. Es insano para una persona diminuta y además…

Estuvo a punto de mediar suplicando a Doyle que trasladara a la pequeña a terrenos más neutrales pero éste se le adelantó a buena velocidad. Pobre hombre. El epítome de la paciencia en un envoltorio algo feroz. Ya debía estar acostumbrado a las rarezas de esos dos.

Tras un par de besuqueos en la pelona cabecita por parte de los discutidores, sin perder comba ni un segundo en su debate, Doyle Brandon se le acercó y quedó como una estatua ante él, con la criatura en brazos.

¿Qué diablos?

Con un fluido movimiento le acercó alzándola un poco, provocándole sudores repentinos. ¿No querría que le cogiera? Él *jamás* había sostenido a un bebé. Eran tan pequeños y algo pegajosos.

¡Babeaban de continuo! Seguro que también mordían. Bueno, no. La cría acababa de sonreírle y los dientes brillaban por su ausencia.

—Estamos esperando —resaltó el padre con impaciencia.

—¿A qué?

Dios, la niña acababa de hacer un puchero. Pidió auxilio con la mirada a Robert Norris y el muy lerdo mostró una sonrisa más que complaciente por su torpeza monumental ante los seres diminutos.

—Un beso, Torchwell.

—¿Qué?

¡No pensaba besar a Doyle Brandon!

—Despídele con un beso.

—¿A la niña?

—No, hombre. A su sombra. ¡Claro que a la niña!

Lo hizo pese a sentirse inmensamente ridículo hasta que ese olor desconocido le maravilló y esos ojillos redondos le observaron como si, en un instante, le fuera a catalogar generando una impresión para toda la vida. Por algún extraño motive le importó. Muchísimo.

Si la cría se echaba a llorar, le daba algo.

No lo hizo.

Extendió el puñito y le... sonrió.

A él.

No le importó que sus ojos causaran inquietud o que fuera enorme. Obvió sus rasgos caracterizados por una cruda dureza y sencillamente... sonrió. Y lo más extraño fue que le dieron igual las jocosas risas de los hombres que permanecían trás él mientras observaba alejarse las figuras de padre e hija o que Clive acabara de cruzar el umbral en el exacto momento en que él se agachaba a besar la desnuda cabeza de la niña.

Estaba perdiendo el rumbo. Completamente. La clara voz de Norris le sacó de su ensimismamiento.

—Ahora podemos hablar libremente sin oídos inocentes a la vista.

—Antes también, Rob.

—Eso lo dices tú, Peter, pero mejor no arriesgar. La salud mental de la niña es importante. Volviendo al tema de marras. La visita al padrón ha sido agotadora. Son innumerables los libros de empadronamiento desde el año 1841. Me he centrado en los distritos en los que residen ciudadanos que reúnen cierta holgura económica. En los libros figuran el oficio, la edad, el género, el estado civil, la relación con el cabeza de familia, lugar de nacimiento y lo que nunca imagine, los posibles defectos físicos de cada individuo.

—¿Qué?

—Lo que has oído, Peter. Me llamó la atención y recordé lo dicho por Titus al hablar de los bebés. Lo de que tenían daño ¿Y, si se refería a algún defecto físico? —Nadie contestó—. No lo sé, simplemente me lo recordó. Hay que añadir otras fuentes como los libros de inscripción de cabezas de familia susceptibles de pagar impuestos sobre la propiedad o los libros de registro de votantes. Es una tarea ingente. Demasiados datos y poco tiempo. Además...

—Rob...

—He localizado a tres Osborne. Un tal Patrick Osborne, residente en las afueras, de unos sesenta años y padre de familia numerosa. Orfebre. Le he eliminado por razones obvias.

—Te va a darse un síncope. ¡Respira!

Rob aspiró una buena bocanada de aire.

—¿Qué más?

—Lucius Osborne, sargento en el ejército. Destinado en la India. También eliminado. Finalmente, Alan Osborne. Supuestamente fallecido dos meses atrás y, al parecer, vivito y coleando en la actualidad.

—Eso no puede ser.

—Dímelo a mí. En el libro registro figura fallecido por accidente pero de la noche a la mañana aparece una nota marginal de rectificación. El muerto ha resucitado de sopetón.

—¿Qué más datos aparecen?

—Casado, sin hijos, en la treintena y lo más interesante, miembro de la Junta Metropolitana de Obras Públicas de la ciudad de Londres. Su último y recién incorporado miembro.

El silencio que se extendió por la habitación hablaba de desconcierto.

Ross optó por intervenir.

—¿Por qué investigaban los agentes James y Roberts a ese hombre?

Clive le siguió.

—No sólo eso. ¿Cómo puede resucitar un hombre de la noche a la mañana y qué relación tiene con el carnicero apaleado?

La situación se tornaba cada vez más compleja.

Y la reciente información en lugar de esclarecerla parecía enredarla más, si eso fuera possible.

Ross posó la mirada en los hombres que de alguna extraña forma se habían convertido en casi amigos pese a los obstáculos iniciales. Por un instante estuvo a punto de compartir sus dudas, sus sospechas y sus planes pero calló al ver lo enfrascados que Peter, Rob y Clive estaban en buscar el sentido a lo rocambolesco de la situación.

No tendría más remedio que salir de dudas por sí mismo.

III

El grito le despertó.

Los ruidos angustiosos que emanaban del cuerpo tendido junto a él le causaron angustia. Jamás había escuchado semejante sonido. El vello de los antebrazos se le erizó. Sonaba como el lamento de un animal atrapado en una profunda trampa. Acorralado y desesperado por escapar.

Se incorporó porque necesitaba que esa garganta dejara de emitir esos rasgados y roncos sonidos, porque tenía que pararlo, de cualquier modo. Apoyó la palma de la mano sobre el desnudo y tenso hombro. Temblaba entero.

—Peter.

Nada. Suavemente empujó.

—¡Peter!

El ataque llegó tan repentino que no supo protegerse.

Se encontró boca arriba con Peter colocado a horcajadas sobre él. Las piernas las tenía atrapadas bajo las sábanas al igual que unos de sus brazos y no podía… No podía hablar con las manos de Peter haciendo presión sobre su cuello, rodeándolo. Lo único que se le ocurrió en esos segundos de inmensa sorpresa fue tratar de empujar con la mano que tenía libre uno de los brazos de Peter pero presionaba demasiado. Demasiada fuerza.

Apenas podía respirar y la luz de la luna permitía observar el perfil del hombre que le mantenía sujeto contra el colchón. Le miraba, Peter miraba su rostro con fijeza. Esos negros ojos estaban abiertos… pero no le veía.

¡Dios!

No le veía a él sino que estaba en otro lugar. Lejano. En el infierno, y él comenzaba a marearse. Abrió la boca para tragar algo de aire. Golpeó el brazo, ese brazo que apretaba cada vez más pero Peter parecía no sentir los golpes. Clavó los dedos con tremenda fuerza en la carne y sintió más presión, aprisionándole contra el fresco colchón sobre el que permanecía tendido.

No… podía… respirar.

Trató de alzar las piernas e impulsar el cuerpo más fornido hacía adelante pero no logró moverle. Parecía un bloque de piedra. Lo sintió entonces. Fue un segundo pero le fue suficiente. Ese breve afloje le permitió susurrar tres sencillas palabras.

Soy yo, Peter.

El tenso rostro que parecía observarle se ladeó levemente.

Soy Rob. Me estás… ahogando. Por… favor.

No iba a aguantar mucho más. No con la fuerza que imprimían esos dedos.

—¿Rob?

La presión cedió paulatinamente y con ella el ahogo, trayendo consigo el trago de aire que necesitaba para llenar sus cerrados pulmones. Apartó los brazos e intentó hablar pero la tos no le dio margen de maniobra. Sintió el brusco movimiento de Peter alejándose y la ristra de juramentos. A cada cual, más impactante.

Con los ojos llorosos le observó alejarse hasta quedar apoyado, vistiendo únicamente el oscuro pantalón del pijama, con la espalda contra la pared ubicaba junto al ventanal. Como una estatua, con la perdida mirada fija en él. Intentó hablarle pero su voz no surgía. Le dolía la garganta y la presión causada por el inmenso peso de Peter en el torso todavía lo sentía, opresivo. Apartó las sábanas que envolvían la parte inferior de su cuerpo y quedó quieto, sentado al borde del lecho.

Un sonido estrangulado llegó de la oscura zona en la que se había arrinconado Peter.

—Casi… te mato.

No.

—Dios, Rob, ¿qué he hecho?

Nada. Sencillamente había reaccionado como cualquier otro, en su lugar, al ser despertado bruscamente de una maldita pesadilla. Dioses, era un idiota ya que debió imaginarlo. El hecho de que Peter jamás le hablara de la posibilidad de sufrir pesadillas, no significaba que no despertara cubierto de sudor o gritando, intentando protegerse de un maldito fantasma que permanecía vivo en sus sueños y en sus miedos.

Con el corazón en un puño vio caer a un buen hombre, derrotado.

Peter se deslizó poco a poco hasta quedar sentado en el suelo, con la amplia espalda contra la fría pared. La noche era gélida pero no parecía sentir el frío que les rodeaba pese a estar bajo techo. Los rescoldos de la chimenea hacía tiempo que se habían extinguido y los cristales que se entreveían por el hueco de los cortinajes estaban completamente empañados.

No se dio cuenta que se acercaba lentamente arrastrando la manta consigo. Se frotó suavemente la garganta con las puntas de los dedos antes de quedar frente a la figura que parecía no atender a lo que ocurría a su alrededor, centrado en aquello que fuera que sentía demasiado hondo para compartir. Tampoco alzó la cabeza, oculta bajo esas inmensas manos que podían ser letales o inmensamente tiernas.

No podía dejar que se encerrara una vez más en sí mismo. No esta vez. Sin movimientos bruscos, se agachó hasta quedar a la altura de Peter.

—No fue culpa tuya, Peter.

Por un segundo creyó que no le contestaría pero lo hizo.

—Casi… te ahogo.

—No lo hiciste.

—Pude hacerlo.

La cabeza permanecía cabizbaja, oculta a su mirada.

—Mírame, Peter.

No lo hizo.

—Por favor.

Esos ojos negros.

Dios, esos ojos oscuros brillaban con lágrimas sin derramar. Llenos de pesar y vergüenza. Temerosos de un rechazo que esperaba del hombre que amaba. Un rechazo que debía saber que jamás llegaría. Un hombre dolido que esperaba repudio. Se inclinó y apoyó las palmas de las manos sobre las rodillas que permanecían dobladas. Bajo sus manos sintió tanta tension.

—Sólo te pido una cosa, Peter.

Por primera vez desde que se acercó, Peter alzó la cabeza. La curiosidad llenó esa negra mirada. No dudó. No esta vez. Se arrodilló para acercarse aún más y cubrió con su mano la áspera mejilla del hombre que le miraba con una acongojante mezcla de aprensión, duda, miedo y esperanza. Un hilo de esperanza.

—Que de una vez me hables. No retazos mezclados con suaves palabras. Ni sombras de lo que te ocurrió. Jamás juzgaré, Peter, y ¿sabes por qué? —La oscura cabeza se inclinó levemente, hacia un lado, apretando la mejilla contra su mano en un gesto casi infantil—. Porque nos amamos y eso, nadie nos lo quitará. Ni lo que te hicieron, ni lo que te viste obligado a hacer para sobrevivir. Pero necesito saber, Peter y tú… Tú necesitas contarlo.

El silencio se tornó opresivo. Duró lo que se asemeja a una eternidad. Si Peter se negaba a hablar jamás llegaría a comprender del todo las reacciones del hombre que apenas parecía respirar a su lado. Gozarían de la intimidad propia de dos personas que se amaban pero no terminarían de compartirlo todo.

No presionó. Sencillamente permaneció quieto frente a él. Esperando.

—Creí que por una vez había logrado soltarme de las argollas y era el cuello de Saxton el que apretaba. El maldito cuello de ese enfermo.

Gracias. En completo silencio agradeció a lo que fuera que había logrado que el hombre que quería hablara, al fin. Peter permanecía con la cabeza inclinada y apenas se le escuchaba. Si no fuera por la escasa distancia que les separaba, no hubiera captado el sentido de sus quedas palabras.

Iba a doler. Tanto al hablar como al escuchar.

Hizo lo que sintió como natural.

Se deslizó por el piso hasta sentarse al lado de Peter, con suavidad. A su derecha, entre el cálido cuerpo y la cómoda de roble en la que guardaban sus pertenencias. Ambos apoyados contra la pared. Con un sencillo gesto cubrió las espaldas de ambos con la manta que había llevado consigo. Peter apenas se dio cuenta, dejándose hacer y en parte, él lo agradeció.

Con las manos cerradas en forma de puño, aferrando el borde de la manta, se acercó hasta que su costado rozó el de Peter. El inmenso cuerpo todavía temblaba ligeramente. Algo menos, pero ahí estaba.

Liberó una de sus manos del calor que le ofrecía el abrigo de la manta y alcanzó la mano derecha de Peter. La misma que permanecía sobre su rodilla. La misma que mostraba unos nudillos blanquecinos por la inmensa fuerza que ejercían. Debía estar haciéndose incluso daño. Los dedos se resistieron a soltar pero no se iba a dar por vencido. Ni ahora ni nunca. Colocó la mano de Peter con los dedos extendidos sobre la suya. Como espejos, palma contra palma y entrelazó sus dedos. Para su sorpresa los sintió frescos. No emitió un solo ruido, dejando que el contacto hablara por sí mismo hasta que Peter se sintiera preparado y las palabras fluyeran, una tras otra.

—Odiaba aquel lugar. Rob. Aprendí a odiar, a desear la venganza y una parte de ese odio permanece dentro de mí. La capacidad de matar sin compasión.

—Peter…

—No. Tú no lo has visto, Rob. Temo perderte. Si supieras de lo que soy capaz, de aquello en lo que me convirtieron, podría perderte.

El muy condenado no terminaba de entenderlo.

—¿Confías en mí, Peter?

Los dedos enlazados con los suyos apretaron con fuerza y el anguloso rostro se volvió en su dirección.

—Sabes que lo hago.

—Yo creo que no.

Peter aspiró con fuerza antes de contestar pero no le dejó seguir. Con un gesto de su mano libre y un *espera* apenas perceptible, le pidió que callara.

—No puedo evitar quererte y lo he intentado… —Sintió la negra mirada abrasándole— … con todas mis fuerzas. A veces me da miedo lo que siento. Por los dos. Nunca podremos mostrarlo, Peter. Ni nos casaremos, ni tendremos hijos. Nunca nos besaremos en público o podremos sentir la suficiente libertad como para expresarlo en voz alta. Lo que compartimos nos convierte en depravados a los ojos de la gente.

—No digas eso, Rob.

—Es lo que hay y con lo que estoy dispuesto a vivir. Pese al riesgo o el miedo. Yo confío, Peter. Ya no dudo —Se tocó el pecho—. Lo que siento aquí… —rozó con su dedo su propia sien— … y aquí es más fuerte que yo. He dejado de luchar. Hace mucho que dejé de hacerlo así que la pregunta que te hago es, ¿has dejado de hacerlo tú?

Había llegado el temido momento.

Guardó completo silencio, sintiendo únicamente el calor de esa palma contra la suya. Ni un movimiento durante unos aterradores segundos hasta que éste llegó, rodeado de lo que definía al hombre que quería. Voluntad, calor, pasión, ternura y amor. Inmenso amor.

Sintió que tiraban de su mano, con fuerza.

Sus labios chocaron con pura desesperación. Casi dolía pero la necesidad de mostrar lo que sentían dentro tapaba la brusquedad y la aspereza que llegados a ese punto habían dejado de retener.

Su maldito corazón retumbaba enloquecido. El mordisco en su labio inferior dolió, sintiendo el sabor de herrumbre que destilaba la sangre. Dios, le daba igual todo. Que siguieran en el suelo en una postura que en una situación diferente hubiera resultado incómoda y ridícula. Que apenas respiraran por miedo a que la locura de sensaciones en las que se estaban perdiendo, se desvanecieran. Que sólo sus manos y sus labios se tocaran.

Era… hambre.

La manera en que se devoraban, no podía definirse de otro modo. Hambre de contacto. Hambre de sabor. Hambre de caricias.

Hambre de Peter.

******

Capítulo 18

I

Debían arreglar el desaguisado creado con la llegada intempestiva de Jared y su manía de curiosear en asuntos ajenos, desde crío. Llevaban reunidos horas y tras un ligero avance siempre terminaban marcha atrás, como un grupo descoordinado de cangrejos. Ahora que lo pensaba, incluso en el color se asemejaban los rostros de los principales contendientes. Su empecinado hermano mayor y su engañosamente delicada amiga.

Mere desvió la mirada hacia el reloj de pared. Las doce de la noche y no conseguían llegar a un mínimo consenso. Acababan de pasarle una escueta misiva de Doyle Brandon preguntando dónde diablos estaba su desaparecida esposa y avisando que como no llegara a casa en quince minutos, iba a arder Troya.

La reacción de Julia, tras leerla de pasada, había sido refunfuñar un *será mandón el mastodonte.*

Habían alcanzado el punto en que Jared estaba dispuesto a mostrarse colaborador si Jules le volvía a dirigir la palabra. El estado en que su hermano repetía que su intención no había sido faltar a la mosquita muerta y sopesaría la posibilidad de disculparse ¡si supiera qué demonios había dicho para ofenderla tanto!, era poco habitual en él.

Jules se le había metido bajo la piel.

Mere cruzó miradas con Julia y ambas sonrieron aunque fuera un poco a destiempo. Con lo embarazada que estaba sufría de cierto retardo en sus reacciones y era totalmente comprensible. Sintió una patada en el bajo vientre. Madre mía. Su pequeñín llegaba peleón y de nuevo tenía hambre. Claro que de tal palo, tal astilla y no se refería a ella en absoluto, sino al podenco. Menos mal que estaba de viaje por negocios que si no, seguro que intentaba recluirla en su habitación con la aburrida compañía del Dr. Brewer. Tendría que asegurarse de que no descubría que ella trasnochaba estando él ausente. Aunque, para lo que le serviría. Se enteraba de todo el muy cotilla. Pese a ello, sonrió. En su ausencia podría participar activamente en el misterio del momento.

¡Ja!

Todavía estaba ágil. Su mente, al menos. En ciertos momentos inspirados.

Tras debatir largo y tendido habían decidido dar inició a la misión de infiltración en un par de días. Más concretamente el jueves por la mañana. Siendo lunes, disponían de tiempo suficiente como para que Elora convenciera a la mujer.

El objetivo consistía en que ésta se pusiera en contacto con el hospital de San Bartolomé anunciando que dos mujeres cubrirían su vacante por unos días debido a la enfermedad de un familiar. Añadirían la elaboración de variadas cartas de recomendación por parte de conocidos de la abuela o de Norris que, acostumbrados a sus peculiaridades, no harían preguntas de más. Finalmente, la guinda del pastel. Prepararse a fondo por si descubrían algo más siniestro de lo que era habitual encontrar en un hospital para enfermos mentales, entre otro tipo de dolencias. En otras palabras, un plan de contingencia en el que el muro de contención se asemejaba mucho a un hombretón furioso y acorralado al que casi obligaban a ayudarles.

Habían hecho jurar a Jared que no comentaría sus planes al resto de hombres so pena de perder su honor si incumplía la palabra dada. Tras discusiones y algún que otro grito le habían convencido pero con la condición impuesta por él, de que también se infiltraría en el lugar.

El modo elegido, quedaba en sus manos.

Una dura negociación en toda regla.

Ella y Julia se quedarían en la retaguardia. Bueno, ella en casa y a la espera de que retornaran. Julia vigilándola a ella, para no llamar demasiado la atención de su gruñón marido y cuñado. Jules dejaría recado a sus abuelos que se trasladaba unos días a casa de Meredith y John, como en ocasiones previas y Elora manifestó que ya se sacaría algo de la manga para desaparecer un par de días. Que disponía de inventiva suficiente para aturdir a Sorenson.

Claro que ninguna esperaba que las siguientes palabras formuladas por Julia fueran a generar el mayor alboroto de los últimos meses en la últimamente tranquila residencia del matrimonio Aitor.

No debemos olvidar el asunto de tu cena con Marcus Sorenson, Jules. No podrás aplazarla y menos...

El ambiente en el salón disminuyó un par de grados de golpe. Mere aguantó la respiración y Julia se tapó los labios antes de destaparlos de nuevo y lanzar un *lo siento, se me escapó* en dirección al resto de las mujeres reunidas.

Todas evitaban mirar de frente a Jared.

Todas y cada una de ellas.

Jamás en toda su vida había presenciado semejante transformación en su hermano mayor. Mere le lanzó un potente codazo a Julia. No casaba con él. Jared era divertido, inquieto, tranquilo en ocasiones, un torbellino en otras y rara vez se enfadaba salvo que se tocara el segundo tema prohibido. Jules Sullivan. El primero era la palabra odiada, fondón. Y el centro del tema de marras en esa ocasión era justamente ese. Al igual que su cena con Marcus Sorenson.

—Te prohíbo terminantemente acercarte a ese hombre, Jules Sullivan.

La frase de *se me ha hecho tarde. Los abuelos deben de estar preocupados* farfullada por Jules recibió otra que todas ellas esperaban. Un berrido descomunal de Jared.

—¡Acaso has perdido la cordura, mujer!

Ay, Dios mío, ya estaba organizada. Mere intervino para tratar de calmar las embravecidas aguas.

—No es lo que piensas, Jared.

Oh, oh, su hermano estaba rabioso.

—¿Ah, no?

—No. Es en pago por la ayuda del hombre con lo de las peleas clandestinas. Ya sabes.

Los labios de su hermano se apretaron hasta casi desaparecer.

—Eso suena aún peor, Mere.

—No es que le vaya a pagar en especie, vaya. Sólo con la cena y…

—¡Mere!

El chillido provino de la implicada.

—¿Qué?

—No tengo que dar explicación alguna a tu hermano.

Jared se volvió en dirección a Jules hasta quedar a unos pasos, provocando que ésta tuviera que torcer el cuello para mirarle directamente a los ojos.

—Soy una mujer sensata.

—¡En tu mundo de fantasía! ¿Alguna vez has estado a solas con un hombre?

—¡Por supuesto!

—Tú abuelo no cuenta.

—Por supuesto que… puede.

—¡Dioses, mujer! Eres una insensata. Sorenson va a por algo y créeme no se conformará con menos.

—¿Comer a gusto y en agradable compañía?

Los verdes ojos masculinos se entrecerraron.

—¿Estás provocándome?

—No. Constato un hecho. Es una cena entre colegas y el Sr. Sorenson es un caballero. No como otros.

—¿Dónde será?

—¡No es asunto tuyo, Jared Evers!

—¡Debo protegerte!

—¡De quién!

—¡De ti misma!

El resoplido de Jules encabritó el cabello rojizo de Jared. Mere parpadeó un par de veces. Y otra más, hasta que una suave sonrisa cubrió sus labios. El leloncio había caído con todas las de la ley. El mismo que desde niños se había carcajeado de su enamoramiento hacia su John. Una suave risilla surgió llamando la atención de Julia. Pobrecillo. Las redes del amor le atosigaban y como era más terco que una mula, lo pelearía con uñas y dientes. Claro que tenía una ventaja impresionante a su favor. La maravillosa experiencia de una hermana dispuesta a echarle un cable, de ser necesario. Lo cual Mere barruntaba iba a resultar más que ineludible, por la forma en que la mirada de Jules trataba de volatilizar sin resultado alguno el cuerpo de su hermano.

Esto se iba a poner la mar de jugoso.

Frotó con suavidad la parte inferior de su vientre. La misma en que su bebé acababa de golpear con un puñito o un pie haciéndose notar con fuerza. Secundaba su plan.

Le encantaba la situación provocada por el cotilla de su hermano. Casi podía observar el engranaje del cerebro de Jared girar a toda velocidad y como se asemejaba un mundo a ella, la dirección en que se orientaban sus planes futuros.

Por las barbas de…

Iba a espiar a Jules en su cena íntima con el pirata.

Se iba a armar parda.

II

Sabía a gloria.

El sabor era ya familiar pero la rudeza con que se besaban era nueva. Sólo en una ocasión había sentido un atisbo de lo que estaban compartiendo ahora. La primera noche en que compartieron habitación y lecho.

Pese a ello, esto era diferente. Era... dejarse ir. Al completo.

Tiró de la mano para soltarse pero esos largos dedos le mantuvieron sujeto. Con fuerza, como si Peter temiera que de ir a soltarse, él se fuera a alejar. Tiró de nuevo, al tiempo que presionaba con la otra mano contra el hombro de Peter. Separó los labios pero apenas un segundo, ya que sintió la presión de esos labios y la suave caricia de la lengua, de la punta, delineando su labio superior.

Diablos, el muy animal le iba a matar de deseo.

Apoyó su rodilla izquierda contra el suelo y posicionó el pie derecho en el lado opuesto al cuerpo de Peter. Le empujó con fuerza hasta tenerle contra la pared. Rodeó con ambas manos esa fuerte mandíbula, le miró directamente, avisando de sus intenciones, deslizó las manos hasta enterrar sus dedos en el espeso cabello oscuro y se regaló el beso más íntimo de su vida.

Húmedo, cálido, ansioso. Turbador.

Guiaba y besaba. Era él quien jugaba con su lengua, quien acariciaba, quien la alejaba de la que lo buscaba y quien danzaba, provocando. Sintió las manos de Peter contra su torso pero sujetó ambas muñecas alejándolas, posicionándolas contra sus costados, en el piso. Podría impedirlo. No competía con Peter en fuerza pero instintivamente sabía que no lo haría.

Se humedeció los labios generando una súplica en ese inmenso pecho. La contestó al instante pero no le besó. No esta vez. Le deseaba pero tenía todo el tiempo de mundo y se iba a deleitar tocándole. Aunque eso desquiciara a Peter, aunque sintiera tensarse esos muslos ubicados entre los suyos. Mantuvo una de sus manos en un lado del rostro de Peter, con suavidad y al tiempo, con firmeza, manteniéndole en el lugar. Empleó el dedo índice para recorrer esos rasgos duros. Un principio de barba asomaba generando un contraste inquietante entre la aspereza de ese rostro y la condenada sonrisa que curvaba esa boca. Esos labios llenos, generosos e incitantes.

—No te muevas.

El juramento entre dientes del grandullón casi le hizo recapitular pero algo le compelió a seguir, con una sonrisa juguetona que supo que descentraría a Peter. El movimiento del cuerpo situado bajo el suyo lo atestiguó. Se inclinó levemente y le susurró un *quieto* al oído.

Dios, el gruñón iba a tener razón. Se le escapó una suave risa. No tenía una idea sana en el cuerpo.

Acarició el suave lóbulo de la oreja para recorrer un sendero hacia abajo. Uno que comenzaba a reconocer. Era hermoso el condenado. Hermoso, duro, proporcionado y perfecto. No tardó en llegar a la cintura del pantalón. Sus dedos no temblaban. Tampoco sus manos.

Peter estaba excitado. Completamente excitado y él no le seguía demasiado lejos.

Aferró su miembro con fuerza y delicadeza. Sin presionar y no hizo nada, a la espera de un señal. Minúscula o clara. Rotunda o dubitativa. Lo necesitaba de Peter. Recibió, mucho más de lo esperado.

—Nunca luché, canijo.

Por un segundo no le entendió. La situación era extraña con Peter sentado en el suelo apoyado contra la pared, con las piernas extendidas en el piso y él, con la mano dentro de sus pantalones. Hasta que la comprensión abrió un mundo de paz, tranquilidad y deleite. Pura y sencilla felicidad. Esas tres palabras contestaban a sus miedos.

Nunca luché contra lo que siento por ti, Rob. Nunca.

Peter no pronunció esas palabras pero él las escuchó en su mente, definidas y directas, como una hermosa aria en una ópera. Única, sobrecogedora y repleta de sentimientos. Conmovedora.

Sintió los dedos de Peter aferrar su mano, separándola de la dura y excitada carne para entrelazarlos de nuevo con los suyos.

—Tienes razón, ¿sabes?

No. No lo sabía. En esos momentos lo único que entendía era que como no se besaran de nuevo en un maldito segundo iba a estallar y sus planes amorosos se iban a ir al traste. Le importaba un bledo tener razón. En otros casos puede que le supusiera un mundo ganar una discusión o debate o lo que fuera con Peter o un berrinche en caso contrario pero aquí y ahora, sencillamente no podía pensar. Sólo sentir.

—Nunca lo conté antes, canijo. Ni siquiera a Doyle. No puedo. A veces incluso yo intento olvidar.

Por Dios. Su corazón se paró un par de segundos. Siempre supo que llegaría ese momento en el que si él se lanzaba a dar el paso, Peter decidiría, antes de amarse, si desnudar su alma u ocultar esa parte en su interior para siempre. Aguantó la respiración y la necesidad de decirle que no tenía que hablar, pero le resultó imposible mentir ya que en el fondo, muy hondo, si el hombre situado a su lado con la mirada, una vez más, fija en el suelo no hablaba, una parte egoísta de él se sentiría un poco traicionada.

Eso era amar sin poder evitarlo, ni poder luchar contra ello, ¿no? Saber que aquello que era realmente importante era compartido.

Creyó, tras unos minutos de silencio, que Peter se iba a echar atrás. Unos minutos de desesperación, sin presionar pero con el corazón retumbando con fuerza. Hasta notar la lenta relajación en el cuerpo que rozaba el suyo. Sentía las manos agarrotadas, ateridas y una opresión en el pecho que dolía tanto. Escuchar las palabras de Peter, dañaría. Muchísimo.

Las primeras palabras apenas se escucharon.

—Los primeros días no me di cuenta de lo que ocurría. La debilidad podía conmigo. Apenas me alimentaba salvo unas cucharadas que me obligaban a ingerir pero nunca demasiado ya que me querían dócil. Puntualmente coincidía con algún otro muchacho pero en seguida nos separaban y... —sintió más que escuchó la manera en que Peter tragó de forma convulsiva—. Trataba de llevar la cuenta de los días pero era difícil.

Carecía de puntos de referencia con los que orientarme. Luz, relojes… No tenía nada salvo soledad, frío y dolor. Con el tiempo me acostumbré, canijo. A todo, menos a él y a las malditas palabras de ese hijo de puta, retumbándome en el cerebro. Sin descanso.

Por Dios.

Acercó su cuerpo un poco más al de Peter. Quizá para apoyar, quizá para protegerse a sí mismo de lo que no tardaría en escuchar. Quizá para transmitir sin necesidad de palabras lo que él necesitara recibir. Una suave y ronca risa le aligeró algo el ahogo que notaba en el mismo centro del pecho.

—Tú me mantuviste cuerdo, canijo. Tú y tus meteduras de pata. Tú y esa risa que permanecía clavada en mi memoria. Clara y familiar. Esa manera de encorvarte antes de cargar sea verbal o físicamente o la forma en que haces pucheros cuando algo te incomoda.

—Yo no…

—Oh, sí. Los haces y eso, me lo llevé conmigo al jodido infierno. Con cada golpe veía tu cara o esos ojos azulones riendo y sonreía. Y eso… Eso desquiciaba a Saxton. Desconocer el porqué aguantaba, la razón por la que no me rendía. Que con cada latigazo sonriera en lugar de suplicar, enfurecía a ese enfermo.

—Dios, Peter. Tardamos dos días en reaccionar al darnos cuenta que algo malo te había ocurrido. Dos condenados días. ¿Y, si…?

—No.

—Si me hubiera dado cuenta antes…

—¡No! —El musculoso cuerpo se giró levemente perfilándose a la luz de la luna esos hermosos rasgos—. Mírame, Rob. Hazlo, por favor.

Era tan raro escuchar a Peter decir por favor que por inercia hizo lo que le pedía. Lo que vio reflejado en esos ojos fue sencillamente amor. Ni culpa, propia o dirigida a otros, ni lamento, ni rabia. Solamente sentimientos. Dios santo, le quería demasiado para su propio bien. Se humedeció los labios sintiendo esa oscura mirada en el suave movimiento y la breve aspiración. Sus labios se amoldaron a la perfección como si hubieran nacido para unirse. Familiares y ardientes. Cálidos. Sintió el suave aliento rozándole.

—Nunca dudé. Siempre supe que me encontrarías.

Otro roce de labios junto al de la caricia de unos dedos que con suavidad le colocaban un mechón rubio tras la oreja.

—Nunca, canijo y por eso jamás me rendí. Ni cuando era golpeado, ni cuando ella aparecía esperando ser adorada. Tampoco cuando él me hablaba de ti, de sus planes, de que eras el mejor regalo que le habían ofrecido en su vida o cuando me sorteaban al mejor postor.

—Dioses, Peter.

—Llega un momento en que el cuerpo responde sin poder evitarlo. La mente siente repulsión pero tu cuerpo, a veces, te traiciona. Eso me llenaba de rabia y *ella* lo sabía. El día en que esa mujer murió una parte de esa rabia desapareció pero no toda. Saxton sigue ahí, Rob y fue testigo mudo de lo que ella y otros me hicieron. Los golpes, los latigazos. Los abusos. Lo mismo que prometió que él mismo te haría a ti, conmigo delante —Rob tragó saliva al escuchar las palabras de Peter—. Ella conocía mi cuerpo y aquello que provocaba dolor o placer. Le satisfacía eso. Causar dolor, pero él… Él va más allá. Se obsesionó contigo, Rob pero en sus planes me incluye a mí. Si no, no le vale. Su finalidad es destrozarme y sabe que sólo lo logrará de una forma. Rompiéndote a ti en mi presencia. También sabe que lucharemos a muerte, Rob y eso está bien.

No. No estaba bien. Arriesgaban demasiado. Debió hablar en voz alta sin darse cuenta.

—Sí, canijo, lo está, aunque luches contra ello porque en algún momento ha de parar esta pesadilla. Es la única salida.

—Podríamos alejarnos o…

—No. Nos encontraría y lo sabes. No importa lo que me hicieron. Golpearme, marcarme, abusar de un hombre drogado y atado, reír y disfrutar del dolor de alguien que no puede pelear. Lo que importa es que logré salir de aquél infierno. Las pesadillas tardarán en desaparecer, canijo. Todavía despertaré creyendo o deseando que bajo mis dedos esté el cuello de Saxton para quebrar —Por un breve segundo la grave voz se resquebrajó—. Sólo, sé prudente.

—Me pides que no te saque de ese infierno, aunque sea en tus sueños.

—Sí.

—Peter…

—No. De un mal golpe, podría lesionarte o matarte. Espera a que despierte.

—Y verte sufrir.

—Sí.

—No puedo, Peter.

—Puedes y lo harás.

—No.

Sintió la negra mirada sobre él tratando de hacerle entender. En parte lo entendía pero permitir que sufriera no era algo con lo que fuera a claudicar. Por mucho que el hombre que permanecía silencioso, a su lado, se lo pidiera.

—Tendré cuidado.

La negra mirada se volvió en su dirección, tornándose tierna. Inmensamente tierna.

—Jamás lo has tenido, canijo, desde el día en que naciste.

—Pero me quieres.

—Más que a mi vida, canijo. Más que a mi vida.

Una caricia de la yema de un dedo delineando una de sus cejas. Era tan suave, cuando quería.

—Prométemelo, entonces.

—¡El qué?

—Que tendrás cuidado al hacerlo.

—Sabes que lo tendré. Te despertaré a besos, en alguna zona poco peligrosa.

—Todo yo, soy peligroso.

—No creo que me vayas a atizar con una oreja, ¿no?

—Quién sabe, canijo.

Soltó una risilla al imaginar semejante ataque.

—Como mucho, prometo no morder, Peter. Bien pensado, quizá me incline por darte un buen e inesperado lametón.

Le encantaba intuir esa risa que comenzaba a llenar los oscuros ojos.

Hacerle olvidar y si eso no era posible, tapar esa tristeza y alejarla a lo más recóndito de su mente hasta que en un momento posterior, sugiera otra vez. Entonces, le besaría o le tomaría el pelo o le distraería como ahora. Le quería demasiado como para dejar que sufriera en soledad. Nunca más.

Tenía que decirlo porque si no lo hacía, no se atrevería en otro momento.

—Gracias, grandullón.

—¿Por qué?

Apenas la caricia de un beso.

—Por compartir.

—No, canijo. A ti, por escuchar.

Necesitaba amarle. Su cuerpo necesitaba sentiré cerca, sin ropa de por medio y sin barreras. Le daba igual ignorar lo más esencial de lo que se suponía que era el amor entre dos hombres. El amor era eso. Amor.

No importaba la forma de expresión. Una caricia, una mirada, dos cuerpos demostrando que se amaban.

Era compartir.

Se levantó con cautela pero seguro, tras retirar la manta que aún cubría los hombros de Peter, sintiendo la pregunta callada en su mirada. Sonrió intuyendo que éste vería su expresión al encontrarse frente al ventanal y dejar sus rasgos abiertos al reflejo de la luz de la luna. Era sencillo. Tanto que no sentía la necesidad de ocultar nada, por primera vez en demasiado tiempo. No lo pensó. Tampoco sintió su propio movimiento hasta ver sus propias manos extendidas en dirección a Peter. Ofreciéndoselas. La negra mirada quedó trabada en ellas. Sin tocarlas, sin rozarlas, recorriéndolas con la mirada.

—No muerden, grandullón.

Le caldeaba por dentro esa sonrisa pícara y tierna que tan pocos conocían en un hombre duro. Fue a provocar una reacción, cualquiera, para que el poderoso cuerpo que aún permanecía sentado en el piso se moviera, pero la pregunta de Peter le calló de golpe.

—¿Estás seguro?

Dios. Sí. Jamás había estado tan seguro y tan indeciso a la vez.

—¿Eso ha sido un tic de los nervios o me acabas de guiñar el ojo, canijo?

Dioses, era una inutilidad seduciendo al personal y le importaba un bledo porque resultaba evidente que con el hombre que quería seducir, la atracción funcionaba de un ilógica y pasmosa manera. Quizá fuera tan sencillo como que eran el uno para el otro. Que siempre lo fueron. Mandó la indecisión al garete.

—Te dejo elegir, grandullón. Sin sorteos.

Peter era hermoso cuando sonreía. Tanto que le dejaba sin fuerzas. Siempre tenía las manos cálidas, como si en cierto modo, el inmenso cuerpo fuera una fuente de calor andante. Sintió la caricia circular del pulgar sobre la palma de una de sus manos antes de que entrelazara sus largos dedos con los suyos.

A veces se le olvidaba la diferencia de estatura al encontrase ambos en pie. A veces también perdía la noción del perfecto cuerpo que ocultaban los oscuros ropajes que siempre vestía Peter. No necesitaba mirar esos rasgos para verlos a la perfección en su mente. Cercanos y angulosos, salvo cuando esa negra mirada se centraba en él. Entonces se abrían, dejando a la vista un alma juguetona, traviesa y generosa. Y a él se le partía el maldito corazón.

No podía apartar la mirada y por un breve instante recordó la primera ocasión en que, a solas, Peter se desnudó para él. La noche en que Doyle los interrumpió a voces amenazando con morderles si despertaban a la pequeña Rosie. Lanzó una suave risa mientras observaba la forma en que esos dedos se cerraban en forma de puño. Puede que para retener el ansia por alcanzar, por tocar.

Sus ojos se desviaron del lugar que ocupaba Peter momentáneamente hacia la puerta, casi por inercia.

—Cerrada a cal y canto.

¿Cómo era posible que le leyera la maldita mente?

—Esta vez tendrán que echar la casa abajo, canijo. Es nuestra noche. Sin interrupciones, sin hermanos, sin pesadillas y sin arrepentimientos.

—Tú y yo.

—Y la cama. No olvidemos la cama. Estoy muy mayor para hacer cosas innombrables en el piso, canijo.

¿Cómo era posible que con una sola frase le relajara al completo, borrando de un plumazo los tontos nervios? Dioses, cómo le quería.

—Estás cascado, grandullón.

También tan desnudo como el día en que le trajeron a mundo y él ni siquiera se había dado cuenta debido a la rapidez con la que había deslizado el pantalón por esos largos muslos. Hermoso, oscuro y con una sonrisa en los labios que anunciaba un mundo de posibilidades.

—Sigues vestido, canijo.

—Lo sé.

—Yo no.

—Lo veo.

—Me vas a hacer sufrir, ¿verdad?

Se aproximó dos pasos hasta rozar la cálida carne. Sólo rozar, sin tocar. Absorbiendo el calor que desprendía Peter mientras recorría su rostro con la mirada. Era extraño pero estaba completamente relajado a diferencia de las ocasiones anteriores y la razón era asombrosamente sencilla. Quería lo que iba a ocurrir. Casi con desesperación.

El futuro no estaba escrito pero de algo estaba seguro. No dejaría pasar una noche más sin compartir lo que sentía con la persona que amaba. Tragó saliva antes de pronunciar las siguientes palabras.

—Desnúdame tú.

Un reflejo de sorpresa se instaló en los oscuros ojos. Un destello momentáneo hasta que sintió los dedos soltar con cierta torpeza los pequeños botones que cerraban la camisa para deslizarse a continuación por su pecho. Acariciando el contorno de cada músculo. Memorizándolos con el tacto, con las yemas de los dedos.

—Como desees, canijo.

******

Capítulo 19

I

Sentía los dedos de gelatina. Uno de los malditos botones en la camisa del canijo acababa de atascarse en el endemoniado ojal. Al diablo. Lo sostuvo con fuerza y tiró de él hasta arrancarlo y lanzarlo por encima del hombro. Una minúscula botonadura no le iba a parar esa noche ni dar al traste con sus bien diseñados planes. Ni parte de la vestimenta, ni la familia, ni los problemas, ni las inesperadas intervenciones.

Ahora fue su mirada la que se dirigió a la puerta de acceso al cuarto. Por un segundo sopesó la posibilidad de colocar una hoja de aviso repleta de amenazas de muerte para quien osara irrumpir en la habitación, en la parte exterior de la puerta, pero la imagen de Doyle guardándola para la posteridad y chantajearle sin pudor alguno, le hizo cambiar radicalmente de idea. Claro que sonaba peor una posible incursión de visitantes indeseados, por lo que, en un segundo, soltó la camisa de Rob, dio una palmadita en el mismo centro de su pecho ya descubierto, se volvió ante el asombro de éste para poder localizar aquello que buscaba con ansia, aferró por el respaldo la silla más robusta del cuarto y la colocó bajo el pomo, trabándolo.

—Estamos desesperados, ¿eh, grandullón?

Demonios. Esa voz le ponía el vello en punta. Completamente. La mezcla de ternura, broma y sutil provocación contenida en dos sencillas palabras. No pudo contenerse.

—Puedes jurarlo, canijo.

No sintió el movimiento de los pies, ni apreció la velocidad con que acortaba la distancia que les separaba. En un segundo ocupaban partes contrarias de la habitación. El siguiente le tenía aferrado con ambas manos rodeando su mandíbula y sencillamente, le estaba devorando.

Hambriento, totalmente perdido en las sensaciones que le provocaban esos labios que se movían bajo los suyos y completamente desesperado. Rob había acertado de pleno. Demasiada necesidad guardada bajo llave durante años.

Sintió el roce de la carne contra la suya. Era casi familiar. El tantear de las lenguas. Casi un baile. Casi familiar y al mismo tiempo, nuevo, desconocido y en cierto modo, desquiciante. Mordisqueó el labio inferior del canijo, con fuerza generando un gemido que llevó la sangre directamente a su entrepierna. Era demasiado. Muy pronto. Tan intenso que temió fallar al hombre que quería más que a su vida. Maldita sea, se estaba tensando hasta que la palma de una mano, le acarició la mejilla.

—Sin prisas. Sin miedo. Sin dudas. Regalémonos eso, Peter. Al menos, esta noche.

Por todos los diablos que nunca terminaría de entender esa manera que tenía Rob de intuir sus estados de ánimo con un mero gesto o un solo movimiento. Del mismo modo en que él lo percibía al observarle.

Si pedía mesura, no estaba seguro de poder dársela. No lo estaba. Se alejó un poco. Lo suficiente para que sus rostros quedaran enfrentados y lo supo. Al ver la forma pícara en que esos labios se curvaban hacia los lados y en que esas manos se deshacían con toda la parsimonia del mundo de la camisa que colgaba abierta a ambos lados del cuerpo. El muy bribón quería desquiciarle los nervios. Y lo iba a conseguir, en un maldito segundo.

Se había quedado con el torso desnudo, como él, por lo que le recorrió lentamente con la mirada. Cada línea, cada alargado y definido músculo. Era hermoso. Por algún motivo recordó la primera ocasión en que se desnudó delante de Rob, permitiéndole ver su espalda, sus cicatrices. Su vergüenza.

—Vuélvete.

Notó la sorpresa y la pregunta en la mirada clara pero no dudó. Rob no vaciló, dándole la espalda. Tan confiado que dolía. Se acercó hasta sentir su calor corporal. Rob parecía arder. Ni una marca. Tan diferente a él. Alzó la mano para deslizar la yema del índice desde la nuca hasta la cinturilla del pantalón deleitándose con la manera en que los músculos se marcaban bajo la piel y se movían bajo su tacto. La rubia cabeza se giró hacia la izquierda y su cuerpo reaccionó acercándose a su espalda. No importaba la diferencia de estaturas. Se amoldaban a la perfección. Pecho contra espalda. Vientre contra cintura, pelvis contra glúteos. Tan incitantes.

Sintió el movimiento para volverse hacia él antes de que se iniciara por lo que colocó sus manos en las caderas de Rob, impidiéndolo.

—¿Peter?

No contestó. Era incapaz. Sencillamente deslizó las manos, suavemente, bordeando la cintura de la prenda, por su vientre, acariciando el ombligo, ascendiendo finalmente por su esternón, para deslizarlas con lentitud una vez más, hacia abajo, hacia la cintura de la prenda que ocultaba la mitad inferior de su cuerpo. Lo desató con un fluido movimiento y no tardó en empujar el pantalón hacia abajo. Desechándolo.

La segunda ocasión en que Rob trató de girarse, no se lo impidió.

II

El ritmo de su respiración, cambió. Iba más rápido. Todo se aceleraba, salvo esas manos que casi le habían vuelto loco al soltarle el pantalón y que de nuevo le mantenían quieto. Estuvo a punto de apartarlas de sus caderas. Por todos los diablos, estaba perdiendo las formas y todo lo que se le pusiera por delante.

Tragó la poca saliva que le quedaba en la boca al sentir a Peter inclinarse. Agachó suavemente la cabeza hasta que sus rostros quedaron a la misma altura y tras susurrar un suave *me vas a volver loco*, avanzó, obligándole a él a andar hacia atrás. Dejándose guiar por esa boca, por esas manos. El roce de sus muslos contra los suyos era caliente. La parte posterior de sus piernas no tardaron en golpear contra el borde del lecho. Sin espacio para maniobrar quedó sentado al borde del mismo con los muslos desplegados y Peter en pie, entre ellos. Lo percibió extraño e íntimo. Inmensamente íntimo. Sintió una mano rodearle el lateral del cuello y una maldita rodilla rozar su condenada entrepierna.

—Levanta.

Dioses. Se iba a desmayar de la tensión acumulada la última media hora. Encogió las piernas hasta impulsarse lo suficiente para acomodarse en medio de la cama, para abrir espacio al cuerpo de Peter y el muy condenado lo aprovechó al momento. Se colocó entre sus desplegados muslos. El corazón le iba a mil y dobló en velocidad al sentir las palmas de esas inmensas manos separarlos aún más. Con cuidado, hasta que sus piernas quedaron ubicadas a ambos lados de su cuerpo. Como dos amantes enfrentados el uno al otro, a punto de dar el paso que cambiaría la manera en que se mirarían en adelante, en la que se tocarían, rozarían e incluso sentirían.

—¿Cómo vamos a…?

No le dio tiempo a preguntar más allá. Abrió su boca bajo la de Peter. Él le conocía a fondo. Lo que le agradaba, lo que le excitaba, lo que le tensaba. Lo que provocaba todo eso al mismo tiempo y no dudaba en utilizarlo. Notó una de sus manos perfilar el claro vello que cubría su entrepierna pero nada más. Sólo calor en la parte interior de su muslo, donde permanecían quietos esos largos dedos. La otra permanecía sobre la almohada, cerca de su rostro, manteniendo un poco de distancia. La suficiente para que sus cuerpos no se rozaran. La suficiente para que generara en él un deseo descontrolado de arquearse para sentirle. Demasiado espacio entre ambos. Su muslo derecho golpeó suavemente la cadera de Peter porque… diablos. Hacía algo o le daba un ataque de nervios.

—Relájate.

¡Él! Él estaba la mar de relajado. Sólo de cintura para abajo estaba tenso. Eso mismo.

—¡Lo estoy!

Sintió el roce. ¡Diablos! Cerró los muslos de golpe hasta donde pudo, que no fue demasiado. El musculosos cuerpo de Peter ocupaba demasiado espacio entre ellos y ¡dioses!, tenía acceso a todo. Incluyendo el mismo lugar que acababa de rozar con la yema del pulgar, tras separar levemente sus glúteos con ambas manos. Sin avisar para evitar un ligero susto. La sensación era tan extraña. Casi se le atragantaron las malditas palabras en la garganta.

—No soy nada flexible, Peter. ¿Te lo he dicho alguna vez?

Ante el silencio creado tras sus palabras, alzó la mirada. No debió hacerlo o quizá, sí. Peter permanecía completamente quieto, observándole. Sin apartar la mirada ni un instante. Ladeó la cabeza al mismo tiempo en que las yemas de las puntas de los dedos comenzaron a moverse. Ardientes, y él comenzaba a sudar. Su garganta se cerró por segunda vez al notar el envolvente calor cercando su miembro. Casi dolía pero no llegaba a ese punto en que dejas de sentir placer. Los movimientos de Peter eran suaves. Demasiado. Con un suave gruñido, reclamó más. Más velocidad, más intensidad, más… Sencillamente, más de todo aquello que quisiera darle.

Y se lo dio.

La presión comenzaba a escalar. Los músculos de su cuerpo se iban tensando y relajando. Una condenada locura, hasta que sintió un picotazo desconcertante de placer. Puro placer que llegaba de interior de su cuerpo pero era imposible separarlo de las caricias, de los movimientos de esa mano, cada vez más y más veloces.

Una única caricia fue suficiente para estallar dentro de ese calor. Arqueó la espalda contra el maldito colchón, presionado los muslos contra los costados de Peter, con fuerza. Se sentía a punto de resquebrajarse por dentro, por fuera. Incapaz de hablar hasta que la tensión fue dejando paso a la relajación. Entonces lo sintió y sus músculos obraron instintivamente.

—No. Relájate, canijo.

No podía hablar. Ni casi respirar y menos al sentir la suave rotación de ese dedo en su interior. No dolía pese a la extraña sensación que provocaba de cierta incomodidad. Dioses, ni siquiera había notado el momento de la entrada.

—No puedo.

Se incorporó ligeramente para tranquilizarse, para... para lo que fuera pero no fue buena idea. Se topó de frente con la caldeada mirada de Peter, la presión de la palma de éste sobre su bajo vientre, obligándole a mantener la posición y otro maldito movimiento de ese condenado dedo. Por todos los... Un escalofrío acababa de recorrer su columna vertebral, desde la nuca hasta la maldita curva del empeine. Apoyó las plantas de los pies hundiéndolas en el suave colchón. Debía asentarse en algo. Lo que fuera. Con tremenda fuerza. Dioses, le iba a matar de placer.

—¿Lo ves? Eres flexible.

Increíble. No supo si reír o echarse a llorar. Fijó la vista en el hombre que acababa de susurrar esas palabras con la voz tan ronca que apenas se le escuchaba y la protesta que guardaba en la punta de la lengua, se quedó ahí. Los musculosos brazos estaban tan tensos como el resto del cuerpo. Pequeñas gotas de sudor cubrían la frente de Peter y el brillo de esos ojos hablaban de miedo a errar. Condenado hombre.

—Más que tú, sin duda —La pregunta apareció en esos oscuros iris de Peter—. En flexibilidad nadie me gana.

Tensó las piernas al sentir de nuevo esa sensación. Desquiciante y placentera.

—¿Qué diablos? Hazlo, de nuevo.

Esta vez fue un pico de placer que le hizo gemir. Le iba a matar.

—Me dijo que fuera suave.

No podía pensar. Sólo sentir.

—¿Eh?

Repentinamente la presión desapareció. El peso al completo del cuerpo de Peter cayó sobre él, aprisionándole, haciendo cuña y abriendo aún más sus piernas. Dejándole completamente vulnerable y... hambriento.

Notó las manos hundirse en su cabello, esa boca, esa lengua recorriendo cada recoveco de su boca, perfilando el interior del labio, el borde de los dientes, la ligera rugosidad del paladar hasta que él reaccionó, empujando, saboreando, rozando y eludiendo. Los dedos casi tiraron de su cabello. Peter no estaba acostumbrado a que le retaran. Era un depredador nato, nunca la presa, pese a lo que había sufrido en el pasado. Dominaba. Nunca se dejaba someter, salvo con él.

Con él, cambiaba.

Eran iguales y se sentían libres.

El beso duró un segundo o una eternidad. La fricción con el cuerpo que le cubría le estaba matando. Una poderosa ondulación de su pelvis hizo que aferrara el oscuro cabello con todas sus fuerzas. Tenía que doler pero el muy animal lo único que hizo fue repetir el jodido movimiento. Esos carnosos labios se separaron por lo que copió su movimiento, para evitar que se distanciaran.

—Vuélvete, canijo.

Necesitaba morderlos. Necesitaba lamerlos y saborearlos. Necesitaba...

Peter se alejaba. ¿Por qué diablos se alejaba?

Escuchó la palabra de nuevo pero le costaba un triunfo concentrarse.

Vuélvete.

Instintivamente se giró en dirección a Peter pero una ronca y profunda risa le hizo detenerse cruzado de lado a lado sobre el colchón, con una de esas manazas sobre la parte exterior de su muslo al mismo tiempo en que le pedía que parara de dar vueltas como una renqueante peonza. Fue a rebatir sus palabras con efusión pero Peter se le adelantó.

—Boca abajo.

Su corazón se desbocó enloquecido y vaciló. Un breve segundo hasta que visionó esa mirada repleta de amor. Suspiró y se acomodó de un condenado salto hasta sentir el peso de ese cuerpo desnudo sobre la parte superior trasera de sus muslos. El peso se liberó un momento y cayó con toda su fuerza de nuevo.

El olor llenó sus fosas nasales y hundió la cara en la almohada, riendo sin disimulo alguno. Siempre le sorprendería, hasta el día de su muerte.

Lo había guardado. El condenado romántico lo había guardado.

El ungüento mentolado de su primer y desastroso intento de seducción. O mejor dicho, de amarse.

—Eres un canalla, grandullón.

—Puede, pero tú también me quieres.

Una pizca de ungüento se deslizó por su baja espalda. La contestación fluyó sola. Un espejo de la frase que le había regalado Peter hacía poco.

—Más que a mi vida, grandullón. Más que a mi vida.

Un suave beso en la nuca precedió a otro golpe de frescura, al caer parte de la crema entre ambos omóplatos.

—No llegué a masajeártelos como merecían.

Rob sonrió mientras ahuecaba el centro de la almohada.

—¿Los hombros?

Una palmada en el trasero paró de golpe sus movimientos y el aliento rozando su oreja junto con el calor que sintió a unas pulgadas de su propia espalda, le causaron un estremecimiento.

—Primero masaje. Luego relajación y más tarde, intrusión. Eso me han aconsejado.

¿Aconsejado? Demonios, ¿Se atrevería a preguntar? Sí. Con Peter se atrevía con todo sin miedo ni temor a una falta de respuesta. Antes de que se le olvidara la pregunta. Antes de que esas manos comenzaran a acariciarle. Antes de perder el raciocinio.

—¿Quién?

Un perfecto círculo se formó en su hombro derecho desperdigando calor.

—¿Peter?

—¿Hum?

—¿Quién te…? —Dios, tenía unas manos mágicas.

—Sigue, canijo.

—¿Eh?

—La pregunta. Quién… qué.

Dioses, ¿qué era? Trató de recapitular pero esa difícil centrar el pensamiento en algo que no fueran esas manos.

—¿Quién te aconsejó eso?

—¿El qué?

Diablos. Peter le estaba provocando.

—Lo del masaje, la relajación y lo otro.

—¿*Qué* otro?

—¡Peter!

Se alzó sobre los antebrazos y se giró lo suficiente para enfrentarse al muy pícaro. Lo estaba disfrutando inmensamente, con una placentera sonrisa en el rostro, un resto de ungüento embadurnando su mejilla como si se hubiera frotado el lateral del rostro, las manos brillantes y la mirada fija en su trasero. Sin parpadear.

—Que quién te ha dado consejos.

—Doyle.

Rob abrió los ojos hasta su tope. No era posible. El grandullón no podía haber debatido sobre lo que planeaban hacer tarde o temprano con su hermano mayor.

—Y Julia, claro.

Rob aspiró tragando un par de plumas minúsculas desprendidas de la almohada, provocando un ligero ataque de tos y de seguido unos fuertes golpes de descongestión en el mismo lugar en el que había comenzado a recibir un glorioso masaje.

—Respira hondo, que te me ahogas.

—Eres un animal.

—No lo niego, canijo. Nunca lo hice —Otro suave beso recayó sobre el lateral de su oreja. Apenas perceptible—. Nos escuchó hablando del amor, sus variadas expresiones, así que decidió darme su propia versión femenina del tema. Al final les dejé discutiendo efusivamente en el despacho. Por lo que sé no salieron en cinco horas tras dejarlos todo acalorados y enfurruñados. Algo me dice que optaron por llevar a la práctica sus diferentes puntos de vista. Lo que no sé es quién de ellos ganó la contienda. Seguramente mi cuñada —La oscura mirada le recorrió el rostro—. ¿Te ha dado un síncope, canijo? —No le salía ni un palabra—. Parpadea un poco. Un ojo al menos.

Lo intentó pero el condenado ojo no respondió y surgió de su boca una especie de sonido gutural.

—Tú tranquilo que yo sé lo que me hago.

—Peter.

—He investigado.

—No estoy seguro de querer saberlo.

—¿No querías compartirlo todo?

—Sí, pero no tanto.

—Estás todo rojo, canijo. No hay que tener vergüenza. Además, también me ha facilitado variados estudios sobre lubricantes y alguna que otra muestra. Me refiero a mi hermano, no a Julia. Ya sabes, sobre las artes amatorias. Te voy a dejar echo un flan, canijo. Sé trucos, como el de antes.

Si pudiera observarse a sí mismo seguro que estaba con la boca abierta y la mirada extraviada. En un segundo la juguetona mirada se tornó seria e intimidante. Sintió la cálida palma de su mano en medio de su espalda, acariciándola. Casi calmándole con el tacto.

—Nunca te haría daño, Rob. Sé lo que es eso, la humillación, la rabia y moriría antes de hacerlo.

La ronca voz destilaba seriedad y una promesa que Peter jamás rompería. Rob se giró hasta quedar de costado. Clavando la mirada en el hombre cuya voz no había vacilado un segundo al formular una promesa.

—Lo sé, Peter. Dios, no sé qué haría sin ti.

Se deleitaron con las miradas, lentamente, sin subterfugios que difuminaran que lo que sentían con tanta fuerza había superado al tiempo, al miedo, al dolor y al odio.

III

Sin separar la vista el uno del otro, se acomodó, aun de rodillas, sobre el colchón, frente a Rob. Sonrió en la oscuridad. Por primera vez en su vida iba a amar a aquél a quien quería. Con plena libertad. Sin ocultarse, sin verse obligado a ello. Apoyó todo el peso de su cuerpo sobre el del canijo y se restregó sin contener el ansia. Estaban resbaladizos por el ungüento, el sudor, los fluidos y se sentía perfecto. Se deslizó hacia abajo mientras una de sus manos se colaba entre sus cuerpos hasta rodear el erecto miembro del canijo. Por un momento sopesó frotarse simplemente contra el duro cuerpo, con desesperación. Pecho contra espalda pero la necesidad de sentirse envuelto en el opresivo calor interno de ese cuerpo le hizo temblar. Demasiadas fantasías durante demasiado tiempo. Calientes, reiteradas, sensuales.

Le era imposible resistir más.

El rostro de Rob permanecía apoyado lateralmente contra la almohada por lo que golpeó esos labios con los suyos mientras aceleraba sus movimientos.

Con suavidad, se acomodó a un lado de Rob. Con suaves caricias extendió otro poco más de ungüento sobre la espalda, cintura, glúteos y muslos para adentrar, una vez más, un único dedo en ese calor no permitiéndose ralentizar sus movimientos. Poco a poco incrementaba la velocidad. Diablos. Tan estrecho que le mataría tomarse su tiempo. No poder enterrarse de golpe en él. Acompasaba la lenta entrada con las caricias en su rígido miembro. Notaba la tensión cada vez mayor en ese cuerpo y le encantaba saber que lo causaba él. Tanto placer. La muestra de una pasión única.

El canijo querría esperar, querría darle también placer sin darse cuenta que ya lo hacía. Con sus gemidos, con la manera en que se mordía con fuerza el labio o aferraba las sábanas dejándolas completamente arrugadas.

Un ahogado gemido le hizo vacilar pero el inmediato *no pares, por todos los diablos* le acaloró por todo el cuerpo. Demonios, el canijo ni siquiera le había tocado. Era suficiente con mirarle para perder la cabeza.

Excitarle le hacía perder la poca cordura que aún le quedaba. El incremento en la tensión la sentía en toda la extensión del cuerpo que se arqueaba bajo sus manos, en la tirantez del cuello, en el agarrotamiento de los muslos que permanecían completamente desplegados ante su ávida mirada. Deseaba que estallara bajo las palmas de sus manos. No se cansaba de verlo. Los gruñidos anunciaron una oleada de placer y eligió ese exacto instante para introducir un segundo dedo, suavemente, acariciando su interior, rozando ese lugar que ya tenía localizado.

El gemido de placer le supo a gloria. Su miembro se retorcía envuelto en su mano. La otra no cejaba con el movimiento de sus dedos. Los extrajo para ubicar la mano en la cara interna de su muslo y empujarla a un lado.

El maldito corazón se le contrajo. Le quería con locura. Sin cesar con las caricias, no pudo evitarlo. Por alguna extraña razón sintió la necesidad de que Rob le mirara. Le daba igual que su mirada estuviera velada por el deseo. Necesitaba que le viera, que entendiera que era él quien le estaba amando.

—Mírame, Rob.

Por un segundo creyó que no le había escuchado.

—Hazlo, canijo.

Sintió su propio cuerpo tensarse de golpe. Esos ojos le miraron como jamás antes y esa boca… Esa boca formó la sonrisa más erótica, cálida y caliente que le habían ofrecido en su vida.

Se acercó todo lo que pudo a la unión de sus muslos y Rob se dejó hacer, dejando la entrada a su cuerpo desprotegida, confiando en él sin condiciones. Un maldito puño pareció apretarle las entrañas.

—Te amo. Con toda mi alma.

Esos azulones iris permanecieron clavados en él al hablar. Al pronunciar esas dos sencillas palabras que lo valían todo para él. Una hermosa sonrisa le dio el consentimiento que necesitaba para continuar. Retiró los dedos de su interior y sujetó esos fuertes muslos con fuerza. Necesitaba apretar algo para no perder la razón.

Dobló los muslos de Rob por las rodillas y los colocó a ambos lados de sus caderas. Sabía que le sería más cómodo si se volvía boca abajo pero le era imposible no amarle de frente. Observándose. De igual a igual.

Rob estaba relajado. Completamente por lo que se posicionó a la entrada de su cuerpo. Esperó, sin empujar hasta que notó el leve toque de unos dedos en su cadera.

Sin dejar de acariciar. Sin dejar de avanzar, con lentitud, sintiendo la presión y el calor.

Como un guante.

IV

Sentía por todas partes. Placer. Inmenso placer y esa sensación invasiva, desconocida hasta entonces. No desagradable, ni forzada, sino lentamente invasiva. El corazón parecía a punto de estallarle en el pecho y la sensación de esas condenadas manos incrementando las caricias, le enloquecían.

Como una vidriera que fuera a estallar en pedazos por la presión.

No iba a aguantar mucho más, sintiendo la tensión en su bajo vientre escalar. Peter se movió una pizca. La suficiente para adentrarse más en su cuerpo y causarle un picotazo de dolor, provocando que se tensara. Dios, demasiado. Era… demasiado. Era inmenso o así lo sentía. Sin dolor pero extraño. Lo sentía en la punta de la lengua. La petición de que parara pero ni si quiera él sabía muy bien si se referiría a esas manos de pecado o el impulso de esa cadera, insistente.

Peter le dio unos segundos, quizá minutos para acomodarlo en su interior. Respiró profundamente porque se sentía a punto de romperse por dentro pero las caricias cada vez más urgentes y tenaces sobre su casi dolorido miembro no le permitían pensar. Tensó la espalda, el pecho, los brazos al no poder impedir lo que llegaba y se derramó dentro de esa mano cálida. Notó más que escuchó las palabras del grandullón de deleite al compartir algo tan íntimo y fue a sonreír, pero por los dioses que casi se desmaya. Un corto y poderoso movimiento le hizo ver las estrellas, tensando los músculos internos de su cuerpo.

La brusca aspiración de Peter acompasó el peso de una de sus manos sobre su bajo vientre.

—No hagas eso, Rob. Dios santo... Estate quieto.

No pudo evitarlo. Quizá fuera que le encantaba llevar la contraria, quizá que sabía que daría placer a Peter, quizá que simplemente le enloquecía escuchar ese ronco y rasgado tono de voz. Se tensó una pizca, lo suficiente para sentirlo al completo. El gemido no tardo en surgir de esos llenos labios

—Me matas.

¿Matarle? Diablos ¿Y qué diablos le estaba haciendo él? Volverle completamente loco.

El vaivén del inmenso cuerpo ubicado entre sus muslos le estaba trastornando y con cada suave movimiento se repetía un picotazo de puro placer. Un sonido ronco, casi un gruñido le obligó a abrir los ojos y lo que su mirada enfrentó fue sencillamente hermoso.

Un hombre que nada ocultaba, un hombre que lo dada todo. La expresión en ese duro rostro oscuro era una mezcla de aguante, deseo, dolor y amor. No pudo evitarlo. Movió las caderas siguiendo la cadencia marcada por Peter pero poco a poco la incrementó. Dolía pero el placer lo superaba con creces. Era Peter.

Su Peter.

Todo estalló y sus propios gemidos se entrelazaron con los de él. El peso de su cuerpo quedó recostado sobre el suyo. Pesado, resbaladizo y tan familiar. Su olor, su sabor, su textura, la forma de sus músculos, la rápida respiración que poco a poco, muy lentamente, se iba sosegando.

Se le escapó una risa inesperada logrando con ello que ese duro rostro se alzara y las partes inferiores de sus cuerpos chocaran una vez más. Gruñó suavemente. Seguía sintiéndolo enorme en su interior.

Las respiraciones se iban acompasando, con dificultad.

—Yo también tenía razón en otra cosa, grandullón.

Una suave pregunta en forma de murmullo junto a su cuello casi le hizo soltar una suave risa. A Peter le gustaba el contacto y las caricias. Le agradaba sentir sus pieles unidas y no le avergonzaba mostrarlo.

Con suavidad y tras un *peso demasiado* se deslizó fuera de su cuerpo hasta quedar tendido a su lado. En la misma postura que habían acostumbrado a asumir en el lecho. De costado ambos. Él delante, Peter detrás.

Pero no en esta ocasión. No para lo que tenía que decir. Para lo que necesitaba decir. Para eso, debía mirarle de frente. Le costó un poco separarse debido al musculoso brazo que el grandullón ya había colocado sobre su cintura. Una pequeña punzada de dolor le hizo protestar al volverse, causando el fruncimiento de las oscuras cejas.

—Te duele.

—No.

Esos negros iris le retaron a mentir.

—Bueno, un poco. Eres algo…

—¿Grande? ¿Potente? ¿Mañoso?

Demonios, no tenía remedio. La sonrisa afloró en su boca ante la ceja alzada con picardía. El bailoteo terminó de derretirle. Le encantaba su humor. También su dureza, su gentileza y su ternura.

—Hermoso.

La mirada de sorpresa de Peter no le pilló desprevenido. La pregunta brillaba en esos iris.

—Como imaginé.

Otra suave interrogación en la mirada, pero Peter comenzaba a darse cuenta de lo que quería, de lo que necesitaba decir. Lo leía en esos ojos. Tragó saliva antes de hablar.

—Amarnos fue tan hermoso como imaginé.

Peter no contestó. Sencillamente le recorrió el rostro con la mirada, ladeó ligeramente la cabeza alzándola de la almohada, acercó la mano derecha a su mejilla y con extrema suavidad colocó uno de sus rubios rizos tras la oreja, en un gesto tan entrañable, como íntimo.

En un gesto que para ambos equivalía a pronunciar un *te amo*.

Un te amo… con todo mi corazón.

Para siempre.

V

La expresión en el arrugado rostro del viejo Lucas fue suficiente para ponerle sobre aviso. Estaban a solas en su casa tras acompañarla el viejo marinero al hogar. Se negaba con rotundidad a que hiciera el camino sin vigilancia desde las oficinas de Marcus y en parte se lo agradecía. Las calles de la ciudad se habían tornado peligrosas y más para una mujer sin acompañante. A veces, incluso ni eso servía de parapeto a un posible secuestro, asalto o peor, mucho peor.

Les constaban nuevas desapariciones de mujeres. Jóvenes, de mediana edad. Alguna, apenas adulta. En plena calle y sin testigos pese a que un par habían ocurrido en zonas concurridas. No lo terminaba de entender. Con la investigación de las peleas clandestinas por parte de la policía y las redadas en el mismo centro del corazón del clan de los Bray creyeron que las desapariciones se cercenarían de cuajo pero no había sido el caso. Lo que no terminaban de hilar era aquello que las unía con Saxton, con el gremio de carniceros, la paliza sufrida por uno de ellos y el todopoderoso Ayuntamiento de la ciudad de Londres. Nada parecía tener sentido para una mente abierta y medianamente despejada.

—Jefa.

El viejo marinero no era un hombre que se anduviera con delicadezas ni tonterías almibaradas, por lo que se cuadró, apartó los papeles que debía terminar para la reunión prevista con Marcus a primera hora de la mañana y centró su atención en la angustiada mirada que exhibía su viejo amigo.

Su cuerpo se tensó instintivamente.

—¿Qué ocurre?

—Conozco a Patrick MacShane desde críos, muchacha y no es un hombre temeroso. Quizá lo sea del altísimo pero no de lo humano. Y está asustado. Muy asustado.

La extraña frase le dejó helada. Tampoco era un hombre que se anduviera con rodeos por lo que la aprensión llenó su mente. No interrumpió permitiendo que su viejo amigo decidiera el ritmo a seguir.

—Les dijeron que si callaban, la recuperarían pero han pasado tres meses, jefa. Y temen haberla perdido para siempre.

—¿A quién?

—A su nieta. A su única nieta.

—¿De qué hablas, viejo?

Un suspiro dio paso a una frase casi atropellada.

—Es un viejo amigo. Ayer noche vino a verme suplicando ayuda, niña y no es un hombre que la pida con facilidad. Hace unos meses hubo de dejar la vida en alta mar porque su mujer cayó enferma. Las manos de su esposa apenas le respondían ya para coser y le resultaba imposible entregar los remiendos que le encargaban para zurcir. La familia no podía aguantar a que él amarrara en puerto, a la espera de su salario. En años anteriores subsistían con lo que sacaba su mujer pero al caer enferma, dejó de ser una opción. Además, su nieta estaba preñada por lo que volvió a casa. No le quedaba otra salida.

—Sigue.

Una sensación de ahogo comenzaba a invadirle el pecho. Una sospecha. Una maldita sospecha.

—Su nieta desapareció de la noche a la mañana, Elora, pero no dieron parte. Recibieron una misiva explicando que si no informaban a las autoridades, se la devolverían viva. Nada más. Callaron, muchacha y se equivocaron al hacerlo. Eso significa que han desaparecido más mujeres de las que controlan las autoridades. Puede que muchas más.

Una imagen surgió en su mente. Nítida y poderosa. Dos pequeñas figuras tendidas en un estrecho colchón, acurrucados, uno contra el otro, en el piso de arriba. Sus pequeños. Su Evan y su Katie. Indefensos y dormidos pero protegidos por una madre que mataría por ellos. Sin dudarlo un segundo, sacrificándose ella misma si fuera necesario.

La peor pesadilla en la que unos padres o unos abuelos pudieran verse envueltos. Que se llevaran a sus pequeños y no poder hacer nada para evitarlo. Nada. Un escalofrío recorrió su cuerpo.

No volver a verles.

La locura en vida.

Fijó la mirada en los claros y preocupados ojos de su viejo amigo pero no llegó a pronunciar la pregunta que parecía empujar desde el fondo de su garganta.

—Debiste decírselo a Marcus. No le gustará no haberlo sabido de primera mano, viejo amigo.

El gruñido del hombre le hizo acallar lo que estaba a punto de expresar.

—El jefe está atontado con esa nueva mujer y la endiablada cena encorsetada que está organizando.

—Jules Sullivan es una buena mujer, Lucas. Una gran mujer.

—Pero, ¡no eres tú! —El viejo lucas se levantó con brusquedad como si con ello quisiera borrar el exabrupto lanzado y con él, la muestra de inmenso cariño surgida. Se alejó unos pasos para alcanzar un paño que reposaba cerca del fuego, antes de volverse hacia ella—. No eres tú, muchacha.

Un puntazo de tristeza que no pudo frenar debió reflejarse en su rostro. En todo su maldito esplendor y si algo caracterizaba a su viejo amigo era que podía leer en sus facciones como un libro abierto, sin secretos ni dobles pliegues. Demasiados años trabajando con ellos, conociéndose y encariñándose.

—Niña, no debieras guardarlo dentro. Duele demasiado.

Fijó su mirada en los ojos que no se apartaban de ella y casi soltó la carcajada de amargura que con el paso del tiempo cada vez pugnaba más por salir descontrolada. Cómo un rostro tan duro, con los rasgos cuarteados de haber permanecido media vida en alta mar y otra mitad en los bajos fondos podía mostrar semejante dulzura, le enternecía hasta lo más hondo y ello causaba que fuera incapaz de mentir al anciano que le veía como una hija.

—No puedo, viejo. No puedo.

—Hazlo, muchacha. Quizá te sorprendas.

—Se reiría. Me miraría con cara de no entender o de *no querer* entender para evitar rechazar algo que no desea que le sea ofrecido y yo moriría un poco por dentro. Cada día más, sabiendo que no me quiere.

—Él te quiere, muchacha. Estoy seguro ello. También el viejo Sampson.

—Puede, pero no como yo desearía. Me conformo con lo que tengo, viejo amigo. Es suficiente.

—Pero ha de doler, Elora.

—Puede pero más dañaría no verle o que me mirara con compasión o pena.

Sintió una dulce caricia en el cabello. Tan suave que creyó imaginarla hasta que volvió la cabeza.

—No te preocupes, muchacha, que el viejo Sampson y yo estamos en ello.

Ay, Dios mío.

—Viejo…

—Tú déjalo en mis manos. El atontado ni se lo imagina, muchacha. El acecho y abordaje ha comenzado. Hemos indagado y tenemos un plan. Un glorioso plan para que todo sea como debe ser. Para que se encauce todo.

—¡Lucas!

—De aquí a un año te veo con otro retoño entre los brazos. Bueno, démosle al plan algo más de tiempo y está hecho. Tras una ardua investigación por parte de los hombres hemos localizado al pretendiente perfecto y el plan está prácticamente esquematizado. Un gran plan. Sólo tienes que enseñar un poco más de pechuga, muchacha —no podía estar escuchando lo que estaba oyendo. No. Imposible—. Al jefe a veces se le van los ojos, jefa. Te persigue con la mirada y se relame. El otro día perdió el hilo de la frase porque estiraste un poco la espalda. Tú no te das cuenta pero el viejo Sampson ha punteado en una hoja las veces en que lo hace al día. Unas cuantas. Innumerables, en realidad. Casi llenamos la condenada hoja y el viejo tiene una letra más bien esmirriada. Eso no le ocurre a un hombre con las miras en otro lado. No señor .

—¡Viejo!

—Dime, niña.

—Ni se os ocurra meteros de por medio.

—¿Dónde?

—¡Ya sabes dónde!

—Niña, es que el muchacho está ciego. Como un topo. No ve delante de sus narices y es ahí justo donde está el tesoro escondido. A plena vista.

No supo si reír, llorar, darle un achuchón al viejo marinero que le observaba como si no comprendiera su falta de total apoyo a una planificación infalible y completamente racional.

—Os va a despellejar vivos.

—Puede, niña pero valdrá la pena. Por ti, valdrá la pena.

Un nudo inmenso de emoción le trabó la voz. Al completo, por lo que lo único que se vio con fuerzas para hacer, fue acariciar con suavidad la áspera mano que se había posado sobre su hombro.

Insensatos hombres. Y tan queridos.

La vieja tetera que se calentaba al fuego comenzó a pitar insistente. Una taza caliente les vendría a sus estómagos como miel a la amargura.

Se levantó con rapidez de la silla que ocupaba en la planta baja de la casa, en la caldeada cocina, para apagar el fuego y añadir un seco leño a la estufa. Fuera hacía un frío de pelar los huesos y alguna que otra corriente se colaba a través de los desgastados marcos de las ventanas que daban al exterior.

Extendió la mano para cerrar otro poco más las claras cortinas y sirvieran de parapeto al frío. La dejó inmóvil rozando la clara tela. Una sombra acababa de cruzar por delante del ventanal. No. Dos sombras. Y ella no esperaba visitas esa noche.

******

Capítulo 20

I

Los últimos detalles estaban atados. La reserva para mañana al anochecer de un reducido apartado en el restaurante elegido con minuciosidad. Las golosas propinas al personal del mismo para evitar rumores indeseados y un selecto menú, acorde con la dama en cuestión. Sonrió satisfecho. El anzuelo estaba lanzado, aunque fuera en unos términos no empleados con anterioridad y la damisela parecía propensa a disfrutar de la noche.

Una mujer interesante Jules Sullivan. Un pajarillo con una fuerza y pasión ocultas. Algo en ella le recordaba al Colirrojo Real. De aspecto delicado pero resistente. Era uno de sus secretos. Su afición por la ornitología. Envidiaba la libertad de la que gozaban las aves. Echar a volar sin mirar atrás, sin pesos lastrándote y su capacidad para desaparecer sin un pasado que todavía duele al rememorar.

Sólo Elora conocía lo que había tenido que hacer años atrás, al hablar de más una noche en que le pilló algo bebido. La única ocasión en que permitió que le viera bajo de defensas. Lo mucho que habían dolido las palabras de su hermana, lo mucho que le echaba en falta y el sufrimiento de saber que ella le odiaba con toda su alma, por razones equivocadas.

Le protegía en la lejanía y con eso le valía. Desear en su mundo era un juego de niños. Un juego con el que nada se ganaba salvo más sufrimiento.
Con un fuerte impulso se levantó de la mesa del despacho de golpe, tirando la robusta silla al suelo. Debía controlar su mal genio. Elora se lo repetía pero le ignoraba. Quizá por saber que ella acertaba de plano, que la muy brujilla le conocía mejor que él mismo.

Condenada mujer.

Maldita sea, no sabía lo que le estaba ocurriendo últimamente. Se sentía descontrolado e irascible. Apartó de su mente la preocupación que le roía las entrañas desde que Albus Drake fijó su mirada en su segunda al mando, para orientarla de nuevo hacia sus planes de seducción, su próxima cita y hacia la curiosa mujer que tanto le intrigaba. En contraste con el aspecto grácil de la señorita Sullivan, su instinto le hablaba de un carácter rebosante de fuerza y resistencia. De fuego y eso le atraía. Se hacía mayor y llegaba la hora de asentarse. Criar hijos e hijas. Quizá incluso formar una familia. Siempre que no se le adelantara algún otro hombre al olor de una hembra de provecho.

Estiró los músculos de la espalda. Era realmente tarde y mañana tendrían un día duro. Arremolinó los albaranes de mercancías y sus correspondientes facturas, los informes de los hombres sobre lo que se cocía a diario en los bajos fondos, la información facilitada por sus espías, diseminados por la ciudad y se encaminó a la salida. Le eran suficientes unas pocas horas de descanso para mantenerse fresco. Siempre fue así desde crío. La necesidad de protegerte en una ciudad en que tu vida nada vale para otros, sin más protección que la de uno mismo, no da más opción que endurecerte para sobrevivir.

Tras un último vistazo atrás enfiló hacia el piso inferior. Los hombres acababan de terminar su ronda y en media hora cambiarían los turnos por lo que se aproximó en silencio para dar por finalizado el día, como era su costumbre. La endemoniada conversación que escuchó al cruzar el salón preferido de los hombres para descansar tras un duro día, en el piso inferior del inmueble, le puso de mal humor.

—Ya debiera haber llegado el viejo Lucas, ¿no crees? Salió con la jefa hace casi una hora, después de la reunión esa con las locas de atar. Otros días apenas tarda media hora.

—Suele hacer una pequeña ronda por su barrio, desde que cayó el clan Bray. Ya sabes lo que dicen y los rumores que corren desde hace tiempo. Es demasiado jugosa como para no vigilarla.

—¡No hables así de la jefa, idiota!

—No digo que sea jugosa, hombre. Digo que si los otros clanes pudieran, la cazarían para tener al jefe pillado por los huevos.

Un bufido de incredulidad llenó el aire.

—No les serviría de nada. Marcus no negocia.

—Por ella lo haría, idiota ¿Acaso no lo ves?

Pero, ¿de qué diablos estaban hablando esos dos lerdos?

—¿Apostamos?

—No.

—¿Lo ves? Tengo razón. Pillado... por... los mismísimos.

El gruñido de admisión de uno de los memos pareció calmar los ánimos. Increíble. Supuestamente debían estar vigilantes, prestos a defender el nido y en su lugar estaban cotilleando como cotorras. Estaba perdiendo el control desde que trataba con los Brandon, con Norris, con el de las pecas y cara de crío, con el de los ojos inquietantes y con el endemoniado club ese de las chifladas al que se había unido Elora, para su eterno cabreo. Joder, ya se estaba desperdigando sin fuste. Por un instante quedó inmóvil al otro lado de la entreabierta puerta.

—¿Qué ha dicho el viejo Sampson?

—Que se acercaba para asegurarse...

No se dieron cuenta que empujaba la puerta pero no tardaron en percibir su presencia.

—¡Jefe!

Los hombres se levantaron como resortes de sus asientos.

—Tenéis un minuto para explicaros.

—¡No está jugosa, jefe! Sólo sabrosa, pero ¡no para mí, sino para lo demás! ¡No nuestros demás! ¡Para el resto de los clanes! Jefe, no quería...

Dioses, que se le desmayaba el hombre. Frunció el ceño provocando una palidez mortal en Wigg, el hombre más chismoso de su organización. También un mago con las manos, las cerraduras especialmente difíciles de forzar y extremadamente leal. Un hombre que adoraba a Elora, aunque la definiera como... eso ¿Había dicho que estaba jugosa? Demonios, que se encendía y se le iba la cabeza del monumental cabreo.

—Os queda medio... condenado... minuto para hablar.

El susurro de Wigg debió ponerle sobre aviso y el nudo que sentía en sus tripas desde hacía un par de horas debió indicarle que algo iba mal, pero desde hacía unas semanas evitaba pensar demasiado en Elora. Comenzaron a farfullar al unísono, trabándose con las lenguas pero alzó una mano para indicar a continuación al lelo de turno que continuara y callara el otro memo.

—Algo muy malo ha pasado, jefe. Me duelen las muelas y eso es una horrible señal. Lucas no ha vuelto tras acompañar a la jefa y el viejo Sampson ha salido en su busca. Y, ¿si nos la han raptado?

—¿A quién?

—¡A la jefa, jefe!

—¡Respira y explícate!

Wigg aspiró la mitad del oxígeno acumulado en el salón y retomó la explicación con tan escaso sentido como el expuesto previamente.

—El viejo Lucas pasó por la casa de las señoras locas para recoger a la jefa, la trajo para buscar no sé qué, me dijo no sé qué más y minutos después la acompañó a su casa, como siempre.

—¿Y?

—Para esta hora ya debiera haber vuelto, jefe y hemos comenzado a inquietarnos por lo que el viejo Sampson ha salido en su busca. Yo iba a ir ahora. Para ayudar, si es menester.

Si estaba enclenque, por todos los diablos. ¡Cuernos! Sentía un puñetero hueco en el estómago cada vez más amplio y las entrañas no le solían engañar. Como la brujilla se hubiera metido en otro condenado lío, le iba a dar algo. Esa mujer no tenía sesera en la cabeza.

—¿Y si ha sido Albus Drake, jefe?

Se le congeló el aire en el pecho. Observó a los dos hombres que esperaban sus órdenes sin respirar antes de girarse hacia la puerta de salida dando la orden de que ensillaran los caballos y reunieran un grupo de cinco hombres.

Esa noche iba a matar a alguien.

II

La oscuridad era completa y el olor le llenaba las fosas nasales. La humedad, la putrefacción y el frío le llegaba al fondo de los huesos. El mismo que le llenaba el alma o quizá se tratara de simple vacío que jamás supo de esas insignificancias que tanta importancia le daban los demás. La piedad o el amor eran sentimientos ajenos a él y le agradaba que así fuera. Observó con atención el desfile de la decena de hombres que le acompañaban esa noche.

El plan había dado inicio. El anzuelo lanzado con la vieja no tardaría en dar frutos. Atraería a uno de ellos. El otro tampoco tardaría en caer, sin tan siquiera imaginar el origen del peligro, tan cercano. No lo vería llegar con la preocupación llenando su estúpida mente. Sentía hartazgo al pensar en el policía del cabello rojo que acompañaba a su juguete a todas partes. Demasiadas vidas perdonadas a ese hombre. No le regalarían otra. Esa misma noche atraparían el tercer escollo para que su fuente de ingresos no se viera mermada.

Un pequeño connato de rebelión se había fraguado en la sesión de la Junta metropolitana convocada de improviso. Cinco hombres llenos de miedo y cobardía por sus seres queridos, inútiles y despreciables. El cariño debilitaba y el amor inutilizaba al hombre. Nunca sintió lo que definen como amor. Le generaba curiosidad. Jugaba con él y con sus consecuencias. Le divertía emplearlo en varias frases y apreciar el terror en los ojos de las víctimas.

¿Amas a tu mujer, a tus hijos? ¿Te gustaría que les arrancara la lengua, los ojos? Disfrutaba especialmente con su reacción a un *me agrada enterrar vivas a las mujeres*. Una claustrofobia inherente al ser humano debilitaba sus defensas y las destrozaba si mediaban ridículos sentimientos de por medio.

Ya había eliminado a aquél que se le enfrentó. No le importaría deshacerse del resto. Después, tras lograr lo que buscaba, desaparecerían.

Dilató las fosas nasales. Era su imaginación pero una oleada de olor a él, le llenó la mente. Por un segundo estuvo tentado de mandar al traste su plan. Tan… cerca. El momento se acercaba. Como perrillos falderos habían seguido el camino de migas dejado cuidadosamente tras sus movimientos. Si fallaba la primera fase, no dejaría al azar su captura. No permitiría nuevos desajustes ni molestas intervenciones de terceros. Supo que tarde o temprano irían al Registro padronal. Lo que jamás imaginó fue que apareciera únicamente su juguete.

Resistir la tentación de hacerse con él fue, por primera vez desde que decidió que era suyo, extenuante. Seguirle de cerca, observarle repasar durante horas los libros registro, sin llamar su atención. Sentir que los dedos que debieran retirar su cabello del rostro eran los suyos. Pasar a un metro de distancia bajo la atenta mirada del celador, ignorante del peligro que les rondaba. Oler el aroma que desprendía y que no conseguía olvidar. Rozar el costado de su camisa con las yemas de los dedos cuando creyéndose a salvo, se relajó desprendiéndose de la oscura chaqueta, mostrando a su ávida mirada el contorno de esa espalda. Esa espalda que era suya para marcar, para acariciar. Tan tentado a echarlo todo por la borda por tenerlo al fin.

Si no hubiera sido por el oriental que le protegía quizá el día habría terminado de otra manera.

No tardarían en encontrar el cuerpo degollado del joven celador. Su familia no tardaría en dar la voz de alarma cuando no retornara a casa esa noche. Resultaba tan sencillo matar en Londres que se avergonzaba de sus habitantes y de sus fuerzas públicas.

Ese día pocos visitantes habían circulado por las salas vacías del Registro padronal y el último inscrito había sido Robert Norris. Un inspector de policía caído en desgracia. Que un simple celador fuera asesinado coincidiendo con su llegada, iba a levantar ampollas. Muchos se alegrarían. No indagarían en demasía porque ya tenían un culpable, ¿no? Tan obvio como que seguramente discutieron y al policía se le fuera la mano.

Al fin y al cabo, los fantasmas no degollaban a los seres vivos.

Lanzó una suave carcajada que sobresaltó a la pareja de hombres que trasladaba uno de los cuerpos destrozados. Un ligero escalofrío de placer le recorrió la espalda al imaginar el rostro de su juguete al descubrir su regalo y se diera cuenta de lo próximos que habían estado por unos segundos, de que ninguna protección sería suficiente para evitar que le cercara. Comprendería que era suyo. Entendería su promesa. Sus palabras. Las mismas que le susurró en el barco, antes de dejarle atrás. Las mismas que sabía que no habría podido olvidar y que no habría compartido con nadie, ni siquiera con la maldita sombra.

Se tapó la nariz y boca con un pañuelo ligeramente perfumado. Siempre le había desagradado el olor de los cadáveres pasados unos días. Le estimulaba el de la vida escapando en el mismo momento de la muerte. Más allá, le aburría infinito. Un pálido brazo asomaba bajo uno de los sacos transportados. Tendría que dar orden de que los despiezaran en trozos más menudos para camuflarse con el resto de los desperdicios y emplear, sin llamar la atención, unos de los más oscuros, siniestros y agudos modos de deshacerse de cuerpos humanos.

Era su reino. Con el que lo conseguía todo y que se negaba a perder. Ni siquiera por la insignificante campaña iniciada por un carnicero y secundada por una pútrida revista. Por pura coincidencia, el carnicero que habló de más y al que habían callado la boca, había enlazado aquello que unía a uno de los mayores y más prestigiosos hospitales de la capital del mundo conocido con el mercado de ganado de West Smithfield.

La petición firmada contra la expansión del mercado no podía y no debía prosperar y mucho menos la construcción de uno nuevo en Islington. Él se aseguraría de ello. Alan Osborne se aseguraría de ello. Ahora prefería regodearse con otras cosas. Cuando su juguete descubriera su regalo, sabría lo cerca que había estado de caer en sus garras. Sabría que le había dejado escapar pero que nunca estaría a salvo. Enloquecería y también lo haría la sombra. Entonces, quedarían expuestos y sería el momento de atacar. Se estaba excitando y ese hormigueo de anticipación comenzaba a recorrerle la sangre, las venas.

Un tropezón cerca del lugar que ocupaba le distrajo, molestándole sobremanera. Centró la mirada en el hombre que le era fiel.

—Señor, ya está el último mezclado con las carcasas.

—Bien.

—¿Esperamos a que llegue el paquete para avisar al doctor?

—No. Vendrá a mí por su propio pie.

—No entiendo, señor.

—Ni falta que hace, estúpido.

El inspector Scott Glenn reculó un paso como era de esperar. Despreciaba la cobardía. Ni que hubiera empleado la empuñadura de su bastón como en otras ocasiones. Las próximas horas iban a resultar una fuente de sorpresas para sus enemigos y él, mientras tanto, se regodearía en silencio.

III

El silencioso juramento del viejo Lucas le puso la piel de gallina. Era un hombre templado y observar la manera en que había echado mano a su cuchillo tras ubicarse junto al dintel de la puerta de entrada a la casa, le llenó de temor. Miedo por él, porque moriría antes de permitir la entrada de intrusos. Por ella, porque como el hombre que le miraba con una triste sonrisa, llena de advertencia y preocupación, pelearía hasta el último instante pero sobre todo porque su mundo, aquello que le hacía vivir, disfrutar, confiar y amar se encontraba protegido en el piso superior.

—¿Viejo?

—Hazlo, niña y no mires atrás.

—No puedo dejarte aquí solo. No puedo, viejo.

—Les pararé todo el tiempo que pueda, Elora pero si suben, si oyes pasos subiendo las escaleras no seré yo, ¿entiendes?

El crujido de una rama al quebrar en el exterior le paralizó.

—Prométeme que…

—Lo intentaré, niña.

Por un segundo su mirada se detuvo en el enjuto marinero que le había cuidado y protegido desde que se unió a Marcus. En esa clara mirada rodeada de arrugas que le observaba como un padre miraría a una hija. Le dolió el pecho solo de imaginar la posibilidad de perderle. De perder su fortaleza, la suave manera en que hablaba, sus consejos, sus discusiones con el viejo Sampson, el cariño que mostraba a unas criaturas que no eran sus nietos y sonrió, expresando todo el amor que guardaba dentro, casi siempre oculto a las palabras y a los gestos. No esta vez. El suave ladeo del viejo rostro y la leve sonrisa en los cuarteados labios le calmó. El apenas perceptible gesto de asentimiento no necesitó de una contestación.

—Ahora sube con tus pequeños. Te necesitan.

La tensión que acompañaba a las palabras del viejo Lucas, le hizo abalanzarse en dirección al piso superior. Al cruzar la puerta de la cocina le pareció escuchar el crujido de un tablón al combarse con el peso de algo y sus latidos se dispararon, descontrolados. Sus pequeños estaban arriba. Solos. Se levantó las faldas y casi resbaló. Alzó la mirada hacía el rellano del primer piso. Salvo la suave lumbre que despedía el candelabro que tenía costumbre de dejar en lo alto de la estrecha escalera, nada parecía moverse. Ni una mota de polvo.

Otro crujido. Más suave. Más inquietante. Le dio igual hacer ruido, avisar de su llegada. Debía llegar hasta ellos. Debía… Tropezó con el escalón al engancharse el pequeño tacón del botín y cayó de rodillas. Sintió un aguijonazo de dolor pero nada le detuvo. Apenas respiraba. No podía. Sencillamente… no podía. Sólo sentía el retumbar de los latidos de su corazón en los oídos, apagando todo lo demás. Alcanzó el último escalón y se aferró a la baranda apretando con ansia los dedos hasta que quedaron sin circulación.

La puerta de la habitación de sus pequeños estaba entreabierta y ella nunca la entornaba. Siempre la dejaba abierta de par en par, por si la necesitaban durante la noche. Por si su Evan lloraba cuando el dolor resultaba imposible de calmar o por si su Katie aferraba de su manita a su gemelo y ambos se dirigían a su cuarto para arrebujarse bajo las sábanas con ella y sentirse seguros por unas horas. Tantas noches de dolor y lloros.

Dio los pasos que le separaban del rellano a la puerta del cuarto de sus niños. Una parte de ella sintió terror de empujar la puerta y encontrar la camita vacía. No sobreviviría si alguien se llevara a sus niños. No lo haría. Observó la manera en que las yemas de sus dedos se apoyaban contra la madera. Lentos y temblorosos. En su mano izquierda empuñaba su puñal y ni siquiera se había dado cuenta del momento en que lo había sacado de la fina funda que rodeaba su pierna. Al tropezar, quizá. Desde el piso inferior no llegaba ni un ruido fuera de lugar pero no podía pensar en el viejo Lucas.

No ahora.

Un ligero toque de sus dedos empujó el peso de la madera. Aguantó la respiración. No estaban. Dios, no estaban. Por un segundo la oscuridad lo envolvió todo. El cuarto, el pasillo, sus alrededores… Su mundo al completo. Se ahogaba. Las manos le temblaban y por un momento sus extraviados ojos se centraron en el filo curvo del cuchillo. Una milésima de segundo. Con avidez repasó las paredes, los muebles, lugares donde esconderse. La poca luz que se filtraba dada un aspecto tan tenebroso al lugar que por un momento lo odio. Sentía un grito desgarrador pugnar por salir pero ni eso conseguía. Se sentía completamente paralizada y la boca tan seca.

Otro crujido. Dios santo. Provenía de su propia habitación. No supo cómo logró moverse. Tan sólo que se encontraba en pie bajo el marco de entrada a su cuarto, en completo silencio, apenas respirando y empuñando de forma obsesiva el puñal. Las piernas se le aflojaron al observar una silueta oscura al borde del lecho. El aire no circulaba. Era enorme y algo en ella destilaba peligro. La voz se le congeló en el fondo de la garganta. Las dos cabecitas rubias permanecían posadas, muy juntas, en la almohada. La sensación de pérdida de fuerza, de ir caer arrodillada al suelo le invadió por un momento…

—¿Y si fuera un ladrón, Elora? ¿O un asesino? Quizá, ¡un violador de viudas descuidadas y jugosas!

Parpadeó. Varias veces, con fuerza. Se frotó las cuencas de los ojos para asegurarse de que la imagen que le regalaban sus retinas no era fruto de su desatada imaginación. Las ganas de llorar fueron tan inmensas, por un mero segundo, como las de gritar a pleno pulmón y por una milésima de éste estuvo tan tentada de lanzar el cuchillo en dirección al energúmeno que acababa de darle el mayor susto de su vida, que la mano tembló alrededor del suave mango. Quizá se le clavara en el redondo trasero y merecido lo tendría, el muy… el muy ¡energúmeno! Con los musculosos brazos cruzados Marcus se encontraba en pie junto al lecho, sobre las tendidas figuras de sus pequeños. Ligeramente encorvado como si, de ser necesario, hubiera de protegerles.

Las paredes dejaron de moverse aprisionándola y el aire que circulaba en la pequeña habitación llenó su pecho. El temblor de sus manos persistía pero iba disminuyendo con lentitud. Le resbalaba la mente debido al susto.

¿Acababa de llamarle *rugosa*? ¿A ella?

—Te mudas a mi casa, mujer. Hoy mismo.

Lo intentó pero no le salieron las palabras. Ni una. No le iba a perdonar en una buena temporada. Ni el susto por colarse como un ladrón en su hogar ni que le insultara delante de sus niños. Abrió la puerta de un empujón hasta dejarla completamente despejada dando a entender al hombre que saliera de inmediato de su aposento ya que tocaba tener una discusión de mil pares de demonios, pero una vocecilla diminuta clavó a Marcus en el sitio, tras avanzar un paso en su dirección con el ceño y labios fruncidos. Su Katie adoraba a ese hombre, cosa que le era completamente incomprensible. Sobre todo teniendo en cuenta que Marcus desconocía todo lo relativo al mundo de los niños, salvo el llamativo hecho de que mostraba cada día más aspectos infantiles en su proceder.

—¿Tío Marcus?

—Hola, sapito. Vine a llevaros a casa.

Le iba a estrangular. En cuanto los niños no estuvieran delante ¿Cómo era posible que semejante bruto empleara tanta suavidad al hablar, al moverse, al gesticular cerca de su hija y a ella le llevara por la calle de la amargura, le asustara, le abroncara y le llamara rugosa?

—¿También a Evan?

—Claro, cielo. Vais juntos. Los hermanos han de estar siempre juntos, sapito.

Elora se desinfló ligeramente al percibir la melancolía en esa voz grave. Condenado hombre que le enfurecía y enternecía a la vez.

—Despierta a tu hermano, Katie y haced un hatillo con algo de ropa. Más adelante recogeremos el resto.

¡Ya estaba el hombre dando órdenes sin ton ni son! Susurró con fuerza para que su niña no se asustara.

—Ahora deben dormir y no son horas de cambios o traslados o lo que sea que tengas en mente que seguro que…

—¿Por qué, tío Marcus?

Increíble. Su propia hija le ignoraba en cuento aparecía por la esquina la figura del bruto.

—Para que vuestra mamá descanse un poco de tanto ajetreo innecesario.

El *y de paso, yo también* le pasó inadvertido a su hija pero no a ella. Esto era el colmo. ¿Quería pelea? Acababa de encontrarla.

—No le hagas caso, cielo. El tío Marcus chochea algo. Desde hace un tiempo. Nada que una larga pero extremadamente larga conversación no cure.

Si las miradas abrasaran, los ojos verde azulados de Marcus hubieran despedido llamaradas y ella sería un amasijo de cenizas a sus pies. Le daba igual. ¿Acaso no era cierto? Su comportamiento se asemejaba a un gallo de corral con demasiadas hembras cacareando y él correteando de aquí para allá con la lengua fuera sin pararse a pensar que debía dar ejemplo. A ella, a sus hombres y de paso a sus niños ya que era la única figura masculina que les servía de ejemplo.

—No… chocheo, mujer.

Fue a contestar pero su bendita hija se le adelantó.

—Mamá dice que chocheas todos los días con la linda dama de los ojos gruandes, tío Marcus —Ay, Dios mío. Eso le pasa por murmurar en alto cuando se sentía agobiada o inquieta. Olvidaba que los niños lo repiten todo—. Y que tienes la colita desfontrolada y además, atontolada. Pero yo le digo que no tienes pelo largo, tío Marcus. Que no tienes cola de caballo pero mami dice que sí sólo que en otro sitio ¿Qué sitio, tío Marcus? También dice mi mamá que…

El brusco giro en la regia cabeza masculina en su dirección, le puso extremadamente nerviosa generando una mueca histérica en dirección al hombre que se veía furioso. Qué horror, debía parar a su pequeña antes de que Marcus entrara en combustión espontánea.

—¡Cielo!

Los redondos ojos de su pequeña se volvieron, curiosos hacia ella.

—¿Lo he decidido al revés, mamá?

—No, cariño —¿había sido eso que acababa de sonar cerca un gruñido?—. Bueno, un poco, mi amor pero es culpa mía y se dice, he dicho.

—¿No he decido eso, mamá?

—No, cariño pero ahora da igual. Por esta vez, vamos a hacer lo que dice el tío Marcus. Hoy no chochea demasiado, sólo una pizca de nada— otro gruñido—. Casi inapreciable.

Sí. Había sido un gruñido lo de antes. Muy semejante al que acababa de emerger de ese cuello. La inmensa figura permanecía de brazos cruzados a unos pasos de ella, sin apartar la encendida mirada, por lo que se alejó. Se asfixiaba con su cercanía.

Dio gracias al cielo, a todos los santos y santísimos por el milagro de escuchar unas pisadas que reconocería en el mundo entero ascendiendo las escaleras. El viejo Lucas acompañado del viejo Sampson. Sus protectores y barreras humanas frente a la ira de Marcus.

—¿Jefa?

—Aquí. Pasad.

Lo hicieron y tras fijar la mirada en Marcus se cuadraron como un pelotón de fusilamiento.

—¡Jefe!

—Ya hablaremos más tarde, sin oídos infantiles curioseando en el horizonte —Los hombres palidecieron, cuando menos, un tono de piel en cuanto Marcus se giró en su dirección—. Elora y los niños se trasladan a mi casa. Esta misma noche.

—Pero, jefe...

El ceño fruncido de Marcus duplicó en profundidad.

—¡Qué!

—No podemos irnos ahora y mucho menos que la jefa se instale en la vivienda de un soltero y notorio mujeriego. Surgirían las habladurías y Elora perdería todas sus posibilidades de emparentar— murmuró el viejo Lucas tras cruzar una extraña mirada con Sampson.

¿Pero de qué rábanos parloteaban ahora los viejos? ¿Emparentar? ¿Elora? Fue a rugir pero una carita preciosa con unos ojos castaños iguales a los de su hermana asomaron por la parte superior de los ropajes que cubrían el colchón. Unos ojos que permanecían clavados en él. Diablos, no podía gritar. No con los críos de Elora delante. Se asustarían y le mirarían con pavor.

Una inquietante opresión se hizo hueco en su bajo vientre. Se estaba encariñando demasiado con ellos y eso únicamente acarreaba problemas y disgustos. Los pequeños no eran suyos. No les debía nada. No... ¡Maldición! Aspiró profundamente porque estaba cabreado, porque su mujer era una insensata algo torpe y descuidada que necesitaba un buen bufido para corregir su desastrada existencia y porque... ¡diablos! ¿Acababa de referirse nuevamente a Elora como su mujer? Era todo culpa del condenado club de cotillas ese que metía ideas raras en la mente de su segunda al mando. Esas historias truculentas distraían a Elora. La maldita posibilidad de que su gemela estuviera viva le obsesionaba y sus esfuerzos por hacerle entender que había momentos en la vida en que era necesario dejar el pasado atrás, se desvanecían de un plumazo con cada idea que surgía en esas endemoniadas reuniones semanales. ¡Condenado grupo de urracas aventadas! Demonios, ya se estaba desviando del tema.

Sin perder de vista a la redonda figura que no se acercaba a menos de un par de pasos, se volvió hacia sus hombres quienes mostraban una más que sospechosa sonrisa de extrema satisfacción en sus semblantes. Por alguna extraña razón un escalofrío le recorrió la columna vertebral. El viejo Sampson se aproximó hasta quedar cerca y susurró algo que no llegó a entender, casi como si hablara con precaución. Ni que fuera un ogro al que temieran dirigirse.

—Vocaliza, viejo.

¿Por qué demonios se miraban los condenados como si fueran a hacer estallar un cargamento de pólvora y carecieran de lugar alguno tras el cual parapetarse?

Elora suspiró al observar que los viejos lobos de mar distraían a Marcus con su histérico parloteo. En contadas ocasiones había contemplado tan furioso a éste y no terminaba de comprenderlo. Furioso y al mismo tiempo tratando de disimularlo en presencia de los niños, con evidentemente, nulo resultado.

—Mami, el tío Marcus tiembla y te mira raro ¿Por qué…?

Dando un rodeo y tratando de evitar a la fiera, Elora depositó el dedo índice sobre los labios de su pequeña y a continuación un suave beso en la frente de Evan mientras al otro lado del cuarto las voces comenzaban a elevarse. Bordeando el lecho y sintiendo la llameante mirada en la nuca, se encaminó a la cómoda en la que guardaba la ropa de sus pequeños. Tiró de la manilla y frunció el ceño. Un sobre color crema lacrado con un sello muy elaborado, centró su atención. Ella no había puesto eso ahí ni le sonaba el dibujo que presentaba.

Por un segundo dudó mientras la conversación seguía a su espalda. Algo sobre que si ella se mudaba esa noche, sus planes se irían al traste y no les daría tiempo a avisar a su estupendo y ricachón pretendiente.

¡¿Su… qué?!

Olvidó el inquietante sobre. Olvido el sudor frío que por un momento le recorrió la espalda y el nudo en el estómago. Olvidó lo que tenía en la punta de la lengua y se giró para topar sus ojos con el enorme pecho cubierto de Marcus a un palmo de su nariz. No alcanzaba a ver a los viejos ni a sus niños porque todo, absolutamente todo su campo de visión quedaba oscurecido por el cuerpo masculino ¿Respiraba ligeramente rápido ese enorme pecho? Con lentitud alzó la mirada por la oscura camisa de lino hasta el fuerte cuello que quedaba al descubierto a través del pico que formaba la entreabierta camisa para seguir su lento camino por la apretada mandíbula, cubierta por un incipiente principio de vello hasta llegar a esos bien formados labios. Dudó si seguir o no pero lo hizo. A mala hora. Se acababa de meter en medio de un charco de arenas movedizas. Hondo y del que dudaba que fuera a escapar indemne.

—¿De qué condenado pretendiente hablan, Elora?

IV

—No pudimos hacerlo, jefe. Estaba acompañada de uno de los viejos. Esperamos un poco, ocultos dentro de la casa pero el hombre no se iba.

—¿Y?

—Aguantamos un rato antes de hacerlo.

Los ojos del hombre no se apartaban del lugar que él ocupaba, buscando algún tipo de confirmación. Al no recibirla movió los pies sobre el piso, como si fuera incapaz de controlarlos.

—Hicimos lo que nos ordenó, jefe. Lo dejamos para que ella lo encontrara sin problemas.

—¿Os vieron?

—No.

—¿Seguro?

El hombre que contestaba a sus preguntas temblaba como una hoja.

—Sí, señor.

Una lástima. Si esa mujer hubiera estado sola, se los hubieran llevado pero no tuvieron más opción que dejar el cebo. No le interesaba una confrontación directa en ese momento y mucho menos con Marcus Sorenson. Elora Robbins no podría resistirse a descubrir lo que tenían para ella.

Entonces caería en sus manos y parte del círculo se cerraría.

V

Le despertó el rayo de sol que le daba justo en medio del rostro. El resto del cuarto permanecía en penumbra pero como el gafe era su íntimo amigo, ya ni se molestaba en refunfuñar. Mucho menos al notar la ligera inclinación del lecho causado por el peso del grandullón. Dioses, le había dejado para los lobos. Saciado, agotado y amado por los cuatro costados. Y algo dolorido.

Le hubiera encantado que la escasa luz que dejaba filtrar la cortina le permitiera contemplar al detalle la figura dormida. Ahora que lo pensaba, jamás había disfrutado de unos momentos para deleitarse sencillamente recorriendo con la mirada al hombre que dormía a su lado. Captar un momento en el que dejara de lado la tensión. Ocupaban toda la extensión de la cama en una postura en cierto modo extraña. Ambos boca arriba. Ambos con las cabezas apoyadas en la almohada, ligeramente inclinadas hacia el interior como buscando la mirada del otro. Con las piernas entrelazadas, los costados rozándose y el peso de la mano de Peter sobre su bajo vientre, relajada. Acomodados sin dificultad en un espacio compartido. Quizá se debiera a la costumbre de Peter de invadir su espacio de continuo, quizá a que ya nada le extrañaba en su relación, quizá a que sencillamente le encantaba sentirle cerca.

Con el dedo índice acarició la palma de la mano de Peter que reposaba sobre su estómago, recorriendo las líneas que la surcaban. Aquellas que las cíngaras decían que marcaban el futuro, largas y profundas en la piel. Lo sintió de inmediato. El suave movimiento del despertar, la apenas apreciable contracción de la mano y la traviesa sonrisa en esos llenos labios. Se giró hasta quedar tendido sobre el costado derecho, entrelazando los dedos de Peter con los suyos. La sonrisa de esa boca se incrementó. Dios, se moría de la intriga por lo que estaría pasando por esa increíble mente.

—¿Qué?

Un sonido que le llenó de calor manó del pecho del hombre que amaba más que a su vida. Con las yemas de tres dedos pegó un suave empujón a la robusta cadera cubierta por la sábana.

—¿Me lo dices voluntariamente o te lo saco a besos?

¡Diablos! ¿Cómo era posible que tras años de amistad ese condenado hombre le siguiera sorprendiendo? Como un crío Peter había acercado la cabeza a la suya y ahuecado los sonrosados labios para dar a entender que optaba por la segunda opción. No se hizo de rogar. Dudó sólo un segundo. Alzó la sábana y de un fluido movimiento se colocó encima de Peter con los muslos a ambos lados de su cuerpo, sorprendiéndole por la breve exclamación que salió de esa boca.

Se dejaba hacer.

Le volvía loco sentirle como suave manteca bajo sus manos. El calor de las palmas de Peter le cubrió ambos lados de la cintura. Dejó caer su peso de golpe sintiendo cada músculo bajo su propio cuerpo. Apoyó los codos sobre su pecho, enmarcando ese rostro con sus propias manos y cumplió lo prometido. Sacarle la información a besos. Suave el primero. Labio cerrado contra labio cerrado. Sólo una levísima presión antes de alzar suavemente la cabeza y distanciarse lo suficiente para ver la expresión en esos ojos negros. Sentía el roce de esos calientes dedos comenzar a deambular por su espalda y trasero. Apenas unas cosquillas. Apenas una caricia.

—Dímelo, Peter.

Una condenada risa rebotó contra su propio pecho por lo que pellizcó el costado de Peter provocando que encogiera las piernas bajo su cuerpo lanzándole hacia adelante. Sería bruto. Del impulso aprovechó para aferrar su cabeza con sus manos, sujetándola con firmeza. Ya no eran besos suaves. No lo eran. Eran hambrientos. Era desesperación. Pasión. Era… amor.

Sus cuerpos se reconocían, casi como viejos amantes y eso no parecía posible pero lo era. Los lugares sensibles, la zonas que provocaban que te tensaras sin remedio, ese único punto bajo uno de las costillas de Peter que le provocaba cosquillas, el choque de sus entrepiernas, la sensación del vello de sus muslos rozándose, la fricción, el calor, esa caricia final que lograba hundirte en sensaciones olvidando las preguntas que acababas de hacer. La curiosidad por saber de qué se reía.

Terminaron en el maldito suelo rodeados de las ropas de cama, sin saber cómo habían llegado ahí. No recordaba haber caído, ni el frío del duro suelo, ni el golpe al chocar contra la superficie. Estaban perdidos en un mundo de sensaciones. Calientes, asfixiantes, dulces, bruscas, roces buscados y encontrados, caricias instintivas. Con las respiraciones agitadas y agotados, de vuelta en el leño entre risas, trompicones y besos húmedos se le formó un nudo en el pecho.

Nadie les quitaría lo compartido. Nadie. Ni siquiera Saxton. Pese a sus palabras y el roce de su mano en su rostro antes de inclinarse para susurrar su veneno al oído, antes de rematarle con ese maldito golpe que impidió que tratara de evitar su huida. No podía permitirlo. No lo haría.

Una leve caricia se deslizó por el puente de su nariz. Sorprendido alzó la mirada para enfrentarse a la oscura.

—¿Qué pasa, canijo?

No podía decírselo. No podía.

—Nada.

—Venga ya. Tenías la mirada perdida y el ceño fruncido. Es él, ¿verdad?

El aire se le atoró en el pecho y se incorporó hasta separarse del costado de Peter. Necesitaba espacio. De repente sentía que debía alejarse o quizá fuera que no podía pensar en Saxton cerca de Peter.

—Contéstame.

¿Por qué diablos tenía que ser tan terco? Terminó de incorporarse hasta quedar su espalda contra la cabecera de la cama. Aferró las sábanas y se tapó hasta la cintura en un gesto que Peter sentiría como de rechazo o de ocultación y no le faltaría razón, en parte.

—¿Qué te dijo en el condenado barco?

¡Maldita sea! Observó cómo Peter se izaba, dejando atrás la postura relajaba que había mantenido a duras penas, quedando arrodillado y desnudo como Dios le trajo al mundo frente a él. Cerca, muy cerca. Demasiado. Encogió las piernas para evitar tocarle porque si lo hacía perdería la poca fuerza de voluntad que le quedaba.

—Nada de importancia.

Los negros ojos se entrecerraron.

—No me mientas, Rob. No lo hagas.

—¡No lo hago!

—Entonces dime porque rehúyes mi mirada.

La clavó en la suya retador y vio en esos oscuros pozos dolor e incertidumbre. Inseguridad. En el hombre más duro y seguro que había conocido en la vida y lo estaba provocando él, pero Peter no lo entendía. Era la única manera de protegerle si algo iba mal. La única manera de mantenerle a salvo lejos de ese enfermo. Y lo haría, por Dios que lo haría llegado el momento aunque se lanzara de cabeza al infierno. Por él haría cualquier cosa, incluso aceptar la oferta de ese enfermo y eso jamás debía saberlo Peter porque trataría de impedirlo. De la misma manera en que, en caso contrario, haría él. Porque se querían. Por eso callaría. Por eso se tragaría la bilis que le subía por la garganta cada vez que recordaba lo ocurrido, cada vez que pensaba en la mera posibilidad de que ocurriera lo que más temía. Que las palabras de Saxton se cumplieran.

Con un brusco movimiento y pillando desprevenido al hombre que no apartaba la mirada se destapó y quedó sentado al borde del lecho. No podía mirarle.

—No lo repetiré de nuevo, Peter. He dicho que nada.

—Mientes.

Cerró los ojos dándole la espalda a Peter.

—Si miento es asunto mío, ¿no crees?

—Y un cuerno, Rob. Si tiene que ver con Saxton entonces…

—¡No pronuncies su nombre!

Un brusco apretón en el hombro izquierdo le obligó a girarse ligeramente en dirección a Peter.

—Pero, ¿qué diablos te pasa, Rob?

Sacudió el hombro con fuerza pero la mano no cedía un ápice.

—No quiero pelear, Peter, pero lo haré si me provocas.

—¡Dejaré de hacerlo cuando hables de una maldita vez!

—¡No me grites!

Se encontraban en medio de la habitación como fieras, a grito pelado. Ni siquiera se había dado cuenta del momento en que ambos habían dejado el lecho. Él completamente enrojecido, respirando con dificultad y Peter con todo el aspecto de ir a explotar con la siguiente frase que no le gustara por la manera en que entrecerraba los ojos. ¡Diablos! Y como Dios les trajo al mundo. Era tonto después de la noche que había pasado y lo que habían compartido pero sintió la necesidad de taparse con la sábana que había quedado apartada sobre el colchón. Tras acercarse dos pasos, la aferró y se envolvió la cintura.

La sorna en la voz de Peter no tardó en aparecer.

—No es por nada, canijo pero lo he tocado, acariciado y lamido todo. Creo que también incluso mordido. Es algo tarde para taparse, ¿no crees?

—¡No es por eso! Ya lo sé sin necesidad de que me lo recuerdes.Y no hace falta decirlo en voz alta, Peter.

—¿Ah, no?

—¡No!

—Quítatela, entonces.

—¡¿El qué?!

—Tu repentina recién estrenada falda.

Le observó con atención por si se estaba riendo de él pero el semblante de Peter nada traslucía salvo mortal seriedad.

—Estoy bien así.

Por un breve segundo le dio la impresión de que Peter se iba a abalanzar sobre él y arrancársela por lo que afianzó su amarre con una de sus manos y entrecerró los ojos retándole a que lo intentara. La pelea sería de las de no olvidar en décadas. Un paso hacia adelante de Peter provocó uno suyo hacia atrás y que separara las piernas buscando un mayor equilibrio.

La tensión duró un segundo. Nada más. Soltó la respiración al observar cómo Peter se dirigía al ventanal y descorría las cortinas dando paso libre a la luz del sol que lo inundó todo. Tragó saliva. Dios santo, era hermoso. Desnudo y sin un ápice de vergüenza en ese musculoso cuerpo que se movía con una gracia innata al pasar a su lado, casi rozándole. Exudaba poder y sensualidad. También enfado, dirigido a él.

Peter apenas tardó tiempo en vestir su oscuro pantalón junto con una de sus camisas blancas mientras él se sentía incapaz de hablar, de cortar ese silencio que parecía haberse instalado entre ellos. Pesado y doloroso. Casi se le cerró la garganta antes de romperlo.

—No es algo de lo que pueda hablar, Peter —Los bruscos movimientos del hombre que quería para calzarse se detuvieron de golpe—. No me preguntes de nuevo porque no puedo contestarte.

La inmensa espalda quedó rígida antes de hablar entre dientes.

—Vístete.

—Peter…

—He dicho que te vistas.

Sentía opresión en el pecho, en el bajo vientre y en las sienes. No terminaba de entender cómo la noche más maravillosa de su vida se había convertido en una maldita pelea seguida de un enfado de campeonato. Ni siquiera desde la lejanía Saxton les permitía vivir tranquilos.

Se aproximó a Peter para coger el resto de la ropa que permanecía alrededor de la cama, tendida en el suelo. Soltó la estúpida sábana que todavía vestía y sintió la mirada de Peter en las suaves marcas sobre su espalda, su cintura, sus muslos. Su trasero. Caliente, recorriéndole. Las mismas a las que se había referido hacía unos instantes. El recuerdo de una noche maravillosa. Aspiró con fuerza y agarró los calzones. Se sentó sobre el borde inferior de la cama mientras Peter permanecía sentado a uno de los lados, casi sintiendo el calor que desprendía con su cuerpo. Con rapidez deslizó la prenda por sus piernas hasta acomodarla para cerrarse de seguido el pantalón. La camisa y el resto de los ropajes estaban junto a sus pies. Se inclinó y agarró la primera para detenerse al observar que algo blanquecino sobresalía del bolsillo de la chaqueta. Parecía el extremo de una hoja.

Se volvió levemente en dirección a Peter y sus miradas se cruzaron. La de Peter se tornó interrogante antes de levantarse del lecho y acercarse a él. Instintivamente había presentido algo y a veces esa capacidad de Peter de reaccionar le admiraba. Otras, casi le asustaba.

Extendió el brazo y agarró lo que había llamado su atención. Una carta doblada. No lo terminaba de entender. Él no había guardado nada en su bolsillo y tampoco había dejado nada olvidado ya que tenía la costumbre de revisar si portaba algo antes de salir de casa por las mañanas.

Su corazón comenzó a retumbar en sus oídos.

Parecía una carta. Sencilla y alargada, de color crema. Estaba abierta por lo que alzó el borde para llegar a su contenido. La desdobló sintiendo la tranquilizadora presencia de Peter a su lado y de inmediato palideció al escuchar la brusca aspiración de aire en la figura que se había tensado a su izquierda. El encabezamiento escrito en una elegante caligrafía le congeló las entrañas y la sensibilidad de sus manos. Sus dedos soltaron la hoja hasta que cayó al suelo, completamente abierta, mostrando esas odiadas palabras a la mirada de ambos.

Querido juguete

******

Capítulo 21

I

—Puede que se haya cansado de pasear por el campo. Tu abuela es una mujer inquieta, Ross y tanto aire campestre, trino de pájaro y revoloteo seguro que...

—No es eso, Clive.

—¿¡Cual es el problema, entonces!?

—Mis tripas.

Sus tripas. Las tripas del superintendente Torchwell le hablaban. Fantástico. Quizá el estómago de Ross pudiera mantener un sabroso diálogo con sus propias entrañas ya que, desde luego, no había quien tratara últimamente con el hombre que se paseaba como un león enjaulado en el despacho en la central de policía que ocupaba desde hacía menos de un mes.

Oteó la hora. Las ocho y media de la mañana. Llevaban media hora reunidos tras finalizar el parte y distribución de zonas además de las tareas entre los agentes y ni un alma les había interrumpido. La reunión había discurrido en la tónica habitual con pullas malintencionadas y ya habituales dirigidas a él, aprovechando que Rob no había acudido esa mañana a comisaria. Como una jauría que olfateaba la debilidad en el menor número del contrario. No sabía que le apuraba más, si el contenido a veces subido de tono de los comentarios o el hecho de que se vertieran en presencia de Ross.

Comentar a su mejor amigo que no era buena idea que se encerraran a solas nada más cruzar la puerta del despacho, al observar la manera en que la cerraba tras ellos dando un portazo que hizo retumbar las paredes, había sido en balde. La contestación se había limitado a una mirada encendida y un fruncimiento de labios.

Repetir entre frase y frase que sus compañeros murmurarían y la tomarían con él había dado lugar a un tenso interrogatorio por parte de Torchwell.

¿Acaso no era la primera ocasión en que algo semejante le ocurría desde que había sido degradado? Si se sentía acosado por otros agentes él tenía derecho a saberlo al ser su superior y esa era una orden directa, no una sugerencia de amigo.

Su negativa a contestar había derivado en un ceño extremadamente fruncido, una moqueta pronta a desgastarse y algo de aprensión para tratar el tema de marras que tenía intención de tocar, antes de ponerse el sol. Bueno, los dos temas infernales. El primero, el de su Srta. Maple y la posibilidad de que Ross la conociera al fin en carne y hueso. El segundo y más peliagudo, el motivo por el que su mejor amigo se negaba a hablar de lo ocurrido la noche de la reunión de hombres en la taberna. Sobre todo esto último.

En cuento a la reacción de Ross al idiota baboso que le propuso lo que fuera no tenía la más mínima intención de mencionarlo. Eso sí que lo recordaba pese a la bruma del alcohol y dudaba que fuera a olvidarlo en una buena temporada. Algo había ocurrido después pero su nublada mente se negaba a recordarlo en detalle salvo que casi vomitó estando colgado boca abajo sobre una superficie dura. Tenía que ser algo horrible por la manera en que a veces Ross le observaba con fijación para apartar precipitadamente esa mirada inquietante cuando se daba cuenta de que le había pillado in fraganti.

La situación comenzaba a afectarle y él no era un hombre que se dejara intimidar con facilidad. Claro que nunca había resultado ser el foco de atención de Ross. Más bien su compañero bien avenido, sosegado y de trato afable que compensaba el mal genio, formas bruscas y gruñidos incontrolables de su mejor amigo.

Ahí estaba, de nuevo ¡Diablos! Comenzaba a enfadarse ¡Ni que sufriera la peste bubónica en plena fase de contagio! Ross evitaba tocarle o rozarle e incluso mirarle, salvo que le creyera distraído. Barbotó lo que se le pasó por la mente.

—¡No te voy a pegar algo infeccioso, sabes!

Al fin tocaba hablar del inmenso elefante ubicado en medio de la diminuta habitación. Claro que el muy idiota testarudo era capaz de decir que sólo lo apreciaba él.

—¿De qué hablas?

—De tu actuar cada vez más rarito, Ross. Me rehúyes la mirada.

El susurrado *le dijo la sartén al cazo* que captaron sus oídos encendió, ya de por sí, su magullado humor.

—¿Qué insinúas? Yo actúo normal. Eres tú el que me mira raro y de reojo y me evita como a la peste.

—No digas bobadas, pecoso.

—¡¿No tendrás la desfachatez de negarlo?! Desde…!

Diablos. ¿Se habría pasado de la raya? Ross se estaba poniendo ¿colorado? ¿Muy colorado? y ¿le miraba los labios? ¿Por qué le miraba los labios? Sucios de tinta, seguro. Probó con la punta de la lengua no fuera que ofreciera un rotundo aspecto de payaso ya que no sería la primera vez en que al redactar un informe policial, de forma incomprensible, parte de la tinta había llegado a su cara. No notó ningún sabor ajeno al habitual. Ni acidez, ni agrio, ni dulzón, ni… diablos, Ross le estaba poniendo nervioso.

—¡Deja de mirarme!

—No es por nada, amigo mío, pero acabas de quejarte de que te rehuyó la mirada y ahora que te miro, ¿me pides que no lo haga? Se ve que no acierto contigo.

—¡No es eso!

—¿Entonces?

Maldición. Muy bien, allá iba, en picado.

—¿Qué pasó la otra noche?

Increíble. El cuerpo ubicado cerca de él se había tornado tan rígido que parecía haber ganado aún más altura, de ser eso posible.

—Sé que hice algo que te incomoda sobremanera.

Ni una palabra.

—Venga, Ross. No pudo ser tan malo o me hubiera despertado con la mandíbula desencajada de un puñetazo ¿Qué dije o hice?

Maldita sea. Esa dispar mirada se había tornado dubitativa y planeaba algo. Casi podía olerlo, como un sabueso. A punto estuvo de recular pero el muy condenado se le adelantó.

—Que eres virgen y que quieres adquirir experiencia para tu paloma.

¡Ja! Lo que le faltaba. Escuchaba cosas sin sentido. El hombre hablaba de pájaros. Alzó la mirada pero los ojos de Ross no sonreían pícaros sino que su rostro mostraba una tensión poco habitual cuando estaban juntos.

Dios, que se moría de la vergüenza. Se llevó la mano a la cabeza para darse un segundo que a ser posible pudiera convertirse en una hora o un día o ¡un año!

No iba a emborracharse de nuevo en la vida. Las pocas ocasiones en que había ocurrido, había descubierto que era un borrachín amoroso y pegadizo. Tendía a abrazar a aquellos que tenía cariño y soltaba lo que se le pasaba por la mente.

Miedo le daba imaginar lo que pudo compartir con Torchwell. Seguro que había hablado de su horrorosa inexperiencia con las mujeres y que estaba necesitado de cariño y otras cosas más terrenales, que su pretendida le hacía caso omiso salvo cuando le llevaba algún regalo para camelarla y que no sabía besar como Dios manda. Que en cuanto oteaba un poco de carne desnuda se ponía nervioso hasta el punto de desmayarse y que odiaba su lechosa piel que tanto llamaba la atención y que…

—No tienes que avergonzarte, pecoso.

Maldición, notaba los mofletes a punto de estallar de calor.

—¡No lo hago y no es cierto!

Un inicio de sonrisa se plasmó en el rostro de Ross.

—Pues la otra noche parecías muy convencido cuando me contaste con pelos y señales que…

—¡No es cierto! ¡Tengo experiencia! ¡Algo! Hace tiempo.

—¿Algo?

Separó las piernas y se cruzó de brazos, así aparentaba madurez y sensatez y ¿le temblaban los muslos del nervio? Diablos, era ridículo.

—Cuando quieras empezamos, Clive.

¡Al fin! Dejar el tema de marras y centrarse en el repentino viaje de la abuela de Ross a Bath. En ese endemoniado viaje que tenía a su amigo todo revuelto desde que había recibido la misiva de la abuela informándole no sé qué de los estupendos baños que iba a recibir en la costa. La insistencia de Ross en que su abuela odiaba los baños comenzaba a alarmarle incluso a él. Pese a ello, ese era terreno seguro. Un tema poco apabullante y neutral. Se adelantó un paso para mostrar su predisposición a terminar de un plumazo con una de las conversaciones más incómodas de su existencia.

—El primero, ¿con o sin lengua?

¡¿Qué?!

II

Se iba a marear. Se iba a caer redondo porque la maldita hoja sólo significaba una cosa y era que había tenido a Saxton tan cerca como para que le introdujera la carta en el bolsillo sin que se diera cuenta. La bilis ascendió hasta quemarle la garganta por lo que se obligó a respirar con profundidad. Una y otra vez. Para evitar vomitar y que los erráticos latidos de su corazón dejaran de retumbar en sus tímpanos.

Con fuerza se pasó la mano por el rostro deseando que todo fuera una maldita pesadilla. Nada más. Un mal sueño del que poder despertar. Sentía la mirada de Peter sobre su rostro, recorriéndolo y esperando a que hablara.

Casi palpaba las oleadas de ira emanar de su cuerpo. Estaba rabioso. Por descubrir lo que él llevaba tiempo escondiendo en medio de un terco silencio pero sobre todo, porque se había negado a compartirlo.

Seguía como una marioneta destrozada con la chaqueta en la mano, inmóvil hasta que sintió el movimiento de un cuerpo inclinarse para recoger la hoja que seguía en el piso. Necesitaba salir de aquí. Necesitaba un lugar que no sintiera opresivo o en el que poder evitar el encontronazo que llegaba. Necesitaba… aire.

Se levantó con rapidez pero de un brutal empujón en el hombro, cayó de nuevo sentado al borde del lecho. El mensaje de Peter era claro. Esta vez no habría contemplaciones. Apretó los labios porque en parte le daba rabia. Él no era un crío para dejarse manejar por mucho que lo creyera el hombre que a un paso de distancia, leía con intensidad las pocas líneas que llenaban la maldita hoja, como si de alejarse dejara la puerta abierta a una salida en semejante embrollo.

La carta que había vuelto del revés sus planes. Lisa y conteniendo una caligrafía que no casaba con la enfermiza mente de su autor.

Querido juguete,

Está hecho. Dispones de doce días para aceptar mi generosa oferta y recuerda lo que te susurré al oído en nuestro último encuentro, Robert. No seré tan complaciente la próxima vez que nos encontremos si la rechazas.

Me agradó compartir aquél íntimo beso en el barco y disfruté al tenerte tan cerca el otro día.

Lamentable que no te dieras cuenta del roce de mis dedos al tocar tu espalda o de mi presencia, tan cercana, pero ya tendremos tiempo más adelante para eso y más, mucho más. Espero que estés tan impaciente como yo.

Si entras en razón, tendrás lo que te prometí. En caso contrario, no necesito recordarte lo que ocurrirá.

Saluda de mi parte a la sombra salvo que prefieras mantenerle en la ignorancia como hasta ahora. Quizá quieras trasladarle que me agradó mucho tu sabor. Tan… dulce.

Hasta pronto, mi juguete.
M.S

Maldita sea. Peter le iba a matar. Dudó antes de alzar la mirada hacia la figura que no se había movido desde que le había empujado contra el lecho. No consiguió subir más allá de las manos. Esas inmensas manos que temblaban de pura rabia. Un hueco oscuro y profundo comenzó a formársele en el estómago. Apoyó las plantas de los pies firmemente contra el suelo para hacer presión y levantarse pero no llegó a dar el paso. La tensa voz de Peter le paralizó.

—No vas a lograr salir de esta habitación así que déjalo.

Tragó saliva con fuerza antes de hablar.

—Pues vamos a tener un problema.

—Y que lo jures, Robert.

—¡No me llames así! No lo hagas.

Así le llamaba Saxton y le enfermaba. Tragó saliva al enfrentarse a la oscura mirada. Peter hablaba entre dientes como si de la ira le costara incluso vocalizar. Diablos, estaban demasiado cerca. Sus dobladas rodillas rozaban el pantalón de Peter y percibía debajo de la tela la extrema tensión de los músculos. Separó sus rodillas porque Peter no le dio más opción al acercarse todavía más y ubicarse entre éstas. Quedó en silencio negándose a mirarle, con la cabeza inclinada y la vista fija de manera obsesiva en los dedos entrelazados de sus propias manos. Intuía la pregunta que iba a llegar y no sabía cómo responderla.

—¿A qué beso se refiere?

Dios santo. La lengua se le trabó. La sentía pesada, hasta que unos firmes dedos le sujetaron de la mandíbula y empujaron hasta chocar su mirada con el rostro del hombre que era demasiado testarudo como para dejarlo pasar. Los dedos se tensaron casi causando dolor por lo que con una de sus manos aferró el duro antebrazo.

—Suéltame, Peter.

—No.

Estalló de repente. La ira, el miedo, el hartazgo, la sensación de estar atrapado en una telaraña tejida por otro y arremetió contra lo único que le obligaba a enfrentarse a ese miedo que le carcomía poco a poco. Con fuerza pegó un golpe al antebrazo que le mantenía sujeto logrando desasir su rostro, se levantó de golpe rozando el frente de su cuerpo el que le impedía el paso a la salida y empujó con las palmas de las manos el pecho que hacía de muralla.

La sorpresa en los negros ojos duró un segundo, el suficiente para rodear a Peter, dar las zancadas suficientes hasta alcanzar la puerta y asir el pomo abriendo casi un tercio de espacio por el que salir. Hasta que se ésta se cerró de nuevo de golpe, de un brutal portazo. Los largos dedos contra la suave madera no daban tregua y el calor del cuerpo que sentía a su espalda, rozándole, tampoco.

No supo por qué pero en su mente afloró el recuerdo de la primera vez que percibió a Peter como algo más que un amigo, el día que le regaló las dagas, el día que sus miradas se trabaron asustadas y miró esos llenos labios con sorpresa descubriendo que podrían besarle.

La diferencia era que entonces no estaban furiosos ni entre ellos existía el mundo de sentimientos que sentían ahora. No mantenían secretos aunque fueran para protegerse por la sencilla razón de que amaba al hombre que se había acercado otro poco más hasta colocar ambas manos contra la puerta, a ambos lados de su cuerpo, aprisionándole.

El cálido aliento en la nuca le provocó un escalofrío en la columna vertebral. Cerró los ojos con fuerza y apretó la frente contra la madera. Tiró del pomo una vez más, sin que cediera. Sentía la dureza de los muslos apretando los suyos, su vientre contra su trasero, manteniéndole en el lugar. Avisando, por el momento. Trató de separar la cabeza un poco de la puerta para girarse pero la palma de una mano presionó contra su nuca. Notó la dureza de un muslo empujar contra el interior del suyo, haciendo hueco al deslizarlo hacia un lateral. Desprendía tanto calor.

Las palabras sonaron tan roncas que no parecía la voz de Peter. Como si hubiera llegado al límite de su aguante.

—¿A qué beso se refería ese cabrón?

Ahora fueron las palmas de sus manos las que se apoyaron contra la fresca madera. Estaba casi fría o quizá fuera el contraste, ya que él ardía. Empujó levemente para girarse pero esa mano no se movía, manteniendo la presión. Torció cuanto pudo el rostro antes de hablar.

—Apártate, Peter. He de ir a trab…

—No.

No se lo podía creer. Apretó los dientes hasta casi chirriar.

—He dicho que…

Sus labios rozaron su oreja.

—No esta vez. Esta vez no pararé hasta que hables y tengo todo el día y la noche. Así que, cuando quieras, puedes empezar, Robert.

¡Condenado terco! Empujó con fuerza contra la madera hasta que las caderas ubicadas tras él presionaron con brutalidad, en sentido contrario. Le tenía completamente atrapado contra la puerta y algo le decía que Peter había perdido el dominio de sí mismo por unos segundos. La respiración sofocada que golpeaba contra su espalda lo atestiguaba. Un ligero temblor recorrió su cuerpo. No podía hacer más que observar de reojo la figura que estaba tan cerca. La veía borrosa.

Con el rostro presionado contra la dura superficie observó la flexión de los dedos de la mano que permanecían contra la puerta junto a su rostro hasta que desaparecieron de la vista para sentirlos de repente en su cadera y apretar hasta casi dejar marca. Otro aviso de que quedara inmóvil donde estaba.

El sofocante calor disminuyó con la leve retirada del inmenso cuerpo, distanciándose. Le daba algo de despacio pero mantenía el duro muslo entre los suyos. Sólo un poco pero le bastaba. Aprovechó para intentar una vez más volverse pero la segunda mano de Peter presionó contra el centro de su espalda.

—¿Intentarás escapar?

Cabrón engreído y ¡Dios! En esos momentos le odiaba. Odiaba lo que le hacía sentir. Otro doloroso empujón que le hizo golpear contra la puerta.

—¡No!

Los dedos se clavaban con fuerza en la cadera.

—No, ¿qué?

—No… me… empujes, Peter.

—Maldita sea, canijo, juegas con fuego y hoy no es el mejor día —sintió el acercamiento del rostro—. Repito por última vez ¿intentarás salir?

—¡Y qué si lo hago!

—Que no lo lograrás.

—No puedes hacer esto.

—¿Quién lo dice?

Respiraba profundo o le iba a dar algo, con esa constante presión a su espalda. El muslo entre sus piernas presionó otro poco más, causando que se elevara separando los talones del suelo.

Muy bien, había llegado el momento de razonar.

—Habrán escuchado la pelea y se preguntarán qué hacemos.

—¿Y qué?

—¿Cómo que y qué, Peter?

—Siempre nos estamos peleando.

—No como ahora y ¡suéltame, diablos!

—¿Intentarás escapar?

¡Por todos los diablos! ¡Era como un perro con un hueso! Respiraba con dificultad y por los rápidos aleteos de aliento en su nuca, Peter no se quedaba atrás.

—¿Me creerás si te digo que sí?

—Si lo prometes.

—¡Está bien!

—¿Qué?

—Dios…

Esos labios quedaron casi pegados a ese lugar detrás de la oreja que le ponía el vello en punta y el muy canalla lo sabía, haciéndolo a propósito.

—¡Lo prometo!

Con un último empujón de una de sus manazas contra el centro de la espalda que le aplastó contra la lisa superficie, sintió el movimiento de Peter al apartarse. Antes incluso de volverse comenzó el interrogatorio.

—¿Qué beso?

Golpeó la frente contra la madera antes de enfrentarse a una de las conversaciones más duras de su vida.

Al girarse apreció que Peter apenas se había distanciado, dejándole el espacio suficiente para que ambos pudieran colocarse frente a frente. Se humedeció los resecos labios antes de iniciar y casi juró en alto. Esa negra mirada quedó por un segundo fija en su boca y su cuerpo al completo se tensó en respuesta al instintivo gesto de Peter, previo a cargar. Le conocía demasiado bien como para no darse cuenta de que le faltaba poco para mandarlo todo al infierno, cargar contra él y devorarle los labios. Sin barreras de contención. Tal y como hacían cuando quedaban solos, después de amarse lentamente o salvajemente, pese a estar agotados o relajados. Esa necesidad de marcarle con su boca, como si estudiara su forma, su sabor, la sensación al sentirla presionada contra la suya.

—Peter…

Los ojos permanecían fijos en su boca y el inmenso cuerpo tan rígido que parecía a punto de romperse. No podía ser. No ahora. Respiró profundo antes de comenzar.

—Antes de que me golpeara y perdiera el sentido en el barco, Saxton me besó, Peter —Alzó la mirada y descubrió los oscuros ojos buscándole. Desvió la mirada porque le costaba sostener la suya. Le daba apuro tan siquiera relatarle. Que ese enfermo le hubiera tocado y no poder impedirlo—. Ese enfermo… ese…

Unos largos dedos rozaron su mejilla. En el mismo punto en que Saxton le acarició. Tan diferentes, en todo.

—Sigue.

Lo hizo pero no antes de envolver con sus propios dedos los de Peter.

—Me colocó el cañón del arma contra la sien... —el rostro de Peter se contrajo antes de aspirar con fuerza— ... y me besó, Peter. Me dijo...

El suave *sigue, canijo* que manó de Peter terminó por derrumbar todas sus defensas.

—Si vienes conmigo por tu propia voluntad no daré orden de que les maten, de que les torturen. A ellos, a sus familias, a sus conocidos.

Sus ojos no pudieron apartarse del movimiento del cuello de Peter al tragar antes de que susurrara con voz ronca.

—¿Qué?

—No consigo olvidar sus palabras, la manera en que lo dijo. Os matará, Peter. Lo hará y yo puedo impedirlo.

—¡No!

—Es capaz de eso y más. Lo dijo de una manera en que... Saboreándolo, como si ya hubiera planeado el modo elegido con cada uno y disfrutara al imaginarlo. Dijo... —La suave caricia sobre su mejilla resquebrajó sus defensas—. Dijo que mi padre no escaparía por segunda vez, Peter. Un anciano que jamás en su vida ha hecho mal a nadie, condenado por ser mi viejo —El juramento de labios de Peter surgió salvaje—. Prometió que le haría sufrir. Que haría desaparecer a las mujeres y sacaría tajada de ellas pero que Mere se la quedaría para él. Demasiado fuego en ella para desperdiciarlo en otro. El muy cabrón dijo que disfrutaría domándole. A los hombres...

Inclinó la cabeza porque incluso hablar de ello costaba un mundo. No podía olvidar. Lo intentaba pero volvía una y otra vez. Las palabras exactas, el disfrute que percibió en la forma en que las susurraba en su oído.

—Por alguna razón aborrece a Clive. Quizá porque es mi compañero y amigo. Dijo que para un hombre así tendría compradores, Peter. Que le subastaría al mejor postor —las palabras se le estaban atascando en la garganta—. No se lo he dicho y ¡debí hacerlo! Debe ser más precavido aunque esté solo o con Torchwell. Para avisarle pero me cuesta incluso pensar en ello. Repetir las palabras me enferma, Peter. ¿Entiendes, ahora? No podría vivir con ello. Con su dolor, con sus muertes. No podría.

El inmenso cuerpo se pegó a él y sus manos le rodearon el rostro, tensándose a su alrededor e impidiendo movimiento alguno hacia los lados.

—¿Y podrías vivir siendo la puta de Saxton?

III

Estaba más pálida de lo habitual y eso era ciertamente extraño en una mujer como Elora. Un latigazo de aprensión en el pecho provocó que Mere se llevara una mano al abultado vientre antes de preguntar.

—¿Están bien tus niños, Elora?

Los ojos color avellana volvieron del lugar en el que habían permanecido perdidos durante la conversación que habían mantenido Julia y ella sobre la elección del vestido que debía lucir Jules en la cena de esa noche con el pirata. Tras desechar los tres horrorosos engendros con los que había aparecido el despiste andante, tras cruzar el dintel del salón de su hogar, Julia había anunciado a bombo y platillo que, por su cuenta, había localizado la prenda perfecta. Vestida con ella, la lengua de Sorenson llegaría hasta el suelo y permanecería a esa altura durante toda la velada.

Por un segundo Mere desvió la atención hacia la mujer que por alguna extraña razón parecía encogida sobre sí misma, desprendiendo un aire de inmensa vulnerabilidad. Claro que no le extrañaba semejante mutismo tras relatarles el jaleo en que sus hombres parecían haberle metido. Le habían buscado un pretendiente y Marcus se había enterado, generando un reacción cuando menos llamativa. En lugar de apoyarle o darle su bendición porque sus hombres le habían localizado un buen hombre con el que poder compartir su soledad se había enfurruñado como una criatura de pecho y trasladado a Elora que no tenía edad para andar tonteando con hombres desconocidos y menos con dos niños a su cargo. Llamativa la reacción, sí señor. Pese a ello Mere intuía que había ocurrido algo más pero tampoco era cuestión de presionar más de la cuenta. De momento, al menos.

—¿Elora?

Algo serio le ocurría. Los redondos ojos pestañearon en sucesión.

—Están bien aunque nos hemos trasladado una temporada al hogar de Marcus. Está empeñado en que mi casa está ubicada en un barrio inseguro y prefiere no correr riesgos hasta que se celebre el juicio de Bray y su padre.

—Pero eso no será hasta dentro de un tiempo.

—Por lo que tendré que morderme la lengua, aguantar sus ilógicas órdenes, que malcríe a mis niños y que me atosigue con…

Julia ladeó la cabeza y paró los erráticos movimientos para desenvolver la abultada caja en la que guardaba su maravilloso tesoro.

—¿Con qué?

Elora se frotó las cuencas de los ojos como una criatura. Dios mío, por un instante le recordó a una joven con el peso del mundo sobre sus delicados hombros. Un peso incapaz de sobrellevar.

—¿Le quieres, verdad?

El respingo en la encorvada figura al escuchar la serena pregunta de Jules sorprendió a todas. La caja quedó desatendida, ella se incorporó como buenamente pudo ayudada por Jules y se aproximaron lentamente a Elora.

—No sé de lo que…

—De Marcus, Elora. Hablo de Marcus, el hombre que quieres.

Las serenas palabras de Jules les dejaron boquiabiertas y el aplastante silencio de Elora, todavía más. Mere y Julia cruzaron miradas alarmadas antes de tomar asiento junto a la mujer que sin decir una sola palabra y aguantando con serenidad las frases acerca del hombre que amaba, lo único que había mostrado a lo largo de la mañana era una triste y melancólica sonrisa.

—No importa lo que yo sienta.

—¡Sí importa! —El grito de Jules causó un respingo en la mujer que les evitaba la mirada—. Sí importa y mucho. Eres de los nuestros y que ese bruto no se haya dado cuenta de lo que tiene delante de las narices, no le excusa.

—No me quiere.

El recuerdo de unas palabras de su marido provocó una sonrisa en Julia. La reacción de Sorenson cuando se enteró que Elora estaba en peligro al acudir a los muelles por su cuenta había llamado la atención de Doyle hasta el punto que le había comentado que el pobre hombre estaba alelado con su segunda al mando. Alelado y hasta las trancas y el lerdo no se daba cuenta que semejantes mujeres no abundaban. Que él había pillado a la suya y Marcus iba a perder la oportunidad si no la aferraba desesperado al vuelo pero, claro, cómo le iba a decir eso él. Igual se enzarzaba con Sorenson en una trifulca de campeonato por meter las narices donde no le incumbía. Quizá Liam se atreviera aunque bueno, tendría que sopesar las ventajas y los riesgos de soltar a Sorenson de sopetón que estaba irremediablemente pillado por los huevos.

Dios mío, le encantaban esos momentos en que su marido murmuraba en voz alta cuando algo le agobiaba. El *no me gustaría estar en la piel de quien mire a esa mujer de manera amorosa* de su Doyle se le había quedado grabada en la memoria. Una pícara sonrisa asomó a sus labios llamando la atención de Mere.

—Das miedo, Julia.

—¿Yo?

—Ajá. ¿Qué planeas?

Por un segundo un velo de duda asomó a los ojos de Julia pero una mueca de determinación terminó por aplastarlo.

Con firmeza se dirigió a Jules, le aferró la mano y susurró un *allá va*.

—Jules, cielo, ¿sientes algo por Marcus Sorenson?

Mere casi se atragantó hasta que percibió la suave sonrisa que lentamente fue abriéndose paso en el hermoso y delicado rostro de Jules. Algo trataba de indicar Julia y Jules lo había captado al instante. Sin un soplo de incertidumbre y ella no se enteraba de nada. De reojillo observó a Elora y estaba igual de desconcertada que ella además de extremadamente pálida, tras escuchar la directa pregunta. El gesto negativo de Jules precedió a un largo suspiro en Julia.

—Solucionado, entonces —el gesto de asentimiento de Jules a las palabras de Julia y la mueca casi maquiavélica en ese rostro habitualmente angelical, le puso el vello en punta a Mere. Se iba a liar parda—. Tendremos que hacer una reserva ahora mismo ya que quedan unas pocas horas. El vestido será para ella. Debemos llamar a la modista para adaptarlo y con el busto que tiene Elora el resultado será explosivo —por un segundo Julia pareció recapacitar— ¿Quién es tu nuevo pretendiente, Elora?

No es que las mejillas de Elora adoptaran un tono rosado, sino que parecieron a punto de estallar de calor.

—No existe. Al menos eso creo. Los viejos se lo inventaron para no deprimirme.

—¿Cómo?

Elora carraspeó antes de farfullar.

—Lucas y Sampson creen que si me sale un pretendiente Marcus… Marcus… Esto es ridículo. ¡No tengo ni tendré pretendientes! Soy una viuda rechoncha y hosca con dos niños pequeños a su cargo. Los hombres me huyen como si padeciera una enfermedad. No soy elegante ni delicada. No soy ni llegaré a ser hermosa con estos rasgos vulgares y no pienso llorar porque soy una mujer fuerte que ¡no llora jamás! y…

—Elora…

—…porque carezco del lujo de llorar en silencio por si me descubren mis niños y me piden con angustia en sus caritas que no esté triste. Porque no puedo permitirme flaquear por ellos o porque el hombre que quiero me mire como si le molestara en ocasiones o…

Unas elegantes manos al rodear el redondo rostro acallaron las entrecortadas palabras que como un torrente habían comenzado a surgir de Elora. Dos pares de ojos color castaño entrelazaron miradas. De la mujer que amaba al hombre en silencio y de la mujer por la que ese mismo hombre se interesaba. Familiares y cómplices.

Las palabras de Jules sonaron con claridad.

—Estás equivocada. Eres una buena mujer con un corazón generoso y eso es hermosura, Elora. Tú no te das cuenta pero nosotras lo vemos.

—Pero…

—No hay peros que valgan. Haremos caer al suelo de la impresión a Marcus Sorenson sobre su redondo, musculoso y bien formado…

—¡Jules!

La risilla traviesa de Jules acompañó el resto de la frase.

—… trasero.

Los fieros gestos de arrojo de tres mujeres se entremezclaron con el sofocado gruñido de una cuarta. Jules se irguió y comenzó a pasear por el salón como un torrente a rebosar.

—Muy bien. Primero, la reserva. Julia, te toca y que sea al lado de la de Sorenson o cercana. Que resulte imposible que Elora pase desapercibida. Toca acicalarla pero eso es sencillo.

—Y tú, ¿cómo vestirás para la cena?

Madre mía, daba miedo esa sonrisa en Jules.

—Como siempre.

—O sea, con el vestido fúnebre.

—¡No es fúnebre, Mere! Es… recatado.

—También negro y cerrado hasta el cuello. Chocará demasiado. Has de ir en consonancia con el momento para no levantar sospechas. Con el azulón. Se nos olvida algo.

—¿Qué?

Mere se frotó el vientre en respuesta a una pequeña patada antes de continuar.

—Localizar en unas pocas horas un pretendiente que haga rechinar los dientes al pirata y creo que conozco al candidato perfecto. Alguien que estará deseando meter baza porque es un cotilla. Alguien que nos seguirá el juego si le suplico ya que cuando me empeño, no me puede negar nada y menos ahora que estoy en puertas de un… ya sabéis qué. Si me disgustan, igual a mi niño o niña le da por salir de improviso y sobre todo, porque creo que Elora le agrada así que disfrutará de la velada. Además, está todo revuelto e histérico tratando de sonsacarme información desde que se enteró de lo de la cena de nuestra Jules con el pirata y creo que planea hacer algo así que mejor si le facilitamos la tarea, ¿no creéis?

Julia alzó las manos de manera apaciguadora.

—Mere, que te veo venir. Si es quien creo que es se puede armar una y bien gorda. Son capaces de llegar a las manos.

—Sí. Soy una gran estratega. Admitidlo.

Jules comenzaba a fruncir el entrecejo y a abrir los ojos como platos.

—No me mires así, Jules. Es el pretendiente perfecto para estropear los planes de Sorenson. La capacidad de Jared por revolverlo todo es legendaria —Mere alzó la mano para acallar las protestas de Jules—. Hazlo por Elora. Podrás aguantar sin dar un guantazo a mi hermano por una cortita noche, ¿no? Una tregua sin que él esté al tanto. Claro que igual se desmaya cuando no reacciones como él espera. Si no fuera por mi estado me encantaría estar presente. Ser una mosquilla revoloteando y presenciar la trifulca monumental que se va a…

—¡Mere!

—¿¡Qué!?

—¡Estás salivando sólo de imaginarlo!

—¿Lo siento? Es que me encantaría ver todo aturullado a mi hermano y al pirata y… ya me callo.

El gesto de exasperación y rendición tanto de Elora como de Jules fueron cómicos.

—Muy bien, todo arreglado así que…

—Hay otra cosa que quería comentaros.

La seriedad en el tono que desprendía la voz de Elora hizo que todas callaran o quedaran inmóviles para atender.

—Ya sabéis lo que ocurrió anoche en mi casa. El susto que nos dimos al creer que alguien había entrado sin darnos cuenta.

—Pero no fue así, ¿no? Fueron Marcus y sus hombres.

El completo silencio comenzó a hacer mella en todas.

—¿Elora?

—No estoy segura, Mere.

—¿Cómo?

—No se lo he contado a los hombres, ni a Marcus. A nadie, en realidad, pero sí que entraron a mi hogar. Al cuarto de mis niños. No sé cuándo pero me dejaron un mensaje con una amenaza. Si hablo con alguien dicen que no los volveré a ver.

—¿¡Qué?!

—Estoy asustada. Por eso acepté trasladarme al hogar de Marcus porque allí me siento segura. Mis pequeños allí estarán a salvo. Protegidos.

Con movimientos pausados Elora extrajo un pequeño sobre color crema del bolsillo de la chaqueta que a primera vista lucía poco amenazante. Las pálidas manos le temblaban. Susurró unas palabras que no alcanzaron a comprender. La segunda ocasión en que lo hizo se quedaron sin saber cómo reaccionar, ya que el contenido creaba un mar de dudas y desconcierto.

En el hospital de Bethlem, en Southpark, encontrarás lo que buscas. Visita el Ala Este. Sección segunda. Celda 26.

Esperan tu visita.

Dispones de cinco días para decidirte. Si acudes acompañada perderás para siempre su rastro. En cuanto compruebes lo que te espera allí, te indicaremos las reglas del canje. No intentes contactar. Lo haremos nosotros.

Si lo cuentas a alguien, perderás a tus pequeños.

Un último aviso. Aléjate del hospital de San Bartolomé o perderás tanto lo que buscas con desesperación como lo que ya tienes.

Una vocecilla ahogada rompió el silencio sepulcral que acababa de instalarse en el cuarto.

—Creo que se refieren a mi hermana, a Claire.

Julia se sentó tan cerca de Elora que dio la impresión de que le aplastaba pero ella ni lo notó.

—Elora, no puedes pensar en serio…

—Sí.

—¿Y si es una trampa?

—¿Y si no lo es y pierdo la única oportunidad de recuperarle? Puede que Claire fuera una de las mujeres que encerraron en San Bartolomé. ¿Y si le trasladaron a Bethlem, como hicieron con el hombre que las enfermeras envenenaron? No me lo perdonaría en la vida. Carezco de opciones y el hecho de contároslo…

—Quedará entre nosotras pero no puedes acudir tú sola. Demasiado arriesgado.

—No tengo opción, Julia. Al igual que no la tuve cuando te metieron en aquel barco. No la tengo.

—Lo sé, amiga mía.

Mere ocupó la plaza que permanecía vacante en el tresillo que ocupaban Julia y Elora, tras desplazarlas un poco de un codazo.

—Pensaremos algo. Entre todas. Tendremos que averiguar a quién retienen el Bethlem pero no podemos dejar de investigar San Bartolomé —un gesto de inquietud torció ligeramente el rostro de Mere antes de proseguir—. Ya tenemos la autorización para cubrir la sustitución como enfermera de tu amiga, Elora y no podemos desperdiciar la oportunidad. No a estas alturas. Si advierten para que te alejes de San Bartolomé es que algo ocurre allí que no quieren que salga a la luz. Debemos organizarnos al detalle y con cuidado. Como siempre.

Un suave gemido de desesperación surgió de Julia.

—Olvidáis algo.

La suave voz de Jules detuvo de golpe las ideas que comenzaban a formarse en las mentes de las reunidas. Le observaron con detenimiento.

—¿Qué quieren canjear por la hermana de Claire?

IV

No podía ser. Peter no podía haber dicho eso.

Perdió el control. Por completo, por primera vez desde que se conocieron. El puñetazo dirigido al vientre de Peter no lo alcanzó porque el hombre que acababa de hacer la maldita pregunta que jamás hubiera esperado escuchar de sus labios lo desvió sin esfuerzo.

Rob alzó la rodilla para dar donde más dolía pero el muy hijo de mala madre clavó su duro costado contra el frontal de su cuerpo, impidiendo todo movimiento, sin soltarle el rostro pese a que se revolvía con fuerza. Con toda la fuerza de la que disponía. Le costaba respirar con ese inmenso pecho aplastándole. Sus labios casi rozaban los suyos por lo que cerró los ojos. Su olor le llenaba las fosas nasales. Le dolía el pecho y los dedos al tratar de alejar esas duras manos de su rostro. Los colocó con fuerza contra el pecho que se apretaba contra el suyo y empujó pero era como intentar deslizar una piedra del lugar en el que había permanecido clavada durante siglos.

—¿Podrías?

Jadeaba.

—Eres un hijo de puta, Peter.

—Puede pero es lo que hay —sintió la yema del pulgar rozar su labio inferior. Trató de alejarlo, sin resultado—. Nunca podrías, canijo.

—¡No me llames eso!

—¡Te llamaré como quiera! Acostúmbrate. Deberás aprender a obedecer, a reír cuando te lo pida, a moverte con un chasquido de sus dedos, a desnudarte con un gesto, a tenderte cara al lecho cuando le apetezca para darle placer.

Hijo de… Apenas podía hablar. Las palabras se le atragantaban.

—¡Calla la boca!

—¿Por qué? Es lo que quieres, ¿no?

Empujó con todas sus fuerzas, con su pelvis para alejarle pero una de sus manos le rodeó el cuello, presionando con las yemas el lateral.

—Eres un cabrón, Peter.

—Si es lo que necesitas para entender, es lo que tendrás.

La respuesta a su repentina sacudida fue presión contra su entrepierna. Casi causando dolor. Le aplastaba con el muslo. Intentó deslizarse hacia un lado pero no sirvió de nada.

—Esto es lo que sentirás si aceptas lo que te ofrece ese enfermo, Rob. Impotencia. Dolor. Miedo. Disgusto. Vergüenza e ira. Peor incluso. No será él quien te retenga sino que serás tú quien se ofrezca en bandeja, sin pelear.

—¿¡No lo entiendes?! Si peleo, arriesgo demasiado. ¡Lo arriesgo todo!

—Y si no lo haces lo pierdes todo, canijo. A tu padre, a tus amigos. A mi. Gana él. Nadie más, sólo él.

—Pero viviréis.

—¿Para qué?

Tenía tan cerca esos iris negros que era sencillo leer en ellos la rabia, la determinación por asustarle lo suficiente como para que desechara la maldita idea que poco a poco, con el transcurso de los días se iba asentando en su mente. Dolía tanto hacerle sufrir. Dolía percibir el brillo de lágrimas no derramadas, del miedo y de la desolación. Dolía a ambos. Demasiado.

—Suéltame, Peter, por favor. Está decidido.

—No —sintió cómo le giraba la cabeza hasta que esos llenos labios le rozaron el lóbulo de la oreja—. No hasta que comprendas que nunca podrías, Rob. Por mucho que te creas capaz.

Se ahogaba. Se estaba ahogando lentamente y el único soporte que impedía que se hundiera le miraba retándole a contradecir.

—Haré lo que deba y nadie me lo impedirá, Peter. Si el momento llega...

—Olvídalo.

—¡No es tu decisión!

Los labios de Peter formaron una fina línea.

—Me importa poco que creas eso, Rob. No... lo... harás.

—Lo haré.

Los labios chocaron brutales contra los suyos. No era un beso de amante. Era el beso de un depredador. No pedía, no compartía. Robaba. Mordió lo que tenía al alcance, recibiendo en compensación un brusco empellón que hizo rebotar la parte trasera de su cabeza contra la madera. Los labios de Peter se separaron de golpe de los suyos y una sonrisa irónica y dolida invadió el hermoso rostro del hombre que en esos momentos se asemejaba demasiado a un extraño.

Con el dorso de la mano Peter se limpió la boca retirando el leve rastro de sangre dejado al morderle la lengua. Una profunda aspiración de Peter fue el único aviso antes de que rodeara de nuevo su rostro con sendas manos.

—Aunque muerdas, patalees o grites, no lograrás nada, Rob. Ni ahora ni con Saxton. Ese hombre te destrozará. Lentamente. Como un juego en el que participar. No me pidas que me quede quieto y callado viendo cómo lo permites. No lo hagas...

No lo logró el sonido de su voz, tan ronca. Tampoco la curvatura de esa inmensa espalda, inclinada para que su frente quedara apoyada contra la suya, ni el apenas apreciable temblor de los dedos que, casi sin darse cuenta y de manera natural, acariciaban su mandíbula. No fue la tensión que percibía en su rostro o la manera en que una vez más se lamió el labio inferior antes de pegar esos labios a los suyos, dejando marcado contra su piel el lejano sabor de la sangre. Fue sentir deslizarse por su propia mejilla una solitaria lágrima. De un hombre que jamás había visto llorar, ni siquiera cuando le sacaron de su propio infierno.

El corazón le dolió. Sencillamente sintió que se le partía en pedazos. Por el hombre que con sus decisiones estaba rompiendo por dentro. No lo pensó. Le besó con todo su cuerpo. Saboreó el sabor de la sangre, mezclada con la saliva y se tragó el suave quejido de Peter al rozar con su propia lengua la herida que le había causado hacía unos pocos segundos. Rodeo su espalda con sus propios brazos y separó los muslos, ofreciendo todo lo que tenía al hombre que amaba con toda su alma. Apartó con suavidad el oscuro mechón que rejuvenecía esos rasgos duros y marcados. Le besó una y otra y otra vez hasta que sintió que le respondía, con cuidado al principio, dubitativo, dolido. Con amor. Con familiaridad. Con pasión. Le amaba tanto que dolía. Dolía tan sólo imaginar la posibilidad de dejarle atrás. Con la punta de la lengua saboreó ese sabor único provocando otro pequeño gemido de dolor. Separó sus labios a la segunda intentona.

—Dios, lo siento, Peter. Lo siento tanto.

—Dime que no lo harás. Con eso me vale.

Sus labios se acercaron de nuevo pero con una de sus manos detuvo su avance para adentrarse en esa mirada oscura. Necesitaba mirarlo directamente. Con cuidado para que ambos memorizaran las palabras. Una promesa que debía dar porque otra salida era inviable. No entre ambos.

—No lo haré.

Un sollozo. Dios, un ahogado sollozo en el hombre que a todos, menos a él, mostraba una coraza dura e irrompible.

—Te lo prometo, Peter. Te lo prometo.

Apenas escuchó el tembloroso *gracias*. Apenas se dio cuenta del momento en que avanzó en dirección al lecho poco apoco, paso a paso hasta que la parte posterior de los muslos de Peter chocaron contra el mullido colchón. Se enredaron con las sábanas de cama. Se deshicieron de sus ropas, rasgándolas. Necesitaba amarle, tanto como el respirar. No temía llevar la iniciativa. Le enardecía saber que él le seguiría allá adonde llegaran. Juntos.

Se amaron sin inhibición, sin miedo o quizá dejando de lado ese miedo que todavía los atenazaba. Recorrió ese cuerpo con los labios, lamiendo cada rincón. Los robustos hombros, las delineadas clavículas, el esculpido pecho y su vientre. Arañó con la punta del dedo índice la forma del hueso pélvico hasta deslizarlo hasta la entrepierna para retomar el camino de vuelta y tener que empujar contra la cama las caderas que instintivamente se habían alzado contra su propia entrepierna.

Casi sonrió al apreciar la mirada de sorpresa en Peter al empujarle contra los almohadones y ordenarle que quedara quieto, antes de colocarse a horcajadas sobre él. El brillo de sus ojos al desatar con torpeza la cinturilla del pantalón apartándole las manos que se interponían para hacerlo más rápido por su cuenta. Ignoró el *¿me quieres matar, canijo?*, tan rasgado que apenas parecía su voz. Le separó los desnudos muslos tras obligarle a alzar el trasero y deslizar el pantalón por las piernas e ignoró el grito desgarrador al deslizar la punta de la lengua por la rigidez de su miembro. Ese sonido único y sofocado que emitió al aferrarlo con fuerza e introducirlo en la boca. Al lamerlo, al acariciarlo. Cálido.

Las caricias se tornaron erráticas hasta que la respiración se hizo áspera. Por un segundo quedó quieto observando al hombre cubierto de sudor. El hombre que amaba. Sin vergüenza. Sin prisas. Sin miedo. Plenamente. Separó suavemente los muslos para acogerlo en su interior. Pulgada a pulgada, forzando el espacio, mezclando dolor y presión al inicio con placer, poco después. El ritmo lo fijaba él, más lento, más rápido. Irregular, constante. Daba igual. Era compartir. Era amar. No supo cómo terminaron de costado con los muslos entrelazados y besándose. Los embates casi brutales hasta el punto de doler y desquiciar. Las manos de Peter y las suyas acariciaban, memorizaban. Sus bocas también. La presión en su bajo vientre se volvió insoportable hasta el punto de tratar de separarse algo del cuerpo de Peter pero esa mano contra su nalga no le dio tregua. No aguantaba más. Demasiado… Sentía demasiado. No…

—Peter…

Contra sus labios notó las palabras. *Te quiero, Rob. Aunque me enfades, aunque me provoques, aunque me alejes de ti para protegerme. Nunca lo olvides.*

Era hermoso expresar con el cuerpo lo que se siente. Notar romper todas las barreras porque nada tienes que ocultar ni esconder. Estallar juntos entre gemidos y jadeos. Gozar del tacto, de la suavidad, de la dureza. De Peter… No supo cuánto tiempo necesitaron para recobrarse. Puede que unos minutos o una hora. Quizá segundos. Entre sus brazos el tiempo no contaba hasta que la realidad retornaba y con ella, sus pesadillas y sus miedos. Y Martin Saxton.

Aferró la mano de Peter que tenía más cerca y apoyó palma contra palma, entrelazando los dedos. Necesitaba aferrarse a él para hablar. Necesitaba apoyarse en él.

—Si a pesar de todo algo saliera mal y...

La negra mirada se clavó en la suya y el rostro de Peter se inclinó hasta quedar las cabezas casi rozándose. Percibió la caricia de un dedo deslizarse por la parte exterior de su muslo y un dulce beso en sus labios. Tan suave.

—No tenemos la libertad de fallar. No esta vez, Rob.

—Lo sé pero...

Un largo dedo presionó contra sus labios mientras permanecían unidos, frente a frente.

—No lo permitiré, canijo. *Esa* es mi promesa.

No necesitaron de más palabras. Lentamente el sueño, el agotamiento y la tensión les fueron invadiendo, relajando a ambos. Al mismo tiempo, entre caricias desperdigadas y besos sueltos. Juntos, como lo hacían todo. Con la mirada clavada en el otro, agotados, saciados y por primera vez en mucho tiempo, se permitieron dormir en paz.

*****

Capítulo 22

I

No alcanzaba a comprender el sentido de la pregunta o bien Ross y él mantenían una doble conversación al mismo tiempo, lo cual tampoco es que fuera poco habitual.

—Antes necesito sabes con detalle la experiencia que tienes para no asustarte, amigo mío. Eres propenso a enrojecer e igual te desmayo con lo que tengo ideado.

¿Eh? Clive parpadeó para aligerar su abotargada capacidad de comprensión.

—¿Te vale con una sesión o varias? Yo optaría por varias y un incremento suave en la intensidad para evitar golpes de calor. La primera, como me suplicaste, la dedicaríamos a los besos. La siguiente a las caricias. Al tacto. Una tercera, quizá al sabor para seguir con…

Pero, ¿qué diablos? Y ¿por qué demonios no parecía poder abrir la boca para preguntar a Ross acerca de qué farfullaba como un poseso? Y ¿por qué le brillaban esos condenados ojos como si estuviera disfrutando como un crío con un dulce?

—Ross…

—Un buen masaje para relajar antes de desnudarte y recorrer con mis manos…

—¡Ross!

Los disparen ojos se clavaron en los suyos. Las cejas se arquearon inquisitivas.

—¿Qué?

—¿De qué diablos hablas?

—Con que esas tenemos.

—¿Qué?

—Nada. Simplemente he accedido a lo que pediste, Clive. Bueno, mejor dicho a lo que me suplicaste efusivamente. Incluso estabas dispuesto a pagarme un módico precio por la experiencia a adquirir en las artes amatorias. No es que esté necesitado de dinero pero para eso están los buenos amigos, ¿no? Para arrimar el hombro en situaciones de necesidad y la tuya es más que evidente dado tu proceder la otra noche y en la posada, con lo de la mano errante.

—¡Aquello fue un descuido!

—Eso repites.

—¡Es cierto!

—Claro, Clive.

Sonaba fatal tal y como la información salía de esos carnosos labios ¿Carnosos? Se le estaba yendo la cabeza del todo. Ross no tenía unos labios llenos. De acuerdo, sí los tenía pero era su mejor amigo, no otra cosa y era masculino, muy masculino y duro. No blandito. Demonios, los efluvios renqueantes del alcohol le hacían desvariar ¿Le había ofrecido pagarle dinero si le enseñaba a besar? ¡Dios!, no iba a volver a tocar la cerveza en su vida. Ni olerla.

Una imagen revoloteó, fugaz, en su mente y con cierto detalle. En la oscuridad, percibir el olor único de Ross y sentirse seguro. Tan seguro... Notar calidez contra sus labios y decirle que ¿olía bien? Diablos, que se mareaba. Necesitaba bajar la cabeza hasta tocar con la frente el suelo, como poco. Trastabilló un par de pasos hasta dar con el trasero en unas de las sillas del despacho. Una fuerte palmada rebotó contra su encorvada espalda y sus sentidos percibieron a la perfección el fluido movimiento de Ross tomando asiento en su sillón, frente a él. Notaba caldeado el ambiente y esa condenada mirada fija en él. Le daba igual ya que no pensaba alzar la vista.

—¿Te vas a desmayar? Y eso que aún no nos hemos desnudado, pecoso.

¡Lo estaba haciendo a propósito el muy condenado! Aturullarle porque le divertía. La leve sorna estaba ahí, camuflada entre las palabras. La provocación. Seguro que Ross se lo estaba inventando absolutamente todo porque se había enterado de su exacerbado grado de inexperiencia con las mujeres.

Debió mentir y asegurar que había tenido a unas cuantas mujeres en el lecho, que sabía besar y amar como un experto en la materia o que... De reojo le pareció captar una extraña mueca en el rostro de su mejor amigo difícil de descifrar.

—¿Te diviertes, Ross?

—Si.

Increíble.

—Eres mala persona.

—La peor.

—Ahora en serio, ¿qué ocurrió? Si hice algo imperdonable te juro que...

La contestación de Ross surgió clara y de inmediato, impidiéndole continuar. Una oscura sombra cruzó la dispar mirada. Tristeza. Por un instante algo se cerró en medio de su pecho y en la punta de la lengua quedó la necesidad de repetir la maldita pregunta hasta sacarle la verdad pero algo en esos ojos le detuvo. Vio reflejado temor y Ross no era un hombre que lo mostrara con facilidad.

—No lo hiciste, pecoso. Nada hiciste que no pueda arreglarse.

Maldita sea, ¿por qué sonaba rota la voz de su mejor amigo?

—¿Entonces?

—¿De verdad quieres saberlo, Clive?

¿Tenía opción de elegir?

—¿Puede que mejor no?

El gesto de exasperación de Ross era tan suyo que no pudo evitar sonreír. Cruzaron miradas por unos segundos hasta que sintió la extraña necesidad de evitarle.

—Muy bien. Ahí va la información que pides, Clive. A medianoche estabas como una cuba renqueante pese a que te avisé, pecoso. Siempre lo hago como buen amigo que soy pero para variar, me ignoraste. Te sacamos a rastras de la taberna porque según tus propias palabras la casa de las cervezas te parecía en esos momentos el maldito cielo. Te abrazaste con extremo cariño a un tonel que casi no podías abarcar con brazos y piernas, lo besaste hasta dejarte los labios escocidos refiriéndote a él como Melody y ofreciste por él cualquier cosa, incluso tus anteojos. Cuando el dueño del tugurio pareció sopesar seriamente la oferta llegó el momento de evacuar el lugar. Tras despedirte efusivamente del idiota que seguía tirado a la entrada y decirle que no te ibas con cualquiera al lecho y que eso de mermeladita, su padre, te introdujimos entre tres en mi coche de caballos donde caíste dormido como un leño. Tus ronquidos debieron despertar a media ciudad según circulábamos por las desiertas callejas y mostrabas cierta fijación enfermiza en pegarte a mí ¿Quieres saber lo que murmurabas cada vez que topábamos con un bache?

El gemido que acaba de surgir era suyo. Dios, qué horror. Claro que podría haber sido infinitamente peor. Podría haberse desnudado y mostrado su lechosa piel.

De reojillo centró la Mirada en Ross.

—No es para tanto, ¿no?

—Hay más, pecoso.

—¿Quiero saberlo?

—Seguramente no.

—¡Pues no me lo cuentes!

—¿No querías airear la tensión instalada entre ambos?

—¡No!

—Yo sí, así que a callar y a escuchar. Me lo debes por salvarte el culo una vez más.

Tragó para tratar de suavizar el resquemor en la garganta antes de hablar.

—Recuerdo algo —Los dispares ojos se clavaron en los suyos. Con intensidad. Dios, no podía enfrentarlos por lo que centró la mirada en la mesa. En sus desperfectos, en la gastada superficie, en las mellas que mostraba. Notaba las mejillas coloreándose por momentos. De nuevo, fluyó esa condenada imagen—. ¿Te dije que olías bien?

El aire pareció viciarse en un instante, tornándose plomizo y pesado. Tan denso. Casi saboreó la duda en Ross, antes de que éste se decidiera a hablar.

—Puede que dijeras que olía mejor... que ella.

Alzó bruscamente la mirada para fijarla en el rostro de su mejor amigo. Ross jamás enrojecía pero en esos momentos apretaba los labios y los puños presionaban contra la superficie de la mesa.

Por alguna extraña razón no era incomodidad lo que discurría entre ellos, ni vergüenza. Era... No sabía muy bien lo que era pero todos los músculos de su cuerpo se tensaron al notar la mirada encendida de Ross recorrer su propio rostro, lentamente, para ir resbalando hacia su boca, su mandíbula, su cuello y pecho. Como si reconociera lo que sus ropas ocultaban y le fuera increíblemente familiar. Respiró profundo atrayendo esa mirada de vuelta a su cara.

—Lo siento, Ross. No quise...

—¡No lo hagas!

Ahora le había enfadado y no sabía muy bien el motivo. No acertaba con él. Jamás lo hacía. Sólo asintió, desviando una vez la mirada como un crío inseguro.

—Me pediste que te besara, Clive. Y lo peor...

Con brusquedad izó de nuevo la cara hasta topar con la de Ross. Esos ojos no engañaban, ni mentían. Traslucían seriedad. Ni jocosidad, ni un atisbo de broma. Sencillamente relataban lo que había ocurrido, lo que él había hecho. Quizá destrozar la única relación en su vida que lo valía todo para él.

—Sigue.

—... fue que casi lo hice.

Se asfixiaba. ¡Dios! Se... ahogaba.

II

No debió prestarse a participar en semejante locura de plan pero es que Meredith Evers le había sorbido medio cerebro con sus ideas. El apoyo de Julia y los efusivos gestos de Jules habían actuado como empujoncillo final. En ese momento habían sonado lúcidas. Ahora, en la habitación que le habían preparado en la inmensa casa de Marcus, le temblequeaba todo y la inseguridad llamaba a su puerta.

Sus niños dormían en el cuarto contiguo, totalmente ajenos al tumulto de sensaciones que su madre trataba de ahogar mientras se contemplaba a si misma frente al espejo de cuerpo entero ubicado en una de las esquinas de la habitación.

Esa no era Elora Robbins. La mujer que le devolvía la mirada con expresión asustada era otra persona, desconocida y familiar al mismo tiempo. Le apretaba todo o quizá fuera la sensación de descontrol que discurría por el ambiente.

Había esperado pacientemente a que Marcus saliera de casa. Algo sospechaba por la manera en que le vigilaba como un halcón pero los hombres habían logrado distraerle hasta que llegó la hora inaplazable de comenzar a prepararse para su cena privada con Jules. Con un seco *no quiero líos esta noche, Elora*, le había dejado atrás con sus niños en una inmensa casona en compañía de los hombres y de los dos viejos marineros que al escuchar las palabras de Marcus se habían tensado como dos encorvados palos de escoba.

Tragó saliva aunque estaba segura de que ésta no iba a pasar de la zona del busto. La causa no era otra que el impactante corsé de raso color rojo sangre que enfatizaba su voluptuoso escote. Dios mío, jamás hubiera imaginado que un poco de presión lograra curvar tanto su figura. Acostumbrada a vestir blusas holgadas y cómodas había olvidado que su figura se desbordaba en las zonas que diferenciaban un cuerpo femenino de uno masculino.

Se inclinó levemente y casi se mareó. No podía salir así. Debía taparse con algo pero ya. Le iba a dar un ataque de nervios y el hermano de Mere debía estar a punto de llegar en su busca. Jared Evers ¿Y si hacía el ridículo más soberano y le entraba la risa al ver a una mujer más bien feúcha tratando de ocultarse tras un hermoso peinado, algo de color en el rostro y un impactante vestido?

Se moriría del horror y no lo superaría en años.

Toda su vida le habían dicho que era fea, que era vulgar, que nunca destacaría, incluso su marido. Dolió tanto que las palabras seguían marcadas a fuego en su memoria. Siempre esperó una disculpa o un *era una pequeña broma, querida* de su esposo pero Neil nunca le miró de nuevo a los ojos para decirle que para él era la mujer más hermosa del mundo, que a pesar de todo le quería, que a pesar de haber tenido que casarse con ella le amaba, aunque fuera un poco.

¿Por qué le tenía que temblar el labio inferior cuando algo dolía tanto? Era un signo de debilidad y ella no era una mujer débil. Puede que fuera fea y rechoncha pero era fuerte. La vida le había obligado a serlo y sobrellevaría lo que ocurriera esa noche con la cabeza en alto, costara lo que costara.

—¿Jefa? Evers acaba de…

Estaba distraída. No había escuchado entornarse la puerta. Se giró poco a poco en dirección a Lucas hasta que escuchó la brusca aspiración de aire. La asombrada mirada del viejo le dejó clavada en el piso. Estaba ridícula y no se atrevía a decírselo para evitar herir sus sentimientos. El viejo casi cayó de morros al interior de la habitación con el empujón que recibió de Sampson. La expresión en el cuarteado rostro de éste suavizó en gran medida el alocado revoloteo de mariposas que sentía en la base del estómago.

—Niña, estás hermosa. Si nuestro muchacho no lo ve, es idiota.

La suave risilla que lograron arrancarle casi provocó el estallido de unos de los lazos del vestido pero valió la pena el riesgo, vaya si lo hizo. Adoraba a esos dos hombres que sin una mínima duda se habían ofrecido para cuidar de sus niños hasta que ella retornara de la cena, a la hora que fuera. Que disfrutara del ahogo del jefe. Según sus jocosas palabras era una verdadera pena no presenciarlo. Incluso habían sopesado que uno de ellos acudiera de incógnito para espiar pero lo habían desechado al imaginar la reacción de Marcus si se enteraba que ellos habían sido, en gran parte, los causantes de semejante embrollo.

Estiró la espalda y cuadró los hombros. Tras un último vistazo al espejo y tras apenas reconocer a la mujer que lucía un elegante vestido que ensalzaba una voluptuosa figura y un rostro de rasgos normales pero fresco y redondeado, enlazó la mano con el brazo que le ofrecía el viejo Lucas.

—Vamos, niña. La reacción del hombre que te espera abajo te hará ver lo que otros ya saben. Que eres inmensamente hermosa.

Con un puño instalado en la base de la garganta, otro en medio del pecho y tras una mirada atrás a sus niños, a través de la entornada puerta, se adentró en lo inesperado.

La boca y unos ojos verdes abiertos como platos, clavados en su escote le intimidaron ligeramente. El ataque de tos masculina tras un rápido parpadeo casi le asustó. Los rudos golpetazos con un puño que se propinaba Jared Evers en su propio esternón sin, al parecer, poder apartar la mirada de ella y las risillas ahogadas de los viejos le hicieron gemir con algo de apuro.

Aguantó a duras penas la necesidad de taparse el escote con las palmas de las manos.

¡Le habían vestido como una descocada mujer de la calle!

III

¡Dios santo! Por un segundo el aspecto del hombre que ocupaba un asiento del apartado de uno de los restaurantes más selectos de la cuidad, le hizo replantearse a Jules la pregunta de Julia acerca de si sentía algo por Marcus Sorenson.

Era, sin duda, unos de los hombres más hermosos que había conocido en su vida. No era únicamente la figura, tremendamente masculina y perfectamente proporcionada que ahora calzaba como un guante una levita color oscuro y pastalones del mismo tono, que se pegaban como una segunda piel a unos torneados y musculosos muslos. Era el rostro. Unos de los rostros más llamativos y rudos pero a la vez apuestos que había recorrido con su mirada.

Resultaba impactante. Quizá fueran los ojos con ese color tan distintivo o la recta nariz y pómulos marcados o quizá el impactante contraste de ese oscuro cabello tan corto que parecía rapado con el pendiente de aro que le daba un aire de tremendo peligro. Quizá el hoyuelo en la barbilla que suavizaba esos rasgos convirtiéndolos en sencillamente bellos. No le extrañaba que las miradas fueran femeninas o masculinas le siguieran con fijación. Era un hombre que deleitaba a la mirada hasta que esos mismos ojos se cruzaban con los tuyos. Unos ojos que intimidaban. Por su mente se cruzaron otros, color verde esmeralda, llenos de humor y casi juró por lo bajo. Un juramento de dama, por supuesto. Compuesto y sin estridencias.

No terminaba de comprender que le ocurría con el hermano de Mere. Se aborrecían y pese a ello no conseguía olvidar sus miradas, sus intrigantes iris y su rebelde cabello. A veces le entraban ganas de pegarle un buen tirón. Si no fuera porque la hermana del susodicho era su íntima amiga, algún mechón ya se habría quedado por el camino.

Era Increíble. Ese hombre le estaba amargando la existencia, incluso la posibilidad de disfrutar del inicio de una velada con un hombre interesante. Días atrás se había enterado que le apodaba ardilla ¡Menudo descaro! Daba igual, ya aprendería que las ardillas tenían dientes y mordían. O mejor, perforaban ¿avellanas? ¿castañas? Diantre, ya estaba divagando descontrolada.

Con descuido se deslizó entre las mesas que ocupaban unas pocas parejas. La gran mayoría permanecían libres y eso le sorprendió ya que se trataba de un restaurante muy concurrido pero lo dejó pasar, como un dato más que se desvanece en el aire.

Recorrió el local con la mirada. Le agradaba el cálido y elegante ambiente. Las paredes empapeladas en tono crema con hermosos tapices conjugaban a la perfección con cuadros en tonalidades llamativas de la costa inglesa, ubicados en lugares cuidadosamente seleccionados. Las lámparas de cristal reflejaban el cálido tono de las velas desplegando un hermoso juego de luces y sombras. Estaba ideado para ofrecer intimidad y en cierto modo se agradecía la tranquilidad que se respiraba en el salón, mezclada con los susurros que procedían de sus diferentes rincones entremezclados con las suave música que emanaba de un cuarteto de músicos ubicados en una apartada esquina.

Debería tranquilizarse pero su corazón retumbaba al ritmo de sus pasos. Desconocía cómo iba a terminar la noche pero sin duda alguna, iba a ser movida. Más teniendo en cuenta que el fondón iba a aparecer de la mano de Elora con todo la intención de dar al traste con su bien planeada cena y encender el reputado mal genio del hombre que con una sonrisa la esperaba tras haberse levantado del lugar que ocupaba.

El fondón. Sintió su rostro expandirse con la sonrisilla malvada. Le encantaba enfadarle con el dichoso apodo aunque el culpable de semejante guerra encarnizada era él, ni más ni menos. La inició al insinuar que estaba escuchimizada. Ignorante atontado.

Con unos pocos pasos llegó a su destino. Mere le había comentado que, tras considerables esfuerzos, habían reservado una mesa contigua a la que ocuparían Elora y Jared. Separada por un elegante biombo no ofrecía una visión directa de lo que ocurría al otro lado pero el espacio se reflejaba en un espejo ubicado estratégicamente para aquellos casos en que convenía vigilar o espiar lo que pudiera estar haciendo un marido descarriado por encargo de una furiosa esposa. Más de un escándalo había surgido como consecuencia de esa trampa bien ideada.

Por un instante observó los preciosos ojos del hombre que iba a disfrutar en primera fila de la cita cuidadosamente planeada entre Jared Evers y Elora Robbins.

—Buenas noches, querida Jules. Me alegra que no te echaras atrás. Luces hermosa y… tapada hasta las cejas.

No pudo evitarlo. Sonrío. Le agradaba ese hombre. Algo en su manera directa de ser le gustaba. Era brusco pero especial.

—Es mi mejor vestido.

—Sin duda, querida. No le falta tela en abundancia. Ha tenido que costar un riñón cuando menos.

La risilla se le escapó.

—¿Qué ocurre?

Madre mía. El hombre era intuitivo. Había percibido su nerviosismo.

—¿Por qué habría de ocurrir algo?

—Un secreto, querida.

—¿Cómo?

—¿Te digo un secreto?

Hombre extraño e imprevisible y directo.

—Tiene usted un curioso tic cuando se muestra nerviosa, Srta. Sullivan. Aparte de la manía de los sinónimos, claro. Y la de farfullar sin control. Sin olvidar la de…

—¡Está bien!

Diantre. Le estaba tomado el pelo descaradamente. Un hombre con un oculto y sorprendente sentido del humor que raras veces podría mostrar en un mundo en el que cualquier tipo de debilidad se percibiría como un flanco por el que atacar despiadadamente.

Si era hermoso con el semblante serio, al sonreír era apabullante.

Alzó la mirada al sentir una figura parada junto a su mesa. Incluso el camarero se había quedado petrificado con la mirada fija en el hombre. La situación era divertida. Sorenson hubo de carraspear hasta en dos ocasiones para que el pasmarote instalado a su flanco reaccionara y apuntara la comanda seleccionada entre los exquisitos platos cuyos nombres se desplegaban para elección de los clientes.

La boca se le hizo agua. Iba a disfrutar aunque fuera del primer plato, antes de que llegaran sus vecinos y la velada se encendiera. No tenía ni la más remota idea de cómo iba a reaccionar el hombretón sentado frente a ella en cuanto llegara Elora. Y su corsé.

¡Rábanos! No iba a disfrutar ni tan siquiera del crujiente pan que acababan de depositar junto al plato.

Las pupilas de Marcus Sorenson acababan de dilatarse hasta alcanzar el doble de su tamaño. A Jules le asombró la gama de colores y la facilidad con que discurrían los pómulos del pirata de un saludable tono a un pálido, a un extremadamente pálido, a un rosado para pasar a un rojo subido. Impresionante. Impactante y en cierto modo hilarante.

Pobre hombre. Estuvo a punto de toquetear las manos masculinas que aferraban con dureza los cubiertos desplegados a ambos lados del plato para asegurarse de que al hombre no le había estallado algo, en alguna parte de ese enorme, rígido y extremadamente bien formado cuerpo. Al final optó por partir con delicadez una esquina del pan y metérselo en la boca.

—¿¡Qué diablos…?!

Acababan de aparecer Elora y el fondón. Las ganas de volver la cabeza para observar a la pareja de recién llegados casi le desfondaron. Dios mío, ¿se estaba obsesionando con el dichoso apodo y sus múltiples variaciones lingüísticas? Ella no era una mujer curiosa por naturaleza y además, debía disimular. Teatro. Debía hacer teatro. Y distraer con su entretenida y elegante verborrea al pirata.

—Los caracoles son viscosos, ¿no crees? Cuesta masticarlos.

IV

Jared Evers era un buen hombre y se sentía extremadamente relajada en su compañía. Atento, ameno, extremadamente apuesto y le había repetido en dos ocasiones que estaba hermosa. Su única dura era si hablaba de ella o de su generosa pechuga, de la cual parecía no poder apartar la descontrolada mirada.

Casi gimió en voz alta. Se le había pegado el apodo del viejo Lucas, rayos.

No podía concentrarse. Imposible. Marcus rondaba por algún lugar del restaurante y Jared le estaba preguntando no sé qué ¿de Jules Sullivan? ¿Algo de sus difuntos padres?

Iba a resultar un completo desastre. Su intuición presentía la llegada del caos y ¿por qué diantre había tanto cubierto alrededor del plato? Demasiadas copas de variados tamaños y formas. Se sintió descolocada y algo en su postura debió desprender su estado de ánimo ya que de la nada surgió un juvenil camarero que retiró, a petición del hombre que le acompañaba, la casi totalidad de elementos desafiantes que cubrían dos tercios de la redonda mesa. Una pizca del pavor que de repente le invadió a hacer el ridículo y sorber con ambas manos la sopa despareció.

—No bastamos y nos sobramos con lo que nos han dejado.

Sí. Jared Evers era un buen hombre.

—Gracias.

La rojiza cabellera se ladeó hacía la derecha acompasando la inquisitiva mirada.

—¿Por qué?

—Por hacerlo más fácil. Por evitarme el ridículo.

Dios mío. El hombre tenía hoyuelos en las mejillas. Tampoco hizo ver que no entendía de lo que ella hablaba y eso le agradó. Muchísimo.

—Un placer, mi señora.

No supo el motivo. Simplemente se escuchó hablar casi como si su corazón impulsara las palabras al expulsarlas del pecho.

—¿Por qué te interesa tanto Jules?

Las rectas cejas se arquearon antes de que el hombre soltara un bufido medio queja medio desesperación.

—Incita a mi hermana y le lía en sus extravagantes planes. Es peligrosa. Extremadamente peligrosa. Una descontrolada, a mi entender.

Rió al observar el movimiento negativo de la rojiza cabeza al copiar el suyo propio.

—¿No es así?

—No.

—¿Cómo es entonces, Sra. Robbins?

—¿Se lían y dejan liar mutuamente? ¿Disfrutan planeando al mismo tiempo? ¿Se dejan arrastrar por sus inquisitivas mentes acompañadas de la de Julia? ¿Son espíritus afines y aventureros? Son amigas del alma.

Los verdes ojos se entrecerraron casi como si creyera que le estaba tomando el pelo y Jared abrió la boca pero la llegada del primer plato les interrumpió.

Elora casi babeó. Por todos los… Había oído hablar de este plato aunque jamás hubiera soñado probarlo. Un fumet de lubina cuyo aroma le hacía la boca agua, acompañado de una maravillosa decoración de jugosas uvas blancas y una botella de vino dulce. El acompañamiento perfecto para asentar los nervios del estómago, si conseguía pasar comida por la reseca garganta.

No lograba alejar la sensación de sentirse observada. Le ardía el cogote. Con intensidad. Alargó los temblorosos dedos y aferró la copa dando un pequeño sorbo antes de degustar el primer bocado. Estaba sabroso pero el nudo en el estómago permanecía en su sitio.

Con curiosidad observó el gesto de satisfacción del hermano de Mere tras probar un poco del vino antes de fijar la vista en ella.

—¿Quién es la acompañante de Sorenson?

Oh, oh. ¡No había caído! ¿Nadie le habría comentado al hombre que la dama en cuestión era Jules? ¿No le habrían dicho que era la noche de la famosa cena? ¿La mismísima a la que había prohibido acudir a Jules en un arranque de celos exacerbados aunque el hombre se negara a admitirlo? Tragó saliva. Esto iba de mal en peor por lo que optó por hacer lo único lógico y sensato. Esquivar de refilón la pregunta como una experta sin mentir descaradamente.

—¿Una conocida?

Por encima del borde observó cómo el hermano de Mere, tras asentir y quedar medianamente satisfecho con la respuesta, seleccionaba con cuidado una de las uvas más redondas y relucientes del racimo y la introducía con deleite en su boca.

Su cerebro se desentendió de lo que le indicaba su sentido común al formular impulsivamente la pregunta que llevaba quemándole la lengua desde el inicio de la velada. Si Jules Sullivan estaba dispuesta a ayudarla, ella no iba a ser menos. No señor. Esa mujer se merecía un buen hombre y hacía la pareja perfecta con el que chupaba con fruición la fruta antes de aplastarla con los dientes aunque ninguno de los dos lo admitiera. Eran tercos pero ya estaba ella para ablandarlos. Y para juntarlos.

—¿Hace mucho que le amas?

Resultó un arco perfecto. Delicado y al mismo tiempo asombroso. La puntería, infalible. De la boca al canalillo formado entre sus apretujados pechos en un camino sin retorno. Si hubiera sido una artista no habría dudado en plasmar la expresión de horror, rubor, asombro y logro en los perfectos rasgos del hombre que acababa de escupir la redonda uva para evitar atragantarse y ahogarse. El resto se debió a su pura mala suerte. El grano de uva quedó atascado entre sus blancos y blandengues pechos. El largo dedo índice de Jared Evers apuntaba en su dirección mientras trataba de recobrar la voz. Vaya, el hombre tenía los ojos enormes. Con asombró se dio cuenta que ese dedo se acercaba lentamente a su pechuga.

¡¿No se iría a atrever?!

Desesperada hurgó para extraer el objeto extraño pero lo hundió un poco más entre sus senos.

Sentía los mofletes a punto de estallar al percibir la figura masculina inclinarse en su dirección y alargar aún más la mano hasta casi sentir el calor que desprendía su roce en el escote.

Para su horror y completa vergüenza, a su izquierda surgió sorpresivamente una tercera figura en la forma de un camarero que no pasaría de la veintena que se afanaba en ofrecerse a sacar por su cuenta la fruta del lugar de discordia para evitar que se formara un escándalo en el comedor. El jovenzuelo insistía en que lo podía hacer con ambas manos aunque también era muy hábil con la boca. Sin olvidar lo de silencioso y… habilidoso.

¿Acababa de escuchar una risilla provenir de Jared Evers? No se lo podía creer. Condenado hombre. ¡Se mofaba de la situación! Palmoteó la descarada mano del camarero cada vez más cercana a su escote cuando un rugido sonó a un paso de distancia. El joven colocado a su lado botó del susto. Por Dios, conocía ese sonido como si fuera su propio berrido. Marcus en pleno ataque de ira.

De la nada la gigantesca figura apareció al costado de Jared.

—¿¡Qué diablos es esto, Evers?! Y ¿¡Qué haces aquí con mi muj… con ella?! —la extendida mano masculina de Jared dudó en el aire. La del jovencísimo camarero se atrevió a acercarse otro poco más. El aire que circulaba a su alrededor casi se pudo mascar—. Tocad la carne y… os cortó el brazo.

Elora deseó ser pequeñita y escurrirse debajo de la mesa pero el endemoniado corsé restringía sus movimientos. Alzó la mirada y la boca se le secó de golpe. Marcus estaba lívido y dividía su atención entre la mano de Jared, los largos y delicados dedos del camarero que temblaban como una hoja como si la mente del joven tratara de ralentizar su impulsivo avance mientras parecía incapaz de parar la profusión de babas que su aventurado escote generaba y la odiada e invasiva uva, cada vez más espachurrada.

Sin poder evitarlo se tapó con la palma de la mano el escote. Con sendas palmas, para cubrir más extensión.

—Un poco tarde, ¿no crees, mujer? ¿Qué diablos haces aquí con éste?

La sorna en la voz de Jared no se hizo esperar.

—¿No es evidente, Sorenson? Jugar a la diana con uvas antes de saborear el plato fuerte.

El rostro de Marcus se tornó morado.

V

Lo que le faltaba. Un encontronazo que no esperaba que surgiera tan pronto. Si el memo del camarero dejara de babear ante el portentoso escote de Elora quizá consiguiera tranquilizar a Sorenson.

¡Diablos! Mere se las iba a pagar por meterle en semejantes jaleos ¿Cómo era posible que fuera incapaz de responder un simple no a su hermana menor? O a su abuela. O a su madre. O a todo ser con faldas.

¡Las mujeres podían con él, demonios! Siempre lo liaban. Todas menos ella. Ella le amargaba la existencia. Le desconcertaba. Le encendía su poco habitual mal genio y le llevaba por la calle de la amargura. Por lo menos, había desistido de sus inapropiados tratos con el energúmeno que como un torreón no se separaba un ápice de su costado. Condenada Jules Sullivan, hija de padres inexistentes, malcriada por sus abuelos, mente pensante de los planes del dicho club ese de su hermana y su castigo sobre la faz de la tierra.

Mere no soltaba prenda acerca de su vida, su historia, su carencia de padres y eso le carcomía porque, lo admitía, era un cotilla irreverente que por alguna extraña razón sentía una ligera obsesión con esa brujilla y su hermana disfrutaba a rabiar ocultándole datos necesarios para contratacar los imprevisibles planes de esa mujer. Una obsesión poco saludable que últimamente incluso le impedía conciliar el sueño.

—¡Elora tiene hijos, Evers!

¿Eh? ¿De qué diablos hablaba Sorenson? Y ¿qué demonios hacía Elora hurgando en ese cremoso escote mientras refunfuñaba que sí, que tenía hijos pero eso no significaba que estuviera muerta en vida?

Por un segundo casi le dio un ataque de risa. El rostro de Sorenson se había vuelto de un tono semejante al de una remolacha al escuchar la protesta de Elora y observar la maniobra de la dama para casi gruñir a continuación al ver como el barbilampiño camarero se relamía con fruición.

Pobre hombre. Sorenson estaba pillado hasta el tuétano.

Bueno, era cuestión de caldear un poco más el ambiente tratando de esquivar un indeseado puñetazo. Para eso estaba aquí, ¿no?

Allá iba.

—Suerte que tienen de disfrutar de una madre tan generosa en ciertos aspectos. Bien alimentados han de estar, ¿no crees? Y para tu información la dama me ha prometido un suculento postre y… pienso disfrutarlo.

Oh, oh. Se había pasado.

Entre su pura e indecente provocación y el extraño sonido que acababa de surgir del camarero junto con su libidinoso *están hechos para ser adorados* farfullado por el joven babeante, la situación se fue al traste en un segundo.

Un puñetazo de Sorenson introdujo en el mundo de los sueños al idiota imberbe que como un saco cayó sobre Elora con la cara aplastada contra sus pechos. Su sueño hecho realidad y ni se había enterado el pobrecillo. Menudo desperdicio. Eso era lo que se definía como pura mala suerte.

Pues sí que estaba furioso el animal de Sorenson. Con un gruñido apartó al joven que apretujaba a Elora contra el sillón que ocupaba y se volvió como una fiera en su dirección ¡Maldición! Tenía una buena pelea entre manos ¡y el muy cabrón tenía la sacudida de un buey!

Entre resoplidos, bufidos y golpes escuchaba de fondo los chillidos de Elora de que pararan de inmediato, que eran unos críos y que iban a avisar a la policía si no lo dejaban en ese mismo momento. Que iban a destrozar el local y por los sonidos de los muebles crujiendo al caer ambos contra ellos, no le faltaba razón a la mujer pero cuando dos hombres se encendían, no había salida. El camino de no retorno. Era cuestión de molerse a palos. Hacía mucho que no luchaba con sus hermanos y una buena pelea aligeraba tensiones.

Trató de contestar pero un certero golpe en la boca le quitó las ganas de hablar. Escupió sangre. En la lejanía escuchaba otra voz femenina gritar a pleno pulmón. Por un segundo le pareció sentir la presión de unas pequeñas manos contra su espalda pero no era posible.

Diablos, ¡imaginaba a Jules Sullivan hasta en la sopa!

Un puñetazo en el estómago le hizo expulsar todo el aire de su caja torácica pero disfrutó inmensamente con el gruñido de Marcus al chocar su puño contra su mentón. Ese había tenido que doler y de lo lindo. Todo se tornó rojo a su alrededor y se lanzó a la pelea con todas sus ganas.

Entonces lo escuchó, alto y claro. No como en una nube o en la lejanía. No. Casi junto al oído.

¡Para ya, fondón! ¡Ahora mismo!

Fue como una maldita jarra de agua fría sobre su cabeza en un tórrido día de verano. Su mente hiló todo en un segundo pese al dolor que sentía en el cogote de un golpetazo contra el suelo. Era ella. *Ella* era la acompañante de Sorenson esa maldita noche. La mujer que…

Se escuchó a si mismo berrear como un desquiciado un *quieto ahí un momento* a Sorenson y se incorporó, quedando de rodillas en el piso. Como girara la cabeza tras apartar sus endemoniados mechones y frente a él encontrara la menuda figura de esa mujer, iba a estallar. Carecía del más mínimo sentido común y ¡le había vuelto a llamar fondón!

Ahí estaba. Roja como un grullo, con el ceño y labios fruncidos y su maldito corazón dio un vuelco inesperado. Sentía la sangre correr suavemente por su barbilla y a Sorenson farfullar algo en dirección a Elora. La brusca aspiración de ésta y algo semejante a un *soy una mujer viuda, libre y hago lo que me entra en gana, buen hombre*. Pese a ello, él no podía apartar la mirada de Jules, de esos suaves pómulos y esa ovalada cara. Dios, era preciosa. Incluso con ese horror de vestido que le hacía parecer una monja de clausura le parecía una mujer… hermosa. Una mujer con la cual estaba enfadado. Más que enfadado. Enfurecido. Se restregó la manga de la camisa por la parte inferior del rostro y con un movimiento fluido se levantó quedando el rostro del pequeño demonio a la altura de su pecho.

Entonces se le iluminó el cerebro. Diablos, era portentosa la idea ¿Cómo no se le había ocurrido antes? Se acercaba la maravillosa oportunidad de pillar a esa mujer en sus redes y que no pudiera escapar. Totalmente desprevenida. Los silbatos de la policía le supieron a gloria.

Cazada y pillada.

VI

Iba a subir un escalón en la organización y si tenía suerte incluso se adentraría en el círculo más cercano al jefe. Scott Glenn como mano derecha de Martin Saxton. Sonaba bien, muy bien. Se había esforzado en hacer la vida imposible a Clive Stevens y disfrutaba con ello. Las miradas de rabia del pelirrojo a sus comentarios le encendían. Esperaba el momento de que el jefe le permitiera darle un buen susto y lograr un buen punto a su favor pero la situación había mejorado sin preveerlo.

Disfrutaba de una racha de buena suerte y no iba a desperdiciarla.

A esas horas permanecían de guardia en comisaría cinco hombres, aparte de él y de éstos tres trabajaban bajo sus órdenes. Había asumido voluntariamente el turno de noche ya que era el momento de mayor actividad en los túneles. Si había problemas él estaría atento y lo arreglaría sin que el nuevo superintendente metiera esos morros donde no debía. Cabrón peligroso. Hacía preguntas certeras y provocaba una inquietud en él que jamás había sentido previamente, salvo ante Saxton.

La situación había dado un vuelco inesperado con la llegada de cuatro detenidos a comisaría con ocasión de una buena trifulca en un restaurante. Dos mujeres y dos hombres.

Uno de ellos era más que célebre entre el gremio. Marcus Sorenson. No le conocía en persona pero ahora entendía su merecida fama. Un hombre del que convenía permanecer apartado. El otro era un desconocido demasiado guapo para ser un hombre. Algo en el aire que le envolvía hablaba de tranquilidad pero también de amenaza encubierta.

Una de las mujeres era despampanante. Con unas curvas de desfallecer. Al escuchar su nombre de labios de la patrulla que los acompañaba casi pegó un salto. No se lo podía creer. Uno de las malditas piezas del plan en comisaria. Uno de los eslabones. Al que habían colocado el cebo hacía un par de noches, en su propio hogar.

Desconocía el motivo del sobrenombre para la mujer pero debía ser localizada y trasladada ante el jefe en un plazo inferior a una semana para su entrega. ¿A quién? Lo ignoraba. Tampoco le importaba. Sabía que Saxton ya había ideado la manera de que la mujer cayera en sus redes pero a un caballo regalado no se le miran los dientes. El maldito eslabón había caído en sus abiertas manos y no iba a dejarlo escapar.

La mismísima mujer de la que no apartaba la vista el tal Sorenson.

Su mente iba formando un plan y comenzaba a disfrutar de él. La otra mujer era preciosa y elegante. Se percibía a la legua que era de la alta sociedad pese a las pullas que lanzaba al del cabello rojizo y al que continuamente se refería como fondón entre dientes. Eso sí que era raro ya que el hombre estaba en evidente plena forma ¿Estaría chalada como la que se les había escapado y no conseguían localizar pese a haber peinado varias veces todos los recovecos del maldito hospital de San Bartolomé? Su aspecto era sano y desde luego su actitud no se asemejaba en nada al de una prometida. El chillido que había lanzado al escuchar de boca del identificado como Jared Evers que estaban prometidos, que así lo hicieran constar en el papeleo oficial y que por ello habían acudido a cenar en la intimidad, para disfrutar en soledad de una cena, casi le estalla los tímpanos.

Una prometida no debiera decirle a su hombre que su mente desbarraba y que le iba a meter en un lío o que no le perdonaría jamás y que antes muerta que casarse con un fondón metete y abusón. Una mujer extraña. Muy bonita pero extravagante. De carrerilla había lanzado al menos seis insultos semejantes pero diferentes y con ellos lo único que había logrado era la risilla de satisfacción del hombre.

Esos dos no le interesaban demasiado.

Maldita sea, el tal Sorenson se había fijado en él y algo había susurrado al otro hombre, tensándose ambos al mismo tiempo. Era intuitivo el muy hijo de mala madre. Esos ojos inquisitivos no apartaban la mirada.

No tardaron en reseñar datos y rellenar el papeleo. Despachó a los jóvenes agentes quienes obedecieron pese a la suspicaz mirada del más joven pero sin el apoyo de su veterano compañero no se atrevió a contravenirle. Bien. Había llegado la hora de actuar. Esperó con impaciencia a que encerraran a sus nuevos invitados y que la entrada a comisaria quedara desierta.

Uno de sus hombres se colocó en el mostrador de entrada para controlar cualquier imprevisto. Los otros dos le acompañaron. Se aseguró que ambos lados del estrecho pasillo que daba a la galería de las celdas estuvieran desiertos, ordenó a sus compañeros que no dejara pasar a nadie si no querían tener problemas serios y que uno diera aviso a Saxton de que tenían en su poder a la mujer que buscaban pero que disponían únicamente de un par de horas hasta la llegada del relevo.

Sonrió antes de acceder a la zona de calabozos.

Le agradaba el frío que siempre hacía en la zona. La humedad. Le recordaba a los túneles y a su secreto. Los cuerpos mutilados, la sangre, camuflar el horror.

Hasta el momento el doctor no había localizado lo que buscaba y se impacientaba presionando a Saxton. Maldito chiflado. Una pena que fuera la llave al único pasillo de acceso.

A su espalda cerró el portón que daba a la galería de calabozos.

Un pasillo central bordeado de celdas individuales para los más peligrosos a un lado y otras, de barrotes, que permitían observar a quienes las ocupaban, en el extremo contrario. Una sencilla mesa y un par de sillas contra la pared para la comodidad del vigilante era el resto del mobiliario que acomodaba la zona.

Siguiendo sus órdenes habían introducido a las dos mujeres en una de las celdas abiertas. Los dos hombres en la contigua. La boca se le estaba haciendo agua al anticipar el momento. Iba a disfrutar de la macabra escena.

Con su llegada Sorenson y el del cabello largo se irguieron, apostándose junto a los barrotes. Entre su celda y la que ocupaban las mujeres había un espacio que abarcaba la longitud de algo más de dos brazos de un hombre. Un medio efectivo de evitar el contacto entre los ocupantes de las celdas y un punto a su favor.

Esos dos eran inteligentes. Presentían que algo iba a ocurrir.

Ignoró las palabras del primero al pasar delante de ellos ya que su atención estaba centrada en la mujer del vestido rojo. La madre. El misterio y quizá las respuestas. Una pena que hubieran de sacrificarle. Era… sabrosa. Quizá pudiera disfrutarla un poco antes de entregarle. Quizá, ahora. No le supondría mayor esfuerzo atontar a la otra y los hombres estaban encerrados. Impotentes para evitar aquello que decidiera hacer. Le ardían las manos de la emoción.

Lanzó una sonrisa en dirección a Marcus Sorenson y antes de escuchar sus palabras supo lo que iba a decir. Un hombre intuía las intenciones de otro en relación a una mujer y algo le decía que para Sorenson *esa* era su mujer. Iba a ser divertido.

Si les tocas, te mato, hijo de puta.

Su carcajada retumbó en las paredes. Pausó un segundo ante la puerta de la celda y fijó la mirada en ellas. Sí. Iba a disfrutar domando a la que Saxton buscaba. Era peleona. Se había colocado frente a la delicada pese a que ésta no parecía querer ser protegida sino que trataba de ubicarse a la par de la otra.

Por un segundo dudó. Quizá les estaba subestimando pero era una ocasión única y no iba a arruinarla. No sabía que le provocaba más excitación, si la sensación de poder hacer cuanto quisiera con una mujer o el placer de presenciar la impotencia del hombre que le quería al verlo, sin poder hacer absolutamente nada.

Su compañero de patrulla le decía con frecuencia que estaba enfermo. Se carcajeó de nuevo provocando un respingo en las mujeres. Tenía razón.

Más razón que un santo.

VI

—Elora, ese hombre te mira raro.

—Colócate detrás de mí.

—No.

—Jules…

—¡No!

Jules desvió la mirada hacia Jared y le asustó la expresión de su rostro. No era la del hombre que creía conocer sino la de un hombre capaz de matar. Asía con ambas manos los gruesos barrotes y sus nudillos estaban completamente blancos. Nada decía pero al igual que Sorenson no apartaba la mirada del hombre que seleccionaba con cuidado la llave y la introducía en la cerradura de su celda

¿Por qué diantre entraba en la celda? ¿No debiera esperar unas horas a que les sacaran de ahí tras abonar lo que fuera que hubiera de pagarse? Y ¿por qué miraba a Elora con fijeza, como si hubiera localizado algo que le iba a reportar fortuna?

Su estómago se encogió al escuchar la frase de Marcus Sorenson y de seguido la ronca voz de Jared.

Tócales y no saldrás vivo de aquí.

Era corpulento y a ella le sacaba por lo menos una cabeza de estatura. A Elora bastante más. Pegó su costado al de su amiga y se movieron al unísono, en dirección contraria a los pasos del hombre. Su corazón golpeteaba furioso en el pecho y lo único que escuchaba eran las profundas respiraciones de Jared y Marcus al otro lado. No hablaban. Dios santo, ¡el hombre era un policía y actuaba como un delincuente!

Amenazador y repulsivo.

Comenzaba a reconocer lo que escondía su mirada.

Quizá pudiera razonar con él. Habló con voz temblorosa pero su *ni se le ocurra acercarse más*, no sirvió de nada salvo para que una mueca escalofriante apareciera en el rostro del hombre.

Flexionó las piernas para coger impulso sin saber muy bien la razón pero su mente quedó en blanco al observar como el policía extraía un arma y la alzaba con el brazo extendido en su dirección. No. No en su dirección, sino hacia la celda en la que permanecían Jared y Marcus. Con pulso firme el hombre le habló directamente a ella.

—Acércate, linda o le mato.

Apuntaba en dirección a Jared.

Sintió en la cadera el brusco apretón de los dedos de Elora, reteniéndole a su lado pero el angustioso movimiento circular del oscuro cañón le congeló.

—No lo pediré una segunda vez, linda.

Lo escuchaba todo en la lejanía. Los gritos de Jared de que ni se le ocurriera hacerlo, que no pasaba nada, que se mantuviera alejada y de repente, el sonido. Dios mío... El sonido del disparo y el fogonazo inesperado. El gemido de esa voz masculina que estaba grabada en su mente, el chillido de Elora y el rápido movimiento de ésta abalanzándose sobre el horrible hombre. El rugido de Sorenson y el seco sonido de un brutal golpe. Tan rápido. Fue todo tan rápido que apenas dispuso de tiempo para reaccionar antes de apartar la mirada del cuerpo caído de Elora, carente de sentido y sentir la presión de unos dedos contra el lateral de su cuello y los duros barrotes contra su espalda.

Percibía un fuerte murmullo en la mente como si escuchara el veloz discurrir de la sangre agolpándose y los gritos. Los angustiosos gritos. Alguien gritaba que le soltara, que como le hiciera daño le iba a descuartizar. Nunca había escuchado tanto miedo y rabia en la voz de un hombre. En la voz de Jared Evers.

Intentó hablar, decir que no pasaba nada, que todo iba a salir bien, que no quería escuchar ese sonido de pura desesperación en él pero los dedos se lo impedían. Se le aflojaban las piernas y los extremos de la celda se achicaban ¿Por qué se encogían? Se... oscurecían y con ellos la claridad de esa voz, de los gritos del hombre que pedían por ella, que suplicaban por ella.

La celda se cerró completamente y con ella, esa hermosa voz.

VII

No podía estar pasando. Se escuchaba a si mismo gritar y a su lado, la pura desesperación desgarrar las cuerdas vocales de Evers. No sabía lo que decía, sólo que debía pararle. Como fuera. En cuanto le observó traspasar la puerta supo que tenía malas intenciones. Lo sintió en los huesos y un escalofrío helado le recorrió la espalda. No podían alcanzar a las mujeres pese a la cercanía. No le podía alcanzar o salvar y eso le estaba matando. Lentamente.

Presenciar el brutal puñetazo dirigido a Elora fue como sentirlo en sus carnes. Deseó haberlo sentido él y nunca ella. No ella. No la mujer que era como una roca, siempre a su lado. Callada o parlanchina. Divertida o gruñona. Única. La misma cuya desmadejada figura permanecía tirada en el suelo. Joder, de la desesperación había conseguido doblar unos de los barrotes pero no terminaba de ceder. Empujaba con desesperación. Le sangraban las palmas pero no sentía dolor. Sólo tormento.

Nunca creyó que suplicaría de nuevo en su vida por una mujer pero por ella... Dios, por ella daría la vida.

La delicada forma de Jules Sullivan se deslizó lentamente, hasta quedar sentada en el suelo contra los barrotes ¡Ese animal le había matado! Escuchaba a su lado la desgarrada voz de Evers pero debía pensar. Tenía que distraer al hombre que con movimientos pausados se dirigía hacia Elora, tras colocar de costado el cuerpo de Jules en el suelo.

Hijo de la gran puta.

Respiró un poco al darse cuenta de que el pecho de Jules se movía. Lentamente pero ahí estaba. Vida. Estaba viva y deseó que no recobrara el sentido. Que quedara quieta. Debía sobrevivir y lo haría si permanecía inmóvil.

Apretó los barrotes con el pecho ardiéndole. Casi no podía respirar. Extendió el brazo entre ellos pero sus dedos no llegaban más allá de los que cercaban a las figuras del otro lado.

Se acercaba a ella.

¡No le toques! El odio hacia el hombre que se atrevía a rozar a Elora le quemaba por dentro. Deseó poder matarle en un segundo, que la jodida figura se apartara de ella.

Se escuchó a si mismo ofrecerle su mundo, su vida, su sangre, todo si le dejaba ir. La respuesta fue un no. No, seguido de esa odiosa risa. Una única palabra que le rompió por dentro. Recorrió con la mirada el perímetro de la celda, desesperado, buscando puntos débiles, hasta centrarla en la maldita roñosa cerradura. Las patadas apenas la movieron. Los golpes con todo el peso de su cuerpo tampoco. Por favor… Ni siquiera el peso de ambos, empleándose a fondo, lograron que cediera.

Un suave gemido femenino centró de nuevo su atención ¡No! No…

Los dedos de Elora se movieron. Recobraba el sentido. Se lanzó contra la separación y sacudió la puerta de barrotes con toda la furia que pudo reunir. No podía apartar la mirada de lo que iba a ocurrir. Ella necesitaba saber que estaba ahí, que estaba…

—Vaya, vaya, desconocía que la zorra importara tanto al gran Marcus Sorenson.

Cabrón enfermizo. Los ojos del policía se clavaron en él.

—Aunque no me extraña. Es hermosa y tiene fuego, ¿verdad? ¿Es apasionada? ¿Lo es? —Una mueca enfermiza deformó el rostro del hombre—. Una pena que deba morir.

Las dos últimas palabras le helaron la sangre. Tiempo. Necesitaban tiempo.

—Dime lo que quieres y te lo daré.

La codicia brilló por unos segundos en esa mirada pero no tardó en desviar su atención hacia esos redondos ojos castaños que comenzaban a abrirse.

—Ya tengo lo que quiero. El me dará lo que busco cuando se la entregue.

La bilis le subió por la cerrada garganta al presenciar la caricia de uno de los dedos masculinos sobre la parte superior de los pechos de Elora. Maldita sea. Debía forzar su atención en otra cosa.

—¿A quién?

La atención del hombre seguía en ella. Demasiado cerca. Gritó con rabia.

—¡¿A quién?!

El sonido de la puerta de entrada llenó el opresivo ambiente. Ya llegaban. La sensación de alivio fue tal que aflojó el agarre de los barrotes. Evers, a su derecha, se giró en dirección a la persona que acababa de responder.

—A mí.

En cuanto escuchó la fría y refinada entonación masculina lo supo. Era inconfundible aunque no le conociera. Alto, casi tanto como él, elegante, musculoso, apuesto y desprendía tal sensación de cruda frialdad que provocaba un rechazo inmediato. Sus sentidos se encendieron con brutalidad avisándole de un peligro. A su lado Evers reaccionó tensando hasta el último de sus músculos.

Martin Saxton.

Los claros ojos se centraron en los suyos. Saxton apenas prestó atención a lo que ocurría en la celda contigua a la de ellos, salvo para hacer un sutil gesto al condenado policía, quien con un fluido movimiento cargo en sus brazos a Elora. Dios… se ahogaba. Se la llevaban y él no podía hacer nada. Sintió tal odio en su interior que casi notó resquebrajarse algo por dentro. Centró su mirada en el hombre que llevaban buscando durante meses.

Si lo hubiera tenido a su alcance…

—Te cogeremos. Tarde o temprano.

La voz de Jared sonó clara. Segura. La figura del hombre que odiaban a muerte se aproximó lo suficiente como para que casi le pudieran rozar, pese a las dos filas de barrotes que los separaban. Esos ojos sin vida se clavaron en él, tras observar con atención a Jared, durante unos segundos interminables.

—¿Qué tal está Meredith? ¿Ha echado en falta mis atenciones?

Saxton era retorcido. No apartaba la mirada de él pero se dirigía a Evers. Le provocaba. Disfrutaba haciéndolo. Meredith Evers no le importaba. Lo que para ese enfermo valía la pena era gozar de la reacción de aquellos que adoraban a esa mujer, al intuir el peligro que le acechaba. Eso era lo que movía al hombre que no apartaba la mirada de él. Le enardecía el miedo que provocaba en otros saber que sus seres queridos podían sufrir.

Conocía a los de su calaña. Les conocía demasiado bien. Había convivido con ellos, había luchado contra ellos y había perdido parte de su alma en el camino.

Se mordió la lengua al ver desaparecer al policía con su carga en brazos. Fue lo más duro que hubo de hacer en su vida. Peor que permitir alejarse a su hermana, sabiendo que le odiaba. Ver desaparecer la figura de la mujer que había conseguido ablandar su corazón. El pecho le dolía. Sintió el duro frío contra la frente. Olía su propia sangre. La notaba resbalar por las palmas de sus manos y sus antebrazos. Por su mejilla y labio pero no lo sentía. Su corazón no estaba con él sino con la mujer que le sacó una vez del infierno y a la que únicamente había respondido con ignorancia y malos modos. La misma que se llevaba su corazón con ella. La mujer que le había robado el alma y que no lo sabía.

Su mujer.

Con una extraña calma invadiéndole clavó su mirada en Martin Saxton.

—Si Peter Brandon no te mata, lo haré yo.

Era una promesa. No eran palabras huecas y el hombre que permanecía inmóvil frente a él las entendió, aceptándolas con un sencillo gesto de aceptación y un intenso brillo de interés en los claros iris.

—Estaré esperando, Sorenson, pero no olvides…

Aguantó la respiración y tensó la espalda. Iba a matar a ese hombre, tarde o temprano.

—… que ella es mía ahora.

El barrote cayó al suelo debido a la inmensa presión ejercida por su puño provocando un chirriante sonido metálico al rebotar contra el duro duelo. Muy semejante a la risa del maldito hombre que con ágiles pasos se alejaba dándoles la espalda.

Riéndose como si el haber destrozado en un instante el mundo de uno de los hombres que dejaba atrás no valiera nada.

Ni siquiera una mirada.

******

Capítulo 23

I

Oscuridad. Estaba rodeada de oscuridad y se sentía tan asustada. Escuchaba y captaba movimiento a su alrededor y las palabras... las aterradoras palabras de ese hombre se repetían sin cesar en su mente.

No me agrada que estropeen mis planes. Alguien debe pagar por ello, ¿no crees, querida?

Ese enfermo disfrutaba con la situación. Y ella quería volver a casa con sus niños, con sus viejos y con Marcus. Quería volver al calor y dejar de sentir tanto frío. Tanto miedo.

Se sentía observada y su instinto le decía que él estaba cerca, de nuevo.

Desconocía el tiempo que había permanecido inconsciente pero al despertar la rodeaban varios hombres. Ya no estaba en los calabozos de la comisaría, ni en el interior del carruaje en el que había recobrado el conocimiento durante un rato para escuchar esa aterradora voz, tan cerca.

Una venda cubría sus ojos.

Se mantuvo inmovil, tratando de evitar cualquier ruido que llamara la atención. Los hombres que le rodeaban cometaban que habían tenido un golpe de suerte, que quedaba poco para terminar de sacar el ultimo cargamento y para deshacerse de los últimos restos. Susurraban que el barco ya estaría atracado y a la espera.

Sorteaban algo. La persona que tendría que encargarse del hombre que había cometido el error de intentar presionar y engañar a Martin Saxton.

Le dolía la cabeza y le ardía el pómulo izquierdo. Mucho. Le costaba recordar. Cerró los ojos dentro de la propia oscuridad. Olía a viejo. A podredumbre. A sangre. Pestilencia. Durante un segundo le dio la impresión de escuchar el gemido de otra mujer pero le callaron de golpe. Retenían cerca a otra persona. Escuchaba pasos a su alrededor. Iban y venían y le daba la impresión de que arrastraban continuamente bultos por el suelo. También le pareció escuchar cerca el circular de ruedas de pequeño tamaño y crujir. El horrible crujir de huesos al ser triturados.

Intuía que él estaba cerca.

Sintió un suave roce en el lateral del cuello.

¿Qué estaba ocurriendo?

II

Era un hermoso vestido como los que solía ponerse Celeste para agradarle. Era curioso como puntualmente recordaba a su amante. Echaba en falta su depravación. Todas sus sustitutas apenas se le acercaban, apenas rozaban su malicia.

La mujer que permanecía sentada en un taburete con una capucha sobre la cabeza le molestaba. No era hermosa. No era intrigante. No era nada salvo el anzuelo para que Piaret dispusiera de aquello que deseaba.

La tela que le cubría la cabeza dejaba al descubierto su cuello. Alargó la mano hasta que las puntas de sus dedos rozaron la suave piel. Sonrió. ¿Sentiría su calor? Sí. El apenas perceptible movimiento hacia atrás lo atestiguó. Era intuitiva. Un impulso le invadió. Rajarle el cuello y que su sangre acompañara a los restos que cubrían el suelo. Matarle. Le molestaba incluso verle. Era parte del motivo por el que perdió a su juguete. Fue lo no previsto en un plan perfecto, meses atrás. Le ardieron las entrañas y observó cómo su mano rozaba el frágil cuello hasta cercarlo. Y apretar… y apretar…

Estaba atada y pese a ello peleaba como una fiera. Quizá se había equivocado con ella. Apretó algo más y aflojó, para presionar de nuevo con fuerza. Unos ruidos molestos surgían de debajo de la capucha. Cansina. ¿Acaso nadie sabía morir en silencio? Clavó las uñas en el lateral del cuello mientras se acercaba para escuchar al detalle. Parecía intentar decir algo…

Del tirón retiró la capucha con la mano que tenía libre.

Ella le provocaba. Le retaba. Se atrevía a amenazarle. La estaba asfixiando y no se rendía. Curioso. La necesidad de matar pugnó con la razón. La segunda se impuso por poco. Algo le decía que esta mujer no hubiera muerto suplicando sino luchando y había pocas mujeres semejantes. Desperdiciar ese regalo le molestaba. En parte. Lo suficiente como para retener la presión de sus dedos.

Le agradaba la ventaja que le daba el tener en su poder a esa mujer.

La brusca aspiración de aire acompañó la retirada de su mano. Tenía sangre en las uñas. Acercó su rostro al lateral del de la mujer.

—Nunca debiste cruzarte en mi camino, Elora Robbins. Ni tú ni tu hermana.

Sus ojos se dirigieron a su propia mano al tapar los labios de la mujer. Sí, era una luchadora. Más valiente que sensata. Pese a su situación se atrevía a preguntar.

—Podría decirte si ella sigue viva o no pero lo intuyes, ¿verdad? Los hermanos intuyen esas cosas.

La súplica inundaba la oscura mirada.

—No es el momento, querida, aunque no tardará en llegar. Por ahora, eres mi invitada. Acomódate hasta que traigamos tu regalo desde Bethlem. Entonces tendrás que elegir. Él o ellos.

Lentamente separó la mano. La voz femenina surgió rasposa.

—¿Por qué?

¿Por qué? Lanzó una risotada. Era divertida. Se levantó de la silla ubicada frente a ella y mientras salía del túnel decidió responder.

—Porque quiero. Porque puedo.

III

No era el momento de jugar a los enamorados. Ni el momento ni el lugar para cortejar o endulzar un encuentro que no estaba seguro de querer enfrentar. Las palabras que tenía preparadas en la garganta para pronunciar se le quedaron atascadas en el lugar. El anuncio de que estaba cortejando a la Srta Maple y que el alcohol le nublaba la mente provocando que hiciera el ridículo quedó en segundo lugar.

A primera hora de la mañana, casi de madrugada, había recibido un aviso urgente de los Brandon para que acudiera a su hogar en cuanto le fuera posible. En un momentáneo ataque de nervios creyó que Ross les habría contado a los hermanos lo ocurrido entre ambos. Su indecente proposición del besuqueo la noche de la taberna o el hecho de que el nombre de Rob hubiera surgido en la conversación. Seguro que Peter Brandon le estampaba contra la pared y le aplastaba el cráneo.

La realidad resultó bastante peor de lo imaginado. En un abrir y cerrar de ojos la situación se había complicado para aquellos que deseaban ver a Martin Saxton entre rejas.

¡Condenada y resbaladiza sanguijuela!

Los gritos de Sorenson y Evers habían alertado a una pareja de agentes que acababan de incorporarse a sus puestos. El desconcierto había hecho acto de presencia en la central de policía y tuvieron que intervenir cuatro agentes para que Sorenson no estrangulara al joven que abrió la puerta de su celda. No constaba la entrada y registro en comisaría de Elora Robbins. Únicamente aparecía la de Jared Evers, la de su prometida Jules Sullivan y la del propio Sorenson.

Los intentos de localizar y pedir explicaciones al agente que les había detenido, Scott Glenn, tampoco había dado frutos. Elora Robbins había desaparecido sin dejar rastro y todo era culpa de ese malnacido.

La sombra de Saxton se hacía sentir. Casi se podía palpar.

Para empeorar la situación y el desconcierto en comisaría acababan de dar aviso de la aparición del cuerpo mutilado de un joven celador en un edificio público con el que alguien se había cebado. El dato se lo había trasladado Jared al poco de entrar a la casa Brandon. El hombre lo había escuchado mientras firmaban los papeles autorizando su libertad y por algún motivo pensó que le interesaría. No erraba. Por alguna razón no conseguía apartar la maldita noticia de su mente. En cuanto terminara la reunión en casa de los hermanos Brandon, él y Rob tendrían que acercarse a comisaría. Ross seguía en el campo y ya no sabía en quién confiar, aparte de su actual compañero.

Se pasó la palma de la mano por la sien. Le palpitaba la cicatriz.

Sorenson se había levantado en armas y nadie, absolutamente nadie osaba acercársele más allá de lo necesario.

La mansión Brandon era un hervidero de gente entrando y saliendo. El lugar parecía invadido por las hordas de Marcus Sorenson. No paraban de recibir órdenes y sencillamente no se discutían por los presentes.

Por un momento Clive creyó que Sorenson iba a estrangular a dos de sus hombres, a los dos ancianos que siempre acompañaban a Elora en sus correrías y que le protegían como halcones. El grito desgarrador de Marcus de que le habían fallado al seguirle el juego, al permitir a Elora acudir a la maldita cena y que gracias a ello se la habían llevado le provocó un nudo en la garganta pero fueron las rotas miradas de los dos ancianos las que le retorcieron las entrañas.

Temían perderla. Tanto como el hombre que no se daba cuenta de ello. No hacía falta culparles ya que ellos mismos lo hacían. Dolía observar la angustia en esas viejas miradas, en la manera en que suplicaban sin palabras perdón. Un perdón que quizá no llegara del hombre que al otro lado de la habitación paró un segundo y clavó la clara mirada en los dos ancianos.

En ese segundo algo cambio. Un músculo en la mandíbula masculina tembló. La desesperación con que Sorenson actuaba reflejaba un terror desconocido hasta ese momento.

Las zancadas hasta alcanzar el lugar que ocupaban sus hombres, inmóviles y el abrazo posterior a los viejos prometiéndoles que la recuperaría aunque le fuera la vida en ello se quedaría grabada en su retina para siempre. Al igual que el brillo en los ojos de los viejos.

A fuego en su memoria.

Jared Evers hablaba de manera casi obsesiva de que oficialmente ya era su prometida, de que no había marcha atrás y del huevo que le había salido en la frente como consecuencia del golpe recibido al caer al suelo desmayada, tras ser casi asfixiada. Repetía que Saxton había amenazado a Meredith y que antes le mataba que permitir que acechara a sus dos mujeres. Por un leve segundo Clive se sintió tentado de preguntar a quién se refería pero el inmenso chichón en el mismo centro de la frente de la linda Srta. Sullivan le facilitó una más que evidente pista.

Frunció el ceño al escuchar las palabras de Jared Evers acerca de que era lógico que diera consejos a su prometida. La respuesta de Jules quedo diluida en medio del resoplido que lanzó al hermano de Mere. Desconocía que esos dos estuvieran prometidos. Observando la insistencia del hombre en apretar una humedecida compresa contra el rostro femenino y las hoscas respuestas de la dama en cuestión le hicieron dudar de la cordura de Evers.

Se encogió de hombros. ¿Quién era él para dudar del amor? Además, era una inutilidad en esos temas.

A unos metros a su derecha, el matrimonio Aitor parecía debatir algo acaloradamente. Meredith sacudía las manos y trataba de sosegar a John con escasos resultados. El hombre mostraba una palidez enfermiza y hacía gestos repetitivos con los brazos circunvalando su estrecha cintura como si fuera él y no su señora quién estaba encinta. Pobre hombre. Su mujer iba a acabar con él. Estaba en pleno viaje de negocios y había vuelto en tiempo record tras recibir aviso de que las señoras la habían liado buena, una vez más.

Menudo peligro eran las damas. Todas y cada una de ellas.

Al lado del matrimonio se mantenían a la expectativa Julia y Doyle Brandon. Seguramente preparados para mediar por si la pequeña mujer lanzaba una patada al marido. No sería la primera ni la última y por regla general la dama nunca alcanzaba en la diana prevista. Era un verdadero peligro con las extremidades y ahora estaba enorme. Realmente enorme. Como una manzana madura a punto de caer del árbol. No, mejor una pera de esas en las que hincas el diente y el jugo rebosa por todos lados y… ¡diablos!, ya estaba divagando. Eran los nervios.

La abuela Allison y el padre de Rob permanecían con las manos enlazadas y en completo silencio, observando al resto con gesto de preocupación.

Los únicos que mostraban cierto grado de serenidad eran Peter Brandon y Rob. Quizá porque conocían de primera mano la siniestra forma de actuar de Martin Saxton.

Un escalofrío le recorrió el cuerpo. Se sintió avergonzado. En medio del caos y planteándose presentar formalmente a su medio prometida a sus amigos. Como el árbol que no deja ver el bosque.

Apretó la mandíbula y tragó saliva. Al igual que Elora, Ross había desaparecido tras espetarle lo del… beso, aunque por voluntad propia. Nadie le había secuestrado.

¡Como si no tuviera otras cosas de las que preocuparse! Su mejor amigo le había comentado que había sopesado hacer eso, lo innombrable y que se iba en busca de la abuela. Que algo extraño estaba ocurriendo. Se había negado a facilitar más información.

¡Como si hablar de besos entre dos hombres no fuera raro!

Le entraban sudores tan sólo de recordar la extraña forma en que se había quedado paralizado. Había sido incapaz de reaccionar. Sencillamente se quedó parado como un besugo con la boca y ojos abiertos. Mudo. Esa imagen le perseguiría toda su vida. Y la expresión en el rostro de su mejor amigo también. Sentía una curiosa mezcla de enfado, asombro e inquietud. Enfado consigo mismo. Asombro por las palabras de Ross e inquietud por no saber cómo reaccionar. La sensación de haber dejado pasar algo le estaba carcomiendo por dentro.

Desde luego, ocultarse tras las faldas de una posible prometida no era la mejor manera de sobrellevar la situación pero por el momento no se le ocurría otra.

Entre los murmullos, los resoplidos de John y algún que otro berrido la palabra mercado de ganado llegó a sus oídos.

Su instinto le decía que Martin Saxton estaba relacionado con la revuelta iniciada por comerciantes, carniceros y residentes para lograr clausurar o trasladar el mercado de ganado de West Smithfield. El lugar se había convertido en un foco de pestilencia y suciedad. El trato a los animales resultaba inhumano.

Había necesitado unas pocas horas durante media semana trabajando de ayudante en la carnicería de sus amigos situada en la calle Percival para escuchar protestas, susurros y amenazas en la zona. Las primeras provenían del propio gremio de carniceros, los segundos de la clientela. Las terceras de varias parejas de maleantes que habían entrado en los locales de la zona y habían destrozado ante los dueños, empleados y clientes el mobiliario y varios ejemplares de la revista de los granjeros que contenía una petición contra la expansión del mercado.

Comenzaba a extenderse el rumor de un posible traslado o la creación de un nuevo mercado en Islington, en la zona de Copenhagen Fields y ello causaba tremendas fricciones en el barrio. La decisión se decidiría en las próximas semanas por los miembros de la junta metropolitana de Obras públicas de la ciudad.

La situación se estaba convirtiendo en un volcán a punto de estallar.

La crudeza empleada por ese par de hombres y el tono de sus amenazas anunciaban represalias hacia los carniceros. Quizá Blair Burgi, el joven carnicero al que dieron una paliza de muerte fue en su momento uno de los cabecillas de la protesta. Quizá eso fue lo que descubrieron los agentes desaparecidos James y Roberts y trataron de protegerle. Quizá fuera tan simple como eso pero el vello de su cogote al erizarse le avisaba de lo contrario. Algo descubrió el muchacho e intentaron callarle. Puede que su hermana, Maura Kennedy, comentara algo que llamó su atención y con ello selló su destino y el de Barbara Gates.

Maldita sea, demasiados desaparecidos. Demasiadas lagunas. Necesitaba hilar las piezas pero le costaba concentrarse. Demasiados nombres, demasiados datos y poco o nada que los relacionara. Los carniceros, los agentes James y Roberts, la desaparición de la joven enfermera, el maldito hospital de San Bartolomé, el extraño doctor de los huesos y su obsesiva ayudante, Titus y la información que les daba gota a gota acerca de los bebés, el tal Osborne y ¡la condenada espantada de Ross!

Le costaba pensar con claridad y era culpa de su mejor amigo. De él y de nadie más. Y, ¿por qué diablos su prometida olía raro? ¿Por qué le había llamado la atención su olor el otro día al visitarla en su domicilio? ¿Por qué no podía quitárselo de la cabeza como si fuera algo de suma importancia? Dios, se estaba trastornando. Bastante tenía la pobre con el condenado sarpullido surgido en la parte interna de las muñecas como para que, además, le mirara raro y le olisqueara.

Desde luego los dulces provocaban reacciones adversas en algunas personas. Melody Maple le gustaba. Mucho. Y actuaba como un completo descerebrado. Parecía estar buscando una nimiedad y convertirla en una pega en toda regla que echara al traste su incipiente relación.

Se frotó con fuerza el lateral del rostro.

—¿Qué pasa, Clive?

Se volvió en dirección a Rob.

—Debí acompañar a Ross a ver a su abuela. Tengo el cogote erizado.

—Siempre lo tienes así.

—También el cuero cabelludo y esa es una nefasta señal —comenzaba a balbucear y trató de retener la frase con todas sus fuerzas. Era un incontinente verbal. A veces no comprendía cómo había llegado a superintendente—. Nunca quise besarte, ¿sabes? Se me fue la cabeza y Ross se enfadó. Sólo eran unas breves lecciones prácticas y eres mi amigo. No tanto como Ross pero lo eres. Creo que por eso pensé en ti. Confío en ti y me dirías la verdad si fuera un horror en ya sabes qué. Eres seguro. Me da apuro pedírselo a una mujer porque se mofaría de mí en cuanto…

No se estaba haciendo entender. De reojillo observó la mano de Rob alzarse en dirección a su frente.

—¿Qué haces?

—Ver si tienes calentura. Susurras, hablas sin sentido sobre besos y lecciones prácticas, estas rojo y no apartas la mirada de Peter.

—No quiero que me mate.

Una fuerte palmada acompañó la sonrisa en el rostro de Rob.

—No le dejaré, amigo. Y ahora, ¿qué ocurre?

Aspiró con fuerza antes de contestar.

—He discutido con Ross.

—Ya.

—De nuevo.

—Vale.

—Nada serio pero…

—Te hace sentir incómodo.

—Puede. No puedo perder tiempo con otros problemas que no sean el caso de Martin Saxton, Rob. No ahora.

—¿No puedes o no quieres?

Condenado empático. Por segunda ocasión esa mañana su capacidad de hablar quedó petrificada y una mirada azulona llena de comprensión se posó con fijeza en la suya. No entendía esa mirada ni su significado. No quería indagar, ni comprenderla, ni dar vueltas a la cabeza. Quería atrapar a Saxton, evitar la desaparición de otras parejas y saber qué ocurría con los niños. Deseaba… Deseaba una vida tranquila. Sólo eso y los últimos años habían resultado ser todo salvo justamente eso.

Una cálida mano le cubrió el hombro.

—Vamos. Debemos movernos antes de que Sorenson levante la ciudad, piedra a piedra, en busca de Elora.

IV

Peter observó con detenimiento lo que ocurría a su alrededor. No iban a lograr avanzar si no se tranquilizaban. Los nervios estaban a flor de piel, se encontraban desbordados y Saxton estaba ahí fuera. Al acecho como acababa de demostrarlo. Nunca les daba tregua. Nunca.

Una vez más les había ganado la partida. Detuvo la mirada en la rubia figura que hablaba con un enrojecido Clive Stevens y la opresión en el pecho le obligó a respirar con ansia. Una maldita partida de ajedrez en la que una pieza esencial acababa de caer. Sintió la necesidad de matar. De destrozar al hombre que no les permitía vivir. Hizo un gesto en dirección a Rob que éste captó de inmediato. Junto a Clive se acercaron al lugar que él ocupaba junto al ventanal

—Debemos separarnos para abarcar más.

Todos callaron y se volvieron en su dirección, incluso Sorenson. El hombre abrió la boca para hablar pero decidió adelantarse.

—Vosotros, encontrad a Elora. El resto nos ocuparemos del hospital y de…

—¿Cuál de los dos?

La suave voz femenina les sorprendió a todos tanto por la forma como por el momento. Sonaba firme y decidida. Jared miró a Jules como si no le extrañara en lo más mínimo su actitud o sus palabras. Quizá pareciera una frágil ardilla pero la joven era, sin duda, una pequeña fiera y Evers lo intuía. Puede que no hicieran una pareja tan peculiar. La joven dama paseó la mirada por los presentes antes de hablar de nuevo.

—¿El hospital de San Bartolomé o el hospital de Bethlem?

Había perdido el hilo o le faltaba algún dato esencial. Su mirada se cruzó con la de Rob y parecía tan desconcertado como él. Las siguientes palabras surgieron de Meredith tras lanzar una mirada de resignación a su marido.

—Teníamos planeado entrar en el hospital de San Bartolomé esta semana, como trabajadoras —la inmensa figura de John se tensó a su lado llamando la atención de su mujer—. ¡Yo no! No soy tan insensata y ¡no resoples, marido! Iba a quedar en la retaguardia con Julia, organizando un posible plan de contingencia, mientras Jules y Elora se presentaban para cubrir un puesto vacante. Todo estaba arreglado hasta que ha ocurrido lo que ya sabéis —pese a la breve pausa nadie la interrumpió—. El caso es que Elora recibió un mensaje amenazante y…

—¿¡Qué!?

El rugido de Sorenson provocó un respingo en Meredith.

—¡Lo siento! Sé que debimos contároslo pero ¡no tuvimos tiempo! Encontró la carta la noche en que se trasladó a casa de Marcus y nos asustamos.

—¿Qué decía?

El helado tono en la pregunta de Sorenson hizo que John se aproximara a su mujer hasta quedar pegado a la diminuta y abultada figura.

—Que acudiera al Hospital de Bethlem, al ala este, no recuerdo la sección pero era la Celda 26. Que allí encontraría lo que buscaba. Creía que era Claire, Marcus. Elora creía haber encontrado por fin a su gemela y nosotras teníamos que ayudarla.

—¿Y si era una trampa?

—No le importaba y eso nos valía al resto. Elora es una de nosotras así que valía la pena el riesgo.

El gesto de Sorenson comenzaba a serle familiar. Esa brusca manera de pasarse las manos por el cráneo. Únicamente lo hacía cuando le faltaban las palabras de la rabia y por el torcido gesto que mostraba en momento, era el caso.

—Sois unas ¡imprudentes atontadas!

Todas las señoras presentes dieron un paso atrás al escuchar el rugido de Sorenson y la abuela casi se empotró en el respaldo del sillón que ocupaba.

La frase más sabia de la mañana, sí señor. Las miradas de desaire de las afectadas no causaron el efecto pretendido en los maridos sino lo contrario. En lugar de defenderlas del atacante, apoyaban a Sorenson. Habría represalias por parte del género masculino. Y merecidas según su opinión. Cuestión diferente era la maldita situación en la que se encontraban. Debían avanzar y cuanto antes.

—Hay que investigar a qué se referían, Sorenson.

El gesto de asentimiento de éste le indicó que él se encargaría del hospital de Bethlenm. Tras un intercambio de miradas con Rob, Peter habló en tono seco.

—De acuerdo. En primer lugar, alguien ha de llevar a Meredith a casa ya que John estará ocupado las próximas horas. Debe descansar y dudo que los disgustos o preocupaciones ayuden —nadie se opuso ni siquiera la interesada por lo que respiró con algo de alivio. Con Meredith podía ocurrir cualquier cosa. Tras unos segundos se adentró en el escollo principal—. Debemos entrar de algún modo en el hospital de San Bartolomé. Como sea.

—Yo lo haré, Peter —la vocecilla era de Jules.

—¡Ni loca!

Suspiró agotado. Ya estaban esos dos de nuevo, en plena trifulca. Evers todo desmelenado y la joven tiesa como un poste con los brazos en jarras.

—¡Es la mejor opción!

—¡Para que te maten, mujer!

—¡O para encontrar a Elora!

—¡O para que te maten!

—Eso ya lo has dicho, ¡loro!

—Vaya, ¿ya no soy fondón, querida?

—¡Loro fondón! Además, iremos armadas hasta los dientes.

—¡Si no sabes manejar armas!

Esa pareja era desquiciante. Claro que igual otros opinaban lo mismo de él y Rob así que optó por intervenir sutilmente. Como lo hacía todo. Con finura.

—Jules tiene razón. Alguien ha de entrar y ella puede hacerlo.

Otra vocecilla femenina se unió al carro de despropósitos.

—Yo también podría. Nadie sospecharía de una vieja.

—¡Allison!

—¡¿Qué, Edmund?!

—¡¿Has perdido la cabeza?!

Por los dioses. Otra pareja peleando. Por un segundo sintió la mirada azulona sobre su rostro y suspiró. Se giró y el susurrado me *recuerdan al alguien* en labios de Rob le arrancó una débil sonrisa, casi impensable en semejante momento. Sólo él era capaz de lograrlo. Su canijo.

Antes de que llegaran a las manos lanzó un buen grito reclamando silencio y dio resultado. Casi se podía mascar la tensión.

—Es buena idea. Jules y Allison entraran a trabajar y recabaran información. Podrían conseguirnos algún uniforme de celador o bien de los internos para acceder al lugar. Titus estaba ahí por algún motivo y creo que tenía acceso a los bebés que cuidaba de alguna forma. Si no le mataron fue por eso. Ahí dentro hay algo que no quieren que descubramos.

A su izquierda sonó la clara voz de Clive.

—Estoy de acuerdo. Aquella mujer, la paciente que avisó a Rob en el hospital de San Bartolomé el día que descubrimos a Titus dijo que le iban a matar si no le sacábamos de allí. Algo serio ocurre entre esas paredes.También me preocupa lo que Titus dijo de los niños.

—¿Qué?

—Lo de que tenían daño.

—Podría ser cualquier cosa —intervino Rob—. No todos los niños secuestrados que hemos rescatado estaban enfermos. Rosie está sana. Puede incluso que nada tengan que ver unos bebés con los otros.

—¿De verdad lo crees así? —Los grisáceos irises de Clive brillaron a la espera de la respuesta a su pregunta.

Ésta no tardó en llegar. Antes de hablar Rob apretó la mandíbula.

—No. No lo creo. Creo que eliminaron a Barbara Gates porque denunció haber visto a alguien que se parecía a Saxton. Intentaron callarle pero era una mujer valiente y eso le llevó a la ruina. Lo que jamás imaginó fue la calaña de gente a la que se enfrentaba. Saxton… Martin Saxton…

Rob apenas podía pronunciar su nombre. Se le atragantaban las palabras, por lo que continuó él tras apoyar la mano en su espalda, en el mismo exacto lugar en el que la suya permanecería marcada para siempre.

Presionó con suavidad hasta escuchar el suave suspiro del canijo. Imaginar lo que pensaba Rob era fácil por lo que habló con claridad.

—Creo que esas dos enfermeras, Gates y Kennedy, descubrieron algo en el hospital, algo relacionado con los hombres que encerraban allí sin registro ni motivo alguno y se lo contaron al hermano de Maura Kennedy. Es demasiada casualidad que los agentes que investigaban el caso de la agresión al carnicero también desaparecieran sin dejar rastro. No eliminaron a Titus porque carecieron de tiempo. Intervenimos nosotros. Lo que necesitamos descubrir es que conecta al hospital de San Bartolomé con el gremio de carniceros y con Titus —Su mirada se posó un breve momento en Clive—. Y no, no creo que nada tengan que ver unos bebés con los otros ni con la desaparición de nuevas parejas. Tampoco lo cree Rob. Creo que todo está relacionado pero hasta que no entremos en el hospital no sabremos qué diablos es.

Por un momento un pensamiento fugaz cruzó su mente. Algo sobre los hombres retenidos en San Bartolomé y las entradas y salidas. Las salidas… y las peleas clandestinas. Maldita sea.

—Ella dijo que habían trasladado a uno de los hombres a Bethlem.

Todos los presentes se le quedaron mirando como si hubiera perdido la cabeza. Rob se le acercó,

—¿A qué te refieres, Peter?

—Maura Kennedy nos lo dijo cuando le encontramos. Por el hospital de San Bartolomé pasaron trece hombres y tres mujeres sin ser pacientes ni ser registrados antes de desaparecer sin dejar rastro alguno. De todos aquellos que las dos enfermeras envenenaron nos consta que lograron salvar a uno. Un hombre. Le trasladaron a Behlem. Tiene que estar relacionado con el contenido de la nota enviada a Elora. Y eso significaría…

Rob terminó por él.

—…que no es la gemela de Elora a quien retienen allí.

Un breve silencio dio paso a la pregunta que invadía la mente de todos.

—Entonces, ¿a quién tienen prisionero en ese maldito centro?

La brusca voz de Sorenson cortó de cuajo las elucubraciones.

—No tardaremos en descubrirlo.

El hombre apenas tardó cinco segundos en impartir unas órdenes claras a Sampson y Lucas. En media hora quería información. Los viejos actuaron con una agilidad propia de la costumbre. No dudaron. En segundos desaparecieron bajo el marco de la puerta doble de entrada al salón de la casa Brandon.

No tardarían en recabar datos.

—Está bien —Peter se dirigió directamente a Jules—. ¿Cuándo teníais previsto entrar a trabajar en el hospital de San Bartolomé?

—Pasado mañana.

—Bien —Peter se giró hacia Marcus—. Debemos saber qué ocultan en Bethlem.

—Sea quien sea está relacionado con ella —La firmeza en la ronca voz de Sorenson no daba opción a dudar—. Tengo a todos mis hombres recabando información y patrullando la ciudad. Quieren demasiado a Elora —Su rostro parecía una máscara de piedra—. No tardaremos en descubrir qué esconden y en encontrarle.

—No me gusta.

No le sorprendió la intervención de Rob. Para nada. Él sentía lo mismo. Les estaban separando. Sutilmente pero de un modo tremendamente eficaz. La búsqueda de Martin Saxton se debilitaba. Con el secuestro de Elora perdían la inmensa fortaleza y ayuda de Sorenson.

Por otro lado su intuición le decía que el viaje a la campiña de Torchwell estaba de alguna manera relacionado con todo lo que estaba ocurriendo.

Tendrían que esperar a que volviera.

La clara voz de John interrumpió su próxima frase.

—Peter, ¿me haríais un gran favor?

V

Necesitaba que el coche de caballos volara sobre el empedrado. Cuanto más rápido, mejor.

No conseguía apartar la mirada del abultado vientre y de contar las respiraciones cada vez más cortas de Mere. Gimió al darse cuenta que jadeaba al ritmo de la mujercilla situada en el asiento frente a él. Estaba en esta situación por hablar demasiado y hacerle el favor a John de llevar sana y salva a Meredith a su hogar. Allí le esperaban sus padres y hermanos. Bueno, tanto él como Peter ejercían de acompañantes pero a su derecha el grandullón se mostraba la mar de tranquilo. Lo contrario a él. Estar tan cerca de una próxima parturienta le ponía en guardia y en tensión.

Llevaban un cuarto de hora de camino enclaustrados en un espacio cerrado y los movimientos inquietos de Mere comenzaban a asustarle. Apenas hablaba y resoplaba mientras se frotaba el abdomen con amplios círculos.

Demasiados baches. Odiaba las calles de la ciudad.

Se estaba quedando ronco con los berridos al cochero para que apretara el paso.

De reojillo observó el redondo y enrojecido rostro.

—¿Estás bien?

—¡Por todos los santos, Rob! Es la cuarta vez que me preguntas desde que hemos entrado al coche de caballos. Estoy perfectamente —un suave jadeo interrumpió la parrafada—. Algo cansada y preocupada y, ahora que lo dices, me cuesta un poquillo respirar. Siento los pies como botas y me zamparía un buey de un bocado aunque eso no es nuevo, vaya. También siento algo de presión y alguna que otra punzada en…

—Era una pregunta retórica, Mere.

—Ah. Pues eso, como una rosa, algo hinchada.

—¿No explotarás, no?

El gruñido femenino fue contundente.

—No quería decir eso. Estás algo grande aunque eso es normal, ¿verdad? ¿¡Por qué gimes!? ¡No puedes explotar, Mere! Llegaremos en seguida y en cuento cruces la puerta de tu casa podrás relajar los músculos.

Ahora, apriétalos. ¡Fuerte!

A su izquierda sintió una leve sacudida. ¿Se estaba apretando Peter contra el respaldo del asiento, tratando de alejarse de Mere? ¿Acaso no se daba cuenta del labio fruncido de la mujer y las leves gotillas de sudor en la frente? Le estaba dando algo a Mere. Un síncope en toda regla. Percibía su inexperiencia y desconcierto en las cosas de las mujeres y eso era contagioso. ¡Dios mío! Debía aparentar serenidad pero lo único que deseaba era lanzarse de cabeza del coche, cuanto más lejos mejor. Qué espanto. Era un cobardica y no podía vocalizarlo por si le daba un ataque de pánico femenino a Mere y ¡se les ponía de parto galopante! El terror y el miedo a lo desconocido eran los causantes de muchos desastres.

Ella no podía verse el rostro. Mejor así. Otro gemido. Por todos los... Tocaba rezar. A la virgen que era mujer y entendía de esas cosas.

Una vocecilla ahogada interrumpió su nerviosismo.

—Creo que...

—¡No!

¿Por qué le miraba Mere con lástima? ¡Él no se merecía lo que iba a pasar! ¡No sabía qué hacer y estaba gafado! ¡Del todo! Se giró con brusquedad hacia Peter al tiempo en que éste hacía lo propio.

—Creo que viene el...

Se le durmieron las manos de golpe al escuchar la angustia en la voz del hombre que quería. Él sabría qué hacer. Las sacudió con movimientos espasmódicos y como el hombre templado que era se volvió hacia Peter con una mueca rígida en la boca. Su mente le decía que enseñaba demasiados dientes pero por alguna extraña razón, no podía cerrar la boca. Los labios se le habían pegado a las paletas delanteras. Notaba la extraviada mirada de Mere fija en sus incisivos. Sonrió otro poco más para sosegarla antes de berrear hacia su derecha.

—¡Haz algo!

En medio de una especie de bruma catatónica observó a Peter tensar los músculos, apretar los dientes, lanzar un juramento y arrodillarse junto a la mujer de la que surgían unos angustiosos gemidos. No, era él quien emitía unos ruidillos ridículos. Diablos, parecía un embarazado primerizo. John se las iba a pagar todas juntas.

Esto era un horror.

Necesitaban paños. Agua caliente y sentía unas tremendas ganas de llorar. No conseguía apartar la mirada de las suaves palmaditas que la inmensa manaza de Peter daba a la de la mujer que les estaba dando un susto de muerte..

No iban a llegar a tiempo a casa de Mere y el traqueteo del coche no ayudaba. No al ritmo de los gemidos femeninos. Una extraña paz se adueñó del interior del coche con las palabras de Peter. Parecía estar hablando con una asustadiza yegua. Algo sobre que no pasaba nada si se encabritaba y le ¿daba una coz? Que él podría soportarlo.

Seguro que al paso que iban la recibía él. En los morros.

Con las siguiente palabras de Peter su mundo se vino abajo y su corazón botó desbocado.

Rob, di al cochero que pare el coche de caballos.

Viene el niño.

VI

No debió viajar solo y dejar atrás a Clive pero su presencia le asfixiaba. Tampoco debió decírselo. Nunca debió mencionarlo. Al ver la expresión de asombro en el pecoso rostro trató de recular y hacer pasar la situación por una maldita broma entre amigos pero el daño estaba hecho. Creyó ver rechazo en esos ojos grises y dolió. No. Engañarse no valía ya. Esos ojos que conocía tanto como los suyos mostraron rechazo. Un rechazo brutal. Sus palabras lo confirmaron al mencionar a esa mujer. Melody Maple. Una maldita palabra que a sus oídos sonaba lo contrario a aquello que significaba. Dios, dolió tanto.

La torre, las águilas y las cuevas le recibieron una vez más.

Maldijo entre dientes. El maldito blasón de la familia parecía burlarse de él. Su instinto no le había engañado al intuir que su abuela estaba en peligro. Apenas había tardado unas horas en llegar a la casa de campo de la familia y media hora más en darse cuenta que su abuela jamás iría por propia voluntad a Bath, a disfrutar de unos baños que aborrecía y evitaba como si de la peste se tratara. Mucho menos sin dejarle una nota o una explicación.

Por consejo de su medico.

La explicación de Smithson, el mayordomo de su casa, le había desconcertado. Desconocía que un maldito médico atendiera a su abuela. Le había ocultado que siguiera un tratamiento o que sufriera de dolores en las extremidades. Era y había sido una mujer fuerte toda su vida. Su gente lo sabía y él lo ignoraba. El maldito nudo en la garganta le cortaba la respiración. La descripción del médico provocó que sus defensas se izaran. Un joven enviado por el renombrado Dr. Piaret, el especialista que trataba a su abuela. Alto, apuesto e inquietante pero extremadamente educado. Trataba a su abuela con delicadeza y compartían gustos y aficiones. Lentamente se había ganado su confianza a lo largo de las últimas semanas.

Demasiado familiar.

Apretó los puños alrededor de las riendas mientras recorría a galope el camino de vuelta a la ciudad. Debía avisar al resto pero su instinto le decía que no iba a llegar por lo que dio orden a Smithson de enviar con un lacayo una nota a la ciudad informando de lo ocurrido. Clive no tardaría en recibirla.

Apretó los dientes al formarse en su mente la imagen del pecoso.

Saxton volvía a cruzarse en su camino.

El condenado era astuto y letal. Y él había caído en la maldita trampa.

Les estaba separando poco a poco, debilitándoles para hacerse con Rob. Si él desaparecía la investigación de los agentes James y Roberts quedaría en suspenso. También la de la enfermera Gates y eso sólo podía significar que Martin Saxton deseaba que algo serio no se destapara. Quería tiempo. Se acercaban a él, a la posibilidad de atraparle pero habían fallado al no proteger a aquellos que amaban.

Tenía a su abuela. De alguna manera había descubierto uno de sus puntos débiles. Sus sentimientos habían provocado que cayera en una trampa bien planeada. Jamás debió permitirse sentir y debilitar con ello unas murallas que había ido izando durante años. Ello trajo la distracción. Ésta, su mayor error.

Deseó haberse equivocado al salir de la curva.

El sol se estaba poniendo y los caminos estaban desiertos. No podría romper la barrera formada por el grupo de hombres que le esperaban. Por mucho que Ogro fuera una condenada bestia y la velocidad que llevara arrastrara a varios de los jinetes que formaban una hilera ocupando lo ancho del camino. El animal aminoró el paso con un leve movimiento de sus manos.

Los cañones de varias armas apuntaban directamente a su pecho.

Por un segundo se sintió tentado a clavar los tacones en los flancos de Ogro y arriesgarse. Quizá así dejara de sufrir y de pensar en lo que había perdido.

Eran demasiados y él estaba cansado. Cansado de fingir. Aflojó el amarre de sus riendas y centró la mirada en el hombre que ocupaba el centro del grupo. En su viciosa sonrisa.

Hijo de puta.

Debió hacer caso a su instinto y vigilarle más de cerca. Hacer caso del instinto de Clive respecto a ese hombre. Era el zorro en el gallinero. Una leve presión en el costado de su montura le acercó a Scott Glenn. Las ganas de borrar esa macabra sonrisa casi pudieron con él.

—Vaya, vaya. Tenía razón el jefe. El superintendente Torchwell sin la compañía de su perrito fiel. Dais pena, en el fondo. Tan previsibles.

No iba a caer en la provocación de ese malnacido. Le daba igual que estuviera al tanto de su amistad con Clive o que supiera que iban tras Saxton. Tarde o temprano Glenn metería la pata y él estaría esperando.

—Dijo que sólo hay una cosa que puede romper la amistad entre dos hombres.

¿Qué diablos?

Todos los músculos del cuerpo se le tensaron en un instante. Apretó la mandíbula con las siguientes palabras de Glenn.

—Pagaría una fortuna por ver la expresión de Stevens cuando se dé cuenta. Qué pena no poder ponerle sobre aviso, ¿verdad?

Maldita sea.

No podía ser.

VII

El canijo tenía todo el aspecto de ir a desmayarse y él tendría que bregar con dos situaciones entre manos. Una parturienta y un atolondrado. El brusco codazo había logrado parar de golpe los semi sollozos, bufidos, ahogos y gemidos de Rob. Parecía que le fuera a dar un síncope. Seguía con esa inquietante e inmensa sonrisa en la boca. Claro que con la fuerza con que Mere le estrujaba la mano, no le extrañaba. Tenía que doler. El canijo contaba en alto al ritmo de los jadeos de Mere y sonaba como una urraca a punto de ser trinchada.

Diablos. Tarde o temprano tendrían que levantarle las faldas y deshacerse de los ropajes femeninos que obstaculizaban el camino del retoño. No estaba preparado para esto. No lo estaba. El caso es que si se lo comentaba a Rob seguro que vomitaba del susto.

Se dirigió hacia el canijo pero la desesperación en esos ojos azules cortaron de cuajo su idea de que fuera él quien desnudara a Mere. Su canijo era más delicado, ¿no? Él era un torpe con las mujeres. Rob se lo repetía hasta la saciedad.

—¡Nos ha abandonado!

¿Eh?

Dios, Rob había perdido la chaveta. El chillido había sonado infrahumano.

—¿!Qué hacemos ahora!? ¡El hombre se ha largado!

Era rocambolesco. Mere estaba de parto y Rob se centraba en la huida a galope del cochero. Como un burro que no ve más allá. Habían alcanzado a escuchar un pediré ayuda y los rápidos pasos alejándose.

De acuerdo. Había llegado el momento de tomar las riendas de la situación.

—Rob, bájale los pololos.

El chillido sobrevino esta vez de Mere con el apretón que le acababa de dar Rob, al espachurrar la mano femenina. La rubia cabeza se aproximó a la suya. ¿Para qué le susurraba al oído si Mere estaba a su lado?

—¿Estás de broma, no?

—¿Tú crees, canijo? Quizá prefieras colocarte entre sus piernas y ¡yo le cojo de la mano, le doy palmaditas y le soplo el rostro!

—¡Tu situación es mejor!

—¿¡Para qué!?

—¡Para escurrirle los pololos!

—¡No me grites, Rob!

—¡No lo hago! ¡Son los nervios! Dime que no viene el niño.

—No viene el niño.

—¡No me mientas!

Increíble. Sopesó seriamente dar un puñetazo al canijo en plena mueca para ver si espabilaba de una vez pero igual perdía el conocimiento y le necesitaba cuerdo. Era inexplicable pero su estrambótica sonrisa de alguna manera parecía calmar a Mere. Sus dientes brillaban en la semioscuridad. La lumbre del farolillo que habían conseguido encender parecía rebotar contra sus colmillos y captaban la atención algo esquiva de Mere.

Maldita sea. Debía centrarse.

Muy bien. Allá iba.

Con toda la suavidad que pudo reunir apartó un oscuro mechón del sudoroso rostro. Intentó avisar de lo que se proponía hacer pero sólo logró farfullar un par de palabras entrecortadas. ¡Dioses! Adoraba a esa pequeña mujer. Sintió un apretón en su brazo y eso le valió. Le había dado permiso. Le había sonreído pese al dolor que era evidente que sentía y había asentido apretando esos suaves labios. Dio gracias por no ser mujer. No podría superar un condenado parto. No. Sin duda, las mujeres eran duras.

Introdujo las manos bajo las faldas y las alzó. Con un brusco golpe en el costado ordenó al canijo que las mantuviera donde las acababa de colocar con la mano que tenía libre. La otra seguía aferrada a la de Mere. Necesitaba ver lo que hacía.

Si por su torpeza perdían a esa mujer que ambos adoraban nunca se lo perdonaría. Nunca. Introdujo las puntas de sus dedos en la cinturilla distendida de los blancos pololos y con suavidad los deslizó por los muslos. Una sensación de estar haciendo lo que debía le invadió. Tan sencillo como eso. No podía equivocarse.

Una especie de ronquido entre jadeos le volvió a la realidad. A la cruda realidad. Mere trataba de avisarle de algo.
Sintió humedad en la pernera de los pantalones. En la parte superior de los muslos. Supo lo que era al instante.

Mere acababa de romper aguas

******

Capítulo 24

I

La vocecilla de Mere preguntando si todo iba bien le oprimía el pecho. Ojalá lo supiera. Ojalá supiera qué hacer pero era su instinto el que le guiaba.

—No.

Sintió la mirada de Rob sobre el lateral del rostro. Maldita sea, sudaba como si estuviera en pleno infierno. Con un veloz movimiento se limpió el sudor con la manga de la camisa. Ni siquiera se había dado cuenta que se había quitado la chaqueta.

—No empujes, Mere. Espera un poco. Cuando llegué de nuevo la oleada.

—¡No puedo!

—Sí puedes. Tú puedes.

Le temblaban las manos. ¿Era normal tanta sangre en un parto? ¿Era normal…? Tragó saliva. Sintió antes de escuchar la aspiración brusca de aire de la mujer que había dejado de lado el miedo para luchar como una leona y traer al mundo a su bebé. Por un segundo sus miradas se cruzaron y los redondos ojos castaños brillaron de confianza. En él.

Alzó otro poco la falda mientras escuchaba la ristra de palabras emanar de boca del canijo. No sabía cómo lo hacía pero el tono de histeria se había relajado y el que surgía ahora les tranquilizaba. Casi canturreaba y por primera vez en su vida, Rob no desafinaba. Debía tener la mano dolorida por la suave mueca que se apreciaba en su boca. Con cada pico de dolor Mere se la estrujaba. Y un condenado parto dolía. A morir.

De reojo miró de nuevo hacia el exterior. Le parecía que había pasado una eternidad desde la espantada del cochero y nadie llegaba en su ayuda. Contra la palma de su mano sintió algo redondo, húmedo y cálido. Creyó que su corazón se detenía. El bebé de Mere. Su cabecita.

—¡Ahora, Mere! ¡Ahora!

Tan rápido. Tanto que apenas le dio tiempo a aferrar el trocito de vida que acababa de nacer.

Una bocanada de aire llenó sus pulmones al escuchar el furioso y hermoso llanto del bebé. ¡Dios! Era precioso escucharlo. Le contó los dedos de manos y pies. Veinte y todos en su sitio. Había leído en alguna ocasión que eso era lo que debía hacerse, ¿no?

Un niño. Tan apabullante y expresivo como su madre. Le envolvió en su chaqueta para resguardarle del frío e inició el gesto de posarle sobre el pecho de su madre pero Mere no se movió. ¿Por qué no se movía? Sus brazos se congelaron en el aire con su diminuta carga. Escuchó la voz de Rob a su lado, increíblemente tensa susurrando un, *¿Mere, qué pasa? ¿Mere?*

—Algo va mal, Peter.

No. No… No. Rob no sabía lo que decía.

Tenían al bebé. Nada podía ir mal. Lo habían conseguido pero la vocecilla de Mere decía lo contrario.

—Necesito… empujar.

Deseo gritar que ya había tenido al bebé, que no necesitaba empujar más, que había perdido demasiada sangre. Que no le hiciera eso.

Por favor.

Todo se fue al infierno en un maldito segundo. El grito de Mere le hizo reaccionar. Dejó al pequeño en los brazos en los que sabía que estaría a salvo y se juró a si mismo que no perdería a esa pequeña mujer que lo había arriesgado todo por ellos. Se posicionó de nuevo entre los suaves muslos y rodeó con la palma de su mano el sudoroso rostro.

—No permitiré que te pase nada, Mere. Ni a ti ni a tu pequeño. ¿Me oyes?

Un suave sollozo fue la respuesta femenina y a él le valió.

Intuía lo que estaba pasando y su mente recordó las suaves palabras que había escuchado repetir a Titus, murmurando consigo mismo cuando se sentía relajado al recorrer los pasillos de su nuevo hogar y la manera en que seguía a Mere con la mirada, como si deseara protegerla de algo que ella no imaginaba. *Demasiado redonda. La señora Mere está demasiado redonda.*

Debió prestar más atención al gigante.

¡Diablos! Eran más de uno. Más de un bebé. Si no fuera por la condenada situación se hubiera desmayado bien a gusto. Rob canturreaba al pequeño entre gallos y gorgoritos ubicado en una esquina del interior del coche. Le decía que todo iba bien, que su madre estaba en las mejores manos. Por un momento a punto estuvo de gritarle que callara. Que eso no lo sabía. Que podían perder a Mere e igual el crío entendía lo que decía. Demasiada responsabilidad. Demasiado miedo. Demasiada… sangre.

—Peter…

Esos ojos redondos le miraban como si él supiera lo que debía hacer. Dios, no lo pensó.

—Empuja cuando llegue el dolor, Mere. Cuando llegue, estaré esperando.

Apenas fueron necesarios más de unos pocos segundos. Lo sintió en la presión de sus dedos. En la fuerza que ejercía Mere al rodearlos con los suyos.

Llegaba el momento.

Unos pasos se detuvieron en el exterior del coche de caballos.

II

Los compañeros en el cuerpo de policía le miraban con curiosidad unos, con ira otros y con rabia la mayoría. Le culpaban de la desaparición de Scott Glenn y la asociaban con la de los agentes Roberts y James. De alguna manera el condenado había logrado girar las tornas a su favor. Nadie se hacía preguntas. A nadie le extrañaba que el nombre de Elora Robbins no apareciera en el libro registro de entrada pese a las declaraciones del resto de detenidos. De él, sencillamente se mofaban. A la cara. Ni siquiera intentaban disimular.

Sin constancia oficial, no había ocurrido. Menudo chiste.

Ignorando las miradas y los gestos de burla de un par de agentes, se dirigió a las escaleras de camino al despacho de Ross para esperarle cuando lo escuchó. Había llegado una carta a su nombre y debía ser entregada en mano. Estupendo. Más problemas, aparte de los ya existentes.

La comisaría se asemejaba a un polvorín y la ciudad se estaba volviendo loca de atar. Secuestros, homicidios y brutales asesinatos. Los agentes formaban corrillos en la entrada de la central y hablaban del último asesinato. El de un joven celador en un edificio público. Le habían destrozado a golpes con un objeto romo. Mostraba señales defensivas pero de nada habían servido.

Un par de inspectores se habían hecho cargo del caso por indicación del agente Strandler y habían acudido a recabar cuanta información se pudiera obtener antes de la reunión de agentes a celebrar a media mañana. Tras su vuelta se decidiría cómo actuar. En ausencia de Ross, éste tenía orden de organizar la asignación de tareas. Por algún motivo su mejor amigo confiaba en el veterano agente y eso le valía a él. Confiaba a ciegas en el instinto de Ross.

Con el sobre en la mano comenzó de nuevo el ascenso de las escaleras en medio de carreras y gritos de otros policías. Cerró la puerta del despacho tras de sí y aspiró profundamente. Algo de paz, al fin.

La habitación olía levemente a Ross. De golpe dejó caer su peso en una de las sillas y trató de aparcar las idioteces que le venían a la cabeza. Había organizado una cita con Melody en un par de días y no pensaba desperdiciar esta última oportunidad.

Con brusquedad abrió el sobre y desplegó la hoja que contenía. Reconoció la hermosa letra al instante y se tensó.

Clive, apenas dispongo de tiempo para escribirte pero he dado orden que esta carta sea entregada en mano.

Tienen a mi abuela. El maldito tiene a mi abuela. Seguramente en Londres. Vuelvo de camino a la ciudad pero no me extrañaría que me emboscaran. Si no he llegado pasada la media mañana, da la alarma.

Piaret trabaja para Saxton. De alguna manera están relacionados y creo que tiene que ver con los bebés. A eso se refería Titus con lo de los bebés con daño. Era su forma de intentar hacerse entender. Tenía que referirse a malformaciones óseas. Críos con deformidades en los huesos. Y esa es la especialidad de Colin Piaret. Ese hombre les necesita para algo. Los que nacen sanos son vendidos a familias ricas a cambio de pequeñas fortunas.

Con la captura de los Bray descubrimos una pequeña parte de lo que ocultan pero esto va más allá, Clive. Mucho más. Se están tomando demasiadas molestias para ocultarlo.

Creo que el secuestro de parejas durante los últimos meses, quizá años, es por eso. Mujeres embarazadas con antecedentes de malformaciones en la familia. Les secuestran y esperan a que nazcan los bebés. El objetivo son ellas y sus bebés. Los hombres son daños colaterales sin importancia y los usan en las peleas clandestinas.

¿Qué hombre no pelearía sabiendo que tienen a su mujer y su hijo no nato secuestrados? Ninguno. Ellos no tienen otra salida que pelear y perder la vida por aquellos que aman.

No es un simple caso de tráfico de bebés.

Creo que eso fue lo que ocurrió con Claire Robbins y su familia. Con el marido de Elora Robbins. Los antecedentes de malformaciones en la familia Robbins les condenaron. Siempre recabo toda la información disponible de aquellos con los que trabajo. Sé lo que me dirías de estar aquí conmigo pero no lo estás, así que deja de murmurar.

¿No sufría de algún tipo de deformidad uno de los críos de Elora? Uno de sus gemelos. Por alguna razón me tiene inquieto esa información. Pon a Sorenson sobre aviso. Quizá sea algo excesivo pero mi instinto me dice que esos críos están en peligro. Y quizá también Elora Robbins. Que les vigilen estrechamente. No esperes a que esté de vuelta para organizarlo. Lo dejo en tus manos.

Tiene que ser eso, Clive. Lo que no termino de comprender es qué recibe Saxton a cambio. Puede que me equivoque pero algo me dice que es el camino correcto.

Mi abuela sufre de esa misma dolencia. Tiene los huesos destrozados, amigo. Le trataba Colin Piaret y yo lo desconocía. Ese malnacido nos engañó desde el principio haciéndose pasar por víctima de Saxton. Consiguió dar a ese monstruo acceso a mi hogar y a mi abuela.

Cuando Peter y Rob Norris interrogaron a Piaret, éste les dio una pista que sabía que yo seguiría, tarde o temprano. Las cuevas, la torre y las águilas. Es el escudo de mi familia, Clive. El maldito blasón familiar. Las cuevas al fondo, la torre y las águilas sobrevolándola. Una condenada trampa para alejarme de la ciudad y he caído como un novato. En cuanto nos veamos te daré más datos pero el maldito me lleva ventaja. Demasiada.

Es peligroso, Clive. Mucho. Nos conoce y eso le proporciona una ventaja de la que nosotros carecemos.

Llevo días dándole vueltas y hoy encajó otra pieza. El día que descubrí el rastro de sangre en nuestra comisaría, en el patio trasero de caballos, éste iba de vuelta al interior del edificio. No tiene sentido si los agentes James y Roberts querían escapar.

¿Escapar hacia el interior? ¿Hacia una trampa? No. Si volvieron al interior y las gotas de sangre que vi en la escalera lo demuestran fue porque había algo en el interior del edificio que necesitaban recoger o bien ocultar. Quizá *su libreta con los datos de la investigación de la agresión al carnicero. Quizá otra cosa. Las gotas de sangre señalaban en dirección al piso superior. Mi despacho está ahí. Si llegas antes que yo, no dudes en mirar. Revuelve hasta el último rincón.*

Esos muchachos están muertos, Clive y me siento responsable. Debí escucharles cuando tuve oportunidad. Ahora es tarde.

Una última cosa. Nuestra conversación sobre lo que ocurrió en la taberna y en tu hogar la otra noche. Olvídalo. Para mí, ya lo está. Y el alcohol a veces nos juega malas pasadas. Incluso con los buenos amigos. Me alegro que hayas encontrado a una mujer con la que compartir tu vida. Supongo que cualquier hombre desearía lo mismo.

Nos vemos en Londres, amigo mío.

Ross Torchwell

El papel comenzó a temblar al ritmo de sus manos. Era casi media mañana y aún no había rastro de Ross en las inmediaciones. Se le encrespó el cabello y el pulso se le aceleró. Dios santo, condenado terco.

Tenía sentido. Todo comenzaba a cobrar sentido. Todo menos el hecho de que la muerte de los muchachos fuera culpa de Ross. Era un terca cabeza hueca pero ya estaba él para aclarársela a base de mandobles, de ser necesario. Dobló con delicadeza el papel y lo guardó en su bolsillo.

Las últimas frases de la carta se repetían en su mente. Ross le daba una salida a la tensión que se había creado entre ellos. Una maldita salida a un embrollo que le asfixiaba.

¡Maldita sea! Si hubiera recibido la carta unas horas antes, quizá Elora Robbins no hubiera desaparecido. Y era cierto. La mujer tenía dos niños. Uno de ellos, enfermo.

Con rapidez garabateó unas pocas palabras dirigidas a Sorenson. Debían proteger a los pequeños. De seguido al hogar del matrimonio Aitor, poniéndoles al tanto de la nueva información e indicándoles que él llegaría poco después, tras reunirse con Ross. Se negaba a plantearse la posibilidad de que su mejor amigo no volviera sano y salvo.

Meredith, Peter y Rob ya habrían llegado al hogar de la primera y dejado sana y salva a la pequeña mujer entre los amorosos brazos de sus padres y hermanos. John no tardaría en volver de su reunión con un miembro de la Junta metropolitana de Obras Públicas que conocía desde hacía años, acompañado de Doyle. No había sido posible posponerla ya que ese hombre salía de la ciudad en un par de horas y necesitaban la información. Información sobre qué demonios estaba ocurriendo con el mercado de ganado.

Eso era lo que carecía de sentido tras recibir la información de Ross. ¿Qué diablos relacionaba el mercado de ganado de Smithfield con Colin Piaret y los bebés?

La agria mirada en el rostro de John Aitor no le extrañaba al haber tenido que separarse de su señora y menos estando ésta en avanzado estado de gestación. Al menos Meredith Evers estaba en buenas manos, con Rob y Peter Brandon. Julia había tenido que quedarse al cuidado de su niña y el resto habían optado por permanecer reunidos ultimando los detalles de la incursión en el hospital de San Bartolomé.

Esperaría un poco más a que llegara Ross. Si daba la alarma y de repente aparecía el superintendente le tacharían de idiota redomado, más teniendo en cuenta que, supuestamente, ambos no hacían demasiadas migas. Le daba media hora, a lo sumo. Tiempo suficiente para repasar todos los recovecos del despacho, desde el suelo al techo.

Si conseguía concentrarse y tragar el maldito nudo en su garganta.

Si le pasara algo a Ross…

Si le pasara algo, no estaba seguro de poder superarlo.

III

El alivio fue indescriptible.

La caballería acababa de llamar a su puerta en el mismo segundo en que el segundo pedacito de vida caía entre sus manos. Se sentía pegajoso y emocionado pero bastaron cinco segundos para que el aliento se le congelara en el pecho. Con angustia miró en dirección a Rob pero la escasa luz sólo le ofrecía el perfil de su cara. Tan tensa como la suya.

El silencio era brumador.

No se le ocurrió otra cosa cuando el bebé no se puso a llorar de inmediato como su gemelo. Su cuerpo reaccionó pese a que le dio la sensación de que su mente quedaba en blanco. El pequeño no respiraba. Al igual que hacía con la pequeña Rose cuando estaba inquieta, colocó al bebé boca abajo sobre su antebrazo y le dio unos suaves golpecitos en la diminuta espalda. Sentir la mirada angustiada de Mere sobre él casi le mató. Debía respirar. Debía…

Repitió la tanda de golpes. Suaves pero firmes. Por favor. Debía vivir.

Nada.

El silencio se rompió con la ahogada vocecilla de Mere suplicándole que hiciera algo y la de Rob, completamente rasgada, diciéndole que lo intentara de nuevo. Que no parara.

Se sentía incapaz de respirar.

Lo hizo.

El gemido parecido al de un maullido llegó en el mismo instante en que la puerta se abrió de golpe y con ella la aparición de tres rostros. La madre de Mere, Julia y detrás la del doctor Brewer.

Comenzó a temblar. Perdió la fuerza de los brazos y con la mirada suplicó que cogieran al bebé. Que se le caía. Que, ¡diablos!, que estaba a punto de desmayarse. Escuchó en la lejanía el grito de Rob, los llantos unidos de los bebés, la agotada risa de Mere, la exclamación de asombro y felicidad de Julia y el murmullo apreciativo del médico.

Sólo entonces se permitió respirar de nuevo. Tras sentir el calor y el suave movimiento en el pecho del pequeño cuerpo.

Repentinamente se sintió muy pesado. ¿Por qué se acercaba la desnuda rodilla de Mere a su cara a gran velocidad? ¿Y por qué demonios chillaba Rob su nombre como una desmelenada verdulera? No sentía pies y manos. ¿Por qué se estaba oscureciendo todo a su alrededor si era de día y…?

Diablos, se estaba escorando.

IV

Le costaba olvidar las redondas caritas de los bebés pero, sobre todo, tenía grabada en la memoria la mirada de Mere. Llena y hermosa.

Posó la vista en el hombre que permanecía totalmente ajeno al tumulto organizado con su repentino desmayo. No pudo evitar sonreír. Amaba a Peter con toda su alma. No lo habrían superado de no ser por él y esa innata tenacidad. Prometió que nada malo ocurriría y había cumplido. Después había caído redondo al suelo del carruaje como un fardo en una posición un tanto estrambótica. Con la cara contra la pierna desnuda de Mere y roncando como un búfalo.

Ahora estaba tumbado sobre una superficie mullida. El tresillo ubicado en medio de la sala de estar de la mansión Aitor. Les había costado Dios y ayuda trasladarle porque se asemejaba a un peso muerto en toda regla y Mere se negada en redondo a perderle de vista. Desmadejado, colorado y como un leño. Merecido tenía el descanso. No iba a perderle de vista hasta que esos ojos negros se clavaran una vez más en él.

Peter llevaba perdido en el mundo de los sueños un buen rato. El tiempo suficiente para que trasladaran a la madre, hijos y a la desfondada comadrona masculina a casa de Mere y John. En esos momentos los primeros eran atendidos por un profesional en toda regla aunque en cuanto Peter despertara, él le trasladaría las palabras dichas por el buen doctor.

En lugar de instalar a Peter en una de las habitaciones para invitados al final optaron por acomodarle en el piso inferior, bajo su vigilancia. Tendido cuan largo era en el sillón, él permanecía sentado junto a sus pies, a la espera.

El suave gruñido le sonó a gloria. La mirada algo perdida de esos ojos le reblandeció por dentro. Antes de que Peter preguntara, contestó.

—Están bien. La madre y los hijos. Lo lograste.

Le encantaba la lluvia de emociones que esos ojos eran capaces de mostrar. Tan hermoso. No pudo evitarlo.

—Eres una comadrona de primera, Peter Brandon.

El suave gruñido le arrancó una sonrisa. La oscura cabeza se giró repasando la estancia.

—¿Qué hora es?

—Pasado el mediodía.

—¿Qué hacemos aquí?

—Te desmay…

El inmenso corpachón se incorporó levemente y frunció el ceño.

—¡De eso nada!

—¿Ah, no? Pues para estar en pleno uso de tus facultades, tus extremidades parecían blandengue gelatina.

Los colores se acentuaron en el duro rostro.

—Es la primera vez, ¿verdad?

Silencio absoluto.

—No te apures, grandullón. Siempre hay una primera vez para todo, incluso para desmay…

—¡Rob!

—Un desmayo bien merecido, todo hay que decirlo pero desmayo al fin y a la postr…

Unos suaves labios detuvieron su parrafada. Unos labios conocidos. Si no fuera por las circunstancias y por el susto que todavía no había conseguido quitar del todo, se lo comería a besos. Sonrió recordando las palabras del doctor.

—Y que sepas que el Dr. Brewer estaba dispuesto a contratarte de asistente a parturientas pero creo que el ligero vahído le ha hecho reconsiderar su propuesta.

El brillo en esos ojos negros no le amilanó.

—Creo que cambio de opinión cuando tu nariz chocó contra la rodilla de Mere. Seguro que le sale un pequeño moratón. Tienes una nariz grande, amigo mío. También cuando tuvo que ayudar a cargarte. Pesas bastante. Mucho —Las cejas oscuras se enarcaron—. Bueno, algo.

El ceño no se relajó.

—Aunque cuando estás despierto pesas menos. Que conste que se lo dije al doctor.

El rostro de Peter mostró una ligera sonrisilla.

—Lo sé de buena tinta.

Una sonrisa de oreja a oreja.

—¡No me refiero a eso, Peter!

Una suave carcajada.

Dios, ¿acaso no podía callar la boca y dejar de avergonzarse a sí mismo? Al parecer no y el caso es que le daba igual. Con él, le daba igual. Antes de que Peter se alejara para terminar de incorporarse depositó un suave beso en esos labios y le susurró suave.

—Gracias.

Los oscuros ojos de Peter le miraron interrogantes.

—¿Por qué?

—Por lo que hiciste. Por salvarles. Por sacar fuerzas.

—Tú hubieras hecho lo mismo, canijo.

—Peter, me dediqué a cantar histérico al son de los gritos de Mere.

Una ligera sonrisa cubrió de nuevo la boca de Peter.

—Puede pero tus cánticos gangosos y desquiciados nos tranquilizaron en plena locura. A Mere le distrajeron y los bebés contestaron a su manera. Berreando a pleno pulmón.

—¿Me tomas el pelo?

—¿Tú qué crees, canijo?

Fue a contestar que sí, que él también le tomaría el pelo si estuviera en su piel pero la serena voz le detuvo un segundo. Hablaba en serio. Peter hablaba en serio.

—Además, tú no te… ya sabes —susurró Peter.

—¿Yo no qué?

—Tú no te… lo que empieza por la letra de.

—¿Desmayé?

—¡No me desmayé! ¡Me dormí consciente en todo momento de lo que hacía!

—Lo que tú digas, Peter.

—Ahora eres condescendiente.

—¿Yo? Jamás. Si quieres te canturreo un poco para tranquilizarte. Sosiego a parturientas y recién nacidos. Soy todo un tesoro.

Le encantaba esa ronca risa que surgía de ese pecho. Fue a acercarse a ese rostro para darle otro beso pero unos toques a la puerta de entrada le detuvieron.

Peter se incorporó hasta quedar sentado en el borde del asiento. La figura que apareció al abrirse la puerta no era la esperada. El pecoso rostro de Clive parecía demacrado y su mano sujetaba algo con desesperación. Le seguía Doyle y la seriedad en su expresión tampoco auguraba nada bueno.

Al unísono él y Peter se levantaron, enfrentándose a los recién llegados.

—¿Qué ocurre?

Fue Doyle quien contestó, tras entrar ambos en la habitación.

—No podemos esperar a mañana para entrar en San Bartolomé. Tiene que ser hoy. En el turno de tarde o de noche.

V

La cabeza le iba a estallar. Había organizado un maldito fortín para proteger a los críos de Elora. La nota garabateada de Clive Stevens que le había entregado Sampson poco antes de salir hacia el hospital de Bethlem le había trastocado los planes. No, tan sólo retrasado. Eso sin contar con los condenados minutos perdidos en intentar descifrarla debido a la horrible caligrafía del policía.

Había pagado una pequeña fortuna a un médico, a un enfermero y a un celador para obtener información y acceso a lo que buscaban. El dinero abría puertas y montañas y para él nada significaba en esos momentos salvo para ser el medio de lograr lo que quería. Si era necesario emplearía las mismas armas que su enemigo aunque su alma se pudriera por el camino. Por Elora valía la pena. Sólo por ella.

Al otro lado del tabique que separaba su despacho de la habitación contigua en la que a veces dormía, cuando pocas horas quedaban para el amanecer e ir y volver a casa era una pérdida de tiempo, escuchó sus vocecillas. Los pequeños estaban asustados. Preguntaban por su madre y él… él no podía dejar de pensar que las últimas palabras dirigidas a Elora habían sido gritando enfurecido.

Sencillamente no podía plantearse la posibilidad de que no estuviera bien, llena de vida y fuerza. Les había contado a los pequeños un cuento totalmente chapucero que ni una criatura menor de un año se creería y ellos tan sólo le habían mirado con fijeza y sonreído. Ni un segundo dudaron de él.

Sus entrañas se retorcieron al recordar sus caritas. Que Elora se había perdido al norte de la ciudad. Como si les valiera con eso. ¡Maldita sea! Les había dejado con el viejo Lucas y su maravillosa mano con los niños.

—Jefe, estamos preparados.

Se volvió al escuchar las palabras de Sampson y se dirigió hacia el armario en el que guardaba a buen recaudo sus armas. No saldrían de Bethlem sin respuestas o sin lo que fuera que guardaban allí. Si era Claire Robbins, le traerían de vuelta de entre los muertos. Si era otra cosa, tampoco le dejarían atrás.

—Jefe.

La duda llenaba la voz del viejo. Juró por lo bajo, en silencio. Nunca debió recriminarles. Nunca, ya que era él el culpable de haber perdido a Elora. Él estaba allí y ese malnacido se la arrancó de entre las manos. No conseguía borrar sus palabras de la memoria. *Ella es mía ahora.* Se sucedían una y otra vez en su mente. Se miró la mano derecha envuelta en vendajes. En su imaginación el barrote había caído a tiempo para salvarla. Para estrecharla entre sus brazos y susurrarle que estaba a salvo. Para…

Apretó los dientes y cerró la maldita mano apenas sintiendo el dolor.

—Bajo en unos minutos, viejo. Reúne a los hombres.

Sampson no dudo y obedeció. Quizá percibía que no era el momento.

Respiró hondo y tras colocarse las armas se encaminó a la puerta. Unos pocos pasos le separaban de las infantiles voces que se percibían ahora con claridad. Un puño le apretó el pecho al escuchar.

—El tío Marcus le buscará, ¿verdad, Lucas?

—Sí, hijo y le traerá de vuelta a casa.

Un breve silencio llenó la habitación

—¿Puedo ir yo a salvar a mi mamá?

¡Dios! Una criatura que apenas levantaba un palmo del suelo y tenía el espíritu de un dragón. El pequeño Evan. Nunca se quejaba salvo en soledad. Nunca lloraba pese a los dolores que sentía en esas pequeñas y debilitadas piernas. Inaguantables a veces y a pesar de ello siempre sonreía. Adoraba a su madre y a su hermana y lo expresaba con ese gesto tan suyo. Alzando la pequeña mano, apartándoles el cabello del rostro y acariciando sus mejillas. Mostrando el inmenso amor que les tenía. El mismo que ahora empleaba con su hermana gemela. Condenada criatura que se había colado en su corazón.

Con un suave empujón abrió la puerta. Tres pares de ojos se centraron en él. Tragó como pudo el maldito nudo en el cuello y forzó una sonrisa.

La pequeña Katie se abalanzó sobre él y no dudó en alzarla entre sus brazos. Evan quedó quieto sobre el lecho, con esa intensa mirada fija en él.

El crío le preguntaba sin necesidad de palabras. Asintió sin dudar haciendo una promesa que no iba a romper. No esta vez. Con extrema suavidad besó la mejilla de la pequeña antes de posarla junto a su hermano y taparles con la sábana y mantas. Acarició sus rostros. Una vez. La voz parecía atascada en su garganta pero habló mientras se giraba y encaminaba hacia la salida del cuarto.

—Haced lo que dice el viejo Lucas.

—Tío Marcus…

Se detuvo sin volverse.

—Dime, sapito.

Sentía en su espalda esos ojos redondos tan parecidos a los de su madre que le miraban como si leyeran su alma.

—Mamá está bien, tío Marcus. No te preocupes.

Apretó lo puños.

—No lo hago, cielo. No lo hago.

VI

—¿Qué diablos ocurre? —preguntó Peter.

Clive Stevens se paró de golpe tras entrar como una tromba incontenible en la habitación. Estaba nervioso y no era habitual ese estado en el hombre. A su lado Doyle apenas parecía respirar. La tensión invadía su cuerpo y le recordó el momento previo al inicio de una de las condenadas peleas en las que éste se vio obligado a participar durante años.

—Son los túneles. ¡Los malditos túneles!

¿Qué? Clive hablaba sin sentido. A su lado sintió cómo Peter desviaba el peso de su cuerpo de un pie a otro por lo que se acercó hasta que sus costados se rozaron. Sin apenas darle tiempo a mascar lo que hablaba, su compañero en el cuerpo de policía continuó. Parecía angustiado.

—Tienen a Ross y a la abuela. Él tenía razón. Toda la razón —Con movimientos erráticos Clive sacudía una pequeña agenda de piel oscurecida en uno de sus lados—. James y Roberts está muertos. La agenda está llena de sangre pero lograron esconderla y…

—Clive.

—… debieron imaginar que Ross la encontraría pero…

—¡Clive!

Los grises ojos de su compañero se entrecerraron.

—¡No tenemos tiempo, Rob! ¡¿Me oíste?! ¡Tienen a Ross! Y es mi culpa. Debía acompañarle. Debí…

Avanzó los pasos que le separaban de Clive y le rodeó el rostro con los dedos de una mano.

—Escúchame.

Respiraba casi con jadeos.

—No entiendes, Rob. Le han…

Apretó los dedos sobre la mandíbula de su compañero clavando la mirada en esos ojos oscurecidos por el miedo. Dios, era miedo lo que reflejaban. Puro miedo.

—Sí entiendo, amigo pero necesitas tranquilizarte. Ahora.

Las manos de Clive apartaron la suya y se frotó el rostro con una mano, con dureza. Seguía sujetando esa pequeña agenda y una hoja cuidadosamente doblada. Se las pasó por lo que abrió y leyó de corrido el contenido. Reconoció la letra de Ross Torchwell. Hubo de leerla en dos ocasiones antes de pasársela a Peter para que hiciera lo mismo. El juramento de éste surgió en el mismo momento en que la ronca voz de Doyle llenaba la habitación. Ronca pero tranquila. Lo agradeció en el alma ya que necesitaban a alguien capaz de obrar con calma.

—John está arriba con Mere y los bebés. No tardará en bajar pero démosle unos minutos. Cuando recibimos el mensaje de Julia sobre el parto lo dejamos todo y volvimos a la carrera. Tardará en olvidar el susto y la rabia de no haber estado junto a su mujer.

Peter observó a Doyle antes de doblar la hoja con el mensaje de Torchwell y éste pareció intuir lo que preguntaba. La reunión con el conocido de John.

—Sí, el amigo de John nos dio información y es increíble. Por no decir otra cosa.

—Sigue.

—Quizá debiéramos esperar a que baje John.

Peter contestó sin contemplaciones.

—No. No hay tiempo. Además, él ya dispone de esa información.

Tras un breve gesto de duda Doyle continuó.

—El amigo de John es miembro de la Junta Metropolitana de Obras públicas desde hace unos tres años pero eso no es nuevo. Todo iba bien hasta que, hace unos meses, el Ayuntamiento decidió sacar a concurso la gestión del mercado de ganado de West Smithfield. También debía decidirse si se ampliaba manteniendo su ubicación o por contra se clausuraba el actual y trasladaba a otra zona. Poco después comenzaron las presiones a los miembros de la junta. No hablamos de insinuaciones u opiniones sino de coacciones y amenazas en toda regla. Brutales.

—¿De quién?

—Anónimas. Para que votaran por la ampliación del Mercado de Ganado en el lugar en que está ubicado actualmente. En West Smithfield. Si optaban por su traslado a las afueras, bueno, os podéis imaginar el tono de las amenazas. Lo denunciaron tras pensarlo detenidamente ya que podía suponer un escándalo si salía a la luz

—¿Y?

—Nada. Quedó en agua de borrajas. La policía no se movió demasiado. Les dieron excusas y repetían que el asunto estaba siendo investigado, sin demasiados resultados —La mirada de Doyle se centró en él—. El caso se llevaba en vuestra comisaría, Rob.

Casi se ahoga al escucharlo. Otra vez. Maldita sea. Sintió la sangre fluir hacia el rostro. Se sentía avergonzado. Siempre se enorgulleció tanto de ser policía. Tanto... Escuchar esas palabras le carcomía por dentro. No supo que decir optando por callar.

—No lo sabías, Rob. Imagino que el anterior superintendente recibió una buena cantidad para ralentizar la investigación.

Tragó saliva ya que nada suavizaba el golpe ni lo hacía más sencillo de admitir. Siempre creyó en el cuerpo, en sus compañeros, en hacer lo que se debía. En ayudar. Sencillamente, en ayudar a la gente y…

Sintió el roce de los dedos en el dorso de la mano y alzó la mirada. Sus ojos se cruzaron con los de Peter. Leyó en su mirada comprensión y dolor. Él sabía lo que sentía, major que nadie. Se sentía traicionado. Muy hondo. Otra leve caricia, esta vez en la palma de la mano.

La grave voz de Doyle continuó.

—La situación empeoró cuando uno de los miembros de la Junta murió en extrañas circunstancias. Determinaron que fue muerte natural dada su avanzada edad pero el amigo de John lo duda. Según sus palabras era un hombre saludable y activo. El caso es que era un acérrimo defensor del traslado del mercado de ganado y había recibido amenazas de muerte.

—¿Qué tiene que ver eso con su muerte?

La clara mirada de Doyle se endureció.

—Con su muerte quedó un cargo vacante en la junta metropolitana, responsable de decidir en última instancia sobre el mercado de ganado. Como era de esperar, no tardaron en nombrar a alguien.

—¿Y? —inquirió Peter.

—Había dos frentes claros en la pelea. El primero, partidario de clausurar el mercado de ganado alegando crueldad en el manejo de los animales, la suciedad que éste generaba en una zona altamente poblada y la pestilencia que causaba provocando brotes de enfermedades en la ciudadanía. La finalidad era trasladarlo a Copenhagen Fields, en Islington.

—¿El otro?

—Mantener el mercado en su sitio e incluso ampliarlo. Algo sin demasiado sentido teniendo en cuenta las protestas cada vez más intensas.

—¿Qué protestas?

—Unas semanas antes de la muerte del miembro de la junta la revista de los granjeros publicó una petición firmada por banqueros, comerciantes, carniceros y residentes contra la expansión del mercado. Hicieron panfletos y organizaron manifestaciones en apoyo de la causa. El hombre era un claro defensor de la primera opción y nos consta que se reunió en varias ocasiones con el gremio de carniceros pero de la noche a la mañana murió. Qué casualidad, ¿no? Pero lo interesante no es eso sino…

No pudo evitarlo. Rob interrumpió a Doyle.

—¿A quién se nombró nuevo miembro de la junta?

Los transparente iris se clavaron en los oscuros de Peter antes de volverse hacia él. Supo la respuesta antes de que Doyle la dijera.

—A un tal Alan Osborne.

Su corazón comenzó a latir con fuerza intuyendo lo que llegaba. La voz de Doyle no dudo al hablar.

—Un desconocido hasta entonces en la administración —el hermano de Peter paró un segundo antes de apretar la mandíbula y continuar—. Tiene que ser Saxton, Rob. Coincide la descripción facilitada por el amigo de John y también su forma de actuar.

Tras una leve pausa, Doyle continuó.

—Como consecuencia de las quejas generadas por el gremio de carniceros, entre otros, hace un par de meses se creó una comisión mixta para investigar el estado del suministro de agua y alcantarillado de la ciudad.

La voz de Peter sonó clara en la habitación.

—¿Qué tiene eso que ver con el mercado de ganado de West Smithfield? Es más, ¿qué relación tienen todo esto con el condenado hospital de San Bartolomé y todo este jaleo?

Doyle se removió inquieto antes de contestar.

—Todo. Durante la construcción del mercado de ganado…

No dio tiempo a más al rebotar la puerta de entrada al salón contra la pared. Una figura enorme pero con aspecto agotado recorrió con rapidez la estancia con la vista y dudó unos segundos hasta acercarse a grandes pasos hacia Peter.

John no pronunció una sola palabra durante unos segundos mientras permanecía pegado a Peter. Sencillamente le envolvió entre sus brazos hasta que brotaron las palabras, llenas de emoción.

—Gracias, Peter. Por salvar a mi mujer. Por traer a mis niños con nosotros. Nunca podré pagarlo como quisiera, amigo mío pero…

—No hace falta.

—Algún día…

Tras unos segundos se separaron lentamente, levemente avergonzados y John se dirigió a Doyle y a Clive.

—¿Les habéis contado todo?

—Una parte —el hermano de Peter respiró con fuerza y retomó la palabra—. Como decía, durante la construcción del mercado de ganado bajo sus pies se creó una red de túneles con railes, creando una unión rectangular con el ferrocarril, entre Blackfriars y Kings Cross. Llegado un punto los túneles acceden al exterior pero bajo el parque de Smithfields y sus alrededores existe una extensa red que creemos que sirve para el transporte de las carcasas de los animales que se sacrifican en el Mercado. Siempre se creyó que la única entrada a los túneles era por propio Mercado de ganado y la única salida el punto de unión de la red con el exterior. Además, la salida se encuentra permanentemente vigilada por orden del ayuntamiento. Nada que no sean carcasas de animales debe entrar o salir.

—¿Y? —indagó Peter.

—Creemos que al sacar la gestión del mercado a concurso y crear una comisión de investigación del alcantarillado de la ciudad debido a las quejas de carniceros y comerciantes, tarde o temprano el ayuntamiento tendría que revisar el estado de esa red de túneles.

—Y no interesaba que eso ocurriera.

—Exacto.

Clive tomó la palabra.

—Los agentes James y Roberts descubrieron lo que ocurría. Por eso les mataron.

Rob cruzó miradas con Peter antes de volverse hacia Clive. Imaginaba lo ocurrido tras leer la nota de Torchwell.

—Encontraste la libreta de su investigación en comisaría, ¿verdad?

—En el despacho de Ross, bajo la tarima. En un lugar que no llama demasiado la atención si no es tu propio despacho. La mala suerte ha sido que desde que asumió el cargo de superintendente apenas ha permanecido en él. Ross ha acertado en todo —una triste sonrisa curvó la boca de su compañero—. Cuando les asignaron el caso del carnicero apaleado a James y Roberts, comenzaron a indagar. Descubrieron que éste era uno de los cabecillas del movimiento en contra de la ampliación del mercado.

Como un fogonazo, en la mente de Rob se dibujó una mesa llena de libros de medicina y papeles. Y entre ellos algo que destacaba por no tener relación con lo anterior. Un arrugado panfleto en defensa de la clausura del mercado de ganado de West Smithfield. El lugar, el despacho de un médico. El de Colin Piaret. Juró por lo bajo atrayendo las miradas de todos. ¡Maldito traidor! Y él, era un torpe. Un descuidado torpe que había dejado de lado una maldita pista, a plena vista. Sacudió la cabeza indicando que más tarde se explicaría y haciendo un gesto hacía Clive para que no parara.

—Blair Burgi era un defensor acérrimo del cierre del mercado o su traslado. Le acosaron y amenazaron y al final le eliminaron pero lo que no imaginaron fue que ese hombre era de los pocos que conocía lo que relacionaba a San Bartolomé con el mercado de ganado y que se lo contaría a los agentes que trataron de protegerle. Y esa información se la facilitó su hermana, Maura Kennedy. Una simple frase que une al hospital con el mercado y que aparece apuntada en la libreta de James y Roberts. Un dato que les costó la vida a dos mujeres y tres hombres. No creo que llegaran a saber el alcance de su importancia.

—¿¡Cual!?

—Hay una segunda entrada a la red de túneles ubicada bajo el mercado de ganado y está en el condenado hospital de San Bartolomé. Imaginad dónde puede estar…

A punto estaba de apremiar a Clive para que lo soltara pero otra condenada tanda de golpes llegó a sus oídos. Insistentes y desprendían una sensación de urgencia. Todas las cabezas se volvieron en dirección a la puerta.

—¿¡Qué diablos pasa ahora!?

El rugido de Peter resumía el sentir de todos. Hizo caso omiso de lo que ocurría fuera de la habitación para volverse de nuevo hacia Clive pero al otro lado de la puerta dos pares de voces comenzaban a alzarse en medio de una discusión. Alguien quería acceder a la casa pero el pequeño y redondo mayordomo que dirigía la mansión Aitor parecía negarse en redondo.

John lanzó un resoplido de impaciencia y se dirigió hacia la puerta mientras gritaba en voz alta las misma palabras que acababa de lanzar Peter. El jaleo no tardó en convertirse en silencio mientras Peter, su hermano, Clive y él no apartaban la mirada de la maldita puerta. Algo serio ocurría y su instinto le decía que no era bueno. Se acercó de nuevo a Peter.

Unos pasos recorrieron el camino de vuelta a la habitación. Sólo podía ser John. La oscura cabeza reapareció mientras a su espalda se escuchaba de nuevo alboroto. Los recién llegados se estaban agitando, de nuevo.

No le agradaba para nada la mirada clavada en él. Mostraba sorpresa e inquietud.

—¿Qué ocurre, John? —indagó Doyle.

Éste nada contestó mientras se encaminaba en dirección a la ventana que daba al exterior. Como mucho ésta distaba del suelo el equivalente a la altura de un hombre adulto.

—No podrá entretenerles demasiado.

—¿Quién?

—Nuestro mayordomo.

—No, ¿a quién ha de entretener?

John paró unos segundos antes de terminar de abrir la ventana. ¿Por qué diablos el marido de Mere abría la ventana con el frío que hacía fuera?

—A la pareja de agentes que han venido a detenerte.

La brusca aspiración de aire de Peter casi apagó el sonido de su propia exclamación.

—¡¿Cómo?!

—Como sospechoso del homicidio de un joven celador.

—¿Qué? ¡Eso no tiene sentido!

Con gestos apremiantes Doyle indicó a Peter que recogiera su abrigo y se vistiera antes de volverse hacia él. La ventana estaba abierta de par en par.

—¡No hay tiempo de hablar, Rob! —gritó John al tiempo que sujetaba el marco de madera.

Peter ya estaba preparado pero él no. Estaba harto de huir. Harto de esconderse.

—¡Yo no he matado a ese hombre! Tiene que haber un maldito error.

—Lo sé, amigo pero ahora no es el momento. No lo es —la mirada de John se desviaba continuamente hacia la puerta. Las voces se aproximaban—. Le mataron en el Registro Padronal. El mismo día en que acudiste a recabar información sobre Osborne.

Por el rabillo del ojo se dio cuenta que, en silencio, Clive se colocaba contra la puerta de entrada actuando de tope. Evitando que cualquiera entrara al cuarto.

—Tu nombre aparece en el registro de entrada, Rob.

Sintió la sangre abandonar su rostro tras escuchar la frase de John y la palidez se extendió por la cara de Peter. No necesitaron intercambiar palabra alguna. Ambos pensaban lo mismo. El mismo día en que visitó el registro apareció la nota en su chaqueta. La nota de Saxton. Sólo él pudo meterla en su bolsillo por lo que también estuvo allí. Y sólo Saxton mataría a un hombre inocente para inculparle.

Apretó los dientes. Los agentes ya estaban al otro lado de la puerta.

Sintió cuatro pares de miradas sobre su rostro. Acuciantes y desesperadas. Dos de ellas, apremiándole para que escapara por la ventana. Otra de color gris, inmensamente testaruda. Hasta que él se lo dijera, Clive no se apartaría de esa puerta. Y una última, negra e insondable.

La cuarta esperaba reflejando un inmenso temor. Sencillamente esperaba su decisión y por ello quiso al hombre que amaba más que a su vida.

******

Capítulo 25

I

—Ya estamos prometidos así que no va a ocurrir nada escandaloso porque estemos juntos en una habitación, querida. Mejor dicho, con una compañía algo silenciosa y con las apariciones estelares de otras tantas personas para vigilarnos —las rojizas cejas que cubrían los ojos color jade se fruncieron como si acabaran de descubrir un hecho la mar de molesto—. En resumen, querida mía, podría afirmar casi con seguridad que no nos dejarán solos hasta después de nuestra boda.

Dios mío, Jules juraría que el hombre farfullaba entre dientes. ¿Estaba nervioso? No. No podía ser. Ese era Jared Evers. La desvergüenza personificada. Fue a contestar pero la boca del hombre se abrió de nuevo para seguir parloteando sin control alguno.

¡Estaba nervioso! Se mordió el labio inferior para evitar una sonrisilla que no pasaría desapercibida al fondón.

—Concretando un poco más, hasta la noche de bodas. Puedes respirar libremente antes de asfixiarte del soponcio, Jules Sullivan. Soy franco. Asúmelo. Además, todavía queda un tiempo para que llegue el sabroso y esperado momento.

Centró la vista en el hombre que se pavoneaba frente a ella como si esperara un desmayo ante un ejemplar masculino tan suculento. Tras mantener la mirada fija unos segundos en las bien formadas cejas masculinas, la apartó.

No estaba muy segura de si Jared Evers le estaba provocando con toda la intención del mundo o el hombre hablaba en voz alta compartiendo sin control sus pensamientos más íntimos. Casi estaba por decantarse por la segunda opción teniendo en cuenta con quien compartía el fondón lazos de sangre. Con Mere. La deslenguada número uno del reino. Un pequeño defectillo que apenas era apreciable en su Mere, en su momentáneo prometido era un defecto descomunal, desquiciante, desesperante y mejor lo dejaba ahí que se lanzaba y no podría parar.

Le desconcertaba.

Con ese hombre nada era blanco o negro sino multicolor y con sombreados. Un camino debiera ser recto y llano no con pronunciadas curvas y cuestas empinadas. Tratar con él le agotaba, mental y físicamente. Provocaba que estuviera alerta. Despierta. Y temía que llegara a gustarle esa sensación.

Estirando la espalda, aspiró con vigor para sosegarse y para conseguir relajarse, si eso fuera posible. La mañana había resultado un completo sinvivir. A primera hora habían dispuesto de una escasa hora en la casa Brandon antes de que llegara el aviso de que Peter Brandon era una estupenda comadrona y que había ayudado a traer al mundo a los gemelos de Mere y John. Que Rob Norris también había echado una mano, canturreando sin control ni afinación alguna.

Un pequeño nudo se le formó en la garganta al recordar la transformación de las facciones del hombre que en estos momentos recorría la habitación que ocupaban, rezongando acerca de los posibles problemas con los que podían topar en el hospital. El abanico de emociones en el rostro de Jared al escuchar que Mere estaba de parto había abarcado desde un completo terror, al miedo intenso, a la sorpresa, a la ilusión, a la preocupación y a la felicidad más absoluta al leer la última frase de la nota enviada por la abuela Allison.

La madre y los bebés estan sanos y salvos. Son preciosos y se parecen a su madre.

Jared Evers adoraba a su hermana y sólo por eso, ella estaba dispuesta a perdonarle algún que otro defectillo. No demasiados. Sólo alguno. También era algo torpe cuando se emocionaba. Al leer la nota de la abuela su impuesto prometido había volcado con el codo la taza de té caliente que ella había colocado junto al borde de uno de los planos y al tratar de equilibrarlo, había rasgado un poco el papel. Era un descontrolado precipitado. El resultado era unos planos con un ligero olor a dulzón y bastante arrugados. También había tropezado ligeramente con la alfombra al echar a correr hacia la puerta y volver bruscamente al recordar que le dejaba a ella atrás. Por un minúsculo segundo Jules estuvo segura de que le iba a izar en volandas para que se diera prisa pero finalmente optó por asirle del brazo y arrastrarla tras él.

No había llegado al presenciar la expresión del rostro masculino al ver a su hermana y sobrinos juntos por primera vez pero le hubiera gustado. Una cosa era engañarse un poco a sí misma y otra ocultar lo más que evidente. Le gustaba observarle. Claro que también le gustaba ir al zoo de Londres a observar al detalle a los animales y su comportamiento. Para compararlos con el fondón. Sobre todo a los peludos primates.

Lo único que había alcanzado a escuchar mientras subía los escalones en dirección al primer piso eran las hermosas risas entrelazadas de ambos hermanos. Hermosas y cómplices. Su corazón dio un vuelco al recordarlo. Parecido al que había sentido mientras pisaba con paso firme los escalones para asegurarse que una de sus mejores amigas había sobrevivido a un doble parto.

Se había sentido tan feliz al verles.

El ambiente que se respiraba en casa de Mere era lo opuesto a lo que encontraba en su propio hogar. Era calor. Eran risas. Era amor, en el sentido más amplio de la palabra. Era… lo que ella buscaba casi con desesperación.

Sonrió levemente al recordar la imagen de Mere arrebujada entre las sábanas, sonrosada y a la espera de que llegara su marido mientras Jared permanecía estirado cuan largo era sobre el lecho, a los pies del colchón. Su hermana le retaba a coger en brazos a sus sobrinos pero él le contestaba que apenas le cabían en la palma de la mano. Que era un torpe con las cosas pequeñas y que se contentaba con contemplarles. Con verles respirar. La escena era…

Jules tragó saliva, apretó los labios y se recolocó los anteojos para leer con claridad las líneas que formaban el entramado de celdas, pasillos y estancias que llenaban el hospital de San Bartolomé.

Los hermanos Brandon habían localizado los planos de construcción del hospital y sus sucesivas reformas. Ella debía memorizar sus formas, sus recovecos, entradas y salidas por si debían escapar a la carrera en algún momento.

La abuela Allison había echado un ojo a los enormes planos y lo había dejado en sus manos alegando que tratar de entenderlo era como desenredar una madeja hecha con miles de nudos y su cerebro estaba un tanto desgastado para agotarlo aún más. Había optado por fijar en su mente la distribución de los pisos, entradas y salidas así como la ubicación del despacho de Colin Piaret y de la antigua celda de Titus. El resto lo había dejado en sus manos o, más bien, en su capacidad para memorizar.

Disponía de cinco horas a lo sumo para que su mente absorbiera toda la información. Después tocaba vestirse para el gran acontecimiento junto con Allison e infiltrarse en el complejo. Una vez dentro, dar acceso al fondón para que les protegiera de ser necesario. ¡Ja! Como que el fondón iba a ser capaz de eso. Si lo único en lo que sobresalía era en mirar su propia imagen en el espejo además de lanzarse besos a diestro y siniestro.

No recordaba haber conocido en su vida otro hombre más engreído y que creyera que las mujeres debían lanzarse a sus pies para besuquearle las pantorrillas. Si pudiera, cogería carrerilla y le daría un buen cabezazo en medio del pecho. Dudaba que llegara a alcanzar la boca para desdentarla un poco y así dejara de sonreír con esa sonrisilla que le ponía de los nervios.

Sentía sobre su costado las miradas sufridas del hombrecillo oriental, amigo de Peter Brandon y de Titus. Hasta ellos se apiadaban de su situación. Daba lástima y con razón. Su vida personal era inexistente y ya no digamos la sentimental.

Jamás había besado a un hombre que amara y le correspondiera, ni siquiera en sueños. Lo más cercano había sido una pesadilla en que un varón se le acercaba con una rosa roja en la mano haciendo muecas y sonidos estrafalarios con los labios, anunciando a bombo y platillo su intención de besarle. Iba vestido con un taparrabos hecho a base de hojarasca y por alguna extraña razón sus labios y orejas mostraban una grotesca desproporción con el rostro. También una pelambrera rojiza sobre el abultado cráneo. Lo siguiente había sido tener a un palmo de su cara a un orangután con la rosa sujeta entre los dientes. Todavía le dolía el trasero debido a la caída del lecho, al despertar horrorizada.

Ese era el origen de su intensa observación de los primates. Simplemente comparaba gestos porque estaba casi segura que el varón propenso al besuqueo había sido Jared Evers y había involucionado con una rapidez pasmosa ante sus ojos. Quizá si le pidiera, con total naturalidad, que pusiera morritos y mordiera una rosa se olvidaba del tema que le tenía desquiciada. Y que sonriera mientras mordisqueaba el tallo.

Dios mío, se le estaba yendo la cabeza. Por momentos. Trató de borrar de su mente la imagen repentina del fondón en taparrabos, mordiendo con ansia seductora una rosa roja.

Carraspeó llamando sin querer la atención del hombre, quien le observó con curiosidad. Seguro que estaba roja, ¡como un tomate!

Con rapidez le dio la espalda volviendo su atención a la mesa cubierta de papeles.

Habían esperado pacientemente a que Peter despertara de su letargo tras el episodio del parto. Por el momento permanecía bajo la estrecha vigilancia de Rob Norris. Le encantaban esos dos hombres sobre todo Peter.

Tan grande pero tan delicado con ellas. Con Titus. Un alma gentil en un cuerpo inmenso. Igual que el gigante de los rasgos infantiles. Quizá por ello Peter Brandon sentía tal necesidad de protegerle.

Por lo que le constaba, hacía un rato habían llegado al hogar John y Doyle Brandon, tras reunirse con el hombre que trabajaba en el Ayuntamiento de la ciudad de Londres. Estaba deseando escuchar la información recibida pero tendría que esperar. Todos tendrían que hacerlo ya que ambos habían subido al piso superior a reunirse con sus respectivas mujeres. Para asegurarse de que se encontraban sanas y salvas, al igual que los bebés. El susto pasado por John debió ser mayúsculo al recibir la noticia del parto. Si ellos se angustiaron, imaginar la reacción del marido era casi imposible.

También le había parecido escuchar poco después una persistente llamada a la puerta de entrada principal pero había optado por concentrar su atención en el jaleo que tenía entre manos. No convenía distraerse.

Memorizó la planta principal del hospital de San Bartolomé hasta que se le nubló ligeramente la visión.

Empezaba a sentir sudores fríos por todo el cuerpo. Sus abuelos aún no habrían recibido su mensaje intentando explicar lo de su enlace con Jared Evers pero en cuanto lo hicieran dolería tanto como les dolió en el pasado. Se cortaría la mano por evitarles el daño. La mano y lo que fuera porque les adoraba pese a la frialdad que su abuelo mostraba hacia ella. Puede que su abuela lo aceptara pero él…

Ella no era su madre. Ella nunca les traicionaría o abandonaría. Antes daría la vida a provocarles el mismo sufrimiento que su hija les causó. Les quería tanto que en ocasiones soñaba que les perdía. Despertaba angustiada y no lo entendía. No entendía cómo su madre les dio la espalda y…

—No va a funcionar. Si te distraes con una mosca para memorizar no quiero ni imaginar lo que va a ser…

—¡No me distraigo!

—Lo haces, querida. Delante de mis narices.

—¡Pues no mires!

—Arriesgo mi integridad para protegerte, pajarillo.

¡Oh!, Ohhhh…

No podía con ese hombre. Era… era… ¡un presumido fondón! Ni que fuera un regalo de los dioses. Decidió contratacar.

—En realidad no es necesario que nos acompañes, Jared. Con tu agilidad, seguro que derrumbas la pared exterior del hospital de un pequeño traspiés.

—¡El tropiezo de antes fue un lapsus!

—Por supuesto ¿Cómo no me di cuenta de que la taza de té y la alfombra tenían vida propia y te atacaban por ignorarlas?

¡Uy! Le había enfadado. Puf, pues peor para él. Desde luego, que poca capacidad de autocrítica tenían los varones. La figura masculina se acercó con rapidez por lo que se colocó en consonancia. Con los brazos en jarras. Si creía que le iba a amedrentar no conocía a Jules Sullivan y su vena de pura terquedad.

—Retira lo dicho, Jules Sullivan.

¡Ja! Ni que estuvieran en un jardín de infancia y le hubiera llamado presumido fondón a pleno pulmón delante del resto de críos.

—No.

Que entrecerrara esos ojos verdes no era buena señal. No señor. Le daba igual, no pensaba rectificar. Que le obligara, si se atrevía.

—No te lo pediré dos veces, querida.

—Ni aunque me lo pidas veinte, *querido*.

Se estaba poniendo colorado. Y al muy engreído ¡le sentaba bien el rubor en los pómulos! Qué injusto era el mundo. A su alrededor dejó de percibirse la suave conversación que mantenían Guang y Titus. Claro que su pelea debía de ser más interesante a ojos de terceros. Con lo poco que le agradaba centrar la atención ajena en ella, su prometido parecía atraerla como el polen a las abejas.

Eran incompatibles.

Observó con fijeza el rostro del hombre parado a un paso de ella que parecía estar sopesando el próximo paso a dar. Jules sonrió por dentro. Le había dejado pasmado. Ahora lo entendía. El pobrecillo creía que eran compatibles como pareja. Estaba en babia. ¡Si ni siquiera encajaban como amigos! Discutían sin cesar y nada tenían en común. Al fondón le encantaban los espejos. Ella los aborrecía. Él era un descontrolado. Ella necesitaba tenerlo todo bien amarrado para evitar…

¡¿Pero qué diantre era el jaleo que se escuchaba al otro lado de la puerta?!

Alzó la mirada y descubrió que ya no era el centro de atención. Las tres cabezas masculinas presentes se habían vuelto en dirección a la puerta de la habitación que ocupaban y esa había sido la causa del cese de la conversación entre Guang y Titus.

Parecían porrazos entremezclados con ¿gritos?

Ay, Dios mío.

Odiaba las sorpresas.

II

No huiría.

Se negaba a que le acecharan como un animal. Desvió la mirada hacia Peter mientras los nudillos aporreaban la puerta. La voz del mayordomo, al otro lado, trataba de calmar los ánimos pero el escándalo aumentaba por momentos.

Permaneció unos instantes con su mirada clavada en la de Peter. No pronunció una palabra. Tampoco fue necesario. La opresión le inundó el mismo centro de su pecho al observar que éste, lentamente, cerraba la ventana bajo la mirada de asombro de Doyle y John mientras que nada respondía a la apremiante pregunta de este último de qué demonios estaba haciendo. Que detendrían a Rob y todo se iría al traste. Que no lograrían averiguar que pasaba y Saxton conseguiría lo que quería. Que debían huir.

La ronca voz de Peter no vaciló al contestar.

—No. Ya es suficiente. Si huimos le daremos la razón. Es lo que Saxton quiere. A la policía tras nuestros pasos y atrapados como ratas. Si peleamos, tendremos una maldita posibilidad y con una, nos vale.

Doyle se alejó de la ventana para acercarse, dejando atrás a su hermano. Clavó su clara mirada en él.

—¿Estás seguro, Rob?

—No, pero tenemos la libreta. También información. Podremos mostrársela a los agentes y quizá…

La siguiente frase provino de Clive, quien permanecía con todo el peso de su cuerpo contra la madera de la puerta.

—Quizá nos escuchen. Desconocen que yo estoy aquí. No es lo mismo detener a un agente que intentar hacerlo delante de su compañero. Intentarán evitar un escándalo y lo aprovecharemos en nuestro favor —tras un breve segundo continuó—. Puede funcionar.

Rob asintió en dirección a su compañero. Un fuerte golpe provocó que el cuerpo de Clive rebotara contra la madera.

Tras aspirar profundamente, Peter habló.

—Déjales entrar, Clive.

III

El atardecer se les echaba encima y eso significaba que Elora llevaba desaparecida casi veinticuatro horas. Demasiado tiempo.

No debía distraerse en esos momentos o perdería el escaso control que le quedaba. Alzó la mirada para enfrentar unos muros que guardaban en su interior algo que él necesitaba.

En su origen el hospital de Bethlem fue un priorato para las hermanas y hermanos de la Orden de la Estrella de Bethlehem, de la que el edificio tomó su nombre. Más tarde se convirtió en un hospital para enfermos mentales. Una oleada de frío le recorrió las extremidades. Ubicado en Southwark, a la orilla sur del río Támesis, era una mole de tres pisos ubicada en los campos de St. George.

En el pasado fue notorio el trato inhumano hacia sus moradores, los llamados desafortunados, y quizá eso se reflejaba en la impresión que provocaba. La mala fama era merecida. En una época no demasiado lejana los internos eran exhibidos como animales de feria para el entretenimiento del público por un determinado precio. Pobres desgraciados.

El edificio reflejaba extrema dureza y frialdad. Grandioso, de líneas clásicas y definidas pero sin alma. Un maldito lugar en el que demasiadas vidas se habían marchitado.

Tocaba esperar hasta que uno de los celadores les diera acceso al edificio por unos de los laterales.

La partida la formaban cinco hombres. Bien armados y dispuestos a sacar la información que venían a buscar. El viejo Sampson, él y tres hombres elegidos a dedo por el viejo. De plena confianza. No querían llamar la atención sino pasar desapercibidos por lo que nada en su aspecto destacaba a media o larga distancia. Él permanecía ligeramente encorvado para disimular su altura. Dentro les esperarían el enfermero y el médico. No había sido fácil sobornarles pero una pequeña fortuna, en los tiempos en que vivían, tentaba a cualquiera.

El sonido de una llave el girar en una cerradura desvió sus pensamientos. Comenzaba a lloviznar y la temperatura empezaba a caer en el exterior. Una cara arrugada asomó por el espacio abierto y con un veloz ademán les indicó que entraran. La puerta de acceso al exterior quedó nuevamente cerrada a cal y canto.

A esas horas las visitas habían desaparecido y únicamente hacían guardia unos pocos miembros del personal, que desperdigados entre las cuatro paredes de un inmenso edificio, no se cruzarían entre sí. Los hombres que había sobornado habían intercambiado sus turnos para facilitar el plan.

El interior se correspondía con el exterior.

Sampson entregó un sobre al hombre con rapidez y éste lo guardó entre sus ropajes. El pago estaba hecho. Ahora solamente quedaba reunirse con los otros dos para recibir la información que buscaba con desesperación y que les entregaran lo que fuera que ocultaban entre esos muros.

El hombre se dirigió al viejo Sampson.

—Nos esperan en el primer piso. En cuanto lleguemos, yo desaparezco.

—No.

—¡Ese era el trato!

—El trato fue facilitar la entrada y la salida, si surgían problemas. Hasta que terminemos, permanecerás con nosotros.

—¡No los habrá!

No había tiempo para conversaciones sin sentido.

En dos pasos se acercó al hombre que apretaba los dientes, como si sus planes se hubieran torcido en un instante. Se inclinó ligeramente debido a la diferencia de altura. Los ojos que hasta hacía un segundo se mostraban retadores, se amilanaron. Habló apenas en un susurro. No necesitaba gritar para que entendiera lo que iba a decir.

—Esperarás si no quieres que te destripe aquí mismo.

Los ojos parpadearon un par de veces hasta que pareció salir de su estupor. Los hombros temblaron ligeramente.

Por un breve segundo sintió tristeza. Ése no era él. Ya no lo era, pero le obligaban a serlo. Con cada amenaza, con cada palabra algo se tensaba en su interior. Algo que odiaba. Sintió la mirada del viejo Sampson sobre su nuca y apretó los dientes. No deseaba que el viejo supiera de lo que era capaz aunque lo intuyera. No quería que lo presenciara o que se lo contara a Elora. No deseaba tener esa maldita capacidad para atemorizar. Cuadró los hombros antes de dirigirse al celador.

—Muestra el camino.

Las delgadas piernas no se hicieron esperar. Recorrieron pasillos y esquinas. Oscuras y tétricas. Las puertas a los lados permanecían cerradas pero no habían llegado a las zonas de las celdas. No se toparon con otras personas por el camino. Se encontraban en la zona de administración. Limpia y aséptica.

No tardaron más de diez minutos en dar con una puerta doble con una placa mostrando la identidad del médico que la ocupaba. Harold Pryce. Desde su interior se filtraba el sonido de una conversación. El celador chocó los nudillos contra la puerta en rápida sucesión. Al otro lado debían estar esperando la llamada ya que apenas tardaron un par de segundos en responder. A un lado y al otro pronunciaron una palabra y su respuesta prevista. Un código de identificación.

Accedieron a la habitación y la expresión en los rostros de los hombres que les iban a facilitar el camino le puso en tensión. El más viejo se acercó en un par de firmes zancadas a él. Mostraba unas facciones abiertas pero tensas. Algo había ocurrido entre el momento en que aceptó su dinero y su llegada. Apenas tardó un segundo en hablar, entrecortadamente.

—Soy el doctor Pryce. Por la mañana ha llegado una orden de traslado del interno de la celda 26, sección segunda del Ala este. El hombre que buscan.

A su izquierda sintió cómo se envaraba el cuerpo del viejo Sampson. Respiró profundamente antes de preguntar.

—¿A dónde?

—Al hospital de San Bartolomé.

Maldita sea. Todo terminaba apuntando a ese condenado lugar.

—¿Un hombre?

La sorpresa se filtró en las miradas tanto del médico como del enfermero. En esta ocasión fue este último el que contestó.

—¿Qué quiere decir con eso?

—Creímos que su paciente podía tratarse de una mujer.

La sacudida de la cabeza del médico antes de contestar adelantó el contenido de la respuesta.

—No. El desafortunado número 26 es un hombre y la orden se ha ejecutado al mediodía pese a mi oposición. Lamento no haber podido detenerles y créanme, todo esto no tiene sentido —el médico se giró dándoles la espalda antes de susurrar, casi para sí mismo—. Él decía la verdad, todo este tiempo.

¿De qué diablos hablaba el hombre? En una zancada se acercó, agarró su brazo y le giró con fuerza. Necesitaba saber quién era el hombre y que diablos estaba pasando pero sobre todo, debía conocer su relación con Elora. El motivo de la carta que había recibido y el maldito canje al que se referían los que le habían amenazado.

—¿Qué no tiene sentido?

—Que le recluyeran aquí. Llegó en un estado lamentable hace unos meses y me fue asignado. Había sufrido una intoxicación aguda. Medio muerto. Llegó sin historial y se negaba a identificarse pero algo en él…

—Siga.

—Está bien. Al principio creí que había sido un intento de suicidio pero, tras comenzar a tratarle, no cuadraba con ese hombre. Mi especialidad, en el campo de las enfermedades mentales, son las fabulaciones. Este paciente mostraba todas y cada una de las señales. Farfullaba sobre conspiraciones, sobre secuestros y asesinatos. Acerca del tráfico de infantes pero sobre todo, estaba obsesionado con proteger a su hijo. Y con encontrar a una mujer.

—¿A quién?

—Nunca lo dijo pero en una ocasión, sólo una, se refirió a ella como Claire. Repetía que ella había escapado pero permanecía encerrada. Un completo sinsentido.

¡Maldita sea! Su mirada se cruzó con la del viejo Sampson. El médico continuó como si no hubiera apreciado la reacción que sus palabras provocaba en ellos.

—Le traté pese a que no era un paciente asignado a mí. Parecía estable y cuerdo salvo por las fabulaciones. Persistían pese al transcurso del tiempo y eso no es habitual. Hace un par de semanas, se interesaron por él. Apareció un familiar. Una prima. Una mujer que dijo que estaba dispuesta a encargarse de su manutención pero con una condición.

—¿Llegó a conocerla?

—Sí. Una mujer delgada, fría aunque de aspecto agradable y que físicamente en nada se asemejaba a mi paciente. Algo en ella me desagradadó.

—¿Su nombre?

—Angelique Blossom, si no recuerdo mal.

¡Maldición! Solo podía ser ella. La ayudante de Piaret. La única mujer que conocían con ese nombre y que tuviera relación con el hospital de San Bartolomé.

—¿Cuál era la condición impuesta por la mujer?

—Que se trasladara a mi paciente al hospital de San Bartolomé. Cuando se lo dije a él se opuso rotundamente a quedar bajo la tutela de esa señora pero lo verdaderamente extraño es que estuvo más que de acuerdo con el traslado. Es más, parecía ansioso de que ocurriera. Cuanto antes.

—¿Llegó a decirle el motivo por el que deseaba el traslado?

—Sí, justo antes de que se lo llevaran. Le pillé con la guardia baja y le aseguro que eso es poco habitual en Neil.

El corazón le dio un vuelco en el pecho al escuchar el nombre de pila.

—¿Y?

—Dijo que ella le importaba. Mucho. Más que su vida. Y eso es raro.

—¿Por qué?

—Porque la mujer llamada Claire es su cuñada. No su esposa.

La estancia se congeló en ese mismo instante y sintió la mirada de Sampson sobre su rostro. Parecía que la sangre había dejado de circular por sus venas y los músculos se le habían agarrotado al completo. Clavó la mirada en el médico y algo debió leer en él ya que el hombre reculó un par de pasos.

No le estaba mintiendo.

El médico no mentía. Y a él, el corazón se le acababa de partir en dos.

IV

Se frotó las manos contra su vestido. Hacía apenas veinticuatro horas había lucido tan hermoso. Ahora estaba rasgado y sucio. Y sus manos se encontraban cubiertas de arañazos y pequeñas heridas que no tardarían en infectarse pero le daba igual. Presentía que estaba bajo tierra y eso le angustiaba ya que siempre había sentido una pizca de opresión al encontrarse en lugares cerrados. Sentir la imposibilidad de respirar aire puro podía con sus fuerzas. Con las pocas que le quedaban.

También le dolía el cuello e imaginaba que se le estarían formando moratones. Ese hombre le había hecho daño y había disfrutado con ello. Tras su inquietante conversación, Martin Saxton había desaparecido para dejarle a solas con sus miedos. Ese hombre conocía a su gemela y había disfrutado dejándole en la ignorancia. Seguía sin saber si Claire permanecía viva, tras sobrevivir a su desaparición. Sólo sabía que algo dentro de ella se rompería con su muerte. Su mente o su cuerpo lo notaría. De alguna forma sentirían la falta de su hermana.

Rezó una pequeña plegaria por sus niños. Mientras permanecieran a salvo, le valdría. Estaban con Marcus y él les protegería y cuidaría en caso de que ella faltara. Por mucho que quisiera parecer un ogro, ella le conocía bien. Y era un buen hombre.

Un hombre duro con un corazón generoso.

Se tensó de nuevo. Media hora después de que Saxton la dejara a solas, uno de sus hombres le desató mientras otro no dejaba de apuntarle con un arma. No pronunciaron ni una sola palabra. La puerta de salida por la que acababan de entrar permanecía entornada permitiéndole ver que la estancia daba a otro espacio semejante a aquel en el que estaba encerrada. Por unos breves segundos una figura femenina quedó inmóvil en el quicio de la puerta. Una mujer alta y esbelta. De rasgos clásicos. La recorrió con esos ojos fríos deteniéndose en sus brazos, en sus manos. Casi como si buscara algo con ansiedad y se molestara al no hallarlo. Poco después desapareció con una inquietante sonrisa en los labios. Como si supiera un secreto que ella ignorara.

Cada vez que unos pasos sonaban cerca se alejaba hasta el fondo del estrecho pero alargado espacio que ocupaba. Las paredes, techo y suelo eran de tierra. Un fino polvillo blanco cubría algunas zonas. Parecía una vieja galería de mineros cuya excavación había quedado a medias. La escasa iluminación provenía de unas antorchas colocadas en un lado de la pared y aparte de la silla en la que había despertado sentada y amarrada, ningún otro mueble ocupaba más espacio.

Pero lo que más destacaba del lugar era el olor. Un olor diferente. A algo cercano a ella descomponiéndose. Un olor que se pegaba a todo. Al pelo y a la ropa.

De forma instintiva sacudió la cabeza y con ella su cabello antes de ladearla ligeramente, azuzando el oído.

Se acercaban de nuevo.

Por un segundo sopesó el arremeter contra todo aquél que entrara por la puerta pero necesitaba saber lo que estaba ocurriendo. Si no era Saxton, lo haría. Preguntaría. No entendía qué estaba pasando y porqué le mantenían prisionera.

Los pasos se detuvieron ante la puerta.

Lo que menos esperaba fue la figura de una anciana desarreglada y que, pese a ello, desprendía un aire de inmensa dignidad. Una fina mordaza le cubría la boca y tenía las manos atadas a la espalda. Le acompañaban tres hombres. Uno de ellos era el mismo que le había golpeado con violencia, en el rostro, en comisaría.

Era la primera ocasión en que le veía desde entonces y sintió, de nuevo, un instintivo rechazo hacia él. Uno de sus acompañantes sujetaba una silla. Su mirada se cruzó con la de la mujer y el color de sus ojos, de un llamativo color ámbar, le recordó a alguien. A alguien cercano pero los nervios y sentir la mirada del policía corrupto sobre ella, le impedía centrarse.

Sus captores no pronunciaron ni una palabra. Colocaron la silla cerca de la suya y de un empujón obligaron a la mujer a sentarse. Una mueca de dolor arrugó el anciano rostro de la mujer.

—¡Parad! ¡Le hacéis daño!

La sonrisa en el rostro del policía le puso el vello en punta. Ese hombre estaba enfermo. Gozaba al presenciar el dolor ajeno.

—Ya basta. Por favor…

El hombre habló en su dirección.

—Pararán cuando *yo* lo diga, zorra.

Se contuvo. No convenía enfrentarle en su situación. Era evidente que odiaba a las mujeres por algún motivo y la manera en que le miraba, le estaba poniendo cada vez más nerviosa. Por el rabillo del ojo se dio cuenta del gesto de la mujer que acababan de traer. No podía hablar pero tenía un rostro extremadamente expresivo. Pedía sin palabras que no les retara, que no les enfrentara. Tragó saliva. Dios, no podía permanecer quieta. No cuando estaban causando dolor a una anciana delante de ella.

El policía se acercó a ella arrinconándole.

—Estás mejor calladita. Salvo que prefieras que te calle yo.

Sus insinuaciones le enfermaban. Sus amenazas debieran atemorizarle pero por alguna razón le enfurecían. Su cercanía le repugnaba.

—Glenn.

La voz de otro de los hombres no impidió que el policía alzara una de sus manos para tocarle el rostro.

—Quizá cuando ya no le sirvas de anzuelo, te regale.

No podía apartar la cara y alejarla de él. Si no dejaba de tocarle le iba a morder. Hincaría los dientes hasta el hueso. Ese hombre le dejaría inconsciente de nuevo pero no sin llevarse un par de dedos por delante.

—Como me toques de nuevo, cerdo, te arranco la mano.

Los ojos del hombre se abrieron ligeramente antes de echar la cabeza para atrás y lanzar una carcajada. Comentó que sí, que sin duda la iba a pedir como regalo en pago de sus servicios. Que iba a disfrutar domándole.

Algo se le revolvió en las tripas y cerró la mano en forma de puño. La sonrisa en el hombre demostraba que se había dado cuenta y esperaba el golpe. Casi parecía desearlo.

—¡Glenn! ¡Déjale antes de que el jefe se entere!

Las palabras dirigidas a ella llegaron junto con una envenenada mirada en dirección al hombre que le interrumpía.

—En otro momento, muchacha. Ahora os dejaremos solas. No demasiado. El tiempo suficiente para que llegue tu regalo y para que volvamos a vernos.

Cerró los ojos al sentir la yema de un dedo deslizarse por su cuello, antes de que el calor se retirara. Pocos segundos después el sonido de la puerta al cerrarse. Permaneció un minuto en el mismo lugar, en pie y con los ojos cerrados, sintiendo la fría pared contra su espalda y costado. Tratando de calmar su revuelto estómago. Hasta que escuchó el sonido tras la mordaza.

Abrió los ojos y no dudó. Se lanzó corriendo hacia la anciana y se colocó a su espalda tras decirle que estuviera tranquila, que no tardaría en soltarle. Que entre ambas buscarían la manera de escapar. Se escuchaba a si misma farfullar sin control, como una cría pero estaba asustada. Muy asustada. Y atontada. No había retirado la mordaza. Se colocó de nuevo frente a la mujer y con tanta suavidad como pudo emplear, aflojó el nudo de la tela hasta dejarla colgando del cuello.

La anciana trató de hablar pero no pudo. Debía tener la boca y garganta irritadas. Se humedeció los labios y la voz fluyó ronca.

—Gracias. Muchas gracias.

Le dio un suave apretón en el hombro antes de volver a su espalda y arrodillarse para facilitar la tarea.

—Soy Elora Robbins, señora

El sonido de asombro paralizó su intento de soltar la cuerda.

—¡Dios mío! La madre de los gemelos.

La cuerda cayó al suelo, liberando a la mujer.

—¡Él quiere a tus bebés!

Se alzó lentamente antes de enfrentarse a la anciana y a sus palabras.

—¿Cómo?

—Colin Piaret. Ese hombre quiere a tus bebés y no parará hasta conseguir lo que busca, muchacha —la anciana se estaba agitando— Debemos salir de aquí y avisar a mi nieto. Ya estará al tanto porque es inteligente y sabe que jamás iría a los baños en Bath pero nunca le dije lo de mis huesos y…

A la anciana le estaba dando un ataque de nervios o se estaba desquiciando. Esperaba que fuera lo primero. A eso podía enfrentarse.

—Señora, no me ha…

—Pero creo que mi secuestro es una trampa para atraer a Ross. Confié en Piaret y en el joven médico. Jamás debí hacerlo. Si por mi…

¡¿A Ross?! Dios mío. Ahora lo asoció. Esos ojos eran como el de su nieto, Ross Torchwell. ¡Esa anciana era la abuela del superintendente!

—Señora.

—…culpa les ocurre algo, no lo superaré. Puede que hayan acudido los dos al campo. Puede que Clive le haya acompañado y entonces…

—¡Señora!

Su grito acalló las entrecortadas frases de la mujer.

—¿Es usted la marquesa de Torchwell?

La respuesta se escondía en los ojos agrandados por la sorpresa. Quizá consiguiera alguna respuesta de esa mujer.

—¿Qué está pasando?

Una aspiración profunda acompañó un gesto de desesperación. La mujer se frotó las doloridas muñecas antes de hacer un gesto de compasión y aferrar una de sus manos.

—Me llamo Alexandra Torchwell y sí, Ross es mi nieto.

—¿Por qué le retienen aquí?

—Por la enfermiza obsesión de un hombre, la de su amante y la intención de un asesino de no dejar nada al azar.

No terminaba de entenderlo.

—No le entiendo, señora.

Un suave suspiro y una mirada llena de tristeza en dirección a la puerta prepararon a Elora para las próximas palabras.

—Sufro de una enfermedad que no desearía a nadie y que me obliga a seguir un tratamiento innovador. Un tratamiento ideado por un genio en el campo de las enfermedades óseas.

Comenzaba a verlo. Poco a poco.

—Colin Piaret.

—Sí. Veo que el nombre te suena, muchacha.

—Pero creí que ese hombre era un amigo. Creí que había facilitado datos para la investigación policial de la desaparición de la enfermera asignada a Rob Norris y Clive Stevens.

—Yo también y nunca me he equivocado tanto. Como confiaba en él, me abrí a ese hombre. Era mi médico y creí que podía confiar en él. Le hablé sin trabas de mí, de mi nieto, de sus amigos y compañeros, de su trabajo en la policía. Sin darme cuenta daba información al enemigo de mi nieto.

—Y, ¿qué tengo que ver yo con todo ello?

—Demasiado, querida.

—¿Cómo sabe todo esto?

—Por Colin. Al ver cómo me trataban una pizca de remordimiento le hizo explicarse. Quizá pasó demasiado tiempo en mi compañía y me cogió cariño. Quizá un resquicio de humanidad. No lo sé. Sólo sé que al poco de encerrarme, entró una noche en mi celda, se sentó frente a mí y se puso a hablar. Sin pedírselo. Sin parar. Quizá necesitara compartir parte de su vergüenza.

Elora tragó saliva.

—Necesito saberlo. Si mis niños están en peligro, necesito…

Una arrugada mano apretó la suya.

—Está bien.

V

Clive se hizo a un lado dejando vía libre a quien fuera que se hallaba al otro lado. Rob sintió la presencia de Peter a su derecha mientras que Doyle se situó al otro lado. John se aproximó con rapidez a la puerta y, antes de que la abrieran del exterior, aferró el pomo girándolo.

En la entrada a la mansión se habían arremolinado un numeroso grupo de personas. Jared hablaba con voz tensa con dos agentes que se mantenían costado contra costado, con la espalda en dirección a la puerta de salida a la calle. Quizá nunca imaginaron que iban a encontrar tal frontal oposición a sus pesquisas. Jules se encontraba a escasos pasos, escuchando con atención la tensa conversación. Por la escalinata que daba al primer piso se acercaba Julia con rapidez. No tardó en colocarse junto a la abuela Allison que trataba de calmar al anciano que quería y que temía que los policías se llevaran a su hijo con ellos.

Rob aguantó la respiración al repasar con la mirada el rostro del hombre que lo había criado. La palidez de su padre le heló la sangre dañando algo en su interior. Las piernas actuaron por sí mismas al impulsarle en su dirección. Su padre sufría y de nuevo, él era el maldito causante. Lo que juró que nunca pasaría de nuevo.

Una mano paró su movimiento por lo que, de un brusco movimiento, se la quitó de encima. No importaba a quien perteneciera. Sólo sabía que debía ir con su padre.

Le aferraron de nuevo, esta vez del brazo y se sacudió pero no le soltaron. Los dedos apretaron fuerte contra su carne. Giró la cabeza hasta chocar con esos ojos negros.

—Déjame, Peter.

—Espera, maldita sea. Espera un momento.

—Está asustado, Peter.

—Lo sé, Rob, pero si sales ya no habrá marcha atrás.

Clavo su mirada en la oscura.

—¿Acaso la ha habido en algún momento?

Observar el dolor y la rendición llenar los oscuros ojos dolió tanto o más que ver el miedo en el rostro de su padre.

—Por favor, Rob.

Con sus dedos separó con lentitud los que aún aferraban su brazo. Uno a uno. Se resistieron, casi como si obraran por sí solos, acompañando la súplica en la voz de Peter. Logró soltarlos y se giró hacia el lugar en el que todos permanecían reunidos y ahora en silencio, al darse cuenta de que él estaba allí. Un silencio impactante. A su espalda sentía la figura tranquilizadora de Clive. Apoyando su decisión.

Antes de acercarse a los dos policías que habían acudido a detenerle, se volvió ligeramente y rozó la mano derecha de Peter. La más cercana a él. Acercó su rostro al suyo ya que sus palabras eran sólo para él. Para el hombre que quería. Esperó a que esa profunda mirada se centrara en él y habló. Con claridad. Apenas un susurro.

—Con una posibilidad nos vale, Peter. Tú mismo lo dijiste antes, mi amor. Déjame ir.

No lo esperaba. Él no esperaba que dijera esas dos palabras. Las que todo aquél que ama desea escuchar. La sorpresa en esos negros iris lo demostró. Los duros rasgos de Peter forzaron una mirada llena de amor y confianza. Dios, en ese momento agradeció al destino haber conocido a ese hombre. Amarle y ser correspondido. Pero sobre todo dio gracias por haberlo admitido.

Le respondió con otra sonrisa y asintió, dándole a entender que todo estaba bien y que entre ellos estaba todo dicho. El amor no necesita explicación y lo que él sentía por Peter nada lo borraría.

Con un brusco movimiento le dio la espalda. Si esperaba más, dudaría. Y no podían hacerlo. No, si querían acabar con el hombre que les acosaba desde las sombras.

Avanzó unos pasos hasta quedar bajo el marco de la puerta y cuando sus ojos se posaron en detalle en la figura del policía entrado en años, el furioso golpeteo en su pecho se relajó un poco.

El agente Strandler. Un buen hombre al que una vez consideró un amigo.

No conocía al otro. Quizá perteneciera a otro distrito. Lo que carecía de sentido era que fuera él y no otro el que había acudido en su busca. La mirada del hombre pasó por encima del hombro de Jared hasta dar con la suya.

Lentamente pero con paso firme dejó atrás a Peter y a sus amigos para enfrentarse a un hombre que siempre le había parecido honrado a carta cabal.

Era el momento de descubrir si se equivocaba o no.

VI

Le costaba respirar. Le costaba centrarse.

Nunca imaginó que Rob fuera a pronunciar esas palabras. Dos sencillas palabras que para él, valían un mundo. Nunca las esperó porque en su mente sonaban ridículas dichas entre dos hombres. Le parecían femeninas. Palabras que un esposo compartiría con su mujer. No las que un hombre diría a otro. Las mismas que a veces se le quedaban trabadas a él en la punta de la lengua. Expresaban tanto que daba miedo. Y decirlas en voz alta, incluso a Rob, le provocaban temor a ser rechazado.

Había estado tan equivocado.

Rob tenía que sentir su mirada en la espalda. Temía lo que pudiera ocurrir en cuanto Jared se apartara y tuvieran que enfrentarse con Strandler y el agente que le acompañaba.

Cuadró los hombros y palpó el mango de su puñal. Daba igual lo que ocurriera ya que le seguiría hasta el mismo infierno. Se preparó para matar si fuera necesario al mismo tiempo en que, por el costado de su ojo izquierdo observaba a Guang posicionarse junto a la puerta de entrada a la mansión. Esos agentes no saldrían vivos de la casa con Rob detenido y su viejo amigo no necesitaba una orden para impedirlo.

Con una ligera sorpresa se dio cuenta que Titus se posicionaba junto a Guang y quedaba a la espera. Como dos camaradas de armas que llevaran luchando juntos toda una vida.

La tensión se palpaba en el aire con tal crudeza que casi podría rasgarse. Strandler no apartaba la mirada de Rob. Algo a su alrededor pareció relajarse antes de hablar.

—¿Mataste al celador?

Aguantó la respiración y esperó a la respuesta de Rob.

—No.

Las miradas de los dos agentes se cruzaron antes de que el más veterano se volviera de nuevo hacia Rob.

—¿Fue Martin Saxton?

Eso sí que no lo esperaban.

VII

—Colin Piaret es una eminencia en el estudio de los huesos humanos y sus enfermedades. Le conozco desde hace tiempo y noté un cambio en él hace un par de años. Lo atribuí a la tensión y la responsabilidad de su trabajo. Y lo gracioso es que, en parte, mi intuición no me engañaba —las facciones de la marquesa de Torchwell se tensaron—. Su cambio se debía a una sencilla razón. Una mujer llamada Angelique Mayers. Dio con él para que tratara a su pequeño y ahí comenzó todo.

—¿Su pequeño?

—Sí. Tiene un hijo que sufre de una grave deformidad ósea en las piernas.

—Como mi pequeño Evan.

—Sí.

—Pero, ¿qué tiene eso que ver con…?

—Angelique Mayers tenía una hermana gemela que sufría de la misma enfermedad que su hijo. Por tanto es algo hereditario. Acudió a una de las mayores eminencias del país en busca de respuestas y…

—¿Y?

—Creó una obsesión. Colin se casó con esa mujer en secreto pero ella se niega a tener más hijos. Él los desea con desesperación pero ella…

Fue fácil seguir el hilo de la explicación.

—Ella se niega hasta que él descubra si sus hijos puedan nacer deformes. No se arriesgará.

La marquesa asintió con firmeza.

—Por eso quieren a mis hijos. Quieren saber qué hace que uno de los gemelos nazca enfermo y el otro sano. Dios mío, les quieren para estudiarles.

La cabeza de la marquesa sencillamente asintió de nuevo. Agotada, la anciana se sentó en la silla antes de hablar.

—Necesita niños, gemelos que nazcan o manifiesten alguna enfermedad ósea al nacer o en sus primeros años de vida pero es difícil encontrarlos así que buscó el medio para conseguirlos sin preguntas de por medio. O quizá, sea más preciso decir que el medio le encontró a él.

Elora quedó un par de segundos en silencio. Ahora sí que se había perdido completamente con las palabras de la marquesa.

—No sé a qué…

—Martin Saxton. Ahí es donde entra en escena ese hombre y Colin pierde el control de la situación. Si es que alguna vez llegó a tenerlo.

Los ojos de la anciana se alzaron y se clavaron en los de ella. Se dio cuenta de inmediato que había unido las dos piezas.

—Ese hombre ordena el secuestro de mujeres embarazadas con antecedentes de enfermedades óseas en la familia y espera a que nazcan las criaturas. Si nacen deformes, las entrega a Piaret. Si nacen sanos vende los bebés a precios desorbitados a familias ricas. Gana una fortuna, entre otras cosas. A las madres, las mata en cuanto dan a luz. Colin no llegó a decirme qué hacían con los desgraciados padres pero por lo que en su día comentó mi nieto, imagino que les utilizaban para engrosar las filas de luchadores en las peleas clandestinas.

—Por eso se llevaron a mi hermana. Y por eso Titus dijo que los niños tenían daño. Por todos los santos, era él quien cuidaba de ellos cuando nacían. Después los entregaban a ese hombre. Por eso canta esas hermosas nanas. Porque con ellas tranquilizaba a los pequeños y...

Se le revolvió el estómago y una arcada impidió que continuara.

La marquesa continuó con un mundo de tristeza llenando su voz.

—Tantos bebés. Debemos pararles. Debemos…

Dolía escucharla por lo que se acercó hasta quedar junto a ella. Se acuclilló y con una mano alzó el marchito rostro.

—Nos encontrarán. Marcus y su nieto. Rob y Peter. No cejarán hasta encontrarnos. No lo harán.

Sintió una suave palmada sobre el dorso de su mano. Un leve gesto afirmativo, sin fuerza, fue lo único que recibió. La anciana perdía fuerzas ante sus propios ojos por lo que, sin dudarlo, colocó su silla al lado y rodeó sus frágiles hombros con su brazo. No estaba segura de si preguntar pero las palabras de la marquesa se sucedían en su mente. Acerca de Martin Saxton.

Gana una fortuna, entre otras cosas.

Una parte de su cerebro quería saberlo pero otra, muy oculta en el fondo, temía hacerlo.

—¿Qué recibe Martin Saxton a cambio de los bebés?

Un escalofrío recorrió el cuerpo de la anciana, bajo su brazo. Se tensó a la espera de la respuesta.

—Libre acceso a la única entrada a los túneles ubicados bajo el mercado de ganado de West Smithfield y que no está controlada por el Ayuntamiento de Londres.

—¿Por dónde?

—Por el despacho de Piaret, ubicado en la planta baja del hospital. Tiene una entrada que da al único pasillo que une el hospital con la red de túneles.

—¿Para qué?

—A través de esos túneles se deshacen de las carcasas del ganado.

—¿Y?

—¿Qué mejor modo de ocultar cuerpos mutilados que entre restos de carne y de huesos de animales? ¿Quién se daría cuenta de que lo que sale de esos túneles es algo más?

—No puede ser.

—Ojalá fuera así, muchacha pero estoy segura de que esa joven enfermera de la que me habló Ross, Barbara Gates, y su compañera se enteraron de lo que ocurría. Si no me equivoco, una de ellas conocía al gentil gigante que cuidaba de los bebés. Quizá con ellas se sentía seguro. Quizá con ellas logró explicarse. Quizá finalmente habló. Tantos quizá, querida que puede que nunca sepamos lo que de verdad ocurrió entre esos muros de piedra.

Sí. Demasiados vacíos pero todo cobraba sentido lentamente. Un macabro y temible sentido. El olor pestilente que lo impregnaba todo. A muerte y putrefacción. El polvillo blanco que cubría determinadas zonas del suelo y paredes. Restos óseos pulverizados.

—Estamos en los túneles, ¿verdad? Bajo el mercado de ganado.

La cascada voz de la anciana adoptó un tono de extremo cansancio.

—Eso creo, muchacha.

—Puede que descubran la entrada a los túneles.

El avejentado rostro pareció recobrar algo de esperanza.

—¿Quién?

—Jules Sullivan y Jared Evers. Seguro que les acompañan los demás.

—¿De qué hablas, querida?

Apenas tardó unos minutos en contar los planes del club del crimen. La incursion en el hospital de San Bartolomé entrando a formar parte de la plantilla. Y lo mejor. Su intención de llevarlo a cabo en un par de días. Con cada palabra el semblante de la anciana se transformaba. De la desesperación y la rabia a un mínimo de esperanza y con eso, a ella le valía.

Una pequeña sonrisa cubría los agrietados labios que hasta hace unos segundos permanecían apretados. Unos dedos suaves y alargados se entrelazaron con los suyos antes de que la anciana continuara hablando.

—Creo que esas dos mujeres descubrieron de alguna manera lo que hacían con esas familias. Que los hombres y mujeres retenidos en el hospital de San Bartolomé, sin registrar, eran los desgraciados padres de unas criaturas condenadas desde que fueron concebidas e intentaron ayudarles. Por lo que me contó mi nieto, sólo lo lograron con uno. Un único afortunado. Quizá para ellas salvar esa vida fue suficiente premio. En ese mismo momento esas mujeres firmaron su propia condena a muerte. Y arrastraron al hermano de una de ellas al narrarle sus sospechas.

—Quizá el hermano se lo relató a los agentes encargados de la investigación de su ataque.

—Creo que lo hizo, querida. En caso contrario esos jóvenes permanecerían vivos y la última vez que hablé con mi nieto, estaba convencido de lo contrario. Demasiadas muertes para tapar un sucio negocio.

Elora frunció el ceño

—¿A qué se refiere, Alexandra?

La anciana exhaló un suave suspiro

—A que con el control de esa entrada y de los túneles Martin Saxton encontró la mejor forma de mover mercancía ilegal, traficar con ella y quizá hasta con personas, sin levantar sospechas —los frágiles hombros se encogieron—. Sólo él controla lo que se mueve y nadie vigila lo que sale ya que ni un alma tiene conocimiento del segundo acceso a la red de túneles. Creen que únicamente salen carcasas de animales. Los que lo saben temen por sus vidas y nunca hablarán. Jamás.

Con un gesto de ligero enfado, la marquesa se colocó un grisáceo mechón tras la oreja.

—Martin Saxton utiliza una compleja red de transporte de mercancías bajo el suelo, fuera de miradas indiscretas e investigaciones indeseadas. Lo que llamaría la atención en la superficie pasa desapercibido bajo tierra, muchacha. Ese es su secreto. Y eso es lo que le mueve. La ambición y el dinero. No va a permitir que un negocio redondo sea descubierto, sin pelear a muerte.

—Dios mío.

—Dios nada tiene que ver con esto, muchacha.

El murmullo de unas voces indicaba que se acercaban personas. La marquesa se levantó de la silla para enfrentarles. Notó como le agarraba de la mano con dulzura pero firmeza, apretándosela. Fuerte. Sintió otro apretón antes de escucharle susurrar casi para ella misma

—Más bien el diablo.

No necesitó preguntar a quién se refería.

******

Capítulo 26

I

Apretaba el mango del puñal casi con desesperación. No reconocía al agente de policía que con semblante serio, se dirigía a Rob. Daba la impresión de que le conocía bien al igual que a Clive. Incluso se detectaba cierta familiaridad en el trato pero en demasiadas ocasiones, las apariencias engañaban y a él, no le iban a pillar por sorpresa. No, habiendo optado por arriesgar al no huir junto con Rob por la maldita ventana.

El agente tenía un rostro peculiar, asimétrico, de rasgos llamativos y duros. Un hombre que había visto mucho a lo largo de su vida. De edad indefinida y por algún motivo le costaba imaginarle en su hogar, rodeado de mujer e hijos. El joven que le acompañaba desprendía inteligencia. Espigado, delgado y muy joven para formar parte del cuerpo de policía parecía demasiado inocente como para ser parte de semejante pesadilla.

Los agentes Strandler y Hudson. Pertenecientes a la misma comisaría de la que formaban parte Rob y Clive.

La sensación que recorría su cuerpo era que la vida de Rob, su carrera y la de Clive Stevens pendían de un hilo. De un fino hilo sujeto por un extremo por ese hombre. Y con ello su propia vida. Por eso sus dedos apretaban su puñal hasta cortar la circulación. Porque no dudaría en lanzarlo si la reacción de ese policía no era la esperada.

No se llevarían al hombre que quería con ellos. No esta vez.

Peter recorrió con la mirada a los presentes. La tensión inundaba la espaciosa entrada mientras una voz preguntaba y otra respondía. La clara voz de Rob no se hizo esperar. En cuanto Strandler mencionó a Saxton las alarmas estallaron.

—¿Cómo sabe lo de…?

Una mano se alzó con rapidez interrumpiéndole.

—No son los únicos que persiguen a ese hombre y su organización, inspector. Somos más de los que creen.

Increíble.

Por un segundo la rabia casi hizo perder el control a Peter. Lo sabían. Sabían que Saxton seguía vivo. Que había simulado su muerte en la prisión de Wandsworth. Sabían que era un animal y pese a ello habían permitido que Rob e incluso Stevens dieran la cara, perdiendo por el camino todo aquello por lo que habían luchado durante años.

Sintió la mirada de Rob sobre su rostro. Tenía que estar pensando lo mismo y se preguntó cómo aguantaba las ganas de gritar. De escupir a la cara a aquellos que habían permanecido en las sombras al igual que el hombre que les perseguía.

Apenas escuchó las siguientes palabras del policía. Sentía tal impotencia que el rugido en sus oídos lo tapaba todo.

Notó la suavidad del peso de una mano sobre su hombro derecho. Doyle. Su bendito hermano que le anclaba a la realidad. A veces con un suave gesto. A veces con un brutal puñetazo. A veces, simplemente haciendo notar su presencia. Y su apoyo. Los dedos apretaron, pidiendo calma. Sus hombros temblaron bajo la palma de la mano.

Las frases del agente Strandler fueron adquiriendo nitidez y los latidos desbocados de su corazón se fueron calmando. Lentamente.

—En un principio el homicidio del joven celador parecía un caso más. La ciudad está enloqueciendo. La violencia y las bandas se están adueñando de ella. Envié a dos de mis agentes, de confianza, a comenzar con la investigación preliminar pero al descubrir la firma del inspector Norris en el libro registro de entrada y salida, algo me olió mal.

—¿Qué quiere decir?

El gesto del agente Strandler indicando un poco de paciencia casi provocó un gruñido en Peter.

—Mantenemos una estrecha vigilancia sobre los policías sospechosos de corrupción pero también sobre los que tuvieron alguna relación con la supuesta muerte de Martin Saxton. Esto le incluye a usted, inspector Norris. Mis hombres le vigilaban cuando acudió al registro padronal.

El asombro en el rostro de Rob vio su reflejo en el de Stevens.

—Tras el inspector nos consta que entró un hombre de baja estatura. De origen oriental, pero le descartamos. Conocemos el círculo de amistades del agente Norris y sabemos que ese hombre forma parte de éste. El mismo que ahora permanece junto a la puerta de salida de esta casa.

Hablaba de Guang. Rob enfiló la mirada hacia el hombrecillo, quien únicamente sonrió en respuesta.

El agente Strandler apenas pausó su explicación.

—Si hubiera matado al celador de la forma en que ocurrió es imposible que la sangre no le salpicara. El medico forense así lo ha expuesto. Y créanme, fue rotundo. Al joven, lo destrozaron. Claro que pudo cambiarse de ropa o limpiarse pero tampoco cuadran los tiempos.

—¿Qué tiempos? —preguntó Doyle.

—Una de administrativas recuerda la hora en que usted salió del registro, inspector, ya que comenzaba su descanso. Siempre cambia el turno a la misma hora. Ese día tuvieron pocos visitantes y le recuerda. Es más, nos facilitó una clara descripción suya. También de otras cinco personas, entre ellas un hombre alto, moreno y apuesto que se había mantenido apartado en la galería del primer piso mientras usted examinaba los libros. Era imposible que usted o su amigo le vieran. Le llamó la atención por ser diferente, según ella —el agente sacudió la cabeza antes de continuar—. Lo que no sabe es cuánto. Tampoco quise decirle lo cerca que le había rondado la muerte. Le perdió de vista en un par de ocasiones pero tampoco le dio excesiva importancia. Poco después de que usted abandonara el edificio cruzó unas palabras con el celador, por lo que el joven seguía vivo. Eso, para mí, le descarta como sospechoso pero necesitaba saber su reacción cuando apareciéramos para detenerle. Si hubiera huido…

Todos callaron pero Peter supo que pensaban lo mismo. Por una vez, la suerte se había aliado con ellos.

Notó la presión de los dedos sobre su hombro y al girarse los transparentes iris de su hermano mayor hablaron más alto que cualquier sonido. Si Saxton había logrado esquivar la presencia de Guang para acercarse a Rob y deslizar la nota en el bolsillo de su abrigo, aunque no vistiera la prenda cuando lo hizo, es que incluso intuyendo lo peligroso que era, le habían subestimado.

De una u otra forma, debían pararle. Como fuera.

—En cuanto el superintendente Stevens declaró ante la junta disciplinaria que el culpable de su ataque fue Martin Saxton, se inició una investigación interna. No debía trascender ya que nos constaba que numerosos miembros de la policía habían sido sobornados por ese hombre —Peter sintió los ojos de Strandler sobre él. Le sorprendió la disculpa que desprendía su mirada—. Me opuse pero las órdenes fueron tajantes. Lo lamento. Quizá si se lo hubiera comentado al superintendente Torchwell, le habría puesto sobre aviso o…

Clive se aproximó dos pasos al agente Strandler.

—¿Qué demonios quiere decir con eso?

Los hombros del agente se cuadraron.

—Sabíamos que algo ocurriría y también que el superintendente estaba limpio. Antes de que tomara posesión del cargo en comisaría ya existían sospechas de corrupción sobre varios agentes y un par de inspectores. En concreto, dos inspectores y ocho agentes. Demasiados para una comisaría de mediano tamaño. Y el poder de ese hombre no se limita a una sola comisaría.

—¿Por qué no actuaron antes?

—Falta de pruebas y el riesgo de que el enfrentamiento escalara y se trasladara a la calle. No podíamos arriesgaros, inspector.

—¡Debieron hacerlo! Quizá en este caso Ross no…

—Le tenemos localizado.

Las claras palabras de Strandler acallaron la brusca respuesta de Clive. Pocas veces ese aniñado rostro cubierto de pecas había desprendido semejante ira. Era tan raro presenciar la transformación de un hombre que rara vez perdía los nervios que nadie intervino. La mirada de Strandler permaneció fija en los grises ojos.

—Hemos mantenido bajo vigilancia entre otros al inspector Scott Glenn pero también asigné un par de hombres al superintendente.

—Ross se habría dado cuenta de que le seguían.

—Puede. De ser así no lo impidió pero mis hombres son muy buenos en su trabajo. Se han turnado para seguirle. Por eso nos dimos cuenta que usted, el inspector Norris y él trabajaban juntos, señor. Y que comparten amistad.

El cuerpo de Clive se tensó durante un segundo.

—¿Qué saben?

—Bastante. Uno de mis hombres le siguió a la campiña. El superintendente hizo una breve visita a su casa de campo familiar y no tardó en salir de vuelta camino a la ciudad pero le esperaban.

—¿Quienes?

—Siete hombres se cruzaron en su camino. Uno de mis hombres creyó que tendría que intervenir pero el superintendente no luchó.

—¡Miente!

—Mis hombres no mienten, inspector. Nos jugamos demasiado.

El cuerpo de Clive parecía a punto de cargar contra el agente, olvidando todo rastro de civismo, ignorando que parecían dispuestos a ayudar e incluso que había mujeres delante, presenciando el duro enfrentamiento.

—Ross lucharía, ¿me entiende? No se rendiría. Nunca lo haría porque…

Las últimas palabras apenas se escucharon, casi como si a Clive le costara pronunciarlas.

—Pues en este caso, algo le hizo no luchar, inspector Stevens. Desconozco el motivo pero debía ser una razón de peso. Reconozco que esa manera de actuar no cuadra con el hombre que conozco. Dos de mis hombres me dieron cuenta de la misma escena. Sin hablar previamente entre ellos. Y coincidieron en su informe. Tanto el que vigilaba al inspector Scott Glenn como el que debía proteger al superintendente. Torchwell paró en medio del camino y permaneció inmóvil hasta que le rodearon. Pudo huir y no lo hizo.

Clive tragó saliva con dificultad.

—Siga.

—Le obligaron a desmontar y cruzó unas palabras con Glenn. Unas pocas.

—¿Estaba allí Scott Glenn?

—Sí. Por ello coincidieron dos de mis hombres en el lugar. Después…

—¡¿Qué?!

—Le golpearon. Con dureza.

El rostro de Clive no demostró sentimiento alguno salvo frialdad. Y extremo distanciamiento. Algo tan ajeno al hombre que Peter se preguntó si era para protegerse de lo que iba a escuchar del agente que se mantenía a una distancia de un par de pasos.

—¿Está…?

—Le dejaron inconsciente y se lo llevaron con ellos. Mis hombres les siguieron el rastro hasta llegar a la ciudad. Allí se separaron en dos grupos y con ellos mis dos agentes. El que vigilaba al superintendente descubrió que le introducían en el mercado de ganado. A partir de ahí lo único que tenemos son elucubraciones. Si lo hubieran querido muerto, era el momento, inspector. Demasiados hombres contra uno solo. No hubiera podido hacer nada y tampoco mis hombres, salvo dejar la vida tratando de protegerle.

La rabia impregnaba cada palabra de Clive.

—Debieron… intentarlo.

Los labios de Strandler se apretaron, con fuerza.

—Habrían muerto, para nada.

—*Yo* lo hubiera intentado. Yo…

Las siguientes palabras de Strandler fueron dichas entre dientes, casi imperceptibles.

—No lo dudo.

Las rojizas cejas se fruncieron y Clive dio un paso en dirección a Strandler.

—¿Qué diablos insinúa, agente?

La repentina tensión entre los dos hombres escalaba sin que nadie pudiera impedirlo. Quizá nadie estaba dispuesto a hacerlo. Una profunda aspiración fue el único gesto que acompañó las siguientes palabras de Strandler.

—Nada, señor. Absolutamente nada —con lentitud el agente Strandler se volvió hacia Rob—. En estos momentos preparamos un asalto al lugar pero debemos reunir más efectivos. Estamos a la espera de que nos envíen un buen número de agentes y nos den el visto bueno.

—Llegarán tarde —susurró Clive—. Demasiado tarde.

La ronca voz de Peter intervino.

—Tienen a su abuela.

El cuerpo del agente Strandler se giró al completo para enfilar en dirección a Peter.

—¡¿Cómo?!

—Me ha oído, agente Strandler. Creemos que Martin Saxton tiene retenida a la marquesa de Torchwell. Por eso el superintendente no luchó. Quería encontrarla y la única manera era dejarse capturar. También tienen a Elora Robbins.

La oscuras cejas del gente se alzaron, incrédulas.

—Sí, sus oídos no le juegan malas pasadas. Tienen a la segunda al mando de Marcus Sorenson.

El suave silbido del joven agente que acompañaba a Strandler se coló en la conversación. Indicaba el asombro que causaba la información. Los dos agentes cruzaron una mirada indefinible pero callaron.

—¿Dónde retienen a Ross? —indagó Clive.

—Creemos que en los sótanos del edificio del mercado de…

—…ganado de Smithfield —Clive terminó la frase en su lugar. En esta ocasión fue la mirada del maduro agente la que denotó sorpresa. Antes de continuar Clive desvió la mirada en dirección a Rob para volverse una vez más hacia Strandler tras unos segundos— Lo que significa que puede estar en cualquier punto entre el mercado y el hospital de San Bartolomé. ¡Maldita sea!

Strandler dudó un segundo.

—¿De qué diablos hablan?

Clive cerró los puños con furia antes de contestar.

—¡De que han rascado tan sólo la condenada superficie de lo que está ocurriendo! Y de que nosotros, esta maldita noche, vamos a atacar con todo lo que tenemos. Con o sin su ayuda.

II

Tenía las manos heladas. Completamente heladas. A su lado la marquesa parecía no respirar. Instintivamente, con el sonido más cercano de los pasos, recularon hasta que sus espaldas dieron contra la pared del túnel.

No conseguía borrar de su mente sus preciosas caritas. El claro sonido de sus risas llenando su hogar. Incluso de sus peleas y travesuras. Le llenaban la mente. Le aterraba no volver a ver a sus pequeños, a no sentarse una vez más al borde de su cama y besarles en la mejilla respirando ese olor tan suyo mientras se dormían, lentamente, escuchando un cuento infantil. Adoraba esas miradas anticipando el final de un cuento que habían escuchado cientos de veces. No acariciarles una vez más era impensable.

Hombro contra hombro dijo las palabras que jamás creyó tener que pronunciar.

—Si no sobreviviera necesito que diga a mis pequeños que les amo con toda mi alma. A mi Evan y a mi Katie. Que nunca quise…

—¡No!

—Por favor, Alexandra. Necesito que lo sepan. Necesito que…

Ambas seguían con la mirada clavada en la puerta de acceso a su prisión pero notó unos delgados dedos aferrar los suyos y apretar. Con una fuerza inesperada en unos huesos frágiles.

—Saldremos de este infierno, querida. No he vivido tantos años y enterrado a mis hijos para que un solo hombre me venza.

La puerta se abrió, con suavidad.

Se le aceleró la respiración. Traían más prisioneros. ¿Acaso no iba a terminar nunca la capacidad del hombre que no apartaba la mirada de ellas de hacer daño?

El sonido de angustia que emitió la mujer ubicada a su lado le hizo centrar la vista en el último grupo que acababa de llegar. Dios mío, no traían a un hombre amordazado y atado, sino a dos. Y el último era el nieto de la mujer que no movía un músculo a su lado. La inmensa altura pese a estar ligeramente encorvado, el llamativo color del único ojo que no permanecía cerrado por las magulladuras, el cabello oscuro revuelto y los hermosos rasgos, pese a estar deformados por la paliza que había recibido le identificaban al instante. Llevaba unos pesados grilletes en muñecas y tobillos que le impedían prácticamente avanzar pero no había perdido ese aire de lucha que era tan propio de ese hombre.

Se dio cuenta del segundo exacto en que Ross Torchwell les vio y por una milésima de espacio de tiempo creyó que arremetería contra los hombres que le sujetaban. Uno de ellos debió presentirlo ya que le aferró del cabello forzando su cuello hacia atrás. Ni un quejido manó pese al dolor que debía sentir.

La marquesa avanzó instintivamente un paso pero ella le agarró del brazo, atrayendo la mirada de Martin Saxton y provocando en él una sonrisa espeluznante. Odiaba a ese malnacido. Y él le causaba un pavor imposible de controlar.

Ese animal ordenó que ataran al superintendente a unos de los hierros anclados profundamente en la pared. No tardaron en hacerlo quedando con los brazos en alto, sujetos a la altura del rostro. Los pies permanecían unidos entre sí con una soga, tras retirar las cadenas.

—Te traigo el regalo, querida.

Elora se giró, apartando la mirada de Torchwell. Saxton se dirigía a ella pero sus palabras carecían de sentido. Rezaba para que la marquesa no hiciera una locura. Tardó un segundo el fijar la vista en Martin Saxton.

—No es bueno ignorarme y puedes soltar a la vieja, querida. No hará una locura, ¿verdad marquesa? Nada que provoque que mis hombres metan una bala entre ceja y ceja a su nieto. ¿No es así, marquesa?

La anciana se negó a contestar provocando un ligero gesto en Saxton en dirección al mismo hombre que hacía pocas horas le había amenazado. Glenn. No olvidaría ese apellido en la vida.

—¿No… es… así, marquesa? —repitió con una dulzura engañosa Martin Saxton.

Por favor, le iban a matar. La mano extendida de Glenn con el arma en dirección a la cabeza de Torchwell no temblaba.

Respondió ella en lugar de la anciana.

—No se moverá. Lo prometo.

Los azules ojos de Saxton se clavaron en ella.

—¿Acaso eres una marquesa, querida? No lo creo. Más bien diría que eres todo lo contrario a una marquesa —de fondo se escuchó la risa burlona de Glenn—. Te falta la clase, la elegancia y la belleza.

No le importaba lo que dijera o que lo hiciera delante de otros. Ya estaba acostumbrada. Siempre lo había estado. Lo que no permitiría era que ese condenado hombre se diera cuenta del dolor que, pese a los años, aún le provocaba escuchar las burlas.

—Soy tan marquesa como tú puedes ser el hijo de un duque, maldito.

Tan pronto terminó de hablar, supo que se había equivocado.

Al completo.

III

Tardaron no más de diez minutos en relatar todo lo descubierto al inspector Strandler. Confirmaron que era Martin Saxton quien movía los hilos de todo y a la última pregunta que formuló le contestaron que sí. Estaba detrás de los asesinatos y desapariciones. Carecían de pruebas porque el hombre parecía ser un fantasma y borraba con una facilidad impactante todo rastro tras de sí. Pero sí, los jóvenes agentes James y Roberts estaban muertos. Y todo porque se les asignó un caso relacionado en algún punto de su investigación con Saxton.

Todo lo que tocaba ese hombre se pudría.

Ahora el hijo del duque disponía de ventaja. Tres de los suyos estaban en sus manos. Elora, Torchwell y la abuela de Ross. Y no podían concretar el lugar en que les mantenían prisioneros o si les retenían separados, dificultando con ello un posible rescate. Todo parecía torcerse.

Las miradas de asombro de los dos agentes fueron adquiriendo dureza según avanzaban en el relato. Y la infantil mirada de Titus iba perdiendo poco a poco su brillo.

Rob sintió la mirada de Strandler fija en su rostro.

—¿Por qué le odia tanto ese hombre, inspector?

No supo responder. No pudo hacerlo ¿Cómo explicar una maldita y enfermiza obsesión a un hombre cuerdo? ¿Cómo explicarla quien ni siquiera lo comprendía él mismo?

No contestó, centrando en su lugar la mirada en Peter. En la única persona que le daba algo de seguridad en ese momento. En el único que mantenía una pizca de cordura en semejante situación.

Le observó dirigirse lentamente a las dos figuras que permanecían cerca de la puerta de salida de la mansión. Guang y Titus. Nadie se había dado cuenta pero el inofensivo gigante se había ido, poco a poco, cobijando en la esquina de la entrada a la casa. Casi oculto por un ramo de flores que Julia cambiaba cada pocos días sobre una mesita apoyada contra la pared. Con una mano inmensa perfilaba con delicadeza el tallo de una rosa blanca. Ignoraba todo lo demás. Todo lo que ocurría y escuchaba a su alrededor.

Algo se estranguló en su pecho al ver cómo ese hombre se hundía en la oscuridad. En la misma en la que había pertenecido demasiado tiempo.

Peter se le acercó lentamente, como si temiera sobresaltar a un cachorro acorralado. Guang también se había aproximado, con cuidado, hasta situarse junto a Titus. Sin tocarle. Haciendo notar su presencia. No se escuchaba lo que Peter decía. Sólo se apreciaban sus gestos. Tan suaves.

Una de las manos del hombre que quería se alzó con la palma hacia arriba. Con la misma suavidad que empleaba con las mujeres o incluso, a veces, con él. Extendida y abierta. Los ojillos de Titus permanecieron clavados en las flores, tercos. Durante dos segundos. No más. Después parpadeó y extendió su brazo. Su mano rozó la de Peter y los dedos de éste se cerraron sobre la inmensa palma. Con un nudo en la garganta observó que algo contestaba Titus. Balbuceó mientras apretaba la mano de Peter. Se encogió de hombros y ladeó esa cabeza con esos rasgos infantiles, redondos e inocentes y sonrió. Dios, sonrió como un crío que ha hecho algo maravilloso y lo sabe, al dirigirse a su padre, orgulloso de ello.

La otra mano de Peter se alzó ahuecándose sobre la redonda mejilla de Titus. Y apretó. Del mismo modo en que su padre hacía con él. Con cariño.

La sonrisa que ambos compartieron fue preciosa.

El maldito nudo en su garganta se afianzó. No supo qué había hecho Peter pero había sido lo correcto. La tristeza que había comenzado a invadir los ojillos del gigante ya no estaba ahí. Con un breve gesto en dirección a Guang, éste posó su pequeña mano en el brazo del gigante y lentamente se dirigieron a las escaleras que ascendían al piso superior. La espalda doblada de Titus permanecía erguida y el sonido de voz ya no temblaba.

Al girarse Peter en su dirección su mirada se clavó en la negra. Fue a hablar pero las palabras no le salieron de la garganta. Lo intentó. De verdad que lo intentó pero no puedo formar ni un solo sonido mientras Peter se acercaba a él por lo que optó por hacer lo único que le permitía la emoción que sentía.

Sonrió tratando de reflejar en su sonrisa el inmenso amor que sentía por el hombre que abrió los oscuros ojos al percatarse de que él había presenciado todo lo ocurrido con el inocente gigante.

Las negras pupilas le recorrieron el rostro. Con esa manera tan suya. Como si memorizara cada rasgo hasta que se quedaron fijas en sus labios. Si no hubiera habido gente delante habrían compartido uno de los besos y caricias más hermosos de su vida.

Su corazón lo supo. Y con eso le valía.

Carraspeó para liberar su cuello del maldito nudo, provocando una sonrisa traviesa en el grandullón. Dios, cuando todo esto terminara y le pillara a solas no iba a dejar nada en el tintero. No esta vez.

La mirada de Peter se desvió hacia el grupo que permanecía a sus espaldas, hablando e interrumpiéndose sin cesar.

El lugar era un completo gallinero. Desordenado y concurrido. Con calma Peter alzó ambas manos atrayendo la atención de varios de los presentes.

—Necesitamos los condenados planos de los túneles que unen el mercado con el hospital de San Bartolomé. Puede que con lo que me ha dicho Titus ubiquemos el lugar en el que retienen a nuestros amigos.

Maldita sea. La opresión en su pecho se despejó en un segundo. Lo había logrado. Al fin el muy terco lo había logrado. Titus le había dicho a dónde le trasladaban para cuidar de los pequeños y de paso le había mostrado la distribución de los túneles, aunque fuera con el dibujo formado por la mente de una criatura.

Esperaba que el gigante no hubiera errado y no los condujera a un maldito túnel sin salida.

Clive se volvió hacia Stradler para pedirle ayuda. Los datos estarían en el mismo Ayuntamiento, a buen recaudo, pero apenas disponían de tiempo para terminar de organizar la incursión al hospital de san Bartolomé. Necesitaban ayuda externa. El agente fue a contestar pero Doyle intervino. Ya estaba en ello. Sus hombres no tardarían en traer unas copias de los planos. Del mismo modo en que habían conseguido copias de la estructura del hospital lo lograrían de los condenados túneles.

Dio gracias en su interior por tener entre sus filas a unos de los hombres más prácticos y avispados del universo. Se volvió hacia Doyle para lanzarle un beso pero los fuertes golpetazos en la puerta le sobresaltaron.

A él y a todos los demás.

Si no terminaba con un sorpresivo infarto ese día, iba a ser un completo milagro.

IV

Estaba fea y delgaducha. Y el uniforme le sentaba a cuerno quemado. El color gris le afeaba y no sabía el motivo, pero estaba a punto de echarse a lloriquear como una cría inmadura. Lo opuesto a su caracter en todos los sentidos.

Eran los nervios y también, que se veía extremadamente fea. Y lánguida.

—Sé lo que piensas y no es cierto, Jules.

Se giró en dirección al inmenso lecho desde el que Mere le observaba como un enano halcón. Todo salvo esos enormes y redondos ojos que no perdían la pista de lo que ocurría a su alrededor. No. Una lechuza. Eso. Nada de halcón sino una plumosa lechuza. Le pegaba mucho más, como anillo al dedo.

—Te estás desperdigando, Jules.

—No me estoy…

—Te lo veo en los ojos. Se te vidrian cuando te vas de viaje mental.

Apretó los labios.

—¿Soy fea, Mere?

Como una tromba se escuchó el movimiento de ropajes al ser retirados, un quejido alarmante unido a un *demonio, mis bajíos,* seguido de un gruñido y las ropas volviendo a su lugar inicial.

No era la primera vez que a Mere se le olvidaba que acababa de dar a luz por partida doble y por ello John había fijado turnos para que le vigilaran e impidieran que se levantara de la cama, bajo pena de una sopesada y cruel venganza por su parte.

Le tocaba a ella actuar de vigilante y habían aprovechado el rato para disfrazarse de administrativa de hospital. En la planta baja se había quedado el resto, incluyendo el fondón y a los dos agentes que se habían unido al completo desbarajuste organizado. También había optado por probarse el delantal de enfermera que llevaría consigo por si era necesario camuflarse más allá de lo necesario y deambular por los oscuros, tétricos y fríos corredores de ese fantasmal lugar.

¿Temblaba? Ay, Dios mío, iba a ser un completo desastre. Si se cruzaba con Martin Saxton seguro que se ponía a chillar como un cochinillo paticorto y fondón.

¡No emplees esa palabra, Jules! Borra de tu mente al fondón. ¡Pero ya mismo! Le distraía y no debía permitirlo.

—Eres preciosa. Tu cara es ovalada, dulce y proporcionada. Pagaría una fortuna por tener tu figura y tus andares —la voz de Mere desde el otro lado de la habitación no vaciló—. Eres elegante, Jules Sullivan y con eso una nace, no se hace. Te lo digo yo que soy torpe a más no poder y mis patas son cortas. Claro que tengo otras cosas para compensar.

Amaba a su amiga y adoraba esa risa limpia, llana y tan, tan traviesa.

—¿Me ves con buenos ojos porque me quieres, Mere?

Un profundo suspiro de semi desesperación inundó la habitación.

—Sí y no. Aunque no fueras agraciada te vería hermosa porque tu interior lo es. Lo que ocurre es que también eres hermosa por fuera, Jules. Muy hermosa. Quien te diga lo contrario miente. O tiene envidia y de la mala.

—¿Mis brazos no son raquíticos?

Oh, oh. La acababa de armar. La carita de Mere se contrajo, totalmente furiosa.

—Le voy a matar.

—Mere.

—¡Se lo merece por ser un bocazas!

—No es…

—¡Lo es! El fondón es un ¡memo! Y tú más, por hacerle caso. Como hagas caso a Jared, te lía la manta a la cabeza y es capaz de armarla bien parda. Es un liante nato, Jules. Hay que contraatacar, créeme.

Se había quedado con la boca abierta y a medio vestir.

—Cierra la boca, Jules.

Lo hizo.

—Le gustas.

Volvió a abrir la boca con la lengua colgando fuera, al escuchar las palabras de Mere, lanzadas de sopetón..

—Lo que acabas de oír, querida. Está alelado por ti pero se niega a reconocerlo porque nació terco —Mere refunfuñó en bajo antes de dirigirse a ella de frente—. Le conozco como si lo hubiera parido y se arrastra por la casa como alma en pena cuando no estás de visita. Te busca y olisquea el aire por si te capta. Claro que cuando estás cerca es como si alguien le hubiera pinchado en el trasero y le convirtiera en un buey almizclero, con toda esa melena al aire y los constantes bufidos.

—Creo que te equivocas, Mere. Me aborrece.

—Claro. Por eso está empeñado en entrar contigo al hospital, ¿no? Para zancadillearte en un descuido ya que te tiene ojeriza.

—No. Eso le convierte en idiota, más que otra cosa.

El atragantamiento de Mere con su propia saliva casi la hizo sonreír. Casi. Hasta que su mirada le devolvió el reflejo de su imagen en el espejo de cuerpo entero. Entonces el miedo se hizo hueco de nuevo en su mente.

—¿Y si algo sale mal? ¿Y si nos pillan a las dos? —madre mía, ¿era esa su voz? Sonaba a truenos pero era incapaz de parar—. ¿Y si me cruzó con ese hombre? Ya sabes, con el hijo del duque. Podría escupirle con fuerza pero seguro que me cae encima, con la puntería que tengo y además…

—Jules…

—…me queda grande la peluca…

—Jules….

—Lo sé. ¡Lo sé!

—¿Qué sabes?

—Que soy una negada como espía.

Una de las mantas cayó al suelo de golpe. No le extrañaba ya que hacía un calor infernal en la habitación pese al frío que reinaba en el exterior y la pequeña mujer que le observaba atentamente desde el lecho tenía la temperatura del cuerpo, desde el parto, totalmente descontrolada.

Al observar el gesto cariñoso de Mere no dudó. Cogió carrerilla y se abalanzó sobre el lado de la cama que permanecía vacío. Tenían un rato para compartir a solas y ella, lo necesitaba. Le daba igual no actuar como una dama. Le daba igual que el lazo del delantal se le escurriera. O sentir el cuerpo cubierto de escarcha como la hierba al amanecer. Tiesa, fría y húmeda. Madre mía, hoy estaba tan pesimista como era habitual en su abuela. Todo se pegaba menos la hermosura. Y tanto tiempo rodeada de un ambiente sombrío la convertía en una sombra andante. Si no fuera por el club y la vida que le ofrecía, llena de color y luz, hubiera terminado en un convento. Plantando coles.

—Todo va a salir bien. Él no dejará que te ocurra algo malo. Jamás lo permitiría.

—¿Quién? ¿El todopoderoso?

—¡Jules!

—¡Me refería al señor!, no a tu hermano.

Casi sonrió. No podía evitar pinchar a los dos hermanos. Se parecían tanto.

—Ya. No sé qué voy a hacer con los dos. Quizá amordazaros y amarraros juntos hasta que hagáis las paces y la calma llegue de nuevo a nuestro previamente manso reino.

—¿Qué reino?

—¡El mío!

No pudo evitar soltar la risilla pese al nervio que le recorría el cuerpo. Sentía la necesidad de rascarse brazos y piernas y le resultaba casi imposible mantenerlos inmóviles. Los sacudió y los frotó contra la suave colcha, tras arremangarse la falda.

—¿Te está dando el tembleque Julesiano?

Ay, dios mío, por unos segundos su mente había olvidado el plan de marras. Se escurrió hasta el borde del lecho, apoyó los codos en las rodillas y dejó caer la cabeza en medio de éstas para que la sangre retornara a la parte superior de su cuerpo. Notó el peso de una mano en medio de su espalda. El peso de una mano menuda. Diantre, Mere ya se había movido de su sitio. John la iba a estrangular.

—No estaréis solos. Sencillamente seréis la avanzadilla. Y cuando deis la señal, entrarán los demás, policía incluida.

—Y la abuela y yo, en medio de la trifulca.

—Con Jared. No olvides al fondón.

—¡Mere, no le llames así!

—¡Si me lo has pegado tú! —algo debió percibir Mere en su ceño fruncido—. Perdón, quería decir nuestro Jared.

Eso sonaba mejor.

—¿Crees que debiera ir armada?

—No sabes disparar.

—Me refería a un puñal o un palo o una vara o…

—Un puñal oculto.

—¿Dónde?

—Atado al muslo.

—¿Eh?

—Lo que oyes. Le diré a Jared que te facilite uno y te ayude a…

—Mere…

—…a colocártelo para…

—¡Mere!

—¡¿Qué!? ¡Estáis prometidos! Puede verte un poquillo de muslamen de tanto en tanto —Mere se quedó pensativa un segundo—. Mejor pensado, no es buena idea. No con Jared.

Eso le intrigó.

—¿Por qué?

—Por la manera en que te mira.

—¿Cómo?

La mirada desquiciada de Mere acompañó un bufido de agotamiento.

—Jules, si tengo que explicarte eso, estamos apañadas.

—¿Por qué?

—¡Oh, por los cielos! Muy bien, como te otee el muslamen, de seguido va la pechuga.

—Mere, no tengo plumas. Ni soy un pollo rechoncho.

Una maquiavélica risilla inundó la habitación.

—Para él, lo eres. Créeme. Jugoso y sabroso.

—¡Mere!

—¡¿Qué?! Soy franca.

Esto no llevaba a ninguna parte y la sangre ya había retornado a su cabeza. La cuestión era no dejarse amedrentar por lo que iba a pasar. No señor. Ella era dura y no era la primera ocasión en la que se veía mezclada en asuntos turbios. Iban a estar rodeadas y protegidas. Lo único de lo que debían ocuparse era de dar acceso a los demás al hospital de San Bartolomé. Punto. Ni actuaciones heroicas, ni insensateces propias de jovenzuelas.

Unos suaves brazos le rodearon por detrás y notó el peso de una cabeza sobre su hombro derecho. Una suave y cálida mejilla. Sintió el abrazo como el de una madre. Una madre que apenas recordaba salvo en pequeñas y fugaces imágenes. Una madre que hubiera deseado que fuera como la mujer que le rodeaba con sus brazos.

El cálido aliento le rozó el cabello.

—Él me lo ha jurado, Jules. No permitirá que te ocurra algo malo y confío en mi hermano. Por encima de todo, confío en su palabra.

Las palabras se le atragantaron en la garganta por lo que lo único que hizo fue arrebujarse en el cálido abrazo y disfrutar de unos pocos momentos de calidez.

Sólo eso.

V

No esperaba presenciar el brutal golpe que recibió el segundo de los prisioneros que acaba de unirse a ellas. No lo entendía. Era ella la que había provocado a Saxton y era otro el que lo pagaba en su lugar. Sintió tal odio hacia ese hombre que apenas pudo hablar.

—Eres un cobarde, Martin Saxton. Un cobarde que disfruta con…

Otro brutal golpe al prisionero y un quejido dolorido en respuesta del hombre al que apenas se le veía el rostro en medio de la penumbra.

—¿Decías, querida Elora?

La reacción del hombre que acababa de recibir el golpe al escuchar la pregunta de Saxton, la impactó. Se irguió pese al dolor que debía sentir en el torso y se giró en su dirección. Algo en su postura, en los sucios rasgos le recordaba a...

No. Era sencillamente imposible.

Los puñetazos habían impactado contra la carne con tal fuerza que el sonido había sido angustioso. A la izquierda de Elora se escuchaba el forcejeo contra las cadenas que sujetaban a Ross Torchwell. Trataba de hablar pero la mordaza no se lo permitía. Un suave gemido indicó que el tercer golpe lo recibió él para acallarlo. No lo lograron. El sonido metálico aumentó en intensidad.

A su derecha la marquesa de Torchwell dio un paso vacilante en dirección a su nieto pero el cañón de un arma presionó contra el lateral de la oscura cabeza del superintendente. Una silenciosa amenaza que les paralizó a ambas, al completo.

Estaba acostumbrada a una vida dura. A pelear y luchar. A defender a los suyos. No a la pura maldad. No a presenciar el disfrute al hacer daño al prójimo. No lo estaba y no lo entendía. Nunca lo hizo y jamás lo haría. La sensación fue de asfixia.

Algo dentro de ella se rompió en pedazos. Con fuerza. No pudo más. No pudo.

—¡Basta! ¡Ya basta! ¿Qué quieres de nosotros? ¿Qué quieres de mí?

Los helados ojos de Martin Saxton se centraron en ella, paralizándole.

—Que elijas, querida. Sólo eso. Algo sencillo, incluso para ti.

¿Elegir qué? ¿Entre quiénes? Ese enfermo hablaba en acertijos y ella estaba harta de todo. Quería escapar de ahí con la marquesa, con Torchwell e incluso con el encorvado hombre que quieto como una estatua no apartaba la intensa mirada azul de ella. Una mirada dolida y llena de rencor que no se separaba de ella. Dolía ver tanta rabia en esos ojos. Intensa rabia centrada en ella. Como si, en cierto modo, le odiara.

No lo comprendía.

En el mismo instante en que fue a volverse hacia Martin Saxton para responder a sus palabras la cabeza del hombre se giró completamente, perfilando la silueta de su rostro contra la lumbre.

Parpadeó un par de veces y los músculos del cuerpo fueron incapaces de reaccionar.

Era él.

El perfil era de él. Del hombre que ya creía olvidado. Del hombre que tanto había querido creyendo ser correspondida. Hasta que cuatro palabras lanzadas con ira en medio de una discusión destrozaron sus ilusiones. Un instante en que el amor que una vez creyó sentir por el hombre que ahora apartaba la mirada de ella, quedó roto.

Neil. Su marido.

El hombre que desapareció sin dejar nada atrás salvo una nota que ella aún conservaba escondida en su mesilla de noche.

El aliento se le congeló en el pecho.

La impresión fue brutal pero aún lo fue más captar en la mirada de Martin Saxton lo que daba a entender. Apenas escuchaba lo que le rodeaba. Necesitaba pensar. Necesitaba entretenerlos. Necesitaba conseguir tiempo. Para no tener que elegir entre el hombre que una vez amó y su corazón.

—¿Te gusta mi regalo, querida?

No. No podía ser. No podía obligarle a hacerlo.

—Veo que lo entiendes, querida mía. Quizá quieras disfrutar de un rato a solas con tu perdido esposo. Para reencontraros —una sonrisa que helaba la sangre curvó la boca de Saxton—. Y para decidir a quién quieres más. A él o a ellos.

Tragó saliva.

No iba a llorar. No ante ese hombre.

Las palabras no surgieron mientras observaba como, una tras otro, los hombres de Saxton abandonaban el túnel.

Quedaron los cuatros a solas. Fueron unos minutos en los que su mente quedó en blanco. Incapaz de pensar en otra cosa que no fuera en el hombre que había quedado amarrado a la pared opuesta en la que permanecía atado Ross Torchwell.

Estaba a unos pasos de distancia y le parecían interminables. La necesidad de echar a andar y no poder se había adueñado de sus piernas. En la lejanía, como si no ocurriera a su lado, escuchó los rápidos pasos de la marquesa de Torchwell acercándose a su nieto y liberándole de la mordaza. Un sollozo de la anciana y un suave murmullo masculino en respuesta, de su nieto. Tranquilizador.

Y ella seguía inmóvil.

Incapaz de acercarse al hombre que un día amó y odió.

VI

Había dejado a Mere en las capaces manos de Julia y en compañía de sus bebés. Tan preciosos y regordetes que no había podido evitar darles un par de achuchones antes de alejarse. Bueno, unos cuantos. Le encantaba cómo olían, la suavidad de sus manitas y sus rostros. Eran una bendición. Dormían como leños. Sobre todo el pequeño. Casi como sintiera la presencia de su diminuta hermana a su lado y eso le amansara.

Entre Mere y Julia le habían dado como poco una decena de instrucciones además de consejos y de seguido un par de abrazos finales que casi le habían estrangulado. Ellas no iban a estar en el asalto, ni iban a presenciarlo y eso les inquietaba en extremo. Siempre habían hecho todo juntas. Como miembros fundadores del Club del Crimen separarse equivalía a actuar casi contra natura.

La forma en que Mere y Julia le habían apretado, fuerte, hablaba de miedo a que las cosas se torcieran en un segundo inesperado y eso, era lo que ella más temía. Lo imprevisible y el dolor que siempre lo acompañaba.

Mientras caminaba por el largo e iluminado pasillo, tras abandonar a trancas y barrancas la habitación, comenzó a deshacer el lazo superior del delantal. Le apretaba el cuello y por primera vez en su vida lamentó no ser una seguidora y defensora de los grandes escotes. Claro que entonces estaría completamente agobiada con que pudiera verse demasiado y no haría más que tirar de la tela para arriba de continuo y…

—No soy idiota.

Detuvo su caminar de golpe. Creyó que el hermano de Mere estaría en la planta baja culminando el plan. La voz sonó a su espalda, en la zona que al salir de la habitación quedaba atrás. Le entraron sudores al darse cuenta.

¡Les había espiado! ¡Mientras hablaban en confianza! Rememoró lo que había dicho y hecho. Con un suave suspiro deseó convertirse en un pudding, derretirse y esparcirse por el suelo hasta desaparecer en el olvido. Dios santo, el pesimismo de su abuela había vuelto a las andadas y ella comenzaba a divagar de nuevo.

—Ni insensato.

Eso la enfureció porque el hombre, ¡se engañaba a si mismo! Era evidente que Jared Evers era memo e insensato a más no poder. Y, ¡cotilla! No pudo tragarse el gruñido mitad berrido que lanzó a su insoportable prometido. Debió sonar a sapo estrangulado propenso a saltar ya que el hombretón reculó un pequeño pasito y alzó una ceja, a la expectativa.

—¿Nos has escuchado? ¡¿A escondidas?!

—Sí.

Increíble. Peor, imperdonable.

—¿No te avergüenzas, Jared Evers?

—Nop. Me encanta espiar a Mere. Lo hago desde crío para fastidiarle.

Peor que imperdonable.

—¡Yo no soy tu hermana menor!

Una sonrisilla relajó el rostro de Jared.

—Gracias a los cielos. O a los infiernos. No sabría decirte, querida.

Jules se estiró cuan larga era. Y no era demasiado junto a esa presumida torre.

—Me ofendes, Jared Evers. Y no me llames querida. Es inapropiado en extremo.

Pero, ¿de qué diantre se reía el memo? Estaba plantado en medio del desierto pasillo que daba al piso inferior. Ambos se encontraban ahí estáticos. Ni para adelante ni para atrás. Como renqueantes postes humanos.

—Me sale natural. Creo que me he acostumbrado.

—¡Que no sea así!

Oh, no le gustaba pero nada esa semi sonrisa de estar tramando algo.

—No hay que luchar contra los instintos, Jules. O los deseos. Salen arrugas. También ronchones.

Podía con ella. Del todo. No supo cómo responder por lo que se volvió como una tromba en dirección al rellano, a paso ligero. No escuchó los pasos que imaginó percibir tras ella. No es que ralentizara su andar para ver qué pasaba sino que la alfombra resbalaba ligeramente y no podía tropezar, caer y echar al traste con todo el plan de marras. Debía prevenir antes que lamentar. Era una pieza esencial en el ataque al hospital y debía ser precavida. Le encantaba ese dicho. Regía su vida. En todo menos en su extraña relación con Jared Evers. Ladeó el rostro. Un poco. Sin que él se diera cuenta. Seguía sin percibir si le acompañaba.

—¿Huyes, querida?

Ohhhhh. ¿El fondón quería guerra? Guerra iba a tener.

Se giró rabiosa para toparse de frente con la camisa clara que cubría un pecho ancho. Muy ancho. Toda la altura de la que carecía Mere se la había robado descaradamente su hermano.

—¿Por qué estás tan cerca?

—Te paraste de golpe. Yo te seguía como un buen y dispuesto prometido.

—Demasiado cerca.

—¿Te pongo nerviosa?

—¡No!

—¿Por qué tiemblas, entonces?

¿Temblaba? ¡Ella no temblaba! Sólo se balanceaba ligeramente y muy rápido de izquierda a derecha.

Instintivamente dio un paso atrás hasta sentir la inmensa manaza asir con fuerza la parte frontal del delantal que aún rodeaba su cintura. La parte superior y los lazos para atarlo al cuello caían hasta rozar el suelo.

Con cuatro de sus dedos palmeó la mano de su prometido. Estaba cálida pero el hombre no soltó su amarre. Repitió la protesta con algo más de fuerza pero los largos dedos se tensaron aún más. Como un cepo. Bajó la mirada hasta el punto en que su cabello casi rozó la blanca tela que olía a limpio y a... él. Olía tan bien... Era su cabello. Desprendía aroma a madreselva, a lluvia y a pura masculinidad que por alguna razón se había apoderado del hombre al completo. Y, ¿por qué diantre le bombeaba el pecho a destiempo?

La cercanía de un hombre no era algo extraño para ella.

Se le congeló la respiración al sentir los nudillos contra su cintura. Vestía tres capas de ropa y los notaba contra su vientre. Apretando la tela de su falda. Otro suave tirón la acercó a ese cuerpo, alejándola de la escalera. Otro más hasta que solo el puño masculino los separaba.

Abrió la boca pero surgió un catatónico maullido. Aspiró entre dientes y carraspeó, sin mirar hacia arriba. Si miraba hacia arriba, igual se desmayaba y haría el ridículo más soberano como cuando rodó colina abajo para terminar contra el zapato de Jared. Se estaba poniendo muy nerviosa con la proximidad de Jared Evers. Su prometido. Eso.

—Necesito bajar a la reunión. Ahora mismo. Para saborear... ¡sabotear!, quería decir, sabotear los planes del duque de Yak. Osea, del hijo del duque ese, ¡como se llame! Nuestro enemigo. Dios mío.

Que se ahogaba. Uno de los dedos masculinos se aflojó para acariciar su dedo índice. Con delicadeza. Con tanta que no casaba con el hombre que respiraba a un palmo de su rostro. De la nada surgió otra caricia. Contra su mejilla. La yema de un dedo recorrió el contorno de su rostro.

Un escalofrío le recorrió la espalda antes de que la voz masculina surgiera en un susurro.

—¿El hijo del duque de Saxton?

—Sí. Ese. Hay que acariciarle... ¡aplastarle! —ay, que se le resbalaba la lengua—. Eso. Con el dedo ese. Suavemente. Aplastarle sin piedad, quería decir.

La caricia se deslizaba por la parte exterior de la oreja. Le hormigueaba. En dirección a la mandíbula y el lateral del cuello. Como un aleteó. Tan sensual. Lo más sensual que había sentido en su vida. No podía respirar. Sencillamente, sus pulmones no podían dejar pasar el aire. Si respiraba se apretaría más contra él. Y más, era demasiado para ella. El cuello del vestido impidió que el dedo siguiera su camino. Tragó saliva y apretó los dientes pero la mano no se retiró sino que la palma se ahuecó contra el lateral de su rostro, casi cubriéndolo al completo.

El puño aflojó el amarre del delantal y sintió el dorso de la mano deslizarse hacia arriba, resbalando por su corpiño. Sobre el vientre, la cintura, entre sus pechos hasta que ambas manos masculinas rodearon su rostro. Los dedos se entrelazaron con su cabello.

Alzó la mirada y se clavó en unos ojos brillantes, color jade. Unos ojos que no sonreían. Unos ojos que le miraban como si le observara por primera vez.

—Te voy a besar, Jules Sullivan.

Vale.

Ella solía reaccionar cuando algo le sorprendía pero en ese momento fue incapaz de mover un solo músculo, salvo abrir la boca para intentar decir que no estaba muy segura de si era apropiado que lo hiciera. Que no estaba segura de poder soportar que no lo hiciera. Que quizá debiera avisar que nunca le habían besado como era debido, por si las moscas. Que estaba pensando cosas raras e imprudentes que no casaban con ella y todo era por sus yemas suaves, táctiles y mágicas.

¡El hombre debiera llevar guantes!

Cogió algo de carrerilla para hablar pero su mundo se concentró en calidez, humedad y carne presionando contra la suya.

El sudor le cubrió las palmas de las manos de golpe y creyó que el corazón le iba a estallar. No conseguía saber contra qué tenía las manos apoyadas. Algo duro. Sintió presión, casi dolor en el vientre al notar el suave empuje contra su boca semi abierta. Contra su labio inferior. El sonido de labios chocando y separándose. Pegados a los suyos. Una y dos, hasta tres veces. Sabía a algo dulce y a un resquemor de coñac. Una mezcla que hizo que le ardiera la nuca. Sentía tanto calor. Tanto que fue a separarse un poco.

Sólo un poco pero las manos de Jared afianzaron su agarre. Le pareció escuchar un suave *no* antes de que algo cálido se adentrara en su boca. Tentándola. Dios santo…

Su lengua le saboreaba. Sin disimulo, sin retener nada y ella, le dejaba. No, no le dejaba. Le acompañaba.

Le estaba volviendo loca.

Un hombre que creyó aborrecer, le estaba enloqueciendo con un sencillo beso.

VII

Diablos.

Iba a ser una broma. Una pequeña broma que acababa de volverse en su maldita contra.

Nunca había sentido eso. Nunca. No poder parar porque esa mujer le nublaba la mente. Era como si su boca estuviera hecha para él. Sólo para él. Daba tanto como recibía y por un segundo su mente voló imaginándola tendida en el lecho, con él entre sus muslos. Ardiendo para él. Toda la sangre se dividió entre su boca y su entrepierna.

No podía dejarla escapar. No podía…

¡Diablos! ¿Qué hacía con esa lengua? Peleaba contra él y lo saboreaba. Igual que había hecho él antes. Estaba perdiendo la noción de todo. Del lugar en el que estaban. De la cercanía de su hermana y Julia. Del resto, en el piso de abajo, pero esa mujer podía con sus defensas.

No supo cómo, ni cuándo. De estar en el rellano de la escalera, muy cerca del borde habían terminado en el fondo del pasillo, en una condenada esquina. Demasiado cerca de una de las habitaciones. Demasiado…

Si entraban no saldrían enteros. De esa habitación pasarían al altar porque ni un condenado terremoto impediría hacerle al amor a la mujer que entre beso y beso le miraba con esos impresionantes ojos y sonreía. Diablos, sonreía y al ver curvarse esos labios algo en el interior de su pecho se apretó, con fuerza. Darle nombre le aterraba.

Perderla, aún más

Al diablo. Le aferró por la cintura alzándole del suelo. Sin dejar de besarle deslizó su espalda por la pared hasta dar con el marco de la puerta más cercana. Esa boca. Tan sabrosa. Tanteó con la mano el pomo de la puerta y un maldito juramento brotó de su pecho, sobresaltando a la mujer que seguía entre sus brazos. Dios, notaba el torneado muslo bajo la falda arquearse contra el suyo. Le iba a dar una ataque al corazón e iba a estallar sin siquiera haberle saboreado del todo.

¡¿Qué demonios le estaba pasando?!

Estaba perdiendo el control. El maldito control del que se había enorgullecido toda la vida con las mujeres. Para evitar que le cazaran. Para evitar…

¡Le acababa de mordisquear la lengua!

No sabía lo que hacía. La ardilla tentaba al diablo y no se daba cuenta. Y él de dejaba arrastrar. No hacerlo era impensable. No hacerlo, ya no valía.

Ya era desesperación. No era ternura. Era salvaje. Era morderse. Era dolor y placer. Era restregarse el uno contra el otro.

Tanteó de nuevo con desesperación. La segunda puerta. Ni idea de qué habitación era ya que no podía pensar. No con ella entre sus brazos. El pomo giró y su cuerpo ardió de anticipación.

Dioses, la iba a amar de una vez por todas y al diablo con todo.

Con el tacón de la bota abrió de un golpe la puerta y ésta se quejó al girar en sus goznes. Una fina capa de polvo salió de la maldita habitación cayendo sobre ellos. El castaño cabello de su mujer quedó cubierto de motitas de polvo, al igual que sus pestañas. Los redondos ojos de Jules parpadearon levemente y algo se le rompió en el vientre al observarle.

Una de sus manos quedó quieta contra la parte baja de la espalda femenina. La otra presionaba con fuerza contra el condenado marco de la puerta que acababa de abrir.

Ella no le perdonaría. No le perdonaría que la arrastrara con él sin estar segura de ello. No lo haría y perdería la oportunidad de amar a una mujer que merecía ser amada por encima de todo. Y quizá, de ser amado.
Maldita sea, odiaba tener conciencia. Y odiaba tener que parar. Su cuerpo le pedía seguir adelante, ignorar a su conciencia. Una mirada sobre esas mejillas sonrosadas y esos labios casi le hizo doblegarse pero esa mirada… esa mirada le hizo hacer una de las cosas más idiotas, absurdas y caballerosas de su condenada vida.

Con suavidad presionó por última vez sus labios contra los más suaves, que ya conocía. Se separó con dificultad y deslizó el suave cuerpo contra el suyo hasta que Jules quedó algo tambaleante a escasa distancia de él. Unidos por las manos.

Le costó un triunfo. Un verdadero triunfo.

—Si entramos ahí, no saldrás virgen.

La única reacción de Jules fue un leve fruncimiento de cejas y la dilatación de sus pupilas. El color comenzaba a desaparecer de las mejillas femeninas y él, juró para sus adentros. Debió utilizar otras palabras pero con esa mujer, no le salían como le ocurría con el resto del mundo.

—Quiero decir que…

El suave ladeo de su cabeza hizo que el recogido cabello cayera a un lado. Dios, tenía una hermosa melena. Castaña y espesa.

—Sé lo que quieres decir, Jared Evers. No soy una niña.

Lo había estropeado. Todo. Maldijo en silencio.

—No es que no quiera…

—Soy una ávida lectora. Sé de cosas mundanas y terrenales. Y no soy una cría. Te sorprenderías, Jared Evers.

¿Eh? Esa mujer le despistaba.

—Estupendo.

Demonios. Sonaba tonto a más no poder.

—De acuerdo. Tampoco es que sea una experta y me gustó…

El corazón le palpitó con fuerza al escucharle.

—…besarte.

Le despistaba y le derretía.

—Pero sigo sin poder casarme contigo.

¡Diablos!

—¡!Por qué?!

—Por muchas razones.

—¡Dámelas!

—¿Todas?

Vaya.

—¡¿Tantas son?!

Y también le aturullaba. El brillo de esos ojos indicaba que estaba disfrutando con su descoloque. Condenada mujer.

—¿Me tomas el pelo, Jules Sullivan?

—¿Ya no me llamas querida?

¡Dioses! Definitivamente le volvía loco y no sabía si podría dejarla ir. No lo sabía y eso, le asustaba. La sola idea de poder perderla o de que le pasara algo podía con él. Y esa noche…

La menuda figura se acercó a él. Casi tanto como antes.

—¿Qué pasa, fondón?

Por primera vez no le importó el epíteto que le llevaba por la calle de la amargura. Fue la manera en que lo dijo. Como si sólo ella pudiera llamárselo. Como si fuera algo suyo. Al igual que antes, en el cuarto con Mere.

Sonrió recorriéndole el ovalado rostro con la mirada.

Era preciosa. Preciosa, única y él estaba completamente perdido. Sonrió antes de inclinarse un poco. Lo suficiente para que ella no tuviera que forzar el cuello.

—Mi hermana me conoce bien.

La oscura mirada de su prometida reflejó perplejidad un segundo. No pensó. Sencillamente habló. Para ella.

—Me encanta mirarte porque eres preciosa. Te busco porque junto a ti me siento vivo. Tus brazos son perfectos. Aunque fueras fea, que no lo eres, a mis ojos seguirías siendo preciosa. Por la manera en que amas a mi hermana. Por tu lealtad. Por tu valentía —una suave sonrisa curvó los labios masculinos—. Por tu forma de besar. Sin guardarte nada. Por eso nos casaremos, Jules Sullivan.

Le chiflaba ese pequeño tic que denotaba nervios e ilusión en el rostro de su prometida.

—¿Y porque beso muy bien?

Ahí estaba. Una fuerza de la naturaleza en forma de mujer y era para él. Nacida para él.

—Y por ser una ávida lectora.

Le encantó compartir esa íntima sonrisa con ella. Le gustaba compartirlo todo. Con la yema del dedo delineó la suave ceja antes de continuar.

—Y por eso jamás permitiré que te hagan daño. Nunca. Antes tendrán que matarme, Jules Sullivan.

Los castaños ojos se oscurecieron al hacerle recordar lo que iban a enfrentar en unas horas. Hubría deseado poder evitarlo pero necesitaba que lo supiera. Por algún motivo ella debía saberlo antes de enfrentarse a esos malditos muros junto a él.

—Lo sé.

Dos palabras que significaban un mundo para él de la mujer que sin darse cuenta, se había convertido en su vida. Lentamente. Sin apenas apreciarlo. Con sus discusiones, sus raras conversaciones y sus pequeñas manías. Con un profundo e inesperado beso.

Sintió la suavidad de su piel al aferrar su mano. A punto estuvo su boca de pronunciar las dos palabras que jamás creyó dirigir a la mujer que le miraba con tranquilidad. Se mordió el labio inferior y casi lo dijo. En un desierto pasillo que lo había cambiado todo. En un segundo en el que se dejó llevar. Le miró directamente y leyó algo en sus iris. Comprensión y algo más que únicamente había visto reflejarse en aquellos que amaban. En aquellos que querían, sin miedo a hacerlo. Se le formó un nudo en la garganta. La clara voz femenina no le dio tiempo a hablar.

—Es hora de bajar.

Asintió en silencio. Ya tendrían tiempo. Cuando todo hubiera terminado y le tuviera de nuevo, sana y salva entre sus brazos. Entonces se lo diría. Sin prisa. Saboreando las palabras.

Apretando su mano con dulzura, descendieron los peldaños.

Juntos.

******

Capítulo 27

I

Apenas podía creérselo. La insistente llamada a la puerta vino acompañada de la encorvada figura del viejo Sampson, resoplando del esfuerzo para llegar cuanto antes. La crispación en su rostro le revolvió el estómago y no era para menos. Las noticias que traía consigo eran turbias.

Sorenson había descubierto a quién retenían en Bethlem. No era la hermana de Elora sino alguien igual de cercano a ella. Su difunto marido. Vivo, respirando aunque algo maltrecho y así había permanecido durante todos esos años en que su mujer le creyó muerto. Prisionero en las garras del mismo hombre que lentamente les estaba cercando.

Maldijo en voz baja.

Sorenson se había adelantado para preparase, para colocar a sus hombres en los alrededores del hospital de San Bartolomé y controlar las entradas o salidas en el barrio en el que se asentaba la maldita mole del edificio hospitalario. El plan se precipitaba y las prisas no eran buenas. No teniendo en su contra una mente sagaz y completamente amoral.

El anciano marinero fue breve. Neil Dawson seguía vivo y acababa de ser trasladado de vuelta a San Bartolomé. Y no sólo eso. Según las palabras del médico que le había tratado ese hombre estaba convencido que allí encontraría a Claire Robbins.

Por un fugaz instante la mente de Rob recordó las palabras de Maura Kennedy, la hermana del joven carnicero, tras ser rescatada por Clive y Torchwell a las afueras de la ciudad.

Entre ella y Barbara Gates lograron envenenar a cuatro hombres en total y de ellos trasladaron a uno al hospital de Bethlem para evitar que muriera intoxicado. El resto simplemente desapareció sin dejar rastro. Esperaron poder salvar a más pero al retornar una tarde al trabajo habían desaparecido de la faz de la tierra. Tanto hombres como mujeres. Todos menos uno de los prisioneros y esa persona era una mujer.

Su mente recordaba lo que dijo con extrema nitidez como si algo importante se le escapara. Por algún motivo su cerebro lo enlazaba con algo con lo que topó en algún momento de la búsqueda de Saxton pero se le desvanecía entre los dedos, como líquida y transparente agua. En cuanto una imagen comenzaba a formarse, no tardaba en desaparecer. Una figura borrosa.

—¿Rob?

Se giró hacia Peter con el ceño aún fruncido.

—Se me escapa algo, Peter.

—¿Qué?

Ojalá lo supiera. Ojalá su mente apartara ese tupido velo que parecía cubrirlo todo en cuanto pensaba algo relacionado con Saxton. Con sus prisioneros. Con Neil Dawson y su mujer. Con la condenada pesadilla que les envolvía. Recordaba la información facilitada pero eso, lo que rebuscaba con desesperación en su memoria, se le escapaba.

—La enfermera nos dijo que la mujer permanecía oculta entre ellos.

Sintió la oscura mirada de Peter sobre su rostro.

—¿De qué hablas, Rob?

Oscura y preocupada. Por un segundo a punto estuvo de sonreír y tranquilizar al grandullón. Decirle que todavía estaba medianamente cuerdo y no había perdido la chaveta. Aún. Lo cual era un soberano milagro.

—Lo que dijo Maura Kennedy ¿Lo recuerdas? Sobre los hombres y mujeres que mantenían prisioneros en San Bartolomé. Los padres de los bebés.

—Que no pudieron salvarles a todos. Que desaparecieron, de repente.

—Todos menos dos. Un hombre y una mujer. Al que envenenaron se lo llevaron al hospital de Bethlem —La oscura cabeza de Peter asintió mientras le escuchaba—. El hombre era el marido de Elora. Ahora lo sabemos.

—¿Y ella?

—Creo que la mujer a la que se referían era Claire Robbins, Peter. Tiene que ser ella.

Entonces lo recordó. De repente. Y con ello su mente formó la imagen de una mujer bajita y de cabello muy corto, morena. Con el redondo rostro mugriento y tan parecido a otro que conocía bien que sintió ganas de golpearse a sí mismo. Una mujer que se le abalanzó en los pasillos del hospital de San Bartolomé para prevenirle. ¡Por todos los…!

—¡Maldita sea!

Peter se tensó a su lado.

—¿¡Qué?!

—¡Le vi en el hospital, Peter!

—¿A quién?

Sentía la mirada de todos los presentes sobre él. Atentos a sus palabras y el nerviosismo dominaba el ambiente.

—A Claire Robbins. A la hermana de Elora y ¡no me di cuenta!

La exclamaciones se sucedieron a su alrededor. Respiró profundamente.

—Venga, Rob, no…

No, por favor. No soportaría la duda en la mirada o la voz de Peter. No después de haberle fallado a esa mujer. No después de no haberse dado cuenta antes.

—No. Espera y escucha, por favor. Por favor —no podía mirar al resto. No podía—. La mujer que nos previno sobre Titus en el hospital, Peter. Aunque su rostro estaba sucio era inconfundible. Tan semejante al de Elora Robbins y le dejé ir. Maura Kennedy nos dijo que aparte de aquel que intoxicaron escapó una mujer y que se ocultaba entre ellos. *Entre ellos*, Peter. Se refería a los enfermos. Que lo supieron por Titus y éste conocía a Claire Robbins. Ella sigue oculta en el hospital, Peter. En algún lugar de ese infierno. Aprovechó nuestra visita para salvar a Titus y lo consiguió. Logró que le sacáramos de ese pozo. Es lo único que tiene sentido en todo esto, Peter —fijó su mirada en la oscura que no se apartaba de él. Casi con miedo—. Dime que tiene sentido lo que digo. Que no estoy perdiendo la cabeza ni veo fantasmas donde no los hay.

No decía nada. El grandullón no decía nada por lo que se acercó un paso. Un pequeño paso.

—¿Peter?

Los oscuros ojos le recorrieron con lentitud el rostro antes de hablar.

—¿Estás seguro?

¿Lo estaba? Dios, ya no estaba seguro de nada salvo del hombre que le hacía esa maldita pregunta. El redondo y mugriento rostro de Claire Robbins apareció vívido en su mente. Abrió la boca para responder pero la ronca voz de Peter se adelantó

—A mí me vale, canijo. Aunque no estuvieras seguro, siempre me valdría.

Exhaló el aire que permanecía atascado en sus pulmones y sintió una tranquilidad que no percibía desde hacía tiempo. Tuvo tales ganas de responder con un gracias que le costó un mundo guardárselo dentro pero así era su vida. Era lo que tenían. A lo que tendrían que acostumbrarse si permanecían juntos. Y lo contrario no era una opción. No entre ellos. Muros que no podían quebrantar ante terceros ajenos al amor que les unía. No poder demostrar lo que las palabras del hombre que confiaba en él le hacían sentir y todo por la presencia de dos agentes de policía que desconocían que ellos se amaban. Que posiblemente les rechazaran por ello. O les denunciaran.

Calló con dolor. Su mirada habló sin límite alguno y la hermosa sonrisa de Peter sencillamente contestó. Asintió de manera apenas perceptible antes de que Jared les interrumpiera.

—Eso significa que esa mujer permanece ahí dentro.

—Y debemos localizarle —finalizó la frase Jules.

La curiosa expresión de Peter llamó su atención mientras clavaba la mirada en esos dos. Jules Sullivan estaba sofocada lo cual era extremadamente extraño en ella y Jared no se apartaba de su lado sin que ella intentara alejarse subrepticiamente. Curioso. Algo había ocurrido entre esos dos. Algo la mar de interesante. El caso es que juraría que habían entrado al cuarto en el que el resto permanecía reunido con un par de dedos entrelazados. En un principio creyó ver un espejismo dado el rechazo mutuo mostrado por ambos pero en cuestión de amores uno no podía fiarse ni de su sombra.

Se alegró por ellos ya que el hombre era terco y se le había metido entre ceja y ceja casarse con la dama. Un matrimonio sin amor como los que abundaban en la sociedad en la que vivían tenía que ser el infierno en vida. No lo deseaba para esa pareja.

Apartó su atención de ellos para centrarla de nuevo en el ataque a planear y en la ronca voz del hombre que quería. Inclinado sobre la mesa, Peter centraba su atención en los planos desplegados del subsuelo de Londres.

—Los túneles se cruzan en dos puntos —con el dedo índice iba marcando los lugares indicados en el papel—. En la bifurcación con el punto central del alcantarillado de la zona, a medio camino bajo tierra entre el hospital y el mercado y, el otro, poco antes de la salida al exterior. El mismo lugar en el que aparecen en los planos tres estancias alargadas y amplias. Durante una época los emplearon de lugar de almacenamiento de las carcasas a la espera de los turnos de extracción. Actualmente debieran estar abandonados. El resto del subterráneo está formado por estrechos túneles en los que apenas hay espacio para que pase algo más ancho que los vagones con la carga.

—¿Y si hubiera más salidas de las que creemos? —inquirió Jared.

Peter se volvió hacia él.

—¿A qué te refieres?

—Si yo empleara los túneles como medio para mover contrabando, para traficar con personas o hacer desaparecer aquello que no me interesa que encuentren, no me contentaría con dos entradas y una salida al exterior.

No lo habían pensado. Jared continuó pero los presentes comenzaban a intuir a lo que se refería.

—Crees que han podido excavar alguna otra salida al exterior.

—Sí.

—¿Cuántas?

Jared lo sopesó antes de contestar.

—No demasiadas para no llamar la atención pero las suficientes para facilitar el movimiento de la mercancía. Posiblemente un par en lugares estratégicos. Quizá edificios cercanos en los que la entrada y salida de personas no llame demasiado la atención.

Rebuscó sobre la mesa hasta separar un mapa del barrio de Smithfield. Era amplio. Por la tensión que se acababa de apoderar del cuerpo de Peter supo que se le había ocurrido algo.

—¿Peter?

—Cerca del mercado está la iglesia de San Bartolomé el grande. El movimiento de gente es continuo. Nadie se fijará en la entrada y salida de personas aunque acarreen bultos. Si tiene una cripta bajo el suelo…

—Saxton no habrá dudado. Le da igual lo que represente. Para él no sería más que un medio para un fin.

—Tendremos que apostar a un par de personas para asegurarnos o aventurarnos a indagar —propuso Peter.

—No hay tiempo si queremos atacar esta noche —intervino Jared—. Sólo resta vigilar las salidas de la iglesia y rezar porque Saxton se conformara con un único punto de salida de los túneles.

Maldita sea. Todo se enredaba.

Con claridad Peter se dirigió a todos los presentes.

—Está bien. Dejaremos a un par de hombres controlando la iglesia pero lo que nos interesa esta noche es nuestra gente. El resto es secundario. Tenemos tres…

—Y atrapar a Saxton, Peter.

Pronunció la frase con tranquilidad porque era un hecho. Peter no lo había dicho y debía decirse. En voz alta. No podían dejarle escapar de nuevo. No a ese animal.

Los negros ojos se centraron en él. Intensos. Antes de contestar.

—Y matar a Saxton.

Las palabras de Peter, duras pero claras acallaron hasta las respiraciones de los que les rodeaban. Por el rabillo del ojo le pareció que Strandler iba a rebatirle pero el joven agente que le acompañaba le dirigió un gesto para que callara lo que fuera a decir. Se adelantó a Jared, quien no tardó en hablar con tremenda dureza.

—Por mi hermana, por vosotros y por todos aquellos que ese hombre ha destruido o ha dañado, no merece otra cosa. Si me dan la oportunidad, yo tampoco dudaré. Le mataré.

Peter no apartó la mirada de las más clara de Jared hasta pasados unos segundos antes de que su rostro se relajara poco a poco y optara por continuar. Ni siquiera Clive emitió ni un murmullo. El hombre más pacífico y justo que conocía. Eso gritaba a voces de la negra alma del hombre que enfrentaban.

Pocas eran las ocasiones en que desconocía cómo iba reaccionar Peter pero esa había sido una de ellas. Si alguien hubiera emitido aunque fuera una mínima protesta, no sabía lo que hubiera hecho. Lo único que tenía claro es que él se hubiera posicionado hombro con hombro junto al hombre que quería. Siempre. Dio un paso lateral hasta quedar costado con costado con Peter, al borde de la mesa.

—Como decía, tenemos tres opciones. Que les retengan en el propio hospital de San Bartolomé, en la cámara central de la red de alcantarillado o en alguna de esas estancias cercanas a la salida al exterior. Eso si no les mantienen separados.

—Necesitarían vigilancia continua por parte de, al menos, un par de hombres por cada cautivo. Demasiada gente para esa tarea. Saxton debe intuir que vamos tras él por lo que querrá disponer del mayor número de hombres cerca —intervino Clive—. No creo que sepa que hemos descubierto lo que esconde bajo el suelo, Peter.

—Puede pero lo tendrá previsto. Ese hombre no deja nada al alzar. Tendrá algo preparado.

Rob se mordió el labio inferior. Odiaba a ese hombre con todas sus fuerzas y desearía poder mantenerse alejado de él. Lejos de esa mente enfermiza.

Desearía tener tiempo.

Desearía…

—El hospital dispone de la entrada principal, dos más en los laterales del edificio, una trasera y otra que da a la zona de las cocinas, en el sótano —continuó Peter—. A esta última se accede por unas escaleras. Conviene que ese sea el punto de acceso. Está resguardado y ubicado en la parte lateral derecha del edificio. Apenas iluminada por la noche.

Jules Sullivan asistió antes de hablar.

—Estoy de acuerdo. No nos costará llegar a la cocina y dudo que haya personal en ella a esas horas. Quizá algún ayudante terminando de limpiar los restos del servicio de cena pero nos desharemos de él.

—¿Cómo?

La joven intercambió una curiosa mirada con la abuela de Mere.

—Ya se nos ocurrirá algo.

Peter quedó quieto un par de segundos antes de aceptarlo.

La grave voz de Clive intervino.

—De allí tendremos que llegar al despacho de Piaret. La única forma de acceder a los malditos túneles sin que lo esperen.

Clive estaba pálido. Extremadamente pálido y él lo entendía. Lo comprendía tanto. Estar alejado de alguien que quieres sabiendo que está herido o quizá malherido. No importaba el tiempo. Un año, dos años… unas horas. Lo que dolía era saber que el otro sufría y no poder evitarlo. Desconocía el alcance de los sentimientos que unían a su compañero y a Ross Torchwell. Pero intuía que eran profundos. Realmente profundos. Y daba igual que Clive estuviera interesado en una dama que tenía intención de presentarles en los próximos días. Ahora él no pensaba en ella sino en el hombre que estaba en las garras de Saxton.

Era complicado. Regir sobre los sentimientos era difícil, por no decir imposible. Se puede luchar pero con ello sólo consigues dañarte a ti mismo y a los que rechazas.

Esa era una lección que Clive estaba recibiendo a base de duros golpes.

Con una suave palmada sobre el hombro de su compañero comenzaron a trazar el plan. Detallado y separando los grupos que habrían de intervenir. Los que accederían en primer lugar al hospital de San Bartolomé para dar acceso libre al resto por el punto de entrada seleccionado. Jules, la abuela Allison y Jared poco después. Parte de los agentes asignados al caso tendrían que vigilar la iglesia de San Bartolomé el grande pero, si no recordaba mal, una verja de hierro la bordeaba. Eso jugaba en su favor ya que no tendrían que controlar todo el perímetro sino únicamente las puertas de acceso.

Sorenson ya habría organizado el perímetro al detalle. Clive junto con éste y la policía debían localizar a los prisioneros y hundir la maldita organización de ese enfermo de una vez por todas. Asegurarse de que no tenían en su poder a más desgraciados ni a sus bebés para vender. Capturar al médico para el que nada valían las preciosas vidas de unas criaturas, salvo para experimentar con ellas por el mero hecho de haber nacido con alguna deformidad y a su ayudante y amante, Angelique Mayers. Clausurar los túneles para siempre.

Él y Peter no tenían opción. No esta vez.

Cazar a Saxton y matarle.

No se atrevió a mirar a Peter, colocado a su lado mientras sus pupilas observaban cada línea, cada detalle de los planos.

Tenían una hora antes de partir. Una hora que cada cual elegiría con cuidado cómo disfrutar. Algo le decía que la abuela Allison se quedaría con su padre. Quizá sentados junto al fuego y en silencio con los dedos de la mano entrelazados, respirando y disfrutando de la calidez de tener a aquél que amas a tu lado y sabiendo que en unas horas lo arriesgas todo incluso la posibilidad de perderlo. Marcus Sorenson no se apartaría de los aledaños del hospital y quizá tuviera que luchar contra sí mismo para aguantar sin entrar en busca de la mujer que quería más que a su vida. No le gustaría estar en su pellejo o en el de aquél que debía impedirle mandar todo al diablo y hacer lo que su corazón le pedía.

Clive quizá pasara esa hora en compañía de Melody Maple. Quizá lo necesitara para apartar de su mente otra figura completamente opuesta a la de la mujer con la que creía poder compartir su vida. No era él quién para decirle que contra lo que siente el corazón no se lucha, por mucho que te empeñes. Que él lo aprendió a base de dolor, miedo y felicidad pero valía la pena. Dios, vaya si valía la pena.

Él, no tenía duda alguna. Compartiría esa hora con aquél sin el que no podía vivir. Una hora para hablar, para sentir, para amarse. Daba igual.

No desperdiciar quizá las últimas horas de su vida lamentándose con lo que pudo ser de no haberse cruzado en su camino un hombre que quería destrozarles. No lo permitiría. Ni a sí mismo ni a Peter.

Esa hora sería única. Igual que el amor que les unía.

II

—Creí que estabas muerto. Cuando fuiste en busca de Claire y no volviste a casa conmigo y con los niños creí que…

No podía continuar. Sencillamente las palabras no salían.

Su mente no asimilaba que Neil hubiera sobrevivido y permaneciera quieto ante ella, sin pronunciar una palabra. Observándola con una tranquilidad inquietante.

A su izquierda sentía las respiraciones de Ross Torchwell y su abuela. Nada decían pero permanecían atentos a su tensa conversación. Intuyendo, quizá, que no debían intervenir.

—Claire está viva, Elora.

Una sensación opresiva se centró en su pecho. Él no le había preguntado por sus niños y eso, simplemente eso, evidenció lo lejos que el hombre que un día quiso se encontraba de ellos. Otra parte de su corazón se llenó de calor. Su Claire estaba viva. Su gemela.

Apartó lo demás. Sus niños se bastaban con ella, con su amor y el de aquellos que habían sustituido el cariño paternal. No necesitaban de un padre que jamás les quiso o que les vio como un nudo más que le ataban a la mujer que nunca amó.

—Y está aquí.

La respiración se le congeló en la garganta.

Aquí.

—¿Qué…?

—Me has oído. Me costó dar con ella, Elora. Mucho. Conseguí pelear y adentrarme en los bajos fondos. Semanas de infierno pero llegó a mis oídos lo de las mujeres. Les retenían por algún motivo y necesitaban ser vigiladas.

—¿Llegaste a verle?

Los claros ojos se clavaron en los suyos.

—Sí.

Necesitaba preguntarlo. Lo necesitaba.

—¿Por qué no volviste, Neil? ¿Por qué…?

No podía seguir. Si seguía, lo que su dolido corazón ya sabía sería dicho en voz alta y jamás podría borrarse como si nunca hubiera ocurrido.

—Porque tú no eres ella. Porque nunca lo fuiste.

III

El agente Strandler acababa de recibir una nota. Sus superiores habían dado vía libre a la petición urgente de refuerzos. En media hora dispondrían de suficientes efectivos como para copar todos los accesos al hospital de San

Bartolomé, al hospital de Bethlem y de la salida al exterior del mercado de ganado aunque ésta siempre estaba controlada por personal del propio ayuntamiento.

Los efectivos se reunirían en la comisaría del distrito colindante a una hora en que cambiaban los turnos, llamando con ello la mínima atención imprescindible. Pese a ello se formaría revuelo ya que veinte hombres reunidos en un lugar y hora en concreto no pasarían desapercibidos pese al intento de ocultarlo y más teniendo en cuenta que los tentáculos de Saxton se extendían por toda la ciudad.

Eso significaba que en veinte minutos o como mucho media hora más tarde Martin Saxton estaría al tanto de que esa noche iba a ocurrir algo gordo, poniendo en sobre aviso a su hombres. Quizá incluso intentaría huir para enfrentarles otro día pero algo en su fuero interno le indicaba a Rob que no. Que esta vez se cruzarían definitivamente sus caminos.

La lucha se avecinaba e iba a ser despiadada.

—No nos queda mucho tiempo, Rob.

Lo sabía. Maldita sea, lo sabía. Y quería más tiempo. Para pasarlo con Peter. Sin interrupciones. Sin miedos.

Habían quedado a una hora en concreto en la esquina entre la calle Lindsey y la calle Charterhouse. A una distancia cercana a la mole que era el hospital. Intuía que a Peter le preocupaba lo inmenso que era el centro y la dificultad que supondría tratar de controlar las salidas y entradas. Por mucho que tuvieran de su lado a Sorenson, a sus hombres y dos docenas de agentes preparados para una condenada guerra quedarían flancos abiertos. Siempre ocurría.

En el burdel casi fallaron y fue una pequeña mujer la que logró lo que todo un regimiento de hombres fue incapaz de evitar. Colarse disfrazada de prostituta y sorprender al enemigo ella sola. Por un segundo se alegró que Mere no pudiera unirse a ellos. No quería que viera de nuevo a Saxton o que éste le intuyera cerca. Ni la posibilidad de enfrentarle. Por una vez el destino se aliaba a su favor.

En el barco Saxton se les escurrió entre los dedos. A él. Por no prever lo casi imposible. Que un hombre adulto aprovechara un resquicio en el casco de un barco para escapar. Meses después todavía soñaba en ocasiones que escuchaba el ruido del agua al salpicar por el golpe del peso de un cuerpo al caer sobre la plana superficie del Támesis. Soñaba que lograba gritar y que le capturaban. Que le encerraban de por vida. Que no les molestaba más. Incluso que la caída le dejaba inconsciente, ahogándose en esas turbias aguas. Un sueño imposible. Suspiró atrayendo la atención de Peter.

No les quedaba demasiado tiempo. Ya había transcurrido un cuarto de hora y cada vez pasaba más rápido. No dejaba de fijar la mirada en las agujas del reloj. Se movían tan rápido.

—Demasiados cabos sueltos.

Apenas escuchó la frase de Peter pero podía leer su mente. No le gustaba dejar cosas al azar y el plan que habían trazado iba a necesitar de una buena dosis de buena suerte para que algo no fallara. Y tal y como iba su relación con la diosa fortuna, comenzaba a temer lo peor.

—No tenemos opción, Peter. No con Elora, Ross y la marquesa en manos de ese animal.

Los oscuros ojos del grandullón se cerraron unos segundos y con cuidado dobló el plano del hospital. Una de las copias que habían conseguido. Observó el movimiento del cuello de Peter al tragar. Estaba inquieto.

—Tengo un mal presentimiento, canijo.

Dios, ojalá fuera solamente él y pudiera tranquilizarle.

—Y tú también.

No le contestó. Sencillamente se acercó a él y le quitó el arrugado plano de las manos. Puede que no salieran de ésta sanos. Puede que pasaran tantas cosas que era el momento de dejar de pensar.

Tras finalizar la reunión todos se habían dispersado y nadie había preguntado al resto qué iban a hacer. Era su decisión. Pasar ese tiempo con quien desearan y como quisieran.

Él lo tenía tan claro que asustaba, a veces. En la casa Aitor dejó que Peter aferrara un par de planos y tras guardarlos a buen recaudo bajo su abrigo apenas habían tardado en ocupar sus monturas y dirigirse a casa de Peter. Doyle y Julia se habían quedado atrás, permaneciendo en casa de Mere. Al igual que Guang y Titus. A salvo y a la espera. El pequeño oriental había expresado en alto su disconformidad con el plan pero una promesa hecha a Peter, le acalló finalmente. Si algo salía mal la protección de su familia quedaba en sus manos.

El abrazo de Peter y Doyle le había creado un maldito nudo en medio de la garganta. Doyle se debatía entre quedar atrás, al cuidado de su familia o acompañar al hermano que amaba con todo su corazón. Una dura elección. De las más duras que había tenido que tomar en su vida. Al final, Peter lo hizo por él. Con un suave *cuida de ellas, hermano* y un beso en la mejilla del hombre le dejó atrás con ojos angustiados. Unos ojos transparentes que dolía mirar y que le suplicaron a él que cuidara del hombre que no miraría por sí mismo sino por el bienestar de los demás. Ese era Peter. Su Peter.

No dijo nada a Doyle. Su mirada lo hizo por él. Él cuidaría y protegería al hombre que lo iba a arriesgar todo.

No hacía falta despedirse del resto ya que se reencontrarían en una hora en el punto señalado.

Sus monturas habían volado por el empedrado de las calles de la ciudad. No había notado el frío ni el cortante aire golpear su rostro. Sólo quería llegar a casa de Peter y quedar a solas con él. Tras cruzar la puerta de la mansión habían dispuesto de unos minutos para poner a sus hombres al tanto y que éstos se organizaran en dos grupos. Más ayuda de cualquier tipo significaba menos bajas en su lado.

Por primera vez en días se permitió relajarse.

Se quedó a un pequeño roce de distancia de él. Ambos cerca de la cálida chimenea ubicada en una esquina del dormitorio de Peter, sintiendo en el costado el calor de las llamas y las brasas a su alrededor. El atardecer estaba dando paso a la noche. A una noche de luna llena. La luz apenas se dejaba ya entrever por lo que prendió fuego a los candelabros colocados en diferentes puntos de la habitación. Incluso el leve calor que desprendían era de agradecer.

Centró la mirada en el hombre que, ubicado frente a él, se acomodaba en los aposentos tras dejar sobre la cómoda el reloj que siempre llevaba consigo en el bolsillo interior de la chaqueta y el resto de las pertenecías que ocupaban sus ropajes. Se desprendía lentamente de la chaqueta, ensimismado. Le encantaba observarle mientras se desnudaba. Con naturalidad.

Habló con suavidad llamando la atención de Peter.

—¿Sabes lo que me dijo mi viejo una vez?

Peter frunció levemente las cejas, sorprendido. Sus manos quedaron paralizadas en el primer botón de la camisa.

—¿Qué?

—Que el amor no llama dos veces a la misma puerta —el silencio rodeó sus palabras—. Que no temiera decirte lo que sentía. Que no me ibas a esperar eternamente.

La oscura cabeza se ladeó levemente hacia un lado antes de recorrer el poco espacio que les distanciaba e inclinarse hasta pegar sus labios a los suyos. Labio contra labio. Suave presión. Unos segundos que se le hicieron tan cortos que deseó gritar que no se alejara. Que se quedara con él.

—Se equivocaba, canijo. Tu viejo se equivocaba.

No necesitó preguntar.

—Esperaría una eternidad.

El nudo en el pecho le impidió respirar. Quizá por la emoción o por el maldito miedo a perder lo que tenía.

—Tengo miedo, Peter. De perderte. De…

Un suave dedo presionó en el mismo exacto lugar en que lo habían hecho antes sus labios. Sintió que delineaba su forma sin apartar la mirada de la suya. Dios, tenía unos hermosos ojos. Tan oscuros que era difícil perfilar la pupila. Profundos pero sobre todo llenos de amor.

Alzó ambas manos para rodear ese duro rostro. Con la punta del dedo acarició la cicatriz que lo recorría. Ya no trataba de ocultarla, ni se giraba en sentido contrario a las miradas inquisitivas o curiosas. Ya no se avergonzaba.

Con suavidad inclinó la cabeza de Peter y él se dejó llevar. No supo por qué pero recordó la promesa que se hizo estando los dos agentes en el salón. El deseo de haber podido expresar lo que quería al hombre que besaba sin trabas. Sin vergüenza. Lo hizo. Lo hizo con sus labios, saboreando al hombre que amaba. Acariciando su rostro con dulzura, memorizándolo con las palmas de las manos y las yemas de los dedos. Sintiendo la textura áspera del principio de barba en su mentón. La dura mandíbula.

No pudo evitarlo. Sus ojos se desviaron hacia las agujas del reloj de pie, una vez más.

—Olvídalas, canijo —Sintió un suave tirón en el cabello para que su rostro se volviera de nuevo hacia Peter—. Esta media hora es nuestra y nadie nos la quitará. Nadie.

Sonrió bajo sus labios porque tenía razón. Nadie se interpondría entre ellos. No durante el corto tiempo que permanecerían juntos antes de salir en busca de ese animal.

Odiaba los pequeños ojales de sus camisas. De verdad que, a veces, los odiaba pero le encantaba la sonrisa guasona de Peter al darse cuenta de su desesperación. Sintió los largos dedos cubrir los suyos para retirarlos y con parsimonia abrirlos él mismo, poco a poco. El muy condenado sabía que le ponía frenético la espera, que si por él fuera se los arrancaría pero no le dejaba. Diablos, comenzaba a sudar como siempre que su piel rozaba la de Peter. Estaba algo más cálido que él. No demasiado. Al principio le intrigaba la diferencia de temperatura pero su cuerpo no tardó en acostumbrarse y en recibirlo con agrado. Lo suficiente para notar ese calor extenderse por su propio cuerpo.

Bastaba un roce para encenderle. Un sencillo roce en la espalda o en su esternón. En los hoyuelos que marcaban la parte superior de sus glúteos y que siempre le avergonzaron. A Peter le encantaban.

Se besaban con desesperación. Quizá temiendo lo que podía llegar esa noche. Sabía a gloria. Sabía al hombre que su cuerpo reconocía como aquél que quería.

Las ropas quedaron en el suelo, con algún ojal semi desgarrado. No pudo evitar sonreír al escuchar la suave protesta del grandullón y los negros ojos abrirse como platos al prometerle que le compensaría con creces. Que no se lo cosería pero que estaba dispuesto a pagarle el destrozo con besos y caricias.

Así fue.

Le volvía loco tenerle tendido en el lecho. Rígido y a punto de estallar. Le encantaba acariciarle con la lengua y darle suaves besos en esas caderas. En la clavícula, el hombro, el firme esternón, las costillas y el ombligo. Haciendo enloquecedoras eses y humedeciendo el camino con su lengua. Seguir un recorrido que enloquecía a Peter pese a ya conocerlo. Disfrutaba al ver la manera en que apretaba los puños a los lados de esas caderas tratando de aguantar el impulso de abalanzarse sobre él y amarle.

Sujetándole firmemente de la cintura inició el movimiento para que se girara, quedando boca abajo sobre la cama. Sintió la mirada de esos ojos en su rostro, algo aprensivos. Cada vez se sentía más cómodo bajo sus manos pero a pesar de ello siempre le costaba mostrar esas malditas palabras que le recorrían la espalda. El recordatorio del infierno. Pese a ello lo hizo mostrando a sus ojos la extensión de esa espalda, la estrecha cintura, el redondo trasero y los firmes muslos.

Abrió el cajón de la mesilla donde lo tenía oculto.

El olor al destapar el tarro arrancó una bronca risa al grandullón, relajándole al completo. Se sentó sobre la parte superior de sus muslos tan desnudo como el hombre tumbado bajo él. Tan caliente.

—¡Y yo acusando a Doyle de habérmelo robado para dejar como un flan a su mujer! Serás… —el suave gruñido apagó la palabras que acababa de lanzar entre dientes—. Y peor, rogando al Dr. Brewer para que me fabricara un lote completo de bálsamo. Casi me explota la cara de la vergüenza cuando me preguntó para qué quería tanto ungüento mentolado. Serás…

El suave mordisco en el trasero acalló a Peter de golpe. Una manaza enorme se posó sobre la marcada zona, frotándola y el inmenso cuerpo se ladeó bajo sus muslos moviéndolo hacia el lateral.

—¡Me has mordido!

—Ajá. No sólo tú tienes dientes, grandullón.

—¡Has pillado un cacho de carne!

Se le escapó una risilla.

—Un sabroso pedazo.

Pocas veces había visto los ojos de Peter tan grandes. Y su rostro tan colorado. Apartó la manaza de Peter que seguía con los frotamientos sobre sus redondeces y le dio una suave palmadita.

—¡Rob!

—¿!Qué?! ¿Quieres o no un masaje? Un lento, resbaladizo y profundo y...

Peter dudó un pequeño instante.

—¿Sin más mordiscos?

—No lo prometo. Lo que sí prometo es que te va dejar como un completo y blandengue pudding.

Con un fluido movimiento Peter se estiró de golpe cuan largo era boca abajo y se relajó, tras un suave estremecimiento de anticipación. No pudo retener las ganas ni quiso hacerlo. Se inclinó para darle un beso en la nuca. El *por todos los diablos* de Peter le supo a gloria. Y la contracción de los músculos del trasero aún más.

—Relaja el gluteus maximus, grandullón.

La risa ahogada contra la almohada le puso la carne de gallina. Dios, su risa le encandilaba. Era preciosa y difícil de escuchar pero cuando surgía espontánea era única. Escuchó la frase como en la lejanía al tener Peter el rostro apoyado contra la almohada. El *no me vas a dejar olvidarlo nunca, ¿verdad, canijo?*

No. Lo susurró tan suave como surgió la pregunta. Su primer masaje estaba grabado a fuego en su mente aunque su final no fuera como imaginó en su día. Un recuerdo hermoso.

La inmensa figura permanecía quieta, sin moverse. Su cuerpo le decía adelante, haz cuanto quieras y por todos los diablos que lo iba a hacer. No tardó en recolocarse a su gusto pero no antes de que esos ojos le miraran llenos de una cálida promesa. De jugosa retribución por el saqueo de la crema. El vello del cuerpo se le puso en punta. Al completo.

Se cubrió las manos de la espesa y olorosa crema. Penetrante pero agradable. Según pasaban los segundos y por alguna extraña razón calmaba los sentidos. En parte los exacerbaba. Provocaba calor, un inmenso calor allí donde se aplicaba.

Un gemido.

Lo dicho. Ya estaba medio blandengue el grandullón. Paró el suave masaje que había iniciado con la punta de los dedos sobre la leve marca de sus dientes provocando el suave meneo de ese trasero ordenando que continuara.

Sonrió. Daba órdenes hasta con el trasero desnudo.

Le encantaban los sonidos que emitía y saber que solo él los escuchaba. En la intimidad.

Estaba tan caliente que por un segundo le invadió la necesidad de que su propia piel lo sintiera. Dejó caer su peso contra el de Peter. Quizá pesara demasiado estirado sobre él, cubriéndole entero. Quizá le aprisionara. Quizá le incomodara. Su mente comenzó con ese estúpido juego que a veces no podía evitar al pensar en el pasado del hombre que quería. Y si...

Separó el pecho de la espalda contra la que se apoyaba. Lo suficiente para darle algo de libertad pero sintió unas manos aferrar las suyas para sujetar a continuación sus muñecas y deslizarlas hacia arriba hasta pasar por debajo del pecho de Peter y dejarlas ahí. Le abrazaba. Notó cómo Peter soltaba sus manos y colocaba sus propios brazos bajo la fresca almohada. Fue a imitar su movimiento pero un susurro le paró.

—No, Déjalas ahí. Donde están.

Lo hizo. Y apretó. Fuerte, abrazando su torso, casi reflejando el miedo a que fuera la última vez.

Tenía razón. Estaba cálido. Se amoldaban a la perfección. Siempre fue así. Depositó otro suave beso sobre la nuca antes de apoyar la cara entre el duro rostro y el hueco que formaba su hombro, contra la almohada que Peter abrazaba. Sin soltarle. Simplemente sintiéndole.

Su mirada se desvió hacia las malditas agujas y sus labios se movieron tras morderse angustiados. El tiempo se les echaba encima.

—Nos queda poco tiem...

Le acalló con un suave sonido, sin palabras.

—Abrázame y calla, entonces.

Peter se giró levemente para volver la cabeza en su dirección. Sus ojos quedaron a escasa distancia de los suyos y sonrió.

—Me gusta tenerte así. Cerca.

—Claro. Soy blandito y cariñoso. Y complaciente en grado sumo.

Le encantaba su sonrisa.

—Será en sueños, canijo.

Torpedeó con los labios.

—Como barro moldeable en tus manos —Ahí estaba. Esa mirada soñadora que apenas dejaba entrever—. Salvo cierta parte rígida y potente, claro. Y grande. Esa es ingobernable cuando estás por los alrededores y...

La mano que lo envolvió le cortó la respiración. Al completo y también su parrafada. El calor se le acumuló en las sienes y en la entrepierna.

—¿Decías?

Nada. No podía decir... nada. No con esa mano acariciándole. No con ese rostro junto al suyo.

No miró de nuevo el reloj. Se le olvidó todo salvo el hombre que tenía a su lado. Los labios que besaba con desesperación. La espalda a su alcance. La piel resbaladiza por el ungüento. Su olor.

El tiempo se detuvo con sus caricias y con su forma de amar. No supo si fue él o Peter. Quizá lo hicieran al unísono. Se movieron hasta quedar tumbados de frente, sobre sus costados, con los muslos entrelazados. Acariciándose. Frotándose. Amándose.

Se conocían y reconocían sus cuerpos. Como viejos amantes que disfrutan al reencontrarse cada vez, casi como si fuera la primera vez pero nunca del todo. Las zonas ya marcadas, ya conocidas.

No podía tragar saliva y la tensión crecía y creía con cada caricia. Sintió frialdad con la retirada de la ancha palma rodeándole para notar el movimiento de esa misma mano colocando su muslo sobre el de Peter. El calor abrasador en su entrepierna, el suave tanteo y el leve aguijonazo de dolor antes de notarse lleno. Suavidad y dureza. No entendía cómo podía sentir todo al mismo tiempo pero con él, así era. Y placer. Combinado con una tensión casi imposible de aguantar. Tanta que había momentos en que la necesidad de gritar a Peter que parara casi podía con él. Casi.

Le estaba matando con sus empujes, con sus caricias. Le decía algo pero no escuchaba. El rugir de la sangre lo tapaba todo. Todo menos la sensación de ser amado. Plenamente.

Estallaron a la vez. Como lo hacían todo y quedaron tumbados. Agotados. Compartiendo suaves besos entre jadeos entrecortados.

Las cabezas se tocaban sobre la almohada. Con una de sus manos recorrió el duro vientre de Peter, el sudor que le cubría.

—Te quiero, Peter. Con toda mi alma.

Unos dedos se cruzaron sobre los suyos y apretaron. Nada más. Tampoco hizo falta.

Quedaron quietos unos minutos con las respiraciones algo aceleradas, ralentizándose poco a poco. Con los dedos entrelazados. Disfrutando con algo tan sencillo como estar recostados juntos sobre el lecho.

Aprovechando hasta el último segundo.

IV

Paró junto a la verja que daba al jardín delantero y quedó paralizado. La tenue luz se filtraba al exterior. Era tarde. Estaba anocheciendo y una mujer soltera no debiera recibir extraños o conocidos en el hogar después de pasada determinada hora pero tras la reunión en casa del matrimonio Aitor y las noticias de que Ross estaba malherido, su mundo se había vuelto del revés. Totalmente. Y necesitaba enfrentarse a la mujer con la que creyó…

No, con la que *creía* poder compartir su vida.

No comprendía sus miedos ni la distancia que estaba marcando con ella. Llevaba un tiempo echando a Melody la culpa de la frialdad instalada entre ambos pero no era ella la culpable. Era él y sus miedos a equivocarse al tomar la decisión que llevaba rumiando un tiempo.

Todavía los sentía y por eso estaba delante del desapacible jardín que rodeaba la sencilla casa de dos alturas en las que vivía la mujer que identificaba como su prometida. La que a todos había anunciado como tal, incluso a Ross. Necesitaba saberlo de una vez por todas. Si sentía, al verla preciosa frente a él, lo mismo que cuando…

No se permitió terminar la frase.

Con soltura descorrió el cerrojo que afianzaba la puerta que le impedía la entrada. Tenía gracia pero el pelado jardín no cuadraba con la mujer que habitaba la casa. Tampoco es que se hubiera adentrado demasiado en sus dominios ya que jamás había pasado de la planta baja por mucho que su dormitorio le generara una tremenda curiosidad. Asociaba a Melody con un azulón profundo y no sabía el motivo. Dicen que el lugar en el que uno duerme le define bastante. O quizá no. Si así fuera a él lo describirían como comodón, caótico y apacible.

Enlazó las riendas de su montura en la madera y lo dejó descansar hasta que él retornara. Le bastaba un cuarto de hora para hacer lo que tenía intención de cumplir antes de que se iniciara el coordinado ataque.

Apretó el paso hasta dar con las punteras de los zapatos contra el pie de la puerta de entrada a la casa. A ras de suelo y a la izquierda de la puerta principal estaba ubicada la salita. El lugar que conocía como la palma de la mano tras pasar horas interminables ingiriendo té y pastas o en medio de algún silencio confortable. La luz provenía de ahí. En cambio, la pequeña cocina, al otro lado estaba en completa oscuridad al igual que el piso superior.

Al alzar la mano para golpear la puerta se dio cuenta que prácticamente ya había oscurecido.

Habían quedado en reunirse en las cercanías del hospital todos aquellos que tenían la intención de acabar con Martin Saxton y rescatar a los que les habían sido arrebatados. Tres calles al Norte del lugar en el que se asentaba el hospital.

Repitió los suaves toques para que los vecinos no se molestaran. No escuchó movimiento en el exterior por lo que ladeó la cabeza. Le pareció percibir movimiento en la sala. Los pasos de una mujer, ligeros, no tardaron en hacerse notar.

Ella le hacía sentirse cómodo en su compañía y eso nunca le había ocurrido con otras mujeres. Incluso el par de inocentes besos compartidos los había sentido dulces y sosegados.

La puerta se abrió de par en par.

Era bonita. Una mujer espigada y de rasgos clásicos. Algo más baja que él lo que suponía cierta altura en un miembro del género femenino. Y siempre tenía una sonrisa en la boca, salvo en aquella ocasión en que le surgió el sarpullido por el exceso de azúcar debido a sus bombones.

Sus ojos se desviaron hacia sus manos. Las tenía cubiertas por un par de suaves guantes pese a haber transcurrido diez días desde la última ocasión en que la visitó. El sarpullido debiera haber remitido ya. Quizá la próxima vez le regalara algún tipo de crema floral o una de esas cosas para mujeres que elaboraban en las boticas.

—¿Clive?

Diablos. Ahora no sabía qué decir ni cómo explicar su repentina presencia en la casa.

—¿Podría pasar?

—Es tarde.

—Lo sé y lo lamento pero es importante.

No apreció ningún movimiento dubitativo en el gesto de Melody dándole acceso al hogar. Para su sorpresa se dirigieron a la cocina en lugar de a la salita. No le importaba. Siempre le había agradado el calor que desprendían los fogones. Le recordaban a su madre. La única fuente de cariño que conoció en su vida y que perdió demasiado joven, siendo niño.

En silencio observó cómo su prometida abría un armario y sacaba un par de gruesos leños. Estuvo tentado que decirle que no desperdiciara la fuente de calor ya que apenas iba a permanecer unos minutos con ella pero calló. Ocupó una de las sillas de la cocina tras pedirle permiso.

No tardó el fuego de la chimenea baja en prender.

Era una mujer competente. Y se sentía a gusto en su compañía.

—Sé a lo que vienes. Te esperaba esta noche.

¡Dios!

—Y creo que no te va a agradar la respuesta.

¿Cómo sabía que le iba a pedir en matrimonio? Que tenía toda la intención de cerrar un nudo que permanecía a medio atar antes de acudir esa noche al punto de encuentro. No podía saberlo ni intuirlo. Tampoco su pregunta.

—Soy un buen hombre, Melody y creo que haríamos una buena pa…

—No lo entiendes, ¿verdad?

Frunció el ceño. Ciertamente no lo hacía. Por un instante un brillo en la mirada femenina le erizó el vello de la nuca.

—Tampoco me extraña demasiado ya que soy buena. Muy buena, ¿no crees?

Melody se acercó al lugar que él ocupaba, sentado a la mesa de la cocina. Tuvo la imperiosa necesidad de levantarse y lo hizo quedando a dos pasos de ella. Le miraba retadora. No se parecía a la mujer que conocía.

—¿Qué dices?

—Nunca me casaría con un hombre como tú. Por favor, un solitario e inútil policía que ni siquiera ve a quién tiene a su lado. Valgo mil veces más. Un hombre que de nada se da cuenta. Un superintendente venido a menos por un amigo. Degradado y siempre dudando. Con… una deformidad.

Las dos últimas palabras las dijo casi con odio. Con asco. Como si él fuera una inmundicia. Condenada mujer ¿Por qué diablos…? Un hueco comenzó a formarse en su vientre. Aferró el desgastado abrigo que había dejado sobre el respaldo de la silla y comenzó a colocárselo. Nunca había gritado a una mujer ni golpeado y no iba a empezar ahora. Por mucho que le insultaran o vejaran. Apretó los dientes e instintivamente su mano se dirigió a la cintura. No llevaba encima el arma ya que a ella no le agradaban. ¡Maldición!

Con sus palabras llegó la duda. La incertidumbre.

Ella no debiera saber que antes ostentaba el cargo de superintendente. Siempre se presentó como inspector. Tampoco lo de su vista defectuosa. Eso sólo lo sabían sus amigos. Los más cercanos.

La fría voz femenina se tornó aún más helada. Con pasmosa lentitud se desprendió de los finos guantes. Los dorsos de las manos mostraban unas marcas rojizas, agrietadas. Propias de una reacción por el contacto con algo que daña y que no termina de curar. Le llegó de repente una oleada.

Ese olor.

El corazón le comenzó a golpear errático en medio del pecho.

Le era familiar. Ya lo había notado en ella. Era llamativo y un punto molesto pero lo obvió. Al fin y al cabo él la había elegido para compartir su vida. Apretó los labios sintiéndose ridículo y humillado. Tan humillado.

Le resulto tan fácil ahora. Como si su mente dejara de estar bloqueada por los sentimientos. Recordó la otra ocasión en que lo percibió. El día en que en compañía de Ross localizaron a Maura Kennedy a las afueras de Londres. Bajo la lluvia peleó con un hombre y desprendía ese mismo aroma. A muerte. Indefinible y a la vez, tan concreto y conocido. Los días en que estuvo infiltrado en la carnicería en pleno barrio de Smithfield se le hizo tan familiar como el de la sangre al espesarse. Penetrante y dulzón. Desechos y carne en descomposición. Cuesta que el olfato lo asimile al principio. Después uno se acostumbra.

Ella olía a su enemigo.

—Al fin comienzas a darte cuenta. Ha sido realmente pesado esperar hasta esta noche aguantando tu compañía. Soportar tu infantil ilusión. Llevar puestos los guantes para ocultar la reacción de mi piel al contacto de los huesos al ser pulverizados —la mujer hablaba como si fuera algo normal. Como si hablar de triturar huesos fuera normal. Dios mío—. Prefiero la compañía de mi marido. A mi Colin. Por él haría lo que fuera.

Tragó saliva y tensó el cuerpo. Sus palabras desprendían un regusto a demencia. A obsesión. Ella no se enfrentaría a él sola. Se maldijo por no darse cuenta que algo iba mal.

La última palabra le dejó totalmente paralizado. En su cerebro todo cuadró.

Angelique Mayers.

Esa mujer era Angelique Mayer, la mujer de Colin Piaret y le había tenido al alcance de la mano durante meses. Como ahora. Maldijo el destino por no haberlo visto antes. Cuando Rob se quedó aquella primera vez en el hospital de San Bartolomé protegiendo a Titus, él salió en busca de ayuda. No llegó a conocerla o a cruzarse con el personal del hospital salvo el celador que les acompañó a la celda. Peter y Rob le enfrentaron en la entrevista a Piaret en su despacho. Todos le hablaron de ella. De la forma en que protegía al médico, de manera obsesiva. De su amargura. De su frialdad. Después supieron el por qué. Lo que jamás imaginó, lo que ninguno de ellos imaginó fue que Melody Maple fuera Angelique Mayers.

Por ello la mujer se resistía a que la presentara a sus amigos. Maldita zorra sin alma.

La ira le sobrepasó. Dio dos zancadas en su dirección pero ella reculó con una extraña mueca en la boca.

—Te vienes conmigo a comisaria.

La carcajada de la mujer sonó… cruel.

Lo sintió a su espalda. Otra presencia. El crujido de los tablones del suelo al combarse con el peso de una persona. Una trampa. Era una maldita trampa y había caído de nuevo como un estúpido novato.

—Gírate, querido, aunque no creo necesario presentaros ya que os conocéis del trabajo.

La cabeza femenina se inclinó hacia él como si tuviera intención de contarle un secreto que le divertía inmensamente. Una arcada ascendió por su esófago. Las ganas de vomitar le llenaron. A duras penas aguantó las ganas de dejarle inconsciente de un cabezazo. Inclinó levemente el torso para pillarle por sorpresa pero las palabras brotaron, a modo de aviso, de los labios de esa mujer.

—Si fuera tú, no haría movimientos bruscos, Clive. Al fin y al cabo mi socio ya me dijo lo del disparo en la sien. Quizá por eso seas tan lento. Y torpe. No queremos que se repita, ¿verdad? No antes de tiempo.

Completamente rígido se giró suavemente hacia su espalda. Un cañón apuntaba a su cabeza. La mano que lo sujetaba no temblaba.

Tras el arma estaba el rostro de Scott Glenn.

Sonriente. Y siniestro.

******

Capítulo 28

I

Todos vestían de oscuro. Hasta el último de los hombres. Las únicas que destacaban algo eran Jules y la abuela Allison. Estaban nerviosas y no era de extrañar. Aunque en principio ellas no debieran correr peligro quedaban, en última instancia, bajo la vigilancia de Jared Evers.

La seguridad de las mujeres era una prioridad y nadie lo discutía. Éste vestía con ropajes desgastados y una gorra mantenía bajo control su cabellera. Rob dudaba que permaneciera así demasiado tiempo. Demasiado rebelde, al igual que la suya.

Las calles estaban prácticamente desiertas, como imaginaron. Entre semana y siendo noche cerrada, la gente no se aventuraba a salir a la calle salvo que buscara problemas.

Les había costado dar con Sorenson. Sus hombres se movían en la oscuridad como peces en el agua, al igual que él. Camuflados en esquinas, en callejas estrechas que deslindaban edificios o simplemente de despistados transeúntes, ocupaban lugares estratégicos cubriendo el barrio hasta el último rincón.

Marcus Sorenson estaba pálido y furioso. Su mirada prometía represalias. Desprendía tal dureza que un cerco que nadie osaba pasar parecía rodearle. Ni siquiera sus hombres más leales.

—Una vez haya entrado, me encargaré de que Jules y la abuela salgan de nuevo y queden al cuidado de Edmund —Jared se giró hacia el anciano—. Te asegurarás de que lleguen sanas y salvas a casa de Mere, como quedamos y quedáis a la espera. Una vez dentro del hospital y con las mujeres fuera de peligro, nos separaremos —con la mirada Jared acalló la protesta que comenzaba a percibirse en los ojos de Jules.

Rob suspiró de manera casi inaudible.

Su grupo lo formaban Peter, Jules Sullivan, la abuela Allison, su aterrado padre, Jared Evers y él. Clive debía unirse a ellos en poco más de media hora, justo diez minutos antes de que las mujeres abrieran el portón que daba a las cocinas de hospital de San Bartolomé para que accediera Evers al edificio. Eso les daba a las mujeres cuarenta minutos para presentarse, que les indicaran el lugar de trabajo, les dieran la información necesaria y firmaran en el registro y el papeleo pertinente.

Una vez dentro, Jared controlaría y minimizaría la presencia de extraños, apartándoles del camino si fuera necesario. En cuanto éste estuviera despejado, el hermano de Mere les daría acceso al interior. A Peter, a Sorenson y sus dos hombres, a Clive si llegaba a tiempo y a él. Pasar desapercibido suponía la incursión de menos personas. Los hombres de Sorenson controlarían el exterior.

En teoría sonaba simple. Sencillo.

En estos momentos Clive ya estaría coordinando las fuerzas policiales junto con el agente Strandler. Le quedaba poco tiempo si quería llegar a la hora. Si no lo hacía ellos no podrían esperarle y tendría que acompañar al segundo grupo que conformaba el ataque a Saxton esa noche, el grueso de agentes que accedería por la entrada oficial del propio mercado de ganado.

La única diferencia entre ambos grupos era que el ataque por ese flanco se llevaría a cabo media hora más tarde que el previsto por la entrada oculta desde el despacho de Colin Piaret.

La segunda diferencia era el número de personas que integraban cada grupo. Al ser menos tendrían la ventaja de la sorpresa de la que carecerían los que iban a entrar por el edificio del mercado de ganado. Contaban con evitar un enfrentamiento directo con los hombres de Saxton.

Él prefería que Clive estuviera a su lado, hombro con hombro.

La abuela Allison terminó de guardar los efectos que llevaba en el bolso que portaba. Poca cosa. A Jules le temblaban tanto las manos que no atinaba a doblar el delantal claro ni a abrir su bolso por lo que en un gesto inesperado de Evers, éste lo hizo por ella. Cerró el petate y se lo colgó con suavidad en el brazo, tras acariciarle la trenza que se le escapaba bajo el sencillo gorro.

No pudo evitar sonreír al apreciar el parpadeo sorprendido de Peter en reacción al gesto de Evers.

Había llegado la hora.

Las mujeres se alejaron de ellos acercándose lentamente a la esquina que les haría desaparecer de su rango de visión. Los hombres de Jared gritaban a voces de la tensión que sentía y la fuerza de voluntad que ejercía para no ir tras ellas. Sobre todo en el momento en que Jules giró la cabeza en su dirección. Justo antes de dar la vuelta al recodo. La ronca maldición la escucharon todos. Evers dio un paso hacia adelante para ser retenido por la firme mano de su padre.

Tenía que ser duro quedar atrás.

—Debemos esperar, muchacho. Aunque no nos guste. Y créeme, siento lo mismo que tú. Aquél que les vea llegar no dará la alerta. Les esperan pero si aparecen acompañadas de un desconocido, podemos perder la ventaja que tenemos.

La línea de los rígidos hombros de Evers apenas se relajó un ápice. Ambos hombres debían sentir lo mismo. No sabía si él hubiera sido capaz de dejar marchar a Peter. No lo sabía.

Tocaba esperar.

Se separaron en dos. Cinco minutos más tarde Jared se adentró en la oscuridad siguiendo el mismo camino que las mujeres habían recorrido antes. Debía colocarse sin ser avistado cerca del punto de entrada al hospital. Su padre se quedaría atrás a la espera de que llegaran los refuerzos policiales. Desconocían cuantos agentes mandaría Strandler pero la gran mayoría permanecería en el otro grupo.

En cuanto Jared diera la señal les tocaba moverse a Sorenson y sus dos hombres, a Peter y a él. Ellos no buscarían a los demás. No rescatarían a nadie salvo que toparan con ellos. De eso se encargarían Sorenson y los suyos junto con Jared.

Ellos irían a por Saxton.

II

Las palabras no le salieron. Sencillamente se quedó mirando los ojos del hombre que al fin había dicho lo que sentía.

Notaba la mirada compasiva de la marquesa de Torchwell en la nuca y no quería sentirla. No quería provocar lástima. No quería... No quería estar aquí. En un agujero inmundo rodeada de huesos pulverizados y habiendo encontrado al hombre que creyó muerto para descubrir que le había perdido completamente hacía años. Que quizá nunca le tuvo. Ni a él ni a su cariño.

No podía acercarse a él. No podía si quería mantener la calma. Apartó la mirada de Neil y con firmeza se volvió hacia abuela y nieto.

—Debemos intentar salir de aquí. Como sea. Antes de que lleguen de nuevo. Antes de que me obliguen a elegir.

—Pero Elora, no puedes... —el repentino silencio evidenció la dureza de las palabras que la anciana callaba.

—Lo sé. Sé que no puedo elegir entre mis hijos y él, pero ellos no lo saben.

El desagradable sonido de metal al chocar retumbó contra las paredes. Tanto Torchwell como su marido permanecían encadenados y trataban de liberarse pero por un segundo su corazón se paró. Creyó que eran ellos que volvían para que decidiera, para que escogiera entre entregar a sus niños a esa mujer o negarse y con ello dictar la sentencia de muerte de su marido en ese mismo instante

Se frotó las muñecas cubiertas por rozaduras. Ese había sido el primer error cometido por los hombres de Saxton. Desatar las sogas que les mantenían a ella y a la marquesa prisioneras. Ahora sólo les tenían cautivas esas cuatro paredes y una puerta. Con eso podrían.

No llevaba su puñal. No imaginó que en una elegante cena con Jared Evers fuera a necesitarlo pero siempre llevaba consigo su pequeño billetero con los instrumentos facilitados por el viejo Lucas y cuyo manejo le había enseñado Wigg, el escurridizo ratero que era parte de la familia.

Cuando salieran de este engendro de situación le iba a dar un buen achuchón a ambos. Y varios besos en mejillas y frente aunque Wigg se desmayara de la soberana impresión.

Ante la mirada sorprendida de la marquesa les dio la espalda, se alzó las voluminosas faldas y agarró la pequeña faltriquera en la que portaba sus ganzúas. Otras mujeres las empleaban para ocultar el salario de la semana a buen recaudo. Ella llevaba ahí sus tesoros. Por si surgían imprevistos.

Escuchó el *qué demonios hace* de Torchwell pero al girarse y observar los iris de la anciana llenos de inteligencia supo que esa mujer iba a pelear con todas sus fuerzas, al igual que ella. El *condenada mujer* del superintendente casi le arrancó una sonrisa en ese infierno.

Casi.

Su marido no había pronunciado ni una mísera palabra tras decirle que no había vuelto porque hacerlo sin Claire no valía la pena. Ya le daba igual. Que hablara, que no lo hiciera, sentir su mirada fija en ella como si le sorprendiera que ella tuviera los suficientes arrestos como para tener cierta iniciativa. Ese hombre jamás la conoció. Nunca mostró interés en hacerlo. Nunca hablaron. Y ahora era tan tarde para hacerlo que ya le daba igual. Lo único que le importaba eran sus niños y la vida que llevaba. Volver junto a ellos. A una vida que adoraba y a un hombre que... No podía pensar en Sorenson. No ahora. Si lo hiciera, flaquearía.

Con un suave movimiento se acercó a la marquesa y le pasó una de las ganzúas. El sonido del roce con los grilletes no se hizo esperar. Tras una profunda aspiración se acercó a Neil. Ella no llegaba a alcanzar la cerradura de las cadenas por lo que le pasó la otra ganzúa.

Por primera vez sintió los ojos masculinos fijos sobre ella pero se desviaron enseguida hacia los grilletes.

—¿Cómo están?

Él no le miraba directamente. Quizá se sintiera avergonzado de no haber preguntado antes por sus niños. Sintió rabia y un punto de tristeza mezclada con tremenda soledad. Pese a ello contestó sabiendo perfectamente lo que preguntaba.

—Grandes.

El apenas apreciable roce del metal se paralizó.

—Siento no haber...

—No sigas. No lo digas.

La cabeza de su marido se ladeó ligeramente en dirección a la puerta y sus dedos reanudaron el movimiento para forzar la cerradura. Frenéticos.

—Ya vienen.

Se escuchó una maldición desde la pared de enfrente y un sonido de satisfacción femenino. Torchwell había liberado una de sus muñecas. Los dedos de Neil seguían intentándolo pero los pasos se acercaban cada vez más. Las suelas de los zapatos con el roce de la tierra eran inconfundibles.

—No llevo armas encima.

Los tres pares de ojos se centraron en ella. Si peleaban llevaban las de perder y más careciendo de medios con los que defenderse.

La puerta chirrió al abrirse y esa odiada voz llegó, nítida, a sus oídos.

—¿Ya lo has decidido, querida? ¿A quién quieres más, al padre o a las criaturas?

El aliento se le congeló en la garganta. El arma dirigida a la nuca de su marido no le daba la posibilidad de elegir con libertad.

Martin Saxton lo hacía por ella.

III

Era horrible. Un edificio hermoso pero al mismo tiempo espeluznante. Quizá se debiera a la falta de luz diurna o a lo tenebroso de las sombras que parecían inundarlo todo.

Los planos no engañaban. Algo en la mole que había sobrevivido al gran incendio de Londres en el año del señor 1666 reflejaba dureza. El hospital más antiguo de Londres formado con el paso de los años por cuatro alas que le conferían su aspecto cuadrado. Pocos años antes, en su mismo centro, se plantó un pequeño jardín. Puede que parar ofrecer algo de vida a su triste interior pero el efecto no había resultado el deseado. En uno de los lados se ubicaba la escalera principal del edificio que llevaba al cuarto que todo el mundo, residente o visitante, conocía como el gran pasillo. Una estancia llamativa de doble altura ubicada en el primer piso decorado al estilo barroco que desde el exterior llamaba poderosamente la atención.

No le agradaba y por el leve trastabilleo de la abuela Allison a su izquierda, ésta sentía lo mismo. La sensación era la de adentrarte en una cárcel de alta seguridad. No por la vigilancia que pudiera tener sino por la impresión que causaba a aquél que se enfrentaba al edificio.

De aislamiento del mundo exterior.

Las verjas que daban paso al acceso principal ya estaba cerradas pero un hombre de avanzada edad no tardó en aparecer tras hacer sonar la campana colocada a la entrada. Siguieron el paso cansino del anciano hasta cruzar la arcada y adentrarse en los tétricos pasillos.

La iluminación era escasa e incluso inexistente en algunos puntos, pese al alumbrado de gas. Siempre le había faltado a éste la calidez que desprendía la lumbre y en las condiciones en las que se encontraban la abuela y ella, las pequeñas lámparas se le antojaban siniestras. Deberían haber acarreado velas a doquier. Ocultas entre sus faldas o en sus hatillos. Más de una vez había fantaseado en crear una corona que alumbrara el camino en plena noche pero al final la desventaja evidente de un casco de cera por cabellera y las cejas o pestañas chamuscadas le habían arrancado la inventiva de cuajo. También podría servir de arma, en casos extremos. Siempre que el enemigo no apagase la mecha de un soplido. O un salivazo bien dirigido. Dios mío, estaba pensando memeces.

¡Con la mente a mil por hora se había perdido! ¡Y eso que acababan de entrar! ¡No valía de espía! Se desorientaba con facilidad. Habían girado a la derecha y luego de frente. No. De frente e izquierda. ¡También se le había olvidado contar los pasos!

¡Les iban a descubrir y convertir en carcasas humanas! ¡Espolvoreadas entre patas de vaca y muslos de cordero!

Ay, que se mareaba.

Se volvió hacia la abuela para enfrentar su cara de consternación. Eso significaba que ella respiraba como una vaca parturienta y se le escuchaba en la distancia. Se dio cuenta que el anciano que les había recibido se giraba hacia ella con cada ruido que emitía y su rostro reflejaba susto e incluso miedo. También una pizca de asombro. Lo único que captó entre las brumas y efluvios que le causaban sus miedos, nervios, angustias más que fundados e histeria fueron las susurradas palabras de la abuela Allison vocalizando en su dirección un *deja de poner muecas, niña*.

Intentó convertir su cara en cera pero le tembliqueaba la quijada y no podía echarse a llorar. No. Imposible.

Si lo hacía, le preguntarían por qué lloraba y ella suplicaría sin que le entendieran del todo, por sus incontrolables balbuceos y chapurreos gangosos, que no le echaran de cabeza entre los huesos de pollo. Entonces le creerían una chalada absoluta, le encerrarían entre esas cuatro horripilantes paredes y…

La patada fue rotunda. Casi le hizo caer de bruces al piso. No entendía como una mujer tan fina y elegante como la abuela Allison arreaba semejantes coces. Ahora sabía a quién salía Mere.

La histeria desapareció con el leñazo. No toda pero sí una buena parte.

Se recolocó el sombrero, la trenza que se le había enredado con el cuello casi asfixiándole y el bolsón que pesaba como una tonelada de huesos pulverizados.

¡No huesos! No... pensar... en huesos. Su máxima para lo que quedaba de noche. Eso si la superaban y llegaban al amanecer de una pieza. Dios mío, ¡iban a morir! ¡Indignamente! ¡Jared debió entrar con ellas disfrazado de mujer!

Tras respirar profundamente instaló una mueca semi rígida en su cara. Lo suficiente para permitir a sus mofletes moverse y hablar, sin alcanzar la alarmante fase de muecas.

Llegaron a un cuartito de mediano tamaño situado al final de un corredor ocupado por una mujer con aspecto de las malvadas de los cuentos de los hermanos Grimm. Adoraba sus relatos. Los devoraba en la soledad de su cuarto pero jamás esperó encontrar al espejo viviente de la bruja de Hansel y Gretel frente a ella. Con el cabello canoso, la aguileña nariz, hundidos ojos y mirada aviesa.

La histeria retornó de sopetón.

—¡No me como niños!

Dios míiiiiio, esperaba no haberlo gritado en alto. Eran los nervios descontrolados. Y le temblaban las manos como hojillas al viento. El temblor casi le llegaba a los hombros. Así que no podía saludar a la mujer estrechándole la mano ya que no daría con ella, chocarían nudillos y pensaría que era una enferma descontrolada. Con un tembleque extremis. Con dificultad debido al estorbo del bolso, cruzó ambas manos a la espalda.

Qué lista era.

La mueca en forma de sonrisa retornó a su boca. Debía arreglar el fiasco.

La mujer le miraba con inquietante fijeza por lo que le enseñó los dientes camuflados en una hosca sonrisa. Tenía dientes bonitos, alineados y confiables. A punto estuvo de chocarlos para llamar su atención sobre ellos pero se detuvo a tiempo. La imagen de un podenco con inmensas paletas llenas de heno o un amenazador tiburón emergió en su mente. Quería convencer a la señora de que estaba sana, no espantar al resto del personal y menos a la buena jefa Mallory, responsable en último término de decidir si ella valía como contable o lo que fuera a hacer en administración.

Debía rectificar. Su leve metedura de pata.

—No que no me los como, sino que no *cuido* niños —Dios mío, Jules, dejar de reír como una mema. Carraspeó tragándose la risilla insulsa—. Sólo adultos. Grandes. Puede que antes me expresara un pelín mal.

La mujer parpadeó como tratando de asegurarse que el *no me como niños* había sido producto de su imaginación. La abuela se adelantó impidiendo que la mujer pensara demasiado. Bendita abuela Allison.

—Lamentamos llegar con algo de adelanto pero al ser el primer día y lo repentino de la sustitución pensamos que nos les importaría.

—No van a cobrar más de lo estipulado.

Menuda bruja roñosa.

Las cejas de la abuela se alzaron pero únicamente asintió mostrando su acuerdo.

—Muy bien, acompáñenme.

Bruja y hosca. El paquete al completo ¡Y andaba lento! A ese ritmo los cuarenta minutos de los que disponían se los iba a tragar el andar cansino de la jefa de sección Mallory. Apretó el paso hasta ponerse a la altura de la mujer para ver si conseguía achucharle un poco pero al llegar a un corredor se dio cuenta que no sabía para dónde tirar. Titubeó casi cayendo de morros, evitándolo la garra de la abuela Allison que le mantuvo en el lugar. El bufido de la jefa de administración le indicó que se estaba enfurruñando y que le consideraba una descarada. Una inepta descarada. Le daba igual ¡Que le despidiera mañana!

Casi vociferó un aleluya al llegar a administración. Le costó un triunfo callar al darse cuenta que eran las únicas en el turno de tarde o noche o lo que fuera. La urraca hablaba y hablaba y ella no le hacía ni caso. Bastante tenía con recordar el laberinto de habitaciones.

¿Por qué le miraban ambas? Como si esperaran algún tipo de contestación ¡Si no había atendido a lo que hablaban!

Los ojos de la jefa de sección se tornaron dubitativos al tiempo que se dirigía a la abuela Allison.

—No estoy muy segura de que la joven sirva para…

—¡Valgo un mundo! Y lo administro todo. En segundos. Lo organizo, quería decir. Para administrarlo de seguido. Después de apuntar todo, con suuuumo cuidado —desesperada también se giró hacia Allison. Su boca no parecía capaz de dejar de emitir palabras sin sentido. Se sucedían una tras otra. En tropel.

La mirada de la jefa Mallory seguía nublada a más no poder. ¡Le iba a echar sin contemplaciones! Lo leía en su mirada. Y todo se iría al traste por su incapacidad para espiar, disimular y camuflarse con el entorno.

Lo hizo sin sopesarlo. Sencillamente su cabeza rebotó contra la de la mujer tras abalanzarse con la cabeza inclinada hacia ella. Al segundo siguiente la buena señora estaba hecha un ovillo a sus pies, muerta para el mundo. No muerta, vaya, sino un poco ida, debido al potente cabezazo.

Dios mío, ¡había agredido a otro ser humano! ¡Con la frente! Como un huracán y con un dolor de cabeza de mil pares de demonios en el lateral derecho del cráneo, se giró hacia la abuela casi lloriqueante. Notaba crecer el huevo sobre la piel, poco a poco. Haciendo pareja con el que ya estaba desapareciendo al otro lado de la frente. Iba a parecer un carnero en época de celo. Cabeceando a todo hijo de vecino. Le empezó a temblar el labio inferior. Cada vez más.

—¡Ni se te ocurra echarte a llorar que nos van a oír!

Se tapó la boca con la mano pero la retiró al darse cuenta que se estaba ahogando a sí misma.

—¡¿La he matado?! No la he matado, ¿verdad?

Apreciar un ligero movimiento en la arrugada cara apretujada contra el piso provocó que una bocanada de aire entrara a sus pulmones. Puro alivio. La jefa de sección seguía viva. Y a ella no le condenarían al garrote vil, la horca, la azada o lo que fuera por asesinarle con la cabeza.

—Debemos esconderle —lanzó la abuela Allison.

Buena idea. Debían proceder. El tiempo pasaba rápido y ellas seguían inmóviles como lelas profundas.

—Vale. Tapémosle.

—¿Con qué?

—Con su abrigo o su cabello.

—¡Lleva moño, Jules!

—¿Con mi peluca, entonces?

—¡La tienes atascada en el sombrero!

—Atascada, no, ¡cosida para que no se me escurra!

Con desesperación recorrió el cuarto ¡Era enano y carente de mobiliario! Salvo las mesas, las sillas y las baldas repletas de archivos no había potencial escondite alguno.

—Llevémosle hasta la cocina. Allí pensaremos qué hacer.

Les quedaban veinte minutos. Y arrastrar un bulto costaba lo suyo. Eso si no se cruzaban con alguien que les diera el alto. Con su suerte seguro que se topaban con Martin Saxton y dudaba que sus muecas le espantaran.

Se arremangó las mangas del vestido hasta el codo. Ella podía con todo. Era una guerrera. Aguerrida y dura. Correosa. Según Mere, vaya. Ella a veces lo dudaba.

Le bombeaba la cabeza del cabezazo.

¡Diantre! La jefa Mallory pesaba una tonelada pese a ser todo huesos.

¡Rábanos!, ya estaba otra vez con la palabra prohibida.

IV

—Esta vez no nos separaremos ¿Me escuchas, Rob?

Se estaba poniendo de los nervios. Peter le había repetido hasta la saciedad que no debía separarse de él. Se lo había pedido, suplicado y ordenado en diferentes tonos de voz, a cada cual más agudo.

—Vale.

—Prométemelo.

—Te lo prometo.

—Otra vez.

—¡Peter!

—¡¿Qué?!

—No es el momento.

—Lo es, canijo. Ahora o nunca.

Pero, ¿qué demonios le pasaba?

—Ahora o nunca, ¿qué?

—Si algo saliera mal, prométeme que me dejarás hacer.

—Hacer ¿qué?

—Lo que tenga que hacer.

—Peter, hablas en acertijos.

—No lo hago. En mi mente hablo alto y claro.

—Pues para el resto de mundo farfullas sin sentido y no.

—No, ¿qué?

—No decidirás tú. No esta vez. No lo permitiré, ¿sabes?

—Rob…

—No. No permitiré que lo hagas de nuevo. Por mucho que creas que vale la pena el sacrificio —se negó a apartar los ojos de los más oscuros que le miraban, casi retadores—. Para mí nunca lo valdrá.

Ambos hablaban de lo mismo pero ninguno lo había dicho en voz alta. No habían mencionado el tema. No, hasta ahora. A veces él lo recordaba y se giraba hacia Peter para preguntarle e incluso para recriminarle pero nunca terminaba la frase. Cuando se le pasaba por la cabeza la posibilidad de que Saxton hubiera aceptado su ofrecimiento. Esas palabras le acechaban y formaban parte de sus miedos más profundos.

Llévame a mí.

La sensación de desgarro al escuchar las palabras de Peter dirigidas a Saxton en la prisión de Wandsworth. El tiempo se paró hasta que ese animal respondió. El alivio le recorrió las venas pese a las súplicas y los gritos desquiciados de Peter cuando a él le arrastraban casi inconsciente hacia la oscuridad, lejos del hombre que quería.

No quería pasar de nuevo por eso. No podía.

Tenía que decírselo pero esa dura mirada le advirtió que de nada serviría. Condenado terco... Condenado y empecinado terco.

Sin pronunciar una palabra se apoyó contra la pared de piedra en la que permanecía sin decir una palabra su padre. Las arrugas inundaban su rostro. Se colocó cerca, lo suficiente para que sus hombros se rozaran. Llevaba puestas las dagas que le regaló Peter al igual que las correas cruzadas de suave cuero. Así se sentía más seguro. Bajo la camisa y la chaqueta apenas se apreciaban los bultos.

A unos pasos de distancia Sorenson desprendía tensión. No sabía cuánto aguantaría el hombre sin lanzarse a la carrera hacia la puerta principal del hospital. Con lo bruto que era no se conformaría con entrar por la parte trasera.

—¿Cuánto queda?

Pese a llevar un reloj de bolsillo encima su padre repetía cada pocos minutos la misma pregunta.

—Trece minutos para que entre Jared.

Atisbó los alrededores con sus sombras y espesa oscuridad incluso aquellos lugares a los que el suave reflejo de la luna no llegaba.

Comenzaba a inquietarse.

—Clive ya debiera estar aquí.

Peter repitió su movimiento recorriendo con la mirada las desiertas callejas más cercanas.

—Se habrá entretenido con Strandler.

—Dijo que entraba con nosotros, Peter y él siempre cumple. La única vez en que no lo hizo...

Recibió un maldito disparo que casi le mata. Le resultó imposible decirlo en voz alta.

—Yo entro.

Ya estaba. Lo esperado. A Sorenson se le había agotado la paciencia. Sin darles tiempo a reaccionar el hombre se lanzó a la carrera seguido por el viejo Sampson y el otro hombrecillo menudo que no se despegaba de ellos. Atrás quedó el último de los hombres que habían acompañado a Sorenson.

Peter lanzó un juramento y no tardó en seguirle y él, sencillamente reaccionó un par de segundos más tarde. Escuchó a su espalda el ronco grito de su padre pero lo ignoró. Si Peter entraba, él iba detrás. Recorrieron a la carrera, entre sombras, dos callejas estrechas que desprendían un fuerte olor. Sorenson era veloz el condenado o quizá estuviera al límite de su aguante. Se dio cuenta que Peter había dejado atrás al viejo Sampson y a su esmirriado compañero pero le iba a costar alcanzar a Marcus.

Enfilaron la calle que daba al hospital. Un gato se cruzó en su camino, asustado, para desaparecer de seguido.

No giraban para dirigirse hacia la esquina del hospital. El muy bestia encaraba la entrada principal y todo su plan se iba a ir al garete. Peter casi había alcanzado a Marcus y trataba de aferrarle de la manga. Con fuerza.

Marcus y Peter eran dos inmensas sombras deslizándose por el empedrado. De tanto en tanto una nube se desplazaba y los sudorosos rostros brillaban pero no alcanzaba a escuchar lo que hablaban. Él no tardaría en unirse a ellos y por los ruidos que provenían de su espalda, los hombres de Sorenson le pisaban los talones.

Escuchó el *puede que ella esté ahí dentro*, rabioso, de Sorenson, el *puede que le estén haciendo daño*. El atormentado *puede que ya esté...* y el silencio.

Ni siquiera podía decir en alto lo que temía. Jamás esperó ver derrumbarse a un hombre como Sorenson pero estaba a un suspiro de presenciarlo. Respiraba con ahogo, al igual que ellos pero había algo más. Algo con lo que parecía incapaz de luchar esta vez. Profundo e incontrolable miedo. Algo que dudaba que ese hombre hubiera sentido antes en su vida. Permanecían con la espalda contra el muro que lindaba la propiedad ubicada frente al hospital, en plena calle Smithfield y si permanecían así alguien les descubriría tarde o temprano.

Debían moverse.

Dirigió la mirada a la zona en la que debiera ocultarse Jared. Ya no estaba. Entre jadeos alcanzó a los dos hombres y se posicionó como ellos. Con la espalda contra la fría pared. Diablos, menudo desastre. Entre jadeos preguntó.

—¿Cuánto les queda a las mujeres?

—¡Demasiado!

—Cinco minutos.

Las dos respuestas surgieron al unísono. Maldita sea. Giró levemente su cuerpo para mirar más allá de Peter. Hacía el hombre que no apartada la mirada del portón principal. Con suavidad intentó recordar a Sorenson los riesgos.

—Si entramos y les sacamos de su rutina darán aviso de que algo ocurre y las mujeres no podrán moverse sin vigilancia.

—¡También puede ocurrir aunque no entremos!

Eso era cierto.

—Está bien.

¡¿Cómo?! Clavó su mirada en el rostro inclinado de Peter hacia él. Sus palabras le chocaron. Pese a ello se dio cuenta que éste seguía aferrando con fuerza la chaqueta de Marcus. Como si esperara un fuerte tirón y al hombre volando de nuevo a la carrera hacia el edificio. Fue a intervenir pero un suave gesto de Peter le detuvo. Sintió la presencia del viejo Sampson y el otro hombre a su lado. Respiraban con dificultad.

No pudo evitar decirlo.

—Apenas quedan tres minutos, Peter.

Las siguientes palabras fueron un susurro.

—Lo sé, canijo pero para él esos minutos son una eternidad. Si estuvieras en su lugar…

Dios, no lo había pensado así. Sólo le obsesionaba que el plan discurriera fluido, sin tropiezos, pero a veces los sentimientos lo hacen imposible.

Apartó la mirada de Peter para fijarla en el hombre que no apartaba la suya del camino de entrada al hospital de San Bartolomé.

Marcus no dudo en ayudarles cuando se llevaron a Julia. Gracias a él les encontraron. Gracias a él y a la preciosa mujer que puede que estuviera entre esas malditas paredes y él pretendía que no entrara a por ella, que no cometiera una imprudencia cuando en realidad la locura era esperar.

Le pedían que no intentara salvar a la mujer que amaba. A un hombre que quizá nunca hubiera amado antes.

Dios santo, le pedían lo que él jamás permitiría que le exigieran a él.

Sentía la mirada de Peter sobre su rostro. Se la devolvió y la mantuvo un par de segundos antes de asentir. Al fin y al cabo a veces la improvisación era un regalo de los dioses. Otras el camino directo a una buena patada en el trasero.

—De acuerdo.

El brusco giro de la cabeza de Marcus en su dirección habló más alto que cualquier palabra. El relajo en su enorme cuerpo provocó que Peter le soltara la manga de la chaqueta.

—Improvisaremos algo.

V

—Muy bien, querida. Nos vamos de paseo en busca de tus pequeños. Al fin y al cabo un trato es un trato y el estimado Dr. Piaret les necesita para su complejo estudio —Saxton paró un momento de hablar antes de continuar—. En cuanto nos los entregues, liberaremos a tu esposo.

Martin Saxton hablaba con calma. Carente de sentimientos.

—Me ha sorprendido el buen doctor. ¿Quién hubiera imaginado que un hombre aparentemente inofensivo fuera tan astuto como para desviar ligeramente mis planes? Claro que el resultado ha sido inesperado. Sobre todo para él —le hablaba a ella mientras sonreía pero la helada mirada de Saxton se dirigía hacia el superintendente Torchwell, burlona—. Mi socia nos espera con otro pequeño regalo. Estoy seguro de que los encantos femeninos han dado su fruto y en estos momentos el inspector Clive Stevens se encuentra algo… indispuesto.

Una cruenta sonrisa se apoderó del rostro de Martin Saxton. El sonido de las cadenas fue el único que se escuchó antes de que continuara.

—Veo que el superintendente Torchwell intuye de lo que hablo. No debiera extrañarme en un hombre inteligente.

Saxton dio unos pasos en dirección a éste hasta que la marquesa se interpuso en su camino.

La carcajada fue odiosa.

—Vamos, marquesa, ¿acaso cree que si quisiera matar a su nieto una anciana enferma y debilitada lo impediría?

Torchwell contestó con tranquilidad. Una tranquilidad pasmosa en semejante situación. Una pizca de esperanza invadió a Elora.

—Puede que sea así. Puede que ella le haya engañado pero Clive peleará. Nunca se rendirá, hijo de puta.

El brillo en los ojos azules de Saxton le heló las venas. Creyó que iba a arremeter contra Torchwell por lo que acababa de decir. La marquesa dio un paso atrás hasta topar con su espalda contra el tenso cuerpo de su nieto, llamando la atención de Saxton.

—Hace bien en temerme, marquesa aunque ya lo hacía, ¿verdad? Siempre lo intuyó pero hizo caso omiso a ese insistente aviso en su atrofiado cerebro. Facilitarme tanta información fue de una torpeza inexcusable en una mujer de mundo como usted, querida —Saxton se acercó otro poco a Alexandra Torchwell—. Hablar sin contención de su nieto durante mis visitas a su propiedad, de lo orgullosa que está de él, de sus amigos, sobre todo de su gran amigo, el joven y solitario superintendente que acababa de convertirse en el compañero de fatigas de Robert Norris fue un gran desacierto. He de recalcar que ya estaba familiarizado con el inspector Stevens de previos encontronazos, podría decirse. Lo que desconocía era su predisposición o quizá la palabra sea desesperación por emparejarse con una mujer.

—Es usted un...

—No, querida. Una dama no debiera actuar como una verdulera —una de las manos de Saxton forzó un gesto en dirección a ella—. Sobre todo teniendo a una ya presente. Que cada cual actúe como le corresponde.

Destilaba veneno. Ese hombre destilaba inquina, odio, desprecio y pura maldad. Saxton dio otro paso hacia adelante. Colocándose cerca, muy cerca de la marquesa. Ésta se apretó contra el cuerpo de su nieto pero no podía recular más. Saxton dio otro paso quedando sus ojos a la altura de los de Torchwell, ignorando a la anciana que había quedado atrapada entre ambos. La azul mirada se clavó retadora en la dispar.

—El caso es que regalé al inspector lo que buscaba. Una pena, ¿no cree, superintendente? Desperdiciar a un hombre tan peculiar en otro lugar cuando tenía algo mucho más cercano ofreciéndose en bandeja.

—Hijo de puta.

Las palabras de Ross Torchwell apenas se entendieron de la pura rabia con que las susurró.

La sonrisa de Saxton fue endiablada. Extendió un brazo provocando que la marquesa se encogiera sobre sí misma. Los labios no perdieron su sonrisa al observar el gesto. No tardó en alzarlos de nuevo hacia Torchwell.

—Hace bien en temerme, marquesa pero no le iba a golpear. No quiero dañarme los nudillos sin necesidad.

La pálida mano de Saxton aferró la mandíbula de Torchwell. Con firmeza.

—¿Acaso creíais que no os observaba? ¿Qué desconocía que la policía me busca, que saben lo de los túneles y lo del acceso por el despacho de

Piaret? La muerte de las enfermeras y la del hermano sirvieron para ralentizar la investigación. Necesitaba algo de tiempo para cerrar mis negocios. Para organizarlo todo. Desde que mi juguete acudió al registro padronal supe que descubrirían mi pequeña incursión en la administración de la ciudad y tarde o temprano darían con mi pequeño negocio. Lo he organizado todo para salir del país, Torchwell. Acompañado.

—No...

La palma de la mano masculina tapó la boca del superintendente.

—Sólo lo diré una vez. Presta atención.

La oscura cabeza se sacudió bajo al agarre pero una segunda mano aferró el cabello de Torchwell con dureza para mantener la dispar mirada fija en la de Saxton.

—Angelique tiene a tu amigo. Puedes llamarla Melody, por supuesto. Lo dejo a tu elección. Espero que le esté tratando bien —la oscura cabeza de Torchwell se sacudió de nuevo, entrecerrando los ojos—. Quizá incluso le está dando un poco de lo que quiere con tanta ansia.

Saxton chasqueó la lengua en reacción al empujón del inmenso cuerpo de Torchwell.

—No hay porque tener celos, superintendente. Además, puedes dañar a tu abuela si sigues luchando. El caso es que será un sencillo trueque. Yo tendré a los niños en mis manos, en un par de horas. Angelique tiene a Clive Stevens. Mi socia se ha desviado ligeramente del camino trazado pero todo se puede enderezar. Incluso una mala decision.

Sonaba desquiciado. Saxton continuó sin ser interrumpido.

—En cuanto entregue esos mocosos a Angelique, ella me dará a Stevens. El resto, es simple. Tendrás la tarea de convencerles a ellos —Saxton se quedó unos segundos callado antes de continuar—. Tiene gracia, nunca había hecho un trueque a tres bandas.

La trémula voz de la marquesa formuló la pregunta que se iba formando en la mente de todos los presentes.

—¿Qué significa eso?

—Lo que has escuchado, querida —la siniestra mirada se centró, una vez más, en Ross Torchwell—. Finalmente yo entregaré a Clive Stevens a su nieto, sano y salvo, a cambio de Robert Norris. De esa manera, todos logramos lo que queremos. Sencillo y eficaz, siempre que tú hagas tu parte, superintendente. La cuestión es, ¿podrás convencerle de que se entregue?

El puño tiró del cabello arrancando un gemido a Torchwell. El pulgar de la mano que sujetaba la mandíbula acarició de una forma enfermiza la magullada mejilla.

—Siempre me agradó ese sonido —el rostro de Saxton se aproximó aún más a la del superintendente—. Si quieres volver a ver a Clive Stevens con vida dale este mensaje a mi juguete. Deberá acudir solo. A los muelles. Antes del amanecer, coincidiendo con la marea alta. Si se retrasa aunque sea un segundo, su compañero le será entregado en pedacitos y... —Saxton calló un segundo y sonrió— No. Te lo entregarán a ti. Poco a poco...

El resto de las palabras se perdió al susurrarlas Saxton al oído de Torchwell. Quizá la marquesa las percibiera al permanecer inmóvil entre ambos cuerpos masculinos. Apenas tardó unos pocos minutos en hablar pero debió decir algo que provocó que los iris de Torchwell se oscurecieran repentinamente. El cuerpo encadenado se revolvió con fuerza casi provocando la caída de la marquesa al suelo.

Dios santo… Desde el otro lado de la estancia observó cómo Saxton se alejaba de Torchwell y de su abuela. Ésta estaba extremadamente pálida. Tanto que por un segundo Elora creyó que se desmayaría.

No iban a salir de ésta. No lo iban a lograr. Un hueco se le formó en medio del estómago. No pudo mirar hacia Neil.

Para que Saxton lograra lo que quería ella tenía que entregar a sus niños a Angelique Mayers, lo que significaba, ponerles en manos de Colin Piaret. Esa era una de las condiciones para que esa mujer dejara en libertad a Clive Stevens. La otra era que Rob Norris se entregara a ese enfermo.

Tendría todo preparado para partir. A la espera de que Norris accediera por la pasarela de un desconocido barco sobre el que apenas habría control de entrada y salida al puerto de Londres. Una vez en alta mar nunca podrían seguir su pista. Nunca.

Saxton dio la espalda a abuela y nieto.

No miraba a Neil. Le ignoraba como si nada valiera para él. Sus ojos permanecían fijos en ella. Sin desviarse.

—Tenemos una cita, querida Elora. Seguro que la disfrutas inmensamente.

Tragó saliva.

No estaba cuerdo. Se le acercaba con el brazo extendido, en una posición que le permitiría a ella enlazar su brazo con el de ese hombre.

Aguantó la respiración antes de acercarse a él.

Nadie podía ser tan retorcido.

******

411

Capítulo 29

I

Transpiraba como un pollo desmelenado y también la abuela Allison. Los corredores seguían desiertos y salvo un pequeño encontronazo con un asustadizo roedor el camino había permanecido despejado.

En el intenso silencio se percibieron unos pasos que se acercaban por el corredor al que debían acceder.

¡No estaba preparada para luchar! ¡Ni para pensar en ataques y contraataques! ¡Prefería pensar en flores o catalejos! Esos temas le relajaban. Pensar en peleas le tensaba. Soltó las patas de la jefa de sección que cayeron de golpe al suelo. Dios mío, ahora a la pobre mujer además de la frente, se le amoratarían los talones. Todo por su culpa. Tenía alma de delincuente. Un alma negra y fea.

Otra vez tenía ganas de lloriquear.

—¡Jules!

La abuela Allison estaba sorda como un topo. No había captado los tenues pasos.

—¡Viene alguien! ¡Pisando fuerte!

Adoptó la posición. La del carnero. El trasero para arriba, doblada por la cintura en forma de ele y la cabeza preparada para atacar. Sombrero y pelucón incluidos.

—Jules, hija, ¡¿qué haces?!

—Prepararme para arremeter.

—¿Por qué?

—Se acerca el enemigo.

Vaya. Era la primera vez que escuchaba jurar a la abuela Allison.

—Has perdido la cabeza. ¡Debemos escondernos, niña!

Uf, con su postura le costaba hablar sin agotarse.

—¡No hay tiempo! Viene alguien y dudo que crean que la jefa de sección se ha echado una siestecilla entre turno y turno en medio del pasillo central. Debemos atacar antes de…

—¿Defendernos con nuestras desnudas manos?

—Eso mismo. Échate para atrás, Allison. Creo oportuno coger carrerilla.

Se arremangó un tanto las faldas y se inclinó más en ángulo.

—Ay, hija, lees demasiadas novelas. Y como sigas así te vas a hacer daño en la cabeza.

—La tengo dura.

—No lo dudo, querida.

Diantre, los pasos estaban cerca. Más de lo esperado. La jefa de sección comenzó a roncar. Mucho. Y resoplaba. Hizo gestos desesperados a la abuela Allison para que se lanzara al suelo y le callara tapándole la boca pero no le entendió.

Se les acabó el tiempo para planear algo medianamente decente. Una sombra inmensa se cernió sobre ellas. Se lanzó para topar con la coronilla con una superficie plana y dura. Muy dura.

—¡¿Qué demonios haces, mujer?!

Oh, Oh, ohhhhhh.

El plano vientre del fondón. Esa era la superficie dura contra la que había topado. Se enderezó ante la alucinada mirada de su prometido, fija en sus piernas. Soltó la falda de golpe.

—¡Se os ha pasado la hora! —la mirada color jade se centró en el bulto que resoplaba, tendido en el suelo boca arriba con la boca abierta. Dios mío, era un tanto grotesca la situación—. ¡¿Qué habéis hecho?!

¡La voz era acusadora! ¡Y le miraba a ella! ¡A su huevo! Se lo toquiteó y se caló el sombreo hasta las cejas.

—Ya lo he visto, mujer. No lo escondas —la clara mirada se repartió entre ella, la desmayada jefa de sección y la abuela para centrarse de nuevo obsesivamente en ella—. Ya hablaremos de esto en casa, sin interrupciones. Debemos salir de aquí y dejar vía libre de acceso a los demás. Os llevaré con Edmund junto con nuestra inesperada acompañante y me vuelvo con el resto ¡Menudo maldito desastre!

¡Seguía con la mirada fija en ella!

¿Por qué le miraba con ojos entrecerrados? Ella había actuado con rapidez y sorpresivamente. Hasta la abuela se había asombrado, ¿no? Su mente funcionaba en los momentos inquietantes.

Como el rayo.

El fondón cargó con la jefa Mallory con sorprendente facilidad mientras farfullaba algo incomprensible. Echó a andar a paso ligero en dirección contraria a la que acababa de recorrer por lo que no tuvieron más opción que seguirle. Agudizó el oído pero no consiguió entenderle. Se lo tapaba la tela del sombrero. Algo sobre imprevisible, insensata y endemoniada mujer.

Esperaba que se estuviera refiriendo a su carga.

El hombre hablaba entre dientes. Tendría que decirle que vocalizara con cuidado y abriendo bien la boca porque si no sus conversaciones iban a dejar mucho que desear. Que manejara la lengua como era debido. Bueno, quizá se guardara esta última indicación para ella y su imaginación. Bueno, no eso sino su memoria. ¿Acababa de escuchar algo parecido a un desastre y mema? No, tenía que haber sido tema o lema. Quizá flema. Sí. Seguramente esto ya que ella había actuado con verdadera flema inglesa.

Qué orgullosa estaba de sí misma. Cuando se lo contara a Mere y Julia seguro que se derretían de satisfacción y le palmeaban la cabeza repetidas veces. Bueno, no, mejor su hombro que Mere no llegaba a alcanzar su cabeza con comodidad.

Una sensación extraña en la nuca le hizo volver la mirada, sin dejar de avanzar.

A su espalda, al fondo del corredor, apareció una tenue luz. El vello de sus antebrazos se erizó. Le daba la impresión de que si ellos avanzaban la luz les seguía. Si paraban, se detenía. Apenas hacia ruido como si la figura que acompañaba a la luz fuera descalza. Como un fantasma pisándoles los talones.

Inclinó levemente la cabeza y se detuvo un poco hasta que la abuela le urgió a seguir adelante. Puede que sus oídos le hubieran engañado por los nervios pero también le había dado la impresión de escuchar la campanilla de entrada al complejo sonando con vigor.

Quizá algún ingreso inesperado.

Puede que la figura nos les siguiera a ellos sino que se dirigiera a la entrada principal.

Ya no sabía qué pensar. Al fin y al cabo era noche de luna llena y ésta llamaba a la locura.

II

Jared ya se habría imaginado que algo no discurría como debiera. Al no encontrárselos cerca de la entrada trasera al hospital esperaban que hubiera obrado con lógica y, sin esperarles, hubiera sacado a las mujeres del hospital, lejos de cualquier peligro.

La espalda de Sorenson iba a provocar el estallido de la tela de su chaqueta.

El hombre que había atendido la llamada no les daba acceso al hospital. Un enfermero de guardia. De unos veintitantos años y que tartamudeaba ligeramente. Se negaba en redondo a dejarles pasar al interior ya que nadie le había informado de su llegada. Le daba igual que él fuera policía. Le daba igual que uno de ellos se comportara un poco como algunos de los dementes que circulaban por el edificio al vociferar que si no le dejaba pasar en los próximos dos segundos, le atravesaría sin pensarlo dos veces. Con lentitud el joven se dirigió a Marcus explicando que la materia es sólida pero que ya le curarían a partir de mañana. Cuando le admitieran en la sección de perturbados profundos.

Se asemejaba a un dubitativo adulto hablando con un gigantesco infante.

Tras considerar, al parecer, que ya había dado las suficientes explicaciones a un perjudicado el enfermero se volvió en su dirección, sin dejar de desviar de tanto en tanto la mirada hacia Rob y hacia los hombres de Marcus. A Sorenson le ignoraba.

—No insistan. No entrarán. Si lo hacen, llamaré a la policía.

—¡Somos la policía!

—Sí, claro —la mirada extraviada del hombre se centró unos pocos segundos en Sorenson antes de desviarse con rapidez—. Y el Doctor Piaret es un criminal peligroso que mata niños y en su despacho hay un túnel subterráneo por el que circulan las vacas.

Se cruzó de brazos pese a ser ligeramente enclenque y afianzó la punta del pie contra la parte inferior de la puerta. Insistió, con una voz completamente chillona y algo trémula, que le quedaban cinco horas para finalizar su turno y que volvieran más tarde. Que para entonces ya habría llegado el director del hospital y él se encargaría del tratamiento que resultaba evidente que debía recibir el hombre del pendiente de oro. Que con la historia, carente de sentido alguno, que le acababa de contar seguro que le encerraban una buena temporada. En soledad para no contagiar al resto de los enfermos y evitar que todo el mundo comenzara a mugir por los pasillos del hospital o a alguno le diera por comer la escasa hierba que crecía en el jardín central.

Ciertamente sonaba fatal la historia de Sorenson. Él tampoco les hubiera dejado entrar.

Un bufido fue lo único que recibió el enfermero a modo de aviso. Le dio tiempo a abrir los ojos como platos. Marcus le atravesó mientras rugía que cinco horas eran demasiadas. En realidad, no llegó a atravesarle. Simplemente arremetió contra la madera y le placó con su cuerpo. El joven nunca debió retarle con la mirada o con sus palabras. El hombre que cinco segundos antes se negaba a dejarles entrar cayó de espaldas al suelo, en plancha. Catatónico. Sin mediar palabra el viejo Sampson le arrastró de una pierna y Wigg de la otra hasta dejarle arrinconado en una esquina del patio. Como un fardo.

—¿No debiéramos quitarle de en medio? —preguntó Rob.

—No.

La voz de Marcus sonaba extremadamente ronca.

Se lanzó de nuevo a la carrera.

Demonio de hombre. Era veloz, el condenado.

III

No conseguía aflojar las muñecas. Le ardían. Y sentía la mandíbula desencajada. Atado de pies y manos le habían lanzado a un maloliente carromato y en ese momento circulaban en alguna dirección. Hacía frío. Quedarían unas tres horas para el amanecer y se sentía como un inútil. De nuevo.

Le llegó una bocanada de olor. El río. Se dirigían en dirección al Támesis.

Recibió una patada en el tobillo por lo que, instintivamente, encogió las piernas pero la mano que aferraba la soga que los envolvía no se lo permitió. La mirada de Glenn antes de atarle le había revuelto las tripas. Ese hombre le tenía ganas y en cuanto pudiera, intuía que le iba a dar una paliza de muerte. Sus músculos se tensaron recibiendo esta vez un fuerte golpe en la cadera.

Escuchaba frases sueltas. Algo sobre los muelles. Hablaban de un intercambio y que, en cuanto estuviera cerrado, tuvieran a los niños y ella se reuniera con Colin, todos desaparecerían. Le escuchaba a ella como si sus palabras hicieran eco en su cráneo. Quizá fuera una conmoción por los golpes. Otra vez. El par de puñetazos le habían dejado ligeramente atontado.

La voz femenina no sonaba tal y como la conocía. No era dulce.

Se mordió el labio inferior hasta doler. Debió escuchar a Ross. Sus advertencias. La extrañeza porque Melody tuviera tantas reticencias a conocerles. Debió…

Debía escapar. Su instinto le gritaba que él era una parte del intercambio. Que el otro lado era aquello que obsesionaba a Martin Saxton.

Rob Norris.

Él era un simple peón en un oscuro juego.

III

Aferró a Jules de la menuda mano pese a llevar a la señora desmayada como un saco al hombro. Su prometida tendía a quedarse descolgada del grupo. Y le había dado por chapurrear no sé qué sobre una sombra inquietante a su espalda. El leñazo en la frente le había trastocado. Y no le extrañaba. Era enorme.

No le iba a soltar de nuevo hasta que la misma mano que aferraba estuviera bien sujeta por el viejo Norris.

¡Por los Dioses! Cuando comenzaron a transcurrir los minutos y su carita no aparecía a través del cristal de la puerta que daba a la cocina comenzó a angustiarse. Había optado por forzar la puerta de entrada debido al nervio que comenzaba a formarse en la boca de su estómago. Su prometida y su abuela a solas. Planeando. Casi vomitó de imaginar lo que pudieran estar haciendo.

No había nadie por los alrededores salvo un joven pinche que no tardó en vestir ropa de abrigo y salir al exterior. La negrura lo invadía todo.

El condenado camino hasta localizarles se le había hecho eterno. La llegada fue peculiar, como todo lo que rodeaba a su ardilla.

El peso de la mujer que cargaba comenzaba a hacerse notar por lo que soltó la mano de Jules y reacomodó el cuerpo.

—Podríamos cargarle un poco la abuela y yo si te pesa mucho. De pies y manos y esta vez, no le soltaré de golpe. Conseguimos arrastrarle un buen trecho. Antes de que nos estropearas los planes.

¡Increíble! Su prometida no paraba de rascarse bajo la horrorosa peluca que poco a poco le iba tapando los ojos. Estaba a un paso de morderla del enfado. Tenía que asustarle antes de contraer matrimonio. Después sería un caso perdido.

—¿Quieres terminar la noche sin rojeces?

A dos pasos por detrás se escuchó la risilla nerviosa de la abuela.

—¿Eh?

—Que si…

—¡Te he oído!

—Lo dudaba porque como el caso que me sueles hacer es nulo, he decidido que o bien, estás más sorda que la abuela o bien lo haces a propósito.

—¿El qué?

—¡Llevarme la contraria!

—Eso no es cierto. Lo que ocurre es que tus órdenes suelen ser contradictorias en grado sumo.

Optó por no entrar en debates con la ardilla porque era capaz de armarla.

Agradeció a los cielos la escasez de personal que posibilitó salir del hospital sin cruzarse con otras personas y sin mayores problemas. Mientras recorrían a paso ligero la calle Smithfield en dirección a la esquina de la calle al final de la cual les aguardaba Edmund comenzó a sentir fijación con otra cosa. En apartar a la insensata del condenado jaleo que había estallado a su alrededor. Rob, Peter, Sorenson y el resto no habían aparecido en el lugar convenido. Lo cual significaba problemas. Y de los gordos.

¡Diablos! La mujer que cargaba al hombro comenzaba a removerse. Había sido un movimiento apenas perceptible de una de sus piernas pero ahí estaba. Un espasmo. Lo que le faltaba para fastidiar su parte del plan. Que recobrara el conocimiento y comenzara a vociferar que le estaban secuestrando unos maleantes.

—Si quieres, le doy otro cabezazo a la jefa. Tengo una puntería infalible.

Por todos los diablos, su prometida era un peligro en potencia. Y su cabeza aún más.

Fue a contestar con un berrido pero algo llamó su atención. Al otro lado de la calle percibió movimientos. Pese a la oscuridad. Se detuvo de golpe sintiendo el atropello de su prometida contra su parte trasera. La punta de una nariz chocó contra su espalda y una mano apretujó su glúteo derecho, estrujándolo tras sopesarlo ligeramente.

Se volvió como una peonza casi lanzando a su desvalida carga a un lado debido a la fuerza y velocidad de su giro. Uno de los pies de la jefa de sección casi dio de lleno a la abuela en la barbilla.

Su cuerpo rozaba el de su prometida. Quedó inmóvil mirándole desde lo alto. No se lo podía creer. Esa dulce cara le enfrentó como si nada malo hubiera hecho.

—¿¡Qué haces!?

—¿Nada?

—Me acabas de…

Diablos, le daba vergüenza decirlo ¿Estaba sonriendo Jules descaradamente? No. No podía ser. No le había palpado el trasero a propósito ¡Era una dama! Una dama no estruja el glúteo de un hombre y mucho menos le da una reconfortante palmadita después.

Parpadeó incrédulo.

¿No estaría mascando más de lo que podía tragar? Con los ojos recorrió los suaves rasgos y se humedeció los labios. No.

—¿Quizá lo has imaginado, querido? Eres propenso a fantasear.

La brujilla desmelenada lo había hecho a posta. Sonrió cortando de cuajo la sonrisilla presumida formada en los labios femeninos. Las pupilas de esos redondos ojos se dilataron provocando que tragara la saliva que se le acababa de formar y acumular en la boca. Dioses, la ardilla lo ocultaba pero estaba llena de pasión y fuerza. Y pillería. Le entraron ardores y sudores repentinos. Y tal sensación de anticipación que sintió flojera en las rodillas.
Pero, ¿qué demonios le estaba pasando? La pícara sonrisa asomó de nuevo a la cara de su prometida pese a que intentó ocultarlo por todos los medios. El tic en la mejilla le descubrió.

Se inclinó hasta casi rozar el desastroso sombrero con su propia cabellera. Y ella no reculó. Las palmas de las manos le ardieron. Le retaba. Ella le retaba y a él le chiflaba que lo hiciera. Le encantaba la manera en que entrecerraba esos redondos ojos como diciéndole *venga, atrévete, fondón*.

Se acercó otro poco más ladeando a su carga para que no le molestara en sus intenciones. Iba a susurrar. Iba a…

La tensa voz de la abuela no se lo permitió.

—¿No es Elora esa mujer que acaba de salir de la iglesia de ahí enfrente? ¿No es un poco raro que alguien salga de una iglesia cerrada a estas horas de la madrugada? y ¿no se parece uno de los dos hombres que la acompaña a Martin Saxt...?

El jadeo de la abuela que siguió a la pregunta tensó todos los músculos y tendones de su cuerpo.

Su mirada se centró en las figuras que iban surgiendo una tras otra del pórtico de la iglesia de San Bartolomé. Y en el brillo del filo de una daga que acababa de degollar a uno de los policías apostados a ambos lados de la misma.

IV

Llevaban luchando con los malditos grilletes unos veinte minutos. Tanto él como el marido de Elora. No habían dejado a nadie vigilándoles dentro del túnel pero estaba seguro de que estarían haciendo guardia fuera. Saxton tenía que saber que algunos de sus hombres morirían y a pesar de ello les había dejado atrás. Si estaba al tanto de lo que iban a hacer, de que iban a atacar en cualquier momento su organización debió retirar a sus hombres.

Más vidas perdidas y destrozadas por ese animal.

La respiración de su abuela sonaba fatigosa. Permanecía acurrucada con la espalda contra la pared y no emitía ni un sonido. Las dementes palabras de Saxton le habían hecho mella. Y dolido. Se culpaba pese a no ser la responsable de la obsesión de ese malnacido. Le había engañado y con ello había obtenido la información que buscaba para obtener ventaja.

Hijo de mala madre. Estaba tan rabioso que se sentía arder por dentro. Por lo que Saxton había dicho. Por lo que le había hecho sentir. Por utilizar a Clive como moneda de cambio y sobre todo por intuir que él haría lo que fuera por salvarle. Incluso entregar a un buen hombre en manos de un desequilibrado.

Y porque el condenado había acertado de pleno.

La cerradura que cercaba la segunda muñeca cedió.

La velada mirada de su abuela se apartó del suelo para enfrentar la suya. Saxton le había hundido. Su abuela adoraba a Clive. Siempre lo hizo y las palabras de ese hombre... Lo que harían con Clive si él no hacía como se esperaba de él. Cómo le rompería, poco a poco, si él no vendía a Rob Norris al enemigo.

Destrozar a un hombre íntegro que para ese animal nada significaba. Para él, en cambio...

—No puedes hacerlo, hijo.

El nudo en la garganta le impidió responder a su abuela.

Si no entregaba a Norris, destrozarían al hombre que quería. Al hombre que no quería amar pero que a pesar de todo, quería con toda su alma. Le dolía el pecho. Quizá fuera el corazón. Su destrozado corazón. No quería pensarlo. No quería, pero las duras palabras de su abuela le estaban ahogando por dentro.

—Él nunca te lo perdonaría.

Al otro lado de la estancia otra cerradura se abrió.

Se agachó hasta quedar a la altura de la mujer que le había criado desde niño con amor. Sintió la suavidad de sus dedos sobre su rostro magullado.

—¿Ross?

Fue incapaz de responder. Incapaz de enfrentar la angustiada mirada de la mujer que le había enseñado. Incapaz de decirle que no tenía libertad de escoger. Puede que Clive le odiara para siempre, que no le perdonara jamás su traición pero estaría a salvo. Lejos de las garras de Martin Saxton.

Unos ojos azulones de limpia mirada se formaron en su mente y sus entrañas se retorcieron, con fuerza.

Deslizó los brazos bajo las frágiles extremidades de su abuela para cargarle en brazos. Las marchitas yemas no se separaron de su mejilla. Como cuando era crío y todavía esperaba que su madre apareciera en cualquier momento para llevarle con ella. Cuando trataba de consolarle con su compañía y ese amor profundo que siempre le había acompañado. No podía enfrentar su mirada. Sencillamente, no podía.

La figura masculina al otro lado de la estancia se aproximó a la puerta apoyando el lateral del rostro contra la madera. Poco después Neil Dawson se giró hacia él.

—No se escucha movimiento al otro lado.

El pomo de la puerta giró sin resistencia. Nadie se movió y nadie impidió que abandonaran la habitación.

—Está abierta.

Y el camino hacia la superficie, despejado.

Saxton le daba vía libre para traicionar a un hombre y salvar a otro.

V

Se cruzaron con un par de vigilantes que quedaron inconscientes en un par de segundos. El viejo marinero y el escurridizo ratero quedaron atrás, a cargo de su ocultación. Desconocía dónde les iban a meter ya que al paso que iban todos los posibles escondites en el hospital de San Bartolomé ¡iban a quedar colapsados con las víctimas desprevenidas de Sorenson!

Éste había perdido la paciencia al completo. Ni siquiera perdía más tiempo del necesario en comunicarse con ellos. Emitía sonidos guturales y las zancadas que daba eran cada vez más apresuradas.

Los ventanales que daba al patio interior del hospital dejaban entrar en el corredor suaves corrientes de aire. No era complicado localizar el despacho de Piaret. Ellos ya lo conocían y Marcus había memorizado su ubicación. En las cercanías no había ni un alma como si todos supieran lo que iba a ocurrir esa noche y hubieran abandonado el lugar, a su suerte.

La puerta de doble hoja de entrada al despacho les detuvo de golpe.

La mano derecha de Marcus se extendió en dirección al pomo pero Peter la apartó de un ligero empujón antes de susurrar.

—Puede que estén dentro.

—¿Y?

—Puede que *Saxton* esté dentro.

El curvo filo de un cuchillo apareció de la nada. El suspiro de desesperación de Peter se emparejó con la indicación de Sorenson de que no se filtraba luz por el bajo de la puerta. Que no se escuchaba ni un alma en el interior. Que aunque así fuera le daba igual porque si tenía que arrancarle las tripas a ese hombre para encontrar a Elora, lo haría.

Los dos pares de ojos se enfrentaron mientras él observaba sin que le hicieran el más mínimo caso. Para variar, diablos.

Escurrió sus dedos entre los dos corpachones y giró el pomo. Una manaza se cerró alrededor de su muñeca. La ronca voz de Peter no se hizo esperar.

—¿Qué haces, Rob?

—Ignoraros. Además, si estuvieran dentro habrían escuchado vuestros sonoros gruñidos, bufidos, resoplidos y ya estaríamos con una buena pelea entre manos.

Empujó con las puntas de los dedos.

El despacho seguía siendo tal y como lo recordaba. Lleno de libros, revistas y papeles. Amplio y en esos momentos, vacío de ocupantes o intrusos.

—Debemos encontrarlo.

—Estará en los túneles, Peter. Con sus hombres. Antes debemos…

—¡Me refiero al acceso, no a Saxton!

—Ah.

Dioses, no veía a un palmo de su cara. Si no localizaban la entrada al pasillo de unión con el mercado de ganado estaban acabados. Los hombres de Sorenson no tardaron en encender unas velas que portaban, repartiéndolas al resto.

No sabía muy bien por dónde empezar. Con la mirada recorrió todo el espacio. En la biblioteca. En las baldas siempre se camuflaba algún libro trucado que se empujaba para abrir un oculto pasillo al más allá. Empezó a toquetear todos los libros de medicina tratando de fijar la mirada en alguno que destacara entre los demás.

Frunció el ceño.

El doctor tenía intereses curiosos y diversos. Las plantas y su reproducción. La detallada disección de la musculatura. Las costumbres de los nativos de las diferentes colonias. La porosidad de los huesos y en medio de la balda superior, en un lateral, los relatos de Verne. Sus viajes extraordinarios.

Demasiado evidente. Para aquél que gozara del don de apreciar la ironía.

Sus ojos se centraron en el libro colocado en el extremo izquierdo de la balda superior. De ser alguno, su instinto le indicaba que era ese. Con un suave cabeceo llamó la atención de Peter quien se acercó a él. Sorenson se mantenía ocupado poniendo patas arriba el despacho ayudado por sus hombres. Dentro de nada comenzaría a arrancar los tablones del suelo, el papel de las paredes e iniciar su propio túnel en dirección al subsuelo.

Extendió el dedo y acarició con el índice el lomo ilustrado de *Viaje al centro de la tierra*. Le apasionaba esa novela y le repateaba las entrañas compartir algo con Piaret, aunque fuera el disfrute de una hermosa historia.

Empujó tanteando con cuidado.

La estantería central se separó al girarse en posición contraria al resto.

Su corazón comenzó a golpear con fuerza en el pecho y a su lado Peter apenas emitía sonidos. No se le escuchaba ni respirar. El leve crujir del movimiento de la madera detuvo los movimientos del resto de los hombres hasta que todos se agolparon con las miradas fijas, de manera obsesiva, en el oscuro espacio.

Uno a uno se colaron por el hueco en dirección a los túneles.

Olía a muerto.

VI

—¿Por qué?

Los ojos femeninos que creyó conocer en algún momento se volvieron en su dirección.

Forzaron su boca a abrirse y una tela le llenó la boca.

El estallido se entremezcló con el dolor. Encogió los hombros pero el rostro seguía quedando expuesto. A los puñetazos de Glenn.

¡Dios! Notaba el hilillo de sangre manar de su nariz. El puñetazo había sido brutal y dentro de la boca algo había cedido. Se había rasgado la lengua. Tragó como pudo la saliva y trató de encoger las piernas antes de recibir el puñetazo en el vientre.

No sirvió de nada.

Intentó respirar, rápido, pero le costaba. Le suponía un gran esfuerzo ya que con cada bocanada de aire llegaba el punzante dolor. Como cuchilladas en medio de la tripa.

—Ya está bien, Glenn. O no nos servirá de nada ya que no podrá andar por sí mismo.

¿Andar? Pero, ¿de qué diablos hablaban?

Sintió los labios de Melody junto a su oreja. El roce. Se burlaba de él y de su imposibilidad para hablar con la mordaza cubriéndole la boca.

—Pronto terminará todo, Clive. La cuestión es si le importarás lo suficiente para entregar al otro.

VII

Las paredes de los túneles estaban resbaladizas y pese a que Ross le arrastraba de la mano, le costaba tanto dar unos pocos pasos que se sintió como un peso que lastra al fondo del mar un buque junto con su tripulación.

Le dolían los huesos. Los mismos a los que culpaba de todo. De haberle obligado a llamar a un hombre que creyó que le iba a ayudar y que al final le había destrozado, a ella y a su familia. Si sólo fuera a ella no le importaría pero su nieto, su Ross, no merecía la agonía de tener que optar entre salvar a un hombre que adoraba y traicionar a otro, destruyendo con ello el honor del que siempre se había enorgullecido.

Cuando llegara el momento, ella no sabía cómo iba a reaccionar pero las palabras de ese hombre le habían provocado nauseas.

Por delante caminaba con sigilo el otro hombre. El marido de Elora. Cerró los ojos un segundo mientras seguía avanzando y rezó una plegaria por la joven que también debía elegir entre sus niños y su marido. Ella no hubiera dudado de estar en su lugar. Al menos eso creía.

Estaba aterrada. El humo les había obligado a encaminarse en una única dirección, donde era menos denso. Poco después de abrir la puerta de la habitación en la que habían estado retenidos y recorrer un desnivelado corredor en cuyo suelo discurrían dos vías paralelas de hierros, había escuchado cómo su nieto olfateaba el aire para tensar el cuerpo de inmediato. No había pronunciado palabra pero notó su nerviosismo en la manera en que había estrechado sus dedos, como si sintiera miedo de perderle frente a un peligro que acababa de surgir.

Algo ardía en las cercanías y tenía que estar propagándose con fuerza.

Desde ese momento habían apretado el paso girando hacia el túnel de la derecha en la siguiente bifurcación. Allí el olor era algo menos intenso pero una ligera inclinación indicaba que marchaban cuesta arriba.

No supo calcular el tiempo hasta que el hombre llamado Neil Dawson forzó un gesto brusco creando el puño derecho y aplastó la espalda contra la fría pared. El antebrazo de su nieto se colocó frente a ella y le empujó contra la dura superficie. Le protegía. Los latidos de su corazón retumbaban con fuerza, contra sus costillas.

Llevaban un rato ascendiendo por un túnel pero el humo parecía seguirles, como si necesitara del contacto humano. No era una cuesta empinada pero si constante. El marido de Elora había susurrado que no tardarían en llegar al hospital y daba la impresión de saber de lo que hablaba. Desprendía ansia por llegar, como si lo que buscaba fuera a encontrarlo allí pero carecía de sentido. Elora no estaba en el hospital de San Bartolomé. Ni ella ni sus niños.

Apenas le quedaba aliento.

Se acercaban pasos. De varias personas, descendiendo con rapidez. La respiración se le aceleró. Sólo le acompañaban dos hombres y ella les estorbaría si debían pelear. Instintivamente se echó hacia atrás. Debía dejarles espacio. Debía apartarse. Debía intentar que los jóvenes se salvaran. Ellos merecían vivir. Intentó deslizarse poco a poco lejos del alcance de su nieto sin que se diera cuenta pero de inmediato apreció el brusco giro de su apuesto y magullado rostro en su dirección.

—¿Abuela?

Lo notaba en el tenso antebrazo de su nieto.

Se acercaban.

—No podréis luchar conmigo cerca, hijo. Podría volver por donde vinimos. Podría…

Los fuertes dedos se crisparon rodeando su muñeca.

—No.

Se les echaban encima. El suave resplandor de las velas se aproximaba y no disponían de armas.

El sonido del choque entre dos cuerpos, unos pasos más adelante, fue brutal.

VIII

—No. Y no puedes ordenármelo.

—¡Qué no…!

Les iban a perder de vista y su terca además de empecinada prometida se negaba a quedarse con Edmund y su abuela.

¡Quería acompañarle! Quería cazar a uno de los hombres más peligrosos con los que se había cruzado en su vida. Literalmente había dicho cazar y algo parecido a ¿despellejar? Y todo, porque según palabras femeninas, la soledad en la defensa contra el crimen era de atontados. Que por eso ellas habían formado un club contra el crimen de cinco miembros. Bueno, de unos cuantos más tras sus sucesivas ampliaciones. Para protegerse las espaldas los unos a los otros. Para ayudarse, para camuflarse, para incentivarse y para muchas cosas más que en ese momento le costaba recordar ¡porque el detestable hijo del duque se les escurría entre las callejas de la ciudad y se llevaba a Elora de acompañante!

Las siguientes frases había sido una sucesión de preguntas que su prometida se formulaba a sí misma en voz alta, trabándose con la lengua, acerca del motivo por el que Elora iba con ese hombre sin que le arrastraran a la fuerza, dónde diantre estarían los demás, por qué se le habría ocurrido llevar esa peluca que picaba tanto y que le encantaría tener canillas de hombre.

Fue a preguntar pero optó por callar. El cerebro de esa mujer era un completo misterio.

Tras susurrar las últimas palabras Jules había echado a corretear dejándole con la palabra en la boca. Juró en voz baja. Varias veces, mientras se palpaba el arma que ocultaba en el cinturón y perseguía a grandes zancadas a su tambaleante ardilla hasta alcanzarle y asir su mano, con firmeza. Entre jadeos se volvió ligeramente a la fuente de su infortunio.

—Con fuerza.

—Será rápido. Y las faldas me estorban. Además se dice fácil teniendo largas piernas de hombre enfundadas en un pantalón.

Por todos los…

—Que te aferres a mí mano con fuerza. Como te sueltes, Jules Sullivan y eches de nuevo a correr sin avisarme antes, tendremos…

—Lo sé. Un debate acalorado.

—¡Más que un debate!

Se detuvieron en una esquina. Él, alineado contra el borde. Con cuidado asomó parte del rostro para esconderlo de inmediato antes de volverse hacía ella, con cara de pocos amigos.

Jules tuvo que indagar un poco. La última frase del fondón había sonado cuasi amenazante. Necesitaba distraerse para apartar un poco la mente de la locura que le había invadido al echar como una loca aventada a correr tras el enemigo. Pero es que se llevaban a Elora.

—¿Una discusión?

—Más que una…

—¡Soy pacifista por naturaleza!

—Tu cabeza no lo es, querida.

—¡Salvo cuando me provocan! Entonces mi cabeza no piensa.

Colisiona con contundencia.

La mano masculina tiró de ella con fuerza hasta cruzar una desolada calle. Seguían los pasos de Elora, de Martin Saxton y no podían permitirse ser descubiertos. Si les perdían de vista Elora desaparecería para siempre y por sus gloriosos antepasados que no iba a ser así. ¡Y un rábano! Fue a comunicarle su decision a Jared pero el fondón ¡refunfuñaba y chapurreaba que las cabezas estaban para pensar no para chocar! Eso era desconocimiento supino. Sí, señor. Ya se lo haría entender en un momento más acorde con semejante tipo de conversación. Ahora prefería almacenarlo en la memoria.

No tenía la más remota idea de a dónde iban pero le pareció escuchar unos pasos tras ellos. Livianos pero firmes. Y sigilosos. Tanto, que un escalofrío le recorrío la espalda.

Al igual que en el interior del hospital.

Fue a volverse con un nudo en medio del estómago. Se estaba angustiando. Sentía que les acechaban por la espalda como a una presa despistada e inocente que miraba lo precioso que lucía el horizonte. Y el fondón seguía centrado en aquello que les sacaba ventaja y que acababa de desaparecer por una esquina, ¡diantre!

Estaba agotada. Llevaban recorridas unas diez calles a la carrera y ella no estaba hecha para recorrer largas distancias. No era un corcel ágil y fino.

Era una mula asfixiada por el esfuerzo.

IX

No le dio tiempo a pensar al escuchar el golpe. Sorenson acababa de iniciar la pelea de su vida y lo hacía como todo. Sin contención. Lo único que escuchaba eran los gruñidos y los huesos cubiertos por carne chochar contra carne ajena. Entrecerró los ojos para captar movimiento cercano. La condenada cuesta abajo dificultaba la lucha en el túnel.

No tenía sentido. Debieran haber dado con más hombres. Durante el descenso no había encontrado oposición y ahora… Ahora un único hombre se había cruzado en su trayectoria.

No.

Una forma inmensa se abalanzó contra él. Dispuso de un segundo para escuchar el grito desesperado lanzado por Rob, a su derecha pero el empujón llegó del lado contrario lanzándole contra el hombre que quería. Su puño rozó un robusto hombro cubierto por una camisa.

De refilón percibió otra figura más menuda que vestía unas condenadas ¿faldas?

¡¿Qué diablos?!

El codazo le dio en pleno esternón provocando que se doblara sobre sí mismo expulsando todo el aire del cuerpo. Su contrincante era fuerte, ágil y estaba en plena forma. Peleaba con astucia. Desde su espalda llegaba el sonido de una pelea descomunal por lo que obedeció a su instinto, tras alzar ambas manos a modo de parapeto.

—¡Quietos!

Unos nudillos le rozaron la mejilla en el mismo instante en que Rob pasaba a gran velocidad a su lado para empujar al hombre que les atacaba.

Se irguió con algo de dificultad. Eso había sido un quejido y la voz sonaba femenina. Algo ronca pero el tono era inconfundible. Cerca de él se encontraba una mujer. Una mujer realmente asustada y olía a ¿quemado?.

Vociferó con tanta fuerza como pudo en dirección al montón de brazos y piernas que se revolvían en el suelo, en medio del polvo, gritando a Rob, a Marcus y a sus hombres que pararan de una condenada vez. Farfulló que no peleaban con hombres de Saxton, antes de agacharse y aferrar de la cintura a Rob, que seguía tirado sobre otro cuerpo algo más corpulento que el suyo. Le costó separarle.

La figura que quedó en el suelo comenzó a incorporarse hasta quedar de rodillas. Se presionaba el costillar como si le doliera. Conocía ese contorno musculoso.

Escuchó la asombrada y anciana voz femenina, algo cascada.

—¿No nos van a matar?

¡Maldita sea!

En dos zancadas se acuclilló junto al hombre que respiraba con fatiga, arrodillado en el suelo. Una mitad del rostro mostraba la inflamación de los golpes pero la otra la conocía a la perfección. Ross Torchwell. Dios santo.

A unos palmos de distancia distinguía las cortas frases de Rob entremezcladas con las temblorosas de la mujer. Sólo podía ser la marquesa de Torchwell.

—¿Cómo habéis…?

El breve silencio le inquietó ya que no casaba con ese hombre pero algo en la postura de Torchwell cambió. Cuadró los hombres y habló, entre dientes. Como si le costara hacerlo.

—Conseguimos salir y despistarles aunque…

—Ross…

La oscura cabeza del superintendente se inclinó, apartando la mirada de él, al escuchar la suave advertencia en la voz de la marquesa. Algo estaba ocurriendo que no terminaba de comprender. Algo realmente serio.

Extendió el brazo tras incorporarse para ayudar a que el otro hombre se irguiera pero Torchwell dudó al ir a aferrar su mano. Simplemente cerró los ojos y tensó la mandíbula. Estaba decidiendo algo y parecía que con esa decisión le iba la vida. Mostraba una lividez que incluso a la luz de las velas llamaba la atención. Tragó saliva porque su instinto le decía que tenía que ver con Saxton. Con ese malnacido.

No podían esperar más. No podían, por mucho que importara lo que rumiaba Torchwell. El ataque por el flanco del mercado de ganado ya habría comenzado y Clive, Strandler y los demás estarían en plena refriega. Eso si Clive no se había lanzado a lo loco en busca del mismo hombre que tenía ante sus propios ojos en ese momento.

—Debemos seguir, Ross. Clive ya habrá entrado con Strandler en los túneles y…

Se encontró de repente aplastado contra la pared. No lo vio venir. Ni la rapidez. Ni la rabia. Ni el asfixiante miedo oscureciendo esos ojos dispares entremezclados con un extraño hilo de esperanza.

Escuchó los sonidos de asombro de los que les rodeaban.

—¿Está a salvo, con Strandler? ¿No lo tiene él?

¿Qué?

Unos firmes dedos apretaron contra el lateral de su cuello. Con firmeza y ni un atisbo de compasión. Si presionaban más…

—Responde, Brandon.

No jugaba. Torchwell no jugaba sino que exigía con una voz tensada al máximo. No supo qué responder porque carecían de sentido sus palabras. Claro que estaba a salvo. Clive siempre estuvo a salvo, ¿no? Estaba con Strandler.

Un hueco comenzó a formársele en la boca del estómago al darse cuenta que el compañero de Rob no había aparecido a la hora ni el lugar convenido. No sabían de él y se inclinaron por lo cómodo. Por creer que se habría quedado con el otro grupo.

Escuchó la brusca aspiración de la anciana tras el cuerpo del superintendente y ante sus propios ojos, presenció el inmenso dolor en Torchwell al escuchar las inquietantes palabras de Rob, referentes a su compañero.

Clive no llegó a la hora convenida, Torchwell.

Los dedos del policía se aflojaron, carentes de fuerza permitiéndole dar un paso adelante, con la cabeza inclinada y los hombros completamente hundidos. Le recordó a un soldado derrotado que busca a sus hermanos caídos en la batalla, a su lado, para enterrarles con sus propias manos.

No fue él quien habló sino el desconocido que había peleado con Sorenson y del que éste no apartaba la mirada. Una mirada furiosa. Sampson y Wigg permanecían ubicados entre ambos separándoles físicamente.

Era un desconocido para él y para Rob pero no lo era para Sorenson. Por alguna razón éste le conocía.

Mientras se enzarzaban con Torchwell había escuchado, golpes, patadas, gritos y juramentos al otro lado del tunel. También la referencia ahogada a Elora y a su marido pero bastante había tenido con la pelea que le había caído entre manos.

La seca voz del desconocido les interrumpió.

—Si hablan del hombre del cabello rojo, el que han secuestrado, a estas alturas ya le habrán matado y descuartizado. Al igual que a mi mujer. Saxton no perdona. Siempre engaña. Y siempre… gana.

Condenado malnacido.

Sus palabras carecían de vida, de compasión, de cariño, de cualquier tipo de sentimiento.

Sorenson chocó contra la espalda de Sampson que se cruzó en su camino, bloqueándole. Si alcanzaba a ese hombre le mataba. Sencillamente le mataba con sus propias manos y no le extrañaba. La frialdad con la que había hablado de Clive y, peor, de Elora, de su propia mujer, como si no fuera con él, era enfermiza.

Sintió la mirada llena de sorpresa de Rob sobre su rostro. La misma que estaría instalada sobre el suyo.

No se lo podía creer.

Ese hombre era el marido de Elora Robbins.

******

Capítulo 30

I

Sentía que la cólera le ganaba la batalla. Habían arrancado a Elora de su lado y ahora ese... ese...

Notó en las manos la aspereza de su rapado cabello. No podía vivir sin ella. Sin los pequeños. No podía y ahora se la iban arrebatar para siempre.

Si los ojos mataran ese hombre ya estaría calcinado. Y si no fuera por el viejo Sampson sería un amasijo de cenizas a sus pies. Le había faltado un suspiro para quebrarle el cuello. Apenas un poco de presión. No le costó darse cuenta de quién era. Su mente ya rumiaba que estaba vivo y Elora guardaba un medallón de dos caras. Una pequeña joya cuyo interior guardaba los diminutos retratos de sus niños y de... él. Lo vio una vez pero fue suficiente. Nunca olvidaba las caras de las personas y esa, por alguna razón, se le quedó grabada en la retina. Al principio Elora lo llevaba colgado al cuello hasta que un día, simplemente desapareció y él, no preguntó.

—¿Por qué me miras así?

Imbécil.

Wigg se posicionó con un rápido movimiento entre ambos, justo al lado de Sampson, tras recibir un leve gesto de éste. Casi con rabia se dirigió al viejo marinero.

—No le voy a matar, viejo. Por ahora.

El *como que podrías hacerlo* del marido de Elora le supo a reto. Apretó los puños. Un reto que le encantaría aceptar y borrar así de un plumazo un obstáculo en su camino. Ese hombre no tenía en la mirada aquello que él veía en el espejo todas las mañanas al levantarse. La mirada de un animal acorralado, en ocasiones. La misma mirada que había ido desapareciendo desde que Elora llegó a su vida.

Tampoco era una mirada limpia. No era un buen hombre. No era un hombre que se mereciera a una buena mujer. Y Elora lo era. Se maldijo a sí mismo por pensar aunque fuera un segundo en pasado. Dios, no lo era. Lo es.

Una punzada le atravesó el pecho. Le dolió. De repente. El maldito corazón. Aquello que creía que ya no tenía.

Si le había pasado algo perdería la cabeza.

Respiró profundamente mirando directamente a la cara al viejo Sampson. Estaba preocupado. Casi tanto como él y no le extrañaba. Amaba a esa pequeña mujer y a sus niños como lo haría un padre y un abuelo. Los dos viejos marineros darían la vida por ellos y quizá tuvieran que hacerlo, al igual que él.

Olfateó el aire al mismo tiempo que Wigg. Los dedos y el olfato de ese hombrecillo eran legendarios.

—Un incendio, cerca.

Diablos. Le importaba un cuerno. Como si las llamas llamaban a su puerta. Él no abandonaba a uno de los suyos. Jamás. Volvió el rostro hacia la negrura del fondo del túnel. No se apreciaba nada pero poco a poco una especie de neblina avanzaba hacia ellos.

—Jefe.

La tensa voz del viejo Sampson denotó que acaba de darse cuenta. El humo y las llamas ascendían. No al contra, sino en su dirección y ellos estaban en su camino.

Se giró con brusquedad hacia el otro grupo formado por Brandon, Norris y Torchwell. Pegado a éste permanecía temblorosa una anciana que pese a la mugre que le cubría desprendía una impactante dignidad. Sólo podía ser la abuela del hombre. Esa mujer nunca debió estar aquí. Parecía que se fuera a romper en mil pedazos.

Se acercó dos pasos pero las palabras de la conversación que mantenían le detuvieron de golpe.

—Se llevó a Elora en busca de sus niños, para canjearles por Clive. No tuvo opción. Era eso o ese hombre hubiera matado allí mismo a su marido —la mujer hablaba con dificultad—. Pero no lo hará, ¿saben? Esa joven nunca entregará a sus niños. Debemos encontrarla.

Peter Brandon se aproximó con cuidado a la anciana, casi temiendo sobresaltarla.

—¿Dónde?

Una extraña mirada se cruzó entre abuela y nieto. Una llena de tristeza. La otra, de sufrimiento.

¿Qué demonios…?

—En los muelles.

La espalda de Torchwell chocó contra la pared, tras responder y un suave quejido se ahogó en su propia garganta. Por un instante le recordó a un hombre abatido. Las palabras que surgieron de su boca impactaron. Miraba directamente a Robert Norris.

—Si te entregas, dejará libre a Clive. Si no lo haces, no le volveré a ver.

—¿Qué?

La sorpresa llenaba el rostro del hombre al que se dirigía.

—No puedo hacerlo, ¿sabes? Clive nunca me lo perdonaría. Nunca.

—¿Hacer qué?

Una mueca cubrió las facciones de Ross Torchwell.

—Traicionaros y llevaros hasta Saxton. Si lo hago, él me devuelve a Clive. Vivo —los dispares ojos se cerraron unos segundos—. Casi lo hice. Lo hubiera hecho, Norris. Por él, lo hubiera hecho.

Un suave sollozo manó de la figura femenina que, encorvada, no decía una palabra. Un espeso silencio invadió el tunel. No había un ápice de duda en el tono en que había pronunciado esas palabras. Rob se acercó al superintendente hasta enfrentarlo.

—Lo sé, Torchwell. Y creeme, lo entiendo. ¿Por qué no…?

No permitió que Rob terminara de hablar.

—Porque eso hubiera hundido a Clive. Porque no hubiera podido vivir en paz sabiendo que se había salvado a tu costa. Porque hubiera ido en tu busca aunque perdiera su vida en el camino y porque nunca hubiera perdonado mi traición. Jamás. Saxton habría ganado pese a devolvérmelo.

Las palabras impactaban por el dolor que transmitían.

—Lo lamento tanto, Ross.

—Yo también.

El humo comenzaba a espesarse.

No podían permanecer quietos.

Peter Brandon apoyó una mano sobre el antebrazo de Rob Norris, indicando con un gesto lo que todos apreciaron. El calor y el humo arreciaban.

—Debemos salir de aquí, Rob. Ya.

Éste dudó un par de segundos con los labios firmemente apretados. Se dirigió a Torchwell con tranquilidad.

—¿Puedes cargarla?

El nieto no vaciló. Lo hizo con tal suavidad y muestra de cariño que apenas alcanzó a escuchar las trémulas palabras de la anciana, casi susurradas al oído de Torchwell.

Lo siento tanto, hijo mío.

La respuesta fue tanto o más queda que la anterior hasta el punto que Sorenson creyó que el nieto que no iba a contestar.

La voz surgió cascada. Rota.

Lo sé, abuela. Lo sé.

II

Estaban en el punto de partida, una vez más.

En la mansión, tras abandonar a la fuerza los túneles cavados bajo el hospital de San Bartolomé, invadidos por el espeso humo. Imposibles de recorrer.

Habían pasado dos malditas horas y Jared Evers no aparecía por ninguna condenada parte, al igual que su prometida. La situación se había convertido en una completa locura. La abuela Allison no terminaba de explicar al detalle lo que había ocurrido. Repetía que le habían dejado medio abandonada junto a la desmayada jefa de sección, para ir tras sus enemigos. Había conseguido arrastrarle con gran esfuerzo unos pocos pasos aunque la buena mujer había terminado completamente enlodada, como un buñuelo rebozado ligeramente inflado. Edmund les había localizado poco después para terminar todos ellos en la mansión Brandon, tal y como habían acordado de surgir algún inconveniente.

La buena mujer seguía sucia e ida. Y roncando. El golpe de Jules en la frente había sido de campeonato. Habían optado por trasladarle a una de las habitaciones del segundo piso de la mansion, bajo vigilancia.

Un par de transeúntes mañaneros les habían confundido con un par de beodas renqueantes altamente alcoholizadas pero no les habían molestado más allá de un par de miradillas de reojo. Les habían esquivado y escapado a la carrera. Con los ruidos infra humados que manaban del tabique nasal de la señora Mallory tampoco es que fuera de extrañar. Parecía un fuelle humano.

Era angustioso observar cómo la abuela Allison se retorcía las manos mientras Edmund trataba de tranquilizarle. Ella se negaba a retornar a su casa, donde habían quedado a la espera de noticias el resto de las mujeres junto con sus maridos. No deseaba que Mere y Julia se enteraran de lo que había ocurrido antes de lo necesario. No necesitaban sufrir.

La abuela no se lo pedía. Les exigía que callaran hasta dar con los demás y ellos no podían negárselo. No a esa anciana.

Peter apoyó la abierta palma de la mano contra la fría superficie del cristal de la ventana. Seguían en una situación muy parecida a la anterior salvo por el hecho de haber recuperado a Torchwell y su abuela. Lo malo era que habían perdido a Clive Stevens y, para liarlo todo aún más, los dos tórtolos habían iniciado la persecución de Saxton a su libre albedrío y andaban correteando por las calles de Londres sin apoyo ni plan de contingencia alguno.

Se frotó las sienes para despejarse un poco mientras sentía la presencia de Rob cerca de él. Comía una porción de pastel que habían preparado en la cocina. El personal permanecía despierto y en alerta y Rob no hacía más que engullir a dos papos. La única persona que conocía en el mundo a la que le daba por devorar comida en situaciones tensas, peligrosas y desesperadas.

Masticaba como un torbellino y por un segundo, no pudo evitar sonreír. Desconocía dónde metía Rob todo lo que comía. Quizá en su espesa cabellera.

Torchwell no pronunciaba una sola palabra pero cada músculo de su cuerpo estaba tenso. No probaba bocado y esos ojos tan llamativos se asemejaban a dos malditos pozos llenos de oscuridad. Ese hombre estaba a una fina línea de perder todo lo que le convertía en un hombre civilizado y él lo entendía. Completamente.

Con la punta del dedo dibujó una erre en el cristal quedando marcada debido al vaho que lo cubría.

La espera se le estaba haciendo eterna.

Tenían a Sorenson y a Torchwell completamente desquiciados e incapaces de razonar. Querían atacar. Sólo atacar. La sola mención de que Saxton se había llevado a Elora consigo había sacado a Marcus de sus casillas. Presenciar la falta de reacción absoluta en el marido de Elora a esa información, había resquebrajado la paciencia de Marcus. Había pegado tal puñetazo al hombre que le había mandado a disfrutar del sueño de los estúpidos, según sus propias palabras, en lugar del sueño de los justos. Como poco le había partido el pómulo.

El hombre era una bestia en toda la extensión de la palabra.

Todavía seguía sin entender las palabras dichas entre dientes de Sorenson mientras se frotaba los nudillos y una sonrisilla atemorizante asomaba a sus labios. El *eso es por hablar de más* en dirección al desvanecido cuerpo de Neil Dawson tenía que ser algún tipo de extraño código que sus hombres conocían, a la vista de la expresión satisfecha de éstos al escuchar a su jefe.

La mala suerte que les acompañaba se había cumplido al dedillo. La posibilidad planteada por Jared Evers de una tercera entrada a los túneles que sirviera de escape a Saxton, les había trastocado los planes al completo.

Pocos segundos después del potente puñetazo Sorenson había desaparecido como una exhalación dejando detrás tan sólo unas pocas y escogidas palabras. Les había preguntado directamente si confiaban en él y tras su respuesta les había ordenado que no hicieran una locura. Que estaría de vuelta en seguida con el lugar y muelle exacto del que Saxton pretendía desembarcar.

Que pactaría con el clan Thompson.

Peter le creyó. Su mirada...

Aunque le fuera la vida en ello, ese hombre lo conseguiría.

La policía estaba entretenida tratando de apagar el condenado incendio provocado por ese loco. Puntualmente recibían noticias frescas de uno de los hombres de Sorenson que les servía de enlace.

Los túneles permanecían clausurados permitiendo únicamente el acceso de las brigadas de bomberos o a la policía. Trataban de evitar que el fuego se propagara por el mercado de ganado pero estaba resultando una tarea complicada. Comenzaba a circular el rumor de que habían rociado con algo altamente inflamable lo que allí ocultaban debido al grado de calor que estaba alcanzando el fuego.

Strandler les había ofrecido el auxilio de cuatro agentes para tratar de localizar al inspector Stevens pero necesitaba el resto para controlar el caos que se estaba formando en el barrio de Smithfield. Por el tono de la nota que habían recibido era evidente que el policía lamentaba no poder ayudar más allá de lo ofertado.

Los curiosos comenzaban a aparecer pese a que el incendio era subterráneo y el personal del que disponía la policía se las veía y deseaba para que el miedo no cundiera en la población. Y ya no digamos el pánico.

La ciudad ya había sufrido un gran incendio en el pasado. No podía repetirse.

Martin Saxton trataba, una vez más, de borrar sus huellas. Las pruebas de sus delitos estaban ahí dentro. Huesos que los médicos forenses identificarían como humanos, entre las carcasas que los rodeaban. Siempre que quedaran restos identificables, lo cual era de dudar.

No podía librarse de nuevo. No podía.

Sintió la palma de la mano helada por lo que la separó del cristal. Desconocía cuánto tiempo había pasado desde la salida en tromba de Sorenson. Quizá una hora. Aún era de noche.

Los golpes en la puerta retumbaron, alcanzando el despacho en el que se habían resguardado, lamiendo sus heridas a la espera de que Marcus retornase.

La figura del hombre que esperaban con desesperación cruzó el umbral. Sorenson mostraba una pequeña herida en la mejilla pero era lo de menos. Se lanzó como un poseso hacia la robusta mesa de su despacho en busca de un plano. Libros y revistas cayeron al suelo, olvidadas. No necesitaron preguntar antes de que las palabras brotaran incontenibles.

Todos se arremolinaron a su alrededor. Sin un mínimo gesto de reconocimiento o saludo, el hombre comenzó a hablar. Propio de él. Al meollo y sin bobadas.

—Los muelles son territorio del clan Thomson. Toda la ribera lo es. Controlan al detalle lo que embarca y desembarca. Personas, animales y mercancía. Los negocios oficiales y los trapicheos.

—¿Y?

—Me han dado dos posibles puntos de salida al mar.

Rob lanzó un juramento. Torchwell ni respiró.

—No os voy a relatar lo que he tratado con el clan pero lo que me han dado es lo que tienen y no mienten. Se juegan demasiado.

Un espeso silencio invadió la habitación antes de que Saxton continuara, con voz completamente ronca.

—En uno de ellos retienen a Elora.

—Y a Clive —susurró Torchwell.

—Disponemos de un par de horas de ventaja entes del amanecer —continuó Sorenson—. También conocemos una ubicación concreta. Si Saxton cree que Rob va a acudir por su…

Rob interrumpió a Sorenson después de apartar su mirada de él.

—Podría hacerlo. Estamos a tiempo. Si Saxton cree que acepto su oferta…

No. Rob no terminaba de entenderlo ya que pensaba como un hombre de palabra. Lo contrario al hombre que perseguían. No podía permitirlo.

—No lo entiendes, Rob. Saxton no mantendrá su palabra y esperará que tú lo hagas. Cuando llegue el momento ya habrá vendido al Elora y Clive al mejor postor y les habremos perdido para siempre. Nos tenderá una maldita trampa porque es lo que hace. Sin importarle otra cosa que lo que busca.

—Pero ganaríamos tiempo, Peter.

—También te meteríamos en la boca del lobo.

—Puede pero…

—¡No! Ya lo hemos hablado.

Chocaron miradas. Tensas y empecinadas hasta que la azulona se desvió.

—¿Y los críos de Elora? —preguntó Torchwell.

—A salvo. Con los míos —respondió Sorenson con firmeza—. Elora jamás les entregará.

Peter cruzó miradas con Torchwell antes de pronunciar las siguientes palabras.

—Eso enfurecerá a Saxton, Marcus. Le matará.

Los hombros de Sorenson se tensaron de golpe. El músculo de la mandíbula parecía a punto de quebrar. Fijó la mirada en la superficie del plano sin ver absolutamente nada salvo lo que su mente visionaba en ese momento. Una dulce sonrisa, extraña en un hombre tan duro, curvó sus labios. Fuera lo que fuera lo que veía en su imaginación era hermoso. Parpadeó un par de veces antes de contestar.

—No. Hemos de llegar antes. No tenemos opción. *Yo* no tengo opción.

Rob juró entre dientes.

—Si Saxton no entrega los críos de Elora a esa mujer, Angelique Mayers no sacará a Clive del agujero en el que le mantiene retenido.

—Saxton no tiene opción —intervino Torchwell—. Si quiere a Rob, necesita a Clive para intercambiarles. Intentará engañar a Angelique Mayers para que le entregue a Clive. No me extrañaría que le entregara otros críos haciéndoles pasar por los pequeños de Elora y para cuando ella se dé cuenta del engaño ya será tarde.

—¿Y si Saxton decide ignorar el trato alcanzado con Piaret y su mujer y les traiciona?

Todos callaron hasta que Peter habló con voz firme.

—Tendremos que correr ese riesgo. Saxton no perderá la oportunidad de conseguir a los niños de Elora y entregárselos a esa mujer a cambio de Clive. Es un maldito cobarde. No luchará salvo que sea necesario y siempre lo hará a traición.

Rob habló con suavidad para repetir algo que dolía. Inmensamente.

—Si su plan falla, se vengará con Elora. Ese hombre es…

—Calla.

Sorenson apenas lo susurró pero fue como si lo gritara con fuerza. Había tanta emoción en esa única palabra que se le formó un nudo en el cuello a Peter. Marcus cerró los ojos con fuerza y tragó saliva con dificultad. Le costaba incluso hablar. Pensar en la reacción de Saxton cuando Elora se negara a hacer lo que le pedía. Sorenson tenía que sentir tanto miedo. Tanto.

Los largos dedos de Sorenson permanecían tan tensos sobre la superficie de madera que la sangre apenas circulaba por su interior. Su garganta se convulsionó antes de seguir.

—Angelique Mayers está condenada. En cuanto ya no le sirva, Saxton se librará de ella.

—Y si él no lo hace él, lo haré yo —interrumpió Torchwell.

La frialdad con que éste habló le heló la sangre en las venas. No pedía permiso. Sencillamente el superintendente les informaba.

Todavía les costaba hacerse a la idea de que la pretendida de Clive, Melody Maple fuera la socia de Saxton pero tenía sentido. Era macabro pero no dejaba de tener sentido. Saxton siempre había ido un paso por delante. Jamás conseguían acorralarle. Ese canalla utilizó a la abuela de Torchwell para conocerles, para buscar e indagar en sus debilidades y después, infiltró a uno de los suyos en su círculo más cercano. Y ninguno sospechó. Ni siquiera el compañero de Rob.

No merecían piedad. Ninguno de ellos.

—Me importa poco lo que le ocurra a esa zorra —Sorenson respiró de nuevo profundamente antes de hablar—. Sé que al confiar en la información de los Thompson arriesgamos mucho. ¡Dios!, lo arriesgamos todo. Sé que pensar como Saxton es como si lo hiciera el mismo diablo y que al hacerlo nos lo jugamos todo a una maldita carta pero *no* podemos esperar más. *No puedo* esperar más.

Peter sintió en el rostro la mirada de Rob. Esos azulones ojos llenos de resolución. Sin dudar asintió en dirección a Sorenson.

—¿Dónde están localizados?

—En el pozo de Londres o en la isla de los perros. Debemos decidir entre ambos y si nos equivocamos…

Ninguno fue capaz de terminar la frase.

Si erraban, les perderían para siempre.

III

Le ardía la cara. Y no podía dejar de llorar. Ese hombre… Ese hombre era un monstruo.

Tras dejar en los túneles a Ross, asu abuela y a Neil les había llevado un buen rato recorrer los oscuros pasadizos en dirección a la salida. Saxton tenía prisa y apremiaba al hombre que le empujaba constantemente para que agilizara el paso.

Su sorpresa fue inmensa cuando no salieron al exterior por el hospital, ni por el Mercado de Ganado de Smithfield sino por una silenciosa y gélida iglesia. Tan fria como ella se sentía después de presenciar la brutalidad de la que era capaz ese hombre.

Detrás dejaron dos nuevos cadáveres y ella… Ella no pudo hacer nada para avisar o intentar salvar a la pareja de policías con la que habían topado a la salida de un lugar que siempre asoció con todo lo contrario a Martin Saxton.

Conocía el lugar. Era la iglesia de San Bartolomé, el grande. De niña acudían con frecuencia, en familia.

En cuanto subieron a un carruaje que les esperaba a pocas manzanas de distancia ese hombre comenzó a relatarle sus planes. Disfrutaba al hablar sentado en el sillón frente a ella. Recostado contra el respaldo como si lo que estaba pasando fuera algo de lo más natural.

La piel se le erizó. Hablaba de las personas que quería como si fueran animales con los que traficar, no seres humanos. Con los que obtener una ganancia. Se reía mientras le comentaba que Clive Stevens le había supuesto un buen pellizco.

Entonces se dio cuenta. Ese hombre no le iba a canjear por Rob Norris como había anunciado en los túneles. Si le había vendido es que tenía otros planes para él. Y seguramente también para ella.

No tardaron demasiado en adentrarse en su barrio y pasar con lentitud por delante de su vieja casa de dos pisos. Todas las luces permanecían apagadas y ella no pudo evitar sonreír.

Ese hombre no conseguiría lo que buscaba. No de ella.

Habían mantenido la ilusión de que ella y los niños seguían viviendo en su viejo caserón. Los hombres de Sorenson se encargaban de encender y apagar los candelabros, como si la casa estuviera habitada, sólo que no era así. Nadie, salvo ellos, estaba al tanto.

Instintivamente supo que le había ganado. Una pequeña parte del bien elaborado plan de Martin Saxton se había ido al traste por ella y sintió tal satisfacción que no pudo evitar la mueca en sus labios. Le agradaba mucho Clive Stevens. Mucho, pero jamás entregaría a sus niños a esos desalmados. Antes muerta.

Supo de inmediato el momento en el que Martin Saxton se dio cuenta ya que esos ojos claros se oscurecieron de golpe. Como si pura maldad los llenara. Como si en un mismo cuerpo vivieran dos hombres. Una que parecía y actuaba como un ser civilizado. El otro, un verdadero monstruo.

Intentó convencerle, ofreciéndole su libertad y la de Neil, sin darse cuenta que la libertad sin sus niños no era nada. No quiso hablar con él, ni contestarle. No quiso mirarle mientras veía pasar con rapidez antes sus ojos las desnudas callejas de Londres.

Un simple *nunca* fue todo lo que dijo.

El bofetón en la mejilla derecha ardió y dolió pero no le hundió. Era necesario mucho más que eso para romperle por dentro y antes moriría que dejar que sus pequeños se acercaran a ese hombre.

Los golpes se sucedieron. Al principio dolieron. Mucho. Después la sensación se fue apagando hasta alcanzar una sorda molestia. Se acurrucó en la esquina del coche e intentó hacerse un ovillo y protegerse. La sangre comenzó a manar, con lentitud. Notaba que se estaba mareando, que perdía poco a poco el conocimiento pero lo único que le importaba era que se estaban alejando de las cercanías del barrio en el que se había criado, crecido, casado y había visto nacer a sus pequeños.

Tan cansada.

Se alejaban de sus pequeños y con eso le valía. Estaban a salvo y entre aquellos que les amaban. Marcus se habría encargado de ello. Estaba segura. Tanto como de que le quería con toda su alma.

El último golpe en el pómulo izquierdo apenas lo sintió.

Ya le daba igual.

IV

Poco a poco estaban logrando domar las llamas. Los rostros cubiertos de hollín mezclado con sudor comenzaban a mostrar síntomas de agotamiento. Llevaban más de dos horas luchando a brazo partido contra el fuego y lentamente le ganaban la batalla.

Las brigadas de bomberos se turnaban entrando y saliendo por los bajos del mercado de ganado. Uno de los focos principales se concentraba en la entrada. Todo había quedado calcinado. Incluso las paredes se habían ennegrecido.

Unos de los jefes de brigada era su cuñado.

Un bombero de mediana edad y algo entrado en carnes se acercó a paso ligero. Tenía el rostro increíblemente sucio pese a que acababa de restregárselo con el borde de la manga.

—Inspector Strandler, hemos sofocado el fuego de la boca del túnel. El jefe Billings me ha pedido que le acompañe al interior.

—¿Qué ocurre?

—Han encontrado algo.

—¿Qué?

El hombre se encogió de hombros pero a él le pareció un escalofrío. Una macabra señal.

—Han encontrado cuerpos, señor. Muchos cuerpos.

Deseó no tener que entrar en ese infierno. Si eran los cuerpos de los niños, no podría retener la bilis dentro de su estómago. Apretó las manos en forma de puño.

—¿Bebés?

No le contestó. Tampoco hizo falta. La respuesta estaba en la tristeza que llenaba su clara mirada.

—No sólo eso, señor.

V

El cochero les había mirado con cara de asombro pero había recibido con agrado la bolsa medio llena de monedas que Jared llevaba consigo. Creyeron al llegar a la esquina de la calle por la que corrían que perderían de vista el carruaje de Saxton ya que les resultaba imposible mantener su paso mucho más tiempo. A ella le iban a reventar los botines y las piernas apenas sostenían su peso. Su prometido llevaba un buen rato casi llevándole en volandas.

Su alivio fue inmenso al doblar el recodo y chocar de frente con una parada de carruajes de alquiler. Un regalo del cielo al que no iban a buscar fallo alguno. Daba igual el olor del interior del coche o la leve grasilla que cubría los asientos. La cuestión era abstenerse de tocar más allá de lo necesario.

Ignoraba si serían capaces de perseguir el carruaje en el que se habían introducido Saxton, Elora y el hombre que les acompañaba por la ciudad, sin llamar excesivamente la atención pero el rollizo cochero parecía capaz de lograrlo.

Circularon por varias calles hasta llegar a un barrio habitado principalmente por obreros. Comenzaban a circular transeúntes que se encaminaban a sus trabajos pero siguieron adelante.

Una brusca parada hizo que el fondón asomara la cabeza por el hueco de la ventana para meterla de seguido.

—¿No es esa la casa de Elora?

Jules asintió antes de preguntar. Estaba completamente despistada con lo que ocurría. De lo único de lo que estaba segura era que debían seguirles si querían ayudar a Elora.

—¿Por qué diantre han pasado por aquí?

Entonces se le ocurrió al observar el encogimiento de hombros del fondón.

—Podríamos embestirles por detrás.

El suspiro de resignación de su prometido le sentó a cuerno quemado.

—De acuerdo. Puede que me haya aficionado un poco al arte de chocar contra seres inanimados pero era una idea. Con cierta lógica.

—¿Un poco? Y, no tan inanimados, querida. Más bien les *inanimas* con tu contundente cabeza.

—¿Me llamas cabezona?

—Esa peluca y ese sombrero abultan lo suyo.

—También tu cabellera y ¡no te digo que te asemejas a un peludo pies grandes!

—¿Un qué?

—Ya sabes.

—No, no sé.

Ladeó la cabeza y fijó la mirada en la verde del fondón. Sus pupilas estaban un pelín dilatadas de la sorpresa.

—¿Seguro que no te suena?

—No.

—¿Ni un poquito?

Uy, su prometido se estaba enfurruñando mientras seguía atento al camino que se apreciaba desde el interior del carruaje. Le estaba intentando entretener para que los nervios no le colapsaran completamente. Le gustaba ese hombre. Y la asustaba un poco la forma en que le comprendía.

La vibración bajo sus pies indicaba que circulaban a buena velocidad, sin conocer su destino. No quería pensar en ello. Se dirigió a su prometido.

—Muy bien, te creo. Me refiero a la famosa criatura simiesca bípeda, robusta y de amplios hombros. Dotado de una frente abultada. Un pelín atontado y con una espesa cabellera —hablando de memeces se sosegaba. Ese hombre comenzaba a conocerle—. ¡Uy!, ni que te hubiera descrito a ti, querido.

Y le agradaba mucho su potente sentido del humor. Mucho. Una risilla escapó de esos labios masculinos al escuchar su pura y descarada provocación. No sabía qué le ocurría con ese hombre. Se desmelenaba al completo.

Fue un momento extraño. Se miraban y ninguno hablaba pero sonreían. Por alguna ilógica razón rememoró las miradas que cruzaban Mere y Julia con sus maridos. Tan íntimas.

Casi como si el tiempo se ralentizara.

No llegó a saber lo que Jared iba a contestar ya que el carruaje se detuvo. Acercó la punta de la nariz a la ventana y aspiró para arrugar de inmediato la nariz.

¿Qué rábanos hacían en los muelles?

Jared descendió del interior del carruaje con asombrosa rapidez y extendió la mano para ayudarle a bajar. Cerca del lugar en el que se habían detenido estaba tirado un hombre en la calle. Tenía aspecto de marinero y de haber caído desmayado tras ingerir demasiado alcohol o haber perdido el salario de un mes entre mujeres y el juego. Un par de calles más allá otros dos bultos roncaban sin control apoyados contra las sucias paredes de los edificios.

Impactante.

¡Estaban en una de las zonas peligrosas de Londres! A la que jamás podría haber acudido sola para curiosear sin límite. Miró a su alrededor y absorbió todos los detalles para relatarlo más adelante a Mere y Julia.

El carruaje de Saxton se había detenido a una distancia considerable, cerca de un embarcadero con aspecto de haber sido construido hacía poco tiempo. Frente a éste se elevaban un par de edificios sencillos y prácticos. Tenían aspecto de almacén de carga.

Las entrañas se le retorcieron. Otro hombre que no era Martin Saxton sacaba con brusquedad un cuerpo del interior del coche de caballos. Una mujer. Desmayada.

Apretó con fuerza los dedos que sujetaban su mano. Sólo le dio tiempo de escuchar un *lo sé* de Jared antes de que le ofreciera una cantidad ingente de monedas al orondo cochero si le llevaba a la mansión Brandon sin paradas ni desvíos. El hombre se relamió del gusto.

¡No se lo podía creer! ¡Su prometido quería que le abandonara! ¡A su suerte!

¡Y un rábano!

Ni con un buen par de tenazas candentes la separarían de su hombre. O una pala. O un rastrillo. O… daba igual. Arrancó de la mano regordeta del cochero la bolsa llena de dinero y la depositó sobre la palma de la mano de Jared.

—Puede marcharse, buen hombre. No apañaremos solos.

Vaya, qué colorado se estaba poniendo el fondón.

Fue tan ligero que ninguno de los tres se dio cuenta de que una cuarta figura descendía de la parte trasera del carruaje. Lo único de lo delató fue el suave vaivén del coche de caballos al ser liberado del peso que soportaba.

VI

Conocía el lugar al que esa mujer le había llevado. No podía llamarla Melody. No podía ni mirarla.

Estaban en la isla de los perros. Reconocía la zona, incluso de noche.

Se cerebro no paraba ni un segundo. Rob y los demás ya habrían entrado en los túneles y la ansiedad le estaba carcomiendo por dentro. No saber si habrían dado con Ross y su abuela le estaba quitando años de vida.

Scott Glenn no dejaba de apuntarle ni un momento con el arma y amarrado como un asado a punto de ser horneado apenas podía mover un músculo a voluntad. Le acompañaban otros dos malnacidos vendidos a Saxton. Dos compañeros del cuerpo de policía que en más de una ocasión le habían lanzado pullas para humillarle. No, dos malditos traidores.

Tras un par de juramentos y amenazas bien dirigidas, le había caído un buen puñetazo en plena boca y le habían amordazado de nuevo tras retirarle el trapo que le cubría para hacerle unas preguntas.

Esa condenada mujer les preguntaba por los críos de Elora y repetía que no tardarían en traérselos. Que entonces quizá le diera un beso de despedida como debía ser. Al fin y al cabo casi le había pedido en matrimonio. Y sentía curiosidad por saber.

¿Saber qué?

¿Que ni aunque le mataran le besaría por propia voluntad?

No estaba equilibrada. No lo estaba. Hablaba de sus futuros hijos cuando su marido hiciera desaparecer sus problemas. Que nacerían sanos. Que se lo había jurado y Colin siempre cumplía.

Zorra endemoniada. Él no era hombre de odiar, ni de guardar rencor pero ella no merecía ser perdonada.

—Te voy a decir un secreto, Clive. Cuando te entregue a mi socio y será pronto, dudo que dures mucho con vida. Dudo que te deje libre. Yo, no lo haría.

Si hubiera podido hablar…

Ella se dio cuenta de su rabia y se aproximó. Por la humedad y el frío que sentía estaban próximos al agua. El fuerte olor lo corroboraba. Le habían tenido con una capucha desde poco antes de sacarle a golpes del carro en que le habían trasladado hasta poco después de entrar en el cuarto que ocupaban. En seguida había notado el cambio de temperatura. Más cálido.

La habitación era espaciosa y estaba vacía. Amplias vigas de madera sostenía un techo de anchos tablones pero ningún tabique separaba la pieza en otras zonas más pequeñas. Y por algún extraño motivo olía a melaza o algo dulce. Empalagoso.

El suelo era de tierra cubierto con una fina capa de polvo, blanquecina en algunas zonas. Amplias ventanas cuyo centro se encontraba a la altura del pecho de un hombre de mediana altura, ocupaban un lateral de la estancia. Sumó cuatro ventanas, en total.

Notó el movimiento a su espalda y el roce de una afilada uña sobre la tela que cubría su hombro izquierdo.

—¿De verdad te hubieras casado conmigo, inspector?

Estaba loca. Completamente desquiciada. Percibió la cercanía de Scott Glenn y los últimos pasos que daba tras un gesto de esa mujer.

Una suave mejilla le rozó la oreja derecha y las palabras sonaron claras, en su oído.

—Le prometí a tu compañero de trabajo que antes de entregarte le dejaría vengarse. Por algún motivo te tiene antipatía, querido.

El sonido de ropa doblándose provocó que su cuerpo se tensara al instante. Glenn se arremangaba las mangas de su camisa, con parsimonia. Disfrutando de su miedo. Tragó saliva. Por eso le habían amarrado de cara a la pared. Para que no pudiera defenderse.

El primer puñetazo cayó en la parte baja de la espalda, cortándole la respiración. Al mismo tiempo en que por el rabillo del ojo creyó ver al otro lado de la ventana unos redondos ojos de mujer en un rostro sucio bordeado por un enmarañado cabello.

Una patada en la parte posterior del muslo le hizo olvidar lo que acababa de imaginar.

Hijo de puta.

Apenas podía hablar.

—No saldrás de ésta, Glenn. No…

¡Dios!

Intentó respirar por la nariz pero no podía. No podía. Tensó la espalda al máximo pero los golpes no dejaban de caer sobre sus costados.

Al otro lado del cristal los ojos oscuros que creyó ver habían desaparecido.

El tiempo parecía alargarse sin fin.

Casi se echó a llorar de alivio al escuchar la puerta del pequeño almacén abrirse con lentitud. Desconocía el tiempo que había pasado pero se le había antojado eterno. Con cada golpe que llegaba. Con cada golpe que esperaba. Las piernas se le doblaron provocando que sus brazos y hombros soportaran el peso de su cuerpo. No podría aguantar mucho más sin perder el conocimiento.

Alguien le ofrecía un respiro.

VII

El Pozo de Londres.

El canal de mareas que discurría entre el puente de Londres y Rotherhithe era una vasta zona en la que destacaba el punto en que las mercancías importadas debían pasar la inspección y comprobación por los oficiales de aduanas. Un lugar frecuentado por marineros, comerciantes, delincuentes y propenso al pillaje o a los robos. Los sobornos estaban a la orden del día y por ello muchas de las grandes navieras de comercio habían comenzado a trasladarse a la extensa península rodeada por el río Támesis, conocida como la isla de los perros.

Saxton les había citado en el pozo para el intercambio pero no era el lugar en el que ese malnacido retenía a Elora y a Clive. No podía serlo. Saxton jamás se arriesgaría a facilitar una dirección en la que pudieran atacar antes de la hora convenida.

Se habían decidido por la segunda opción ofrecida por Sorenson. La Isla de los perros y por una sencilla razón. No era el condenado pozo de Londres.

Saxton jamás se expondría a caer en una trampa facilitando información veraz.

Sólo quedaba el otro.

A eso se sumaba otro dato crucial. Uno de los muelles de las Indias occidentales preparados para recibir a diario cargamentos de ron y azúcar de las Antillas, ubicado en la isla de los perros, solía servir de embarcadero de una empresa de la que, curiosamente, era dueño el duque de Saxton.

Pese a la existencia de una empresa intermedia el clan Thompson controlaba al dedillo qué entraba en su territorio, a quién beneficiaba y si les pagaban sus impuestos por *proteger* la valiosa mercancía. Curiosamente el duque de Saxton se negaba a pagar el diezmo de los ricos, como era conocido el pago a los clanes y gracias a su avaricia, ellos disponían de valiosa información.

Quizá el padre siempre supo que su hijo había sobrevivido al asalto a la prisión de Wandsworth. Quizá le importaba poco el alma negra con la que había nacido su retoño. Quizá la sangre fuera más espesa de lo que imaginó. O quizá, incluso él, sentía miedo de lo que había traído al mundo y había criado.

No importaba. Lo único que valía era la información compartida por los Thompson. Y era que el hijo usaba los muelles del padre, en la isla de los perros. Ignoraba qué había prometido Sorenson a los Thompson en compensación y él se negaba a hablar de ello. Más adelante no le permitirían esquivar sus preguntas.

Odiaba la zona portuaria desde sus tiempos de patrulla. Era un foco de conflictos y más de un policía había desaparecido en la oscuridad de los muelles o de sus aguas. Había zonas en que resultaba dificultoso respirar con normalidad y pese a ello el movimiento era incesante. A esas horas de la noche las calles de la ciudad estaban despejadas pero no los muelles.

Estos siempre respiraban vida.

El lugar se había concretado al dedillo. En la zona Norte de la Isla de los perros. En el pasillo entre uno de los nuevos embarcaderos construidos para facilitar el trabajo de traslado de los barriles, sacos y cajones de mercancía y uno de los almacenes construidos frente al río. Los Thompson lo habían identificado con facilidad. El embarcadero de la sirena. La talla de una desgastada sirena era el único resto de un buque hundido en las oscuras aguas del río debido a un boquete en el casco y desde entonces permanecía a la vista de todo hombre de mar, como un recordatorio del peligro inherente a esa vida.

Tenían que estar dentro del almacén de tres alturas construido con duro ladrillo. El interior estaba hueco. Habilitado para almacenar cuantos más barriles, mejor, en la planta baja se podían localizar dos estancias cerradas en la que custodiaban la carga más valiosa. El resto del espacio era diáfano.

Casi todos los almacenes copiaban esa misma distribución.

Habían descubierto a cinco hombres de Saxton en los alrededores pero de éste no había ni rastro. Por el momento. Quizá ya estuviera dentro del edificio. En ese caso tocaba acabar con la vigilancia exterior, evitar que avisaran al resto y entrar. Por el camino ya se habían librado de un par de hombres que intentaron dar la voz de alarma. No lo harían de nuevo. A uno le había matado Torchwell sin un atisbo de piedad. El otro ni siquiera había visto llegar a Sorenson. También debían acertar con la condenada estancia en la que mantenían prisioneros a sus amigos. A la primera.

A su izquierda Peter sacó el reloj que siempre portaba en el interior de su chaqueta para guardarlo a continuación.

—No queda demasiado para el amanecer. Debemos apresurarnos.

Rezó porque no se hubieran confundido de lugar.

Los seis descabalgaron y se pusieron en marcha, a pie. En dirección a la zona de los almacenes. Sorenson y sus dos hombres, Torchwell, Peter y él. Salvo por el movimiento de las sombras que se difuminaban contra el suelo o paredes apenas se distinguían sus formas.

Peter se deslizaba con seguridad a su izquierda. Habían esquivado a un hombre solitario de aspecto cansado que habría terminado su jornada y dos grupos de hombres formando escándalo. Tan centrados en sí mismos y en decidir el destino de su paga que apenas se dieron cuenta de su cercanía.

La zona era inmensa y los edificios se alzaban imponentes.

Casi sin darse cuenta habían alcanzado el perímetro del muelle. El embarcadero era amplio y dos barcos estaban amarrados a cada lado. Ahí estaba la talla desgastada en forma de sirena. Frente al embarcadero dos edificios se erguían. Y ambos estaban ocupados en esos momentos. Una luz tenue se filtraba por las ventanas inferiores que daban a la calle.

Los cuatro agentes enviados por Strandler se les habían unido poco antes de partir en dirección a los muelles. Eran jóvenes. Demasiado y parecían bastante más asustados que ellos. De poco les servirían frente a Saxton así que les dividieron en dos parejas para patrullar los alrededores e intentar detener a aquellos que trataran de acercarse demasiado.

Poco a poco el movimiento de personas crecía. Comenzaban a llegar, con lentitud, los hombres en busca de trabajo en la carga y descarga de barcos. Hombres desesperados.

Escuchó a Sorenson jurar en voz baja.

—Tendremos que separarnos.

No esperaba eso.

Sintió la preocupada mirada de Peter sobre él.

Esta vez no se separarían. No pasarían de nuevo por lo que ocurrió en la prisión de Wandswoth.

VII

—¡Le están golpeando!

La palidez en el rostro de su Jules al atisbar al interior del almacén le hizo mirar de seguido ¡Maldita sea! Tenían a Clive Stevens amarrado, indefenso y le estaban dando una paliza de muerte.

Apenas se sostenía sobre sus pies.

Tras dejar atrás el carruaje Jules y él se habían deslizado entre las montañas de objetos hasta dar con el lateral del edificio al que se dirigía el hombre de Saxton cargando con Elora, para llevarse una de las mayores sorpresas de su vida. En su interior retenían a Clive. Y su insensata prometida quería lanzarse de cabeza en su rescate. Con una sola pistola y un par de cuchillos.

—¡Y está rodeado!

—Pero, ¡le están apaleando!

Al diablo con todo. Se volvió hacia Jules.

—Está bien. Quiero que te quedes aquí y si se acerca alguien grita como una loca.

—¿Y si no me sale la voz?

—Entonces te tiras al suelo en plancha y te tapas la cabeza con los brazos.

—¡No puedo!

—Puedes y lo harás, mujer.

Un horrible gemido se filtró a través de la ventana trasera en la que se habían apostado. Jules sintió la horrible necesidad de taparse los oídos con las manos. Alejar ese angustioso sonido de dolor.

Unos dedos presionaron su mejilla para que alzara la mirada. Sintió el frío del metal contra una de sus manos. Jared le daba su arma. La única que llevaba encima dejándole indefenso ante un ataque. La protegía a costa de su seguridad. La angustia en el pecho casi le asfixió.

—Prométeme que harás lo que digo. Si alguien en quien no confías se acerca no dudes, mujer. Dispara a matar. Sin pensarlo dos veces. ¡Júramelo!

Tan serio. Jared hablaba tan serio que no se asemejaba en nada al hombre que creía conocer. Apabullaba un poco.

—Prométemelo. Promete que no te moverás de aquí hasta que yo vuelva.

Otro gemido de inmenso dolor. Los músculos de la mandíbula de su prometido se tensaron.

—He de entrar. No aguantará mucho más.

—Debiera entrar contigo, Jared. Y distraerles o…

—¡No!

—Jared…

—¡No! Y es definitivo.

—¿Y si te disparan o golpean o te arrancan el cabello o…?

Dios mío, estaba desvariando medio histérica. Entonces lo farfulló.

—Él no se bajó del carruaje del que sacaron a Elora, Jared. Está ahí fuera.

Los ojos color jade le miraron de frente mientras ambos permanecían en cuclillas con las coronillas al ras del borde de la ventana de la habitación en la que retenían a Clive Stevens. Jared también se había dado cuenta por la manera en que entrecerró los ojos al escucharle.

Martin Saxton no se había bajado del carruaje.

Otro hombre había descendido con el desmayado cuerpo de Elora y ellos no tuvieron opción. Optaron por seguir el rastro de la mujer que lo había arriesgado todo por ellos. Y al hacerlo perdieron la pista de su mayor enemigo.

Unos labios se presionaron con suavidad sobre los suyos. Masculinos y firmes. Esa misma boca pronunció un *prométemelo, mujer. Hazlo.* Y ella lo hizo asiendo con firmeza la culata del arma. No le defraudaría. No lo haría.

Jared se irguió y algo plateado brilló en su mano.

Un cuchillo de hoja curva.

Jules se tensó y un incontrolable temblor le recorrió entera. Si Jared entraba con un cuchillo en esa habitación le iban a matar. Trataría de salvar a Clive, a Elora pero él no saldría vivo del interior de esa habitación y ella... Ella ya vivía en un mundo demasiado oscuro como para perder lo poco que le regalaba luz o paz. Las palabras pugnaron por salir, por gritar, por rogar que no entrara. Que si le pasara algo, que si...

Un extraño sonido se filtró del interior. Algo ocurría. Aferró con desesperación la mano del hombre que se disponía a entrar deteniéndole de golpe y tirando de él hacia abajo.

Quizá el destino se había aliado con ella por una vez en la vida.

******

Capítulo 31

I

Se aflojó la chaqueta y el cuello de la camisa para tener acceso a las fundas de los cuchillos ubicados a la altura de sus omoplatos. Llevaba el arma amartillada en la mano pero por alguna razón la sensación de las correas sobre la piel le proporcionaba calma.

Los dos edificios de ladrillo estaban pegados el uno al otro y separados por ambos lados de los colindantes por una explanada amplia. Eran inmensos y ocupaban una gran superficie. Cada uno de ellos tanto como una fila de edificios de viviendas de un barrio cualquiera de la ciudad. Las cajas y bultos a su alrededor parecían cubrirlo todo causando la sensación de adentrarte en un complicado laberinto. Algunos bultos apilados apenas alcanzaban la altura de un hombre. Otros lo triplicaban.

Frente a la puerta principal se apiñaba la mercancía desperdigada y desechada. La tierra, el polvo y los restos de diferentes géneros lo cubrían todo dando una sensación de completo abandono tan contraria a la realidad que impactaba.

La vía de acceso tendría que ser por el frente, después el lateral hasta alcanzar la parte trasera. Si tenían suerte puede que las ventanas traseras les permitieran atisbar lo que escondía el interior.

Él y Peter entrarían en el almacén más alejado. A Sorenson, sus dos hombres y a Torchwell les había tocado el más cercano. Apenas perdiendo tiempo y tras un leve gesto de despedida tomaron caminos diferentes hasta que el suave sonido de las pisadas de los otros se convirtió en un espeso silencio.

Una parte de él estaba aterrado. Temía separar sus ojos de la inmensa figura que le acompañaba. Miedo de que Peter desapareciera de su vista y no verle de nuevo. Avanzaron entre los carros vacíos con cautela. Le dio la impresión de que las sombras se movían pero era su maldito miedo. Respiró hondo. Debía recobrar la calma pero sentía la piel erizada.

Su cuerpo le avisaba del peligro. Un peligro que intuía pero no podía ver.

Entre los montones de mercancía y las carretillas que invadían la zona un pasillo libre marcaba un espacio bien definido de aproximadamente unos cuatro pasos de anchura que bordeaba ambos edificios. Lo suficiente para que un carromato arrastrado por un par de caballos de carga pasaran holgadamente, tras cargar el producto.

Resultaba increíble el inmenso espacio que ocupaban los edificios. Pese a sus largas zancadas tardaron un buen rato en alcanzar la tenebrosa zona que buscaban. Casi jadeaba.

Pensó que el lugar iba a estar más desolado pero desperdigados aquí y allá se acurrucaban mendigos. Dormidos y a la espera del amanecer para abandonar la zona de carga y descarga.

La suerte no les acompañaba. Las dos ventanas que daban a la zona trasera del almacén estaban cubiertas por tablones cruzados entre sí.

La visibilidad era nula.

¡Dios!

El corazón casi le saltó del pecho al chocar contra los pies enfundados de otro mendigo. Pese al frío algunos se acomodaban en la zona evitando a la policía y aprovechaban las montañas de carga que hacía de tope a las corrientes de aire. También hurtaban aquí y allá para conseguir unas monedas. A nadie hacían daño salvo al olfato ajeno. Desprendía un fuerte olor a suciedad acumulada. Le dejaron atrás para adentrarse más en la oscuridad.

No tardaron en alcanzar el lateral del edificio para asomarse al interior.

—¡Maldita sea! —susurró Peter—. La luz procede del interior de una de las estancias y la puerta permanece entornada. Uno de los dos tendrá que entrar mientras el otro vigila el exterior.

—Peter...

Nadie custodiaba la puerta interior y eso, no era normal. Olía a condenada trampa.

—Lo sé, Rob pero no tenemos tiempo de dar marcha atrás. Si Elora o Clive están retenidos ahí dentro debemos encontrarles.

Desesperado pasó el puño de la manga por el cristal pero la suciedad que impedía ver el interior no se había acumulado en el exterior. El polvo reseco que cubría su superficie estaba en su interior.

—Podemos esperar un poco.

Peter dudó. Un segundo. Después se giró hacía él y se acercó un paso. Los oscuros ojos se centraron en él.

—Te lo prometí, canijo. Que no me separaría de ti —la sangre le circulaba tan rápido que le bombeaban los oídos—. Tú decides.

Sintió ganas de gritar de rabia. Les obligaban a separarse. Ocurría de nuevo y él, se sentía incapaz de impedirlo.

II

Limpió el filo del cuchillo por segunda ocasión en lo que iba de noche. No sintió remordimiento alguno. Puede que más tarde doliera pero no ahora. Ahora acabaría con cualquiera que se cruzara en su camino.

Llevaban cuatro bajas en el bando contrario.

Saxton se había preparado a conciencia. Les habían emboscado en tres ocasiones pero no contaban con que ellos pelearan a muerte. No contaban con que tuvieran demasiado que perder si fallaban y eso, solamente eso, les daba una ventaja de la que carecían sus enemigos.

Los hombres de Saxton peleaban por dinero. Ellos por la vida de aquellos que amaban.

Una mano topó contra su pecho al llegar a la esquina del almacén que daba al patio lateral. La zona que debían cubrir.

Apretó los dientes y apartó el antebrazo de un brusco empujón ¿Por qué le detenía? ¿No veía que se les acababa el tiempo? Se volvió con rabia hacia Torchwell.

—¡Qué diablos...!

La mano extendida apuntaba a dos bultos inclinados y apoyados contra la pared que daba al lateral del primer edificio. Parecían debatir o discutir. Podían ser vagabundos, hombres de Saxton o incluso Peter o Rob que habían descubierto algo antes que ellos.

—Viste falda —susurró Torchwell.

¿Qué?

—Uno de ellos es una mujer.

Una de las nubes que cubría el cielo pasó de largo. Tenía razón. El superintendente tenía razón. El pecho se le comprimió hasta doler. Quizá fuera ella. Quizá esa pequeña y terca mujer había logrado escapar e intentaba esconderse. Quizá…

—No es ella, Sorenson.

El sonido de la bronca voz del superintendente desprendía compasión y él no la quería. No la necesitaba. Le quería a ella.

Se enrabietó. ¡No lo sabía, maldita sea! Torchwell no lo sabía con certeza. Del viejo Sampson emanaba tal sensación de angustia que sintió la necesidad de apartarse de golpe de su lado.

Le daba por muerta. A su Elora.

Las ganas de maldecir al mundo, a su propia ceguera, al destino e incluso a la mujer que lo había dejado atrás, a todo lo que le rodeaba casi pudo con él. Sintió tal peso sobre los hombros que se sintió derrotado. Un segundo en que casi se rindió dándolo todo por perdido.

Sus hombres apenas respiraban junto a él. Torchwell debiera callar la maldita boca porque puede que fuera ella. Puede que esa preciosa carita se volviera para mirarle y decirle que todo estaba bien, que no le habían hecho daño. Que…

Sus piernas se movieron por instinto, porque no hacerlo era impensable. Detrás las pisadas sonabas apresuradas. El espacio parecía ensancharse y no conseguía llegar. Sentía las palmas de las manos sudorosas y de repente… heladas. Completamente heladas. Le temblaron como cuando era crío y se escondía en las calles. Acurrucado y dolorido. Y asustado.

Cerró los ojos porque dolía.

No era ella.

No era su Elora.

III

—Tienes cinco minutos, Peter. Si no has vuelto en ese maldito tiempo, iré en tu busca y al diablo con todo, ¿me oyes?

No conseguía pasar el nudo que le apretaba el cuello.

Que Peter se cruzara o topara con Saxton y la mera posibilidad de que lucharan sin que él pudiera ayudar, le amedrentaba. Saxton nunca lucharía limpio. Nunca. Y Peter lo haría. Siempre lo hacía.

La hermosa cara sonrió, con dulzura. De esa manera tan suya que le calentaba las entrañas y el corazón.

No dijo nada.

Se miraron en silencio durante unos segundos. Unos cortos instantes. Sin tocarse. Sin rozarse.

El hombre que amaba se volvió con rapidez y el aire se le agolpó, impidiéndole respirar. Se alejaba. Se alejaba y él no podía respirar. La sensación de tener trabada una palabra en su garganta le resultó insoportable. Susurró su nombre con desesperación pero ya era tarde. Tarde para pedirle que tuviera cuidado, que le prometía esperar, que si no volvía él mismo lo estrangularía con sus propias manos. Para suplicarle que simplemente volviera con él. Sólo eso.

Empezó a contar los segundos en su mente.

Tan lentos que no se dio cuenta del movimiento.

Cercano.

En la oscuridad.

IV

Una mano empujó su rostro contra la áspera superficie de la pared. Le dolía todo el cuerpo y apenas tenía saliva en la boca. Si así fuera, estaba seguro de que manaría mezclada con sangre. Sintió el rasponazo en la mejilla al chocar el lateral de su rostro contra la pared. La mano de Glenn presionaba con fuerza, evitando que pudiera girarlo.

De reojo intentó ver quién acababa de llegar pero la sangre le resbalaba por la cara. La voz de Melody sonó diáfana.

—¿Dónde están?

Desprendía una pizca de histeria.

—Te traemos a la madre.

—¡¿Y los niños?!

Clive no escuchó respuesta a la desquiciada pregunta

—¡Necesito a los niños! ¡Sin ellos la madre no me sirve!

El tenso silencio persistió.

—¿Y Saxton?

Melody insistía pese a que le ignoraban. No reconocía la voz del hombre que hablaba pero tenía que ser un secuaz de Saxton. La presión de la mano contra su cabeza cedió. Giró el rostro e intentó limpiarse algo de sangre con el brazo. Parpadeó y pese a intenso dolor en la zona de las costillas consiguió tensar al máximo una de las sogas para ladear el cuerpo.

Era un solo hombre y arrastraba de un brazo un cuerpo desmayado que se parecía a…

El corazón se le paró en pleno pecho.

—¡Hijos de puta! ¡Malditos hijos de la gran puta!

Sintió que la rabia le carcomía por dentro.

Era Elora Robbins, herida e inconsciente. Dios santo, le habían golpeado con saña. Su rostro estaba magullado y un hilillo de sangre resbalaba por su barbilla y recorría su cuello hasta empapar el borde del vertido color rojo sangre. Tragó saliva.

Demasiada sangre…

Si un mínimo de cuidado el hombre arrojó el cuerpo de Elora como un fardo a sus pies. Se revolvió con ira hacia Glenn, rasgándose la piel de las muñecas.

—¡Soltadme!

Necesitaba comprobar que respiraba. Necesitaba asegurarse que estaba viva. Necesitaba…

—Soltadme.

Sonaba exhausto. Incluso a sus propios oídos.

Le ignoraron.

A unos pasos de distancia la escena discurría lenta. Como en un teatro de esos a los que apenas acudía porque no podía gastar de más. Un escenario, dos grupos diferenciados y dos escenas viviendo y discurriendo, paralelas e independientes. Y no sabía porqué su mente pensaba semejantes idioteces en esa situación.

Intentó alcanzar con unos de sus pies el cuerpo de Elora para intentar moverlo y comprobar que estaba viva. Le parecía ver moverse su pecho al ritmo de la respiración pero no estaba seguro. Ya no estaba seguro de nada. Ni siquiera de que, esta vez, les fueran a salvar.

No podía estar muerta. No esa mujer. Tiró con pura desesperación de las sogas pero no se aflojaban.

De reojo seguía la conversación entre el hombre que acababa de llegar arrastrando el cuerpo de Elora y Melo… No, Angelique Mayers.

—¡Saxton me prometió a los gemelos y es lo que tendré!

La fría voz de Scott Glenn se incorporó a la conversación, dirigiéndose al hombre que acababa de llegar.

—El jefe nos dijo que podría ocurrir, Sands. Ya sabes lo que hay que hacer.

La voz de la mujer sonó repleta de ira.

—¡¿De qué habláis?!¡¿Qué dijo Martin?!

Por un segundo dio la impression de que Glenn no iba a contestar a la furiosa pregunta.

—Que si no estabas conforme únicamente con la entrega de la madre, te enviáramos con tu marido de inmediato pero que nos quedáramos con el pelirrojo y la mujer.

Olvidó por un segundo a Elora, que seguía sin mover un músculo ni emitir un sonido. No le importaría un ápice que esa condenada mujer se reuniera con su querido Colin Piaret. Cuanto más lejos mejor pero por alguna razón, el vello de sus antebrazos se erizó. El tono empleado por Scott glenn no era normal. Tensó al máximo sus amarres para observar la escena de costado. Le costó hacerlo ya que el torso y el vientre le quemaban con cada movimiento que intentaba realizar.

Aparte de Angelique Mayers, Elora y él mismo, permanecían en la estancia Scott Glenn, el hombre que acababa de llegar y dos individuos que trabajaban a las órdenes de Glenn y que ya estaban en el lugar al llegar ellos al almacén.

Glenn hizo un curioso gesto en dirección al hombre que había aparecido arrastrando a Elora y que permanecía parado junto al costado derecho de Angelique. Le acababa de dar vía libre para algo.

¿Qué diablos?

—¡Ese no fue el trato! —gritó ésta.

La ronca voz de Scott Glenn sonó despiadada.

—El trato está roto, querida. Es hora de reunirse con tu marido.

El corazón le pegó un bote mientras observaba, tenso, lo que ocurría.

No lo esperaba. El rápido movimiento y la aparición del arma. De la nada. El fluido movimiento hasta que la punta del cañón casi rozó los oscuros bucles que cubría la sien de la mujer que un día creyó poder amar.

La sangre le salpicó el costado izquierdo. El más cercano a Angelique Mayers.

Scott Glenn acababa de volarle la cabeza en pedazos.

V

La imagen era dantesca.

Los huesos se amontonaban como desechos dejados a un lado al azar. Algunos tan pequeños que sólo podían pertenecer a bebés recién nacidos o de pocos meses de vida.

Al entrar por la boca del túnel se había cruzado con varios miembros de las brigadas de bomberos que salían veloces a respirar aire. Otros no habían tenido tiempo y vomitaban dentro del estrecho espacio.

Se había preparado para enfrentarse a lo peor pero lo peor no se acercaba ni de lejos a lo que tenía frente a él.

—¿Qué diablos está pasando, James?

¿Cómo responder a su cuñado si ni él mismo tenía respuesta a semejante horror?

Tantos huesos. Algunos aún sin descarnar del todo.

Un escalofrío le recorrió el cuerpo y rezó porque ninguna criatura hubiera sufrido a manos de esos desalmados. La rabia llegó a oleadas hasta el punto que de haber tenido frente a él a Martin Saxton no hubiera podido evitar encañonarle y disparar varias veces, hasta destrozarle.

Sus ojos se desviaron hacia los restos de las dos figuras tendidas la una sobre la otra y cerró un poco los ojos. Lo suficiente para serenarse. Parecían intentar protegerse el uno al otro, incluso en la muerte. Habían reconocido los cuerpos de los dos muchachos al instante, pese a su estado de descomposición. Los agentes James y Roberts al fin habían aparecido. Tirados entre los restos de animales como si sus vidas nada valieran. Como si no tuvieran familia o seres queridos angustiados y a la espera de saber qué había sido de ellos.

Tendría que dar la noticia a sus padres. A unos padres que conocía y a los que había jurado hacer todo lo posible por encontrarles. Al fin lo había hecho. Lo que nunca esperó fue tener que dar la noticia de la muerte de un hijo a aquellos que más le aman.

Por su mente pasó la imagen de sus pequeños y el corazón se le encogió en el pecho.

Ningún joven o niño debiera sufrir o morir sin vivir y disfrutar de una larga existencia. No debieran sentir dolor o que otros se lo causaran. Debían ser amados y protegidos. Vivir con plenitud. Se hizo policía para ayudar y lamentó no haber llegado a tiempo para salvarlos. Lo lamentó tanto que las rodillas se le doblaron y su espalda golpeó contra la irregular pared del final del oscuro túnel.

Escuchó el movimiento de unos pasos hasta que la presencia de su cuñado le hizo alzar la mirada. Sus oscuros ojos reflejaban tanto pesar como los suyos propios.

—¿Qué hacemos con él?

Le hubiera gustado responder que por él, que ardiera en el mismo infierno que había ayudado a crear pero necesitaban algo tangible en todo eso horror. Para pillar de una maldita vez a un monstruo. Debieron imaginar que el hombre que llevaban intentando atrapar durante meses no dejaría rastro alguno tras él. Ni siquiera a su socio.

Su mirada se desvió de la de su cuñado para quedar fija en el cuerpo inmóvil de Colin Piaret. No llevaba mucho tiempo muerto. Permanecía con los ojos abiertos, reflejando la sorpresa de una traición que no esperaba. Abiertos y asustados.

La bilis ascendió con fuerza por lo que respiró profundamente. Le habían degollado. Con brutalidad.

Se irguió, apoyando una mano contra la pared. Necesitaba salir del lugar que le recordaba a una fosa común.

—Que tus hombres trasladen el cuerpo a comisaría.

Su cuñado asintió, alejándose lentamente por el tunel, en busca de sus hombres. Necesitaban el cuerpo mutilado de Colin Piaret para reunir pruebas contra Martin Saxton.

Dio unos pasos hasta quedar junto a los cuerpos de los muchachos. Lentamente se agachó hasta apoyar una mano sobre el desgastado zapato que aún cubría uno de los pies del joven James.

Habian luchado por sus vidas. Y habían perdido.

Se encontró a sí mismo, un hombre que tras años de presenciar las miserias del ser humano había perdido la fe, rezando por las almas de dos jóvenes que nunca debieron morir.

De dos críos que debieron vivir una larga y hermosa vida.

VI

Rob frunció el ceño.

Algo se movía en las inmediaciones. Con sinuosidad. Casi acechando.

La tambaleante figura se acercó a él. Hace unos segundos había estado tendido en el suelo y Peter y él, le habían dejado atrás, sin apenas una mirada de reojo.

¡Maldita sea! No disponía de tiempo que perder. Se enderezó para pedirle que se alejara ya que corría peligro mientras no apartaba la vista del camino por el que había desaparecido Peter. No tardaría en volver. El olor que despedía el mendigo seguía siendo igual de penetrante y agrio.

Fue a hablar pero algo en él… Algo en él disparó todas sus alarmas.

—Es la tercera ocasión que no me reconoces, mi juguete. Me voy a sentir ofendido.

Todo se paralizó. El viento, la brisa, la oscuridad. Los latidos de su corazón. Esa odiada voz. Con toda la rapidez que pudo reunir se apartó de la pared y alzó la mano. Llegó a rozar la punta del mango de una de las dagas al tiempo que el movimiento de la otra mano al alzar el arma en dirección a la sombra de Saxton se desviaba con el golpe de un puño cerrado. Por la inercia su cuerpo se ladeó ligeramente dejando su costado desprotegido. No podía respirar.

Una arcada le sobrevino al mismo tiempo en que el frío metal de un arma se pegaba al lateral izquierdo de su cuello.

—No quieres gritar, Robert, créeme.

Iba a vomitar. Sintió los dedos de la otra mano de Saxton retirar con suavidad un mechón de su melena para ubicarlo tras su oreja. Como una caricia.

—No me… toques.

—No seas arisco, Robert. Y controla esa lengua si no quieres perderla.

Sintió cómo le olía. Cómo olía su cabello. Su cercanía. Los latidos de su corazón se aceleraron hasta alcanzar una velocidad brutal. El cálido aliento rozó su oído.

—¿Te gustaría que él viviera?

¡Dios! Hablaba de Peter. Si hablaba de Peter le destrozaría. Un brusco tirón de su cabello indicó que la paciencia de Saxton comenzaba a agotarse y eso era peligroso.

—Él no te ha hecho nada, hijo de…

Dolió. El tirón dolió arrancándole un gemido que no pudo retener.

—¿Decías, Robert?

—Peter nunca…

Unos labios repugnantes se acercaron a él hasta rozar la comisura de su boca. El olor era indescriptible.

—No hablo de la sombra, chico, sino de tu amado padre.

Fue incapaz de hablar. Incapaz de moverse. Le costaba aspirar hasta el oxígeno.

—Imaginé que pelearías y eso me gusta, Robert pero no ahora. Ya tendremos tiempo más adelante, en alta mar. Sin interrupciones. Ahora preferiría que me acompañaras por tu propio pie y ahí es donde entra el adorable Edmund Norris.

Peter no tardaría en volver. No tardaría y…

—No llegará a tiempo, mi juguete. Tendrá que pelear y le llevará tiempo. Un tiempo del que tú no dispones.

La odiosa voz continuó.

—Es sencillo. Si reapareces tras esta noche en tu hogar o en cualquiera de los lugares que frecuentas, incluyendo la comisaría, tu amado padre estará muerto en un plazo de cinco días. Me ha costado una pequeña fortuna pero ha valido la pena. Porque tú amas a tu padre, ¿verdad Robert? Imagino que más de lo que yo aprecio al mío. Claro que yo soy especial —El duro cañón del arma apretó contra su carne—. ¿Qué me dices? ¿Damos un paseo hasta nuestro destino?

La ira pudo con él. Sacudió el brazo hasta liberarlo pero el arma no se movió un ápice de su sitio. Un pequeño gesto de contrariedad asomó al rostro de Saxton mientras chasqueaba la lengua, recriminando el connato de rebelión.

—¿Qué has hecho?

Una odiosa risa brotó de Saxton antes de contestar.

—Sencillo, mi juguete. Contratar a tres de los sicarios más competentes del país. Si uno falla, entra en escena el segundo. Puede que uno falle, muchacho, pero los tres, lo dudo. No creo necesario informarte de la manera en que el viejo va a morir. Lo único que diré es que no es agradable. Y dolerá. Son detalles escabrosos que un hijo no necesita conocer.

¡Dios!

—Eres un…

La palma de una mano le cubrió la boca.

—No hacen falta apelativos cariñosos, mi juguete. Después podrás adularme cuanto quieras pero por ahora le pondremos remedio —De unos de sus bolsillos Saxton extrajo un trozo oscuro de tela— ¿Nos movemos?

Sintió el tirón de una de las manos de Saxton en dirección al borde del muelle. Hacia uno de los barcos amarrados.

Estaba nervioso y él intuía el motivo. El muy cabrón había esperado a que Peter y él se separaran. Lo había previsto todo. Desde la posibilidad que descubrieran dónde retenía a sus amigos, a que acudieran al lugar en su busca. No al fijado para el encuentro sino al real. Preparó los almacenes para que tuvieran que separarse en dos grupos como mínimo y sabía que él y Peter permanecerían juntos hasta que fuera imposible hacerlo más.

Había esperado el momento, cumpliendo su maldita promesa.

Una extrema inteligencia en una mente despiadada. Y todo por una maldita y enfermiza obsesión.

Si pudiera entretenerle lo suficiente para que Peter llegara, para que le distrajera un segundo. Lo suficiente para… Y entonces condenaría a su anciano padre a una muerte brutal. Se mordió el labio inferior y cerró los ojos, desesperado. Nunca podría vivir con ello. Nunca y Saxton lo sabía. Sabía lo mucho que amaba a su padre y se valía de ello.

Les había vencido. El maldito les había vencido. Empleaba el inmenso amor que sentía hacia su padre para vencerle y lo había logrado. Completamente

Lentamente dejaron atrás el lugar en el que había prometido esperar a Peter.

Sin una mirada atrás por parte de Saxton.

Él dejaba atrás su alma… y su corazón.

VIII.

Avanzaba con rapidez. Incluso dejando de lado la precaución pero odiaba alejarse del canijo y la sensación que le recorría el cuerpo le apremiaba. Dudó un segundo. La piel de la nuca se le estremeció. De repente. Detuvo sus pasos y giró. Por algún motivo se volvió para atrás pero la imagen de la valerosa mujer que tanto les había ayudado pudo con su vacilación. Unos minutos más y estaría de vuelta con Rob.

Apenas tardaría. Lo justo para asegurarse. Si entraba en ese condenado almacén y les encontraba aunque estuvieran custodiados, pelearía a muerte.

Cruzó la puerta que daba al interior del almacén. No necesitó moverla demasiado como si alguien le hubiera despejado el camino. Era una trampa. Lo sentía en todos los nervios de su cuerpo.

El lugar permanecía en penumbras en lugar de la completa oscuridad debido a la luz que se filtraba desde el interior de una de las dos estancias que se ubicaban dentro del inmenso inmueble. Las mercancías se apilaban contra una de las paredes dejando libre el resto del piso.

Recorrió los pocos pasos que le quedaban para alcanzar la puerta que permanecía entornada cuando chocó contra su espalda. Apenas trastabilló ya que lo esperaba. Su atacante era alto, casi tanto como él pero no era ágil. Un hombre que tenía más músculo que cerebro y empleaba la fuerza bruta. Por un instante lo pensó. No era un adversario que pudiera vencerle y Saxton lo sabía. El maldito lo sabía y pese a ello le había lanzado en su contra.

Le hacían perder tiempo para ganar tiempo.

La ansiedad casi le mareó. Cerca de su atacante permanecía expectante otro hombre. A la espera de un hueco o debilidad por el que entrar. No se lo daría.

Casi sintió la punta del cuchillo y el filo entrar con rapidez en el costado de su oponente. La rápida y brusca aspiración que acompañaba a las cuchilladas profundas y el golpe al caer al suelo, sin fuerza. Reservando ésta para apretar la abierta herida.

No le había matado pero estaba malherido. Lo suficiente para apartarle de su camino. El segundo no tardó en acompañarle sólo que a éste sí le mató. En el interior del cuarto apenas habrían escuchado sonido alguno ya que él había acallado cualquier ruido. Su mano sobre sus bocas les había impedido pedir ayuda. Apenas comenzaba a sudar y algo en su interior le recordó su estancia en el infierno. El frío que sentía colgado de las cadenas. Esa sensación que había comenzado a olvidar. La falta de compasión y el odio. Hacia todos y todo aquello que le rodeara.

Como ahora.

Tensó la mandíbula. El segundo atacante se había colocado entre él y la maldita puerta entreabierta. Y él no disponía de tiempo que perder.

Rob le esperaba.

Se acercó hasta el borde de la puerta y agudizó el oido. No se oía ruido alguno. Ni conversación, ni murmullos. Nadie pidiendo ayuda u ordenando atacar.

Con la palma de la mano abrió del todo la puerta y frunció el ceño.

Carecía de sentido.

La habitación permanecía completamente vacía salvo por una astillada silla colocada en medio de la estancia. Sobre el pelado asiento una sencilla hoja doblada en dos.

Una maldita broma en medio de una pesadilla.

Avanzó fijando la mirada en el piso. No se fiaba. Las trampas tenían muchas formas y a veces, las de aspecto más inocente eran las más dañinas.

Frunció el ceño.

El silencio permanecía intacto.

Se agachó hasta aferrar con dedos temblorosos la hoja y la desdobló.

Su mundo se detuvo. Y se volvió con rapidez hacia la salida. Escuchó un ruido pero era él. El grito desgarrador era suyo.

No debió dejarle atrás aunque Rob hubiera estado de acuerdo. Incluso cinco minutos eran demasiados.

Olvidada quedó la hoja. Tirada en el sucio suelo pero su contenido había quedado grabado en su mente y en su corazón.

No debiste subestimarme, sombra.

VIII

El suspiro de alivio de Jules acompasó la llegada de sus amigos. Instintivamente aflojó el mango del puñal.

Eran inconfundibles. La corpulencia y la rapidez de los dos hombres que se acercaban a una velocidad de vértigo sin reparar en los bultos colocados en medio del camino o las pilas de mercancía les delataban.

La reacción al imaginar el caos en que se convertiría todo en cuanto Torchwell y Sorenson vieran lo que ocurría dentro del almacén provocó que se moviera hacia un lateral, algo alejado de la ventana, arrastrando con él a su ardilla y abriendo la boca para anunciar lo que ocurría.

—Están dentro. Heridos.

Torchwell emitió un sonido extraño y no se paró. Como una bala enfiló hacia el interior del inmueble y Sorenson le pisaba los talones. Ni vacilaron.

¡Maldita sea! Debió guardarse la última parte de información.

En el mismo exacto momento en que Torchwell destrozaba de un brutal empujón el portón de entrada el sonido de un disparo reverberó por todo el espacio.

Se tensó y los dedos de Jules apretaron los suyos, desesperada, tirando hacia atrás. No perdió tiempo en mirar a través del sucio cristal. Lo primero que le vino a la mente fue que habían asesinado a Clive Stevens a sangre fría tras apalearle sin piedad pero sus ojos permanecían abiertos. La sangre le cubría el rostro, el lateral del cuello, el hombro, brazo y pese a ello, se mantenía en pie. No se movía como si el impacto de lo ocurrido le hubiera dejado impresionado. A sus pies ya no había una mujer, sino dos.

Jules emitió un angustioso gemido a su lado.

El arma que sujetaba uno de los hombres, el mismo que había matado a la mujer se giró en dirección a Clive. Incluso desde esa distancia se dieron cuenta de que el dedo se tensaba sobre el gatillo.

El grito de su prometida surgió abrumador. El suyo, no menos desesperado. Le iba a matar y ellos… Ellos estaban demasiado alejados como para impedirlo. Deseo que Clive le viera, que le escuchara, que se girara para que el impacto no le diera de frente, que reaccionara de una maldita vez pero él permanecía inmóvil. Como una estatua cubierta de sangre.

Ese hombre no merecía morir así.

Con rapidez aferró el arma que empuñaba Jules y la giró en su mano, golpeando con la culata el cristal de la ventana, haciéndolo añicos. Debían distraerles hasta que Torchwell y Sorenson entraran. Gritó desesperado en el mismo momento en que el arma que apuntaba a Clive debió detonar y en el que un cuchillo surgió de la nada, atravesando el antebrazo que la sostenía.

Torchwell acababa de entrar y era una condenada fuerza de la naturaleza. Le sorprendió su fiereza y su brutalidad. Esos impactantes ojos de diferente color se clavaron un instante en su mejor amigo y cambiaron. De repente. Dejaron de mostrar la poca pizca de compasión que aún guardaba en su interior para tornarse en un despiadado enemigo. Sorenson apareció detrás y no se quedaba a la zaga. El alivio fue tan inmenso que sintió los músculos de la espalda aflojarse pero apenas duró.

Uno de los hombres que permanecían en el interior les había visto. ¡Diablos! Debía ayudar pero no podía dejar a Jules atrás. No podía abandonarle sin protección. Nunca.

Entonces se le ocurrió, con la aparición de los hombres de Sorenson. Aferró casi con desesperación la manga del hombrecillo que acababa de llegar con la lengua colgando, a la par del anciano marinero que trabajaba para Marcus, tratando de seguir el ritmo de Torchwell y Sorenson sin lograrlo. Sin pensarlo dos veces, le ordenó que cuidara de ella. Que si quería vivir al terminar la noche que cuidara de que su mujer no recibiera ni un solo rasguño.

El hombre fue a hablar pero le ignoró.

Golpeó los labios contra los de su prometida y le susurró que recordara lo prometido y tratara de no cabecear a alguien. Que por el momento se conformaba con eso pero que no se hiciera ilusiones. Que en cuanto mataran a los hombres de Saxton volvería con ella. Casi se le trababan las palabras pero por la mirada de esos ojos oscuros supo que le había entendido a la perfección.

Le costó separarse de ella. Dios, le costó un mundo pero del interior ya surgía el ruido de una gigantesca pelea a muerte.

IX

¡No estaba! ¡Rob no estaba esperándole! El ahogo le llegaba a oleadas por lo que aspiró por la nariz. Varias veces. Necesitaba serenarse. Si quería encontrarle, debía pensar.

Debía… ¡No lo conseguía! El aire olía extraño.

No podía estar lejos. No con el escaso tiempo en que habían permanecido separados. Debía reaccionar con rapidez pero los pensamientos se le agolpaban uno tras otro. En dirección al muelle. Era lo más lógico. Juró para sus adentros. Como si en ese momento la lógica le sirviera de algo. Sólo quería al hombre que amaba. ¡Dios!, sólo quería que él volviera. Encontrarle.

De reojo observó movimiento de tela. El único movimiento de los alrededores que era visible por lo que no lo dudó. Se lanzó a la carrera hasta casi alcanzarlo en el mismo momento en que la oscura figura giraba hasta quedar oculta por una montaña de cajas de madera de embalaje.

Sentía el corazón en la garganta hasta que les vio.

A ambos.

En pocos segundos les había alcanzado, casi al borde del muelle en el que permanecía atracado unos de los barcos de comercio. Preparado para partir.

Apuntó con su arma en dirección a la condenada cabeza de Saxton en el mismo momento en que ambos se giraron en su dirección.

El brillo del curvado filo rozando el cuello de Rob lo detuvo. Paró todo movimiento por su parte. Saxton le había cortado y un hilillo de sangre resbalaba por el lateral del cuello.

Miró directamente al hombre que odiaba con toda su alma. A muerte. Y entonces se dio cuenta. Algo preparaba y quería que Rob lo presenciara. Él no podía disparar. Si lo hacía se arriesgaba a que el hombre que quería se desangrara en minutos si la hoja del cuchillo le cortaba el cuello. Notó el temblor en su mano. Por primera vez en su vida, tembló.

Esos ojos azulones le pedían perdón. Rob no emitía ni un solo sonido pero él conocía esos ojos. Los conocía como si fueran suyos y le pedían que les dejara ir. Le pedían… lo que él no podía dar.

Desvió la mirada hacia Saxton y sonreía. El muy canalla sonreía.

—Creí que no llegarías, Peter. En realidad, esperaba que no lo hicieras pero siempre estás ahí, molestando.

Nunca le había llamado por su nombre de pila. Siempre había sido la sombra.

—Te dejo elegir, Peter.

¿De qué hablaba ese maldito enfermo?

—Vuelves por donde has venido o mueres —Por Dios, Saxton estaba disfrutando mientras presionaba el filo del cuchillo contra la frágil garganta de Rob con su mano izquierda, rodeándole el cuello con el antebrazo—. Verás, nuestro querido Robert no tiene demasiadas opciones en estos momentos. Y me ha elegido a mí.

Condenado enfermo.

—Suelta el cuchillo y lo veremos.

Una sonrisa llena de crueldad curvó los labios de Saxton al mismo tiempo que un suave quejido llegó a sus oídos. Le hacía daño. Le estaba haciendo daño a Rob y quería que él lo presenciara. El temblor de su mano cesó. Estuvo a punto de arriesgarse. Si daba en medio de la frente… Si conseguía alcanzarle en ese negro corazón…

Los claros iris de Saxton se iluminaron. Repentinamente.

—Mejor pensado, creo que prefiero hacerlo yo. Siempre quise hacerlo para sentir algo especial y tú lo eres, ¿no crees, sombra? Vives rodeado de oscuridad y dolor. Como yo.

Desde la distancia en la que estaba notó la tensión en los músculos del cuerpo de Rob. Iba a luchar. Dios, el canijo iba a luchar y ese animal le degollaría. Bajó el arma lentamente y lo supo. Sencillamente lo supo. Le dio la impresión de que el arma que sostenía Saxton en su mano derecha apenas se movía al ascender y apuntarle al centro del pecho.

El golpe le lanzó a una buena distancia cayendo sobre su espalda.

Ardía. El pecho le ardía. Y dolía. Mucho.

Le costaba respirar y la presión en medio del esternón le mareaba. Algo caliente se extendía desde el centro de su pecho hacia los lados y frente a él únicamente veía estrellas.

Hermosas estrellas en un oscuro y despejado cielo. Brillaban. Tan hermosas.

En la lejanía, un grito que permanecería para siempre en su memoria.

El grito del hombre que quería llamándole y que reflejaba… pura agonía.

X

Nunca sintió tanto miedo. Jamás. Clive estaba cubierto de sangre y por un instante creyó que le habían disparado en el mismo instante en que cruzaba la puerta.

Dos de los hombres estaban cerca, demasiado cerca de Clive y Elora. Los otros se ubicaban hacia el fondo del pequeño almacén. No lo pensó. No hubo tiempo. Se abalanzó sobre Glenn al tiempo que Sorenson destrozaba la cara del otro. Es sus oídos retumbó otro disparo. No supo si habría alcanzado a alguien ni de qué arma había brotado pero él… él iba a matar a Scott Glenn.

Peleaba bien y en su mirada se leía la desesperación y sorpresa pero él ya no sentía dolor. Sólo condenada rabia. Ellos le habían golpeado. Le habían…

Glenn consiguió pasar sus defensas. La chaqueta se le rasgó y notó el escozor. Repentino pero no importaba. No podía permitirle acercarse a Clive de nuevo. No podía.

De reojo observó a Sorenson dar una brutal patada al hombre contra el que luchaba lanzándole contra la pared del almacén donde quedó desmadejado como una muñeca rota. Seguramente muerto. El viejo marinero que le acompañaba peleaba como si la vida le fuera en ello. Como si la vida de su familia le fuera en una única y decisiva pelea.

Los ojos de Glenn perdían poco a poco la mirada desafiante pero no suplicaba piedad. Quizá intuyera que de nada le serviría. Sangraba de la ceja y la comisura de la boca. Le estaba machacando donde más dolía. Donde hacía más daño hacía pese a retener los golpes. Los movimientos de Glenn se ralentizaban, poco a poco, con cada minuto que pasaba. Apenas movía los pies tratando de esquivarle y se notaba que comenzaban a pesarle los brazos izados para defenderse.

No merecía piedad. No la merecía pero entonces escuchó la primera palabra de su mejor amigo. La primera desde que había entrado en el almacén. La primera desde que fue en busca de su abuela. Esa hermosa voz que creyó no volver a escuchar. Una sensación difícil de explicar le ahogó. Los condenados sentimientos le apabullaron. Desvió la mirada un segundo y le vio. En pie y tan terco como siempre. Y tan compasivo. En ese rostro aniñado cubierto de sangre los ojos grises hablaban a voces.

No lo hagas, Ross. No lo hagas… No merece la pena.

Eso le detuvo. Su voz. Como si no se encontrara en el lugar, su propia mirada se desvió hacia el puñal que sujetaba en su mano derecha, cubierto de sangre. Glenn se apretaba el costado con desesperación. Dios santo, ni se había dado cuenta que le había apuñalado.

Se acercó en dos pasos hasta que ese traidor reculó quedando apoyado contra la pared del almacén. El miedo le deformaba el rostro. Habló lentamente para que apreciara cada palabra. La amenaza que las envolvía.

—No morirás esta noche, por él. Porque él lo quiere así. Recuérdalo. Si por mi fuera la empuñadura de este cuchillo ya sobresaldría de tu pecho —se acercó otro poco más hasta que el cuerpo de Glenn comenzó a deslizarse hasta quedar sentado en el suelo—. No te muevas de aquí o no saldrás vivo de este lugar.

Sin otra mirada se giró hacia lo que ocurría a su alrededor.

Jared Evers había surgido de la nada y peleaba contra el hijo de mala madre que comenzaba a ganarle la partida al viejo Sampson. No tardaría en acabar con él. Peleaba duro.

Uno de los hombres de Glenn que se había apostado al fondo de la habitación intentaba escurrirse en dirección a la salida pero escuchó el grito de Sorenson dirigido a sus hombres que cuidaran de Elora, que él se encargaba. Tardó dos segundos en despacharle mientras el viejo marinero se acercaba presuroso hacia la mujer tendida en el suelo. Sampson empujó a un lado y sin contemplaciones el cuerpo sin vida de Angelique Mayers para colocarse junto a Elora. Con los dedos apartó un mechón oscuro de la mujer que adoraba y que reposaba sobre el suelo. Con tanta suavidad que dolía ver el miedo reflejado en ese arrugado rostro.

Él… Él se acercó a su mejor amigo.

Sin mirarle a los ojos rasgó con su cuchillo las sogas al tiempo que escuchaba el susurrado *gracias* de Clive.

Su mundo, sus miedos e incluso sus palabras se le atoraron en la garganta. Tenía miedo de lo que pudiera decir. Miedo de ver de nuevo esa mirada de rechazo por lo que calló. Con suavidad le aferró del brazo para colocárselo sobre sus hombros. La diferencia de estaturas dificultaba el movimiento pero Clive apenas se tenía en pie. Era eso o cargarle en brazos y…

—Mírame, Ross.

Dios.

No podía hacerlo. No podía. Si lo hacía Clive vería en su mirada lo que sentía. Vería reflejado lo que trataba de ocultar con desesperación. Un nudo se le formó en la boca del estómago y otro en la condenada garganta.

—Por favor.

Temblaban. No sabía si era él o era Clive. No lo sabía. Aguantando la respiración bajó la mirada para enfrentarla a la grisácea que estaba casi a su misma altura. Y lo que vio, le hizo sonreír en pleno infierno.

Amaba esos hermosos ojos.

XI

Se le hizo eterno. Estaba al otro lado de la habitación y temía acercarse. Temía escuchar a Sampson susurrar que ella no respiraba. Le aterraba dar ese paso. El viejo retiró con suavidad el oscuro mechón de cabello y ella no se movió.

No se… movió.

En dos condenadas zancadas se encontró arrodillado junto a ella y por primera vez en su vida, una lágrima brotó libre. Y otra. Apenas las notaba.

Sólo sentía el dolor y la rabia, el miedo que debió sentir ella cuando le estaban destrozando y no era capaz de defenderse. El terror de no volver a ver a sus pequeños. Se prometió en ese momento que nunca le dejaría ir, que siempre le protegería. A ella y a sus niños. A su… familia.

—¿Jefe?

La voz del viejo sonaba igual que la de un crío aterrado de escuchar una noticia que no quería oír. El viejo parecía a punto de desmayarse. Le temblaba todo el cuerpo y no se atrevía a apoyar el oído contra el pecho de Elora. Se negaba a acercar sus dedos al cuello, a la espera de notar el látido de la sangre al circular.

No olvidaría en lo que le quedaba de vida el intenso miedo que reflejaban esos arrugados ojos.

No podía apartar la mirada de ella. Se inclinó y acercó dos de sus dedos hacia el lateral del cuello y aguantó la respiración en medio de un horrible silencio. Le habían golpeado con dureza. El suave aliento movió el oscuro cabello empapado en sangre.

Ahí estaba. Débil pero constante.

—Está viva, viejo. Viva.

Un sollozo. El viejo marinero lloraba como un crío. Dios santo.

El nudo en su garganta casi le asfixió antes de girar con toda la delicadeza que pudo emplear a la mujer que seguía sin moverse, sin apenas respirar. El pavor comenzó a adueñarse de él. Ella no podía irse. No después de haberle encontrado. No después de haberse dado cuenta que era un completo idiota y que la mujer que abrazaba con desesperación era suya, era su corazón y su alma. Para cuidarle, para amarle.

Por favor… Por favor, mi amor, mírame.

Extendió las piernas en el duro suelo y le acomodó entre ellas. Estaba tan fría. Se arrancó la chaqueta con cuidado para no hacerle daño y le tapó. Tenía que lograr que entrara en calor. Que despertara. Que le mirara de nuevo. Una vez más.

—Elora, cielo, por favor, abre esos preciosos ojos.

Nada.

—Cariño…

Por favor. Tus niños te esperan. Los hombres te esperan. Yo te necesito. Yo…

Vio su propia mano acariciar la redonda mejilla, con tanta suavidad que apenas rozaba la piel. Le daba tanto miedo hacerle daño.

Las largas pestañas aletearon.

XII

Perdió la cabeza. Lo perdió todo al ver caer a Peter. Perdió la capacidad de sentir piedad, de protegerse incluso olvidó la innata necesidad de salvar a su anciano padre.

Sin Peter nada valía la pena. Ni siquiera vivir. Se revolvió como una fiera. Había escuchado un grito desesperado y por un segundo creyó que alguien llegaba. Que les habían encontrado. Sintió el corte superficial en el cuello y la brusca aspiración de Saxton debido al brutal codazo en el costillar. Debía llegar a Peter. Debía llegar hasta él y parar la sangre que brotaba. Apretar la herida del pecho. Salvar al hombre que quería y sin el que no podía vivir, por mucho que creyera que podría. Debía ayudarle. Sólo eso. Debía…

Se ahogaba.

Consiguió desprenderse del agarre y dar dos pasos. Hasta que de nuevo le aferraron de la ropa con fuerza. Hasta que de nuevo le detuvieron. Se revolvió con pura rabia.

—¡Suéltame! Debo llegar a él, debo…

Unos brazos musculosos le rodearon por detrás, cercándole e impidiéndole avanzar. Unos repugnantes labios rozaron su oreja y una voz llena de satisfacción susurró con claridad.

—Está muerto, chico.

¡No! No.

La vista se le nubló y le costaba respirar. Peter no estaba muerto. Nunca moriría dejándole atrás. Se lo había prometido. Se lo había susurrado antes de alejarse en la oscuridad. Y él nunca mentía.

—¡Suéltame!

—¿Para qué? Lo único que verás si no ha muerto aún, es su agonía.

El mundo se volvió rojo. En ese único instante en que sintió tal odio en su interior que perdió la razón.

Le daba igual morir. Le daba igual, si estaba con él. Necesitaba verle y acercarse a él. Para que… Para que ninguno de los dos muriera solo.

Tensó todos los músculos del cuerpo para desasirse en el mismo instante en que algo les golpeó con inmensa fuerza por la espalda pillándoles desprevenidos. Por un segundo algo del peso que sentía en el pecho desapareció. Mientras caían al suelo por la fuerza del golpe los pensamientos se agolparon apilándose uno tras otro.

Era él. Era Peter. Tenía que ser él. Saxton había fallado y no le había alcanzado. O quizá le había dado pero la herida no era mortal. Había sobrevivido y en un instante posaría sus ojos sobre ese hermoso rostro que una vez más había engañado a la muerte. Que una vez más había luchado contra viento y marea para estar con él.

Cayó de costado y al ir a incorporarse le pareció ver unos pies descalzos cubiertos de suciedad y cortes bajo el borde de una desgarrada falda. Su mundo se vino abajo. Era una mujer. Una mujer les había atacado lanzándoles a ambos al suelo.

Gritaba que llevaba esperando mucho tiempo, que llevaba esperando el momento para hacerlo. El sonido de su voz rozaba la pura demencia. Era pequeña pero Saxton no podía desembarazarse de ella. Le arañaba el rostro y tiraba del cabello. Era como tener un animal salvaje entre los brazos.

Durante un segundo quedó inmovil.

Se incorporó con dificultad ya que las piernas de ambos trababan las suyas. Pese a intentar deshacerse de la mujer Saxton se dio cuenta de que él trataba de alejarse en dirección a Peter y le lanzó una patada. Era fuerte. El maldito era fuerte. Entre el desquiciado movimiento de brazos y piernas atisbó un segundo el suave rostro de la mujer y el tiempo se paró. Completamente.

Era ella. La mujer que le detuvo en el hospital de San Bartolomé. La mujer que lo arriesgó todo para salvar a Titus. Incluso su propia protección.

Era Claire Robbins.

Apenas pesaría la mitad que el hombre del que se negaba a separarse pero Saxton no cejaba. El condenado no cejaba y logró levantarse del suelo. Los claros ojos de Saxton se clavaron en él pese a que trataba de alejar esas manos femeninas y sus afiladas uñas de sus ojos. Pequeñas heridas le cubrían el rostro y la mujer no dejaba de gritar palabras sin sentido. Algo sobre ella, sobre su pequeña…

Que el demonio se la había arrancado de entre los brazos.

Era una mirada difícil de explicar. Carente de sentimientos o empatía. De todo lo que hace a un hombre ser humano. Era pura maldad.

Maldita sea. Estaban demasiado cerca del borde del muelle.

Giró el rostro hacia el camino que daba al almacén. Sobre el cuerpo tendido en el suelo del hombre que amaba más que a su vida. Seguía sin moverse.

Dios, seguía sin moverse…

Trató de acercarse. Debía acercarse. Debía llegar a él pero una mano se lo impidió de nuevo. Unos malditos dedos que pertenecían al hombre que aborrecía por encima de todo. Volvió la cabeza con brusquedad hacia Saxton y éste… sonreía. Sonreía como si se hubiera dado cuenta de algo en ese mismo momento.

El frío le congeló las entrañas.

Lo iba a hacer. Por primera vez en su vida leyó en la calculadora mirada de Saxton como en un libro abierto.

Si caían por el borde del muelle el inmenso casco del barco les aplastaría contra el muro. Nunca sobrevivirían a la caída. Imposible.

Una muerte atroz.

Lo hizo. De un brusco movimiento Saxton se desprendió de la mujer que se aferraba como una demente con brazos y piernas a su cuerpo, lanzándola a un lado de golpe y con ambas manos le aferró de la pechera de la camisa, desgarrándola un poco. El ruido le llenó los oídos. Sintió el impulso. El inmenso impulso en dirección al borde que no podría contrarrestar, por mucho que quisiera.

Ni siquiera su necesidad de llegar a Peter lo impediría.

El borde ya estaba ahí.

El piso desapareció bajo sus pies al mismo tiempo que escuchaba la diabólica carcajada de Saxton.

XIII

Le costaba respirar y con dificultad alzó una de sus manos para palparse el pecho. Sentía como si una mula le hubiera golpeado en medio del pecho. Por un segundo no supo dónde estaba. Se sintió completamente desorientado. Notaba el frío bajo su espalda y ruido. Ruido cercano de una pelea. Una mujer gritaba como si la vida le fuera en ello. Que prometió matarle cuando se la llevaron, que le llevaba esperando mucho tiempo, que…

¿Qué diablos?

Lo recordó. De repente y con extrema claridad. El disparo. La mirada de satisfacción de Saxton. La mirada de horror de Rob. El dolor en medio del pecho. El ardor. La caída. Le había dado en el condenado reloj. Apenas lo podía creer. Con la punta de los dedos palpó suavemente. Acarició el metal rasgado y la herida que le había abierto en la carne al clavarse un pequeño borde. De ahí manaba el hilillo de sangre. Nada serio.

Casi lanzó una risa desquiciada.

El miedo lo invadió todo a su alrededor. Debía mirar. Debía incorporarse para ver si seguían ahí. No podían haber desaparecido entre las sombras. No se lo perdonaría. Nunca se lo perdonaría.

Si él no estaba ahí con su loca cabellera rubia y esos ojos como un cielo tormentoso perdería la razón.

Entrecerró los ojos. Tres formas peleaban con desesperación y había una mujer entre ellos. Reconoció esa falda. Era la misma que vestía la figura que le había guiado hasta ellos al salir de almacén.

Se levantó con algo de dificultad en el mismo instante en que se dio cuenta de las intenciones de ese malnacido. Lo presenció como si ocurriera ralentizado. El movimiento de rabia con el que Saxton logró desprenderse de ella y la firme sujeción de sus manos sobre la camisa de Rob.

El instinto le hizo correr hacia ellos. Veloz. Increíblemente veloz. La distancia cada vez más estrecha pero lo supo. Supo que no llegaría a tiempo para evitar la caída y su corazón se rompió por dentro.

En pedazos.

Le dio igual todo. Sus piernas volaban sobre la tierra. Apenas sentía cómo tocaban el suelo. Rob le daba la espalda pero lentamente, del impulso, se fueron girando.

Fue en el último instante. La mirada azulona de Rob rebotó contra la suya. El grito de rabia de Saxton le hizo disfrutar. El muy cabrón creyó que le había matado para descubrir que no era así. La mirada de los ojos del canijo… Dios, jamás se le olvidaría. Descanso, alivio, esperanza, alegría y amor.

Inmenso amor.

En el último momento Rob extendió el brazo y él, lo aferró con su mano derecha como si la vida le fuera en ello y en realidad así era. Agarró desesperado.

Quedó tendido boca abajo al borde del muelle. Las piedrillas se le clavaban en el pecho, contra la herida pero apenas las notaba. Lo único que sentía era la muñeca de Rob bajo sus dedos y los dedos de Rob rodeando su propio antebrazo. Aquello que impedía que cayera a las negras aguas. Eso y la pila de mercancía contra la que compensaba el peso de su carga. Había conseguido enredar su pie bajo el peso de los cajones apilados a un lado del muelle.

Pesaban demasiado. Dos hombres.

No podía hablar. No podía malgastar sus fuerzas. No podía decirle que le amaba sin el temor de que cualquier leve movimiento le diera ventaja a Saxton. Le perdería y no podía enfrentarse a eso. No podía.

Deseo tener un arma en su mano izquierda y volar la tapa de los sesos al hombre que en el último instante se había agarrado a la cintura de Rob. Se resistía a morir el condenado. Se resistía y en la posición que él ocupaba no podía hacer nada.

Sintió el brutal tirón. Saxton se revolvía intentando que Rob se soltara. Trataba de que ambos cayeran al fondo. Trataba de llevarse al hombre que quería con él.

Dios, no iba a aguantar mucho más. Pese al frío una gota de sudor resbaló por su sien, siguiendo el maldito curso de su cicatriz.

Entonces lo sintió.

El agarre se aflojaba, lentamente. Por favor… No.

No.

Los dedos que rodeaban su antebrazo se separaron dejando de apretar. Y lo oyó. Suave. Tan suave que sólo él pudo escucharlo.

—Suéltame, mi amor. Suéltame.

¡No! No. No. Por favor…

Le dio igual. Le dio igual todo salvo salvar a hombre que le miraba lleno de desesperación. Se lo dijo. Tanto con sus palabras como con su mirada.

—No me hagas esto, canijo, por favor. Agárrate —apenas se escuchaba pero necesitaba que lo supiera—. Por favor te lo pido.

Por favor. Apenas le salía la voz pero necesitaba que él lo entendiera. Tensó todo el cuerpo hasta que notó los músculos de la espalda a punto de rasgarse.

Eso ojos azulones le miraban directamente. Tranquilos y llenos de paz.

No. Dios, no.

—Un poco más. Sólo un poco más —comenzaba a resbalar—. Por mí. Por tu padre. No lo hagas, Rob. Te lo suplico.

Una suave sonrisa curvó los labios del hombre que le miraba como si estuviera viendo lo más precioso del mundo para él.

—No te arrastraré conmigo, Peter. Suéltame.

Comenzaba a amanecer y él sentía que su vida terminaba. Apretó los dedos otro poco más pero comenzaban a escurrirse. No podía utilizar la otra mano ya que la apoyaba contra un saliente del borde. El sudor lo hacía más difícil. Le miró a los ojos suplicando.

Y él sonrió. Sencillamente sonrió.

—Te quiero, Peter. No lo olvides… Nunca. Más que a mi vida.

¡Dios! No me hagas esto.

Deseó poder gritar de agonía. El hombro le ardía. Los músculos de las piernas parecían a puntos de romperse y lo sintió. De nuevo. Otra sacudida de Saxton. Rob ya no se sujetaba. No lo hacía y a él se le estaba escapando. Poco a poco.

Deseo gritar que no era justo. Que no lo era. Que no se merecían eso. Le miró de frente y el mundo desapareció a su alrededor. Quedaron solo ellos. Y lo dijo. Dijo lo que siempre supieron. Que uno nunca podría vivir sin el otro.

—Si caes, voy detrás, Rob. Voy detrás.

Entonces lo sintió. A su lado. El brillo en medio de la oscuridad. El cañón de un arma brillando con las primeras luces del día. Una mano femenina lo empuñaba. Firme.

Más allá de Rob los ojos de Saxton se abrieron, enloquecidos. Sacudió las piernas, desquiciado. Iba a morir y no cejaba. El maldito no se rendía. La muñeca de Rob se deslizó otro poco más y él apretó llenó de pura desesperación.

El grito de Saxton antes de que la bala perforara su frente hablaba de su inmensa locura. Gritaba que su juguete era para él, no para la sombra. Nunca para la sombra. Que Robert nació destinado a él.

Después el silencio tras el disparo.

El cuerpo de Saxton cayó con el pequeño orificio en medio de su frente. Nunca olvidaría el sonido del chapoteo al rebotar contra la superficie del agua helada y el horrible sonido de un cuerpo al ser destrozado. El crujir de los huesos al ser aplastados y el golpeteo del agua contra la pared. Incontenible.

Notó el peso de la mujer sobre sus extremidades para servir de contrapeso. Dejó de inmediato de apoyar la palma de su mano izquierda contra el suelo y se asomó por el borde hasta casi la cintura. Extendió la otra mano y Rob la agarró. Sin dudar un segundo ni mirar abajo. Con ambas manos asidas y ahí colgados, se miraron. Pese al dolor, el inmenso miedo que habían sentido, el susto y el hecho de creerlo casi todo perdido.

Lo habían conseguido. Entre los dos.

Acarició con la mirada el rostro de Rob.

Poco a poco, con esfuerzo, lo fue izando con la ayuda de esa mujer. No sabía quién era y le daba igual. Le estaría eternamente agradecido por salvarles y por matar al hombre que había convertido su vida en un infierno.

Quedaron los dos de rodillas en el suelo. Frente a frente. Recorriendo cada detalle del otro. Del hombre que creyó que perdería para siempre y al que seguiría incluso al infierno.

Le ardían los músculos de muslos, hombros y espalda pero era un dolor bien recibido.

El sol salía por el horizonte, justo detrás de Rob, perfilando su contorno. Su rostro quedaba ligeramente en penumbras pero supo que sonreía.

El canijo alzó una de sus manos y la apoyó en medio de su pecho. En el mismo lugar en el que le había alcanzado el balazo de ese enfermo. Con tanta suavidad que creyó que los latidos de su corazón se pararían de golpe. Tanto amor.

—No me vuelvas a dar otro susto semejante, grandullón.

Del interior de su chaqueta Rob extrajo el destrozado reloj. Por una vez en su vida, el destino o la suerte se habían aliado con ellos. Una vez en la vida. No necesitaba más.

Amaba su voz. Con su mano rodeó la que sostenía el reloj, envolviéndola. Estaba agotado pero no tardó en contestar.

—No lo haré si me prometes lo mismo.

Dios, su sonrisa era lo más hermoso del mundo.

—Te lo prometo, Peter.

—Otra vez.

Y su risa le llenaba los sentidos. Rob lo repitió tan suave que casi, casi no le escuchó.

Se levantó con algo de dificultad y extendió ambas manos con las palmas hacia arriba. Rob se las agarró. Estaban cálidas. Increíblemente cálidas.

En un segundo le rodeaba con sus brazos, con el rostro hundido en esa salvaje cabellera. Vivo. Estaba vivo. Igual que él, Y Saxton no les impediría de nuevo amarse con libertad, con tranquilidad. Sin miedo.

La pequeña mujer no emitía ni un sonido a su lado hasta que se besaron. Suave. Apenas rozando los labios. Sintiéndose el uno al otro. El sonido que surgió de ella fue de inmenso respeto pese a ser una completa desconocida. Y estima.

En la lejanía escucharon los gritos. Les buscaban. La menuda mujer se dirigió por primera vez a ellos.

La locura había desaparecido de su mirada y las líneas de su rostro se suavizaron, como si se hubiera quitado un peso de encima. Un peso casi inaguantable.

—Gracias.

Le miraron asombrados pero antes de conseguir responder ya se alejaba de ellos hacia el grupo que se aproximaba.

Sintió los dedos de Rob entrelazarse con los suyos.

—Vamos a casa, grandullón.

Sin una mirada atrás a las turbias aguas o al cuerpo destrozado que permanecía entre ellas, se alejaron del muelle.

En dirección a su hogar y aquellos que les amaban.

XIV

Le daba hasta miedo tocar su piel por si se desvanecía en el aire.

Recorda retazos de lo ocurrido. Los golpes y el dolor, tan crudo, en la oscuridad del carruaje. También la rabia en la voz de Martin Saxton porque ella se negaba a entregar a sus niños a ese hombre.

Se inclinó ligeramente sobre su costado pese a la punzada de dolor hasta centrar la mirada en su gemela. Las ganas repentinas de llorar casi le impidieron respirar. Claire permanecía apoyada sobre el lateral del lecho que ella ocupaba, con la cabeza apoyada sobre los brazos cruzados.

Habían pasado dos días durante los cuales había permanecido medio adormilada debido al potingue que le había obligado a ingerir el médico que cuidaba de Mere y su familia. A ratos creyó sentir la presencia de Marcus, la de sus viejos y queridos marineros, incluso durante un pequeño momento creyó percibir el maravilloso olor de sus pequeños pero la única constante que percibía era la presencia de su hermana.

Claire se negaba a separarse de ella.

Estaba tan delgada que apenas parecía poder sostenerse por sí misma. Aguantaba por pura tenacidad.

En la lejanía había escuchado retazos de conversación e incluso algún grito entremezclado con voces. Habría jurado que Marcus amenazaba con partirle el cráneo a alguien.

Quizá a Neil.

No quería pensar en él. No podia hacerlo, por el momento. Quizá más tarde cuando su corazón no se resintiera al recordar sus palabras. Esas que habían dolido tanto.

Deslizó la mano por encima de las mantas hasta rozar el brazo de su gemela.

Sonrió.

Estaba viva.

—Tenías razón, mujer.

Por un segundo se sintió tentada de hacerse la dormida para evitar enfrentarse a Marcus. Tan tentada.

—Sé que estás despierta.

Condenado hombre carente de delicadeza.

—¿Elora?

E insistente.

Con un suave gemido trató de girase hacia la puerta, para enfrentarse al hombre al que no podía permitirse querer. Una fuerte mano presionó contra su espalda para ayudarle a incorporarse. Apenas había sentido sus pasos al acercarse con rapidez.

Únicamente vestía un delgado camisón de algodón que apenas la tapaba y se sentía avergonzada. No podía enfrentar esos ojos verde azulados.

La mano se retiró para que apoyara la espalda contra la pila de almohadas.

Ante sus ojos Marcus bordeó la cama hasta alcanzar la dormida figura de Claire. Con extrema suavidad sacudió el hombro de ésta hasta que despertó. Su gemela se levantó y colocó entre los dos sin dudarlo. Su postura indicaba su intención de no moverse ni un palmo pero algo en la mirada del hombre provocó que la cabeza de Claire se ladeara inquisitiva. Tras un leve asentimiento de la cabeza avanzó hacia la puerta.

Aguantó la respiración. Su hermana se iba y le dejaba a solas con él.

No quería quedarse a solas con Marcus.

Fue a pedirle que se quedara, que esperara. Que él no mandaba sobre su vida aunque lo pareciera.

—Tenemos que hablar, Elora. A solas.

Apretó los labios y alzó las sábanas hasta que le cubrieron el cuello. Todo tenía que hacerse como y cuando él quería. Comenzaba a enfadarse.

—No tienes nada que no haya visto antes, mujer.

Y bruto a más no poder. También mujeriego y gruñón.

—Puede, pero no a mi.

Un suave carraspeo acompañó el movimiento de Marcus al alcanzar la silla ubicada en una esquina de la habitación para acercarla al lateral del lecho. Su corazón casi se detuvo. Unos de sus ojos estaba ligeramente hinchado y un corte rompía la curvatura de sus labios. Pese a ello, el hombre seguía siendo increiblemente apuesto.

Los ojos masculinos se detuvieron un segundo sobre la tela que cubría su generoso busto. De seguido se desviaron hacia sus ojos.

—Yo no diría tanto.

¿Cómo?

—¿Qué…?

—El buen doctor necesitaba ayuda y a los viejos les daba apuro. Wigg se ofreció gustoso pero le despaché con cajas destempladas. Las mujeres estaban ocupadas y…

—¿Me has visto…?

No podía pronunciar la palabra. El muy memo lo hizo por ella. Y para colmo, sonreía lleno de picardía.

—¿Desnuda?

Abrió la boca pero no salió ni un triste sonido.

—Alguien debía desnudarte, lavarte y vendarte. Eres menuda pero no paras quieta un segundo. El médico no podía contigo él solo y suplicó mi ayuda. No pude negarme. Casi le muerdes. Al parecer peleabas con ese cabrón en sueños y créeme, a patadas no hay quien te gane, mujer.

Qué horror. Esperaba que no fuera cierto y se tratara de ese humor tan especial que caracterizaba al hombre que no separaba su mirada de ella.

Marcus paró un momento antes de continuar. La expresión de su rostro había cambiado de traviesa a inmensamente seria.

—Nunca debiste ir a esa cena, mujer. Nunca debiste exponerte así ni hacerte ilusiones con Evers. Eres una viuda con dos niños pequeños que ha pasado la edad del enamoramiento. No debieras…

Debía callarle.

—No lo soy.

Marcus frunció el ceño. Estaba tan cerca que quizá por eso no había notado que con cada palabra ella se enfadaba más. Le hablaba como si ella fuera un desecho con un lastre que ningún hombre aceptaría jamás. Una mujer que no debiera ilusionarse porque no tenía posibilidad de enamorar a hombre alguno. Y para colmo ahora le había visto desnuda, con sus inmensos pechos y rellena figura.

¿Qué hombre querría una mujer así, no?

No supo el por qué. No supo el motivo por el que se destapó sacando los brazos de debajo de las sabanas, apartándolas de un manotazo y dejando a la vista el bajo escote de su camisón y su figura, apenas oculta por la fina tela. Le dieron tanta rabia sus palabras que casi pasó por alto la dilatación de las pupilas masculinas y la punta de la lengua asomar entre esos labios. La tension que invadió ese inmendo cuerpo y la postura relajada tornarse completamente rígida.

—Olvidas que ya no soy viuda, Marcus.

Dios mío. Puede que se hubiera excedido.

El color inundó el rostro masculino y esos ojos le recorrieron lentamente. Desde su enmarañado cabello hasta las redondeadas caderas. Le miraba como si fuera a devorarle. Una mirada que nunca antes había recibido de un hombre. Ni siquiera de Neil.

Respiró profundamente y se tragó las ganas de taparse una vez más. Era una mujer adulta que no desconocía lo que era un hombre. Se cruzó de brazos para darse cuenta que había errado el movimiento. La brusca aspiración de aire de Marcus y el deslizar de las patas de la silla para alejarse un poco de la cama lo evidenciaron. Se mordía el labio inferior pese a la herida que lo cubría.

La tension que había entre ellos casi podía palparse.

Hablaban de Neil.

Su marido había sobrevivido.

—No digas eso, Elora. Ese hombre no es tu marido. Oficialmente eres viuda.

Lo que faltaba.

—Tú no lo decides.

—Oh, sí. Lo hago.

—Está vivo.

—Y te abandonó sin pensarlo dos veces. Ese idiota no es tu marido.

—¡Lo es!

—¡Un marido no actúa así!

La silla se acercó nuevamente, de un brusco movimiento del cuerpo masculino.

Empotró la espalda contra las almohadas.

—Y, ¿cómo lo hace? Dime, ya que eres tan experto.

—Así, no.

Era increíble. Estaban dicutiendo sobre el matrimonio. Sobre su matrimonio y Marcus ni siquiera estaba casado para saber lo que esa palabra significaba.

—Un marido ama. Ayuda. Un marido defiende. Un marido nunca abandona, Elora. Jamás. No lo hace, si ama a la mujer con la que comparte su vida.

Estaba dicho. De nuevo. De labios de un hombre que tenía la capacidad de hacerle mucho más daño y causarle más sufrimiento que cualquier otro.

No iba a llorar. No lo iba a hacer.

—Entonces, soy una mujer con suerte, ¿no crees? —se tragó el maldito sollozo que trataba de liberarse en su pecho—. Casada con un hombre que no me ama y que jamás lo hizo. Y enamorada de otro que no puedo amar porque no me quiere. Porque si lo supiera me rechazaría o se reiría en mi cara.

—No digas eso, mujer.

—Es la verdad, ¿no?

El colchón se hundió con el peso de Marcus al abandoner la silla y sentarse al borde. Junto a ella.

—No. No lo es. Cualquier hombre querría una mujer como tú. Si Jared Evers no lo ve así, es idiota. Un soberano idiota, Elora.

¿Jared Evers?

¿Marcus creía que amaba a Jared Evers? Si la situación no fuera tan compleja la carcajada habría surgido espontánea y agria.

Sintió la suave caricia del índice recorriendo la palma de su mano. Tan suave. Retiró su mano pese a costarle un mundo. Ese hombre no era para ella pese a lo que sentía su corazón. Ojalá lo fuera pero no era así. Se podía vivir de sueños y esperanzas pero hasta cierto punto. Más allá el corazón se rompía en mil pedazos y ella… ella estaba llegando a ese límite.

Una caricia que le valía un mundo y que le sabía a tan poco. Y que su corazón recordaría para siempre.

Las yemas de los dedos de Marcus le retiraron el cabello de un lateral de la cara y le besó en la mejilla. Con tanta dulzura que las palabras casi brotaron.

Ese es a ti a quien quiero, Marcus. Siempre lo he hecho.

Casi.

—Yo lo arreglaré todo, Elora.

No respondió. Si lo hacía dudaba que pudiera callar su secreto. Simplemente cubrió esos dedos con los suyos y asintió.

En silencio.

XV

—¿Qué diablos haces, Clive?

—Vestirme.

—Ya lo veo. ¿Por qué?

—Creo que me detendrían si me paseara desnudo por Londres, camino a mi casa, ¿no crees? Demasiada piel lechosa al aire.

De acuerdo. Le dolía todo y un poco más. Hasta las puntas de los cabellos le molestaban.

Estaba hecho puré y no necesitaba que Ross se lo recordara. Ni que entrara de forma intenpestiva a su cuarto para vigilarle. Ni que con ello le recordara que había hecho el más soberano de los ridículos al caer como una florecilla enamorada bajo las garras de esa mujer.

Se sentía idiota, torpe, más que ridículo y necesitaba escapar de las miradas lastimeras de todos aquellos que conocían su grotesca historia de amor no correspondido.

—Tú no sales de aquí.

Iba a estallar. En cualquier segundo y él no era hombre de chillidos ni berridos ni histerias descontroladas.

Se apretó el nudo del lazo con rabia.

Sin pronunciar una sola palabra estiró el brazo con cuidado para alcanzar la chaqueta. Tardó una eternidad en vestirla y eso desvirtuó un poco la eficacia de su enfado. Se volvió hacia la puerta.

—¿Me dejas pasar?

—No.

Vale. Podía intentarlo de nuevo, con caballerosidad inglesa y si era necesario y no había remedio porque la mole de Ross seguía pegada a la salida de la habitación, siempre podía descolgarse por la puñetera ventana. Aunque con la suerte que tenía, ¡seguro que caía de cabeza en los rosales!

Contó hasta diez.

—Yo que tú contaría hasta veinte.

—¡Vete al cuerno!

—¡No es culpa mía, Clive!

¡Ja! Todo era su culpa. Hacía y deshacía sin contar con él. Le mandaba y siempre creía tener la razón. Le ponía nervioso y por su culpa no conseguía olvidar lo que había…

No debía pensar en eso.

Se lo había prohibido a sí mismo. Y esa misma mañana le había asestado el golpe definitivo. Se había enterado de la reasignación de parejas en el cuerpo esa misma mañana. Ni siquiera se había enterado por Ross sino por Rob.

La última y definitiva zancadilla.

Estaba convencido que Ross lo hacía para fastidiarle, para agobiarle y para ponerle en situaciones comprometidas.

—Iba a decírtelo hoy. No estaba decidido aún pero Robert Norris es un condenado bocazas.

—¡No lo es!

—Lo es.

Ross seguía clavado ante la puerta. No se había desplazado ni un ápice.

—Está bien, puede que lo sea pero es mi amigo.

Una extraña mueca se adueñó del rostro de Ross.

—Como no.

Las dos palabras rezumaban ironía.

Avanzó dos pasos hasta que quedó frente a la figura completamente rígida de su mejor amigo. Ross ignoró el gesto de su mano que pedía espacio para pasar.

—No puedes trabajar por tu cuenta y sin compañero, Clive.

—Podría.

—Y te arriegarías a que algún hombre de Saxton vaya a por ti. No les hemos detenido a todos, Clive. Llevará un tiempo y mientras tanto hemos de trabajar sobre seguro. Lo sabes pero eres más terco que una mula.

—No lo soy. Soy tenaz que es diferente.

Un breve silencio se adueñó de la habitación hasta que Ross lo rompió.

—No lo haría y lo sabes.

Su corazón botó descontrolado contra sus costillas doloridas. Si se refería a lo que imaginaba, no podría responder. Tartamudearía y las palabras se le atorarían como a un crío tímido y asustadizo. Suplicó porque no fuera eso. La maldita razón por la que no quería patrullar a solas con Ross. Por la cercanía, el roce, el contacto continuo durante demasiadas horas a lo largo del día.

—No te besaría si no quisieras.

Maldita sea.

Le temblaron las manos y sintió el color subir presuroso por los muslos, el torso y el cuello hasta instalarse en su rostro.

—Te has puesto colorado.

Hijo de mala madre.

—No hace falta hablar de eso, Ross. Tú lo dijiste, ¿recuerdas?

—¿Qué?

—Que lo olvidara, Ross. Que para ti era agua pasada. Una bobada entre amigos.

Esos ojos se clavaron en él con intensidad.

—¿Es eso lo que quieres?

—No. Es lo que ambos queremos, ¿no?

¿Por qué diablos no le contestaba? Sólo le miraba con fijeza. Le brillaban los ojos y daba la sensación de que luchaba consigo mismo. Las palmas de las manos comenzaron a sudarle. Dio un paso en su dirección. En dirección a la puerta.

—Por favor, Ross.

No sabía si suplicaba porque le dejara pasar o porque dejara el tema del condenado beso donde debía estar. En el olvido. En la memoria y en sus condenados sueños.

Ross heredaría un día el marquesado de Torchwell y su inmensa fortuna. Esperarían de él que contrajera matrimonio y engendrara descendencia. Que hiciera lo que se esperaba de un caballero inglés.

Él encontraría una joven que quizá llegara a querer.

También eran policías. Y los policías no podían…

Sencillamente no podían. No si no querían la ruina para ellos, para sus familias, para aquellos que amaran. Rob y Peter eran diferentes. Rob tenía el apoyo de su familia y de la familia del hombre que quería. Peter Brandon tenía inmenso poder pero no respondía ante una sociedad que aplastaba aquello que no veía decente. Era un espíritu libre que respondía ante sí mismo y ante el hombre que amaba. Nada más. A veces sentía envidia. Una envidia sana.

Él sólo se tenía a sí mismo. Su carrera de policía que amaba. Y a Ross. Y le aterraba perderlo por dar un paso que nunca debieron dar.

Sencillamente, no podían. Seguirían siendo amigos. Los mejores amigos, como siempre. Visitaría a la abuela de Ross y jugaría a los naipes con ella. Reirían, pelearían y beberían cervezas con los compañeros o sus amigos. Y acallarían muy dentro esa pequeña llama que se avivaba cuando estaba juntos. Hasta apagarla completamente.

El movimiento llamó su atención. Ross se acababa de apartar dejando libre el camino. No podía mirarle de frente. Se enderezó y encaminó hacia la puerta. Asió el pomo sintiendo la mirada de Ross fija sobre su nuca.

Sin girarse lo susurró, sin llegar a saber si su mejor amigo podía escucharle.

Gracias.

*****

EPÍLOGO

—¡Me pica!

—Te aguantas. Tú elegiste este disfraz, así que ya sabes lo que hay.

—El otro era horrible.

—Puede pero de mujer luces muy guapo, canijo.

—Ja, ja, ja. Muy gracioso, Peter.

Le encantaba el cuidado con el que el grandullón le aplicaba el ungüento pegadizo sobre el que después colocaría con extrema parsimonia el bigote y la barba postiza. Ya se había convertido en un ritual entre los dos. Se tomaba su tiempo en afeitarle. Despacio y en ocasiones la crema terminaba por cubrirles a los dos debido a los besos que le robaba Peter entre pasada y pasada de la afilada cuchilla.

Como el que acababa de darle bajo el lóbulo de la oreja.

Miró la figura del hombre que pululaba a su alrededor mientras él permanecía sentado en una silla frente al espejo de cuerpo entero ubicado en el dormitorio de Peter.

—Te dejaste un trozo.

Un lametón le pilló por sorpresa.

—¡Peter!

—¡¿Qué?!

—¡Ya sabes qué! Un día te vas a envenenar por la ingesta masiva de la condenada crema.

—Es comestible.

—¿Eh?

—Le pregunté al buen Dr. Brewer.

Dios, le encantaba esa risilla traviesa cada vez más habitual de escuchar por los pasillos de la mansión.

—Prefiero no preguntar.

Suspiró con tranquilidad e inclinó la cabeza hacia atrás hasta sentir la palma de la mano de Peter sobre su desprotegida garganta.

Ya habían recuperado las fuerzas tras unos días sin apenas conciliar el sueño.

No le gustaba recordar el pánico que sintió cuando no localizaron los restos de Saxton al principio. Hasta que su destrozado cuerpo no apareció con otros restos en el fango que bordeaba la isla de los perros no se permitió respirar.

Ese animal se merecía ese destino. El mismo que él había dado a innumerables hombres, mujeres y niños por el sencillo hecho de creerse con derecho a hacerlo. Morir sabiendo que él y Peter permanecerían juntos. Sus gritos de rabia y de impotencia antes de caer al Támesis y ser aplastado contra las afiladas piedras que sobresalían del muro del muelle todavía resonaban en su mente. En sueños e incluso a veces retumbaban en sus oídos estando despierto. Esos gritos de rabia y después de ira e impotencia por haber sido vencido por primera vez en su vida.

No le importaba morir. A ese malnacido le importaba morir sabiendo que no había logrado separarles para siempre.

Una muerte horrible pero que Martin Saxton merecía.

Dos dedos le acariciaron la clavícula antes de que Peter se alejara unos pasos para aferrar la toalla humedecida que ya tenía preparada.

Le tocaba disfrazarse una vez más para poder salir a la calle. Todavía sobrevolaba la última amenaza de Saxton. La condena de muerte sobre su bendito progenitor.

Lo primero que habían organizado tras volver a casa fue un largo viaje a las tierras altas para su padre y la abuela Allison, alejándoles del peligro. Al menos hasta que dieran con los tres asesinos que Saxton había contratado para matarle.

A él le tocaba disfrazarse para que todo el mundo creyera que había desaparecido de la faz de la tierra. Les había costado convencer a la policía para que mantuvieran en silencio la muerte de Martin Saxton. Mucho, pero la ayuda de Strandler y el inmenso poder de la familia Torchwell habían inclinado la balanza a su favor.

Disponían de un mes para cazar a esos hombres e iban por buen camino.

Sintió la presencia de Peter a su espalda, limpiándose las manos con la toalla antes de preguntar.

—¿Cuándo se reincorpora Clive?

—En un par de días.

Suspiró con algo de pesar.

—¿Ya se hablan?

—A trancas y barrancas. Son tercos. Se miran, se rozan, pasan el uno junto al otro y se evitan como si estuvieran incubando la peste.

—Pues les va a costar evistarse si han de trabajar como pareja policial.

—Sí y más con el enfado descomunal de Clive al enterarse que la decisión fue de Torchwell. Va a arder Troya en comisaria. ¡No te rías, Peter!

—Es que el pelirrojo se pone todo colorado en cuanto Torchwell se le acerca.

—Del enfado.

—¿Seguro?

No pudo evitar la sonrisa pero es que el grandullón llevaba razón. No sabía qué diablos había ocurrido entre esos dos pero era divertido y truculento. También la mar de curioso.

Pese a las reticencias del grupo Clive se había instalado en su casa y a pesar de sus inumerables protestas, Ross había colocado vigilancia las veiticuatro horas del día.

Ya era conocida en el cuerpo de policía la trampa urdida por Martin Saxton para acorralar a Robert Norris y la desaparición de éste así como las amenazas vertidas sobre su compañero. Como consecuencia y excepcionalmente daba la falta de personal policial en su distrito, con ocasión de las numerosas detenciones de agentes sobornados, el superintendente Torchwell había decidido emparejarse temporalmente con Clive Stevens.

Eso no había sentado bien en comisaría. Los rumores comenzaban a correr descontrolados y Clive lo iba a sentir en sus carnes. Desde comentarios enfilados hacia que Torchwell le quería tener bien vigilado ya que podia haber trabajado para Saxton hasta la evidente torpeza mostrada por Clive Stevens como policía al haber sido incapaz de descubrir que su prometida era socia de Martin Saxton.

Rob no sabía muy bien qué era lo que enfadaba más a Clive. Si los rumores en sí, que los compañeros los creyeran aunque fuera una mínima parte o el hecho de tener que trabajar codo con codo con Ross Torchwell.

Algo semejante ocurría con los dos tórtolos.

Jared Evers le había prohibido a su prometida volver a vestir pelucas estrafalarias y algo sobre dejar de emplear un arma que según Jules era potente y contundente con la cual dejaba groguis a sus enemigos. Un misterio incomprensible para él ya que, que supiera, esa mujer no sabía manejar armas.

Se volvió ligeramente hacia Peter.

—¿Cuál crees que es…?

—Su cabeza.

Increíble. Ahora Peter le leía la mente.

—¡No hagas eso!

—¡Pues no hables con tu rostro!

—No lo hago.

—Lo haces.

Suspiró resignado antes de contestar a Peter.

—Otros no me leen.

—Es que no te entienden, canijo. No como yo.

Muy cierto.

Sonrió al recordar a los dos enamorados despistados y sus recientes acalorados debates. Hacian una pareja curiosa. No pegaban en absoluto pero era imposible no imaginarles juntos. Se peleaban y se arreglaban para terminar todo ofuscados y gruñendo diez minutos más tarde.

Tras la tremenda pelea en el interior del almacén Jules Sullivan había ordenado a su prometido que le diera unas lecciones intensivas del manejo de armas. De toda clase de armas, hachas inclusive. El rostro de Jared había reflejado supremo terror al escuchar a su prometida jurarle solemnemente que ella protegería su hermosa y espesa cabellera. Que podía estar tranquilo, que desde el hueco de la ventana del almacén no había dejado de apuntar en momento alguno al energúmeno contra el que él luchaba y que Julia y Mere, en cuanto les relatara todo lo acontecido, se sentirían la mar de orgullosas de ella. Que incluso había recordado lo de cerrar unos de los ojos para apuntar correctamente y en línea recta. Que apenas le temblaron los brazos y las manos, para su inmensa sorpresa. Mientras parloteaba sin cesar la peluca y el sombrero se le iba escurriendo a un lado hasta que su prometido se los encajó de nuevo en la cabeza.

Daban miedo. Y los meses que se avecinaban iban a ser… entretenidos.

—Son peculiares, ¿verdad?

Increíble. Ahí estaba de nuevo, leyéndole la mente.

Dios, es que ese condenado hombre le derretía. Al completo. Y más si le sonreía con esa mirada soñadora que ahora cubría ese hermoso rostro.

—Me alegra haberte pillado, Peter.

La carcajada retumbó entre las cuatro paredes.

—Y yo que lo hicieras pero es al revés, canijo. Te cacé yo. Al vuelo. Con mi hermosa personalidad.

No pudo evitarlo. Le besó en plenos morros. Una y otra y otra vez hasta que Peter dejó abandonada la cuchilla de afeitar, la toalla empapada y los postizos.

—¿Y si nos quedamos un poquito más aquí arriba?

Por todos los…

—No me tientes, grandullón.

—Unos minutitos.

—Ya. Como la última vez, ¿no?

No tenía remedio. No lo tenía y a él le volvía loco. Con desgana se levantó de la silla y terminó de vestirse bajo la cálida mirada de Peter.

Sorenson estaría a punto de llegar en cualquier momento. La situación que vivía el hombre era compleja, por definirla de algún modo. Difícil y dolorosa. Un hombre que nunca amó en el pasado, que desconocía lo que era amar a otra persona más que a sí mismo y que ahora amaba con desesperación a una mujer a la que no se le permitía querer. Una mujer casada. Un maldito vuelco del destino que estaba destrozando a ese hombre. Un hombre que merecía ser feliz. Junto a la mujer y a los críos que amaba.

Un hombre que, al parecer, estaba convencido que Elora Robbins amaba a otro hombre y parecía dispuesto a sacrificarse por ella. Un jaleo de mil pares de demonios que el hombre estaba enredando aún más. Ojalá pudieran hacer algo más que apoyar a ese hombre en todo lo que pudieran.

—¿Han llegado noticias de Elora?

Un velo de tristeza había cubierto los negros ojos de Peter. De la paliza recibida Elora había tenido que guardar cama y hacer reposo. Se le habían quebrado un par de costillas y por el aspecto mostrado por el buen Doctor Brewer, tan atenderla, el daño había sido considerable. Tenía el cuerpo cubierto de moratones y el precioso rostro tardaría en dejar de mostrar los restos de los golpes.

La manera en que Sorenson había cargado con ella al salir del almacén… ¡Dios! Creyeron que estaba muerta. Estaba tan pálida y tan quieta que temieron lo peor pero era una mujer dura.

Al igual que su hermana Claire.

Ninguno se dio cuenta pero todos vieron a esa mujer en uno u otro momento durante aquella noche.

La tenue luz que Jules vio aparecer tras ellos en los pasillos del hospital de san Bartolomé era Claire Robbins. Manteniendo las distancias pero asegurándose de no perder su pista.

Una mujer impresionante.

Sin que se dieran cuenta la hermana de Elora se coló en la parte trasera del carruaje con el que Jules y Jared persiguieron a Martin Saxton y Elora por las calles de Londres hasta llegar a las isla de los perros. Allí esperó hasta localizar al hombre que estaba dispuesta a matar por encima de todo. Y nadie se dio cuenta. Nadie sospechó que tenían semejante aliado de su parte.

Una mujer de armas tomar.

Una mujer que caminaba con la mirada perdida por la casa de Marcus Sorenson esquivando a todos aquellos que se cruzaban en su camino, salvo a su gemela.

Durante meses, quizá años, esa mujer había permanecido oculta entre los pasillos y estancias del hospital de San Bartolomé. A la espera. También había descubierto la entrada a los túneles por el despacho de Piaret pero no le buscaba a él. No quería al médico sino al hombre que le había arrancado a su pequeña de entre los brazos poco después de nacer. Por el simple hecho de haber nacido con una deformidad. Quería a Martin Saxton. Acabar con él y al fin, lo había conseguido. Sin dudar ni un segundo al disparar el arma que había acabado con su vida.

Por el camino, les había salvado a ellos y simplemente por eso, le estarían eternamente agradecidos. A las dos hermanas.

Era una mujer callada y a la que apenas se veía. Se escondía entre las sombras, casi como si echara en falta la oscuridad de una vida pasada. Una mujer llena de inmensa tristeza. Cuidaba de Elora y se negaba a separarse de ella, salvo para dejarle a solas con Marcus. Por algún motivo confiaba en él.. Y no le extrañaba que quisiera permanecer junto a su gemela. No después de tantos años de dolor, silencio y miedo a ser encontrada o descubierta.

Pese a ello el mayor punto de conflicto en semejante jaleo era ese hombre. Neil Dawson. A ninguno les gustaba y Sorenson le odiaba a muerte. Se había acomodado en casa de Elora como si fuera el dueño de todo aquello que pertenecía a esa maravillosa mujer.

En cualquier momento iba a estallar una guerra encarnizada entre esos dos y Elora iba a estar justo en medio. Una situación verdaderamente complicada para sus protagonistas y para aquellos que les querían.

Ya estaba de nuevo su grandullón.

Le encantaba ya que nunca fallaba. Antes de atarse el lazo frente al espejo Peter siempre se acercaba a él por la espalda y le retiraba las manos. Con suavidad. Terminaba de atarle los botones superiores de la camisa, le alzaba el cuello de la camisa y le colocaba el lazo a su alrededor. Pegaba su cuerpo a su espalda y sentía ese calor que siempre que no estaba cerca echaba de menos.

La mayoría de las veces terminaban con las extremidades enredadas besándose desesperados donde cayeran. Habían pasado mucho y sufrido demasiado. Y en ocasiones sentían la sombra de ese monstruo cerniéndose sobre ellos. Todavía soñaban en ocasiones con él. Con que uno de ellos o los dos hubieran terminado allí abajo. Con él. Aplastados. Un escalofrío le recorrió la columna vertebral.

—Ya está, canijo. Está muerto.

—Lo sé. Lo sé.

Una mano se posó sobre su antebrazo para girarle. Recorrió el rostro de Peter con la mirada y se alzó sobre las puntas de los pies para besarle en la cicatriz. Enlazó sus dedos con los más largos de Peter y le arrastró hacia la puerta para bajar a la reunión. Se resistió.

—¿Peter?

Parecía clavado en el piso. Ni hablaba ni se movía. Le miró fijamente porque algo pasaba por su mente. Se acercó un paso para preguntar.

—¿Pet...?

—Vive aquí conmigo.

Peter se trabó con las dos palabras. Con la lengua. Y parecía no respirar. Dos sencillas palabras dichas a tal velocidad que apenas las entendió. Pero lo hizo. Lo hizo... y su corazón se paró, de repente.

—A tu padre le gustaría aunque creo que no tardará en casarse con la abuela Allison. Lo huelo. Esos dos preparan una buena sorpresa. Doyle y Julia te quieren. La pequeña Rosie te adora y le enamoran tus cuentos.

—Peter…

—Y yo te quiero, más que a mi vida. Vuestra casa os supone mucho gasto y es fría.

—Peter.

—Podéis enfermar y tu viejo es mayor. Bueno, no demasiado pero ha pasado por mucho y…

Dios, Peter estaba farfullando, todo colorado.

Se acercó un paso hasta que sus cuerpos se rozaron y respondió, sin vacilar.

—Sí.

—…yo podría dejar de lado mi trabajo durante un tiempo hasta que todo se tranquilice y…

Le calló con sus labios porque le iba a dar algo. Le besó profundo, intentando que entendiera en un sencillo beso su respuesta. La que ya debía saber que respondería sin pensarlo dos veces. Todo lo que sentía por él.

Lentamente se separó para mirarle fijamente y contestar de nuevo. Labio contra labio. Le acarició la marcada mejilla.

—Sí.

Se separó un poco. Lo suficiente para perderse en esos profundos ojos negros y sonreír mientras Peter le respondía con otra sonrisa, al escuchar su suave respuesta.

Eran hermosos y brillaban.

Brillaban como nunca.

FIN

www.ingramcontent.com/pod-product-compliance
Lightning Source LLC
Chambersburg PA
CBHW060757030726
47503CB00002B/292